Chevalier solitaire

Du même auteur

Un autre regard sur mon grand-père Charles de Gaulle, Plon, 2016.

Ma République : apocryphe de Charles de Gaulle, L'Observatoire, 2019.

Yves de Gaulle

Chevalier solitaire

PLON
www.plon.fr

92, avenue de France
75013 Paris
Tél. : 01 44 16 09 00
Fax : 01 44 16 09 01
www.plon.fr
www.lisez.com

Dépôt légal: août 2022
ISBN: 978-2-259-30696-6
Mise en pages : Nord Compo

Avertissement de l'auteur

Jehan de Gaule[1] a réellement existé, mais sa vie, qui fait l'objet de ce roman, est totalement inventée. Si nous tenons pour vraisemblable, dans notre famille, qu'il fut l'ancêtre lointain du général de Gaulle, les archives dont nous disposons sur lui ont presque totalement disparu. Ce qu'il en reste[2] tient à un événement bien daté : il fut capitaine de la ville et du château de Vire en 1417 au moment de la seconde invasion de la Normandie par Henry V d'Angleterre. Après avoir repoussé jusqu'à Carentan les avant-gardes anglaises et subi de longs mois de siège, il dut rendre la cité aux envahisseurs. Sommé de jurer fidélité au roi vainqueur, il refusa au prix de l'exil et dépossession de ses biens. À partir de cet événement, j'ai essayé de lui construire une existence, de sa naissance à une date ignorée, jusqu'à sa disparition imaginée dans une ville étrangère au royaume de France, cela au milieu d'une Europe tumultueuse qui n'est pas si loin de nous.

---

1. Orthographe de l'époque.
2. Voir les *Mémoires* de Philippe de Gaulle, Bouquins, La Collection, p. 10 et 11.

Rome, mai 1449

Monsieur mon frère,

Pardonne-moi cette entame. Elle est, je le sens, par trop formelle. Mais comment ouvrir mon récit ? Tant de temps a passé !

Nous nous vîmes pour la dernière fois il y a plus de quarante ans lors mon partir d'Elbeuf vers la bonne ville de Paris où j'allai faire quelques études. Tu avais alors sept ans, âge de grande gaieté au milieu de notre enfance heureuse, où se fixe pour longtemps le souvenir du bonheur. Ta ressemblance avec notre père, même complexion qui se laissait deviner, semblables yeux noirs et tignasse couleur brune d'automne comme les écureuils du jardin, attendrissait notre mère dont tu étais le préféré. Notre petit frère Marc était au contraire son portrait, tout blond de paille et regard d'azur rappelant les lointaines terres de Flandre d'où elle venait. Et notre petite sœur Marie, prénommée comme notre maman, si tendre, si petite que Dieu a rappelée si tôt en sa prime enfance ! Je n'ai plus vrai souvenir ni de Michel ni de Guillemette qui nous ont quittés tout près de leur naissance ! Tiens ! Voici que cette soudaine remembrance me fait venir larme venant tacher l'encre… Tête molle de la vieillesse ! Cela est si loin désormais, mais si proche aussi, tant court irrémédiable l'existence de chacun osant sur lui-même se retourner. Te souviens-tu de moi, de ce frère aîné qui vous aimait et se sentait différent ? Notre père me voulait chevalier défenseur de notre roi Charles le sixième, puis ses successeurs, contre l'infâme envahisseur godon, celui-là ou d'autres, car étaient et sont toujours nombreuses les menaces sur le royaume. Et puis dominaient encore en cette époque honneur de chevalerie, vertu de fidélité, courage des serments donnés et jamais repris quoi qu'il en coûtât. La vérité est que j'avais tête au-delà, non par révolte ou raillerie, mais parce que maison, même belle et grande comme la nôtre, me paraissait trop étroite, le toit trop sombre, les portes trop souvent closes. Je pressentais d'autres villages, abbayes et châteaux, remplis certes d'idées arrêtées mais différentes, emmurant sans doute dans folie paisible l'existence de la plupart mais ouvrant un pertuis au curieux inlassable, au voyageur dans l'indicible, peut-être au sage. J'ai péché, monsieur mon frère, croyant par orgueil que la raison pourtant divinement accordée à l'homme par Notre Seigneur tout-puissant me permettrait de comprendre davantage, même sans prétendre jamais au pourtour du divin. Je le confessais tout à l'heure, une fois encore, à Sa Sainteté le pape, Nicolas, cinquième du nom, dont je suis maintenant le fidèle serviteur. Que notre Dieu veuille le garder en Son immense bienveillance !

C'est un soir de plus qui vient étreindre Rome, au début de ce doux printemps de l'an de grâce 1449. J'ai résolu de t'écrire, céans, en cette fin de journée qui est aussi crépuscule de ma pauvre existence. Pourquoi ? Je ne le sais vraiment. Peut-être retisser un lien par moi-même brisé. Dérisoire tentative ! Prétexte m'a été donné par grande lecture quotidienne et attentive des correspondances adressées au pontife venant du royaume de France. L'une faisait projet de rétablir dans leurs droits et propriétés, robées[1] par Godons et Bourguignons pendant cette interminable guerre, les fidèles de notre bien-aimé roi Charles le septième. Aussi, qu'en allait-il de notre fief d'Elbeuf, seigneurie familiale volée par ce roi d'Angleterre Henry le cinquième ? L'as-tu repris ? Ou, sinon toi, notre frère Marc ? Ou un autre seigneur peut-être ? Ne rien savoir de vous, qui ne m'a guère occupé jusqu'à présent, m'est bien étrange. Le demander est comme un signe clair donné par Dieu que la vie s'achève avec les remords qui l'accompagnent ou, pire, les regrets. À quoi sert ce pauvre résumé que l'âge impose aux derniers feux du crépuscule ? Notre Seigneur sait déjà tout et, peut-être, a déjà jugé. Attend-Il en ces derniers moments notre ultime éveil de conscience avant Son prononcé ? Non pas ! Peut-être… Je ne sais plus ! L'idée d'éternité possède plusieurs faces.

*

Dans la salle un peu bruyante où le chancelier Gerson nous donnait leçon, c'était à Paris il y a tant d'années, j'avais dix-sept ans, le sujet à commenter était la symbolique de la roue, cette roue de la fortune probablement communiquée à nos âmes chrétiennes par le poète Boèce au ve siècle. Les Grecs ne semblaient pas se préoccuper de l'idée : aucune grandeur dans leur mathématique ne formalisait le temps, et leur peinture était dénuée de paysage comme de perspective lointaine. Les Égyptiens, pour ce que nous en savons, semblaient penser l'éternité. Pour nous, enfants du

1. Dérobées, volées.

Seigneur tout-puissant, le choc venait du contraste à plein exprimé dans la parole de saint Matthieu : « Le ciel et la terre passeront, mais mes paroles ne passeront pas » (24, 35).

Comme l'exprime Dante, l'homme vivant dans la spiritualité de Dieu a conscience du temps mystique où baignent les bienheureux et brûlent les maudits. Mais notre triste chair souffre le temps humain qui coule et se consume, qui va avant et dont l'espace n'est qu'une saison. Le chancelier Gerson nous voulait faire débattre. Qu'en était-il des liens entre un monde humain vicié par le péché originel et l'éternelle parole divine ? Bien qu'étant en licence ès décrets, égaré là, en théologie, par curiosité maladive, je devais argumenter la partie démontrant le diabolique : notre monde de chair vit indépendant du message divin, comme autonome, isolé du temps spirituel. Nous, pauvres créatures de Dieu, n'avançons au tombeau que dans un ciel indifférent à notre courte histoire. Ce fut intense ! Le chancelier avait le talent pour nous faire rebondir jusqu'au bout du logique. Dès lors que nous ne faisions qu'hypothèses, monsieur mon frère, il nous était loisible de tout exprimer jusqu'à l'hérésie brûlante ! Mais je m'égare… Revenons à notre propos. Te dire, me raconter ! Par quoi commencer ? Car je voudrais désormais t'écrire ce que vie différente m'a fait accomplir mais aussi empêché de faire, loin des miens !

J'écoutais hier quelques motets profanes donnés en chapelle à Sa Sainteté. Elle goûte aussi ces chansons créées par les hommes et offertes aux pauvres humains plutôt qu'à Dieu, comme pour ressentir plus encore Sa puissance et le besoin de Sa grâce. La polyphonie subtile et tendre de Guillaume Dufay, le Bourguignon de Cambrai, m'est aujourd'hui plus que jamais un serre-cœur lorsqu'elle vous enveloppe dans paroles d'incertitudes et douleurs mêlées. Ah ! Mon frère, il faut entendre le début de sa ballade appelée « Je me complains[1] ». La cadence des voix vous prend et emmène, puis vous reprend, obsédante et tendre à la fois, pour chaque fois nous retourner au final : nos pauvres vies terrestres ainsi chantées, qu'en reste-t-il ? Oh ! Oui, je puis bien complaindre et gémir, et chacun pareillement !

*

Rome n'est pas splendide, elle est émouvante ! Je t'en parlerai plus avant une autre fois ! Je ne vois pas la ville de la pièce de travail qui m'est réservée lorsque je suis dans le bâtiment qui borde l'antique basilique Saint-Pierre. Elle donne vers le nord sur campagnes et jardins, protégés par les remparts ajoutés à l'époque de notre pape Léon IV qui voulait protéger le Saint-Siège des Sarrasins, puis au-delà sur le fleuve baignant la ville. Sa Sainteté et son entourage n'habitent pas ici, même si, le long de l'atrium, un long palais sis au côté le permettrait. Comme elle est vaste (plus de

---

1. *Par droit je puis bien complaindre et gémir*
Qui sui esent [exempt] de liesse et de joye
Un seul confort ou prendre ne scayroye [saurais]
Ne scay comment me puisse maintenir
Raison me nuist et me veut relenquir [abandonner]
Espoir me fault [manque] ; en quel lieu que je soye
Par droit je puis bien complaindre et gemir
Qui sui esent de liesse et de joye

cinquante toises[1]), notre église avec sa longue nef bordée par deux doubles bas-côtés séparés par grandes et lourdes colonnes de marbre coloré ! Je n'ai remembrance d'avoir contemplé ouvrage si imposant voué à la grandeur de Notre Seigneur. L'on m'a rapporté que la splendide cathédrale de Justinien à Constantinople, même merveilleuse de lumière, de couleurs et d'or, n'est point aussi importante ! Tout croyant ou simple voyageur habitué aux églises de nos royaumes remarquera le transept, étrangement long, comme si l'architecte voulût étirer les bras de la croix, au plus loin, et qu'ainsi la mort du Christ pût embrasser la multitude. À l'intérieur, la clarté du ciel passe mal. Il faut grand renfort de luminaires pour soutenir l'éclairage. L'atrium à quatre portes gardant l'entrée de l'église est vaste suffisamment pour accueillir moult pèlerins qui peuvent se rafraîchir à la fontaine, étrangement décorée d'une pomme de pin géante et de paons en bronze. L'antique Rome n'est jamais loin en ces lieux ! Sais-tu, monsieur mon frère, que le bâtiment fut édifié sur l'ancien cirque de Caligula et Néron où eut lieu le martyre de notre saint apôtre. L'abside de la basilique est tout droit posée sur le tombeau de saint Pierre qui en marque la place. Chaque pèlerin peut approcher son sarcophage en descendant l'escalier sombre menant à la nécropole.

Notre Saint-Père Nicolas le cinquième est un bâtisseur. Il songe à tout reconstruire. Il veut l'Église de Rome plus large encore et recevoir communauté de croyants toujours plus vaste, rassemblée par la puissance de l'amour qu'est l'enseignement du Christ-Roi,

---

1. 1 toise = 6 pieds = 1,949 mètre.

révélation combien plus lumineuse qu'un quelconque prosélytisme figé, agressif et intolérant. Si nous sommes installés ici une partie des jours, c'est avec belles intentions : réfléchir, longuement, sur les plans futurs du premier temple de la chrétienté, et commencer, d'autre part, à rassembler et classer ce qui sera la grande bibliothèque vaticane.

La chapelle privée du pontife est d'ailleurs en cours de restauration. En commandant la grande fresque murale au prêtre Guido di Pietro[1], Sa Sainteté rêve encore à une autre croisade avec, enfin, le tombeau du Christ sous la seule Couronne de Rome. Le plan supérieur est presque achevé qui montre la vie de saint Étienne, martyr en Jérusalem, et le second, au-dessous, en esquisse, donnant les traits d'un autre : saint Laurent en sa ville de Rome. Deux diacres sacrifiés au nom de Notre Seigneur, séparés par la mer mais ici réunis ! Je ne saurais bien te décrire combien, au-dessus, la lumière sombre du ciel d'Orient fait ressortir clarté et couleurs des scènes vivantes, disant plusieurs moments de la vie de saint Étienne par l'artifice étrange du peintre qui nous les restitue en raccourcissant la perspective, en emboîtant les intérieurs habités. L'on ne peut que deviner, en dessous, le futur saint Laurent à Rome, mais la manière sera la même.

*

Le pape vit dans l'édifice qui borde l'église Sainte-Marie-Majeure sur la colline de l'Esquilin. Oh, je ne t'en conterai pas l'histoire ! Plus tard peut-être ! Un

---

1. Plus connu sous le nom de Fra Angelico.

seul mot cependant dit la magie qui tend, trop souvent, à entourer choses d'église : ce serait notre Vierge Marie qui, apparue au pape Libère il y a onze siècles, lui aurait indiqué où bâtir la chapelle en un lieu qu'aurait couvert la neige tombée durant une nuit d'été ! Mon second bureau n'est pas loin de ses appartements. Souvent je m'en échappe.

Le campanile dominant l'église est le plus haut de la ville. À son faîte, difficile d'accès pour mes jambes vieillissantes, somptueuse est la vue sur Rome, Ville éternelle dans les songes des dieux comme le prétendaient les Romains antiques. Comme elle a changé ! Comme elle change encore, sans cesse et sans retour ! Féru de culture latine, contemplant la cité, je ne retrouve que peu les monuments anciens. Lors de mon périple en Flandre, il y a déjà longtemps, j'avais pu lire des morceaux de ce que disait le poète Claudien[1] à l'empereur Flavius Honorius[2] lorsqu'il décrivait Rome, son mont Palatin et le palais qui, de son faîte sublime, dominait la tribune et les temples nombreux alentour : le sanctuaire de Jupiter, les géants suspendus à la roche Tarpéienne, les portes ciselées du Capitole, les demeures des dieux se pressant dans les airs, puis tous les édifices appuyés sur des monts ajoutés de la main de l'homme à l'ouvrage de mère nature, et les arcs de triomphe chargés d'abondantes dépouilles. Mais que sont devenus les quelque cent quarante temples de cette capitale impériale ? Et parmi eux, que reste-t-il aujourd'hui du cirque Maxime qui, semble-t-il, pouvait contenir près de quatre cent mille spectateurs assis sur bancs de pierre ou de marbre ?

---

1. 370-408.
2. 384-423.

Où est passée la Curie qui vit César assassiné ? Et le panthéon d'Agrippa, au bord de la pièce d'eau où Néron et les siens festoyaient dans des barques somptueusement décorées ? Bien peu ! La nature a fait son œuvre, particulièrement celle des hommes, sans compter l'immémorial passage des saisons séculaires. Les drames n'ont pas épargné au cours du temps notre ville sainte. Il y a peu d'ailleurs, la terre a encore tremblé. Lors du séisme de l'an de grâce 1349, qui a frappé Naples davantage que Rome, furent ici détruites moult constructions : notre basilique Saint-Jean-de-Latran a perdu son faîte et celle de Saint-Paul fut presque mise à bas. Le fleuve Tibre participa aussi aux blessures infligées dont l'immense inondation de 1422. La ville basse fut noyée au point d'être inscrite et marquée sur la façade de l'église *Santa Maria sopra Minerva*, lieu souvent utilisé pour l'élection des papes. Mais ce qu'il faut savoir, monsieur mon frère, est que l'humaine condition est notre pire prédateur ! Je n'évoque pas les sacs de Rome qui, il y a près de mille ans, amenèrent grands pillages. C'était loi de guerre et fut davantage vol que destruction. À l'exception d'une occupation de la cité qui fait malheureusement honte à notre race : celle de l'armée normande en l'an 1085. Appelée par le Saint-Père Grégoire le septième pour dégager la ville du siège mené par l'empereur d'Allemagne Henri IV, celle-ci eut ensuite à se défendre contre une population romaine révoltée. Il s'ensuivit grand ravage provoqué par un incendie boutant le feu à tout un quartier : celui qui va du Latran au Capitole. Plusieurs églises furent détruites, les constructions du Champ de Mars endommagées et la population chassée au point de faire du lieu le désert qu'il est encore aujourd'hui ! Mais que dire, sinon que la fureur des hommes, créés à l'image de Notre Seigneur, abat cependant moins que leurs méfaits constants d'insectes avides et persévérants !

Au début des temps chrétiens, monsieur mon frère, à l'intérieur du mur d'Aurélien qui mesurait près de quatre lieues françaises[1], vivaient près de cinq cent mille habitants. Ils sont maintenant dix fois moins. Pour autant, le sourd labeur d'une population survivante produisit de nouvelles maisons, d'autres édifices, quelques églises, avec les pierres et gravats récupérés sur les vestiges antiques. Ce qui n'était point encore détruit servit à construire, et ce qui survivait de l'ancien monde restait sans entretien. L'obscurité des soins domestiques abrités dans logis plus commodes laissa les constructions anciennes trop souvent délabrées se fissurer encore davantage. La végétation ajouta son œuvre grâce au beau climat de Rome mêlant fortes chaleurs et lourdes pluies. La vigueur sans pareille des plantes et arbres poussant sur les ruines parcourt désormais chaque morceau de paysage, séparant et fouillant davantage encore dalles, pavés, sommets des toits, mosaïques déjà brisées, transformant le froid rectiligne du passé monumental en murs inclinés et maladroits. Céans, mon frère, l'aspect de Rome mêle, désordonnés, moments de son histoire et labeur d'aujourd'hui. Le chantier est permanent. Le nouveau, qui ne remplace pas l'ancien, se pose sur d'autres époques en même temps que dame nature, avec son lierre galopant, ses ifs, cyprès, genêts et pins, vient chaque jour grignoter l'ouvrage.

*

1. 23 kilomètres.

J'ai acheté une belle maison de pierre dans le quartier du Borgo, non loin du château Saint-Ange. C'est déjà la cité vaticane et y suis en sauveté sous la protection de l'Église, ce qui ne serait pas de l'autre côté du Tibre. Je n'habite pas dans la résidence de Sa Sainteté, car vivre au milieu des prélats, chanoines et prêtres ne me convient. Je préfère la soldatesque de ma jeunesse qui, derrière brutalité et grossièreté, ne ment pas sur ce qu'elle est, ou le bruit des marchands qui accrochent le promeneur, ou encore la vie simple et agitée des gens qui passent. Elle fait angle, joignant deux petites rues pavées, et donne sur une jolie place. À main gauche l'église *San Salvatore de Ossibus* sait attirer ses fidèles avec ses indulgences. Le nom vient de sa proximité avec le cimetière situé un peu plus haut. Elle fait partie de la basilique vaticane et est rattachée à la *Schola Francorum*, hospice des pèlerins français venant à Rome visiter la grande basilique Saint-Pierre. En face, à peine plus loin en distance, se dresse le rempart bordant le château Saint-Ange. Sortant de ma porte d'entrée, prenant à rebours la *via* qui va par le côté jusqu'à la cité vaticane, je sais trouver à main droite une accueillante maison de plaisirs, elles sont nombreuses à Rome, où j'ai quelque habitude. De chez moi, le fleuve ne peut se voir. Mais le pont Aetius[1] comme les odeurs que charrie l'eau sale me le font deviner et marquent le chemin vers la ville. Pour rejoindre Sainte-Marie-Majeure, il est également possible de se retourner davantage vers le sud et franchir le pont Néron.

Les Romains appellent ce genre de demeure un *palacetto*. Je l'ai acquise pour un bon prix à une

1. Aujourd'hui pont Saint-Ange.

famille de la vieille noblesse citadine romaine. Elle est récente, en bon état, et ils avaient besoin d'argent. C'est que Rome, céans, après retour du pape de son exil d'Avignon et la fin du Grand Schisme de l'Église dont je te parlerai peut-être, est en grand bouleversement. Sa Sainteté a repris en main la ville et, plus largement, son pouvoir temporel sur les États pontificaux qu'il gouverne. L'autonomie communale de Rome ne cesse de s'amenuiser depuis près de cinquante années, et le retour de la Curie, de son administration, des délégations étrangères, avec le mouvement de commerce qui accompagne toujours le pouvoir, a amené moult changements. Le Capitole et la *Camera Urbis* cèdent le pas, décision et préséance à la Chambre apostolique ! La mainmise de notre sainte Église sur la collation des charges ecclésiastiques locales comme l'arrivée d'une nouvelle aristocratie de la banque ont tissé d'étroits liens entre une noblesse récente et un entourage papal qui ne cesse de s'alourdir. La « vieille Rome » survit comme elle peut au sein de ses ruines grouillantes et chantiers permanents. Tu pourrais voir ici, au milieu de la désolation des paysages, une rusticité de populace qui ne vit que le temps présent et ruine les monuments antiques pour alimenter les fours à chaux servant à construire de pauvres masures. Tout change, monsieur mon frère, même ce qui paraît éternel dans nos pauvres têtes ! Notre poète Pétrarque souhaitait ce retour, peut-être y croyait-il, en déclarant dans ses lettres[1] : « Rome est la tête du monde, et quelque vieille et délabrée qu'elle soit, elle est sans l'ombre d'un doute la tête de toute la Terre. » Le Malin ou les hommes s'assurent cependant d'une chose : que la

1. *Lettres familières*, Les Belles Lettres, 2002, XI, 7.

misère demeure ! Que ce qui était en haut et dominait la ville descende à coup sûr ! Que les vertus les plus viles permettent à qui le veut de s'élever ! Que courage antique et noblesse des cœurs soient piétinés quand la violence s'installe ! Notre Seigneur y reconnaîtra sans doute les siens ! Décidément le *hic et nunc* qui abolit toute histoire n'ouvre que sur ténèbres et tempêtes !

Comme souvent ici, ma maison est close de l'extérieur. Je l'ai achetée par notaire. Non pas l'un des plus célèbres, Camillo Beneimbene, proche de la grande aristocratie et l'entourage pontifical dont pourtant je suis, mais Evangelista de' Bistucci, bien présent dans la clientèle locale. Plus encore que dans notre royaume de France, la figure de notaire, dernier dépositaire de la *fides publica*, est ici garantie de stabilité. Maître Evangelista, qui reçoit dans son petit bureau, est aussi chroniqueur des événements qui traversent la ville. Lui et ses confrères se portent, par tradition, garants d'une authenticité autre : celle de leurs écrits sur la petite histoire qui passe. Mais voilà que je m'égare encore !

La demeure est plutôt vaste, même si j'ai peu de besoins. Ouverte sur rue par une lourde et grande porte de chêne cloutée à double battant, personne ne peut deviner ce qui peut bien s'y vivre. Elle est, en cela, comme d'autres demeures romaines, fermée sur elle-même et entourée par un haut mur continu. Bien que récente, sa structure suit la disposition ancienne car le spectacle change une fois l'enceinte franchie. Un grand vestibule conduit au premier atrium centré sur un bassin qui recueille les eaux de pluie. Tout ce qui est disposé autour sert la vie et l'entretien de la maisonnée : écuries, logements de mes domestiques, armurerie, cuisine, cellier, entrepôts divers. L'autre porte, qui fait face à l'entrée, donne sur un double corridor entourant mon bureau « public » et ouvre sur un petit jardin tout entouré par les colonnes du péristyle. Comme il est de tradition, la pièce où je reçois est au fond, tandis qu'à l'étage, j'ai fait aménager trois vastes chambres, d'autres larges pièces qui me servent de bibliothèque et lieu de travail personnel, et surtout mes bains où il est doux de délasser un corps vieillissant. Je n'ai pas touché la décoration, laissant les fresques des murs comme le sol recouvert de magnifiques mosaïques. Y figure, plusieurs fois décliné, le mythologique thème du courage qui a déserté la ville. Je suis bien ici, protégé du bruit de la cité, épargné par la vaine agitation des hommes. Hors les livres que j'ai pu rapporter ou acquérir, surtout Aristote, il y a peu, céans, d'objets personnels. Mon passé n'est plus même si, en ces jours, les souvenirs d'autrefois viennent souvent me submerger. Ce qui me rattache à mes jeunes années est dans l'écurie : de grands chevaux capables de supporter un cavalier armé encore vigoureux servent à me déplacer en cette ville qui n'est pas sûre, surtout à la nuit tombée. J'ai également conservé mes deux épées de jeunesse, qui me faisaient combattre lorsque je servais notre bon roi Charles le septième. Que Notre Seigneur puisse le préserver fort et attentif à son royaume ! Te souviens-tu de leur forme particulière ? Leur lame puissante est de bonne épaisseur pour garder pleine rigidité tandis qu'elle est large à la garde, plus étroite à la pointe, pour équilibrer l'arme à l'endroit de sa saisie et la rendre ainsi plus maniable. J'ai conservé la première, celle des batailles auxquelles j'ai participé. La seconde me vient de notre roi que j'ai aimé. Je l'ai également maudit devant le bûcher de Jeanne la sainte. Aujourd'hui, cela n'est plus qu'affaire d'État. Mais c'est une autre histoire. Je te la conterai. Régulièrement, pour garder la main, nous allons nous entraîner à l'arbalète. J'en ai conservé l'adresse, et la sûreté de l'œil ne me manque toujours pas. Mais les exercices à la masse d'armes comme à la longue épée sont aujourd'hui plus pénibles. L'âge avance, même si au combat, comme tout vieux chevalier français ayant trop fait la guerre, aucun adversaire de rue ou de cour ne m'impressionne !

Les gens de ma maisonnée me servent bien. Ils ne me volent pas trop. Marco, qui est aux écuries, est lui aussi ancien soldat et accompagne souvent mes sorties. Nous formons ainsi un couple de cavaliers vigoureux, armés et sévères, qui éloigne les importuns en tout genre. Si tu voyais, monsieur mon frère, la mine du personnel au service de Sa Sainteté lorsqu'il voit arriver notre équipage à l'église pontificale, tant il est habitué au défilé de cour des prélats entourés, selon leur richesse, d'un large rassemblement de serviteurs montés sur chevaux ou sur mules, quelquefois jusqu'à soixante. Il est vrai que je ne suis évêque, ni cardinal. Sa Sainteté, qui bien me connaît, me l'a proposé en souriant. Ma mine flattée mais contrite forma sur mon visage une négative réponse qui se passait de mots. Elle recommencera, non pour que je servisse mieux Notre Seigneur en paraissant plus près de Lui, Elle connaissait là-dessus mon profond sentiment, mais parce que apparence est davantage préservée des calomnies lorsque l'Église est dans l'Église sans élément étranger, spécialement ici dans la cité de Dieu. Au surplus, ce qui n'est pas inexact, la pourpre sied davantage à la négociation que l'habit d'un simple clerc, même docteur dûment plénipotentiaire !

Deux cuisinières puis deux chambrières et un aide palefrenier font le reste de mon service, sans oublier Maroussia, jeune esclave circassienne, qui me fut vendue avec la demeure. Je l'ai aussitôt libérée de cet infâme statut pourtant toléré par l'Église elle-même. La scolastique est bien étrange lorsqu'il faut justifier ce qui ne peut l'être sous le regard de Notre Seigneur ! Il est vrai que notre sainte Église, qui s'accommodait fort bien de l'esclavage au temps des saints Apôtres, était devenue plus rigoureuse au fur et à mesure que sa conscience supportait de plus en plus mal la servitude des hommes. Mais l'intention, même bien orientée, est restée sélective dès lors qu'il s'agissait des esclaves nés en terre schismatique ou non christianisée. Ceux-là pouvaient accepter le baptême du Christ et se convertir mais n'étaient pas libérés pour autant ! C'est notre frère Antonino Pierozzi[1], cardinal archevêque de Florence, qui donne forme à l'actuelle position de la sainte Église dont la générosité si nuancée considère que juifs, païens, et autres, même s'ils se font chrétiens, pourront être vendus comme auparavant. Il y a céans plusieurs milliers d'esclaves à Rome et quelques centaines de nouveaux y arrivent chaque année, vendus par des marchands arabes ! J'ai confessé à Sa Sainteté mon refus de cette doctrine comme ma décision de libérer Maroussia. Son absolution fut toute de nuance : « Nous, pauvres humains, devrions tenter de vivre pleinement en Dieu sans bouleverser brutalement les équilibres, même instables,

1. Saint Antoine du Bon Conseil, canonisé en 1523.

que nous avons mis en place. Le temps de Jésus est plus long que le nôtre, et tout viendra pour qui sait croire et espérer ! » Certes ! Mais pouvoir modestement, *hic et nunc,* adoucir immédiatement l'enfer que crée souvent l'humanité envers son prochain est un bienfait. Je n'en attendais rien. Maroussia d'ailleurs non plus ! Elle demeura à mon service mais librement et normalement rétribuée.

J'ai oublié d'évoquer Federico, le clerc qui me sert d'assistant. Bachelier de la grande université de Padoue, il m'a été confié par le pape et vient me seconder dans les tâches que Sa Sainteté me donne. Celle du jour pourra te paraître étrange ! Elle est en dehors de mes attributions normales qui sont les affaires de France. Dans la préparation du grand jubilé qui aura lieu céans l'année prochaine, notre pape souhaite un recensement des quarantaines, pardons ou rémissions que chaque grande église de la ville réserve aux pécheurs qui viennent les visiter. Oh ! Son intention n'est pas religieuse ou réformatrice des usages ! Elle souhaite simplement estimer selon l'attrait fourni par chaque escalier d'église, chaque adoration de sainte effigie ou statue, chaque prière effectuée en nef centrale ou sur simple parvis, ce qu'il est possible d'escompter. Qu'apportera la générosité du pèlerin ? Notre pape mûrit en effet son projet de croisade. Avant de convaincre princes et rois d'Europe, il lui faut recenser l'argent qui servira l'expédition.

La liste des indulgences accordées par l'Église aux pèlerins visitant nos chapelles est impressionnante. Il suffirait à chaque croyant de venir à Rome quelques jours pour valoir autant que pèlerinage à

Saint-Jacques-de-Compostelle combien plus dispendieux et risqué ! Pour t'éclairer, monsieur mon frère, l'exemple de Sainte-Marie-Majeure te fera peut-être sourire. Mais je m'avance trop vite ! Peut-être es-tu encore si vif dans ta foi que remarques ironiques sur ce sujet pourront te blesser ! Mon projet est simplement d'observer la pratique. Chacun en jugera selon. L'église où vit Sa Sainteté n'est que la quatrième principale de la ville. Mais il y a tous les jours quarante-huit ans de pardons, autant de quarantaines et rémission du tiers des péchés. Imagine également la quantité de reliques qui y sont : corps et bras de saint Matthieu Apôtre qui repose sous le grand hôtel, le chef du même saint, le corps de saint Jérôme qui, tu le sais, est l'un des quatre docteurs de la sainte Église, ceux des saintes Romule et Rédempte, la couverture dont Notre Seigneur était enveloppé, les bras de saint Luc Évangéliste et de saint Thomas martyr archevêque de Cantorbery, et bien d'autres ! Sache aussi que la veille de l'Ascension, célébration de la translation du corps de saint Jérôme de Jérusalem à Rome, il y a, à son autel, pleine rémission des péchés donnée par le pape Pie II. Tous les jours, de Notre-Dame, l'on reçoit mille ans d'absolutions et plus encore car, depuis le jour bénit de l'Assomption de notre benoîte Vierge Marie jusqu'au jour de sa Nativité, sont donnés à ceux qui vont la visiter douze mille ans de ces pardons si bien comptés ! Si l'on songe un instant qu'il existe à Rome sept églises principales et, au-delà du Tibre, quatre-vingts autres toutes saintes et visitées, habiter ici dans la cité de Dieu, parcourir ses rues, monter quelques marches jusqu'aux parvis des chapelles, choisir ses jours pour prier devant l'autel d'un auguste saint sans évoquer les innombrables stations de Rome, avant et après carême, permet finalement à l'homme, dans le tourbillon des indulgences et le cumul des reliques, l'addition de tant de rémissions qu'il tombe enfin en grande pureté de péchés. Certes, telle multitude de clémences compte peu au regard de l'éternité ! Mais vivre simplement ici à Rome donnerait presque l'illusion suffisante et trompeuse d'accéder directement au céleste paradis !

Mais j'arrête ici mon propos qui sent le blasphème et fait fi de l'essentiel. Le pardon est accordé en confession lorsque intentions et contritions sont sincères. Cumul et multiplication sont des marchandages ayant faiblement à voir avec l'Évangile ! Je remplis cependant fidèlement, avec Federico, l'impressionnante liste demandée par Sa Sainteté ! Elle y trouvera sans doute largement le compte indispensable pour financer en partie la croisade qu'elle espère lever contre les Turcs ! Le jubilé de l'année prochaine, avec plusieurs dizaines et dizaines de milliers de pèlerins venant tout au long de l'année sainte, sera grande source de revenus pour l'Église !

*

Le plus beau projet de notre pape est, pour moi, mieux que vaine aventure à Jérusalem, de fonder la grande bibliothèque vaticane. Rome, centre de religion, devrait être aussi centre de culture et la Ville éternelle renfermer dans son sein, comme dans un inviolable asile, le plus grand rassemblement de l'humain savoir. À partir d'un catalogue standard que Sa Sainteté a dédié à Côme de Médicis pour la bibliothèque *San Marco* avant son pontificat, elle m'a chargé, avec d'autres secrétaires dont mon ami Le Pogge[1], d'une tâche immense : en cerner les contours et la constituer à partir des nombreux ouvrages déjà existants. Et c'est évidemment par les livres sacrés que nous avons commencé avec notre saint Livre, la Bible, et les écrits des Pères de l'Église, des théologiens, puis des philosophes avec Aristote, ses commentateurs, et Platon, ainsi que les poètes et historiens jusqu'au bas Empire romain. Aucun objectif n'a été fixé, ni limite de moyens établie, qu'elle soit d'argent ou d'origine. Je peux aller aussi loin qu'il m'apparaît dans d'autres disciplines comme la médecine ou aborder des contrées éloignées en rapportant ce que peuvent nous dire les philosophes perses et arabes. Cette œuvre dépassera nos pauvres vies, mais je voulais t'en dire quelques mots car elle résume ce que je cherche depuis l'aube de mon enfance : comprendre !

J'ai eu, il y a peu, une conversation sur ce sujet avec notre pontife Nicolas. La voici résumée :

— Que souhaite Votre Sainteté ?

— Je veux que la bibliothèque de Rome renferme plus d'ouvrages que toute autre bibliothèque chrétienne et que, à côté d'elle, celles-là, d'où qu'elles viennent, n'aient pas meilleure apparence que de ressembler à chambre d'enfant à peine initié à l'abécédaire ! L'unique lumière de la chrétienté contiendra davantage que les trente-six bibliothèques de Bagdad, le nombre de nos bibles se doit d'égaler les deux mille quatre cents corans faisant l'orgueil du Caire, et l'évidence de notre rassemblement ne peut que

1. Poggio Bracciolini, dit Le Pogge, écrivain, philosophe, humaniste et homme politique, est secrétaire apostolique du pape Nicolas.

l'emporter sur la légende des infidèles voulant faire croire aux six millions de volumes contenus dans celle de Tripoli !

— L'on raconte que la bibliothèque d'Alexandrie surpassait ce qui a pu exister dans l'antique univers.

— Le roi Ptolémée Ier voulait rassembler, trois siècles avant la naissance du Christ, tout le savoir hellénistique de l'époque et même supplanter Athènes. Nul doute que la plus haute science de l'univers venait de Grèce qui était, avant notre divine révélation, à nulle autre semblable dans la compréhension du monde. Malheureusement, comme tu le sais, Jehan, la folie humaine s'est abattue sur ce musée pour le détruire. Pourquoi ? Quand exactement ? Nous l'ignorons. Nos archives pontificales ne donnent qu'indices contradictoires. Les dizaines de milliers de manuscrits, peut-être cinq cent mille, ont été incendiés, probablement en plusieurs fois. Celui qui a commencé s'appelle Jules César lorsqu'il faisait la guerre à Pompée pour conquérir l'empire et récupérer le ventre de Cléopâtre. Ensuite, ce n'est pas clair. Sans doute l'édit de Théodose[1] ordonnant la destruction des édifices païens joua-t-il un rôle néfaste, et jusqu'à ce calife arabe, en 1203, qui aurait imposé de détruire tout ce qui n'allait pas avec l'enseignement de leur prophète.

— J'ai entendu dire, Votre Sainteté, que les Grecs qui dirigeaient ce centre du savoir, en particulier Callimaque de Cyrène[2], entreprirent le classement de l'énorme quantité d'ouvrages. Celui-ci aurait même écrit le premier catalogue grec raisonné de la littérature au point de rédiger des tables comprenant bibliographie

1. 391 ap. J.-C.
2. Poète grec né vers 305 av. J.-C., mort vers 240 av. J.-C.

des auteurs, description de la discipline et sujet abordé selon l'ordre alphabétique indiqué par Aristote.

— Étonnante prouesse qui dit tant l'inquiétude de l'homme avant qu'il n'accède à la connaissance de Notre Seigneur tout-puissant ! C'est la Révélation qui donne sens à l'univers ! Sans elle, les pauvres créatures que nous sommes tentent avec désespoir de construire autour d'eux une histoire, un ordre pour les choses, une « classification » qui fait sens ! Comment comprendre le mystère de la création en dehors de Dieu ? Tu verras cependant, Jehan, que l'aventure de l'humaine raison, pourtant d'inspiration divine, ne cessera jamais et cherchera sans cesse à approcher le divin savoir. La tâche de l'Église est immense : rassembler les enfants du Seigneur dans la même foi, ce qui n'est pas simple, mais aussi guider vers Dieu ceux qui n'ont pas encore reçu la grâce en usant de leur seule raison raisonnante. Cette œuvre-là est hors d'atteinte !

— Mais foi et raison ne peuvent-elles pas s'appuyer l'une sur l'autre comme l'être humain sur ses deux jambes ?

— Illusion orgueilleuse ! La première, immense et totale, est donnée à qui sait écouter son cœur ; la seconde, courte et limitée, même accordée par Notre Seigneur, donne à l'homme qui veut ainsi marcher silhouette contrefaite et risible !

— Pourtant, Votre Sainteté, notre Apôtre Jean, dans ses premiers versets de l'Évangile, ne disait-il pas qu'au commencement était le Verbe et que le Verbe était Dieu et que cette divine Parole n'est autre, selon Plotin, que la raison elle-même ? Et après lui, Thomas d'Aquin ne suggère-t-il pas… ?

— Il suffit maintenant ! Si les Pères de l'Église n'ont cessé de vouloir créer un lien indissociable entre foi et raison, c'est pour ne pas laisser l'homme dans l'ombre lorsque Dieu ne répond pas à ses prières, qu'il doute de sa foi ou qu'il ne l'a pas reçue ou simplement acceptée. Et c'est le plus clair de la vie et de la multitude. Tu le sais ! Le pouvoir de raisonner reste en ces moments le seul remède à l'aveuglement, au retour de la bête, aux prémices de l'enfer ! La parole de Dieu, transmise par son Église, jette de la lumière sur les ténèbres. Elle s'adresse au dernier chemin qui reste ouvert : celui de l'esprit !

— Il en reste peut-être un autre, Votre Sainteté ! Celui du rire qui est propre à l'homme et le détourne de l'excès. Et puis il y a le rêve qui redonne espoir. Pourquoi a-t-il disparu dans nos Évangiles alors que l'Ancien Testament voyait son Dieu brutal nous faire partager ses songes ?

— Nous reprendrons cela un autre jour, Jehan. Mes projets pour l'Église m'occupent, mais le soin de la Curie romaine m'épuise ! Avance, avec ton compain Le Pogge, mon projet de bibliothèque !

*

Vois-tu, monsieur mon frère, Sa Sainteté n'a pas le chef dans les nuages ! Le gouvernement des États pontificaux et la direction de l'Église l'occupent davantage que la doctrine. Où en étais-je ? Ah ! La grande bibliothèque ! T'ai-je déjà conté mon amitié avec Jacques Cœur ? L'as-tu rencontré ? J'ai été de longues années son associé ici en Italie, en Flandre, mais aussi en Orient. J'ai renoué les contacts commerciaux établis à l'époque pour rechercher les précieux livres qu'il nous faut. L'avant-dernière fois que nous nous vîmes était il y a quatre années (il y aura une ultime retrouvaille deux ans plus tard que je te conterai). Ma rencontre avec le cardinal Parentucelli venait décider du reste de ce qu'on appelle l'existence, à défaut de vie. Il pouvait être le prochain pape. Il l'est devenu deux ans plus tard[1]. Il me prit à son service car j'étais lettré, docteur en droit, parlant plusieurs langages, mais aussi ancien soldat et très au fait de commerce dont j'avais fini par me fatiguer. Il me fallut ainsi terminer mes relations d'affaires avec mon ami Jacques sans rompre jamais ce lien inexplicable, qui ne connaît pas le temps qui passe, entre deux humains même séparés par la rotondité du monde.

Grand Argentier du royaume de France[2] depuis moult années, anobli et membre du Conseil de notre roi Charles VII, il paraissait préoccupé. Pas encore au sommet de son état, Jacques pressentait je ne sais quel obstacle qui le ferait trébucher. Sans doute son ascension de carrière, surtout flanquée par richesse opulente et rapidité des honneurs, favorisait jalousie et envie. Mais il en est ainsi pour chacun dans notre humaine condition ! Il faut grande et sincère foi en Jésus-Christ pour ne pas absolument se défier des autres, et même leur tendre l'autre joue quand offense il y a ! Il passait à Rome cette année-là, chargé d'une mission royale à Gênes. Un parti dans cette ville demandait son rattachement au royaume de France ! Ni lui ni moi ne croyions à ce projet, mais notre bon roi Charles, qui progressait à bouter les Godons hors du pays, gardait un œil sur l'Italie, cette mère nourricière de notre chrétienne civilisation. Que serions-nous devenus sans

1. 6 mars 1447.
2. Depuis le 2 février 1439.

Rome et sa colonisation heureuse, sinon peut-être un autre peuple saxon étroit et brutal ?

Nous étions installés dans mon salon d'accueil, dégustant doucement, allongés sur ce qui ressemble à des *triclitium* romains, un vin nouveau que commence à fabriquer le territoire de Venise, celui de malvoisie. Le jour et sa douceur avançaient sans à-coups, et nous attendions, non la messe du soir, mais simplement notre dîner :

— Je comprends ton projet, Jehan. Il m'est chagrin mais notre amitié demeurera quoi qu'il se passe maintenant pour nous deux !

— En dehors de cette fable à Gênes, quelle est l'affaire qui t'occupe ?

— Tu sais que les finances du royaume sont assainies suffisamment pour supporter la guerre, entretenir une armée permanente et relancer le commerce. Mais c'est encore trop peu ! La circulation de la monnaie en or ne suffit pas au financement des échanges, et tu sais que le roi interdit l'exportation de pièces monnayées pour ne pas en réduire d'autant le volume utile au commerce intérieur. J'ai résolu de racheter plusieurs mines d'argent dans le Beaujolais et le Lyonnais afin de fabriquer pièces de ce métal. La possibilité me vient d'un fermage que je prends pour douze ans sur le droit que le roi tire de toutes les extractions de ce genre. Une ordonnance royale est en préparation, autorisant la frappe de ces nouvelles monnaies de bon aloi à quatre-vingt-douze pour cent d'argent fin. J'en attends beaucoup car, comme tu le sais, nos échanges commerciaux partout en Europe et en Orient vont ajouter à la création monétaire dans le royaume le minerai que j'importerai !

— Ah ! Jacques, que de chemins as-tu parcourus depuis notre première rencontre à Bourges dans la maison de ton beau-père ! Comment va ta famille, ton épouse Macée, tes enfants ?

— Nous ne nous voyons plus guère ! De nos relations anciennes demeure une estime froide mais respectueuse et réciproque. Ce qui lui importe maintenant est la construction de notre palais à Bourges, enfin digne de sa position, ainsi que l'intrigue, bien avancée, devant conduire Sa Sainteté à approuver la nomination de notre fils Jean comme archevêque de Bourges.

Je regardais Jacques dans ce début de pénombre qui masque déjà les contours. Il ne changeait pas physiquement, solide, râblé, le menton volontaire et toujours ce regard clair qui semble traverser son interlocuteur vers d'étranges perspectives, mais cette fois un rien voilé, et même un peu triste !

— Tu me parais soucieux, un peu absent, comme indifférent même à tes projets. Puis-je t'aider en quelque chose ?

— Je ne sais que te dire ! Tu sais que je dois tout à notre roi Charles. Sans lui, qui m'a distingué il y a bientôt vingt années, je n'aurais été mieux qu'un habile marchand bien marié et héritant bientôt de son beau-père. Mais le hasard, un peu suscité il est vrai, fit qu'il me donna sa confiance. Il comprit ce que je voulais faire et le parti qu'il en pourrait tirer pour lui et son royaume. Mais les choses vont trop vite et mes affaires trop prospères, tu le sais mieux que beaucoup, pour ne pas attirer haine et jalousie. Notre souverain lui-même, qui ne me ménage pas ses compliments publics au Conseil, me réserve plus souvent qu'auparavant cette indifférence royale qui le caractérise. Tu le connais…

— Bien peu, en vérité. Je n'étais qu'un chevalier parmi d'autres, fidèle à sa cause comme mon père mais après beaucoup d'autres, plus visibles et plus proches !

— Mais tu sais qu'il est possédé par la méfiance, le soupçon, le doute ! Mieux que d'autres conseillers, car davantage habitué au commerce des hommes de toute origine, je sens son regard froid et vois sa lippe sarcastique que ne dément jamais son parler trop onctueux pour dire vérité complète. Il est certes finalement un grand roi, mais ce qui lui a été possible d'obtenir grâce à Jeanne d'Arc ne l'a assuré que sur les apparences. Le fond de l'individu reste meuble, incertain, jaloux, et loyauté n'est pas le fort des puissants.

— Ah, Jeanne ! C'est par elle que fut ma seule vraie occasion de rencontrer le roi de bec à bec. C'était au printemps de 1430 en son château de Bourges. Il m'avait convoqué pour une étrange raison. Jeanne venait d'être capturée par les Bourguignons et bientôt vendue aux Godons. Je la connaissais déjà car l'avais rencontrée un an plus tôt. Le roi, qui le savait, m'a curieusement demandé, lui n'ayant rien fait de suffisant pour délivrer celle qui lui avait rendu dignité, victoire et espérance, d'aller auprès d'elle et essayer de l'aider dans un procès qui ne sera finalement que félonie et mensonge. Licencié, puis maître, de l'Université de Paris et même docteur ès décrets, je savais pouvoir lire les procédures et déjouer les pièges. Si tout cela ne pesa rien devant la fourberie des Anglais et leurs valets, je pus cependant l'approcher plusieurs fois et faire ce que j'ai pu. Je dirai peut-être un jour ce que fut pour moi notre Jeanne. J'ai découvert sa sainteté et perdu la foi en l'Église, probablement sans retour. Mais revenons à ton histoire ! Tu parais si songeur !

— Mes idées et projets sont plus clairs que jamais, mais derrière eux je sens l'ombre et le flou des intentions. Je ne vois plus que rarement notre souverain en privé. S'il reste en public ce qu'il sait être pour obtenir l'argent dont il a besoin et terminer la guerre, ce que je peux lui fournir comble moins ses désirs. Il le fait savoir. La meute sent les remugles de ce qui pourrait être la défaveur ! En outre, ce que j'ai d'amitié pour Agnès Sorel, sa favorite, seul être au monde pour qui il a quelques sentiments humains, vient compliquer une relation complexe et maintenant faiblissante. Le roi me fait-il encore confiance ? Je ne le crois plus et crains la suite.

— Prépares-tu tes arrières ?

— J'organise ma survie hors les frontières du royaume de France. Mais je crains pour ma famille.

La nuit s'avançait au gré des plats et boissons mais Jacques n'a jamais été grand ripailleur ! Une partie de lui vivait sans cesse hors de notre monde et ses rêves l'amenaient où le commun n'allait pas. Il partit se coucher bientôt. Resté seul avec mon vin de malvoisie, je m'apensais, tête lourde, sans direction précise. Maroussia me demanda si je voulais quelque chose. Rien d'autre qu'elle m'aidât à entrer dans la nuit, ce morceau de vie où l'on n'est déjà plus, entouré de sa chaude présence.

Ah ! Monsieur mon frère ! Le sommeil fut agité. Lorsque la nuit me prit enfin, le jour entrait déjà. Jacques était parti fort tôt. Maroussia m'avait laissé seul dans une couche bien froide. Mais la lucidité qui vous vient le matin, une fois débarrassée des brumes, organisa sans détour la journée venant. Dans cette immanquable séquence, il y avait place pour toi. Je devais continuer de t'écrire mais en donnant au récit la rigueur nécessaire, celle, tu le sais, que l'on met en contant, une fois presque passée sa propre vie, comme si elle eût plénitude et cohérence. Je préviens mon notaire romain dont je t'ai déjà parlé. Il recevra au rythme de mon écriture les feuillets que je t'adresse et les enverra à maître Jérôme Boucheron, notaire sis en la cité de Bourges, que je charge de te retrouver. S'il y parvient, ce que j'espère, puisses-tu m'écrire en retour. Peut-être alors, si Dieu nous prête encore un peu de vie, et si tu le souhaites, pourrons-nous nous revoir, à Rome ou là où tu demeures.

Vire, octobre 1418

Il faut toujours faire petite étape le jour du départ. Adieux, bagages peut-être oubliés, regrets que l'on laisse ou croit laisser, tout nous conduit à retarder le moment d'aller. Et puis routes et chemins ne sont pas sûrs, qui imposent de trouver bon gîte avant la prochaine nuit. Je quittai notre ville de Vire lorsque la cloche de l'église sonnait tierce[1] selon l'heure canoniale, avec mon écuyer Gilles qui m'accompagnait depuis mon arrivée ici il y a trois ans. Il était à Azincourt, homme à pied, avec un millier d'autres, chargés de disperser les archers anglais ayant déjà engagé le combat. Son calme et sa bravoure, y compris en se dégageant pour fuir le désastre, avaient alors frappé mon père. Il est pour moi plus qu'un écuyer, plutôt un compagnon, et nos quatre chevaux permettaient d'emporter ce qui nous restait : armes, quelques vivres pour le voyage, l'argent que nous avaient généreusement donné les bourgeois de notre bonne et regrettée cité.

Avec distance du temps et retour des souvenirs, la scène m'est toujours aussi claire d'images, de visages et d'odeurs mouillées, mais curieusement dénuée d'émotion. Sous le crachin d'automne, après trois années de

1. Environ 9 heures.

guerre intermittente, ce départ ne m'a pas guère laissé plus de trace que l'amertume d'un devoir mal accompli.

Parmi les miens du pays de Caux, oncques ne sut où nous allâmes en ce début d'automne 1418. En quittant le château et la cité dont j'étais le capitaine pour le roi de France Charles le sixième – que Dieu le garde en Sa sainte grâce – je ne savais d'ailleurs point moi-même où aller. Mais que faire d'autre qu'avoir rendu ma ville à ce roi Henry V d'Angleterre ? Les combats avaient été rudes contre cet envahisseur débarqué un an plus tôt à Toucques avec plus de vingt mille soldats. Il s'était rapidement emparé de Caen puis poursuivait dans le bocage et prenait Falaise. Sa force était si convaincante que nombre de nos places hésitaient à résister pour ouvrir plutôt leurs portes et réclamer clémence. J'ai tenté, au contraire, avec succès, de dégager la ville de son emprise, car ses troupes avancées entraient déjà loin en cette Normandie presque bretonne. Ils ont été rejetés jusqu'à Carentan. Victoire bien temporaire ! Déjà affaibli par la bataille, il me fallut replier puis ranger mes troupes derrière les remparts de la ville, lorsque le gros des forces anglaises, totalement débarquées, m'y repoussa. Après plusieurs mois de siège et de nombreux jours d'assaut, sans plus de ressources et d'hommes, la décision me fut naturelle : capituler en échange de la vie sauve pour les habitants.

C'était la coutume en ce temps, lorsque traité avait été conclu entre assaillants et assiégés à l'issue d'une période négociée sans avoir été secouru. Tel était le cas. Non soutenus par belles et fraîches troupes françaises, mais non battus : les Godons ne sont jamais entrés par la force dans la ville. D'autres seigneurs de France auraient peut-être décidé, pour l'honneur, d'aller jusqu'à l'extrême. Peu l'ont fait ! Mais les Godons sont disciplinés, impitoyables et bien commandés. La témérité nous a coûté cher à Azincourt il y a déjà trois années ! J'ai écouté la parole de mon père et choisi le mal pour éviter le pire. Quant à mon sort personnel, j'avais le choix : servir l'ennemi ou m'exiler, privé de mes biens. Dieu, mon roi et le royaume de France ne souffraient aucune autre fidélité. Je partis. J'avais déjà vingt-trois ans. La définitive perte des revenus de ma petite seigneurie comptait peu ! Tu sais, Philippe (tiens ! Voilà que je te nomme céans par ton prénom comme il sied à un frère !), que j'en avais laissé le fruit à notre oncle Richard après la mort de nos parents et notre petite sœur. Mais que pèse l'écu d'or à la couronne[1] devant l'honneur conservé ? Et puis, je savais pouvoir me refaire sur le dos de l'envahisseur anglais, ici ou là, ou entreprendre autres commerces. Mon inquiétude allait surtout aux miens sujets. Trouveraient-ils bon maître en ce monde de pillage et violence ? À quel petit seigneur godon ou, pire, bourguignon, Henry le brutal allait-il donner notre domaine en récompense de combat ou de trahison ? Combien d'années seraient encore nécessaires avant de jeter l'Anglais à la mer, ramener la félonne Bourgogne et finalement réunir notre beau royaume de France ?

Où aller ? Paris était aux Bourguignons depuis la fin du mois de mai, ceux-ci ayant franchi la porte Saint-Germain ouverte par traîtrise, puis réoccupé la ville, « abattant et occisant » à grand tas les Armagnacs,

1. Monnaie créée par Charles VI qui remplaçait le franc d'or.

à commencer par le comte Bernard lui-même. Caen était déjà prise, ainsi, un peu plus tard, qu'Alençon, Argentan dont je t'ai parlé, et Falaise. Lorsque les Anglais avaient commencé, durant l'été de l'an précédent, le siège de Rouen, tous les partisans de notre dauphin se demandaient comment allait réagir Guy le Bouteiller, capitaine de la ville et du château. Celui-ci était au duc de Bourgogne, Jean sans Peur, qui l'avait anobli et même nommé son chambellan. Notre père le connaissait. Appelé alors Guiot, le garçon avait réputation de violence et c'était surprise que les Rouennais l'appelassent pour diriger la ville. Pourtant, en ces jours de novembre 1418, les Anglais assiégeaient durement la cité sans faire de quartiers, et ce capitaine incertain de fidélité tenait finalement et fermement son rôle de défenseur !

Sais-tu, Philippe, qu'il y a plus d'habitants en cette ville qu'aujourd'hui à Rome[1] ? Tu la connais sans doute. Elle était fortement abritée derrière de larges murailles et nombreuses tours avec moult canons et un important corps d'arbalétriers bien entraînés. Mais jusqu'à quand allait-elle résister ?

Au moment où nous quittâmes Vire, les Godons occupaient la presque totalité de la Basse-Normandie. Quelle que fût notre finale destination, et bien que dûment munis des sauf-conduits nécessaires, il nous fallait traverser un territoire occupé et hostile, sans compter les routiers, saquemans, paysans révoltés, et bandes rivales des deux partis, chacune n'ayant rien à envier à l'autre quand il s'agit de massacrer, incendier

1. Environ 70 000 habitants.

et violer. Nos chroniqueurs du moment en ont largement raconté l'attitude : ils firent « tant de maux comme eussent fait Sarrasins, car ils pendaient les uns par les pouces, les autres par les pieds tandis que d'autres tuaient et rançonnaient, efforçaient femmes et boutaient feu ». Le dauphin, enfui par miracle de Paris, s'était réfugié à Melun puis à Bourges. C'est loin ! Nous décidâmes cependant de le rejoindre et sommes finalement passés par la Bretagne pour ensuite nous diriger vers l'Anjou, terre de France.

*

Mais avant de te conter la suite, je voudrais revenir sur le roi anglais. Froid, petit, brutal et arrogant, il était impossible de l'aimer. Au moment de rendre à genoux les clés de la cité, j'eus avec lui un dialogue dépourvu de toute chaleur :

— Mon frère Lancastre me dit que vous fûtes difficile à vaincre et que la ville de Vire dont vous étiez le capitaine était bien défendue. Vous m'avez coûté moult valeureux et bons soldats d'Angleterre.

— Sire, ils seraient encore parmi vous s'ils étaient restés chez eux. Je prie pour que le Seigneur tout-puissant accueille auprès de Lui l'âme de nos morts et qu'Il veuille bien couvrir de Sa grâce les blessés. Et je demande la vôtre pour les habitants de cette ville dont je vous remets aujourd'hui les clefs.

— Sachez, messire, que je vous ai vaincus et saisis ce que je veux.

— Mais sans avoir réussi à prendre la ville ! Je vous la remets céans en vertu de notre accord. Ce serait pour vous grande pitié, sire, et grande dépense que de vouloir garder citée dévastée et ruinée. Que peut bien apporter au royaume d'Angleterre, qui n'est pas si riche, l'occupation d'une Normandie régulièrement pillée, sinon impossibilité de lever l'impôt et persistance durable d'un grand ressentiment des nôtres contre les vôtres ?

— La Normandie est anglaise et fait partie de mon héritage !

— L'appartenance, donc la fidélité, d'une terre avec ses habitants est plus que simple affaire de legs familial ou de conquête provisoire ! Notre bon roi Charles, lointain successeur de notre roi Guillaume, n'est pas assez fol pour revendiquer le royaume d'Angleterre !

— S'il le voulait, il ne le pourrait ! C'est la conquête, puis l'occupation qui fondent la propriété. Regardez votre Guyenne que j'occupe depuis cent ans !

— Sire, vous ne la garderez pas encore aussi longtemps ! Car si vous administrez avec sagesse la région en lui permettant d'exploiter ses ressources et de faire commerce, votre garnison y est légère et la population du royaume ne vous est pas si favorable. Pourquoi accepterait-elle de prêter encore hommage au roi lointain d'un royaume brumeux si l'armée du roi de France, plus proche d'elle, parlant le même langage et accordant les mêmes libertés, venait la délivrer ?

— Par ma foi, l'outrecuidance de ces Français vaincus passe l'entendement le plus bienveillant !

— Par ma foi, sire, ce sont les divisions au sein de notre royaume et ses convictions de chevalerie aujourd'hui dépassées qui amènent vos victoires. Votre royaume d'Angleterre, plus petit, plus pauvre et beaucoup moins peuplé n'a point de chance aucune d'occuper durablement nos régions.

— Je le fais cependant ! Je prends chaque fois plus de vos villes et serai bientôt maître dans Paris !

— Peut-être, sire, mais seulement par trahison et vilenie des Bourguignons sans lesquels vous êtes seul ! Chacune de vos conquêtes immobilise une partie de vos garnisons qui s'enferment dans nos villes et s'effilochent sur le parcours. Les régions alentour sont pillées et brûlées par vos déserteurs et les nôtres sans plus fournir les ressources nécessaires au financement de la guerre.

— Il en est de même pour vous !

— Oui, sire, mais le royaume de France est vaste et proche, au sud de la Loire, qui apporte moyens suffisants pour continuer longtemps le combat contre l'envahisseur. Et puis les alliances que vous avez ici peuvent changer, en Bretagne comme en Flandre, alors que vous avez fort à faire contre vos Écossais et vos propres guerres de succession !

— Il suffit, messire Jehan ! Votre sermon de clerc me pèse ! Vous êtes aussi habile avec la langue qu'avec l'arbalète ! Vous me seriez vassal efficace et combatif ! Je vous accorde maintien de vos titres et biens si vous me prêtez hommage.

— Sire, ma fidélité ne se divise pas. Elle est au roi de France !

— Alors quittez les terres de mon royaume, seul et sans titre ni fief ! Mon frère Lancastre y veillera !

— Je vous demande grâce, sire, pour les habitants de ma bonne ville.

— Ils souffriront le châtiment de ceux qui m'ont combattu : saccage, pillage et efforcements par mes soldats !

— Ils vous seront plus utiles, sire, épargnés et prospères, pour vous verser l'impôt indispensable à la guerre. Et puis vos hérauts ont eu convenance avec les miens, si la ville n'était pas dûment secourue par les armes de France avant le 15 octobre de cette année 1418, que je vous la remettrais sans disgrâce pour ses habitants !

— Par saint Georges ! Cela est juste ! Qu'il en soit ainsi ! Et maintenant partez !

C'est sans déplaisir, tu l'imagines, que je quittai le personnage, non sans avoir entendu la messe en l'église Saint-Michel. Et que dire de l'évocation bruyante et répétée de leur saint Georges, à chaque phrase, ce saint auxiliaire qu'il leur faut invoquer pour se préserver des épidémies !

*

La grand-porte Gastinel franchie, après quelques pas hésitants, Gilles et moi nous sommes retournés un moment sur la ville. Combien de temps avons-nous passé sur le rempart qui joint les deux tours massives de l'entrée à guetter le Godon et diriger contre lui nos moyens ? Enfin, nous devions aller.

Depuis Vire, c'est plus de trente lieues[1] à parcourir pour aller à Saint-Malo en passant par Avranches. Celle-ci appartenait à Jean V, duc de Bretagne, qui, jaloux de son indépendance, louvoyait sans cesse entre Bourgogne, Anglais et royaume de France. En ce début de l'année 1419, il était plutôt proche du roi Charles VI mais pouvait rapidement changer d'attitude. Le chemin n'était pas si dangereux, car la guerre est chose intermittente et ses combats fixent surtout villes et forteresses ! À la condition d'éviter chemins trop

1. 1 lieue française équivaut à 4 kilomètres.

ombrageux et routes peu fréquentées, mes premières journées d'exil ont été calmes.

À cheval, il faut normalement deux journées de voyage et donc trouver une étape sûre pour passer la première nuit. Nous décidâmes de prendre notre temps, cheminant vers Saint-Sever où l'abbaye de Notre-Dame pourrait nous accueillir. C'est une courte route avant que la nuit tombe. L'église est récente. Elle repose sur une construction romane qui a disparu. Son style est le nouveau gothique dont la construction en arcs brisés permet plus de hauteur et de lumière. Même si elle reste massive, quelle différence avec l'église de mon enfance !

Te souviens-tu de la paroisse Notre-Dame où nous allions petits ? Notre grand-père Raoul racontait combien elle était belle auparavant, toute décorée de scènes illustrant la vie de Jésus, ses Apôtres, ses parents dont la si douce Marie, sous le regard sévère de notre Dieu tout-puissant. C'était, paraît-il, une pluie de couleurs qui illuminait le croyant, guidant son regard vers la grande croix du divin sacrifice. Le plus humble pénitent, regardant ces scènes sublimes si parfaitement illustrées, oubliait un moment le cilice de son existence, et tombait en prière espérant le pardon qu'il réclamait en tremblant. Puis, pour une raison qu'il ignorait, l'évêque de notre diocèse décida un jour de faire recouvrir ces admirables peintures d'un crépi blanc terne, ne laissant la couleur qu'au plus haut du regard et un peu de bleu sur les piliers massifs. Comment comprendre l'attrait de certains prélats pour noircir toujours davantage notre vie terrestre, y compris lorsque nous allons vers la prière ? J'osai penser qu'une part du mystère s'était ainsi effacée, ou, ce qui est peut-être pire, que la distance séparant nos pauvres vies du salut éternel s'était encore allongée, maintenant bordée par cet apprêt bien terne si proche de l'existence des hommes. Au-dehors, ce n'était pas l'édifice et sa lourde construction qui faisait espérer. Oh ! Elle n'était pas bien belle, notre église ! Et son unique tour ne portait pas bien haut ! Son lourd berceau paraissait écraser la nef centrale heureusement aidée par deux autres plus petites elles-mêmes couvertes et bordées de murs épais sans moult fenêtres. Elle donnait l'impression d'un monstre à l'échine trop lourde, rampant sur ses grosses pattes, peinant à espérer mieux que sa froide pesanteur. Il y avait pourtant une force rayonnante qui émanait de cette façade nette, son plein cintre positif, et ses colonnes massives, comme l'évocation d'une puissance primitive, austère, brutale, affirmant catégoriquement et sans discussion la présence parmi nous de Notre Seigneur Dieu. Il y a, paraît-il, au-delà de la mer Méditerranée, une immense basilique[1] que nos chevaliers revenus des croisades décrivent comme touchant le ciel dans un paysage de lumière. Je pensais à ce moment, un jour peut-être, si Dieu me le permet, aller voir cette merveille et comprendre, peut-être, jusqu'où peut aller le génie des hommes animés par notre sainte foi.

Le départ du lendemain nous fut sans souvenirs. Il était étonnant que, à peine moins d'un jour écoulé depuis Vire, le temps se fût déjà dilaté, plus long en conscience qu'en vraie distance. Il y a de l'étrange dans la mémoire. Les événements que nous avons

---

1. Basilique Sainte-Sophie de Constantinople.

traversés ne sont vite plus que des points fixes sur lesquels le regard de temps en temps se pose, mais sans peu indiquer le chemin pour continuer d'exister. Il y avait beaucoup de voyageurs sur la route qui menait vers l'abbaye de Villedieu donnée et administrée par les Chevaliers de Saint-Jean, ordre militaire et religieux fondé par les marchands amalfitains au XIe siècle à Jérusalem. Quelques paysans faisaient ce qu'ils pouvaient pour travailler une terre régulièrement saccagée. Mais les constructions de l'ordre étaient importantes, avec un manoir seigneurial, l'église, la chapelle Saint-Blaise, le moulin et les fours. Fort industrieux, les Hospitaliers développaient largement échanges et commerces en organisant tous les mardis grande foire visitée par toute la région. Je ne sais, Philippe, si tu as traversé le lieu, mais on est davantage saisi en arrivant par le bruit de la ville que son aspect. Il y a céans plusieurs ateliers de fonderie où moult artisans frappent et cognent le cuivre pour lui donner forme. Cette petite cité est rapidement devenue la plus importante poeslerie de Normandie. Notre roi lui-même accorda à ces fondeurs statut et protection.

Arrivant en ville, notre apparence suscitait plus méfiance qu'apaisement. Habillés encore en guerre sur grandes montures capables de porter armes et cavaliers, notre allure dispensait de tout excès familier. Il fallait songer à ranger, peut-être vendre, l'inutile ferraille mais sans affaiblir nos moyens. La route, incertaine jusqu'à Bourges, ville française de notre dauphin, allait être longue. Nous n'avions ce jour que quatre lieues à parcourir.

Je demandai à Gilles ce qu'il comptait faire dorénavant :

— Poursuivre votre service, messire, si vous voulez toujours mon accompagnement !

— Certes ! Mais tu es plus âgé que moi. N'as-tu envie d'arrêter les combats, te poser en quelque endroit, trouver belle épouse et fonder une famille, ce qui est finalement le destin le moins vain de l'humaine condition ?

— Un jour sans doute. Lorsqu'une inexplicable raison me fera sentir le moment venu. Et vous, messire ?

— Plus tard, plus loin ! Il reste beaucoup à combattre pour chasser le Godon hors de France et punir le traître bourguignon. Il est aussi vrai que la route exigeante et sans fin de l'étude reste tapie au fond de mon crâne. Tu sais que je suis diplômé de l'Université de Paris. Je voulais poursuivre avant d'être appelé, sur instigation de mon père, par notre bon roi Charles le sixième. Mais l'étude a aussi ses pièges. Connais-tu par exemple ce que l'on nous enseignait sur le saint sacrement du mariage ? Si elle cherche quelque peu à s'affranchir d'une autre tutelle que la sienne, l'Université de Paris se veut de Dieu et ne tient que de l'Église. Sa science du mariage vient directement de nos saints Apôtres. Saint Paul, dans sa première Épître aux Corinthiens, divisait le sacrement en deux moitiés. La première faisait de cette union devant Dieu le meilleur des compromis entre la nécessaire et apaisante consommation de sexe avec autrui et l'essentiel qui est de garder le temps indispensable à la prière. L'amour charnel à l'intérieur du mariage permet à l'homme de se protéger de la brûlure du désir qui obscurcit l'esprit tout en pouvant diviser son temps, et le réserver, pour être en Dieu. Mais le second parement de l'état marital possède un autre grand danger, le quotidien de la vie en ménage divisant chacun en deux soins opposés : s'occuper de l'autre et plaire à Dieu. Saint Paul voit ainsi le couple passer de ce qu'il pensait être un arrangement acceptable à un déchirement qui, s'il n'est pas péché, est insoluble entre satisfaction d'un désir individuel et l'inquiétude permanente qu'entraîne le service de Dieu dû par chaque chrétien. S'il est bon que l'homme ne soit pas seul, où est donc l'espoir puisque le mariage paraît soulever une insoluble contradiction ? De notre saint Apôtre s'ensuivent ainsi deux errements ouverts à interprétation : il y aurait peu de distance entre un mariage trop humain et l'adultère à Dieu. À l'autre bout du déchirement, tout maître en théologie pourrait vouloir délivrer l'homme en apologisant l'amour libre au nom de la souveraineté d'un amour que le mariage ne peut combler. Faites votre vie avec tout cela !

— Le jargon des prêtres ne m'a jamais convaincu. En attendant la sainte stabilité du mariage, je prends mon plaisir auprès de celles qui me l'offrent sans autre contrepartie que pécunes, sourire et un peu de temps partagé.

Arrivés à Villedieu, nous fûmes accueillis par le commandeur, plutôt fraîchement, car nous étions au roi Charles VI. Selon lui, non seulement notre souverain n'a pas œuvré suffisamment pour une nouvelle croisade mais, en outre, en est resté à l'écart, contrairement aux Bourguignons, dont l'expédition contre les Ottomans deux ans plus tôt s'est achevée par un grand désastre à la bataille de Nicopolis[1].

1. La bataille de Nicopolis a lieu le 25 ou le 28 septembre 1396 sur la rive droite du Danube entre le sultan ottoman Bajazet Ier et une croisade menée par Sigismond de Luxembourg, roi de Hongrie.

Il était difficile d'argumenter une controverse ! Je n'y étais pas et le commandeur non plus ! J'ai pris la peine, longtemps après, ici à Rome, au service de Sa Sainteté, de m'enquérir sur la male aventure. Les archives du pape sont les meilleures du monde. Avec la distance qui sied nécessairement à un observateur lointain lisant des rapports, il m'apparut rapidement que les armées croisées s'étaient plutôt mal comportées, tant moralement par massacres et pillages en terres musulmanes, que militairement. Une fois encore la médiocrité du commandement, les dissensions entre chrétiens, hongrois et valaques, l'insuffisant renseignement des troupes croisées quant aux positions et situations de l'armée ottomane venue secourir Nicopolis, l'absence d'engins de siège pour prendre la ville annonçaient la défaite. Surpris par une arrivée si rapide de l'adversaire, nos croisés, dont l'avant-garde était constituée des chevaliers bourguignons, se sont rués vers l'ennemi en négligeant d'analyser leurs positions. La suite du combat ressembla fort à ce qui advint trop souvent sur territoire de France contre les Anglais : le courage ne l'emporte pas sur l'organisation. Si je l'avais su, j'aurais pu dire à notre hôte la sagesse de notre roi Charles. Rester à l'écart nous épargna déboires et bon sang de chevalerie, sans compter les fortes pécunes qu'il fallut à monseigneur le duc de Bourgogne pour payer rançon de son fils prisonnier.

*

La nuit fut calme et le matin consacré à entendre la messe. Un crachin frais trempa notre département vers Avranches. Étape courte et bien mouillée ! Le temps nous pressait d'arriver, protégés comme nous le pouvions d'une pluie qui sentait bien l'automne. La vicomté d'Avranches n'est pas depuis longtemps au roi de France. C'est notre bon souverain Louis le neuvième qui la racheta il y a près de deux siècles. La ville avait été détruite et ses remparts abattus. Notre roi la fit reconstruire, de nouveau fortifier, et garder par plusieurs portes bien protégées. Comme dans ma bonne cité de Vire, la disposition des murailles et défenses étaient surtout orientées à l'ouest, contre la Bretagne. De l'époque antérieure, il ne reste que peu. Seul l'ancien donjon continue de dominer le rocher qui surplombe la ville, au confluent des rivières Sée et Sélune, et permet de voir jusqu'au Mont-Saint-Michel. Nous y entrâmes par la porte Géole, à l'est, cherchant bonne auberge et étuves pour se délasser. Proche des remparts s'élevait la cathédrale Saint-André, façade édifiée en style roman, avec quinze piliers de chaque côté sur sa longueur et nombreux bas-côtés autour du chœur et de la nef. Ses deux grandes tours carrées, égales de hauteur mais dissymétriques par leurs ouvertures, ont la dureté verticale des architectes anglais, à leur image, telle une formule raide et sèche sans animation des parements à l'image des cathédrales de Paris ou de Reims. Nos artisans de France ont su occuper le vide de la pierre par la vie confuse et foisonnante des bas-reliefs et statues, comme des fruits sur un autel. Rien d'identique, le plus souvent, en notre Normandie trop longtemps occupée par les Godons. Ils ont construit leurs églises comme une cité militaire sur une île brumeuse !

La ville s'éveillait. Les maisons bourgeoises entrouvraient leurs portes ; des enfants déjà turbulents, qui feraient bons soldats ou paysans plutôt que clercs, couraient vers l'école de l'église ; l'échoppe du rôtisseur sentait bonne odeur de pâte et de graisse. Nous y achetâmes pâtés et saucisses pour le voyage, sans oublier, dans une boulangerie voisine, belle miche de pain et quelques bouteilles de ce vin clair et sec du pays avranchain. Devant nous une compagnie d'arbalétriers, au teint fleuri, sortait du lieu pour tirer la perdrix.

Nous sortîmes de la ville à l'ouest, à l'heure juste de levée de herse et baisse du pont-levis. Hors du bourg sur un tertre bien visible se dressait l'habituel gibet garni d'une dépouille déjà sèche. Gilles et moi étions plutôt taiseux. Si le matin clair enterrait les morts, déjà loin, des combats pour défendre Vire, si l'air humide mais libre dissipait les délires de la guerre, la légèreté du départ laissait place à étrange dépression de l'âme. Comment allions-nous en remplir le vide ?

Choisir route principale vers Saint-Malo, un peu plus au sud, ne nous tentait pas. Tous deux de race normande mais sans être proches de la mer, cette mer, que nous voulions voir, en particulier vers son septentrion où demeure l'ennemi séculaire, nous attirait vers le chemin de bordure. L'amer mais vu de terre que dessinait le Mont-Saint-Michel nous serait un bon guide. Sans oublier l'odeur du sel iodé transportée par grand vent qui griffait le visage ! En direction du sud-ouest, le parcours était assez marécageux pour nous forcer à détours brefs mais imprévus. La nuit arrivant rapidement nous prit dans un hameau incendié et pillé. Il sentait encore la charogne mais fournit un abri suffisant dans le reste d'une grange.

Curieusement les oiseaux ne chantaient pas. Les soldats que nous étions respiraient le danger sans encore le voir. Après avoir caché nos chevaux, encore sellés, près de nous pour les monter rapidement s'il le fallait, et armés, moi de mon arbalète, Gilles de son arc, nous nous sommes mis en attente, dissimulés derrière une palissade au bord du chemin. Du monde arrivait ! Ils étaient six, deux cavaliers et quatre hommes à pied, hirsutes et disparates. Cela sentait l'herpaille. Je décidai de viser l'échalas qui paraissait le chef de bande et mon écuyer l'autre cavalier. Il aurait le temps de tirer au moins trois flèches sur le reste de la piétaille avant que je ne réarme. C'était suffisant. Nous savions finir le reste à l'épée et ils ne nous avaient pas vus. À dix toises[1], le premier prit mon vireton dans l'œil et chuta pesamment ; la lourde flèche de Gilles transperça facilement la cotte de maille de son compain tandis que les quatre malandrins à pied cherchaient encore l'adversaire. Une seconde flèche de Gilles tua l'un d'eux. Les autres prirent la fuite. Sautant sur nos montures, la poursuite fut facile. J'ai aisément rattrapé le premier et le frappai de taille, en haut du haubert, juste au-dessus du gorgeton, lui tranchant le cou et la moitié de l'épaule. Gilles maniait bien la masse d'armes. Il enfonça largement le bassinet du second avec cet étrange bruit de ferraille et d'écrasement d'os que provoque l'instrument à cet endroit. Le dernier crut bon de se retourner pour faire face. Le temps lui manqua. J'étais déjà sur lui et le bousculais. Alors qu'il tentait de se relever l'épée à la main, vite descendu de mon cheval j'arrivai derrière et lui coupai la tête.

L'examen des cadavres fut rapide. Ayant récupéré ce qui était utile, quelques cliquailles, un carquois de

1. 1 toise = 1,949 mètre.

flèches, une jolie dague certainement robée, et laissant mouettes et corbeaux finir ces charognes qui étaient anglaises, nous passâmes la nuit plus loin, près de la mer, dans une ancienne masure de pêcheurs.

L'apaisement nous prit rapidement après l'excitation du combat. C'était d'ailleurs peu de choses ! Nous fîmes honneur en silence à la charcutaille, et nos outres d'un vin rafraîchissant amenèrent quelque peu songes et rêveries. Il y avait longtemps que je n'avais dormi au clair de lune. Le tour de garde était simple : Gilles assura le premier. Je l'ai suivi au mitan de la nuit.

Celle-ci passa, puis un nouveau matin, tous deux sans retour. Allant sur mes vingt-quatre ans, et calculant ce faible total en aurores souvent attendues puis en secondes respirées, le résultat semblait large. Il était peu à côté de tous ces grains de sable que mes mains paresseuses laissaient entre les doigts filer. Combien a-t-il fallu de siècles pour ainsi émietter la roche ? Et comme insignifiant paraissait en miroir le nombre de journées dans les récits bibliques. L'étrange prétention des juifs à mesurer la création du monde à quelques milliers d'années, selon la courte échelle de la mémoire humaine, m'a toujours semblé étrange. La mer faisait son bruit de toujours. Et l'éternité du monde, en harmonie avec celle de Notre Seigneur tout-puissant, ou qui la précède, il y a là-dessus *disputatio*, restait un débat chrétien non tranché. L'Université et ses docteurs ne vivront pas suffisamment longtemps pour résoudre le mystère. Avant que ne revienne le soleil, la nuit était brumeuse. Elle occultait les étoiles, qui donnaient aussi le vertige des nombres. L'on apercevait avec l'aube, mais sans bien distinguer, la sublime flèche du Mont-Saint-Michel. Peu importait, elle était but tangible et direction simple, à portée humaine, même dédiée à Notre Seigneur. Je réveillai Gilles pour reprendre la route.

*

Enclavée dans le duché de Bretagne, Saint-Malo a été au roi de France jusqu'en 1415. Elle est revenue, aujourd'hui, propriété du duc de Bretagne qui l'a reprise en profitant de la défaite d'Azincourt. C'est un port franc dont la prospérité tranche, à nos yeux de voyageurs, sur la pauvreté et la misère d'une Normandie ravagée. Belle cathédrale Saint-Vincent-de-Saragosse dont les voûtes reposent sur des ogives étrangement bombées. La grande tour centrale venait d'être rehaussée, au cœur d'une construction générale droite et anguleuse, elle aussi très anglo-normande. Nous nous arrêtâmes chez maître Bondel, étuveur de son état, pour nous faire baigner et raser avant de rejoindre le prélat du lieu. L'évêque de Saint-Malo, Robert de la Motte, rétif à l'autorité temporelle du duc de Bretagne, était en plus l'exécuteur testamentaire d'Olivier V de Clisson, ancien connétable de France. Je le savais donc bienveillant vis-à-vis des voyageurs hostiles aux Anglais et fidèles à la famille des Lys ! Quant aux Malouins, fiers et décalés, ils se souviennent encore de la franchise que Charles VI leur avait accordée. C'était donc terre amicale.

Monseigneur l'évêque vivait rue Saint-Benoist, dans l'ancien monastère de la ville. Durant un maigre mais agréable dîner arrosé de cidre et d'hydromel, il semblait détaché de beaucoup d'illusions, y compris de religion, en s'épanchant d'emblée sur la misère que Dieu tolère dans le monde et la dégradation des mœurs de l'Église. J'étais clerc et pouvais donc suivre aisément le prélat dans l'échange. Le dialogue, si c'en était un, suivait le clair chemin de la scolastique : constat, doute, discussion, jugement.

— Messire Jehan, pauvres hommes sommes-nous donc ! Pourquoi Jésus a-t-il voulu sauver cette créature de si peu qui, tantôt faite à l'image du Très-Haut, tantôt créée par un Dieu lointain, n'a d'autre choix qu'entre l'enfer auquel il ressemble le plus ou l'errance de sa pauvre vie souvent délaissée par le Créateur, marchant dans une fange ne valant pas mieux que l'étable ?

Le pessimisme du propos ainsi introduit, associé à la maigre chère, nous refroidit quelque peu. Mais, sans répondre, je décidai d'écouter simplement ce vieil homme qui tentait au moins de réfléchir hors le dogme. Si je n'étais pas indifférent aux tumultes de l'esprit, ma vie récente m'avait davantage exposé à ceux du monde, surtout à sa violence, et il m'était difficile de reconnaître ici-bas les vertus humaines que pourrait bénir le Seigneur tout-puissant. Même l'Église, à commencer par son premier vicaire, et ses représentants qui foulaient les commandements comme ils faisaient commerce des indulgences ! L'argent est le vrai guide, le seul, qui procure pouvoir, plaisirs et joies, en attendant le dernier jour. Mieux vaut s'y diriger à pas comptés, et chacun perçoit sans détour que le chemin est plus doux avec bonnes clicailles que pieds nus sur le cilice du chemin, sans foyer ni certitude d'un lendemain.

Après tout, tirer sur le crédit de notre très Sainte Mère ou de tous les saints pour couvrir les fautes du pécheur est-il si différent des opérations de prêt que pratiquent les frères lombards dans leurs boutiques spécialisées ? La logique y est la même et seule l'échelle du temps compté marque la différence.

Monseigneur l'évêque était en plein doute. C'était chagrin que de voir ainsi ce prélat, le visage gris, les yeux profondément enfoncés jusqu'au cœur de l'âme, la voix sourde mais distincte. Je ne savais quoi répondre. Il m'apparaissait aussi important, pour lui et pour moi, que le monologue allât jusqu'au terme. La suite fut surprenante. Après quelques instants silencieux, du plus profond de sa gorge surgit ce qui n'était plus une plainte mais le signal clair d'un espoir assumé, teinté d'un peu de cette hérésie que se permettent les dignitaires de l'Église :

— Peut-être ne sommes-nous plus que des aveugles paresseux dont le doute vient de quinze siècles endormis depuis la Révélation, comme si celle-là avait eu lieu une fois pour toutes ! Peut-être n'avons-nous plus la foi suffisante pour se contenter d'autre chose que de s'accommoder au monde tel qu'il est ! Peut-être que l'évocation de la Sainte Croix n'est-elle rien d'autre qu'un symbole devenu commode pour nous faire oublier le Dieu de l'Ancien Testament, ce tyran provocant et agressif, pour ne pas dire incapable, laissant l'homme seul et condamné au péché malgré le respect des commandements ! Le Fils ne peut faire oublier le Père !

C'est alors que cet esprit tourmenté renversa la logique transmise depuis si longtemps dans le cœur des fidèles :

— Dieu nous est si éloigné qu'Il n'apparaît plus en majesté, un et indivisible. Un petit morceau de Lui, infiniment petit, loge pourtant en chacune d'entre ses créatures comme si celles-ci étaient seules capables de ne pas laisser s'éteindre cette faible lueur divine. Et si, finalement, c'était à nous de venir au secours de Dieu, de Sa faiblesse, et d'agir pour que Son règne arrive ?

Maître ès arts et décrets, j'étais peu familier des débats théologiques, qui pourtant croisaient sans cesse le fondement du droit canon. Mais à y réfléchir silencieusement devant ce prélat inquiet, la vérité du propos dépassait la logique trop habituelle des prêtres qui soumet toute épreuve et toute grâce à la reconnaissance puis l'absolution de nos coupables faiblesses, si bien classées par saint Thomas d'Aquin. Le péché de l'homme ne peut tout expliquer. Sa faute, originelle puis répétée sur terre par la multitude, n'est pas cause unique des désordres du monde. Dieu, si lointain, silencieux, peut-être indifférent à chacun, crée les malheurs de la nature sans que nous y soyons pour quelque chose. C'était pensée de peu de foi ! Mais une vérité tout humaine surgissait de la parole de l'évêque. Peut-être pouvons-nous, nous aidant nous-mêmes, faisant un peu de bien quand il est possible, agissant en charité par-delà la prière, oui, peut-être avons-nous moyen de rendre au Seigneur tout-puissant un morceau de ce qu'il ne nous a pas vraiment donné.

*

Monseigneur de la Motte voulut ensuite que je parlasse un peu de mon passé. D'où venais-je et pourquoi étions-nous céans aujourd'hui ? Tu connais la suite, Philippe, même si, pourtant de la même fratrie, chacun éprouve différemment l'identique paysage de son enfance.

Notre petite seigneurie d'Elbeuf-en-Bray venait de loin. Elle fut donnée à notre ancêtre Richard par le roi de France Philippe le second, en l'an de grâce 1210. Oh ! Ce n'était point un château, juste une maison fortifiée que notre aïeul voulut agrandir et renforcer, non pour abriter sa seule mesnie mais aussi gens et troupeaux des villages alentour. Il avait fait édifier un large mur d'enceinte entouré d'eau, haut de dix pieds, et bordé aux angles par une tour carrée surmontée d'un hourd de bois dressé en encorbellement. Une courtine permettait le parcours de la garde entre les tours tandis que la porte d'entrée en bois renforcé de fer, et doublée d'une forte herse, était précédée d'une barbacane en angle. C'était un domaine comprenant sept paroisses, dont une part des revenus était confiée à l'abbaye de Bellozanne, selon le partage des taxes en vigueur décidé par Richard Cœur de Lion et confirmé, plus tard, par notre bon roi Philippe IV. Les nombreuses sources qui se jettent dans le ruisseau dit La Morette permettaient le travail de trois moulins. Le bourg était prospère. Sa belle église Saint-Pierre dominait l'endroit. Mon père avait bon rapport avec l'abbé Raoul, puis l'abbé Guillaume, mais sans leur avoir confié l'éducation de ses fils, car il fallait d'abord le temps de l'exercice : celui du maniement des armes. Il est de tradition dans notre famille d'apprendre l'art de la guerre avant de se donner à réflexion, sous le regard de Notre Seigneur tout-puissant.

Ce fut le chanoine André Hestrel, prieur de l'abbaye, qui nous enseigna mes frères et moi, plein de rigueur dans l'exercice mais tout de bonhomie par l'indulgence qu'il accordait à chacun. J'ai, de ma prime enfance, remembrance de son habit blanc, son surplis de lin puis sa chape de laine noire, qui faisaient l'habit de son ordre[1]. Il avait un étrange chapeau qu'il ne portait que durant les offices lorsqu'il faisait froid, sorte de capuchon de fourrure descendant de la tête aux épaules. Son apparence me faisait sourire, son autorité m'imposait sans écraser. Je n'ai jamais oublié son visage maigre, le front haut, la bouche sans lèvres, et surtout le regard de ses yeux sombres, le plus souvent bienveillant, mais laissant entrevoir une lueur inquiétante lorsqu'il s'abîmait en songes. J'ai finalement su, à le connaître, que ce n'était pas le Malin, dont il craignait la trop grande proximité, chez lui comme chez les autres, qui allumait la braise, mais cette étrange disposition donnée à l'homme par notre Dieu, qui s'appelle raison, et qui, trop poussée par inquiétude de l'âme, conduit au doute, au désespoir, à tous les malheurs causés par la maligne nature des choses. Doué moi-même d'une vive imagination et de l'aptitude à étudier, la tentation d'interroger, même l'inconnaissable, ne m'a plus quitté grâce à sa manière. Il nous a enseigné évidemment le latin et assez de grec, un peu d'arithmétique mais aussi Thalès, Pline, Pythagore, quelques autres. L'abbaye disposait d'une bibliothèque. Il me laissait m'y attarder librement, sans interdit ni injonction, émerveillé que j'étais par la beauté des livres comme le contenu des pages. Le chanoine Hestrel m'enseigna ce qu'il put. Le reste, comme il est généralement, fut mon propre chemin. Il voulait faire de moi au moins un bachelier, peut-être un docteur diplômé de cette prestigieuse Université de Paris, jusqu'à la reine des sciences : la théologie. Tout me semblait possible. J'étais l'aîné et en savais la charge, mais notre père me laissait apparemment

1. L'ordre des Prémontrés, ordre canonial catholique fondé par saint Norbert de Xanten au début du XIIe siècle.

libre, qui est cette richesse sans héritage qu'il faut créer à l'aune de ses capacités, avec l'aide de Dieu dans le hasard du monde. Je n'étais pas maladroit dans l'exercice des armes, bien aidé par une forte et haute conformation, comme par la perception instinctive du mouvement de l'adversaire. Quoi que Dieu voulût pour moi, cette capacité, je le sais aujourd'hui, allait être bien sollicitée !

Notre devise : servir Dieu et le roi, sans partage ni retour. Au fond, la double allégeance de cette éducation me convenait : les livres que je pouvais lire me donnaient sans contraindre la liberté d'apprendre, d'aller plus loin que les murs, de rêver par-delà l'horizon mouillé et le bocage des champs, tandis que le maniement de l'épée, de la hache, de l'arbalète et d'autres harts encore m'apportaient la compagnie d'hommes rudes qui se mouvaient dans un univers sans trop de préceptes ni raisonnements, semble-t-il plus libre, peut-être finalement plus riche que celui des clercs courbés sur les ouvrages des autres.

Monseigneur l'évêque dodelinait. Le moment était venu d'aller dormir. Nous lui souhaitâmes le bonsoir et il appela ses serviteurs. La nuit nous fut sans cauchemars.

*

La route était encore longue pour atteindre la cité de Bourges, où le dauphin tient sa cour. Fallait-il aller jusque-là ? Et pour quoi faire ? Je n'étais qu'un petit seigneur battu et banni, il est vrai comme beaucoup d'autres chevaliers français, tout au moins ceux qui sont restés vivants et fidèles. J'avais cependant hâte de ferrailler de nouveau, cherchant vengeance sinon apaisement, mais avec pareillement, au fond du cœur, le brûlant appel de la connaissance Après avoir entendu la messe à prime, notre départ fut rapide en direction de Rennes. Les vingt lieues bien comptées du trajet, sans encombre ni retard sur le chemin, nous ont pris la journée.

La ville faisait forte impression : dix-sept énormes tours colorées, surmontées de poivrières en ardoises, encadrent, sur un piton rocheux, l'immense château. Deux portes à pont-levis, l'une versant directement sur la campagne et la rivière du Maine, l'autre donnant sur la ville, ferment l'enceinte de la forteresse.

Après la nuit passée en bonne auberge en dehors de la cité, nous repartîmes à la pique du jour. Notre étape suivante fut Châteaubriant, prenant garde de toujours bien rester en territoire du duché breton.

Arrivés assez rapidement dans le petit bourg de Janzé, et pris repue à l'auberge, j'ai voulu prier en l'église Saint-Martin, l'une des deux du village. C'est que, mon frère, j'avais encore à cette époque grande foi en notre sainte religion et sa représentation. La construction, courte et ramassée, de forme romane, attirait peu le regard comme son intérieur, sec et froid, si ce n'était une madone sur bois accrochée au mur d'une petite chapelle en bordure. Je la vis grâce à la lumière qu'amenait sur elle une courte fenêtre. Les peintures représentant la Vierge et l'Enfant sont multitude. La facture de celle-là n'étonnait guère et sa manière d'ensemble n'était qu'évocation, non belle représentation. Le bébé joufflu était comme tant d'autres sur de pareilles peintures, sans beaucoup d'expression capable d'attirer l'œil et évoquer le futur Christ-Roi. Mais le visage de la Vierge Marie, illuminant de sa douceur et l'enfant et le monde, disait toute la grâce du peintre. Le contemplant, nous recevions la nôtre comme un baume divin apaisant les blessures. Quelles que soient croyance de chacun et critique que l'on peut adresser à pratique de notre foi, le visage de notre Marie contient toute et sans fin l'espérance des hommes. Elle est notre avocate au ciel et notre mère éternelle.

Gilles pratiquait peu la religion mais avait peur de l'enfer. Les agissements de l'Église le choquaient passablement. Je l'avais moi-même peu fréquentée ces dernières années, puisque j'étais sur les chemins le plus clair du temps où ne voyais que troubles, meurtreries et désolations. La guerre durait depuis si longtemps qu'elle nous paraissait presque normale, et insufférables sont les scènes qu'il m'a été donné de voir. Où es-Tu, mon Dieu, Toi qui es partout mais permets cela ? Ou peut-être laisses-Tu faire tant est grande la liberté que Tu nous as infligée ? Quel est Ton dessein et n'es-Tu seulement que bonté lointaine, indifférent à l'histoire des hommes ? Comment peut-il y avoir de salut pour ceux qui ont commis l'horreur, Godons, Bourguignons, Armagnacs, tous trois horriblement mêlés, sans compter rouliers et désespérés ? Il me fallait évidemment garder pour moi ces pensées impies qui, dites et répétées, me vaudraient le bûcher, tant l'Église affirmait, partout en ce royaume, sa présence pas toujours clémente. Je croyais en Dieu, en la Révélation, et ma religion était celle de l'Église catholique, apostolique et romaine. Mais où était son Vicaire, à Rome ou à Avignon ? Que valait l'exemple donné par ses évêques souvent avides et corrompus ? Et nos prêtres, si présents dans chacun de nos villages normands, souvent sans indulgence, certes à l'écoute de nos soucis mais bien trop proches de nos chairs ?

L'Église n'est pas qu'en Dieu. Elle est aussi lieu de pouvoir, sur les hommes comme les royaumes. Tu te souviens peut-être de notre bon chanoine André Hestrel tentant de nous faire comprendre le schisme qui séparait alors notre sainte Église, bien en vain, au moins pour moi ! Ce n'était que grande mascarade, avec papes arrivants et partants, en Avignon ou à Rome, dûment élus dans des endroits divers par des conclaves différents, puis déclarés illégitimes mais sans toujours se démettre.

L'affaire débuta à la mort de notre pape Grégoire en 1378. Le Sacré Collège, réuni en Avignon, offrit alors la tiare à un Italien appelé Bartolomeo Prignano qui n'était pas cardinal et prit le nom d'Urbain VI. Aussitôt élu, il quitta notre Provence pour réinstaller la Curie à Rome, après soixante ans d'exil en France. Quelques semaines plus tard, le même collège, dans une autre ville italienne, déclara illégitime ce vicaire maladroit et brutal qui voulait réformer une Curie qu'il croyait sienne. Ils déclarèrent l'élection précédente viciée par la violence et nommèrent à sa place Robert, comte de Genève, cousin du roi de France par sa mère. Celui-ci prit le nom de Clément VII et réinstalla la papauté en France. Nous eûmes alors deux pontifes en notre sainte Église pour gouverner le peuple de Dieu, chacun revendiquant la pleine obédience des bons chrétiens. La Castille, Naples, l'Écosse et notre royaume prirent le parti du pape légitime en Avignon tandis que l'Angleterre, ralliée plus tard par le Portugal et l'Empire, soutinrent l'usurpateur du Vatican. Sans oublier jamais le drame de la division, l'univers des habitudes stabilisa les oppositions : il y avait un Saint-Père à Rome bénéficiant du prestige lié à la tombe des saints Apôtres ; il y en avait un autre en Avignon qui jouissait depuis longtemps déjà des moyens de gouvernement que sont le trésor, les archives, et des administrateurs expérimentés. Notre chrétienté avait ainsi deux chefs, chacun d'eux se croyant légitime et l'autre un intrus. Le maître chanoine Hestrel se prenait à douter, sans pouvoir le dire, que Dieu eût permis la farce de voir son Église divisée, troquant désormais partout la rémission des péchés, obtenue autrefois par la prière ou la confession, en échange aujourd'hui de bonnes indulgences bien rémunérées.

La belle cité de Chateaubriant surgit en sortant d'un bouquet d'arbres, en contrebas, bordée au nord par la rivière Chère. Solidement muraillée, entourée de douves, elle est dominée en est par sa forteresse. La porte Saint-Jean était encore ouverte et le sergent de garde nous laissa entrer non sans avoir requis notre identité, mais usant de politesse à la vue de deux cavaliers robustes et armés. Nous trouvâmes bon gîte près de l'église Saint-Nicolas sur la place de même nom après une grande halle en bois. L'auberge de la Croix de Fer se voulait hostellerie. Un grand portail de chêne ouvert à côté d'une jolie porte ogivale permettait l'entrée des voyageurs et leurs charrois. Une longue écurie ouvrant sur vaste cour pavée, à côté d'un cellier et d'une grange, accueillait les chevaux, tandis que les deux bâtiments de l'auberge, avec de belles fenêtres en fuseaux dans les étages à colombage, respiraient un confort que Gilles et moi n'avions connu depuis longtemps. Pendant qu'un valet s'occupait des montures, le tenancier nous proposa belle chambre avec lit moelleux, blanches courtines et draps propres sans oublier chaise percée pour les nécessités. Il nous assura faire laver tous les jours à grande eau les logis tandis que les grandes latrines de la cour étaient, chaque semaine, vidées dans la rivière. Un domestique nous montra l'escalier conduisant à une vaste galerie desservant plusieurs portes chacune surmontée d'un tableau biblique. C'étaient des anges portant un homme au ciel qui gardaient la nôtre ! La belle salle était meublée d'un grand lit pour trois ou quatre dormeurs, d'un coffre à clé, d'un banc avec pupitre pour écrire ainsi que d'une table sur tréteaux et son faudesteuil. Notre valet s'occupa à préparer le feu puis alla chercher une grande bassine d'eau chaude pour un décrassage dont nous avions grandement besoin. Une accorte servante proposa son office. Nous l'acceptâmes volontiers d'autant que la belle présentait un corsage visiblement bien rempli. Je passai le premier, et notre mignote entreprit de me laver non sans laisser largement entrevoir un ravissant parpal. L'eau chaude faisait grand bien, d'autant que la belle laissait volontiers son éponge mignonner mon plantoir qui lui en fut reconnaissant, ne laissant aucun doute sur mon état à la relevée. Gilles prit la suite pendant mon rhabillement. Pendant que je rangeais nos armes dans le coffre, le gloussement amusé de la fille comme le grognement de mon écuyer laissèrent peu d'incertitude sur l'issue du lavement. La mignonne remerciée de quelques sous me fit comprendre à son départir qu'elle était tout à ma disposition.

L'aubergiste avait gardé une jolie table, un peu à l'écart. Gilles, tout satisfait, attendait la repue que je commandai : canards bien rôtis à la broche, pâtés et saucisses, avec le vin rouge léger de la région. La chère était bonne et le clairet apazima rapidement l'inconfort tendu que m'avait laissé la belle. Paressant doucement, je songeais au lendemain. Qu'allions-nous faire en la belle cité ducale d'Angers ? C'était enfin terre de France mais nous n'y connaissions personne. Comment faire savoir, et à qui, mon service pour le roi de France ?

C'était la belle duchesse Yolande d'Aragon qui, après la mort de son mari Louis II d'Anjou, commandait la Provence, l'Anjou, le Maine, la Touraine et le Valois. Elle partageait son séjour entre la ville de son fief angevin, Bourges, où vivait le plus souvent le futur Charles VII, et son château de Tarascon, au bord du fleuve Rhône, près d'Avignon. En cette fin d'année 1418, j'ignorais ce qui allait advenir de mauvais pour le royaume. En quittant Vire, les événements qui avaient secoué Paris m'étaient connus. Je savais la ville traîtreusement investie comme le massacre en grand nombre des Armagnacs, par les Bourguignons et une partie de la population, ainsi que la fuite éperdue du dauphin de Viennois vers Melun puis Bourges. Je savais aussi la proximité de la duchesse Yolande avec le futur roi de France, qui l'avait accueilli quelques années auparavant à Angers et fiancé à sa fille Marie. Le rôle de la duchesse Yolande auprès de son futur gendre[1] était davantage que simplement protecteur. Cette noble dame refusa en effet de renvoyer le dauphin à Paris, réclamé par sa mère, la reine de France Isabeau vendue aux Bourguignons. Elle aurait eu cette phrase qui était douce à mon cœur fidèle : « Nous n'avons pas nourri et chéri celui-là pour que vous le

1. Le mariage aura lieu à Tours, le 22 avril 1422.

fassiez mourir comme ses frères, devenir fou comme son père ou devenir anglais comme vous. Je le garde près de moi. Venez le prendre si vous l'osez. » C'était exagération, mais disait long sur sa fidélité à la famille des Lys. Notre futur souverain avait, au milieu de tous les doutes et difficultés qui l'assaillaient, sa part de chance en étant conseillé par la duchesse d'Anjou, comtesse du Maine et de Provence, reine de Naples et de Jérusalem, femme sans conteste la plus brillante du royaume. Le dauphin allait avoir grand besoin de ses avis, d'autant qu'à cette époque il se sentait lui-même bien mal assuré de sa personne !

*

Au bout de quelques moments, après un autre pichet de vin, nous fûmes rejoints à table par un personnage bien mis, fleurant sa chevalerie mais sans apprêt, accompagné par quelqu'un semblant être son écuyer.

— Bien le bonsoir, mes seigneurs ! Que Dieu vous ait en Sa sainte garde ! Puis-je m'installer à vos côtés céans car j'ai grande faim !

— Que Dieu vous aide et vous protège, monseigneur ! Vous êtes le bienvenu !

Le nouveau venu avait l'œil clair mais voilé de tristesse. Habillé sans ostentation, il gardait aux côtés une fort belle épée ainsi que deux longues dagues et savait visiblement s'en servir. J'ai reconnu en lui le soldat qu'il avait dû être, mais aussi ce quelque chose de différent qui apparut aussitôt lorsqu'il enleva son chapeau. Une ancienne tonsure laissait au milieu des cheveux une zone plus claire sur le haut du crâne. Il avait été clerc. Un peu plus âgé que moi, devenu maître ès arts en l'Université de Paris avant de revenir défendre son fief de Ravenoville, tout au nord du Cotentin, à quelque vingt-cinq lieues de Vire, qu'il perdit contre les Anglais, nous avions tous deux un destin bien semblable : Normands, diplômés, soldats, exilés ! Il se nommait Robert Blondel, et, aujourd'hui réfugié à Angers, y était précepteur des deux petits-fils de la duchesse d'Aragon. Ce fut une joie de nous connaître céans et partager haine commune des Godons.

— Alors, messire mon compain, que faites-vous en la cité de Châteaubriant ?

— Nous faisons route vers Angers, puis Bourges, pour rejoindre le dauphin de France et mettre notre épée à son service. Y a-il un autre devoir que de retrouver et défendre plénitude et intégrité du royaume sous la couronne de son seul véritable héritier Charles de Valois ?

— Certes ! Mais sachez, Jehan, que nous avons deux ennemis : l'Anglais et son allié bourguignon ! Depuis la défaite d'Azincourt, l'ost français, d'ailleurs difficile à rassembler, n'ose plus affronter l'armée d'Henry V et du duc de Bedford en rase campagne. Nous sommes, pour l'instant, militairement battus en Normandie mais serons vainqueurs, et à coup sûr, car ce sont les finances qui l'emporteront. Celles du royaume de France même amputées de la Guyenne et de la Normandie, et mal administrées par gabegies et détournements, sont incomparablement supérieures à ce que peut produire le petit royaume d'Angleterre. L'occupation de nos villes, l'entretien de leurs garnisons bloquées sur remparts et derrière pont-levis, le saccage des campagnes qui retire toute ressource à l'envahisseur lui coûtent fort cher en contrepartie de bien peu : simple vanité de croire qu'une Normandie dévastée est devenue son héritage.

Le sort de la bataille, sauf miracle, qui, comme tu le sais, advient bien rarement quand il serait utile, dépend pour beaucoup de l'esprit tortueux et vindicatif du duc de Bourgogne ! Seule une alliance avec une province deux fois plus riche permet à l'Angleterre de compenser son défaut d'argent et d'effectifs. Et les Bourguignons songent à leur commerce, ouvert sur les marchandises anglaises et traditionnellement actif entre Bruges et Dijon. Ils voient peu d'intérêt à se fermer la prospère route du nord contre un débouché au sud moins lucratif. Un renversement d'alliance retirerait tout soutien aux Anglais à qui ne resterait que leur valeur militaire.

— Que manque-t-il pour opérer ce changement chez Jean de Bourgogne ? Même un esprit tortueux et avide peut comprendre que développer largement les échanges avec l'Anjou et le port de Nantes, ainsi qu'avec Lyon, Beaucaire, les cités baignées par le Rhône et celles de Méditerranée peut amener une plus grande prospérité d'autant que l'Anglais, même en voie d'être chassé du royaume, se gardera de fermer ses routes commerciales.

— Les factions et remuements qui entourent et divisent les princes ! La reine Isabeau, otage à Paris, affublée de notre pauvre roi Charles VI de moins en moins conscient des choses, déteste son fils le dauphin et n'a de cesse de monter le duc contre lui. À Bourges même, les partisans armagnacs sont d'autant plus virulents qu'ils ont perdu nombre des leurs, massacrés à Paris il y a peu. Ils se souviennent aussi de l'assassinat du duc d'Orléans en 1407 organisé par le Bourguignon.

— Je me le rappelle. J'étais à Paris avec mon père ce jour-là. Il avait rencontré monseigneur le duc d'Orléans l'après-midi de sa mort.

— Il y a en plus l'Anglais, détesté par chacun, qui se sait de moins en moins toléré même pour commercer, et qui prétend demeurer chez nous pour une stupide et contestable querelle d'héritage royal. Cette affaire ne prendra fin tant qu'il restera un Godon dans le pays de France. Cela pourrait aller vite si le duc de Bourgogne se réconciliait avec notre dauphin. La duchesse Yolande s'y emploie. Des discussions vont commencer. Mais nombreuses sont les oppositions et notre futur roi reste indécis.

Sans entamer ma détermination de rejoindre Bourges, tu te doutes, mon cher frère, que le chemin devant nous était bien incertain, encore davantage pour un petit chevalier normand ne connaissant quiconque. Je fis part à Robert de mes interrogations. Il me proposa derechef, retournant à Angers auprès de dame Yolande d'Aragon pour laquelle il effectuait céans quelque mission, de nous y accompagner et introduire à la Cour. Notre nuit fut calme, tout au moins celle de Gilles mon écuyer car, invité dans sa soupente par la belle qui m'avait pastissé, j'ai profité sans honte de son corps jusqu'à la pique du jour.

Le roi de Bourges

Vingt lieues à parcourir, ce n'est pas un long voyage pour quatre cavaliers bien montés. Nous sortîmes par la porte Saint-Michel au droit du grand donjon. En ce matin de novembre, l'air était plutôt vif. Il ne pleuvait pas encore. La route vers la cité ducale se montrait déjà encombrée par de nombreux marchands voyageant en groupe.

Chevaucher avec Robert Blondel, ce nouveau compain, me faisait grand plaisir. Et compain, il l'était largement, par même origine, un destin commun qu'est l'exil, et ce qu'on appelle bien rapidement le savoir acquis à l'université. Se souvenant de notre conversation de la veille, il me demanda de lui raconter ma journée du 23 novembre 1407 où fut massacré Louis Ier d'Orléans, frère de notre bon roi Charles le sixième, ce que j'entrepris derechef, lui faisant ce récit que je retranscris céans pour toi, Philippe, car je ne sais si notre père te l'a conté :

— Je venais de quitter ma famille, mes frères et ma petite sœur Marie qui était encore parmi nous, sous le regard attentif et inquiet de madame notre mère. Notre père voulait son aîné soldat et seigneur. Il me pensait d'ailleurs mieux doué pour le rude métier des armes que pour disputer et recopier de vieux manuscrits sales.

Le suivant de l'existence m'apprit qu'il ne renonça jamais vraiment à son projet. Lorsqu'il rentra chez lui après Azincourt, il obtiendra, j'ignore comment, que les habitants de Vire m'appelassent, ce que le dauphin Charles confirmera par « petite lettre patente », pour que je sois fait capitaine du château et de la ville de Vire en novembre 1415.

« Le prieur Hestrel, notre premier maître à Elbeuf, convainquit ce père récalcitrant voyant mal son fils aîné devenir tonsuré puis, peut-être, dignitaire de l'Église. Et le lignage ! Et le domaine, et gloire et honneurs acquis sur les champs de bataille car la guerre avait toujours cours en notre royaume ! Notre bon roi avait besoin de tous les fils de France... Mais le discours de notre chanoine fut suffisamment habile pour ne rien exclure de l'avenir. Après tout, quelques années d'études ne pouvaient nuire ! J'étais bon élève, plein d'imagination et curiosité. Monsieur mon père devait rencontrer monseigneur le duc à Paris. Notre voyage avait ainsi double raison puisqu'il devait également me faire inscrire dans un collège préparant l'entrée dans la prestigieuse université.

« En ces jours d'automne, la ville de Paris était alors aux mains des Armagnacs. Le froid y était si vif le soir que des loups affamés se promenaient dans les rues guettant quelques proies isolées, enfants perdus ou garcelettes rentrant chez elles. Le jour du 23 novembre, date de l'entrevue avec le duc, m'est encore vif en mémoire car ce noble seigneur fut assassiné le soir même.

« J'étais avec monsieur mon père au deuxième étage de l'auberge de la Licorne, dans une vaste chambre faiblement éclairée. Un feu grondait dans la cheminée sans parvenir à réchauffer l'endroit. Nous nous sommes fait monter un repas plutôt frugal arrosé d'un clairet des environs. Comme l'on ne s'attardait pas longtemps à table dans la famille, nous terminâmes d'autant plus vite ce qui n'était pas un festin que mon père préférait évoquer son entrevue avec monseigneur Louis d'Orléans, plus tôt dans la journée, en l'hôtel Saint-Pol, la résidence royale.

« Il débuta ainsi son récit :

« — Monseigneur le duc, qui, tu le sais, m'a fait capitaine d'Orléans il y a deux ans, m'a reçu en l'étude de l'hôtel du roi, au rez-de-chaussée. J'ai dû, pour y parvenir, traverser la cour bordant l'hôtel de la reine, si vaste qu'elle peut contenir joutes et tournois. En dehors d'une grande tour carrée qui abrite, paraît-il, une partie du trésor royal, ce n'est pas une demeure fortifiée. Il y a moult jardins, fort beaux, divisés en rectangles bien mesurés et traversés par plusieurs galeries. Il y a aussi de nombreuses chapelles ainsi que des bains et étuves. J'ai même aperçu une ménagerie pleine de lions et sangliers, ainsi que des volières et même un vivier. Levant la tête, je n'ai pu que m'émerveiller devant tous ces toits, des bâtiments et des tours, couverts de leur ardoise bleue qui reflétait l'azur. Il y a tant de cheminées et croix au faîte des constructions qu'elles faisaient toutes cathédrales comme pour louer davantage le Seigneur notre Dieu. Pour arriver jusqu'à monseigneur le duc, j'ai dû d'abord traverser une vaste salle sombre, flanquée de banquettes sculptées où patientaient nombre de personnages, riches bourgeois, magistrats et religieux en chasuble, sans oublier les arbalétriers de garde. Après avoir franchi une porte dérobée derrière une tapisserie qui faisait ostevent, je suis arrivé dans son bureau de travail richement décoré. Le duc n'était pas seul. Charles d'Albret, comte de Dreux et connétable de France, était présent, qui venait de mener campagne contre les positions anglaises en Guyenne. Je n'ai pas reçu de mission particulière, ce qui m'a étonné. Pourquoi donc monseigneur le duc convoquait-il un petit seigneur de province pour ne rien lui commander ? J'ai été simplement interrogé sur l'état d'esprit de la population en notre bonne ville d'Orléans comme sur la qualité de mes troupes, leur entraînement, et la motivation des milices bourgeoises. Mon rapport fut bref mais étayé, comme il se doit, insistant en particulier sur la faiblesse de mon artillerie. Notre belle ville d'Orléans commençait à être solidement remparée. Depuis 1401, moult travaux avaient été entrepris pour se prémunir contre l'invasion anglaise. La tâche était énorme et voulait qu'il fût trouvé juste et suffisante ressource pour financer les travaux. La cité avait obtenu depuis peu le bénéfice d'une aide levée selon le système de la ferme et répartie pour un quart aux dépenses communes et le reste à la forteresse. Douze procureurs géraient sainement les finances de la cité sous le gouvernement avisé de Pierre de Mornay. La ville allait rapidement disposer d'une enceinte véritablement close et de trente-deux tours restaurées sans compter la grande bastille dite “Saint-Antoine” qu'il était prévu d'élever sur l'îlot médian du fleuve, au sud, bordée de deux ponts-levis fermant l'amont et l'aval du site. Toutes ces tours devaient s'adapter à l'artillerie nouvelle, donc être rondes comme la grande tour du Châtelet et la Tour-Neuve ou celles accolées à la muraille pour faire demi-cercle. J'ai demandé à monseigneur le duc d'insister auprès du gouverneur, ce qu'il m'accorda, pour que soient dégagés les fonds nécessaires à l'aménagement de la Porte-Parisie qui allait recevoir des canons, remettre en état les herses, creuser les boulevards indispensables à la bonne circulation des soldats déplacés pour défendre les portes, protéger les remparts avec force mantelets ou boucliers. Tout cela allait prendre du temps sans compter l'achat des canons et bombardes, aujourd'hui en nombre insuffisant, et l'installation d'une grosse baliste sur la Porte-Renard. Grâce à ses compagnies bourgeoises d'environ cinq mille soldats entraînés, disposant d'une bonne quantité d'armes et de vivres, soutenus par une population refusant toute dépendance à l'étranger, j'avais fiance en la résistance de cette ville car j'étais convaincu, si ce qu'il fallait construire était entrepris, que les Godons ne prendraient pas Orléans.

« Monseigneur le duc parut satisfait mais sans cacher la situation préoccupante du royaume, privé de son souverain, faible de chef, et divisé par les factions rivales à la Cour qui ne cessent de saper l'autorité royale.

« "— Mais qui gouverne réellement pendant les absences du roi ? lui ai-je alors demandé.

« "— Son frère Louis, appuyé par la reine Isabeau avec laquelle il aurait d'étroits rapports. Mais le roi a des périodes où sa tête lui revient. Il veut alors tout reprendre là où son mal avait laissé les affaires du royaume, à commencer par les décisions prises en son absence. Il en approuve certaines, et réforme les autres, qui sont à leur tour défaites lorsque sa maladie le reprend. Je ne savais pas s'il était présent au palais ce jour, ni dans quelle santé ! Il aurait pu être un grand roi si le démon ne lui avait pas tourné le chef. Tout avait pourtant bien commencé. Lorsqu'il devint notre souverain, en l'an de grâce 1380, son père Charles le cinquième, après les troubles de 1378, laissait notre royaume plutôt en bel état. Il avait, en partie, effacé les ravages de la male peste comme de la guerre anglaise. La France était riche et peuplée. L'ennemi ne demeurait plus qu'en de rares villes : il ne leur restait que Calais, Bayonne et Bordeaux. Certes, des troubles avaient assombri la fin de son règne car il avait dû financer le conflit en multipliant fouages[1] et aides[2]. De graves désordres, avec émeutes, séditions et révoltes, s'étaient même produits en Languedoc comme en Flandre. Le peuple de France s'était lassé de trop d'impôts, mal collectés par des percepteurs brutaux et avides, dans un pays où foires et marchés, encore nombreux et achalandés, voyaient diminuer les échanges. L'on raconte que sur son lit de mort, tremblant de paraître devant Dieu et conscient des souffrances de ses gens et cités, notre roi abolit les aides pour racheter les peines…"

« — Quel âge avait le dauphin à la mort de son père ?

« — Pas encore douze ans, à très peu près ! Trop jeune pour régner car le roi Charles V[3] avait, dès 1374, par son ordonnance de Vincennes[4], organisé sa succession et fixé la majorité du futur roi à quatorze ans révolus. Le duc me disait toute son inquiétude en évoquant la méchanceté des jours, le glissement du monde en une détérioration continue, le dérèglement habituel

---

1. Fouages : impôts par le feu, chaque feu étant taxé de la même manière.

2. Aides : taxes sur les marchandises.

3. Le futur Charles VI est né le 3 décembre 1368. Il fut couronné le 4 novembre 1380, soit près de six semaines après le décès de son père le roi Charles V le 16 septembre. Il n'avait pas encore douze ans.

4. Les ordonnances royales de Vincennes d'août 1374 voulaient organiser pour l'avenir la succession au trône de France.

qui déprave les esprits des hommes. Malgré le désir que le roi son père avait eu de fixer pour longtemps les règles de succession royale tant il pensait au statut de la paix et à la stabilité du royaume, il savait qu'à quatorze ans la tâche serait bien rude pour son successeur. Un conseil élargi changea la règle et décida d'abréger la minorité de Charles le sixième. Il fut couronné peu avant ses douze années.

« — Et le duc d'Orléans, comment est-il ?

« — C'est un personnage étrange : bien fait de sa personne, grand pécheur, il plaît aux femmes ; c'est un esprit hardi, déconcertant, doué pour la sagesse et la philosophie, mais aussi aimable et léger ; orgueilleux de son état et de lui-même, il sait pourtant la charité et la mesure, mais connaît aussi l'emportement et la violence. Il aime les arts, provenant de cette Italie bouillonnante d'idées nouvelles qui venaient réchauffer un pays du Nord froid et dogmatique. Il possède aussi, comme ses grands ancêtres, ce sens de l'État nécessaire à l'extension et la stabilité du royaume.

« J'écoutais mon père que je craignais malgré sa mesure. Mais dès l'époque, mon imagination s'emparait non de la figure des princes, ou du présent discours, mais plutôt de ce pays au-delà des montagnes alpines qui soufflait sur la France un vent parfumé du Sud. Irais-je ? J'en avais grand désir. Mais Dieu, m'apensais-je, décidera ce qu'il me sera possible d'entreprendre. Nous apprîmes la funeste nouvelle le lendemain matin. Jehan mon père devint sombre et je devinais combien, en ces circonstances, présageant moult difficultés à venir pour le royaume, il devait regretter d'avoir cédé au chanoine. Que son fils aîné perdît son temps à excessive étude ne pouvait valoir le service exclusif et armé de notre roi !

Mon compagnon Robert, après être resté songeur quelque instant, fit part de sa profonde haine des Anglais comme de son inquiétude devant incertitudes, clans divergents et faiblesses d'intentions, toutes présentes à la cour de Bourges, faisant douter d'une volonté royale ferme et claire. En ralentissant le pas de nos chevaux, l'entraînante cadence de la marche lui fit poursuivre ses confidences. Il projetait d'écrire un ouvrage titré : *Complainte des bons Français*, faisant exhortation que notre futur roi Charles mette fin par vaillances d'armes à cette maudite guerre des Anglais adversaires de notre foi. Je ne pouvais qu'acquiescer mais fus plus sceptique devant sa seconde espérance : remettre la Terre sainte d'outre-mer hors de la tyrannie où elle est, et faire que le Saint-Sépulcre puisse désormais être librement adoré des chrétiens. Je n'avais pas encore, à ce moment, idée en tête de commencer mon *De natura bellorum*[1]. Il fallait auparavant encore vieillir et souffrir. Mais cela était une autre histoire.

*

La ville d'Angers avait bel aspect et combien différent y était le spectacle des faubourgs et des rues en regard de notre Normandie dévastée. Nous y entrâmes par la porte lyonnaise, l'une des nombreuses entrées qui ouvrent la première enceinte dont, paraît-il, la construction fut autrefois lancée par la noble dame Blanche de Castille. Faisant un large tour de la ville,

1. « De la nature des guerres ».

elle est longue de près d'une lieue sans interruptions, si ce ne sont celles imposées par le fleuve qui la traverse. À son nord-ouest, le pont des Treilles interdit le passage entre les deux bords de l'enceinte, tandis qu'au sud-est, les deux grandes tours du Guillou et de Basse-Chaîne gardent la sortie de ville. Après avoir franchi le Grand Pont qui ouvre sur la deuxième enceinte, plus ancienne, et son entrée, la porte Chapellière, nous poursuivîmes jusqu'à la troisième enceinte et sa porte Angevine, juste à côté de la cathédrale Saint-Maurice. Nous étions proches de la magnifique forteresse et son rempart protégé par dix-sept tours massives de près de six toises de diamètre. Il me fut possible de trouver bonne auberge en poursuivant quelque peu vers le château tandis que l'ami Robert Blondel retrouvait son logis plus loin à côté de l'abbaye Saint-Aubin. Nous avions prévu de nous retrouver le lendemain après la première messe pour aller rencontrer dame Yolande d'Aragon présente en ces jours dans la ville. La soirée puis la nuit furent agitées. Je n'étais pas sans être inquiet. Qu'allais-je pouvoir dire à une si haute duchesse ?

Un mot, mon cher frère, sur cette fière cathédrale qui reçut nos prières. Son architecture est de double nature : romane pour sa nef, elle reçut ensuite des colonnes et voûtes d'ogives formant un transept et un chœur gothiques. Je m'interroge encore, aujourd'hui habitant la cité vaticane, et après avoir visité et prié dans nombre d'édifices religieux y compris les plus magnifiques en pays d'Europe (hors celui des Godons), pourquoi notre manière gothique éminemment française, qui s'est imposée en maints endroits, n'a pas percé dans ce berceau chrétien que sont les contrées italiennes ?

La duchesse d'Aragon nous reçut au matin, à sexte, dans sa chambre de parement. Pour parvenir jusqu'au logis royal, nous eûmes auparavant à traverser l'immense salle d'apparat, assez sombre bien qu'ajourée par plusieurs petites baies en plein cintre. Jamais je n'en avais vu d'aussi grande. Introduits par deux gardes, la noble dame, assise sur une belle chaise droite magnifiquement sculptée et rembourrée, n'était point seule. Attendant son bon vouloir, je pris plaisir à contempler les somptueuses tapisseries qui réchauffaient les murs. Elle paraissait de petite taille. Sa sévère robe de soie noire et la coiffe empesée qui enserrait ses traits délicats et retombait en plis sur les épaules ne pouvaient dissimuler, sans doute aucun, qu'elle avait certainement été très belle. Le plus dérangeant était son regard clair, mobile, souvent calculateur, qui vous transperçait comme si, pour cette noble dame, les apparences n'étaient que voiles inutiles.

— Ah ! Messire Blondel, approchez ! Nous parlerons plus tard de votre mission en Bretagne. Vous paraissez être accompagné par un noble chevalier qui m'est déconnu. Venez donc me le présenter !

— Voici, noble duchesse, messire Jehan de Gaule, normand comme moi et comme moi exilé et dépossédé de sa seigneurie par le roi d'Angleterre auquel il a refusé de se soumettre après la prise de la ville dont il était capitaine. Comme moi encore, messire Jehan est diplômé de l'Université de Paris. Nous nous sommes croisés à Chateaubriant, et son désir profond, tant est grande sa fidélité à la famille des Lys, serait de rejoindre notre dauphin à Bourges pour continuer d'être son humble serviteur.

— Approchez, messire Jehan, et contez-moi brièvement votre histoire.

Ce que je fis à la très noble dame Yolande, sans la perdre dans détails ou fioritures. Étant inconnu, sans fortune particulière mais fidèle, je partageai mon inquiétude : comment servir encore foi, couronne et royaume ?

— Vous me paraissez, messire Jehan, aussi pointu de la langue que par l'épée. Mon futur gendre[1] est mal entouré. Nul doute que vous trouverez auprès de lui emploi vous convenant, qu'il soit dans l'exercice des armes ou dans l'art plus subtil de la diplomatie. Je lui écris une brève missive qui vous introduira.

Après nous être inclinés, avoir remercié la noble duchesse et passé bonne nuit en la ville, notre route du lendemain allait longer la Loire jusqu'à Saumur, puis le Maine vers Bourges. Je demandai à Robert si nous pourrions y rencontrer le dauphin. Sa réponse fut : « Peut-être ! » Le futur Charles VII changeait souvent de résidence, même si les deux principales étaient Bourges qui logeait son hôtel des monnaies, la cour de justice, le siège épiscopal et sa chambre des comptes, pendant que la ville fortifiée de Poitiers abritait la cour des aides et son parlement. C'est en tout cas à Bourges qu'il s'arrêtait le plus souvent, dans le magnifique château de Mehun-sur-Yèvre construit à cinq lieues de la ville par son grand-oncle le prince Jean de Berry, mécène, collectionneur et grand précepteur des ressources du duché jusqu'à sécher à plein la population.

*

Je n'ai pas prêté, y parvenant, grande attention à la cité, sachant y demeurer maintenant un temps

1. Charles VII et Marie d'Anjou, fille de Yolande d'Aragon, se marieront peu après, le 22 avril 1422.

certain. Il me fallait me loger, puis m'établir selon ce que le dauphin demanderait. La loi du quotidien abolit souvent les perspectives. Et les miennes étaient bien incertaines. Le palais ducal étant en travaux, Robert Blondel m'accompagna au château de Mehun pour y être reçus. Messire Pierre Frotier, chef de la compagnie de la garde royale, que connaissait bien Robert, me dit avoir rencontré autrefois messire mon père. Il nous introduisit, passant devant force quémandeurs. À genoux devant le dauphin, et à son invitation, je lui dis brièvement mon vif désir de lui faire don de ma personne. Relevant la tête, sans m'arrêter sur l'aspect de mon roi qui faisait peu impression, je fus vite captivé par son attitude. Montrant plein d'amabilité à mon encontre, je m'aperçus rapidement de la vivacité de son regard traduisant une vive intelligence à quoi s'ajoutait une grande culture. Venant de s'échapper de Paris envahie par les Bourguignons, perdre le chancelier de France Henri de Marle et son connétable le comte d'Armagnac, puis fuir vers le Berry pour se rétablir, le dauphin avait toute raison de douter de lui et du royaume. Alors qu'on le disait dissimulé, indécis, prisonnier de ses conseillers, le lieutenant général du royaume qu'il était toujours songeait à la reconquête. Avec prudence. Il me dit ne pas vouloir former l'ost dans l'instant, préférant attendre bonne reconstitution de ses forces et appuis avant de lancer d'autres offensives, sans dissimuler qu'en attendant le moment de grandes batailles il souhaitait user de plusieurs compagnies de cavaliers mobiles et audacieux pour harceler l'Anglais et le Bourguignon, piller leurs convois, gêner leurs déplacements afin qu'ils restassent cantonnés et dispersés dans leurs forteresses et châteaux. Pendant que je songeais à la sagesse du propos, celui qui sera notre roi Charles le septième me fit compliment sur mon attitude à Vire, dont il avait entendu grand bien, ce qui fut pour moi heureuse et bonne nouvelle. Il me proposa de former une compagnie aguerrie qu'il se chargerait de financer dès le rétablissement des finances royales, assises désormais sur la richesse d'un royaume provisoire établi au sud du fleuve Loire. Je ferais ainsi partie de la liste de ses capitaines, demeurés fidèles, et qui le resteront, comme Poton de Xaintrailles, le bâtard d'Orléans, Étienne de Vignoles et d'autres. Bien rasséréné au sortir de cette entrevue, ma surprise fut plus grande lorsque messire Frotier me fit remettre de la part du roi une bourse bien garnie « pour m'établir et préparer ».

L'hiver prenait la région, moins humide qu'en Normandie, mais plus froid et sec. Mon propre horizon s'éclaircissait et j'ai pu alors regarder la ville. Bourges était une cité prospère. C'était même la troisième ville du royaume avec trente mille habitants, après Paris et Beauvais. Ses marchés, ses tanneurs, drapiers, forgerons et changeurs disaient son opulence que matérialisait sa grande foire annuelle. Jean de Berry avait fait de l'endroit, aux frais des autres, une splendide cité, riche de ses artisans et marchands que son antique muraille gallo-romaine, reprise il y a trois siècles et défendue par cinquante tours, ne pouvait contenir. Après avoir trouvé bonne auberge pour se reposer, laver et faire panser nos chevaux, la recherche d'une maison en vue d'une installation pérenne me prit quelques jours. Ce fut fait dans le faubourg au sud, après la porte dite de Lyon. L'arrivée du futur Charles VII dans la ville étant toute neuve, le gros de ses fidèles comme les éléments de son administration allaient mettre quelques mois pour grandir la cité. Il fut ainsi possible de trouver une jolie et vaste demeure à parements de bois, disposant à l'arrière d'une cour, close de murs, avec cellier et écuries, à un prix qui n'anticipait pas encore la forte demande de l'année suivante. Il est vrai que j'étais bien garni en pécunes. Je te conterai plus tard, Philippe, comment cela fut possible. Mais sache que mon département de Vire ne se fit pas sans profit. J'avais capturé avant le siège de ma cité, lors d'une violente escarmouche près de Carentan, deux jeunes écuyers anglais qui avaient bonne figure. À ma grande surprise, frères apparentés tous deux par les femmes au duc de Lancastre, leur vie était singulièrement précieuse. Leur rançon fut importante et dûment versée, comme il était de tradition, sur la seule parole qu'ils m'avaient donnée. Je reçus une lettre de change de dix mille écus d'or que vint m'apporter messire Lambert de Léodepart, prévôt des marchands et propriétaire d'une riche maison de change à Bourges, rue d'Auron. Ce personnage était le beau-père de quelqu'un qui deviendra pour moi un ami proche, le sieur Jacques Cœur. Après prélèvement du pourcentage dû au dauphin de France en pareil usage, il me restait une somme pour moi considérable de huit mille écus que je plaçai aussitôt chez l'argentier après avoir acquis ma maison et rémunéré mon fidèle écuyer.

L'hiver commença sans autre aventure que l'attente. Mon ami Robert était reparti en mission pour la duchesse d'Aragon, et dame Pernelle, récemment engagée, avait rejoint notre petite demeure pour s'occuper du logis et ses deux habitants.

Je cherchai des livres pour m'occuper. Le palais archiépiscopal disposait d'une belle bibliothèque. Mon statut de clerc, maître ès arts et décrets, m'y fit incidemment rencontrer monseigneur Jacques Gélu, archevêque de Tours, venu visiter le roi.

Le prélat était homme sage et prudent. Après s'être enquis de mes origines et raisons de ma présence céans, il me dit avoir connu monsieur notre père car il était auprès de Louis Ier d'Orléans qui le créa maître des requêtes. Monseigneur Gélu venait d'achever une longue mission près le concile de Constance où il fut actif pour faire cesser le schisme dans l'Église. Très proche du dauphin (il fut au service de ses deux frères aînés), et plus diplomate qu'archevêque, celui-ci avait présentement besoin d'un secrétaire pour se rendre en Espagne auprès du jeune roi de Castille et lui demander des secours au nom du dauphin de France. Comme nous avions en commun d'être maîtres ès arts de l'Université de Paris, il me jugea qualifié pour la tâche d'autant que j'étais sans affectation immédiate. Nous étions au début du mois de janvier, à peine installés. Gilles s'ennuyait déjà, passant son temps à aguicher dame Pernelle qui n'y voyait pas dommage. Notre départ fut immédiat, en grand appareil car notre archevêque ne voyageait autrement. Il était, après tout, envoyé du roi de France, dûment muni et accrédité. Avec cet équipage de voitures et carrioles, la route de plus de deux cents lieues allait être longue mais paisible. Nous étions accompagnés par deux lances[1] d'hommes d'armes qui éloigneraient rouliers et écorcheurs, et passerions au large de la Guyenne « anglaise » pour éviter les Godons.

1. 1 lance = 4 soldats.

La route de Saint-Jacques

La vicomté de Châtellerault fut notre première étape vers ce qui allait être pour nous le chemin vers Saint-Jacques-de-Compostelle. Monseigneur Gélu me fit tout de suite monter dans sa litière avec bons sommiers dans les brancards, pour faire meilleure connaissance. Nos conversations allaient durer jusqu'à la ville de Burgos et furent le plus souvent un monologue. Je dus commencer par lui dire un peu de mes origines mais sans aller très avant car il connaissait notre famille.

— Premier de ma fratrie, monseigneur, je suis né rapidement, au mitan de la nuit, sans trop faire souffrir ma mère à rebours de ce qui advient souvent avec les premiers-nés. Était-ce encore le 31 décembre 1394 ou déjà à l'heure prime de l'an nouveau ? Peu importait ! Mon père Jehan, qui m'avait donné son prénom, me fera inscrire sur le registre paroissial dès le moment de mon baptême les jours suivants. Ce qui était pour moi le premier matin du monde advenait en plein hiver, par un froid intense. Le ciel était, paraît-il, si clair qu'il montrait nettement les trois mages nous indiquant, en ce bocage du pays normand, la ligne du nord, vers la Grande Ourse et le pays godon. En l'an de grâce 1395, notre beau royaume de France traînait un conflit interminable avec son impudent petit voisin d'au-delà du rivage qui prétendait le priver de ses terres et de son souverain légitime. Notre modeste cité, si elle est entourée au couchant et en son sud par de riantes collines striées de bocages, demeure sur un plan incliné regardant le septentrion. Elle reçoit ainsi les vents froids et brouillards du nord qui apportent humidité malsaine. Si rien de favorable ne venait donc en notre région de cet horizon glacial, nous aimions cependant fort, dans ma famille, cette terre un peu rude qui était nôtre, attentifs au bonheur de nos villages, soucieux de les protéger et développer, curieux de son passé car les forêts alentour abritaient encore traces et vestiges des hordes celtes habitant la contrée. En des temps reculés, les populations que l'on disait originaires d'Asie peuplaient nombre de ces contrées gauloises de part et d'autre de la rivière Seine. Elles se donnaient elles-mêmes le nom de Celtes. Les Romains les appelaient *Galli*[1].

« J'ai découvert plus tard, çà et là, parcourant collines et futaies, d'étranges cavités en forme conique creusées largement dans le calcaire du sol. Elles servaient, paraît-il, de réserves à fruits ou grain pour ses habitants, et même de refuge lorsque l'ennemi venait attaquer le territoire, ou encore d'abri pour les familles lorsque l'hiver était trop rude. Le roi de nos forêts était et reste le chêne national et sacré, plus encore s'il est solitaire. Les Celtes croyaient que Jupiter possédait l'empire du ciel mais voyaient ce dieu en incarnations multiples sous l'apparence de ces grands arbres. Si les fêtes antiques du gui l'an neuf ne s'accompagnaient plus de sacrifices, le premier jour de l'année, celui de ma naissance, restait pour nous

1. « *Qui ipsorum lingua Celtae nostra Galli appellantur* », César, *La Guerre des Gaules.*

moment de paix, de fête, et de cadeaux distribués. C'était le temps de l'enfance, malheureusement déjà lointain.

— C'est grande pitié, messire Jehan, que de voir ainsi notre beau royaume de France. À votre naissance, notre bon roi Charles VI régnait depuis près de quinze ans. Lorsqu'il accéda au trône, ce fut dans un royaume en grand désordre. Des troubles avaient assombri la fin du règne de son père Charles V qui avait multiplié fouages et aides pour financer la guerre en même temps que s'alourdissaient dimes et tailles. Alors qu'il avait presque réalisé son dessein, qui était de bouter l'Anglais hors des dernières villes occupées en son royaume[1], le peuple de France, las de payer des impôts de plus en plus lourds tandis que l'activité et les échanges régressaient, fomenta partout révoltes et désordres. Dès l'année 1378, commencèrent les émeutes contre les collecteurs, saccageant leurs bureaux, brûlant les registres, et surtout vidant les caisses. Tiens ! Voilà que nous arrivons en la ville de Châteauroux. Ce n'est que première halte. Nous en aurons une dizaine d'autres avant de parvenir à Burgos et rencontrer Jean II, le jeune roi de Castille.

« Où en étais-je ? Ah ! Vous verrez, messire Jehan, qu'avec l'âge qui avance, le souvenir de ce qui est près vient moins bien que le lointain passé. Ce n'est pas simple attitude d'esprit qui vous fait retourner souvent sur autrefois, comme pour mesurer et regretter le chemin parcouru. Non ! Les Grecs avaient raison, c'est simple affaire d'arithmétique : une année ajoutée à quarante-quatre ans d'existence

1. Calais, Cherbourg, Brest, Bordeaux et Bayonne.

pèse relativement moins que le même intervalle à l'âge de cinq ans !

« Revenons à Charles VI. À cette époque, l'esprit de sédition semblait couvrir l'Europe entière : en Flandre, où les chaperons blancs se dressaient contre leur seigneur Louis de Male ; à Florence, où les artisans lainiers tentaient de s'emparer du pouvoir. En Angleterre, les ouvriers et les paysans menaçaient le trône du jeune Richard II, massacrant les nobles et les riches bourgeois.

« Était-ce un signe de Dieu qu'il fallait interpréter comme abaissant l'esprit de noblesse et de royauté ? Non pas ! Les sources de toutes ces séditions n'avaient qu'une seule cause, aggravée par le Diable qui troublait l'esprit des hommes en habitant leurs estomacs vides : elle s'appelait pauvreté.

Monseigneur Gélu aimait raconter. Il poursuivit :

— Charles le cinquième en avait connaissance. Craignant le prochain jugement de Dieu, il ordonna sur son lit de mort que soient abolies les taxes dont il avait ordonné la levée. Lorsqu'il fut rappelé par le Seigneur, le dauphin Charles n'avait pas encore l'âge légal pour régner. Même s'il fut couronné roi en la cathédrale de Reims, quelques jours plus tard, dûment oint par les huiles saintes, Charles le sixième ne put exercer immédiatement et pleinement le pouvoir qui lui revenait de par sa naissance et la grâce de Dieu. Ce fut un Conseil royal qui s'en chargea, dominé par son oncle Philippe le Hardi, duc de Bourgogne. Les familles royales sont ainsi, Jehan, qui n'ont d'autre souci que d'organiser leurs avantages et prééminences, au détriment du royaume, dès qu'une opportunité leur est donnée par le sort ! Certes, le jeune roi fut admirable qui supporta dignement les longues heures du rite sacré, comme il se conforma sans faiblir, plus tard, au rite des écrouelles. Il fut magnifiquement accueilli en la bonne ville de Paris par la population qui, avertie de la suppression des impôts directs et des aides, cru revoir l'époque de Saint Louis lorsque celui-ci ne vivait que du revenu de ses biens. Grandes et joyeuses furent les fêtes, et partout dans les rues décorées coulèrent autant que se pouvait fontaines de vin et de lait. Ayant reçu dans la tradition serments, hommages et cadeaux, il y répondit avec sourires et meilleure grâce du monde. Ses sujets conçurent une grande admiration pour ce tout jeune roi si aimable et si attentif à son peuple, et les vieux chevaliers présents s'accordèrent à voir ainsi se réaliser la prophétie des astrologues : celui-là accomplirait des merveilles ! En attendant, s'il présidait son Conseil, ce n'était que pour approuver les décisions prises par d'autres.

« Nous arrivons. Messire Guy de Chauvigny, baron du lieu, doit nous attendre en son château. Je l'ai fait prévenir par l'un de mes bacheliers, comme chaque fois. Nous passerons la nuit chez lui en espérant bon souper. Et notre départ se fera tôt demain après messe en l'église Saint-Martial.

*

Messire de Chauvigny n'avait prévu que de loger monseigneur l'archevêque. Se rabattre sur l'auberge du Coq, en dehors des remparts de la ville, non loin de l'église, nous fut douce pause. Gilles s'ennuyait déjà de l'expédition. Il espérait plutôt en chemin croiser quelque malemesnie pour piquer et trancher. La ville semblait prospère et spécialisée dans l'activité drapière. Il y avait même un joli moulin à foulon le long de la rivière. Après un repas solidement arrosé d'un vin du pays, très différent du clairet angevin tant il était chaud et lourd, d'un rouge bien foncé comme le sang d'un trépassé, la nuit nous fut réparatrice.

Il faisait toujours aussi froid à notre département vers Limoges, passant par Argenton-sur-Creuse dont nous vîmes au loin les dix tours du château fortifié. Je fis le trajet à cheval en compagnie de mon écuyer car monseigneur l'archevêque lisait et écrivait une correspondance que les courriers de l'Église et du roi se chargeaient de transmettre. La nuit tombait au moment d'entrer dans la ville aux sept collines, réputée pour la fabrication d'émaux qu'elle envoyait vers toute la chrétienté. Elle était anglaise il n'y avait pas si longtemps mais plusieurs expéditions royales avaient peu à peu rogné le territoire de la Guyenne vendue aux Godons. Monseigneur Gélu avait décidé d'y rester une entière journée. Reçu par Olivier de Blois, vicomte de Limoges, le prélat prit le temps nécessaire pour apazimer son interlocuteur. Celui-ci, de la famille des comtes de Penthièvre pouvant prétendre à la couronne de Bretagne, allait se rendre à une grande fête donnée par Jean V, son actuel souverain. Piège ou réconciliation, nul ne le savait précisément, mais notre dauphin Charles ne souhaitait prendre aucune position hostile au duc tant il avait besoin de son soutien contre le royaume d'Angleterre. C'était sage résolution.

Invité à rejoindre monseigneur l'archevêque dans sa litière, je l'interrogeai sur l'importance du duché de Bretagne dans la guerre qui nous occupait. C'est que, tu le sais, Philippe, nous autres Normands plaisantons facilement sur ces Bretons qui, dans la meilleure des occurrences, ne cessent de marchander leur appui. Ils avaient au moins, dans ces moments, attitude claire et logique. Mais il était souvent difficile, derrière apparence de rigidité, de reconnaître le fond de leur attitude. « Si tu croises un Breton dans un escalier, tu ne sauras jamais s'il monte ou s'il descend ! » était la phrase qui courait chez nous en sachant bien qu'ils nous la retournaient à l'envi. Monseigneur Gélu, dont je commençais à apprécier la finesse, fit grande éloge de ce peuple irréductible, dont la fidélité devait se jauger à l'aune de son indépendance.

— Messire Jehan, leur souverain Jean V est plein de sagesse. N'oublions pas que, couronné jeune, il a subi la tutelle et de sa mère et du duc de Bourgogne. Il est même devenu beau-fils du roi d'Angleterre par le remariage de Jeanne de Navarre, sa mère. Malgré tout cela, doué d'un sens aigu de l'équilibre, le duc Jean se réconcilie avec notre roi Charles le sixième en épousant sa fille et en lui faisant hommage pour son duché il y a quinze ans, le 7 janvier 1404. Il est vrai qu'allié des Français depuis lors, il est arrivé en retard à la bataille d'Azincourt, ce qui, peut-être, a lourdement pesé sur le sort des armes. Mais ce sont de redoutables guerriers. Il y a peu, lors des conflits entre Bretagne et Angleterre à l'aube de ce siècle, Jean de Penhoët, amiral de Bretagne, mit en déroute la flotte anglaise et ravagea Jersey, Guernesey ainsi que l'ouest du Devonshire. Quelques mois plus tard, Tanneguy III du Chastel prit d'assaut Darmouth et la livra au pillage. Nous sommes incapables de faire de même ! Depuis cette époque et l'hommage du duc Jean, l'attitude bretonne est plus hésitante. Il y a grand risque qu'ils se rapprochent des Bourguignons et s'enfoncent dans une neutralité qui ne servirait pas les intérêts français.

« Mais poursuivons ce que nous évoquions avant-hier sur le jeune Charles VI qui, après tout, est toujours notre roi légitime. Après une abolition des taxes dûment proclamée par lettre patente[1], il fallut trouver les moyens de gouverner le royaume car nulle province ne voulait plus désormais payer l'impôt. Ses oncles s'en chargèrent. Ce fut le duc d'Anjou qui finit par convaincre les états généraux de langue d'oïl de lui accorder aides et subsides mais pour une année seulement ; ce fut aussi le duc de Berry, alors que le Languedoc commençait une autre de ses révoltes, qui tenta de rétablir un fouage et dut combattre la sédition ; ce fut le Conseil royal lui-même qui réunit l'armée, le roi à sa tête, pour réprimer la révolte des drapiers en la bonne ville de Rouen, puis à Paris même contre les maillotins. Le royaume entier entrait en rébellion. L'anarchie s'installait. Les révoltes des villes affaiblissaient l'effort centralisateur des rois tandis que la guerre contre l'Anglais passait au plan second, de trêves en trêves, reconduites, dénoncées et reprises, après des préparatifs d'invasion toujours reculés. Les tumultes causés partout furent partout durement réprimés par la puissance royale, jusqu'en Flandre où le duc de Bourgogne sut puiser dans les ressources du royaume pour défendre ses propres intérêts. En l'an de grâce 1382 prirent fin les grèves de l'impôt. Aides et fouages furent rétablis qui transformèrent les sujets du roi en contribuables. Notre jeune souverain, âgé de quatorze ans, ressortit grandi d'une répression qu'il avait approuvée et accompagnée sans la décider. Le peuple de France lui pardonna. La vie du royaume suivit ensuite un cours qui, sans être apaisé, connut un peu de paix. Elle fut illuminée par le mariage du jeune souverain avec la princesse Isabeau de Bavière. Après

1. 16 novembre 1380.

la mort du duc Philippe d'Anjou, Philippe le Hardi, duc de Bourgogne, était le vrai régent du royaume sans en avoir le titre. Le Conseil du roi, qu'il dirigeait, s'avisa en 1384 d'assurer la descendance royale. Philippe le Hardi se souvint du conseil donné par Charles V sur son lit de mort : marier le roi de France à une princesse allemande préserverait nos frontières à l'est. Une rencontre fut organisée à Amiens, le 14 juillet 1385, entre Elizabeth, fille du duc Étienne de Bavière, et le jeune souverain. Ils se plurent aussitôt. Déjà négociée dans le secret, l'affaire fut immédiatement conclue. Le mariage, somptueux et coloré, eut lieu le 17 juillet en la cathédrale au cours d'une messe célébrée par Jean Roland, évêque de la ville. Les époux se ressemblaient peu. Nombre de chroniqueurs s'étonnèrent aussi de cette union précipitée entre l'héritier du premier royaume de la chrétienté et cette petite princesse inconnue. Ils s'aimèrent cependant, au premier regard, du moins celui de Charles, et purent connaître ensuite quelques années de bonheur malgré les peines et difficultés qui font le destin des hommes. Le 25 septembre 1386, la reine mit au monde le dauphin tant attendu. Le roi, pris par le rassemblement de l'armée à l'Écluse dans le but de franchir la Manche, ne put assister à sa naissance, ni à son baptême. Le petit garçon mourut avant Noël.

« Les dieux antiques jouaient, paraît-il, à se moquer du destin des hommes en les attirant dans de multiples malheurs. Notre Seigneur Jésus-Christ, qui n'est qu'amour, est venu sur terre mourir pour racheter nos péchés. Il nous met cependant à dure épreuve, nous, pauvres humains grands et petits, qui ne savons percer Ses desseins. Charles le sixième avait les qualités d'un grand roi. Après une campagne sans gloire dans le comté de Brabant maladroitement suggérée par le duc de Bourgogne, il sut se défaire, à l'âge de vingt ans, de la tutelle de ses oncles. Rappelez-vous, Jehan, ce que je vous ai conté sur l'ordonnance royale de feu le roi Charles le cinquième du nom[1] ! Le texte de ce sage souverain était visionnaire, faisant entrer l'organisation de l'État dans la vie du royaume. Contrairement à ce qui était désormais loi en ce pays, la famille royale se garda bien de laisser Charles le sixième régner comme il en avait droit divin et légal. Il dut ruser. Après avoir préparé son affaire secrètement, au prétexte de célébrer l'anniversaire de son accession au trône, le roi avait convoqué un conseil élargi à Reims[2] pour évoquer les grands sujets de l'administration du royaume. Lors de la séance, ayant remercié ses oncles, il décida d'appeler à ses côtés les hommes, ces « marmousets » d'origine bourgeoise et méprisés par les ducs, qui avaient entouré son père. Ce furent ainsi quelques années de grande et bonne administration, tant dans la gestion du domaine royal que de la justice et même de l'impôt. En serviteurs exemplaires de l'État, ils s'occupaient de toute matière sous l'autorité du roi : accroissement de la circulation monétaire ; uniformisation de la fabrication des pièces d'or ; tentatives, une fois encore, de négociation avec les Anglais pour signer une autre trêve ; mariage enfin négocié entre Louis de Touraine, duc d'Orléans, et la jeune et riche princesse milanaise Valentine Visconti ; appui au pape d'Avignon Clément VII dans la malheureuse affaire du schisme de notre sainte Église. Ils déployèrent ainsi grande activité pour le bien du

1. Celle d'août 1374 portant règlement pour la majorité des rois de France à quatorze ans.
2. Fin octobre 1388.

royaume et mirent en avant, chaque fois que possible, leur jeune et sage souverain. Charles VI organisa ainsi fêtes et tournois, notamment à Saint-Denis, pour célébrer les funérailles de Bertrand Du Guesclin, où furent invités tous les grands du royaume. La réception royale fit grand bruit jusqu'en d'autres États. Les Parisiens purent aussi participer au culte de la royauté en organisant, le dimanche 20 août, l'entrée de la reine en la capitale. Le roi avait voulu qu'elle fût la plus belle en robe de velours bleue fleurdelisée avec sa chevelure torsadée brillant de mille diamants, à travers rues jusqu'à Notre-Dame. Lorsque, après le *Te Deum*, le cortège quitta la cathédrale, la nuit était tombée. Les cloches sonnaient à toute volée tandis que cinq cents torches éclairaient la marche. Le lendemain, la reine fut ointe et sacrée en la Sainte-Chapelle, par l'archevêque de Rouen. Et la fête dura quelques jours encore pour mieux marquer en chaque Parisien la grandeur du royaume. Peu de temps après, Charles VI entreprit un voyage dans les lointaines marches du Languedoc, durant l'hiver 1389-1390, qui lui fit grand bien car il put voir et rencontrer une partie de ses sujets. Il entendit davantage plaintes et griefs qu'il ne reçut d'hommages, mais en fit son profit en chassant les officiers du fisc qui robaient la province. Assurément, Dieu et ses parents nous avaient donné un grand roi !

« Et puis, une fois encore, le malheur vint sur la France. Certes, des signes annonciateurs, faciles à déchiffrer au rebours des événements, faisaient redouter et non espérer. Un ouragan se déchaîna sur Paris la nuit de Noël dont la violence fit craindre la fin du monde. Il dura plusieurs jours et beaucoup de nos églises virent leurs tours et clochers renversés. L'an 1391 commença sombrement. Il fallait conclure une paix durable avec les Godons qui ne cessaient de tergiverser, comme à leur habitude, toujours prêts à ne rien conclure ou renier ce qu'ils ont signé. Et ce n'est pas la naissance du dauphin en l'an de grâce 1392, prénommé Charles comme son aîné rappelé à Notre Seigneur six années auparavant, qui changea durablement l'âme du royaume. La tentative préméditée d'assassinat de son connétable Clisson par un ancien de ses favoris à la Cour, puis la fuite supposée de celui-ci dans le duché de Bretagne provoquèrent le courroux du roi, qui réunit une armée pour châtier le coupable. Les ducs, pour une fois attentifs à la chose publique, ne partageaient pas cette décision. La querelle entre deux petits nobliaux, pour grave qu'elle fût contre les intérêts de la Couronne, n'était qu'affaire privée, non d'État. Malheureusement, le roi demeura inébranlable.

« Alors qu'il traversait, fin août 1392, une large forêt, après la ville du Mans, avec ses soldats, il fut pris d'une brusque faiblesse de tête et, ayant tiré son épée, se mit à frapper de taille et d'estoc son escorte. La crise fut brève. Il y en eut d'autres, plus nombreuses et plus longues, ne laissant à notre roi si aimé que guère, et de moins en moins, de moments lucides. Ses médecins, peu au fait de son mal, prescrivaient plus à ses proches qu'au roi lui-même. Ils conseillaient plaisirs et divertissements plutôt que réunions et contrariétés qui vont avec la charge du pouvoir. Bourgogne en profita pour faire entrer au Conseil davantage de ses partisans et s'en nommer le chef. Le jeune frère du roi, Louis, se proposa cependant pour cette tâche. Mais on le trouva béjaune. Bourgogne usa de la circonstance pour chasser les conseillers du roi qui l'avaient été de son père auparavant.

« Le pire, s'il n'est sûr, demeure souvent le plus certain quand il s'agit du malheur. Le duc de Bourgogne s'employa à alléger le travail du souverain et ne lui présenta plus que les affaires sous leur meilleur jour. La reine Isabeau organisait les plaisirs. Les courtisans qui voulaient plaire organisèrent le pire. En janvier 1393, ils imaginèrent un bal où plusieurs danseurs aux visages copieusement noircis, dont le roi lui-même, seraient couverts d'une cotte de toile enduite de poix sur laquelle on colla une forte toison d'étoupe pour mieux ressembler aux satyres. On fit ensuite écarter les chandelles pour permettre aux danseurs ainsi déguisés de s'ébattre joyeusement. Le duc d'Orléans, lorsqu'il entra dans la pièce devenue plus sombre, approcha une chandelle de l'un des personnages. Il voulait mieux voir et mit le feu au costume qui embrasa le groupe. La sarabande devint danse macabre. Isabeau, qui était à son troisième mois de grossesse, s'évanouit. Le roi fut épargné par la duchesse de Berry qui l'enveloppa avec la traîne de sa robe pour éteindre les flammes. Les autres satyres finirent par se consumer et n'être plus que des morts éteints.

« Le peuple de Paris s'est violemment ému lorsqu'il apprit la dolente affaire : que deviendraient-ils sans leur roi qui n'avait pas d'héritier ? Était-ce là encore un signe envoyé pour signifier la colère divine contre cette Cour dispendieuse et dépravée ? Il tint, non sans justesse, le duc d'Orléans responsable du drame. Le roi ne laissa rien paraître, ni pendant la scène ni les jours suivants. Après une messe à Notre-Dame où il rendit grâce au Seigneur, Charles VI reprit ses activités et partit à Abbeville, au seuil du printemps, négocier avec les Godons et espérer une paix plus durable. En juin, ce fut la rechute, pour de longs mois. Mais les discussions n'étaient pas closes et, comme il en advenait rarement, les ducs et le roi dans ses instants de lucidité cherchaient communément une trêve que l'envahisseur souhaitait aussi. Ils eurent une idée : donner une fille de France à Richard II, le souverain godon, veuf de son état. Isabelle, l'aînée, âgée de six ans, fut livrée à un souverain de vingt-neuf ans qui en accepta la promesse, la grâce et la dot. Elle ne sera reine que peu, trois seules années, jusqu'au dépôt et assassinat de son époux en l'an de grâce 1399. Eh oui ! Messire Jehan, ces Godons, étroits et brutaux, tuent leurs rois à convenance, ce que nous ne faisons pas ! Ce fut suffisant pour amener la trêve sur un front et préparer la guerre sur un autre, loin du royaume, contre les Ottomans. Et pendant ce temps-là, le schisme mauvais continuait de diviser notre sainte Église. Décidément, messire Jehan, au jour de votre naissance, bien souvent absent, ou déchiré entre plusieurs causes lorsqu'il était raisonnable, notre roi n'était plus vraiment le roi.

*

Pour atteindre Burgos, grande étape des pèlerins vers Compostelle, les routes du royaume laissent plusieurs itinéraires possibles. Partant de Périgueux, le chemin direct va jusqu'à Ostabat[1], petite cité qui croise et regroupe les chemins venant du nord de notre royaume : Paris, Vézelay ou Le Puy. Elle traverse ensuite la montagne au col de Roncevaux pour atteindre Pampelune, Puente de la Reina, puis Logroño. C'est une route fréquentée, même en hiver, avec moult

1. Ostabat-Asme, pays d'Ostabarret dans la province basque de Basse-Navarre.

étapes et gîtes de traverse. Les mahométans eux-mêmes s'étonnent de l'important mouvement de pèlerins qui se jettent sur le chemin de Compostelle. L'on raconte que, il y a déjà trois siècles, un émir venu rencontrer Doña Urraca, fille du roi Alphonse VI d'Aragon, demanda au guide qui était ce personnage si grand et si illustre pour que tant de chrétiens allassent vers lui depuis les Pyrénées et plus loin encore. Il fallait évidemment trier l'homme de foi du coquillard venu troubler l'assemblage pour dévêtir, rober ou mendier. Cette foule venue du nord n'avait pas grande réputation au sud des Pyrénées mais apportait quelques pécunes aux contrées parcourues. Nos voisins de Castille, de León, puis de Galice appréciaient peu cette badaudaille de cottes, chaperons et grands bâtons, regroupés en confréries, jouant de pieuses scènes de la vie de saint Jacques, chantant cantiques religieux, mais appréciant banquets et bordeaux. Loin de séparer vice et vertu, l'amalgame se fit rapidement sur les territoires ibères pour qualifier de *Franchutes* tous ces gueux venus du septentrion.

L'autre route, à partir de Mont-de-Marsan vers Bayonne, file en direction de San Sebastián et Vitoria, mais il faut par trop traverser territoire sous occupation anglaise. Entre Périgueux et Ostabat, c'est encore un voyage d'une centaine de lieues. Nous sommes passés par Bergerac pour y faire halte, puis Marmande, Mont-de-Marsan et Orthez. Les quelques lieues de la deuxième étape furent difficiles à cause de la pluie. Monseigneur Gélu fit préparer sa litière, faisant défaire les pendants de soie qui retiennent les rideaux. La route n'étant point trop mauvaise et sans rencontrer ni casse de roue ni déchaussement de fers, nous fûmes à

Marmande sur rive droite de la Garonne au soir tombé, tous cavaliers bien crottés et mouillés. La ville connut grand massacre de ses habitants il y a deux siècles lors de la sainte croisade contre ces malheureux Albigeois. Notre prélat prit logis dans le cloître au sud de l'église Notre-Dame, construite dans un gothique sans fioritures. Après messe, le lendemain, nous organisâmes à heure prime la traverse du fleuve.

Puis il y eut autres départs, routes et auberges, jusqu'au franchissement de la terrible montagne. L'hiver, qui paraissait se réchauffer un peu en descendant vers les terres du Midi, nous rattrapa vigoureusement. Trois longues journées suffirent à peine entre Saint-Jean-Pied-de-Port et Pampelune. Notre cortège, au passage du col de Roncevaux, prit refuge à la collégiale royale de Sainte-Marie, où les moines furent heureux d'accueillir un prélat de cette qualité, avec son entourage. Le souper fut abondant, solidement arrosé par un vin de Bergerac qui était régal. Si les chambres étaient austères comme il sied à pareil endroit, et les paillasses un peu raides, notre sommeil fut sans rêves, bien protégé de la nuit glaciale. La messe du lendemain fut célébrée dans la chapelle de Santiago sise à côté d'une autre église romane, dite du *Sancti Spiritus*, très basse, carrée et voûtée sur croisée d'ogive, qui servait d'abri provisoire aux corps des pèlerins morts à l'hôpital. Après les brumes, le ciel se fit tant clair en descendant la vallée que l'air, plus mince, avait asséché la couleur un peu lourde qu'il a dans nos contrées. La cloche de la chapelle, déjà derrière nous, fit entendre ses coups, frappés sur un ton si haut qu'ils retentirent loin et redoublèrent en écho sur la montagne.

*

Monseigneur Gélu me fit venir dans sa litière.

— Il est temps, messire Jehan, que je vous entretienne de ma mission. Notre dauphin n'est aucunement préoccupé par la présence des peuplades infidèles à notre foi dans les régions au midi du pays. D'ailleurs, ce que les Castillans appellent la « Reconquista » des territoires qu'ils estiment leur avoir été volés est pratiquement achevée depuis un siècle. Le royaume de Tolède avait été repris en l'an 1085, celui de Cordoue en 1236, puis Jaén dix ans plus tard, enfin Séville en 1248 et Murcie en 1266. Seul subsiste aujourd'hui des *taifas* musulmans le royaume de Grenade dans une géographie assez stabilisée où ce qui restait de l'Al-Andaluz arabe était soigneusement contenu par les royaumes chrétiens du Nord. Si Sa Majesté Jean II de Castille comme son voisin Jean II de León jugent inacceptable ce reliquat d'occupation, ce n'est pas pour raison religieuse, car nos théologiens expliquent à souhait qu'en ce qui concerne la foi chrétienne et la loi religieuse musulmane, il ne saurait y avoir cause de guerre, car Jésus-Christ n'a jamais ordonné qu'on tue ni obligé personne d'accepter notre foi, tant Il ne veut d'adhésions forcées. La guerre subsistera entre eux pour une tout autre raison : récupérer les terres que les Maures leur avaient arrachées. Ils estiment que ce sont leurs affaires intérieures. En revanche, notre sire sait que Sa Sainteté le pape Martin V, qui vient d'être élu, suit de près les affaires de ces royaumes très chrétiens d'Espagne. Les Lions de Castille ont été aux côtés du roi de France lors du schisme de l'Église terminé depuis peu. Il sait aussi que Jean II est, par sa mère, petit-fils de l'Anglais Jean de Gand, duc de

Lancastre et d'Aquitaine. C'est un allié fidèle mais qui peut toujours basculer, dont la politique dans les États d'Italie ne correspond pas toujours aux nôtres. N'oublions pas non plus que les royaumes ibériques financent, construisent et dirigent des flottes de guerre capables de battre les marins anglais au large de la Gascogne, ou de bloquer leur grand port de Bordeaux.

— Il faut donc, monseigneur archevêque, le ménager, le soutenir, et donc le solliciter pour se mieux l'attacher davantage !

— Oh ! Voilà, messire Jehan, que vous comprenez vite ressorts et subtilités de la diplomatie ! Je suis mandé pour parlementer et obtenir tous les secours possibles, notre priorité en ces moments, maintenant que notre Église est réunifiée, étant d'achever cette guerre interminable contre ce petit royaume du Nord, intolérant et brutal, qui mine nos ressources et empêche bonne prospérité de nos gens.

— Quelle sera, monseigneur, la contrepartie qui sera demandée ?

— Décidément, messire Jehan, vous me surprenez par votre acuité. Nous le verrons en cours. Mes courriers présenteront à notre dauphin toute prétention. Il jugera ce qui lui semblera acceptable. Vous m'assisterez au cours de ces entretiens. Vous êtes maître ès décrets, donc à même de rédiger comptes rendus, missives et, si cela advient, projets d'accords.

De petit chef de guerre, je devins, en ces instants, proche d'un négociateur du royaume. Vois-tu, monsieur mon frère, comme est étrange le parcours de vie que nous réserve le Très-Haut ! Je retrouve mes inclinations à l'étude et discussion par le hasard d'une rencontre, alors que la volonté de notre père m'avait amené à ferrailler sur les remparts d'une cité. Quel est le poids de notre propre volonté dans ces occurrences ? Qui gouverne cet équilibre étrange entre ce que Dieu veut pour chacun et la liberté qu'Il laisse à sa pauvre création ? Y a-t-il un dessein, une direction, un sens à tout cela en dehors de notre permanente et ultime recherche de la vie éternelle ?

*

Quelle magnifique et étrange construction qu'est l'église *San Nicolás* de Pampelune ! Dominée par trois tours de guet et largement fortifiée, ses lourdes murailles encadrent une architecture gothique primitive, bien visible de part et d'autre de la nef avec ses collatéraux en croisées d'ogives. Suffisamment vaste pour abriter grande population, son allure défensive était volontaire. Au moment où nous arrivâmes dans la ville pour nous reposer et y entendre messe, la cité se partageait encore en deux factions anciennes : le vieux quartier de la *Navarreria* partisan d'une alliance avec la Castille, et celui des faubourgs de *San Cernin* et *San Nicolás* favorables au maintien de la Couronne navarraise sous une dynastie française. La grande église servait, tout à tour, à abriter les pourchassés de l'un ou l'autre clan. Comme l'Église sait tout en ses royaumes, messire Gélu m'avait averti de larges discussions paraissant sur le point d'aboutir et fondre les municipalités en une seule sous la couronne incontestée de Charles III le Noble, roi de Navarre.

Pour parcourir les cinquante lieues qui nous séparaient encore de Burgos, nous fûmes accompagnés par une somptueuse délégation conduite par monseigneur l'archevêque du lieu venu nous retrouver à Pampelune. C'était grand honneur voulu à la représentation française. Monseigneur Gélu, madré à ces usages, prit plaisir à rejoindre dans sa luxueuse litière monseigneur Paul de Burgos. Celui-ci, de très haute intelligence, m'était un personnage bien étrange. Né juif, grand rabbin devenu catholique à quarante ans, grâce, paraît-il, à lecture de saint Thomas d'Aquin et divine apparition de notre Vierge Marie, notre prélat fit baptiser ses enfants mais sans convaincre son épouse Johanna qui termina sa vie dans le couvent Saint-Paul de la cité. Reçu docteur en théologie de l'Université de Paris, il avança brillamment en carrière et devint chancelier du jeune roi l'année suivant l'obtention de sa mitre d'archevêque. Comme il advient souvent, sa foi nouvelle se retourna contre son ancienne communauté, et ledit archevêque de Burgos devint actif dans lutte et conversion forcée de ses premiers coreligionnaires. Monseigneur Gélu comprit rapidement que c'était avec ce prélat qu'il fallait négocier avant d'obtenir acquiescement du roi de Castille.

Je te conterai plus tard, et largement, mon cher frère, ce que j'ai appris d'une pareille rencontre, autrement que ce qui relève de simple diplomatie ou discussion financière. Laisse-moi auparavant te dire l'enchantement procuré à un homme du Nord par la splendeur de la cathédrale.

On la découvre en franchissant le fleuve. Après être passé sous la porte Sainte-Marie bellement décorée, tu arrives sur la grand-place et la contemples, en la majesté de ses deux tours magnifiques qui rappellent le gothique de notre royaume du Nord. Mais ici, le ciel est plus pur, la pierre plus claire, et le portail du Serment que tu franchis montre ses voussures, son tympan ouvragé, les statues de nos quatre Évangélistes en attitude de travail écrivant sur leurs tréteaux.

L'intérieur est pour la prière. Le pécheur à genoux, s'il ose lever les yeux vers le ciel, au-delà des figures et représentations, peut éclairer son âme à la vue d'une splendide lanterne étoilée sur croisée du transept, vers le ciel, à plus de vingt-cinq toises de notre humaine condition.

Le roi Jean n'était pas présent en ces moments. Il résidait à Ségovie pour en transformer la forteresse. Nous logeâmes au monastère royal de *Las Huelgas* qui abritait la plus belle bibliothèque que j'eusse contemplée jusqu'alors. Si les discussions commencèrent rapidement, chacun comprit qu'elles dureraient. N'en est-il pas ainsi chaque fois que de vifs intérêts sont en jeu ? Le royaume de France souhaitait un soutien en armes et soldats lorsque le dauphin formerait l'ost contre l'Anglais, tandis que le royaume de Castille ne formulait pas encore la revendication qui équilibrerait l'accord. Nos échanges débutèrent sur des sujets secondaires dont émergerait, peut-être, le principal une fois bonne jauge et jugement établis entre des interlocuteurs qui ne se connaissaient pas. Je rédigeais, en latin, les premiers comptes rendus.

J'ai eu du temps, mon cher frère, entre discussions pas toujours utiles et déplacements vers Ségovie de monseigneur Paul qui traitait d'autres affaires. Il y a merveilles à lire dans cette bibliothèque. Ma première découverte fut le plus beau livre de chevalerie qui se peut connaître : *Amadis de Gaula* (*Amadis de Gaule*). L'auteur n'est pas identifié. Plusieurs écrivains ont peut-être rédigé l'ouvrage. Son origine, déjà perdue, viendrait soit de légendes chantées par des troubadours portugais, soit d'épisodes écrits en langue romane issue de notre Picardie brumeuse.

Le moine bibliothécaire du monastère royal ne sut m'éclairer. Les premiers chapitres se lisent dans la langue castillane que j'ai apprise et les suivants en français, qui racontent parcours et aventures d'Amadis, damoiseau de la mer, beau ténébreux, chevalier de la verte épée, fils d'un roi fabuleux de France et d'une princesse de Bretagne anglaise qui le laissent, à sa naissance, dériver en barque, avec bague et épée comme objets pour le reconnaître. Les flots et les vents l'amènent en Angleterre où il grandit puis partit, hardi combattant, retrouver ses origines en affrontant, fièrement dressé et sans détours, géants, félons et rois maléfiques, dans le royaume d'Écosse puis d'Irlande, puis partout dans cette terre d'Europe qui va de la mer ténébreuse à l'ouest jusqu'aux contrées enneigées de l'Orient lointain. Lorsqu'il revient de ses aventures sur l'île Ferme abritant le château des Boucliers, il épouse enfin celle qu'il aime, la belle et jalouse Oriane, rencontrée plus tôt entre deux épreuves. Amadis est notre hardi chevalier des légendes, guerrier, noble, amoureux constant, ne suivant que son cœur de haute noblesse, ne connaissant ni doute, ni faiblesse, ni cette misère du monde que Dieu laisse pour nous engloutir. Moi, soldat exilé et clerc abruti de lectures, yeux rougis d'attention à cause de pauvres chandelles, pouvais enfin méditer par-delà guerre, froide scolastique et luttes sanglantes, sur ce monde déjà disparu. Oh ! Que notre temps rêvait encore au paradis des hommes, recherché sur terre, par vertu, courage et noblesse de cœur avant promesse du ciel ! Après *La Légende du roi Arthur*, *La Chanson des quatre fils Aymon*, venait *Amadis de Gaule* chanter le meilleur de notre constance. Quelle illusion ! Nostalgie inutile ! Regrets sans fondements d'un univers qui ne reviendra pas car jamais il n'a été. Nous avançons seuls dans notre histoire, faite de violence, côtoyant sans fin la faucheuse ricanante et goulue dans notre royaume divisé, notre Église plus marchande que sainte, notre Dieu chrétien inaccessible ou mis en question.

Bien que non théologien, j'ai découvert les livres écrits par Raymond Lulle, du pays de Catalogne, pleins de contrastes entre écrits sur la chevalerie, chansons d'amour, travaux alchimiques et œuvre théologique. Parmi ses nombreux ouvrages, près de trois cents titres, il proposait une intéressante hypothèse sur l'Immaculée Conception de notre sainte Mère Marie : l'essence divine devait procéder d'une matière parfaite pour former le corps terrestre de Notre Seigneur Jésus, ce qui rendait impensable que Marie fût sujette au péché originel. Notre sainte Église, celle, traditionnelle, guidée par les deux cent dix-neuf interdits formulés en 1277 par son contemporain Étienne Tempier, évêque de Paris, ne pouvait recevoir telle affirmation. Il n'y avait pour lui et pour elle que saint Augustin. Mais Raymond Lulle, dans ce que j'ai pu en lire, nous met en présence de la totalité du monde, structuré « en haut » par les grands principes absolus, les *dignités*, définissant l'essence divine, et par ceux relatifs permettant de discerner la capacité d'agir des premiers, notamment l'*être*, qui, comme le *connaître*, situe la raison au milieu du monde, en prise avec le réel comme avec le divin qui se révèle à nous. Le grand Raymond nous présente une construction si touffue, qualifiée de Grand Art, traduisant les relations métaphysiques entre ses principes, qu'elle en est difficilement accessible. Je me suis promis, si l'occasion se présentait, d'interroger dessus monseigneur l'archevêque. Par-delà les convictions ou croyances, il fut pour moi une révélation, celle que constitue l'action qui nous fait être tout autant que sa réciproque. L'homme est « agir ». Si Dieu est absolu d'agir et d'être, sa créature imparfaite, qui reste sans cesse partagée entre faire et ne pas faire, a besoin d'une secousse divine pour qu'il existât. Par ce chemin, croisant révélation et action, l'être entre en philosophie où sa simple raison vient dialoguer sans cesse avec l'existant « souverain » dont il procède. L'homme n'est ainsi jamais achevé. C'était un enseignement terrible, mais comme nous étions loin, Philippe, de la pesanteur cléricale de Paris, au moins dans la version augustinienne dont on nous faisait débattre à l'envi !

Les nombreux ouvrages du monastère provoquèrent bien d'autres cheminements. J'aimais aussi le prosaïque : *Les Voyages de Marco Polo* qui racontaient les pays étranges, y compris ceux, comme disait monseigneur Gélu, où il n'était pas allé ; les pastourelles avec ses joies simples, ses sentiments fiers, non trahis ni contournés, dans nos campagnes de France où, entre textes et chansons, c'est encore la vertu qui gagne ; la venue d'œuvres licencieuses et dissimulées tels *Le Décaméron* ou *Les Pages galantes* du Florentin Boccace, ou encore notre *Roman de la rose*, contestable et contesté sur la place des femmes en notre société.

*

Au hasard des entretiens avec monseigneur Paul de Burgos, en attendant de voir Sa Majesté Jean II lorsqu'un accord serait à signer, la figure de saint Augustin apparut aux détours d'une interminable discussion.

— Savez-vous que le pays de Castille, plus largement l'Ibérie tout entière, est terre de contraste ? Je suis moi-même, depuis ma conversion, tant fervent catholique que je n'appartiens certes pas aux tièdes ni aux ratiocineurs. Mon maître-penseur, mon père en l'Église du Christ tout-puissant, est notre bon saint Augustin, né il y a longtemps en Afrique du Nord[1] d'une mère dévote et d'un père païen. Dans l'univers chrétien de l'époque qu'influençait le mythe hébraïque de la création et la faute, la venue de Jésus parmi nous, ce Sauveur venu rédimer le péché originel, apportait une idée neuve avant qui écrits, prophètes, soubresauts de l'histoire n'étaient qu'éclats dérobés à la Révélation et préparation à Celui qui vint et fit « toutes choses nouvelles[2] ». Augustin mit du temps à parcourir le chemin de cette « connaissance ». Il avait étudié à Carthage puis s'installa à Milan désormais ville impériale, alors que Rome n'était plus que capitale honoraire. Titulaire de la chaire officielle de rhétorique, il se voyait déjà devenir préfet ou gouverneur de province. Il doutait cependant et s'ennuyait. La grâce vint sur lui. Mais d'abord la grâce philosophique issue de Platon et ses disciples, et d'autres encore. Il découvrit la vie intérieure et se jeta dans la vie de l'Église. J'aime sa phrase : « Que je me reconnaisse et que je Te connaisse » ! Il se découvrit disciple du Christ dans un jardin milanais.

— Mais pourquoi, monseigneur, pareil chevalier romain fraîchement converti vous a-t-il séduit ? osai-je demander.

— Parce que, comme moi à mon modeste niveau, il a dû se défaire, sans les oublier, de ses anciennes

---

1. À Thagaste, en 354 ap. J.-C.
2. Apocalypse, 21, 16.

croyances. Pour Platon et Aristote, la divinité exclut toute matière. L'âme est une substance certes brillante de divinité mais imprécise, molle. Augustin découvrit que Dieu l'attendait déjà dans cette âme incertaine. Il n'était que de L'y reconnaître. Il lui fallut déchirer le tissu platonicien pour accepter un Verbe divin, souffrant, incarné en Jésus. Celui-ci est à la fois entité de philosophie et présence secourable aux hommes, prêt à miséricorde. Le double saisissement d'une foi avec ses mystères surpassant toute raison et d'une réflexion philosophique inadéquate à cette foi, mais permettant de l'exprimer, m'a touché au fond de l'âme. L'une et l'autre ne s'excluent pas. Mieux, la déité est simplement là, intemporelle, chez les Grecs, alors que l'incarnation divine de Notre Seigneur en Jésus s'inscrit dans le temps de l'incarnation, de la foi vécue pouvant sauver l'humanité, de l'histoire à construire qui est notre chair.

Monseigneur Gélu intervint à propos :

— Cela est un parcours, le récit d'une découverte, pas encore l'énoncé d'une doctrine.

— Absolument. Pour Augustin, comme pour moi, tout part de la présence de Dieu dans l'âme qui a reçu cette grâce. Agissant comme un maître intérieur, Dieu découvre au cœur bien disposé les idées qui, dans sa pensée éternelle, ont présidé à la création des êtres. Il habite dans l'homme et lui dévoile intérieurement, directement, la vérité des choses qu'il voit. Par la présence en elle de la divine sagesse, l'âme humaine découvre que la création tout entière exprime son Créateur jusqu'au mystère de la Trinité qui trouve écho dans les divisions de l'âme humaine : esprit, connaissance, amour. Dieu nous rend « participant » aux secrets de Son Être. Notre foi infuse notre intelligence qui en est récompense. Il faut croire afin de comprendre, non l'inverse.

« De cette compréhension animée par la foi découle évidemment une morale. L'homme fait plus souvent le mal que le bien. Sa nature est à jamais viciée par le péché originel. Nul ne saurait faire le bien sans le secours de la grâce alors que le mal n'a besoin que du libre arbitre de la raison. L'intelligence ne suffit pas à atteindre le vrai et l'on ne déploie sa capacité au bien qu'en s'en remettant à la grâce du Seigneur. Même le respect des dix commandements n'y parvient pas seul. La logique de saint Augustin, dans sa simplicité, va jusqu'à l'absolue liberté : la grâce rend, selon son expression, « suave » ce qui ne l'est pas sans elle. Avec l'âme parvenue à la perfection, le terme est sublime : *Ama et quod vis fac* – « Aime et fais ce que tu veux » ! Inaccessible but ! Notre Père de l'Église m'a rempli le cœur et l'esprit, ce que n'ont pas su faire les prophètes. L'homme, avec lui, devient au centre et centrale est la terre où Dieu a choisi de planter la croix de son fils. Mais il est en dépendance, en soumission absolue à la foi sans laquelle il n'a le pouvoir que de se perdre.

Monseigneur Paul ne pouvait arrêter ici, simplement, son discours. S'ensuivit ce qui a été pour moi une illumination sur laquelle, Philippe, je reviendrai plus avant. L'archevêque de Burgos, rabbin converti à une interprétation pure de notre foi, celle de saint Augustin, ouvrit un panorama de religion qui donnait vertige. Il y eut après Augustin bien d'autres Pères de l'Église, et le siècle qui précède le nôtre en fournit grand nombre. Je compris, à l'écouter, que la terre d'Espagne fut, avant Paris, Oxford, Naples ou même Rome, un exceptionnel carrefour. Saint Augustin connaissait finalement peu la pensée des Grecs dont la plupart des ouvrages n'ayant pas été perdus n'avaient encore été ni traduits, ni transmis aux moines d'Occident. J'ignorais si nous aurions loisir de visiter quelque peu le pays, mais notre hôte m'enseigna que Tolède fut le premier grand foyer de culture de notre époque. On n'y compte plus les érudits courbés et infatigables à traduire en latin les textes arabes ou persans, eux-mêmes inspirés des Grecs que ceux-là avaient recherchés, conservés, puis retranscrits dans leur langue. Il en fut ainsi pour Avicenne, connu chez nous, grâce à eux, avant que ne fût intégralement traduit Aristote, et ce fut lui qui non seulement nous enseigna un apport plus complet des Grecs à la philosophie, mais aussi donna la première initiation vraie à une introduction de la rationalité au service de la religion révélée. Je t'ai évoqué Raymond Lulle, cet Arabe chrétien né à Majorque. Je te parlerai du grand Averroès, commentateur d'Aristote, comme de Moïse Maïmonide, rabbin né à Cordoue, qui entreprirent tous deux d'expliquer que vérité de la raison n'exclut nullement Dieu mais permet au contraire de connaître mieux Sa perfection. Il y en a bien d'autres, au pourtour de cet an mille, en particulier dans les pays d'Arabie, qui creusèrent très avant les commentaires sur la philosophie. Au vrai, cette terre d'Espagne, carrefour de cultures juives, chrétiennes et arabes, fut grandement le tremplin qui nous permit de développer une vraie pensée religieuse, bien au-delà de nos seuls pauvres monastères d'Occident.

Monseigneur Gélu et moi-même sentions profondément l'originalité de son parcours qui n'avait pas fini de nous faire trembler, douter ou croire davantage. Il y aurait pour longtemps un double combat, une « double vérité », foi ou démonstration, qui ne laisserait jamais en repos le croyant ou le philosophe cherchant tous deux le Créateur. Ceux-là s'opposeront sans cesse lorsqu'ils ne parviendront pas à s'unir, du moins coexister. Monseigneur Paul de Burgos, qui avait déjà accompli un peu du parcours en passant du judaïsme à la religion augustinienne avait, pour son repos, aboli l'apparente contradiction : Dieu se donne, Il est en nous. Nous n'avons qu'à nous soumettre. L'expression de notre rationalité, d'essence divine mais limitée dans sa compréhension, ne fait que suivre ce que Dieu nous inspire et nous laisse.

*

Durant ces semaines qui avançaient peu, monseigneur Gélu paraissait préoccupé, non par une négociation qui cherchait ses contours, mais en recevant d'inquiétantes nouvelles de France. Le courrier de l'Église était partout efficace. Nous savions déjà la capitulation de Rouen le 14 janvier et apprîmes l'assassinat du duc de Bourgogne, le 10 septembre de l'an 1419, par l'entourage de notre dauphin, alors que les deux délégations venaient à Montereau pour parfaire une réconciliation déjà bien dessinée lors d'entretiens précédents[1]. Que s'était-il passé ? À l'instigation de qui ? Le résultat importait plus que l'intention. Le duc Philippe, succédant à son père Jean, s'empressa de rompre tout lien avec la famille des Lys en oubliant, il est vrai, que plusieurs années auparavant ce fut le même duc Jean qui fit assassiner Louis d'Orléans, frère du roi, un

1. Assassinat du duc Jean Ier de Bourgogne, dit « Jean sans Peur », par les Armagnacs, le 10 septembre 1419, lors d'une entrevue avec le futur Charles VII sur le pont de Montereau.

soir dans une ruelle de Paris. Ce qui importait à monseigneur Gélu était que ce triste événement, tragique pour notre pays, car l'Anglais dépendait du Bourguignon pour son odieux maintien en France, allait renforcer l'alliance entre les deux ennemis du royaume. Il se souciait aussi d'empêcher toute contamination du méfait sur les autres relations que notre dauphin pouvait maintenir en Europe, notamment ici dans le royaume de Castille. Paul de Burgos le comprit ainsi. Mais était-ce le cas du roi Jean que nous n'avions pas encore rencontré ?

L'automne castillan était inondé d'une lumière si vive qu'elle découpait les ombres sans nuance. L'homme et ses constructions étaient noirs ou blancs selon les incidences. Les terres du plateau, montrant tous les tons possibles d'ocre, de terre de sienne, de végétation brûlée, tremblaient sur l'horizon. La pourpre de l'archevêque, la splendeur de son attelage, le bariolé des lanciers d'escorte bruissaient de ce qu'est l'activité humaine se déployant dans l'espace immense, sur le chemin pierreux et désert nous amenant à Tolède, vers Ségovie où résidait Sa Majesté.

Alors que nos deux prélats devisaient en voiture, j'eus plaisir à rester dans la troupe avec Gilles, mon écuyer. Il maîtrisait déjà fort bien la langue du pays que servantes, soldats et taverniers lui avaient mieux enseignée que lecture des livres. L'ennui ne le touchait pas. Il passait du temps à s'entraîner aux armes, ayant redécouvert le magnifique et souple tranchant des lames de Tolède. Le vin lourd du plateau effaçait rapidement, le soir à l'auberge, une nostalgie du pays qu'il ressentait peu. Son visage bruni, ouvert sur l'air léger, marquait une blondeur de cheveux qui troublait les filles. Il en profitait largement, sous le regard de Notre Seigneur tout-puissant qui n'avait pas fait tant de beauté pour la laisser sans usage. Mon existence suivait chemin plus austère. Nous logions au monastère bénédictin de Saint-Jean l'Évangéliste et le service de monseigneur m'empêchait souvent de m'en échapper. Il restait heureusement les étuves dont le plaisant service dépassait la seule propreté du corps.

Notre arrivée à la cité royale de Valladolid, au confluent de deux rivières, la Pisergua et l'Esgueva, se fit par la porte fortifiée située au mitan du grand pont, puis celle, en arc mauresque, du palais *María de Molina*, après un autre pont plus petit, en direction de la grand-rue royale. Nous n'y sommes pas restés, le roi étant ces jours à Ségovie. Il nous y attendait.

La cité était pleine de travaux bruyants tant de nouvelles constructions façonnaient autrement rues et places, jusqu'à l'Alcazar dominant dont le nouveau grand donjon devait bientôt couronner l'ensemble. Ici, tout le temps des hommes nous était offert, du splendide aqueduc antique jusqu'aux nombreuses églises romanes et ses maisons seigneuriales. Ségovie développait l'industrie de la laine que ses vaisseaux marchands apportaient jusqu'en Angleterre et en Flandre. Notre entrevue avec Sa Majesté Jean II fut cordiale. L'entente entre royaume de France et celui de Castille ressortit plutôt renforcée de notre défaite d'Azincourt. La reprise de notre guerre avec les Godons, après de longues années de trêve, avait même amené bonne rupture de l'accord que l'Angleterre et la Castille avaient auparavant signé. Dans leur grande sagesse, la reine Catherine et son oncle Fernando d'Aragon, qui assuraient la tutelle du jeune roi dans l'attente qu'il régnât, surent consolider en 1411 une relation solide avec le royaume du Portugal. Forts d'une double alliance avec ses deux voisins, Jean II en profita pour développer ses échanges maritimes sur la côte atlantique, jusqu'au nord vers Bruges, aidé par une *Armada* puissante et entraînée.

Conseillé entre autres par monseigneur Paul, en présence de l'archevêque de Séville, de Don Rodrigo Alfonso Pimentel, fils du duc de Bénévent, et de l'archidiacre de Alarcón, le roi de Castille nous assura que le traité de Tolède signé en 1368, renouvelé en 1408 après le meurtre du duc d'Orléans à Paris, serait évidemment maintenu puis régulièrement adapté au mouvement des événements. Restait à formuler le détail de l'aide réclamée, ses modalités financières et les contours d'une éventuelle contrepartie. Cela prendrait encore du temps et fut laissé aux discussions entre conseillers. Tu le sais, monsieur mon frère, questions de pécunes sont toujours plus ardues que celles de principe, sauf en matière de théologie ! J'ai moult appris durant tous ces mois, aussi bien la langue castillane que les détours empruntés par l'esprit de cette catégorie de gens que l'on appelle diplomates.

Nous repartîmes vers Burgos, l'essentiel étant acquis. Restait la rédaction d'un texte qu'il fallait unanime, écrit dans notre latin communément usé dans l'Occident chrétien, accompagné des deux versions nécessaires rédigées dans la langue vernaculaire des signataires. Ce fut pour moi grand ouvrage, mais je fus bien aidé par maître Alvaro Cuñal, secrétaire de Paul de Burgos. Nous nous sommes mutuellement soutenus pour pallier nos retards respectifs dans le langage de l'autre. Un autre hiver passa, sur le plateau de Castille tant glacé la nuit. Le jour illuminait, le soir pétrifiait. Si le vin épicé fortifiait les cœurs, les couches restaient souvent froides de cette solitude que Notre Seigneur n'a pu souhaiter à Ses pauvres créatures.

Une fois le traité accordé dans son nouvel état, monseigneur Gélu s'interrogeait. Fallait-il aussitôt retourner en France ou prendre le temps de faire pèlerinage à Compostelle ? Jean « Le Bon », nouveau duc de Bourgogne, portait le deuil de son père pour le temps que, disait-il, durerait sa vie. Notre dauphin devait chercher une voie raisonnable, entouré d'incertains conseillers moins disposés que lui au bonheur du royaume. Fallait-il être aussitôt présent à Bourges ou avions-nous quelques semaines pour réaliser le devoir que chaque chrétien doit à sa foi ? L'évêque choisit l'Église. Nous partîmes dès que possible, ayant donné notre salut et reconnaissance à monseigneur de Burgos dont je me souviendrai longtemps.

*

Notre route était maintenant toute de pèlerinage. Après avoir entendu la messe et longé l'*Hospital del rey* à sortie de ville, le chemin montagneux nous conduisit vers une petite cité appelée *Población de Campos* appartenant aux seigneurs de Rhodes. Puis ce fut *Sahagún*, *León*, un minuscule village appelé *La Pola de Gordón*, avant de franchir le mont Saint-Antoine et la montagne de Sainte-Marie. La collégiale *Santa María de Arvas* hébergea pour la nuit notre équipage. Le printemps nous inondait de lumière. D'autres pèlerins venant de partout chantaient et priaient sur la route. Monseigneur Gélu paraissait transporté dans ce qui semblait être grande paix intérieure. Le lendemain, dimanche, nous entendîmes la messe en l'église Saint-Sauveur d'Oviedo. Il fut impossible de ne pas voir les reliquaires de la sainte chapelle, dont un crucifix fait, selon les moines, par les anges du paradis. Ils allaient jusqu'à prétendre que c'était la croix avec laquelle Notre Seigneur Jésus rompit les portes de l'enfer après la sainte Résurrection. Il y avait dans une autre chapelle le pot dans lequel le Christ changea l'eau en vin aux noces de l'architriclin[1]. Nous dûmes aussi prendre l'enveloppe sacrée proposée à chacun qui, posée sur le ventre, servait à soulager les femmes lorsqu'elles sont en travail d'enfant ! Puis il y eut d'autres villages, montagnes et bacs pour traverser des rivières et parvenir au château de *Ribadeo*, au pays de Galice. Il nous restait encore quatre jours d'un voyage peu confortable. L'arrivée en la ville de Compostelle, que l'on dit ville de saint Jacques le Grand, fils de Zébédée, permit d'entendre la messe et recevoir le corps du Christ après s'être confessé. Notre troupe tout entière, même Gilles qui croyait peu, loua le Seigneur et Le remercia des bénéfices et grâces qu'Il nous donne. Devant le grand autel, une statue représentant saint Jacques tient dans ses mains un rouleau sur lequel est écrit en lettres romanes : *Hic jacet corpus sancti jacobi filii Zebedei*[2]. Allant vers le fond de l'église, nous pûmes apercevoir en son milieu le bourdon du saint, puis la sainte chapelle où, au milieu de torches et cierges, trône le très beau joyau représentant le chef de l'Apôtre. Ce fut

1. Celui qui était chargé de l'ordonnance du festin aux noces de Cana (Jean, 2, 1-12).
2. « Ici repose le corps de saint Jacques fils de Zébédée. »

moment de grand recueillement. Monseigneur Gélu s'abîmait en prière. Il avait devant lui un saint morceau d'une présence incarnée à laquelle il vouait son existence terrestre en même temps qu'il rêvait sans cesse à promesse d'éternité. Quels que fussent sentiments et croyances de notre petite assistance, nous pouvions à degrés divers sentir, en ce lieu et moment, le souffle de la sainteté. Se dresse, sortant de l'église, le bel hôpital Saint-Jacques. Plus loin l'auberge de l'Escu de France. Nous déjeunâmes fort bien d'une poule à l'eau arrosée d'un bouillon aux épices et aux œufs, dans l'esprit du pays qui est nôtre. Les vins étaient merveilleux et notre nuit fut sans rêve.

Le traité de Troyes

Le retour vers Bourges dura six bonnes semaines (environ quatre cents lieues françaises). L'itinéraire d'Espagne en France par le col de Roncevaux fut le même qu'à notre venue.

Monseigneur Gélu semblait satisfait de sa mission. Il avait atteint un résultat qui n'est jamais gagné d'avance : conserver bonne et sainte alliance entre deux royaumes se connaissant de longtemps n'exclut jamais un retournement lorsqu'une interminable guerre vient modifier les équilibres et intérêts. Alors que nous étions allongés dans sa litière qui se balançait au mauvais gré du chemin, il me fit compliment sur mon assistance :

— Vous avez été très diligent, messire Jehan, tant dans la rédaction des textes et comptes rendus que pour votre compréhension de la situation. Nul doute que vous devriez poursuivre l'université jusqu'au doctorat plutôt que reprendre fer et armure pour guerroyer. Après tout, servir la cause de notre dauphin et du royaume de France peut passer par d'autres chemins que celui des armes.

— C'était mon premier désir, monseigneur évêque. Monsieur mon père en a décidé autrement lorsque, après ma maîtrise en l'Université de Paris, il fit en sorte de me faire rappeler à Vire pour en être capitaine. Depuis le départ de ma place normande, j'ai grand désir de me venger des Godons et d'occire leurs complices bourguignons. Azincourt a décapité grande part de la noblesse française, et le petit roi Henry V fut le grand félon que l'on sait en exécutant tous les blessés et la plupart des vifs qui ne pouvaient lui rapporter bonne rançon. Monseigneur le dauphin a besoin de bras pour combattre.

— Que deviennent vos parents ? Avez-vous bonnes nouvelles d'eux ?

— Dieu les a rappelés à Lui il y a trois années lors d'un nouvel épisode de peste noire. Ma douleur, par-delà leur disparition, fut de ne pouvoir assister à leurs funérailles étant trop occupé à défendre ma cité contre la seconde invasion anglaise. Ils sont inhumés dans la chapelle de notre petite seigneurie de Braye, aux côtés de mes grands-parents paternels. Puisse Dieu les avoir accueillis près de Lui. Il ne me reste que leur souvenir mais il est si vif que je comprends les mots prononcés par l'un de mes compains à l'université : « Nous ne survivons que dans la mémoire des hommes, qui n'est pas éternelle ! »

— C'est un impie, un mécréant qui mériterait le tribunal de l'Église !

— Certes ! Mais en attendant le jour lointain de la résurrection des corps glorieux, il nous faut bien parcourir ces innombrables moments qui vont jusqu'à la mort et conduisent, si Dieu le veut, à vie éternelle. Nous sommes de chair, avec peu de moyens. La mémoire des siens, les moments partagés, le regard interrogatif porté sur beaux ou mauvais instants de notre existence, ce qui construit finalement une conscience, vaut aussi au regard de Dieu, peut-être autant que croire à la vie éternelle.

— Attention, messire Jehan, à ne pas vous égarer ! Souvenez-vous, même si vous n'êtes pas théologien, de notre saint Pierre Damien[1] ! Il a écrit en bon latin un traité sur la *sainte simplicité qu'il convient de préférer à la science qui enfle.* « Tu veux apprendre la grammaire ? Alors apprends à décliner Dieu au pluriel ! » nous disait-il. Et dans son traité *Que le Seigneur soit avec nous*, il déclare : « Platon, je le recrache ! Pythagore, je n'en fais pas cas ! Euclide, je le congédie de même ! » Une bonne bibliothèque ne doit contenir autres choses que la Bible, le Nouveau Testament, les Pères de l'Église et quelques pieux auteurs.

— Oui, monseigneur, mais dans un autre ouvrage que j'ai lu à la bibliothèque royale de Burgos, *Sur la toute-puissance de Dieu*, Pierre Damien va à l'absurde en niant aux créatures du Seigneur que nous sommes toute possibilité de liberté. Sa toute-puissance, selon lui, serait telle que Son omnipotence s'étendrait même aux événements accomplis dans le passé, jusqu'à pouvoir les réformer s'Il le désire ! Aucune logique ne vaudrait en dehors de Sa volonté puisque, s'Il en décidait ainsi, 2 + 2 vaudraient 5 et non plus 4 ! Je ne peux croire que monseigneur l'évêque accepte de suivre pareille absence d'entendement ! Vous remarquerez que je le nomme Pierre Damien sans comprendre pourquoi il est qualifié de saint alors qu'il n'a pas encore été canonisé.

— Saint Pierre Damien, dans une époque difficile pour l'Église, a témoigné, sinon d'une pensée, du moins d'une existence exemplaire en faisant une synthèse harmonieuse entre solitude et communion. Prôner le bon retour à l'examen de conscience comme à la spiritualité n'est jamais message inutile ou perdu. Ne faites

1. 1007-1072, évêque d'Ostie puis cardinal.

point trop le raisonneur ! Souvenez-vous, messire Jehan, que, jusqu'au Grand Schisme d'Orient, notre sainte Église donnait peu dans l'exercice de philosophie pour affermir ses dogmes.

— Mais, monseigneur, notre hôte de Burgos, comme mes discussions avec le moine bibliothécaire m'ont aussi montré toute l'importance du raisonnement dans la théologie ancienne. J'ai ainsi sentiment que notre pensée religieuse d'autrefois paraît plus diverse qu'il semble, souvent même très éloignée dans sa démarche de l'excessif Pierre Damien.

— Vous m'étonnez, messire Jehan ! Vous avez choisi, après votre licence ès arts, la voie du droit canon, ce pour quoi vous m'accompagnez céans et je vous paye justes gages. Poursuivez donc en théologie, ce qui au fond vous attire, et devenez digne représentant de l'Église, peut-être évêque.

— Pour d'obscures raisons qui ne m'apparaissent pas clairement encore, je me suis rangé du côté de l'action, non du commentaire ou de la prédication. Je pars du bas, de l'étincelle qui fait bouger, du mouvement de nos corps qui forment une existence, des mots prononcés qui arrangent le début d'une pensée. Je perçois Notre Seigneur non seulement comme très au-delà de nos pauvres personnes, mais en réalité comme inconnaissable, sauf par éclairs, et, évidemment, la Révélation qu'apporte la sainte religion. Mon objectif est plus modeste que celui des prêtres : simplement régler ma vie, un peu celle des autres par le droit, selon bonnes règles et justes principes, pour essayer à l'aune de mes moyens terrestres de remplir, un peu, très peu, cet espace qui s'appelle l'existence et nous séparera toujours de l'infini divin. Le droit règle les rapports entre les hommes. S'il s'en inspire, il lui arrive de prendre la théologie à rebours parce qu'il se développe au milieu de nous, entre l'épée de la guerre et l'existence heureuse que donne l'échange partagé, régulé, accepté.

— L'Église est là pour être notre médiateur entre notre aveuglement et l'infini de Notre Seigneur. Il n'est que de s'y soumettre pour aspirer à vérité. Vous êtes platonicien, messire Jehan ! Vous acceptez la caverne des hommes. Pire, vous vous y résignez, et toute spéculation sur les caractères et enseignements de la divinité ne sont que vains exercices. Je crains qu'il n'y ait en réalité pas de salut dans votre univers mais longue déshérence depuis le paradis perdu. N'oubliez cependant jamais que rien de ce qui est humain ne vaut en dehors des principes que Dieu nous a envoyés. Hors de leur enseignement, puis leur observance, les règles de droit n'existent pas valablement ou mènent vers l'enfer.

*

Tu l'as compris, monsieur mon frère, cher Philippe, j'aimais profondément mes échanges avec monseigneur Gélu. Même s'il appréciait peu la contradiction, je crois qu'il estimait ma franchise d'homme de guerre mâtiné de clerc, mais sans comprendre mes hésitations. Pour lui, je devais devenir homme d'Église, docteur de la sainte foi. Durant la longue route qui nous ramenait à Bourges, j'ai eu d'autres conversations. L'une me revient céans, qui m'avait frappé. Alors que je lui faisais partager mon émerveillement sur cette terre d'Ibérie qui a su apporter, traduire, assimiler et développer les trésors oubliés de la pensée grecque enrichis par commentateurs juifs et arabes, il me mit non en garde, mais en face d'un étonnant contraste : le pays d'Espagne, si riche d'influences diverses assimilant avec bonheur apparent les cultures allogènes, était aussi celui qui mettait en place une procédure d'Inquisition particulièrement rigide. Sans doute le royaume de France l'avait-il précédé en appliquant brutalement le moyen contre les Cathares, les Vaudois et les Albigeois, cela avec l'assentiment ou l'appui des papes. Cette action spécifique, qui relève du droit canon, fut introduite devant les tribunaux ecclésiastiques par Sa Sainteté Innocent III en l'an 1199, puis une première fois codifiée en 1231 par Grégoire le neuvième du nom, et rendue perpétuelle, non plus simplement exceptionnelle, par Clément IV en 1267. Je te passerai la longue liste de nos papes qui ont ensuite étendu ou précisé les finesses d'une procédure exceptionnelle que les royaumes ibères ont étendue aux *marranes* et aux *morisques* en y ajoutant devoir de dénonciation. Peut-être la lumière de ce pays, au mitan du jour, si crue, si verticale, séparant vivement le blanc des murs du noir des ombres, pousse-t-elle chacun à rejeter tout compromis comme étranger au fait de croire, peut-être de penser. J'ignorais en ces instants que Dieu ou la destinée me donneraient encore, de longues années plus tard, l'opportunité de connaître un peu les philosophes d'Arabie. De même espérais-je aussi le bonheur de revenir en terre d'Espagne, sur sa côte de Méditerranée, jusqu'à la grande Séville.

Nous franchîmes à rebours, par grand soleil, le col de Roncevaux et, plus loin, traversâmes Saint-Jean-Pied-de-Port en vieille Gascogne. Plus riche aujourd'hui d'images, détours et lectures, notre premier passage, il y a plus d'une année, me paraissait fort loin. Petites péripéties du voyage, roue cassée, auberge douteuse, repas incertains sous un climat qui cette fois n'était plus l'hiver, ne sont certes pas des aventures. Mais elles scandent un peu ce qu'il y aurait d'ennui à revenir sur ses pas. Pour Gilles et moi se glissait aussi l'inquiétude : qu'allions-nous faire à notre retour ? Comment combattre les Anglais et Bourguignons ? Avec quelle troupe et dans quelle circonstance ?

La rigueur des routes, plus ou moins creusées, ne donne pas rythme constant à l'avancée. Irrégularités des pas, ruptures de cadence, attentions indispensables données au chemin, rochers, arbres et détours ne laissent pas vraiment de repos. Un peu comme les pensées qui ne suivent aucune voie droite. Elles viennent en groupe, comme la confluence des rivières, sans en connaître la carte qui, de toute façon, ne cesse de changer. Le fil de la réflexion est une représentation fausse, tant il est brisé et se renoue, sans rien d'une ligne pure bornée par un résultat, une conclusion. Tout se bouscule en même temps, puis, pourtant, la clarté surgit, presque par inadvertance, et vient percer la confusion. Quoi d'étonnant d'ailleurs ! Si Dieu voulut ainsi faire cheminer la raison en chacun de nous, peut-être était-ce par imitation de la nature ? Qu'y a-t-il de régulier autour de nous que perçoivent nos sens ? Pas plus circuit des ondes sur une eau agitée que battement des feuilles aux arbres éventés ; pas davantage murmures de la forêt que cris des oiseaux dérangés. Rien ne va au pas cadencé que seuls, par contrainte, les hommes savent inventer. Resteraient les sphères célestes de notre lumineux Aristote ? La terre est au centre de tout, immobile, puis, au-delà de l'orbite lunaire, l'univers des astres est éternel, parfait, suivant d'uniformes et immuables circuits tandis qu'en deçà grouille imparfait et changeant notre monde terrestre. Cependant, même dans son univers divin antérieur à la Révélation, rien n'est stable. J'ai lu quelque part, une fois encore dans la bibliothèque de Burgos, que notre Stagirite lui-même n'était point tout à fait sûr de sa construction : son système n'expliquait pas le scintillement changeant des étoiles, dont chacun s'émerveille en contemplant l'été le lumineux firmament. Avant lui l'hermétique Parménide nous laissa plus grande incertitude encore tant son univers de combat entre les contraires du monde, jour-nuit, feu-eau, santé-maladie, justice-injustice, est père de toute chose car vrai moteur du devenir dont la permanence conduit à l'harmonie ! À lire les philosophes antiques que nous connaissons mieux aujourd'hui, l'intuition grecque, nourrie par la raison, si elle nous illumine toujours et pour longtemps, ne cesse de susciter en nous l'angoisse permanente du chaos que seul Dieu tout-puissant peut venir balayer.

*

Ayant passé Limoges, monseigneur Gélu voulut me faire raconter ma courte vie d'homme de guerre. J'hésitai à répondre. Le souvenir de la défaite pèse longtemps sur l'échine du vaincu. Lorsque je devins capitaine du château et de la cité de Vire en tout début de 1416, j'en ai été surpris. La tradition exigeait que l'aîné de la fratrie prît un jour la succession de son père et devînt seigneur de nos possessions, capable de les défendre comme pouvant servir par les armes, si nécessaire, notre bon roi Charles. Mais je n'avais pas souhaité cette désignation si nouvelle pour moi, à l'âge qui était le mien, et contraire à mes inclinations. J'ai déjà écrit cela dans ces pages que tu liras peut-être, Philippe. Je n'ai jamais osé dire à mon père que l'héritier légitime du domaine, c'était toi. Je poursuivais d'autres rivages…

— De l'étude et la méditation, monseigneur, il me fallut devenir tout à trac organisateur et commandant. Mon éducation à Elbeuf m'avait donné une bonne maîtrise du combat individuel, à pied mais aussi à cheval, dûment harnaché comme il est en cette posture, entraîné chaque jour par Lope, le maître d'armes de mon père, rude mercenaire espagnol venu à son service par les hasards de la guerre. L'Ibère maniait comme personne l'épée magnifiquement ouvragée dans cet acier de Tolède si tranchant et résistant qu'il affectionnait fort. Mais les autres armes n'étaient point négligées, masse, fléau, guisarme, dague, sans laisser jamais l'usage du bouclier en défense comme en frappe. Il y eut aussi le lancer tant il me paraissait sage d'affaiblir l'ennemi aussitôt qu'il était possible. L'arbalète à pied, dont on tendait la corde à l'aide d'un croc après avoir maintenu au sol la tête de l'arme par force de jambe glissée dans l'étrier, était de grande efficacité. Elle pouvait percer cottes et même plates à près de cent toises[1] et sa lenteur relative de chargement se compensait par rangées alternées de tireurs protégés des archers adverses par porteurs de larges boucliers. La seigneurie de mon père en était largement pourvue comme il en était aussi des villes et bourgs dont le roi, par incitations ou ordres, favorisait depuis longtemps large acquisition pour renforcer leur défense, alors que la guerre s'installait dans le royaume. L'apprentissage

1. 200 mètres.

en était aisé et la précision du tir venait rapidement à qui s'entraînait. J'ai aussi découvert la puissance de la poudre utilisée non seulement dans canons et bombardes mais aussi par ces armes portées appelées haquebutes. C'étaient de longs cylindres de fer, canon tenu en visée par un long croc de métal fixé au tube et posé sur le sol, maintenus fermes par le tireur grâce à une large poignée. L'engin tirait des balles de plomb qu'une charge de poudre faisant grand bruit projetait loin une fois déclenchée l'explosion à la lumière percée sur le dessus. Mon père avait, par curiosité, acheté engin de ce genre à un marchand allemand. Personne ne l'utilisait. Lope préférait l'arbalète qu'il estimait plus fiable et facile d'emploi. J'en fis l'usage et, après bon entraînement qu'il fallait souvent reprendre, parvins à toucher assez sûrement ma cible à cent toises.

« Mais comment faire bonne défense de la ville qui m'était confiée ? D'où vient le savoir permettant de commander sûrement aux autres dans le combat et sans perdre instant ? Quelle capacité de jugement faut-il posséder pour entraîner, organiser et prévoir ce qui est nécessaire à la guerre ? Tout cela était bien différent des discussions dont la maîtrise m'était familière à l'Université de Paris mais sans lien aucun avec la chair, le sang, la mort.

« Ma bonne ville de Vire était l'un des verrous de cette Basse-Normandie, avec Avranches, Mortain et Domfront, tourné contre la Bretagne plus que pour se protéger du Nord ou de l'Ouest. Il est vrai que le duc de cette grande contrée ne devait qu'hommage simple à notre roi. Il pouvait donc garder son choix en cas de conflit dans lequel s'engagerait le royaume de France.

« Elle paraissait facile à défendre. Ceinte d'une épaisse muraille de près de quatre cents toises de long et de cinq toises de haut, elle était défendue aux angles par de hautes tours à mâchicoulis à portée d'arc les unes des autres. De larges et profonds fossés bien garnis de chausse-trappes dissimulées la protégeaient des attaques. Un chemin de ronde de deux toises de large, appelé chemin du chariot, se trouvait à l'intérieur au pied des remparts. Il était essentiel en permettant le déplacement rapide des hommes et armes d'artillerie vers les tours selon les angles d'attaque choisis par l'ennemi. Le dispositif défensif s'achevait sur une disposition de doubles tours protégeant les trois entrées principales de la ville avec herses et pont-levis : la porte de Martilly, au nord, donnait sur la route d'Avranches, Coutances et Saint-Lô ; celle de Gastinel et, un peu plus bas, celle de Saint-Sauveur ouvraient les routes de Caen, Falaise et Domfront. Il restait la porte aux Ânes, au sud, qui donnait sur la traversée de l'Écluse mais était protégée par le donjon et une double enceinte. La situation dominante de ce donjon central comme de la ville rempardée, implantés près d'un piton rocheux très escarpé, me semblait difficile d'atteinte, d'autant qu'il fallait traverser la rivière à l'ouest et au sud-ouest. En revanche, le site, autour des portes principales, me paraissait plus fragile. Les côtés nord et nord-est étaient plus ouverts et dégagés pour un ennemi organisé, et les Godons l'étaient, maudits soient-ils ! Ils viendraient de là ! Leur roi arrogant et inutilement brutal, qui croyait régner sur la France, avait déjà reconnu le chemin à l'été de l'an 1415 quand son armée débarquait près de l'embouchure de la Seine.

« Le grand donjon, qui dominait la région, donnait une bonne visibilité sur toute avancée. De là, je savais pouvoir guider soldats et archers en fonction des attaques. Sur le large plateau de la construction étaient disposées trois grandes arbalètes à tour qui portaient loin. Armées de lourds carreaux simples ou enflammés de poix, elles étaient efficaces contre les constructions d'assaut ou les engins de tir comme les massifs mangonneaux ou trébuchets qui seraient à portée. De là, tentant de couvrir toutes les distances du tir de défense jusqu'au pied de la muraille, l'ennemi pouvait être suivi et les tirs adaptés. Les portes elles-mêmes, flanquées de massives tours jumelées, ne permettaient qu'un passage étroit entre les fossés profonds. Elles étaient défendues par un pont-levis puis deux lourdes herses. Chacune d'elles, disposée en saillie par rapport à la muraille, était coiffée d'un large encorbellement garni de mâchicoulis ouvrant la vue des arbalétriers à cent quatre-vingts degrés sur l'assaillant. Leur niveau intermédiaire disposait de deux bouches à feu pouvant faire un tir croisé et fichant sur les pourtours proches, ainsi que, comme à la plus grande porte, celle de Gastinel, d'une arbalète à tour faisant même office. De là, chaque structure pouvait battre intensivement les endroits où l'ennemi risquait de se concentrer pour forcer l'ouvrage.

« Dès mon arrivée céans, j'ai ordonné des travaux de modification à partir du long chemin du chariot. De part et d'autre des trois entrées bordées chacune de deux grandes tours, ont été construits en bord de muraille crénelée des chemins de ronde en bois protégés par des bretèches[1], espacées de manière à pouvoir s'appuyer les unes et les autres, et ainsi élargir le champ des tirs croisés. Elles étaient accessibles non seulement par les tours elles-mêmes, mais aussi

1. Ouvrages en bois couverts et placés en bordure extérieure des courtines.

par le chemin du chariot. Je pouvais ainsi les garnir rapidement sans désorganiser les défenses des tours. En plus des soldats armés d'arbalètes à pied, j'y avais fait chaque fois monter une bombarde avec ses charges et munitions, sans oublier une nouveauté venue aussi d'Italie : des boulets en fer rougis à la forge pouvant porter l'incendie dans les constructions et travaux des assiégeants. Malgré son poids, notre maître artilleur avait appris des Vénitiens la fabrication d'un châssis en chêne monté sur petites roues sur lequel étaient fixés les affûts réglables. Nos engins pouvaient donc modifier leur angle de tir. Il restait à prier Notre Seigneur pour que ce fût suffisant.

« Ma garnison n'était pas importante : une cinquantaine d'archers et dix lances, plus le soutien, essentiel, des milices bourgeoises de la ville. Las de cette guerre incessante, je savais les habitants de Vire prêts à n'importe quelle vassalité pourvu qu'elle leur assurât paix et prospérité. Il fallut les convaincre qu'il valait mieux cité en état de se défendre, donc de négocier, que mise à la merci de n'importe qui. Il fallut aussi les entraîner. Les réserves du château, bien garnies en viretons et arbalètes à pied, ont permis moult exercices de tir, tant pour les archers choisis parmi ceux connaissant l'exercice que pour leurs servants, chaque poste disposant de deux armes, l'une en visée, l'autre en chargement. Les derniers volontaires, hommes encore disponibles, femmes et même enfants, participaient au transport et à la protection des munitions là où elles viendraient à manquer. Les caves de la forteresse, bien protégées des boulets ou du feu, assuraient plusieurs semaines de réserves, en armes, huile et nourriture, sans oublier la graisse de bœuf qui, ébouillantée, était si efficace sur la piétaille ennemie. L'eau ne manquait pas non plus grâce aux puits de la ville plongeant en terre pour atteindre la rivière. Nous étions prêts à être assaillis et saurions nous défendre d'autant que nos remparts, difficiles d'accès car très en hauteur de la plaine environnante, empêchaient contre eux l'usage efficace et facile de machines de sièges anglaises, toujours en contrebas de nos défenses. Restait la contingence, ennemie ou alliée des armées les mieux préparées.

« Dans la première enceinte qui protégeait la porte aux Ânes, tous les chevaux nécessaires étaient rassemblés, avec leur fourrage. Je voulais pouvoir faire monter les hommes d'armes et archers, s'il était efficace de courir rapidement sur l'adversaire hors de la ville et lui interdire initiative ou temps de préparation en infligeant pertes et désordres. Mes trois sergents n'y croyaient guère car ils estimaient hasardeuse toute sortie qui dégarnirait la défense des murailles. Mon père m'avait parlé de cet usage, peu orthodoxe, mais pouvant être efficace selon les renseignements recueillis. Lorsque les Anglais sont venus m'assiéger, j'y eus recours.

— Pour un damoiseau tout juste sorti de l'université, vous avez fait preuve, messire Jehan, de grande maturité dans votre préparation ! Et lorsque ces bâtards d'Anglais sont arrivés, que s'est-il passé ?

— Je n'étais pas seul dans notre contrée. Lorsque le roi félon débarqua dans l'estuaire de la rivière Touques au cours de la nuit du 1er au 2 août 1417, ses forces étaient importantes[1]. Après avoir pris la ville de Touques, il partagea d'abord ses forces en deux, un détachement vers Honfleur, l'autre en direction de Lisieux. Son but était de couper les routes vers

1. Les historiens évoquent une armée de plus de 20 000 soldats.

Rouen et Paris, et, plus à l'ouest, celles allant vers Bayeux et Vire. Notre sire de Montenay, gouverneur du château et capitaine de la ville de Caen, nous avait dépêché plusieurs courriers pour avertir de l'invasion. Il savait en être la cible principale. L'Anglais habillait évidemment son méfait d'un droit prétendu au duché de Normandie. La réalité était marchande, à l'image de ce peuple sans principes ni grandeur. Il voulait s'emparer des richesses de Caen avant d'en faire le pivot de son occupation. La manœuvre ne manquait pas d'habileté politique : couper du nord vers le sud les routes de la province permettait de paralyser la noblesse guerrière du Cotentin, forcer neutralité de la Bretagne et bloquer l'Anjou hostile. Même en large infériorité numérique et moins bien pourvue en armement, la ville était bien fortifiée et ses habitants nullement décidés à céder. Le siège pouvait prendre du temps, celui, pour nous suffisant, au harcèlement de quelques arrière-gardes anglaises bloquant les accès à Caen, avant d'être probablement repoussé à Vire par un gros de leurs forces une fois libéré du siège de la grande cité. C'est ce que je fis.

« Nous avions appris qu'un gros détachement godon avait quitté Bayeux pour filer vers Valognes au nord du Cotentin. Si Bayeux et Saint-Lô étaient tombées, Coutances incertaine, le seigneur d'Argouges étant partisan des Anglais, je savais pouvoir passer entre les trois villes et rejoindre le bourg de Saint-Clair-sur-l'Elle où m'attendait le seigneur Richard de Creully resté fidèle aux Lys de France. Comme vous le savez sans doute, monseigneur, en ces temps de guerre, les batailles étaient peu nombreuses et concentrées sur prises de cités fortifiées. La conséquence en était simple car tout siège réussi impliquait immobilisation de troupes nécessaires pour conserver la conquête. Le reste du territoire, hors les routes de passage d'une cité à l'autre, demeurait plutôt dégagé même s'il fallait éviter déserteurs, écorcheurs et saquemans en mal de pillage. Henry le cinquième, n'étant pas le grand roi qu'il prétendait, commit l'erreur de diviser ses troupes en trop de châteaux et forteresses conquises ou rendues. Loin de chez lui, en terrain hostile, sans pouvoir piller davantage une région déjà pauvre, il n'avait pas vrais moyens de conduire une politique que son Parlement renâclait à financer.

« Nous réunîmes nos forces à l'est de la petite cité. À mes cinquante archers entraînés et montés qu'accompagnaient autant d'hommes d'armes se joignaient une semblable quantité de lanciers et soldats à pied. Les Godons étaient plus nombreux mais connaissaient bien peu la région. Nous avions décidé de piquer vers le nord afin de pousser leurs forces en terrain marécageux dès qu'on les apercevrait. Richard de Creully devait les harceler sur l'arrière, tandis que je devais, bien dissimulé en forêt non loin de Neuilly-l'Évêque, briser leur avance. Comme il leur faudrait en tout cas franchir la Vire, un bon repérage des gués nous permettrait, après le premier choc, de nous replier vers l'ouest, passer la rivière et les attendre de l'autre côté avant qu'ils n'aient eux-mêmes regroupé leurs détachements et trouver le bon passage.

« Ils étaient plus de cinq cents mais encombrés par chariots de vivres et munitions. Ils n'étaient pas chez eux et se pensaient d'avance victorieux. Ils venaient de franchir l'Elle qui les avait fatigués. Nos éclaireurs avaient repéré la longue colonne juste après Neuilly. En tête les cavaliers suivis par leurs archers, leurs soldats encadrant ensuite le convoi. Dans cette contrée, il y a peu de relief mais moult forêts bordant la route. Cachés dans l'ombre des arbres, proches de l'ennemi mais séparés de lui par des prairies marécageuses que cachaient le bocage, positionnés à deux cents toises les uns des autres, nous attaquâmes simultanément. Richard fit tirer ses archers sur l'arrière-garde. J'en fis autant sur l'avant, visant les cavaliers. Nous étions tous à pied, les chevaux dissimulés à proximité. Les arbalétriers, protégés par les grandes targes des hommes à pied, en deux rangées séparées pour pouvoir tirer alternativement et ainsi ménager salves plus régulières, firent grand dommage. Tandis que les archers godons réagissaient rapidement, leurs cavaliers vinrent nous chercher. Ils s'enlisèrent dans les boueux marécages qui nous séparaient. Ils ne les avaient pas vus et furent des cibles faciles. Ce fut court, volontairement, l'ennemi commençant à se réorganiser après avoir perdu beaucoup d'hommes. Nous rompîmes en tentant d'échapper à leurs flèches, et nous regroupâmes plus au nord dans une clairière large et sèche repérée à l'avance. Les Godons n'osaient poursuivre sur un terrain déconnu, surpris par une violence qu'ils n'attendaient pas. Nos pertes étaient légères. Mon écuyer Gilles jubilait. Nous avions appliqué, un peu, à ces infâmes Anglais la tactique qui avait décapité la chevalerie française d'Azincourt. Nous fîmes ensuite route vers l'ouest pour franchir rapidement la Vire, décidés à les surprendre encore de l'autre côté lorsqu'ils la franchiraient eux-mêmes. Peut-être le Seigneur tout-puissant était-il de notre côté car la troupe anglaise, sans doute mal commandée, ce qui était étonnant chez eux, choisit de passer au mitan d'une boucle de la rivière. Le gué, il est vrai, était large et, à cet endroit, peu profond, ce qui n'était pas le cas aux bords de l'anse. Il nous fut aisé d'entourer leur traversée, peut-être mal protégés par une eau peu profonde dans leur axe, mais mieux isolés au nord et au sud. C'est là que les arbalétriers et leur protection furent postés tandis que cavaliers et soldats à pied barreraient le passage du gué mais sans être tout de suite visibles. J'avais laissé quelques éclaireurs sur leur arrière pour savoir ce que la troupe anglaise ferait lorsque nous aurions tenté de les arrêter. Les distances entre eux et nous étaient courtes. Nos viretons firent grand carnage dans l'avant-garde cavalière tandis que leurs redoutables archers, en groupe pour la manœuvre, n'avaient pas la place suffisante pour se déployer. Le capitaine anglais prit alors la décision de venir forcer la traversée pour ne pas rester sous nos tirs. Les chevaliers anglais y parvinrent mais, déjà bien décimés, furent arrêtés par nos piqueux puis nos propres cavaliers, tandis que leurs hommes à pied, tentant à leur tour de franchir la rivière, subissaient fortes pertes au milieu de l'eau. Ils rebroussèrent chemin, en désordre, et laissèrent de nombreux soldats sur le terrain. Richard et moi prîmes la décision d'imiter la félonie de leur roi Henry. Tous leurs blessés et prisonniers furent achevés à l'exception de deux jeunes écuyers que j'avais capturés. Notre retour fut sans histoire, et sans joie particulière, sinon d'avoir rempli le devoir que l'on doit à son souverain comme au royaume de France sous le regard de Dieu.

— Combien de soldats anglais avez-vous occis ?

— Je l'ignore, monseigneur ! Sans doute une centaine. Une égratignure pour eux, mais instillant un doute dans leur effronterie naturelle ! Nous avons été rapides et mobiles, ce qu'ils n'attendaient pas. Au surplus, Richard de Creully avait détruit plusieurs de leurs engins de siège sur leur arrière au début de l'engagement. Mais nous avions perdu trop d'hommes pour nos faibles forces. Heureusement, je suis retourné à Vire avec Richard et ses soldats, car il savait ne pas pouvoir défendre son fief trop proche de l'envahisseur. Combien de temps allais-je avoir avant d'être assiégé ? Je l'ignorais mais serais prêt, bien soutenu par une troupe entraînée. Nous eûmes le temps de renforcer vivres et préparations.

— Ah ! Voilà, messire Jehan, que nous arrivons à Bourges. J'ai hâte d'entendre la suite. Je crois aussi que notre dauphin vous sera attentif. Il a grand besoin de chevaliers courageux et expérimentés.

*

En ces jours de juin de l'an 1420, le temps était lourd, et la période sombre car l'immonde traité de Troyes avait été signé par Anglais et Bourguignons le 21 mai précédent. Le futur Charles VII, qui nous reçut rapidement après notre retour, venait d'apprendre l'ignominie prétendant le priver de ses droits sur le trône de France. Il paraissait agité mais non défait. Monseigneur Gélu rendit compte de sa mission, ce dont notre souverain parut satisfait. Mais l'essentiel fut rapidement abordé. Le prélat connaissait bien le dauphin. Il le questionna tout à trac sur les raisons de ce stupide meurtre de Montereau. La réponse ne venait pas, et d'autant moins que se trouvait à l'audience l'un de ceux qui avaient porté les premiers coups, Tanneguy du Chastel. Il est vrai que celui-ci, maréchal et gouverneur de la Bastille, avait sauvé le dauphin en le faisant échapper la nuit de Paris vers Melun lors du massacre des Armagnacs par les Bourguignons en mai 1418. Mais fallait-il être simple de chef pour perpétrer ce méfait au moment où de bonnes négociations pouvaient aboutir avec la Bourgogne ! Le dauphin pouvait-il laisser un sentiment de reconnaissance l'emporter sur la raison du royaume ? Ou était-il l'inspirateur de cette stupide embuscade qui ne servait pas, au contraire, ses intérêts ? Le bénéficiaire véritable de l'aventure était ce roi félon d'Angleterre qu'il était difficile d'accuser, étant, lui-même et ses espions, loin du lieu du drame, et n'ayant nul vrai moyen d'organiser à l'avance pareille entreprise. Il devait se réjouir de l'incroyable bévue qui jetait pour longtemps Bourgogne de son côté.

Le dauphin demeurait silencieux. Monseigneur Gélu restait songeur. Le texte du traité, qualifié de « paix finale », traînait sur la table. Il laissait un royaume de France divisé en trois : deux rois prétendant à totale souveraineté mais ne régnant que sur partie du territoire, la Normandie à l'Anglais, la France delphinale au sud de la Loire ; et un duc de Bourgogne dont la principauté appartenait en théorie à la France anglaise. Il organisait une illégale mascarade : le roi fol Charles VI reconnaissait Henry V comme son fils qui, au passage, épousait sa fille Catherine ; le dauphin de France était déshérité « pour ses énormes crimes » ; le souverain anglais devenait régent de France pendant le vivant de Charles le sixième puis roi de France à sa disparition, les deux royaumes demeurant indépendants et conservant leurs lois et coutumes. Monseigneur Gélu souligna cependant, avec sagacité, la réalité derrière l'apparence. Le souverain anglais avait en réalité manqué ses objectifs. Il régnait certes sur Normandie et Guyenne et deviendrait, lui ou son successeur, roi d'une France réunie mais sans pouvoir profiter de sa domination, puisque la paix ainsi installée empêchait désormais et les profits de la guerre et la fusion des États. Le traître bourguignon ne devenait que simple conseiller, avec l'administration de la Champagne et de la Picardie, dans une partition qui lui interdisait toute sécession, le royaume étant indivisible. Il gagnait bien peu à cet arrangement, si n'est un prochain mariage entre sa sœur et l'un des frères du roi anglais ! Notre dauphin, qui sera, quoi qu'il advienne, roi de France par primogéniture mâle et par la grâce de Dieu, ne pouvait être écarté d'une couronne qui était juridiquement sienne quel que fût l'accord signé par deux « étrangers », un père certes roi de France mais faible de chef et une mère, la reine Isabeau, aussi insuffisante qu'égoïste.

L'infâme traité signé en la cathédrale de Troyes mettait en place toutes les frustrations. Il ajoutait aussi, outre son irrégularité juridique, une autre incertitude à la succession au trône de France : si le dauphin, dernier héritier mâle des Valois, n'avait pas descendance masculine au moment de sa disparition, ce seraient les futurs fils de la reine Catherine, fille de Charles VI de France et désormais reine d'Angleterre, qui pourraient prétendre définitivement à la couronne de notre royaume, quel que fût le sort de ce traité scélérat.

Mon cher Philippe, même s'il y eut en fin d'année l'entrée triomphale à Paris du roi Henry, son mariage avec Catherine de France, puis enregistrement dudit traité par son Parlement le 30 mai suivant, même si les états généraux de langue d'oïl, l'Université de Paris, dont le recteur était Pierre Cauchon dont je reparlerai, et l'empereur d'Allemagne Sigismond apportèrent leur soutien à l'infamie, le futur Charles VII ne lâcha rien.

Lui que l'on disait indécis redressa la tête et prit l'initiative de faire valoir ses droits, partout, et d'abord à la pointe de l'épée. Il disposait encore, après tout, de la Touraine, du Berry, du Poitou, de l'Aunis, de la Saintonge, du Limousin, et de l'Auvergne, sans compter l'Agenais, le Quercy, le Rouergue, le Dauphiné et le Languedoc, provinces certes disparates mais représentant toutes réunies une richesse considérablement plus importante que le petit royaume anglais et la maintenant pauvre Normandie. Le dauphin pouvait ainsi lever les impôts. Ses officiers étaient régulièrement payés. La machine administrative fonctionnait bien avec une chancellerie, dirigée par l'évêque de Clermont Martin Gouge, qui expédiait avec bonne régularité les lettres royales. La Chambre des comptes et celle des monnaies, installées à Bourges, géraient efficacement la dépense publique en utilisant tous moyens nécessaires pour déstabiliser les finances de l'adversaire, en particulier la fabrication de pièces de faible aloi pour chasser les bonnes espèces. À Poitiers, le Parlement, fermement dirigé par Jean Jouvenel des Ursins, ancien avocat général au Parlement de Paris, faisait bonne justice. Et puis, les malheurs du royaume et ruines de la guerre font comprendre à chacun que l'ennemi, c'est l'Anglais. Par-devers moi, j'ajoutais le traître bourguignon à cette désignation.

En attendant d'avoir forces suffisantes pour mener une grande bataille frontale, notre dauphin donna ordre d'organiser moult groupes isolés montrant grande mobilité et chargés de harceler les places anglo-bourguignonnes. Les frontières n'étaient pas étanches et les partis adverses manquaient de moyens militaires et financiers pour maîtriser les territoires qu'ils étaient censés dominer. Cela nous laissait grand loisir de courir l'adversaire au nord pour l'amoindrir.

Nous étions quelques-uns dans la salle des débats du château. La lumière déclinait. Le dauphin, habillé sans ostentation en robe fourrée, assis sur un modeste trône, accordait à chacun une aimable attention que démentait son regard incisif. Incertain de tout, il paraissait cependant tout savoir. Ayant exposé ce qui vient d'être dit, il octroya à maints de ses chevaliers présents une « lettre de retenue » précisant les conditions de notre mise à son service. Ce document était important car il engageait la personne royale au versement d'une solde mais avec, en retour, le rendu d'un pourcentage sur les biens et rançons prélevés au combat, quelle qu'en fût la nature. Les Anglais usaient du même moyen qui assurait la fidélité du bénéficiaire. Je fus choisi malgré mon jeune âge. Mais il fallait montrer son efficacité dans l'exercice et ne point se contenter de percevoir sans batailler. En outre, l'équipement en armes et lances, ainsi que l'entretien de l'équipage étaient à notre charge, les moyens de chaque chevalier limitant ainsi le nombre de soldats disponibles. L'honneur qui m'était fait, j'étais maintenant officier du roi, tenait certainement à la contribution que j'avais apportée au Trésor royal en rançonnant ces deux lointains neveux du Lancastre. Le contrat signé par le souverain me laissait cependant passablement désemparé, ne sachant désormais comment m'organiser pour le remplir à la satisfaction du dauphin. À Vire, j'étais mandaté, avec ressources en armes et hommes financées par les bourgeois de la cité. À Bourges, en attendant l'ost qui me mettrait dans une grande organisation de bataille, j'étais un mercenaire devant chercher ses proies.

De retour chez moi, je voulus aviser Gilles de la situation. Il était non dans sa chambre mais en train de coqueliner dame Pernelle qui y trouvait son content. Monseigneur Gélu repartit retrouver ses ouailles à Tours. Nous nous sommes salués avec ce qui devenait de l'amitié. J'allais le revoir dans d'autres circonstances. De nouveau seul, ma vie guerrière, que je n'avais pas tant souhaitée, continuait ainsi.

Années de servitude

Après le traité de Troyes, et pendant dix longues années, le royaume de France connut grande et sombre période. Henry d'Angleterre avait rejoint son pays, emmenant sa jeune épouse Catherine, princesse de France, laissant son frère Thomas, duc de Clarence, régenter les possessions anglaises dans notre royaume comme conquérir les territoires tenus par les Armagnacs. Le traître bourguignon commençait à comprendre que ledit traité le laissait sans perspectives. Il regardait vers le Hainaut, la Hollande et la Flandre.

Le dauphin de France cherchait à reprendre l'initiative et scellait une alliance avec l'Écosse dont il obtint ressources puis débarquement à La Rochelle d'une troupe de six mille soldats. Mon équipage était bien plus réduit. Outre Gilles que tu connais maintenant, j'avais engagé Jacques et Hervé, deux frères pelletiers qui avaient dû quitter Paris n'ayant plus de clients. Ils étaient jeunes et vigoureux. Il nous fut facile de les entraîner après les avoir accueillis dans notre maison. Dame Pernelle en fut doublement atteinte, contrariée par cette surcharge de travail, mais également sensible au surcroît d'attention qu'elle suscitait étant accorte de son état. Gilles accepta moins bien les nouveaux venus. J'engageai derechef une servante supplémentaire.

Notre entraînement fut régulier et fastidieux. Il était indispensable et j'avais l'équipement nécessaire y compris les chevaux. Jacques se révéla vite habile à l'arbalète, Hervé, plus court et râblé, redoutable à l'épée. Un chevalier, un écuyer et deux soldats, ce n'était pas suffisant pour mener bataille, mais, en groupe, avec un ou deux compains capitaines en pareille situation, nous pouvions constituer une ou deux lances suffisantes pour embuscader et harceler. Aux étuves de l'auberge Barangier, faubourg Saint-Sulpice où je prenais mes habitudes – tu vois, Philippe, comme sont étranges les chemins que Dieu nous fait traverser ! –, je retrouvai Richard de Creully. Nous ne nous étions vus depuis notre audacieux succès près d'Avranches et le retour à Vire il y avait trois ans déjà. Également chassé et privé de ses biens, l'homme cherchait revanche. Fidèle au roi de France, son arrivée à Bourges était naturelle. Après souper bien arrosé et remembrance de souvenirs communs, nous profitâmes ensemble de la belle hospitalité offerte par l'alberguière qui sut nous prêter toutes ses extrémités.

Richard devint également officier du roi. Ayant mis en commun nos modestes compagnies, l'entraînement prit rapidement la forme de petites expéditions. Oh ! Elles ne furent pas grandioses, ni glorieuses : vols de troupeaux, détroussement de monastères car, tu ne le sais peut-être pas, Philippe, mais les moines penchaient pour le traité qu'ils croyaient capable d'amener la paix, quelques massacres de soldats anglais ou bourguignons lorsqu'ils étaient isolés ou peu nombreux sur lesquels nous récupérions armes et clicailles. Si nous n'avions pas, ce faisant, grande impression de servir le royaume, le produit en était intéressant, pour nous et le dauphin.

*

Les troupes écossaises débarquées à La Rochelle donnèrent au roi une occasion qui ne s'était produite depuis Azincourt. Six mille soldats expérimentés bien commandés par le comte John Stuart, ajoutés aux mercenaires royaux dûment recrutés grâce aux impôts récemment levés, faisaient de cette coalition l'instrument d'un premier sursaut après tant de déboires subis et provoqués.

Une partie de l'armée écossaise arriva à Baugé par l'ouest et prit position sur les hauteurs de la ville à son nord-est en même temps que Jean de Fontaine, capitaine du Mans, occupait solidement le pont de bois traversant le Couasnon à l'entrée sud de la cité. Les forces royales arrivaient de Tours, pour faire bonne jonction et courir ensuite vers le nord en formation regroupée. Richard et moi en étions, avec nos écuyers, tous bien équipés en lances, épées et armures, sous le commandement de Gilbert III Motier de La Fayette[1], chambellan du dauphin.

Nous savions les Godons du duc de Clarence dans les environs de Baugé, qui se dirigeaient vers Tours après avoir échoué à prendre notre bonne ville d'Angers. Étant plutôt dispersés, leurs archers battant campagne pour piller et saccager, ils arrivèrent à Beaufort en Anjou à quatre lieues de Baugé au début de cet après-midi du 22 mars 1421. Lorsque le duc de Clarence apprit que l'ennemi était proche, il prit une étrange décision qui ne ressemblait pas à l'anglaise prudence.

1. 1380-1463.

Voulant la surprise, il attaqua Baugé avec sa cavalerie, à une heure de la tombée du jour, sans attendre le reste de ses soldats. Comme il faut traverser le Couasnon par le petit pont de bois pour rentrer au sud de la ville, le duc s'est heurté à forte résistance, détruisant l'effet de surprise qu'il escomptait. Lorsqu'il fit demi-tour pour tenter d'envelopper la ville par la vallée, en terrain marécageux, il rencontra d'un côté les troupes écossaises installées sur les hauteurs et les nôtres qui leur arrivaient sur l'arrière. Nous fîmes grand carnage ! Ils étaient environ mille cinq cents. Nous en avons occis mille, tué le duc de Clarence, le baron de Ros et le comte de Tancarville, et fait prisonniers le reste dont les comtes d'Exeter, de Somerset et de Huntingdon qui rapportèrent forte rançon. Nous eûmes avec Richard notre part, occisant nombre de cavaliers godons attaqués par-derrière et capturant deux petits seigneurs anglais riches propriétaires en Cornouailles. La victoire fut importante pour le dauphin. Le duc de Bretagne, prompt à changer d'allié, se rapprocha de lui tandis que le repli du comte de Salisbury avec les débris de son armée vers la Normandie permit aux nôtres de prendre Le Mans, d'assiéger Alençon et de se diriger vers Chartres.

Dame Fortune est changeante, celle du jeu comme des armes. Si la prise d'Alençon fut aisée, le siège de Chartres tourna court car, apprenant un nouveau débarquement de Henry V à Calais avec de gros moyens, surtout en archers, le dauphin jugea prudent de nous faire replier sur la Loire, puis la franchir, ce que ne put faire le roi anglais qui nous poursuivait. Le Godon prit alors décision de remonter la rive droite du grand fleuve en direction de Meaux devant laquelle il planta ses tentes le 6 octobre 1421. Le siège dura longtemps, jusqu'au 10 mai 1422. Il fut tragique et montra, une fois encore, l'arrogante cruauté du souverain anglais. Il fit décapiter le capitaine de la ville, le bâtard Vaurus, puis nombre d'autres bourgeois ayant résisté, pendre leurs restes à un arbre en dehors de la ville, puis expédier leurs têtes pour qu'elles fussent exposées sur différentes places de Paris. Ces méfaits n'ont rien ajouté à sa prise de la cité. Bien le rebours, tant son comportement a renforcé ce qui naissait alors : rejet profond contre l'occupant, ses alliés bourguignons et la guerre interminable dont ils étaient uniques responsables ! Oh ! Non ! Ce n'était un grand souverain, simplement court et mesquin, à la mesure de son royaume ! Par la grâce de Dieu et la force du destin, mal lui en prit. Il avait contracté la dysenterie pendant l'hiver dans son camp insalubre.

Alors que le roi godon malade regagnait Paris sous la canicule, notre dauphin franchit la Loire, s'emparait de La Charité et faisait le siège devant Cosne. Philippe le Bon se préparait à venir au secours de la ville. Il appela à rescousse le roi Henry pour grossir sa frappe. Celui-ci tenta de le rejoindre mais ne le put. Arrivé à Melun, son entourage dut le ramener au château de Vincennes. Il y mourut le 31 août. Je t'ai déjà conté, Philippe, que j'avais pour mon malheur rencontré le roi d'Angleterre quand je dus lui rendre ma ville en 1418. Je n'avais pas aimé cet homme froid, vide, sans envergure. Il avait male réputation depuis Azincourt ayant fait exterminer tous les blessés du champ de bataille comme tous les prisonniers qui ne pouvaient lui verser rançon suffisante. Si la chevalerie française, mal commandée sur un terrain mauvais, avait pu connaître d'avance la vilenie de ce roi félon, peut-être son comportement brouillon et aveugle eût-il été différent lors de la bataille ? Mais les défaites, si elles s'expliquent, ne s'excusent pas. Le Seigneur l'avait enfin rappelé à lui et de la pire des manières en faisant qu'il perde, indignement et sans retenue, tripes et boyaux, jusqu'au cœur dont il était dépourvu.

*

Et puis il y avait le Bourgogne, magnifiquement traître à son roi. En ma conscience de jeune chevalier fidèle à la famille des Lys, rien, dans l'ordre de la déchéance, ne m'était pire que ce duc hautain. Il avait tout et voulut davantage jusqu'à trahir. J'avais résolu, fol que j'étais, de châtier l'indigne. Je vais te conter comment.

Notre bon roi Charles, sixième du nom, disparut peu après[1] le roi anglais. Le 9 novembre 1422, derrière ma fenêtre, j'attendais. Il était encore tout petit matin. Le moment venu, j'avais résolu de guetter le passage du cortège royal, non seulement la litière de cuir et de drap noir qui portait la dépouille du défunt roi, mais aussi, en tête du cortège, ce prince godon, le duc de Bedford, qui prétendait mener le deuil en même temps que le royaume de France. J'attendais surtout l'autre ennemi, le traître Bourgogne, premier pair de notre royaume. Les autres ne comptaient pas, ni la reine Isabeau, ni le long cortège qui allait précéder l'effigie royale revêtue d'un large pourpoint de damas,

1. Le 21 octobre 1422.

d'une cotte de drap d'or et du grand manteau fourré d'hermine.

Je n'étais pas seul. Mon écuyer, Gilles, m'accompagnait, tous deux armés de cette arbalète à pied que nous avions appris à bien manier. Nul besoin d'une arme qui eût été plus puissante mais plus encombrante, comme le modèle à tour, la distance étant courte entre la fenêtre et la cible. Mon but était de tuer non l'envahisseur, soi-disant régent de France, dont le tour viendrait selon la fortune des armes, mais le Bourguignon, félon, meurtrier par son père de Louis, frère cadet de notre bon roi Charles VI, et signataire du traité de Troyes. Aucun risque de les confondre lorsqu'ils seront ensemble : Bedford a un gros nez proéminent et le menton en galoche ; Philippe de Bourgogne, dit curieusement « le Bon », a le visage long et le nez droit. Et puis leurs vêtures diffèrent, le second affectant de porter le deuil. Le tir se ferait fichant selon la visibilité que laisserait un cortège en déplacement perçu d'une courte fenêtre, avant de s'échapper au plus vite. Nous n'aurions le temps que de tirer un seul vireton avant d'être découverts.

Le choix de cette maison de marchands sur le pont Notre-Dame s'était rapidement imposé. Ce pont, solide ouvrage de bois posé sur dix-sept rangées de piles[1], était large de quatre-vingt-dix pieds[2] et bordé de plus de soixante belles demeures abritant moult boutiques, largement inoccupées. La nôtre, à l'enseigne du Sagittaire, était majestueuse avec ses colombages peints et dorés. Il était facile du deuxième étage de toucher sa cible.

1. Il s'effondrera le 25 octobre 1499 lors d'une crue de la Seine.
2. Environ 40 mètres.

Elle offrait aussi, une fois le meurtre commis et justice faite, la possibilité de fuir par le fleuve en se laissant aller vers l'aval de la Seine. J'avais acheté, la veille, une barque couverte d'une forte toile à un batelier du port au vin tout proche. Nous nous sommes approchés de la bonne pile du pont pendant la nuit pour amarrer l'embarcation et tenter de la cacher. Accéder à la première fenêtre du mur arrière de la maison n'avait pas été simple quand il fallut lancer et accrocher le grappin, puis se hisser à la force des bras, alourdis par notre matériel. Nous sommes restés cachés pendant la nuit, sans faire de feu malgré le froid et eûmes pour nous contenter au matin, pour seul repas, que du pâté apporté la veille, un peu de pain, le tout arrosé par deux gourdes d'une mauvaise cervoise.

Le soleil était si pâle. Le temps paraissait bien long, mais sans surprise : il n'y avait pas de chemin plus direct que le passage du fleuve à cet endroit, entre le palais Saint-Pol et la cathédrale. Je savais que le corps de notre souverain défunt, Charles, roi de France, sixième du nom, traverserait la Seine en passant ici. Je songeais à lui par-devers moi, lisant le petit libelle anonyme ramassé dans la rue :

« Notre pauvre roi, très cher prince, enfin délivré des malheurs de la vie terrestre, dont l'âme s'était envolée il y a peu vers son éternité de lumière, jamais ne le verrons plus ! Dans Son infinie miséricorde, Dieu l'aura sans doute accueilli près de Lui. Sinon, à quoi bon vivre, surtout lui, si noble et si chrétien, durant ces temps troubles pour le royaume. Il avait eu bien grande garde de son métier, malgré sa maladie du cerveau, et fut bon, doux, bénin à son peuple. Sans lui, nous demeurons en guerres, tribulations et douleurs. »

L'après-midi s'avançait déjà. Il faisait si froid ! Mes doigts étaient gourds. Regardant par la fenêtre dont les petits carreaux de peaux de porc tendues laissaient peu entrevoir, je devinais le peuple de Paris, tout au moins ce qu'il en restait après beaucoup d'années de guerre, de famine et de maladie, présent dans les rues pour voir passer le cortège. J'en entendais la sourde, indistincte mais présente rumeur. Que pouvait donc penser cette badaudaille après tant d'épreuves ? Oh ! Je n'avais pas grande illusion et la savais préférer être tondue par Anglais et Bourguignons leurs complices que pillée et tourmentée par les Armagnacs, partisans du gentil dauphin Charles. C'était que moult malheurs avaient frappé la ville depuis quelques années. Alors que les partisans du dauphin avaient conservé Paris après la terrible défaite d'Azincourt[1], à la suite d'une félonie, le capitaine bourguignon L'Isle-Adam avait pénétré dans la ville par la porte de Buci avec ses troupes et massacré, non sans l'aide de la confrérie des bouchers, la plupart des Armagnacs. C'était, pour beaucoup, bonne justice car ceux-ci avaient auparavant durement administré la population. Le dauphin était parvenu à s'enfuir, Dieu en soit loué, pour se réfugier en la bonne ville de Bourges. La capitale était, depuis lors, ville anglaise, où leurs alliés bourguignons allaient à leur guise. Or la guerre coûte cher. Ce régent anglais n'eut de cesse que de lever des taxes nouvelles sans souci aucun du sort des habitants. La misère et la mort, sa proche compagne, avaient peu à peu décimé la ville. Quel dessein notre puissant Seigneur poursuivait-Il en nous frappant ainsi, le plus souvent pour chacun avant l'heure qu'Il eût normalement choisie ? Il accablait sans

1. 25 octobre 1415.

aucune distinction accessible à la sagesse des hommes les soldats et les paysans, les pauvres ainsi que les bourgeois, les femmes, les vieillards, les enfants, bien équitable dans Son effarante justice. Notre pauvre roi Charles, pourtant fils aîné de l'Église, n'aura pas vu son royaume épargné de tous les malheurs causés par la nature des choses, les traîtres et les Anglais !

Lorsque, quelques jours plus tôt, nous sommes discrètement arrivés, nous ne trouvâmes qu'échoppes closes, mendiants innombrables, un froid saisissant qui faisait venir les loups. Même les crieurs de vin avaient disparu. Beaucoup de Parisiens s'en étaient allés pour le grand voyage, par maladie, malefaim, quelquefois par suicide, et ceux que n'étaient partis rejoindre les pays du dauphin ou les bandes d'écorcheurs qui entouraient Paris vivaient de fort peu de pain, incapables de se chauffer, tant manquait la marchandise et changeait souvent la valeur des monnaies. Quel chrétien peut accepter qu'une simple querelle de succession[1], même celle d'un roi par la grâce de Dieu, puisse causer tant de souffrance ?

C'est dans une taverne de la rue du Coq qu'on s'était renseigné pour trouver le bon lieu de notre tentative. Elle était sombre, sale, le seul endroit chaud étant la cheminée, bordée de deux grandes tables de bois sur tréteaux. Les bancs étaient occupés mais restait un peu de place dans le coin le plus reculé. Une vaste cheminée noircie, où était pendue une marmite de temps

1. Le roi d'Angleterre Édouard III (qui a régné de 1327 à 1377) était, par sa mère Isabelle, petit-fils de Philippe IV le Bel, roi de France de 1285 à 1314, dont les trois fils sont morts sans héritiers masculins. Isabelle a été écartée de la succession au trône de France à la mort de ses frères à cause de la prétendue « loi salique », exhumée à propos, qui n'existe pas en Angleterre.

en temps touillée par l'aubergiste, éclairait peu malgré quelques lanternes à chandelles de suif. La fumée mal dégagée, la faible lumière régulièrement troublée par le passage des clients et servantes, même les remugles de crasse, de graisse et d'urine, troublaient la vue et faisaient tourbillon qui mélangeait les hommes et les ombres. Je m'étais un instant enfermé dans les songes, pensant, en ces jours d'automne déjà glacial, au milieu de cette ville de Paris, à l'étrange contraste où me menait, ici-bas et maintenant, mon étrange existence, du ciel d'azur si pur et si haut des pays ibériques à cette cité souillée et puante, puis dans une auberge étroite et crasseuse qui laissait deviner les portes de l'enfer. Pourquoi m'étais-je donc résolu à tenter cette équipée, persuadé qu'une autre mort du duc, après Montereau, affaiblirait sans retour la coalition anglo-bourguignonne ? Le vin âcre et tourné n'arrangeait pas les choses. Trouver bonne maison sur le pont à l'endroit convenant fut aisé : une sur deux était laissée à l'abandon. Il nous fut facile d'en forcer la fenêtre sur l'arrière. La rumeur enflait. Sans bien la distinguer, j'y discernais cependant afflictions, pleurs, mais aussi grand mécontentement.

Le cortège allait apparaître à main droite. Les hommes du roi trépassé, ceux qui l'ont servi, arrivèrent les premiers, ayant tourné dessus dessous leurs masses, verges, épées, signifiant symbole de leur fidélité et fin de leur fonction au sein de la maison royale. Ensuite les bonnes gens de Paris, bien partagé entre démunis, mendiants, malades, citoyens de simple apparence, tant demeure même en ces temps troublés un lien sacré entre le roi et son peuple. Puis l'Église, évidemment, venue encadrer la cérémonie avec moult cierges portés par hommes de noir vêtus. Enfin apparut l'effigie royale, car ce n'était pas la dépouille de notre bon roi. J'appris, mon frère, bien plus tard, la farce macabre organisée par ces infâmes Anglais aidés, il est vrai, par les bourgeois de la ville. Le corps de notre souverain était déjà embaumé puis placé en cercueil de plomb depuis plusieurs jours. Il fut remplacé par un mannequin. Pourquoi ? Parce que le Bedford, désormais prétendu régent de France, s'était absenté pour accompagner le corps de son frère Henry V à Calais et ne revint que le 5 novembre. L'audace de ces gens fut ainsi d'imposer une coutume anglaise aux obsèques d'un roi de France. La représentation de Charles VI, portant couronne, était vêtue d'un grand manteau d'hermine parsemé de lys d'or, et tenait d'un côté main de justice sur un bâton de bois, les trois premiers doigts déployés symbolisant la Trinité, puis l'autre le sceptre. Ses souliers d'azur, semés des mêmes fleurs royales, achevaient l'effigie couchée sur large drap de soie rouge ornée de fil d'or symbole et du rite funèbre et de la résurrection. Elle était dans sa marche entourée par les quatre présidents du Parlement de Paris, tout de rouge vêtus, caractéristique de leur fonction, car Justice demeure même quand Roi trépasse, tenant les quatre coins du drap mortuaire.

Il y avait aussi trois cavaliers couverts de noir portant les armes du roi, épée, heaume et bouclier. L'on vit immédiatement après la reine Isabeau, à cheval fleurdelisé, de rouge vêtue, le visage fermé, puis le rigide Bedford conduisant aussi le deuil, portant houppelande noire et chapeau à courte cornette. Les cloches de Notre-Dame sonnaient le glas. Il y eut des murmures désapprobateurs et des larmes dont la cause était moins le chagrin que la honte. Pire encore, le Bourguignon que j'attendais pour l'occire n'était point venu accompagner son roi. Oui ! Ce

Bourguignon-là qui, pendant son règne, l'avait mis dans les mains de ses ennemis, avait su sa maladie telle qu'il n'en pouvait réchapper, puis connut sa mort sans qu'il daignât y assister. L'infâme l'avait abandonné deux fois en sa vie comme en sa mort. Plusieurs gens du peuple de Paris, constatant l'absence du duc, entre leurs dents disaient la désapprobation, et certains assez hautement, tellement qu'on le pouvait entendre.

J'avais raté mon aventure, le traître ne s'étant pas dérangé. Nous attendîmes la nuit pour repartir. La descente en barque, amarrée sous la maison à la pile du pont, fut aisée. Le courant du fleuve entraîna l'embarcation sans encombre sur la rive gauche du fleuve, en dehors de la ville. Après avoir récupéré nos chevaux dans un endroit convenu et gardé par deux de nos hommes, le voyage vers Bourges prit le temps nécessaire en région ennemie. Dès la mort du souverain son père, notre dauphin, à Bourges, en dépit du mauvais traité de Troyes, s'était fait proclamer[1] roi de France sous le nom de Charles septième du nom. À Paris, l'enfantelet Henry VI d'Angleterre, âgé de neuf mois, ne pouvant régner, l'oncle Bedford fut déclaré régent. Dès cet instant, l'Anglais qu'il était fit main basse sur les collections royales françaises : tapisseries, bibliothèques, jusqu'aux vitraux du château de Coucy qui furent envoyés dans son pays.

*

Sans doute, Philippe, sais-tu bien ce qu'était alors cette France anglaise à la fin de l'an de grâce 1422.

1. Le 30 octobre 1422.

J'ai continué de la parcourir faisant rapine de ce qui pouvait servir l'occupant. Car au retour de mon expédition ratée, ma maisonnée de Bourges n'eut guère le temps de nous loger longtemps, ni dame Pernelle de s'escambiller avec Gilles. Richard et moi sommes repartis ratisser ces territoires déjà dévastés : vastes plaines de la Champagne, de la Beauce, du Gâtinais, des pays de Chartres, Dreux, du Maine et du Perche, du Vexin tant français que normand, de Beauvaisis, Caux, Senlis, du Soissonnais et du Valois jusqu'à Laon. Depuis la Seine jusque vers Amiens et Abbeville, et au-delà du côté du Hainaut, il n'y avait que terres incultes, abandonnées, couvertes de ronces, vides d'habitants tandis que les pays de bois devenaient d'épaisses forêts poussées en désordre. L'on ne cultivait plus qu'autour ou à l'intérieur des villes, places, châteaux, monastères fortifiés, assez près d'une tour de garde où quelque guetteur pouvait apercevoir les brigands en train de courir sus, puis sonner le rappel à tous ceux qui travaillaient aux champs.

Notre existence était morne. Le roi Charles VII déprimait. Le 17 avril 1423, fut signé le traité d'Amiens entre le régent godon, le duc de Bourgogne et celui de Bretagne dont les larges narines ne servaient qu'à sentir le vent tourner. Depuis le commencement de cette guerre maudite, c'était un parchemin de plus, cette fois amenant la Bretagne du côté des occupants, puis Jean Ier, comte de Foix, renforçant une alliance entre Bourguignons et Godons par un double mariage, les deux sœurs du traître devant épouser le Bedford et le duc de Bretagne. En comptant une première trêve négociée à Esplechin le 25 septembre 1340 entre les deux royaumes de France et d'Angleterre, qui fut rompue vingt mois plus tard, il y eut depuis lors trente-cinq trêves et traités conclus jusqu'au calamiteux texte de Troyes. Ce petit royaume anglais, pour habile qu'il fût à la diplomatie ou à la bataille, savait au fond qu'il ne pouvait l'emporter seul contre le premier royaume d'Europe, ni occuper durablement un pays hostile, plus grand et plus riche, situé au-delà de sa mer protectrice. Des souverains anglais plus éclairés que ceux dont s'étaient dotés les Godons eussent pu le comprendre. Mais trop peu assurés d'eux-mêmes dans leur propre pays et trop pourvus d'orgueil comme d'esprit mercantile, ils n'avaient sur les bénéfices attendus de la conquête que le regard court, violent et borné de la prise immédiate. En l'an de grâce 1423, cela faisait déjà plus de quatre-vingts années d'une guerre inutile entre deux royaumes, que, par-delà la péripétie des batailles, les Anglais ne pouvaient pas gagner.

Bedford n'avait d'ailleurs pas les moyens de maintenir l'ordre. Ses troupes d'occupation étaient dérisoires. À Paris, John Falstof, gouverneur de la Bastille, devait contrôler une cité de cent mille habitants avec environ trente-cinq soldats. Ceux-là n'étaient que soixante-quinze à Rouen ou douze à Évreux. En dehors des batailles frontales menées avec gros effectifs mais de mercenaires loués pour une durée limitée, seuls les Bourguignons représentaient une force militaire permanente à même d'assurer présence suffisante. L'envahisseur n'avait pas les ressources nécessaires pour demeurer chez nous. Une fois encore, l'alliance avec les Bourguignons devait être brisée. Tout basculerait ensuite. Nous savions la duchesse d'Aragon, maintenant mère de la reine de France, continuer d'œuvrer dans cette direction. Mais en attendant, il fallait un miracle pour casser l'équilibre ou accélérer la discussion.

Je n'ai pas participé au désastreux siège de Cravant[1] ayant une autre mission : surveiller plus au nord l'organisation des forces anglaises, en regroupement, du côté d'Évreux, et tenter de voir, au-delà, si des renforts supplémentaires n'arrivaient pas pour grossir davantage l'armée du duc de Bedford. Moult me coûtait d'avoir été ainsi éloigné du gros de la bataille pour une opération, sans doute dangereuse en pays ennemi, mais secondaire. J'aurais voulu en être, comme à Baugé, en compagnie de Richard de Creully, avec lequel, entre grands affrontements, nous harcelions les Anglais. On lui avait confié cette fois d'être partie de l'armée de John Stuart, connétable d'Écosse, chargée de traverser la Loire pour renforcer Tanneguy du Chastel devant la ville. Alors que les troupes royales regroupées descendaient la montagne qui domine l'Yonne pour contrer, dans les prés de la Gravelle, les Anglo-Bourguignons arrivant à pied de l'autre côté du fleuve, le pont fut forcé qui ménagea l'accès au reste de l'armée anglaise. Richard fut emporté au moment du combat, écrasé par un ennemi plus déterminé et renforcé par la sortie opportune du sire de Chastellux venant de la forteresse. Qu'il en fût ainsi me sauva sans doute la vie. Je regrettai vivement cet ami cher et loyal. La défaite fut cuisante et nombreux furent les disparus.

*

1. 31 juillet 1423.

Ma petite compagnie, constituée pour l'affaire (sept cavaliers dont quatre arbalétriers), avait quitté Bourges quelques jours avant le départ de l'armée du roi. Nous nous sommes dirigés vers la route qui relie Rouen à Paris, aussi discrètement qu'il était possible, guettant toute arrivée anglaise en provenance du nord. L'été nous accablait. Il faisait grand soif sous le casque et l'armure. C'était dans la grande forêt d'Yveline. Nous avancions, à l'écart des routes, dans des futaies de chênes projetant leur ombre fraîche sur fougères et ruisseaux quand la foule des grands arbres devint soudain silencieuse. Alertés par ce brusque soupir, nous descendîmes de cheval et cachâmes nos montures dans un bosquet bien fourni sous la surveillance d'un de mes lanciers. Nous étions à none. La lumière déchirait l'ombre. Cachés de part et d'autre du petit chemin, deux arbalètes armées de chaque côté un peu à l'écart mais à vue claire sur l'avant, j'étais en tête, ayant tiré l'épée, appuyé par Gilles mon écuyer et surtout notre dernier lancier pour finir tout cavalier que n'auraient pas arrêté les viretons. Nous guettions en silence.

Dans cette région occupée, tout bruit cadencé qui se pouvait distinguer ne pouvait être qu'humain et ennemi. Dame nature reste plus fluide et enveloppe ses rumeurs de mille formes irrégulières et mêlées. C'est le pas lourd de cinq chevaux, lointain d'abord puis rapidement présent, qui nous laissa attentifs et figés. Ils arrivèrent à vue, deux cavaliers lourdement armés ouvrant le chemin, puis deux autres plus légers portant chargement de part et d'autre de leurs selles, le dernier fermant la marche et surveillant l'arrière. C'étaient des Godons. Ils paraissaient pressés et étaient à notre mesure car nous étions plus nombreux. À mon geste, les deux premiers puis les deux suivants furent démontés par nos arbalètes. Restait le dernier qui nous chargeait arrivant pleinement sur moi. Il est difficile de combattre à pied un adversaire cuirassé monté sur un fort destrier. Pendant que Gilles achevait les blessés tombés, notre lancier, juste à mon côté, planta au sol le long manche de son arme et dirigea le fer non pour viser l'homme mais le cheval à hauteur du poitrail. Le choc fut violent qui brisa la lance, tua l'animal et projeta durement son cavalier. Ce soldat courageux à qui je devais la vie fut écrasé par la chute du lourd percheron. Dans l'infortune de l'escarmouche, Dieu l'avait brutalement rappelé. Je ne le sus qu'après avoir égorgé l'Anglais qui tentait de se relever. Après avoir récupéré les chevaux et armes de l'ennemi, nous prîmes le temps de lui creuser une pauvre sépulture, au pied d'un grand arbre, marquée par une croix de bois. Puisse Notre Seigneur l'accueillir dans l'éternité du ciel. La prière, comme souvent, fut notre consolation. Quant aux autres, dûment dépouillés de ce qui pouvait se compter, les animaux et vers de la forêt, comme la pourriture qui attaque toute chose, viendraient disperser cette poussière de Godons.

Le butin recueilli dans les quatre profondes sacoches était important. Il y avait moult nobles d'or[1] à l'effigie du roi d'Angleterre. Cette fortune inattendue était destinée à rémunérer les officiers royaux et parlementaires de Paris dont la solde était irrégulièrement réglée par le duc de Bourgogne. Le duc de Bedford, régent de France, voulait éviter que ne grondent et ne se retournent les dirigeants de la cité dont la bienveillance

1. 1 noble d'or anglais valait en 1422 ½ marc d'argent ou deux écus d'or français.

ne pouvait lui faire défaut. Le sauf-conduit qui accompagnait le butin nommait clairement les bénéficiaires et confiait à son porteur droit absolu de passage. Mais que faire, ici, de cette fortune de guerre en pays hostile, plus près de Paris que des résidences du roi de France, Poitiers, Tours, Bourges ou Chinon ? C'est une longue route que d'aller de Gisors à Bourges.

Après avoir distribué trente nobles (équivalent de soixante écus d'or) à chacun de mes hommes pour diviser les risques liés à ce qui pouvait advenir dans un territoire en guerre, je pris la décision de tenter l'aventure : porter à Paris le solde considérable qui restait dans les profondes sacoches anglaises, non pas certes au trésor du régent, mais, une fois en ville, le déposer à un banquier de la rue des Lombards. Ne gardant que mon écuyer Gilles et quatre chevaux, je laissai partir mes hommes regagner le territoire de France avec ce qui était pour eux une fortune. Dûment muni du sauf-conduit et sans perdre de temps, notre petit équipage prit la route. Une grosse quinzaine de lieues à parcourir, c'est assez peu mais trop encore pour rentrer dans la ville avant la fermeture des portes. Nous fîmes étape dans un petit monastère qui nous accorda gîte et repue contre monnaie sonnante. Le lendemain à sexte, devant la porte Saint-Jacques, l'une de Paris encore ouverte car beaucoup d'autres avaient été closes pour empêcher les coups de main armagnacs, le sauf-conduit du duc de Bedford permit le passage sans discussion.

Comme la ville avait encore changé ! Que devenait le Paris que je connaissais bien ! Avant de devenir soldat, puis soldat vaincu, maintenant chef de bande armée, j'étais étudiant à l'université et suis toujours clerc, célibataire non par vœu mais manque de temps, et n'avais pas pour dessein de devenir prêtre. Dix ans plus tard, ma vie d'alors, qui me paraissait souvent vaine au temps irresponsable de l'étude, s'auréolait de mille lumières. Étrange est la mémoire qui efface les mauvais souvenirs ! Mes camarades écoliers et moi fréquentions la taverne à l'enseigne de la Mule, proche des Mathurins et du cloître Saint-Benoît. Il y avait aussi celle de la Pomme de Pin, outre-Seine, rue de la Juiverie près du pont Notre-Dame. Mais je m'égare ! Je te conterai un autre jour ma vie d'étudiant !

*

C'était l'équivalent de dix mille écus d'or qui devaient être mis en dépôt. Mais auprès de quelle maison suffisamment discrète et sûre contre au moins le denier dix[1] et la fourniture d'une lettre de paiement dans plusieurs cités du royaume ? Les débuts de la guerre civile, qui commença avec l'assassinat du duc d'Orléans en 1407, avaient appauvri la ville. Les banquiers italiens, encore nombreux à la fin du siècle dernier, s'en étaient pour la plupart allés vers Bruges quand certains n'avaient pas été dépouillés ou même tués. Nul ne peut mesurer combien ruine et misère furent grandement provoquées par les meurtres, trahisons, et luttes entre Français, plus encore que par les Godons. Les querelles intéressées des grands et petits ducs suffisaient pour dessiner un tableau de misère que l'Anglais ne faisait que recouvrir de sa crasse malsaine ! La rue des Lombards n'était plus ce qu'elle

1. Dix pour cent.

était il y a encore vingt ans. Où trouver un changeur honnête et sûr ? Je m'étais d'autant plus trompé que je découvrais un autre obstacle : l'obligation récente faite à chacun de dénoncer à la justice tout voyageur qui avait traversé l'obédience du dauphin. Le sauf-conduit du soi-disant régent Bedford nous protégeait pour entrer et sortir de la ville, mais faire acte de dépôt puis l'enregistrer devant un office notarial excluait de dissimuler mon nom et donc ma fidélité. À près de trente ans, je savais déjà tout de la dénonciation, cette maladie honteuse constamment présente dans notre royaume avec sa fille encore plus lâche, la délation, qui nous affaiblissaient toujours.

— Gilles, que fait-on ?

— S'ensauver au plus vite en espérant une route sans trop d'embûches !

— Tu as raison ! Sortons par une autre porte que par celle de notre venue ! Nous ne prendrons pas ainsi le risque d'être reconnus.

La tombée du jour était encore loin et la porte de Buci toujours ouverte. Le sauf-conduit anglais fit son office. Une fois au-dehors de Paris, la route qui nous ramenait à Bourges devait passer par ombre et petites routes, pour nous faire éviter les écorcheurs. Heureusement, nos quatre chevaux, montés tour à tour, permettaient d'aller rapidement vers Chartres puis Blois. Où traverser la Loire ? Nous le fîmes non loin de la bonne cité d'Amboise. Un passeur, moyennant bonnes pécunes, nous assura une traversée calme en ces temps d'été et d'eau peu profonde. Notre roi n'était pas en sa ville, qui changeait souvent de résidence tant, depuis son départ précipité de Paris en 1419, il s'était habitué à être insaisissable.

Je décidai de retourner voir messire Lambert de Léodepart dans sa belle maison rue d'Auron. Sa réputation grandissait car l'argent, en cette époque de guerre incessante, n'était pas que fournisseur de rêves ! Dans l'ordre bourgeois, non pas écrit mais bien vivant pour qui savait regarder, le banquier tenait la première place. Même la noblesse, pourtant imbue de sa classe, courbait l'échine et faisait moult amabilités quand il s'agissait d'emprunter pour tenir rang ou armement qu'elle ne pouvait plus assumer avec les seuls revenus de terres mal entretenues et dépeuplées. Il me reçut différemment de la toute première fois où il avait été, comme à l'habitude en pareil cas, affable mais sarcastique. Que pouvait donc vouloir un homme de petite noblesse sinon un prêt en gage de propriétés qu'il n'avait peut-être déjà plus !

Ce fut tout le rebours. Il me fit asseoir accompagnant son accueil de grands sourires et belles manières. Il s'agissait en effet d'un dépôt de près de cinq mille nobles d'or anglais (j'en avais donné cinq cents à Gilles, mon écuyer), soit dix mille écus d'or à la couronne de France. Ce butin de hasard, pris aux Godons et caché au fond de quatre larges sacoches sales, était une forte somme. Elle venait grossir ce que j'avais déjà laissé provenant des rançons anglaises, obtenues à Carentan puis à Baugé.

— Que voulez-vous en faire, messire Jehan ? Acheter un joli domaine et ses terres ? Des bijoux rares venus d'Orient ? De splendides étoffes de Flandre dont le commerce, même ralenti, n'est pas arrêté par la guerre ? Un peu de tout cela si vous voulez prendre épouse et fonder une famille ? Ou attendre de meilleurs jours car, si vous êtes déjà très bien pourvu, vous paraissez encore bien jeune pour ranger maintenant une existence tout entière dévouée au roi de France ?

J'avais jusque-là partagé ma vie entre l'étude qui avait ma faveur et l'armure du soldat, imposée par mon père, ma fidélité au roi et les grands troubles traversant le royaume. Mais je ne savais encore, à près de trente ans, quoi vraiment faire de mon existence. Ma petite seigneurie d'Elbeuf, dont j'avais laissé l'apanage à notre oncle Guillaume, m'avait été prise par le roi Henry V d'Angleterre. Que cette brute soit maudite, j'espère en enfer, après les meurtres de tous les blessés et prisonniers pauvres au soir d'Azincourt ! Maître ès décrets de l'Université de Paris, mes études, quoique déjà avancées, pouvaient se poursuivre jusqu'au doctorat. Mais après ? La guerre n'était pas finie, le roi de France pas encore sacré à Reims, et j'ignorais moi-même ce que Notre Seigneur tout-puissant réservait à son pauvre serviteur qui avait grand-peine à se reconnaître dans la désolation du royaume. Il me fallait attendre.

— Possédant déjà une vaste maison et ses dépendances, je souhaite laisser cet or en dépôt contre juste rémunération. Puis, s'il advient que je parcoure un peu la rondeur du monde, pouvoir l'utiliser, ici et là, par lettres de paiement dans les cités qui pratiquent cette usance.

— Sage décision ! Est-ce que le denier dix vous conviendrait ?

Je ne voulais répondre tout à trac. Sans être connaisseur des métiers d'argent, je lui indiquai que les pénuries de denrées comme l'excès de métal dégradé pour les payer m'avaient confronté, comme chacun, à la vie de plus en plus difficile, partout sur le territoire parcouru, de la Normandie anglaise jusqu'à notre capitale prisonnière, et même aujourd'hui dans notre bonne ville de Bourges pourtant largement épargnée par les désordres du conflit. Le gré des souverains qui, pour financer la guerre, dévalorisaient le bon aloi des monnaies pour mieux s'endetter, amenait cherté de la vie et disparition des boutiques et métiers faute de braves gens pour payer la marchandise. La mise en dépôt de ces beaux écus d'or, qui chez maître Léodepart allait contribuer à l'investissement, donc à la création de bonne richesse, me paraissait devoir être rémunéré, certes sans contredire ce qu'avait apporté ma formation de clerc, mais peut-être davantage que mes avoirs précédemment épargnés. Après tout, notre sainte religion n'interdisait pas le prêt d'argent avec intérêt à condition de le limiter à un objectif particulier, celui de percevoir juste rémunération du risque pris à investir. Saint Thomas d'Aquin lui-même considère licite de réclamer une part du bénéfice en cas de participation à ses risques et périls au commerce du marchand ou au travail de l'artisan. La Loi de Moïse permet le prêt rémunéré à son frère mais pas à l'étranger. Notre saint Évangile évoque la parabole des talents et même saint Luc, lorsqu'il dit de prêter sans rien en attendre (6, 34-35), touche un principe moral, non pratique, qui n'est autre que le divin commandement d'aimer son prochain sans espérer de retour. Au fond, le seul fondement qui me parût solide tenait non à la morale mais à la nécessité. L'argent coupable est celui qui ne sert pas, s'entasse et s'enferme. Ce n'est pas affaire de religion mais d'utilité. Et sa conséquence : l'achat et la vente de marchandises payées à terme compté circulent d'autant mieux que le prix proposé rémunère justement le service et son risque mais sans jamais bloquer l'échange. Comme dans toutes les affaires humaines dans lesquelles Dieu ne se mêle pas, l'excès, ici l'usure, qui empêche le prêt ou qui provoque le cercle infernal d'un impossible remboursement, sent l'œuvre du Malin. Notre sainte Église sait modifier ses arguments au fil du temps. Elle écarte désormais tout excès de subtilité dans la nuance entre générosité du croyant et nécessité de faire prospérer chacune des créatures de Dieu. Elle insiste désormais sur l'intention plutôt que sur l'acte, devenue attribut principal du péché et de la rédemption.

Pour nous laisser le temps de réfléchir davantage, j'ai demandé à messire de Léodepart de m'éclairer sur la diversité des monnaies qui circulent, leurs subdivisions, et la stabilité de leurs rapports d'échange. Il s'aperçut que j'étais mieux initié que ne le laissait croire mon harnachement de voyageur pressé, tinté par la ferraille du militaire et la rusticité de l'homme habitué à combattre. S'il connaissait déjà mon état de soldat, il découvrit celui de maître à l'Université. Son attitude se détendit. Ses yeux s'amusèrent devant un interlocuteur qu'il croisait peu : prêteur et érudit. Nous évoquâmes largement quelques-unes de ces unités qu'il fallait bien acquérir car elles permettaient tout : angelots de France, deniers angevins et florins de Flandre, doublons d'Espagne et besants de Byzance comme ces belles augustales d'or frappées en Italie jusqu'aux aspres turques et nobles d'or anglais. Malgré la clarté de ses explications, les rapports de valeur qu'elles entretenaient me paraissaient compliqués et changeants même s'il existait un terme commun au creux de leurs effigies. La quantité d'or ou d'argent qu'elles contenaient déterminaient en principe une référence stable à leur valeur sous la double réserve de n'être pas dégradées soit malignement par les monnayeurs qui les fabriquaient, soit délibérément par les rois et les ducs qui pouvaient à bon droit en fixer le cours de référence et la circulation. J'ai perçu toute la finesse du métier de changeur dont la connaissance des unités, et surtout leur disponibilité dans les provinces de nos royaumes, permettait de valoriser les différences à condition d'être là pour en assurer le commerce, cela sans aucune vraie création de richesse. La sagacité du professionnel n'était pas qu'un art. Elle impliquait la représentation claire de toutes les pièces fabriquées, de leurs valeurs d'échange officielles et pratiquées, des luttes que se faisaient entre elles les différentes espèces, et même, lorsque cela était possible, de l'altération de leur poids en métal précieux à leur simple pesée. Il est vrai que, depuis la disparition de l'Empire romain, et par aucun pouvoir, la fabrication et la circulation des monnaies n'avaient jamais pu être maîtrisées.

Messire de Léodepart, avec son réseau de correspondants, gouvernait toute la chaîne de l'argent en se situant à chaque étape de l'échange, sauf à celle de l'ordonnancement qui revenait au roi. Une heure venait de passer dans ce cabinet privé d'un grand bourgeois, introduit au plus haut de la Cour, qui me fit apenser qu'un peu de métal précieux mélangé et fondu dans un symbole pouvait tout, même acheter l'illusion qui fait croire au bonheur. J'ai aussi appris de lui, qui le savait des banquiers italiens, que les pièces de monnaie n'étaient pas nécessairement et physiquement utilisées au moment des transactions. Une lettre écrite faisant foi d'une certaine valeur mais garantie par un dépôt d'argent équivalent fait auprès d'une maison de confiance couvrait le paiement d'une marchandise, cela sans risque, partout dans le royaume. Et la magie allait plus loin avec ce qu'il appelait l'opération de banque qui permettait de posséder maintenant ce qui serait payé plus tard.

Mon éducation à Elbeuf comme l'enseignement des prêtres ou même du droit canon à l'université cantonnaient le temps entre un immédiat élargi allant d'hier à demain, et l'éternité, sans transition véritable. Ma vie de soldat était de combattre. Elle ne laissait au futur que la nécessité de prévoir vivres, entraînement, équipement, et si le renseignement sur l'ennemi anglais le permettait les mouvements de l'adversaire. La lecture d'Aristote m'a familiarisé avec l'importance des circonstances de lieux qui, même guidées par des principes, dirigent l'action des hommes et son mode de gouvernement. Mais le temps, avec son profane qu'est le futur et sa foi qu'est l'au-delà ? Rien ne m'avait enseigné son élasticité comme celle de l'espace, même si l'on fêtait Pâques à des dates variables, que les heures n'étaient pas sonnées partout au même moment et que les frontières de nos provinces se franchissaient librement.

En se quittant après nous être mis d'accord sur le denier quinze, celui qui était mon banquier me fit rencontrer son gendre, un certain Jacques Cœur. C'était un homme de mon âge, plus court, le visage large, avec cet étrange regard qui semblait voir plus loin que vous, mais plus sereinement, comme si sa lourde tête rangeait chaque élément à la place que ses rêves leur assignaient. Il me sembla appartenir à un monde différent, celui qui construit, malgré la méchanceté des hommes et des choses, presque en dépit de cette fatalité à quoi la religion oblige. Ce fut un court échange : quelques mots et un regard que je n'allais pas oublier.

*

J'étais désormais homme aisé, bien doté, libre d'attaches si je le décidais. La suite des jours fut sans surprise nouvelle : expéditions, escarmouches, saccages, quelques tueries en ayant au moins soin d'épargner femmes et enfants comme ceux ne portant pas d'armes. L'événement notable nous fut, aux confins de la Bretagne et du Maine, la victoire de la Brossinière[1]. Nous représentions une force assez disparate mais rapidement réunie sous le commandement du comte d'Aumale, gouverneur de la Touraine, de l'Anjou et du Maine, du duc Jean II d'Alençon, de Guy de Laval, de Louis de Trémignon, d'Ambroise de Loré et d'autres capitaines. J'étais l'un d'eux, chargé, à la tête de plusieurs lances, de « besogner » les Godons que je rencontrerais. Le commandant anglais, lord John de la Pole, frère du comte de Suffolk, après une expédition de pillage à Segré, revenait tranquillement, bien chargé d'otages et butin tout en encadrant un grand troupeau de mille deux cents vaches robé dans la province. Il suivait une route ancienne mais connue allant d'Anjou en Normandie, traversant le lieu-dit La Brossinière[2]. Nos coureurs nous avaient appris que, selon grande vraisemblance, ils y passeraient au matin du dimanche. Le gros des forces des Lys se mit en position, à pied, à l'endroit considéré pour bloquer leur passage tandis

1. Dite aussi bataille de la Gravelle, le 26 septembre 1423.
2. Appelé aujourd'hui : « La Brécinière ».

que nos cavaliers iraient à cheval les envelopper. Au bout de deux grandes heures d'attente, je vis soudain des éclaireurs anglais courir sus aux nôtres. Après les avoir repoussés, avec mes lanciers, sur leurs corps de bataille et privés ainsi de visibilité sur notre disposition, les gens de pied s'encognèrent de front avec grande violence. Comme ils étaient bloqués sur leur arrière par chariots et troupeaux, ce fut grand carnage, nos cavaliers tous ensemble chargeant par le travers soldats godons arrêtés puis repoussés sur l'avant. Ils eurent de nombreux morts. Leur butin fut récupéré ainsi qu'une grande rançon obtenue des prisonniers dont John de la Pole.

Pour autant, la fortune de France ne progressait pas. Les frontières de son royaume du Sud étaient floues, sauf sur le Rhône. Ses troupes de mercenaires, nombreuses mais disparates, composées de Français, Lombards, Écossais, Aragonais et Espagnols, étaient dirigées par des chefs de bande plus que de guerre tels le Castillan Rodrigue de Villandrando, l'Écossais Archibald Douglas, Robert de Baudricourt, Raoul de Gaucourt, Poton de Xaintrailles ou Étienne de Vignolles. Il fallait diriger ce groupe divers, certes capable, mais où chacun jalousait l'autre, dans des batailles plus ou moins préparées. Il y avait aussi, de meilleur rang, Arthur de Richemont et Dunois, bâtard d'Orléans, demi-frère du duc Charles Ier d'Orléans, celui-ci étant prisonnier à Londres et grand poète en notre langue. Notre sire lui-même restait secret et solitaire, logeant de château en château, Loches, Maillé, Amboise, Montils, Razilly, Chinon et d'autres, sans oublier son préféré de Mehun-sur-Yèvre. S'il paraissait plus assuré de lui-même depuis la naissance du dauphin Louis, le 3 juillet 1423, et bien conseillé par sa belle-mère dame Yolande d'Aragon, il restait largement entouré par aventuriers, courtisans et beaux parleurs à l'affût de leur seul profit personnel. Sans oublier les plus dangereux qu'étaient les favoris : Jean Louvet, grand prévaricateur et spécialiste en arrangements financiers ; Pierre Frotier, son arrogant écuyer, l'un des auteurs de l'assassinat de Montereau ; l'évêque de Laon Guillaume de Champeaux, que mon ami monseigneur Gélu détestait ; Tanneguy du Chastel, soudard breton dont j'ai déjà parlé ; Georges de La Trémoille, Poitevin bien chargé en brigandages ; ou pire, le seigneur de Châteaugay, Pierre de Giac, maître des finances, fourbe et assassin de sa femme pour en épouser une autre. On le soupçonnait d'avoir pactisé avec le Diable ! Quant à Arthur de Richemont, déjà nommé, frère du duc de Bretagne, beau-frère des ducs de Bourgogne et de Bedford, c'était un guerrier mais peu fiable, à l'image de cette noblesse établie qui ne pensait qu'à sa propre survivance. N'avait-il pas été, il y a peu, au service des Anglais ?

Porter l'armure, l'épée et l'arbalète pesait maintenant sur moi plus que son poids. Je n'étais pas de leur monde, et aller d'escarmouches en coups de main n'avait grand sens. Je percevais cependant en notre sire grande capacité à voir au-delà des apparences. Sachant beaucoup pour un roi, au courant de chaque chose, Charles, le septième du nom, voyait assurément loin. Nul doute qu'il pourrait être un grand roi si les circonstances lui étaient moins contraires dans un conflit dont il n'était qu'héritier. Car, tu le sais, Philippe, ce fut bientôt pire avec notre défaite de Verneuil[1] quelques mois plus tard.

1. 17 août 1424.

Après plusieurs années de combats, comment dire à mon souverain, à qui je devais hommage, que je voulais continuer de le servir mais plutôt en robe de clerc qu'en armure, en tant qu'envoyé, diplomate, même ambassadeur ? Je n'étais pas grand chef de guerre dont il n'eût pu se passer et voulais devenir docteur de l'Université. Je demandai conseil à monseigneur Gélu, de passage à Bourges. Nous étions devenus amis ayant bien voyagé ensemble, lui comme envoyé du dauphin, moi comme son secrétaire. Avec l'âge et le temps qui passe, il voulait quitter son archevêché de Tours pour une ville plus modeste. Embrun allait accueillir cette grande et sèche carcasse pleine de ce doute profond qui peu à peu construit la bienveillance. Il intercéda. Ayant suspendu la lettre de retenue qu'il m'avait accordée, Sa Majesté accepta ma libération provisoire. Mais je restais son officier.

Où aller ? Paris était aux Anglais. L'université de Louvain, en Flandre, présentait dans ce froid et brumeux pays l'austérité qui sied à la théologie. Mais elle était au Bourguignon, ennemi de mon roi et que j'avais voulu occire il y a peu. Et puis la théologie ne m'attirait pas, qui sombre trop vite dans dogmes et anathèmes. Ma survie y aurait été cependant sans problème tant cette cité demeurait ouverte aux opinions différentes dès lors qu'elles ne se manifestassent point trop ouvertement. De plus, j'avais famille dans la région. Mais ma visite leur serait pour plus tard. Je choisis finalement l'université de Montpellier, fort connue pour l'enseignement de la médecine, mais apprenant aussi le droit, civil et canon.

Je laissai Gilles mon écuyer, déjà vieux compagnon depuis l'époque de Vire. Il n'avait intérêt à me suivre. Nos aventures lui avaient apporté l'argent qui lui permettait de s'établir, prendre femme, et fonder une famille sous le regard de Dieu, même s'il doutait qu'Il se souciât du sort des hommes. Dame Pernelle y consentait d'autant plus qu'ils s'étaient déjà appréciés et allaient occuper ma maison le temps d'une absence dont la durée m'était déconnue. Obtenir un doctorat peut être long. Je laissai mes destriers, chargeant Gilles de les bien vendre et me contentai d'un brave palefroi suffisant pour le voyage.

Ma dernière soirée passa à rassembler les affaires utiles, vêtements, un ou deux livres dont *La Divine Comédie* de Dante, une dague et mon épée de combat. Celles-ci ne me seraient nécessaires, mais je les emportais comme souvenirs d'une période qui se refermait. Je demandai à prendre bain. Dame Pernelle revint plus tard portant la grande cuve de bois servant à l'usage, et le palefrenier l'eau nécessaire sinon purificatrice. Y descendre fut grand délassement. Ayant fermé les yeux un moment, j'entendis dame Pernelle revenir dans la chambre, refermer la porte et faire bruits de linge que je distinguais mal. Elle me rejoignit dans l'eau, aussi douce et formée que je l'avais devinée auparavant sous sa cotte. Cette jeune veuve qui avait le parpal ferme et le ventre plat n'eut besoin d'exciter mon guilleri. Elle le glissa simplement entre ses deux cuisses écartées pour la cause. Ce fut long, doux, intense. Gilles avait de la chance. Après s'être séparés, le plaisir atteint en s'étant si rapprochés, j'eus bref sentiment qu'elle regrettait un départ qui eût pu, peut-être, changer le chemin d'une vie. Mais les choses ne s'accordent pas ainsi au seul cours de l'inclination. À mon réveil, la cathédrale sonnait laudes. L'été allait commencer. Je me fis faire la barbe au coin de la rue. Après messe, notre dîner commun, le dernier avant longtemps, nous balaya tous de tristesse, déjà de regret. Je m'aperçus, Philippe, ne vous ayant vus, toi et ton frère, depuis tant de temps, que Gilles et maintenant dame Pernelle étaient une famille, un peu la mienne. Pourquoi ne pas demeurer paisiblement et faire ce que Dieu a voulu pour chacun : ne pas rester seul ? Je te conterai plus tard ce qu'enseignait le philosophe grec Épicure à travers un écrivain latin, Lucrèce, dont un mien compain de la Curie romaine venait de redécouvrir l'ouvrage : *De natura rerum*.

Terre du Sud

La décision de partir était prise qui balaya ce qui restait de regrets. Rien ne me retenait plus en ces villes du pays de Loire où j'ai connu plus de plaies, bosses, blessures que douceur du temps calme guidé par ce grand fleuve dont les méandres cachent aussi moult pièges. Je choisis de rejoindre notre cité de Montpellier en descendant les routes du royaume, vers le sud et son ciel azuré, traversant les domaines de notre bonne duchesse d'Aragon, protectrice du roi Charles bien-aimé. L'année scolaire ne commençant qu'en octobre, le temps ne m'était compté.

Oh ! Juste mon cheval et l'air de liberté ! Du moins le croyais-je. Je pris la route d'abord vers le sud, cherchant, maintenant simple voyageur, compagnie pour ne point être seul exposé aux dangers du chemin. Saint-Amand-le-Chastel et son monastère fut notre première étape. Ce n'était pas très loin mais la troupe que nous formions était disparate, marchands pour l'essentiel, certains avec grands charrois pleins de barriques vides tirés par de lents et paisibles bœufs. Ils partaient chercher le vin de Montluçon, connu et apprécié en Anjou.

Marchant au milieu du groupe, j'avais grand loisir de cheminer paisiblement et me souvenir des premiers jours d'étudiant en la bonne ville de Paris. Elle était alors aux Armagnacs. Je fus conduit le lendemain du terrible meurtre du frère du roi[1] chez un ami de mon père, Guillaume de Lugalle, clerc de son état, maître régent en droit canon qu'il enseignait dans une école de la rue Saint-Jean-de-Beauvais. Il était aussi chapelain de la collégiale de Saint-Benoît-le-Bétourné dont il avait prébende. Sans être opulent, c'était un homme aisé mais simple, jouissant d'une bonne réputation auprès de ses collègues. Il logeait à côté du cloître de la collégiale, dans une belle maison proche de la rue de la Sorbonne, en plein cœur du Quartier latin. La bâtisse était construite en pierre parée de bois avec en rez-de-chaussée une grande salle basse, la cuisine et un cellier pour le bois et le vin, tandis qu'on trouvait à l'étage trois chambres, dont une grande, meublées d'un lit à courtines de serge pour se protéger du froid et d'un coffre pour ranger les vêtements, draps et livres. Peu de lumière malgré les fenêtres dotées de carreaux en losange verts et blancs enchâssés dans un fil de plomb. L'escalier en bois, qui partait au droit de l'entrée, allait au-delà du premier niveau jusqu'à large soupente où vivaient les gens du service. L'entrée du logis, solidement protégée par une épaisse porte de chêne cloutée, ouvrait directement sur la grande salle dallée, occupée par une longue table, des bancs et un dressoir pour la vaisselle. Il y avait une vaste cheminée qui chauffait ce qu'elle pouvait, y compris l'étage. Pas de tentures mais suffisance de chandeliers et une grande porte-fenêtre ouvrait sur un petit jardin, inondé de clarté au mitan du jour lorsqu'il faisait beau.

---

1. Assassinat de Louis Ier d'Orléans, le 24 novembre 1407, par les hommes du duc de Bourgogne.

Je n'ai plus jamais revu notre père après ce jour et ne connaissais pas Guillaume. Il était tout de bienveillance. Son accueil, sans être chaleureux, avait la double humanité de celui qui sait et veut transmettre, comme de pouvoir écouter son prochain, même le plus petit. J'ai moult appris de lui, plus que des enseignants du collège, sans compter ses livres qui me furent un réel bonheur. J'avais douze ans et fus heureux dans sa maison.

Le cursus pour devenir bachelier ouvrait l'esprit mais laissait insatisfait. L'apprentissage du *trivium* (grammaire, rhétorique, dialectique) était déjà largement acquis à mon arrivée au collège Saint-Benoît. L'entrée dans les quatre chemins du pouvoir des nombres fut enchantement et frustration. C'est saint Augustin, disait-on, qui nous avait montré comment la raison engendrait la grammaire, puis la dialectique et la rhétorique, enfin, pour accéder à Dieu tout-puissant, la géométrie, l'harmonie, l'astronomie et l'arithmétique. Mais, une fois encore, ce furent en réalité les Grecs qui ont introduit l'indispensable apprentissage. Pythagore disait déjà que les mathématiciens savent bien discerner et comprendre comme il faut la nature de chaque chose, tant la vitesse des astres, leur lever, leur coucher que leur connaissance claire par la géométrie plane, l'arithmétique, la sphérique sans oublier la musique. Platon lui-même met en liaison l'harmonie des sphères avec les orbites célestes atteignables par les disciplines sœurs des nombres, de la géométrie, de la science des mouvants. Après saint Augustin, il y eut Boèce puis la grande nuit d'Occident provoquée par invasions des Vikings, Sarrasins et Hongrois qui désorganisa l'enseignement conduit dans nos monastères. Nos sept arts libéraux reviendront dans les écoles urbaines autour de l'an mille pour s'y installer définitivement. L'intuition que l'univers pouvait se dénombrer dans ses aspects particuliers, jusqu'au lointain contrepoids des astres, fut une illumination, mais fragile car meublée d'incertitudes, d'imprécisions, de rapports toujours discutables. Avec, en outre, un vide difficile à combler, non dans le cœur de ces disciplines « célestes », ce que je n'aurais pu mesurer, mais parce que notre enseignement ne construisait aucun pont entre espace des idées et savoirs pratiques que sont la science de la construction, les arts mécaniques, l'étude de la nature. Se pouvait-il qu'il n'y eût aucun lien d'ascension entre le *hic et nunc* constitutif de notre existence ici-bas et l'étude des sphères célestes ou divines ?

J'étais bon élève. Bachelier ès arts à seize ans, licencié ès décrets puis maître quatre années plus tard (j'avais arrangé mon âge, me faisant naître le 31 décembre de l'année précédente, et non le 1er janvier, pour obtenir ce grade à vingt et un ans révolus conformément au statut). Tu connais largement ce qui s'est passé après ! Ma vie d'étudiant à Paris fut assez longue mais plutôt banale. Les étudiants représentaient une grande population, près de quatre mille, cantonnée sur un quartier de la cité à senestre de la Seine. Bruyants, paresseux, querelleurs, nous avions male réputation. Notre bon roi Philippe Auguste avait accordé il y a déjà longtemps certains privilèges judiciaires comme l'exempt du droit de représailles et privilège de justice ecclésiastique. Les statuts accordés en 1215 garantissaient l'autonomie de l'institution, tant dans la fonction d'enseignant que l'organisation des examens et celle du cursus. Le pape lui-même, Grégoire IX, nous prit, en 1231, sous sa protection. Tu imagines que nous avons profité de ces privilèges nous mettant à côté de la loi civile pesant sur le reste de la population. Être gentil élève jusqu'au baccalauréat me fut naturel. Il en a été autrement après.

Petit Normand de l'université, je fus inscrit dans la *nation* correspondante. À côté de celle de France, nous n'étions guère nombreux mais peut-être plus marqués que d'autres (française, anglo-allemande et picarde) par la guerre incessante qui ravageait notre province depuis si longtemps. S'il y avait parmi nous plus d'Armagnacs que de Bourguignons, nos querelles, plus ou moins sérieuses, avaient cependant peu à voir avec la chose publique. Je n'étais point procureur de la nation normande, simplement son trésorier. À quoi passaient nos ressources venant des cotisations des membres comme des taxes versées pour l'obtention d'un grade ? L'essentiel à l'achat du vin car nombreuses étaient les fêtes en l'honneur de tous nos saints patrons. Imagine notre emploi du temps ! Nous n'avions que peu d'heures pour dormir ! Les leçons ordinaires commençaient à prime[1], suivies par exercices et répétitions jusqu'au soir, avec un reste de temps pour un travail plus personnel. Cette dernière part disparaissait souvent au profit d'autres exercices. Si l'université est lieu d'apprentissage, les préjugés n'y étaient point absents. On y disait les Anglais ivrognes et couards, les Allemands coléreux, les Français vaniteux et même les Normands vains et orgueilleux ! Peu nous importait, sauf pour les Godons, la fausseté du propos. Restait seul le prétexte à querelle. Certains d'entre nous s'armaient pour attaquer

1. 7 heures du matin.

une autre nation. Mais il s'agissait le plus souvent de s'amuser, narguer les autorités, et surtout courir la garcelette.

Enseigner suivait toujours même méthode dialectique : lecture d'un texte par le maître, puis questions des élèves qui font dialogue dont le maître tirait à son tour la sentence. Les débats pouvaient être agités. Mais la forme restait identique sur des sujets pouvant toucher l'absurde : « Si Jésus ressuscité a mangé du poisson, que mangerons-nous le jour du jugement dernier ? » ; « Que faisait le Seigneur tout-puissant avant de créer l'univers ? » ; « Comment les fils et les filles d'Adam et Ève ont-ils échappé à l'inceste ? » ; « Les anges ont-ils un sexe ? » ; ou encore : « Notre chien préféré nous suivra-t-il au paradis ? » Toute position était discutable à la condition de n'être qu'hypothèse sans jamais contredire l'enseignement de notre sainte Église. Et encore ! Le grand saint Thomas d'Aquin fut lui-même critiqué dans certaines de ses propositions. L'évêque Tempier dans ses condamnations de 1277 se prit d'en exclure certaines pour cause supposée de trop grande proximité avec le philosophe arabe Averroès. L'archevêque anglais Robert Kilwarby condamna son œuvre la même année et jusqu'au moine franciscain Guillaume de la Mare qui recensa cent dix-sept propositions jugées excessives et audacieuses. Sa Sainteté Jean XXII rétablira l'ordre des choses en le faisant canoniser près de cinquante ans après que le Seigneur l'eut rappelé auprès de Lui. L'Université de Paris, la plus prestigieuse en ces années de guerre, était ainsi souvent lieu d'exclusion, d'anathème, et d'arrangements dérisoires ou mauvais avec intérêts de l'occupant ou collaborateurs. Elle tentait avec maladresse, par censure et dénigrement, de conserver une primauté qui peu à peu s'amenuisait à mesure de la création d'autres universités. Ses fallaces et morgues iront d'ailleurs jusqu'au sommet lors du supposé procès de sainte Jeanne que je te conterai, Philippe, tant j'eus honte de sa vilenie.

Le sens de notre enseignement avait grand défaut de la logique poussée à l'extrême. L'impossibilité pour la raison de se contredire elle-même dans ses propositions, selon l'un des principes du Stagirite, tournait souvent au syllogisme inutile. Pouvaient cependant surgir de nos innombrables énoncés rigoureusement déduits d'étranges interrogations, soit qu'elles vinssent d'hypothèses trop imprécises, soit, combien rares mais plus troublantes, qu'elles éclairassent un coin ignoré de la subtile raison. Se pouvait-il que le grand Aristote ait dissimulé, sans le savoir, le champ immense d'une autre pensée logique, celle où le sujet nommé par l'analyse peut être à la fois quelque chose et son inverse ? Les doctrinaires de Paris s'insurgeaient contre telle possibilité. Je m'apensais simplement, sans pouvoir approfondir, qu'une telle ouverture pût être prometteuse. J'ignorais à l'époque de mon apprentissage que dans nos contrées chrétiennes d'Europe, bien aidés par la redécouverte des penseurs anciens traduits et commentés par philosophes de Perse et d'Arabie, certains, qui deviendront Pères de l'Église, abonderaient cette rivière nouvelle. La théologie n'était pas ma partie même si je la croisais souvent en droit canon. Mais pourquoi écarter de la toute-puissance de Notre Seigneur, nommable mais non dénombrable, qu'elle soit en même temps paix et châtiment, éternité et créateur du monde, révélée par la foi mais accessible à l'humaine raison ? Ces champs par trop béants d'une pensée novatrice sentaient le Malin pour nos maîtres. De la multiplicité de nos analyses et conclusions qui faisaient des discussions âprement débattues ne subsistait finalement, non un savoir, mais grande capacité à discuter, de tout et en sens contraire. Nous devenions des ratiocineurs professionnels, prétendant pouvoir démontrer ce qu'il fallait, au point d'assommer l'interlocuteur. L'enseignement du droit canon suivait chemin identique, en laissant de côté ce qui construisait les rapports de vie entre les hommes et qu'on appelait le droit civil. Celui-ci n'était pas enseigné en l'Université de Paris. Il fallait l'apprendre des lois et coutumes locales par l'expérience, ou aller vers autres institutions, ce que je ferai plus tard à Montpellier. Qu'ai-je au fond retiré de mon existence estudiantine ? Une irrésistible envie d'approfondir, mais aussi ennui et répétition.

*

De ma lucarne qui laissait filtrer bien peu d'une lumière sombre, je regardais souvent la pluie brillante coulant sur les toits. Je m'interrogeais, non pas sur le sens de mon existence, c'était affaire de foi ou de philosophie, mais sur les chemins à suivre pour connaître davantage. C'est que la vie d'étudiant n'était finalement pas si plaisante ! Elle avait même ses vides effroyables qui faisaient reculer le Démon lui-même. À quoi bon passer le temps à vivre d'avantages[1], courir les bachelettes[2] ou les bourgeoises plus accueillantes,

1. Vivre aux dépens d'autrui.
2. Jeunes filles.

assouvir une soif inextinguible jusqu'à perdre raison, sans oublier les baveries[1] interminables et vaines, les bergeronnettes[2] vulgaires et les bastons provoquées ! Même le soir venu au fond des bouges lorsque l'ombre cache la laideur, même embellies par le son des luths et tambourins, même poussées du fond de l'ivresse, l'insouciance et la chair facile, les chansons d'étudiants ne sonnaient jamais profonde joie. Je me souvenais de ces quelques lignes griffées au couteau sur la table de ma taverne préférée :

Le temps s'en va
Je n'ai rien fait
Le temps revient
Je ne fais rien

Que pouvait offrir à un esprit inquiet cette ville, pourtant la plus grande du royaume, avec ses façades sales, resserrées et borgnes ? Qu'y avait-il à voir dans ces ruelles jaunes, ces ruisseaux d'eaux grasses, ces masses humaines grouillantes, glissant en coulées désordonnées ? Au fond de moi, je savais ici la vie bornée par des chaussées puantes sans l'espoir d'un pertuis pour regarder l'ailleurs et lumière. Sans oublier les grands tumultes ayant secoué la cité. Depuis le lâche assassinat du duc d'Orléans fin 1407, Paris était sous la dure férule des partisans armagnacs tandis que le duc Jean sans Peur ne cessait d'attirer à lui grâces et soutiens tant de la famille royale que de la bourgeoisie de la ville. Celle-ci, bien divisée entre ses commerçants en sel, bois, vins, souvent d'origine bourguignonne,

1. Bavardages.
2. Chansons rustiques.

et les orfèvres, maîtres des monnaies, officiers royaux, bons soutiens des Armagnacs, montrait à la fois hésitation et refus croissant devant trop d'impôts. La situation est vite devenue très instable, d'autant que le duc de Bourgogne était la seule vraie figure du royaume, riche, dominateur et partisan d'une politique séduisante : réformation de l'État monarchique devenu trop puissant, retour et respect des franchises urbaines, minoration des aides royales trop nombreuses. Face à lui : un roi Charles le sixième faible de tête, une reine Isabeau très occupée à coqueliner, un duc Louis-Charles d'Orléans brillant mais jeune. Avec une bonne propagande répandue par des intermédiaires stipendiés, le Bourguignon envoyait de nombreuses lettres circulaires qui flattaient la bourgeoisie. Mais moins avisé qu'il ne le croyait, la situation lui a rapidement échappé. L'affrontement, je te le raconte, Philippe, si tu l'ignores encore, fit grand remuement dans la ville. Il débuta lors des états généraux réunis en l'hôtel royal de Saint-Pol à la fin de l'an de grâce 1413. Les débats furent difficiles, attisés dans les jardins du palais par un moine de Saint-Denis, Benoît Gentien, maître en théologie et délégué de Paris, qui voulait bonne suppression des pensions versées aux princes par le roi, dont principalement celles du duc bourguignon. Comme c'était le jeune d'Orléans qui présidait les débats, son père souffrant d'une nouvelle crise, Jean sans Peur voulut reprendre en main la situation. Il crut bon de susciter grande manifestation devant l'Hôtel de Ville, place de Grèves. Le gros des troupes en était formé par la riche corporation des bouchers dirigée alors par un écorcheur de bêtes, Simon Caboche. Ceux-ci, souvent aisés, prêteurs d'argent et solidaires de la corporation des marchands de vin, savent manier le couteau au contraire de la hanse des marchands de l'eau qui s'occupe aussi du commerce des étoffes, de l'or et des produits rares. Les seconds sont souvent « Armagnacs » et ont, seuls, accès aux offices de l'administration. Le 28 avril 1414, les « cabochiens » sont maîtres de Paris après avoir enfoncé les portes de l'hôtel royal et obligé le dauphin à livrer cinquante personnes de son entourage. Ils s'emparent même du frère de la reine, Louis de Bavière, et massacrent moult prisonniers. Avec la violence lancée sans contrôle – que le Bourguignon aille brûler en enfer ! –, il y eut bien d'autres crimes car le bestournement du monde est sans limites, surtout quand rumeur et dénonciation suffisent à condamner. Un de nos humanistes, monseigneur Laurent de Premierfait, qui n'avait fait que traduire en langue vernaculaire des œuvres de Cicéron et Boccace[1], fut égorgé comme un mouton, non qu'il fût armagnac mais pour le simplement rober.

Notre pauvre Charles le sixième fut obligé, dans un lit de justice, de proclamer une ordonnance appelée « cabochienne », composée de deux cent cinquante-huit articles, qui n'était en réalité qu'une profonde critique de l'État royal. Il y avait dans ce long rouleau, gros comme le bras, moult propositions : réduction des offices trop nombreux à tous les échelons de l'administration, en particulier au niveau intermédiaire ; élection des officiers royaux « sans faveurs », donc sans népotisme ; fermeté du roi au moment de signer les lettres accordant franchises et privilèges au lieu qu'il cédât sans cesse à l'importunité de l'entourage qui faisait pression ; réduction des dépenses royales

---

1. *De senectute* et *De amicitia* de Cicéron (traduits en 1405 et 1416) ; *Le Décameron* de Boccace traduit en 1414.

pour préserver son domaine avec interdiction de la bailler en gage ; réformation de la justice avec ses frais d'actes excessifs, la lenteur de ses décisions, les dérives des avocats multipliant les procédures. Ce texte était fécond. Nous le commentions souvent à l'université. Il fut imposé au roi par violence et délibération d'un duc félon, alors qu'il eût pu susciter utiles réflexions. Bonnes causes ne prospèrent pas sur de mauvaises raisons.

Les Parisiens se sont vite lassés de trop d'excès. Qui prendra réellement conscience de leur versatilité, prompts à s'enflammer puis impitoyables au moment de réprimer ? Le 28 juillet est signé, à Pontoise, un accord de paix civile et libération de prisonniers, bientôt présenté au roi par l'ensemble des corps constitués de Paris. Le dauphin en profite pour discourir, en armure, à l'Hôtel de Ville, faire disperser les cabochiens qui y étaient rassemblés, et nommer ses partisans aux postes indispensables. Sais-tu ce que fit alors l'infâme duc de Bourgogne qui avait perdu la partie ? Il tenta de faire enlever le roi Charles mais, contrarié dans cette folle entreprise, dut d'enfuir en Flandre. Ivre de vengeance contre notre pauvre royaume, le duc félon se précipita aussitôt dans les bras d'un jeune et nouveau roi d'Angleterre, couronné depuis le 9 avril 1413, Henry, le cinquième du nom.

La rue du Fouarre et le quartier des étudiants, dit « latin » en raison de la langue commune d'enseignement, étaient peu concernés par les tumultes de la rive droite. C'était un monde à part ! D'ailleurs, l'accès entre le coin des universitaires et l'autre rive de Seine, après l'île de la Cité, se faisait par un sombre passage. Une obscure galerie, dominée par la forteresse et prison du Petit Châtelet, débouchait sur le

Petit-Pont supportant de bancales maisons serrées toutes ensemble. En outre, cavaliers, animaux et marchandises portées à dos d'hommes ou en charrette devaient payer une obole. La voie par le pont Notre-Dame n'était guère plus ouverte. Il fallait forte raison pour traverser le fleuve. On nous appelait d'ailleurs « gens de l'outre-pont » !

*

Courant la route vers le sud, qu'allais-je trouver à Montpellier ? Le statut de maître ès décrets, en dehors d'une aide apportée à l'un des docteurs dans sa charge d'enseignement, laissait relativement libre de choisir et travailler mon propos, avant de le présenter à communauté des enseignants. Je souhaitais montrer que la notion assez étrange de « guerre juste », attribuée à saint Augustin, venait en réalité de plus loin, en particulier des philosophes grecs. J'y reviendrai. En attendant, j'étais libre. Tout clerc de mon état, je n'avais prononcé aucun vœu mineur, devais certes servir Dieu où il était possible, ne pas porter d'habits indécents ou me livrer à des jeux de hasard, mais n'étais astreint à aucun devoir particulier. Les activités séculières et le commerce des femmes ne m'étaient nullement interdits. Quant aux clicailles, maître Léodepart s'occupait de mon confortable pécule qui ne dépendait que de moi. Après bref séjour à Montluçon, j'irais vers le fleuve Rhône qui me ferait descendre vers la mer Méditerranée. Comme le poète Pétrarque, je cheminais « seul et pensif » à travers « les champs les plus déserts », « arpentant à pas tardifs et lents », mon palefroi à côté, il est vrai avec d'autres voyageurs silencieux.

Le château du duc de Bourbon, qui avait fortifié sa ville et restauré l'église Notre-Dame, dominait les remparts entourant le piton rocheux. J'entrai par la porte nord et cherchai bonne auberge. Ayant trouvé mon content non loin du château ducal, étuves, souper, nuit reposèrent le voyageur que j'étais devenu. Puis ce fut Montaigut, Châtel-Guyon, Ambert et Saint-Chamond ! Le voyage se déroula sans accroc malgré les herpailles pillant et rançonnant où se pouvait. Dans ces contrées, la guerre qui nous ravageait au nord de Loire ou en Guyenne était certes moins présente mais bien là cependant. Près d'un siècle après le début d'un conflit perdu d'avance par les Godons, qui en suivait lui-même un autre contre l'ennemi détesté, les séquelles suivaient les batailles sous forme de soldats perdus, de paysans ruinés ou de déloyaux seigneurs ne survivant que par roberie et rapine. Depuis longtemps, à la suite des trêves et traités, il était convenu que les garnissons laissées devaient être vidées de leurs soldats. Ce fut fait. Mais les hommes restaient dans les campagnes alentour cherchant à se procurer du profit plutôt que dépérir. Épiant villes et châteaux, cherchant failles et complicités, une fois la crainte de Dieu écartée après les batailles, ils ne songeaient plus qu'aux pillages, contributions forcées et occasions favorables jusqu'au moment de leur réemploi dès reprise du conflit. Il y avait de tout chez la fripouille ! Des aventuriers modestes se faisant appeler lieutenants comme de vrais capitaines, certains de noblesse, ou simples paysans ayant tout perdu. Un mien compagnon de voyage m'a raconté que non loin d'ici, à Ventadour, un Breton nommé Geoffroy Tête Noire, homme cruel et méchant, s'étant approprié la forteresse, entretenait une troupe de quatre cents hommes d'armes régulièrement payés avec laquelle il rançonnait et tuait impunément qui il voulait. Il détenait en ses murs grandes réserves de toiles de Bruxelles, peaux de qualité et marchandises précieuses dont la vente se faisait par ses hommes avec prélèvement sur leurs gages. Il faisait guerre tant aux Français qu'aux Anglais et la contrée était en paix. Mais ce n'était pas sous la loi du duché ni des prévôtés civiles.

Depuis que notre roi ne formait plus l'ost pour la bataille, exerçant son droit de ban et d'arrière-ban, il devait payer des mercenaires, d'ailleurs plus efficaces que jeunesse mélangée de France à l'équipement inégal et vertus militaires limitées. Les contrats d'endentures établissaient nombre, type de combattant, solde et durée d'engagement, avec possibilité de casser ledit contrat au terme d'un mois. Utiles pendant la guerre car expérimentées, ces compagnies de cent soldats venant de partout, sous les ordres d'un capitaine nommé par le roi, ont donné plus d'efficacité à l'armée du roi lorsqu'il fallait harceler l'Anglais ou le Bourguignon. J'ai été l'un d'eux et te l'ai en partie conté. Par malheur, la ressource militaire ainsi constituée ne fut pas suffisante lorsque prit fin la longue période de trêves, près de quinze années[1], avec les Anglais. Lorsque le péril godon devint imminent lors du débarquement en Normandie du roi Henry le cinquième, Charles le sixième voulut le doublement de ses troupes. Il l'obtint. Il y eut Azincourt. L'essentiel de la noblesse française disparut lors du désastre. Depuis, bien peu de chevaliers français subsistaient dans les effectifs combattants. Le gros en était ces mercenaires devenus

1. De 1389 à 1404.

dangereux lorsqu'ils n'étaient plus payés, et que le roi ne savait contenir. Ceux-là ne craignaient rien, même pas l'excommunication papale, et dispersaient la violence où ils sévissaient.

Par la grâce de Dieu, nous n'avons pas rencontré malaventure. Lorsque nous aperçûmes les cinq collines de Vienne, bordant le fleuve Rhône, ses remparts et vestiges romains, ce fut la lumière. Celle d'une grande prospérité malgré la guerre et les vestiges de la peste. La capitale des Allobroges était un grand port faisant jonction des routes cardinales du commerce, par voie maritime du nord au sud, par route d'est en ouest. Lors de mon arrivée, Vienne dépendait encore du Saint Empire romain germanique. Elle est aujourd'hui, depuis peu, rattachée au royaume de France. À l'époque, c'était monseigneur l'archevêque de la ville qui faisait loi. L'Église était partout avec ses ordres mendiants, ses monastères et sa magnifique cathédrale Saint-Maurice encore inachevée. C'est une construction sur trois vaisseaux sans transept. Tu verrais à la porte nord trois monumentales statues représentant trois Apôtres. À l'intérieur, plusieurs chapiteaux romans, près de soixante, viennent décorer l'ensemble sans dénaturer jamais le style ogival de la construction. Dans le mur de l'abside central on peut contempler la cathèdre en pierre réservés aux prélats. À l'autre bout du temps de dresse, au centre de la cité, le temple romain d'Auguste et de Livie construit en pierres calcaire de la région, aujourd'hui paroisse de Sainte-Marie-la-Vieille.

La ville de Vienne possède deux foires annuelles, l'une le lendemain de l'Ascension, l'autre le jour suivant la Saint-André (30 novembre). Il y a aussi celle du dauphin le 11 novembre et celle de l'archevêque en juin. Le commerce y est donc abondant. Le fleuve lui apporte bois, pierre, poisson de la Saône, toiles, meules de Bourgogne et sel de Camargue revendu ensuite partout grâce à son vaste grenier d'emmagasinage. Elle revend au sud blé, arbres voiliers dont mâts et vergues provenant des futaies du Pilat. Il y a même plusieurs moulins à papier. Les auberges sont nombreuses et accueillantes. La mienne m'a réservé grand confort et bons repas. Trouver bon barbier et chaude étuve fut retardé par la célébration d'un saint local avec fermeture des établissements. Notre sainte Église est si puissante qu'il nous faut fêter une bonne quarantaine de fois l'an des saints patrons qui sont autant de jours chômés. J'ai dû attendre d'être bien récuré pour conter chaude musette à jolie chambrière, vive et brune, amusée par ma rose carnation de Normand.

Il fut ensuite aisé de trouver un batel pour descendre le fleuve. Les eaux étaient hautes profitant encore de la fonte des neiges venant des montagnes, là-bas, à l'est, sur le Saint Empire romain germanique. Le flot était rapide, combien plus que sur la paisible Loire ou la petite Seine. Le batelier me dit que trois jours suffiraient pour atteindre Arles, après avoir déchargé ses marchandises à Beaucaire et s'être arrêté en Avignon. Mon cheval rechigna pour monter sur le pont à l'aide d'une passerelle plutôt étroite mais se calma car il n'était pas seul. Il y avait d'autres voyageurs, marchands aisés et même un notaire dont la profession prospérait en ces temps compliqués trop pleins d'incertitudes.

Habilement manœuvrée, notre embarcation suivit le courant sans encombre. Il y avait foule, même à la remontée combien difficile, avec moult chevaux de halage pour tirer les navires. Je ne pus contempler que de loin le Palais des Papes, le temps d'emport ne laissant pas loisir de quitter le bord. Ayant décidé de descendre à Beaucaire, je quittai mes compains de voyage brièvement rencontrés pour me diriger vers le château de notre belle duchesse Yolande d'Aragon. La forteresse de Tarascon domine le fleuve. Dame Yolande ne s'y trouvait point, mais je fus reçu par le capitaine du château qui fit bon accueil à un officier du roi.

*

Nous nous racontâmes nos vies respectives lors du souper, composé de pâtés de canard, truites du fleuve et chapons rôtis, le tout arrosé de ce vin charnu élevé sur les collines de Vienne. Je demandai nouvelles de Robert Blondel que je n'avais vu depuis mon arrivée à Bourges il y avait six années. Il était en mission pour la duchesse auprès de Jean le Bon de Bourgogne, une fois encore, tentant de détacher le félon de l'envahisseur anglais. Je fis connaissance d'un autre Normand, maître ès arts et mien compain de l'Université de Paris mais un peu plus âgé. Alain Chartier, fils d'un riche bourgeois de Bayeux, était au dauphin depuis son départ précipité de Paris à Bourges. Il venait d'achever un ouvrage appelé le *Quadrilogue invectif.* Le propos était nouveau car il développait l'histoire d'une faillite, celle de la noblesse française mais prenant à rebours les chroniqueurs et leurs discours convenus sur l'indiscipline, l'affadissement des manières, la superbe et recherche de vaine gloire, le goût du luxe et l'excentricité, voire la lâcheté ayant conduit aux défaites. Il condamnait non les individuelles destinées mais la chevalerie comme institution, et cherchait voies et moyens de la rétablir comme elle aurait dû être. Nos propos de table abordèrent ce qui était pour chacun présent la fin d'un monde.

— Depuis les défaites de Crécy et Poitiers contre des Godons moins nombreux et valeureux, la noblesse de France a perdu tout crédit. C'est grand étonnement que nos rois aient continué de faire reposer sur elle la fortune de nos armes.

— Il n'avait alors nul choix véritable, Alain. Seule la convocation du ban et de l'arrière-ban pouvait assurer force de bataille. C'est davantage dans le commandement brouillon, dispersé et jaloux qu'il faut rechercher l'erreur. Mon père était à Azincourt où il dirigeait une compagnie d'archers chargée, sur l'aile droite, de tirer sur les Godons qui faisaient de même. En s'approchant d'eux sous le couvert des bois, son étonnement fut grand de voir nos chevaliers charger massivement, en terrain lourd, alors que les soldats à pied n'avaient pas encore fait leur ouvrage d'enfoncer les premières lignes ennemies. Nous n'étions pas encore prêts, mais la noblesse française, toute caparaçonnée, ivre de victoire, est venue s'empaler sur les piquiers anglais, après avoir bousculé les nôtres, subissant en même temps qu'ils étaient arrêtés les redoutables flèches anglaises. Quelle incurie dans la décision ! D'ailleurs, fut-elle prise ? Et par qui ?

— Ton explication, Jehan, n'est pas suffisante. La guerre a changé de façon. Les Anglais nous l'ont appris et nous faisons fi de l'expérience. Il nous faut des mercenaires dont les armes sont le métier ; il nous faut des capitaines entraînés et solidaires ; il nous faut un commandement unique et avisé qui ne soit pas donné au seul blason des grandes familles ! Quant à notre chevalerie, bien qu'il en reste peu, sa mentalité se doit de changer. Son engagement ne peut plus n'être que personnel. Elle est au service de la chose publique et rien d'autre ! As-tu lu notre grande Christine de Pisan appelant dans son *Livre du corps de policie*, en référence aux anciens Romains, la réforme de notre mentalité. Les chevaliers français, par naturelle similitude avec l'idéal de discipline collective, doivent écarter toute autre conduite que chercher à vaincre les ennemis du bien commun.

— Je crois aussi nécessaire l'écriture d'un droit des armes qui détermine les usages, dans la vie quotidienne, des soldats en temps de paix et de guerre. Peut-être as-tu lu ce livre qui était chez nous à Elbeuf, *Les Demandes*, écrites par Geoffroy de Charny[1] ? Plus d'une centaine de questions à débattre, posées aux autres chevaliers, sur tous sujets techniques et pratiques se posant à eux : existe-t-il un droit des armes et comment s'applique-t-il aux joutes, aux tournois, à la bataille, à l'indiscipline ? Les chevaliers ont grand besoin d'une cadre organisant la vie militaire, adapté aux conflits d'aujourd'hui.

— Il y a un ouvrage plus récent qui approfondit ce que tu évoques ! Connais-tu ce qu'a écrit Honoré Bovet[2], docteur en droit civil et canon de l'université que tu vas rejoindre ? Conseiller de notre roi Charles le sixième, que Dieu le garde auprès de lui,

1. Geoffroy de Charny (début du XIVe siècle), capitaine d'une garnison française normande pour le roi de France Jean II, dit Jean le Bon.
2. Honoré Bovet (1359-1409), auteur en particulier de *L'Arbre des batailles*, écrit en français et en prose.

il condamne les guerres privées hors le respect des ordonnances promulguées par le souverain, détenteur unique de l'autorité. Seuls les soldats du roi, dont grande et totale loyauté à la Couronne est essentielle, peuvent porter les armes. Son livre condamne héroïsme individuel, recherche de vaine gloire, peur du déshonneur au profit d'un seul dévouement : celui au commandement militaire qui est du roi de France. Honoré Bovet va jusqu'à évoquer le droit des populations qui ne combattent pas avec cet étrange projet de réguler la violence guerrière, au moins de la codifier !

— Je le lirai. Car je pense que nous sommes confrontés à deux questions : concilier les fonctions de justice, d'administration et de guerre chez des chevaliers qui doivent changer leur manière de servir l'intérêt du royaume, et, en amont de cette pratique, celle de savoir s'il existe une notion de guerre juste, venue semble-t-il de saint Augustin, avec le bannissement des pratiques comme la cruauté condamnable moralement, car elle porte une double atteinte à l'honneur en entachant le chrétien et le renom du prince, sauf évidemment pour cet Henry V qui méprisait toute autre chose que lui-même.

*

Les vingt-cinq lieues de Tarascon à Marseille n'étaient point sûres. J'avais revêtu sur ma chemise un gippon lacé du col jusqu'en bas, rembourré de coton et de soie. Par-dessus, ma brigandine en lames de fer rivetées sur du cuir me protégeait largement, sauf des flèches et viretons. Mes souliers avec éperons à pointe permettaient, s'il le fallait, d'aiguillonner rapidement mon palefroi, tandis que je gardais à la taille mon épée ainsi qu'une longue dague. Jusqu'à Arles, le chemin fut facile et je trouvai aisément à me loger. Passé la ville, je laissai, loin à main droite, Saint-Gilles-sur-Rhône, sainte étape vers Compostelle. S'étendaient partout de grands marécages obligeant à serpenter entre étangs et maigres cultures d'oliviers. Pas d'habitations, quelques chèvres arrachant de rares plantes entre les cailloux. Aucune âme humaine. Les basses montagnes que l'on distinguait au nord paraissaient hostiles et arides.

Je fis halte dans un hameau bordé par un petit mur d'enceinte. Il était percé d'un porche voûté au portail de bois, ouvert sur une cour fangeuse entourée de petits bâtiments. Le paysan du logis m'accueillit avec une fourche mais se radoucit lorsque je demandai simplement botte de foin dans la bergerie et miche de pain contre clicailles. Le souper ne fut pas celui de Tarascon. La bergerie puait. Je me suis installé à l'étage en planche où était entreposé un peu de paille. Ayant retiré l'échelle pour couper toute surprise, après une longue gorgée de vin tirée de mon outre, je pus m'endormir dans la couverture de laine rouge qui ne me quittait pas depuis Vire. Le vent du nord secouait la cabane.

Marseille, fondée bien avant Rome, a été longtemps la ville des croisés. Elle était aujourd'hui au négoce et peu lui importait la guerre avec les Anglais ou l'essor des Turcs en Méditerranée. Avec une grande population dont le brassage mélangeait toutes les contrées du monde connu, on voyait dans cette antique cité phocéenne toutes vêtures et y entendait tous dialectes. Son port regardait la mer, frémissante de lune sous le vent doux du large lorsque j'y arrivai un soir de mai par la Portegalle. La ville avait connu l'année précédente[1] une absurde mise à sac et grand incendie allumé par l'armée battue d'Alphonse V d'Aragon revenant d'Italie. Ces soudards s'étaient stupidement vengés de leur vainqueur Louis III, comte d'Anjou et de Provence, qui avait dégarni la cité et son port pour soutenir son armée, l'Espagnol et le Français revendiquant tous deux la couronne de Naples. Les Marseillais s'étaient farouchement défendus sans réussir à contenir les bateaux catalans qui, ayant brisé la chaîne qui gardait l'entrée du port, abordèrent la ville par la rive nord du vieux port, dépourvue de remparts et de protection. Les Aragonais sont allés jusqu'à dévaster le couvent des Frères mineurs et rober les reliques de saint Louis d'Anjou.

J'avais trouvé une auberge à l'enseigne de la Mouette, place des Moulins, près de la tour de l'Horloge. Elle avait échappé au feu et présentait bel aspect. La tenancière du lieu, dame Marie, avait perdu son homme durant le pillage. C'est elle qui me conta l'histoire, toute retournée par sa solitude, le départ de nombreux habitants de la ville et le lent retour des marchands venus du Nord. Son accueil fut à rebours de sa tristesse tant sa volubilité et l'agitation de son parpal sous le bliaut pervenche témoignaient d'un intérêt qui n'était pas que commerce. Rares étaient désormais en la ville les chevaliers du septentrion depuis la dernière croisade. Je ressentis également grande envie d'une communication élargie dont j'étais privé depuis de trop longs jours.

---

1. Entre les 20 et 23 novembre 1423.

La grande salle de l'établissement, dotée de trois grandes fenêtres, était vaste et claire, à peine enfumée par une large cheminée où rôtissait la volaille. À ma tablée bien occupée, seul voyageur ne parlant que la langue d'oïl, le flamand de Flandre ou celle de Castille, point de conversation partagée. On y entendait surtout le patois génois, celui du pays d'oc et ces langages d'Arabie tant répandus au sud de la grande Méditerranée. Avec le vin très clair de la région, je n'en avais jamais bu, si rafraîchissant tant il mouillait peu la langue, le bruit des autres montait avec le soir. Dame Marie, à l'aise avec chacun, s'approcha pour prendre commande, ce que firent les nouveaux arrivants. Comme elle s'avançait à me toucher, je risquai une main sous sa cotte, remontant la peau douce du creux de son mollet, puis l'intérieur de ses cuisses. Elle ne s'en offusqua point, bien le rebours. Je sentis, remontant encore, à la croisée des membres, une abondante humidité qui me laissa aussitôt bien tendu, et frustré à son départir. Le souper passa. La nuit également, mais avec dame Marie qui vint se joindre à moi jusqu'à la pique du jour.

Je descendis le lendemain matin vers les remparts, sans but précis, me dirigeant vers la tour Maubert qui fermait la muraille à l'ouest de la ville et me donnait le cap. C'était là qu'à son pied on accrochait la chaîne qui barrait l'entrée du port. Laissant à senestre l'église Saint-Laurent, et essayant d'éviter les ornières, la populace devint plus nombreuse dans un passage qui se resserrait à cause des étals. La ruelle descendant vers la mer, bien puante des déjections humaines et animales, avait subi le ravinement des pluies récentes. Ici à Marseille, les bourgeois jugeaient inutilement onéreux le pavement des rues les plus fréquentées. Arrivant à la muraille, l'odeur des épices submergea la puanteur des détritus. Moult constructions s'adossaient au rempart, en particulier de grands entrepôts aux ouvertures protégées par des grilles. Y étaient posées toutes les marchandises venues et partant vers l'Orient, toujours ouvert au commerce malgré les guerres : cuirs tannés et draps colorés allant vers la Catalogne ou l'Italie, papyrus d'Alexandrie, cannelle, sucre et armes de Damas, ou encore peaux de Cordoue, vins de Palestine, fourrures du Levant et soieries de Perse en partance vers le nord. Un petit tunnel étroit, voûté et barré dans le mur accédait à la mer. Passant de l'ombre à la lumière, le rivage éblouissant, plutôt étroit, était strié de quais en bois permettant le débarquement des navires.

C'était la multitude ! Bateaux en tout genre aux couleurs multiples de leur origine, surtout les verts venus d'Arabie ; négociants de partout, capitaines et marins descendant les marchandises. Il y avait même des Anglais ! Les ventes, discutées en toutes langues et dans le tumulte, commençaient déjà car les premières transactions étaient toujours les plus fructueuses, réalisées çà et là, sur les pontons, au milieu des commis d'écriture qui enregistraient les échanges pour le bon paiement des taxes. Et puis il faut vite recharger et repartir. Devant tel spectacle, je m'apensais au vrai devenir des hommes. N'était-il pas là, ici-bas, sous mes yeux ? Pourquoi guerroyer au profit de princes ne songeant qu'à leur seul profit ! Marseille n'avait-elle pas mieux à faire que d'être enjeu de représailles entre deux ducs étrangers pour des royaumes d'Italie n'ayant cure de leurs prétentions ? Étant seul en mes pensées, j'allai jusqu'à l'impiété qui sentait son hérésie : en songeant à l'universel de Son Être, Notre Seigneur tout-puissant cuidait-Il la présence sur Son tombeau de telle ou telle catégorie de Ses créatures, croyantes ou hérétiques, toutes de même façon à Son image ? Je confesse que toute idée de croisade, conquête ou jihad, quel que soit le nom donné à nos excès, me paraissait infidèle à son enseignement, tant la fureur des hommes ne demandait qu'à s'épanouir dans meurtreries et saccages, mais pour d'autres raisons que celle de Son service. Notre devenir était ici devant moi : ouverture, échange et accord en qui chacun pouvait obtenir sans violence ce qu'il n'avait pas. Mieux, même ! Hors la guerre, l'enrichissement commun ne paraissait pouvoir atteindre satiété, sans jamais interrompre cette prospérité partagée qu'aucun combat ne permettrait d'acquérir. Notre *disputatio* avec Alain Chartier, l'autre soir à Tarascon, prenait un autre relief. Il me fallait y réfléchir plus avant. Quel est le sens supposé de la guerre ? D'ailleurs, y en a-t-il un ?

Que faire des jours à suivre ? J'aimais déjà Marseille, si loin des brumes de notre Normandie. J'y restai quelques semaines, peut-être davantage, préférant la douceur d'un lit partagé comme la claire lumière du soir aux faibles contours des ombres. Mais un matin, l'envie me prit de poursuivre. Tu as peut-être lu Sénèque, Philippe, qui s'émouvait de la perte des heures, par surprise, force, ou par honte de les laisser filer entre nos mains, faisant tout autre chose que ce que l'on devrait ! J'avais quitté la guerre pour continuer d'apprendre. Mon but était au fond tracé depuis longtemps. Je cherchais ainsi une galée suffisamment vaste pour accueillir deux créatures, humaine et chevaline, se dirigeant vers Montpellier en évitant les barbaresques. De la cité phocéenne, nous irions vers Agde pour y être déposés. Après, quinze lieues de route au nord-est vers la grande Université de Provence.

De natura bellorum

Notre navire aurait pu nous laisser plus haut, à Lattes, dans l'avant-port de Montpellier. Mais, pressé, il avait à faire vers Barcelone. Les marécages que j'avais traversés en venant d'Arles se retrouvaient en remontant du petit port d'Agde, peu différents et piégeux, plutôt mornes. J'ai laissé en me retournant une jolie mais austère cathédrale romane, toute de pierre noire, dont le clocher était en construction. Plus loin, entièrement entourée de muraille, la ville posée sur le plat paysage paraissait grand vaisseau mouvant allant sous les nuages.

Ah ! Voilà Montpellier ! Magnifiquement remparée avec ses vingt-cinq tours dominant les défenses, la place paraissait difficile à prendre. Traversant le grand fossé, après le quartier des collèges de droit à l'extérieur de la ville, j'y entrai par la porte sud-ouest et cherchai une auberge au-delà de l'enceinte primitive mais non loin des lieux de l'enseignement. Celle à l'enseigne du Cochon noir me convenait. J'y laissai mon cheval, mon équipement et courus vers les thermes. Situés à l'ombre, dans la haute tour de la Babote, les grands bains de la ville m'offrirent le nécessaire. Passant devant la belle cathédrale Saint-Pierre, je ressentis m'être quelque peu éloigné de l'Église, comme si la lumière du Sud cachait un peu celle du Seigneur tout-puissant.

En la chaleur de cette fin d'été, je me suis inscrit à l'université pour aller jusqu'au doctorat *in utrique,* en droit civil et canon. Il me fallait trouver un maître que je servirais, l'aidant dans ses recherches et leçons, peut-être commenter moi-même, et surtout défendre devant la collectivité des sages docteurs une thèse me valant réception et certificat.

Je fus reçu par Jacques Rotschild, jeune chancelier de l'université qui venait de la ville de Kolberg, au nord de la Pologne, après être passé par l'Université de Paris. Il faut dire qu'ici, peut-être autant que dans l'ancienne capitale du royaume de France, élèves et maîtres venaient de toute l'Europe, en particulier dans l'art de la médecine. La grande et prospère cité languedocienne entretenait en particulier de larges contacts avec la médecine hébraïque, représentée dans de nombreuses communautés juives du Midi, et une ouverture vers la médecine perse et arabe, notamment par l'Espagne. Dans les disciplines du droit, c'était surtout de la principauté de Salerne que venaient professeurs et étudiants. Je fus bien accueilli, même si mes interlocuteurs, sans le formuler jamais, s'étonnaient de voir un doctorant non théologien qui n'était plus si jeune et paraissait plus taillé pour férir qu'étudier. Après avoir trouvé belle chambre chez messire Jehan Del Pin, notaire royal de son état et l'un des consuls de la ville, je suis allé visiter recteurs et docteurs en les trois « corpus » majeurs enseignés. C'était coutume de le faire. Ceux-là, élus par les élèves, changeaient tous les ans pour souvent revenir. Ceux-ci, futurs collègues, partageaient le même sentiment d'importance qu'à Paris avec ici une inversion de la hiérarchie morale entre les disciplines : les « médecins » l'emportaient sur les juristes et même les théologiens. Certains se faisaient appeler « Votre Magnificence » !

Messire Pierre de Concas, chancelier de l'université de droit, accepta de me parrainer. Ayant étudié à Bologne, il comprenait le droit romain avec un sens de la jurisprudence que connaissaient moins nos facultés du Nord. Il me savait aisé. Il fut donc ravi de m'accueillir et m'interrogea sur le travail que je comptais développer pour décrocher le bonnet et porter la robe doctorale. Il fut quelque peu étonné de mon choix, estimant la *natura bellorum* se rapprocher par trop de la théologie, sauf à considérer tel sujet sous un angle bien centré : droit des belligérants, vainqueurs et vaincus, en particulier avec meilleure référence aux Grecs plutôt qu'aux Pères de l'Église. C'était bien le sens de mon propos, mais sans oublier les idées de paix et de guerre en partant de notre saint Thomas. Après accord obtenu sur le sujet, vint celui sur ses honoraires tant directs qu'en partage sur ceux que je pourrais percevoir moi-même lorsqu'il adviendrait, en son nom, que je dirige les leçons qu'il me confierait.

Le chancelier était un homme encore jeune, bien mis, plutôt austère. Sa belle maison, sise en dehors de l'enceinte de la ville, non loin des collèges de droit, sentait son aisance bourgeoise mais sans ostentation, dirigée par une épouse, dame Marguerite, aussi efficace qu'accorte. Leur fille Anaïs était ravissante, Montpellier lumineuse, mon installation agréablement posée avec, enfin, un autre calendrier que celui du combat. Je vendis mon cheval dont je n'avais plus usage.

Le chancelier de médecine, maître Balma, était un personnage. Sa famille était de Catalogne, juive et convertie. Il avait fait ses études, jusqu'à la maîtrise ès arts, en l'Université de Salamanque. Son maître en tout était le médecin et philosophe perse appelé chez nous Avicenne[1]. Pourquoi donc venir à Montpellier ? Il voulait apprendre les sciences médicales dans la meilleure université du Nord, les enrichir avec ses connaissances venues d'Orient, puis les enseigner aux Barbares que nous étions par-delà les Pyrénées. Il était petit, rond et chauve, transfiguré par grande vivacité de son regard et causticité du langage.

*

Bien qu'inscrit en droit, j'étais curieux d'écouter la leçon de rentrée d'un pareil professeur. Son ton était tout de liberté et le fondement de son propos sentait l'hérésie :

— Notre sainte Église nous dit la maladie envoyée par Dieu en punition de nos péchés, les soins médicaux étant d'essence secondaire.

Son introduction s'appesantit ensuite, en se moquant, sur les noms des saints posés sur les maux de l'humaine condition :

— Voyez donc : saint Leu pour l'épilepsie ; saint Aquaire pour la folie ; saint Flour, c'est la surdité et saint Matthieu les ulcères, tandis que saint Fiacre s'occupe des hémorroïdes, sans oublier saint Lazare pour la lèpre.

1. Avicenne (Ebn-e-Siña), 980-1037, surnommé le « prince des savants ».

Son ironie à peine dissimulée visait aussi l'attitude trop fréquente des prêtres, d'ailleurs peu présents en ces lieux de détresse, considérant qu'il fallait souffrir pour que Dieu pardonne, et poussant même l'aveu des fautes jusque sur le bûcher des condamnés. Sans creuser plus avant une critique peu contournée, il rappela aussi l'attitude éclairée du pape Boniface VIII qui permit dès l'an 1300 l'usage de la dissection aux médecins de Rome. Le propos ainsi introduit, affirmant bien haut que l'hôpital a mieux à offrir qu'aide spirituelle et accompagnement des souffrances, le chancelier Balma commanda de laisser syllogismes, prémisses, grands et moyens termes à la manière d'Aristote dans l'*Organon,* pour descendre pleinement dans observation et description des symptômes, communs ou différents à chaque maladie, comme leur évolution. La leçon du professeur était également marquée par l'enseignement de Guy de Chauliac, vrai créateur de la chirurgie, plus soucieux d'observation que de dogme, lorsqu'il déclarait incontinent dans sa *Chirurgia magna* : « Tout opérateur doit avoir une connaissance approfondie de l'anatomie en s'instruisant par la dissection de cadavres humains. » Ayant rejoint Notre Seigneur il y a déjà cinquante ans (1368), sa méthode restait fondamentale dans l'enseignement à l'université de médecine en la bonne ville de Montpellier. Maître Balma estimait pareillement la science des plantes médicinales et même la pharmacopée, un peu méprisées par le *corpus* médical. Il s'entendait à merveille avec maître Sanche, apothicaire de son état, qui lui aussi avait étudié à Salamanque.

— Bien sûr, il y eut le Grec Hippocrate, notre précurseur, qui vécut il y a longtemps, au ve siècle avant

Jésus-Christ ! Certes, vint un autre Grec, Galien, qui, sept cents ans plus tard, nous fit pleinement comprendre le savoir de son immense prédécesseur en ajoutant le véritable approfondissement qu'est la vivisection publique sur des animaux ! Il fit œuvre importante incluant d'autres domaines de la pensée comme la logique, l'éthique, la littérature. Son apport fut notamment sa théorie des tempéraments, insistant sur l'équilibre qui se doit atteindre entre quatre qualités fondamentales que sont le chaud, le froid, le sec et l'humide. Ce furent également ses connaissances de l'anatomie qui influencèrent notre profession, jusqu'en Orient, grâce auquel nous eûmes une meilleure traduction de ses œuvres. Imagine-toi, Jehan, que nous lui devons l'essentiel de ce que nous savons sur les os, la boîte crânienne, les muscles, les tendons et le système nerveux. Sans parler de l'art de guérir avec la physiologie, l'hygiène, la consommation juste des aliments, l'étude des douleurs et leurs causes, le bon choix des simples ! Il n'eut pas de véritable successeur mais des commentateurs, sauf peut-être Alexandre de Tralles[1] qui fut un grand chirurgien ! Jusqu'à…

— Qui donc, maître ?

— Avicenne, le Perse ! Il eut pour maître El-Massihi, chrétien jacobite ayant étudié à Bagdad, qui passa grande partie de sa courte existence en Perse au service des princes du Khorazan[2] et du Khwarezm[3]. Considéré comme un *dhimmi*, c'est-à-dire sujet non musulman d'un État musulman lui imposant un pacte

1. Médecin grec du VIe siècle après J.-C., frère d'Anthémios, auteur des plans de la cathédrale Sainte-Sophie de Constantinople.
2. Afghanistan aujourd'hui.
3. Ouzbékistan.

de protection discriminatoire[1], il put écrire un manuel de médecine, *Le Livre des cent questions en médecine*, réputé à travers la Perse entière. Mais il fut accusé d'hérésie. En fuite, d'ailleurs avec Avicenne mêmement poursuivi, il disparut dans une tempête de sable...

— J'ai remembrance d'une phrase entendue pendant mon *quadrivium* venant d'Hippocrate : « La vie est courte, l'art est long, l'opportunité fugace, l'expérimentation dangereuse et le jugement ardu ! » Que dire mieux que les Grecs d'autrefois ?

— Ces grands maîtres avaient en commun une méthode pour l'art de la médecine : observation, réflexion, déduction ! C'était bien loin de s'en remettre incontinent à l'intervention du Seigneur, même si Lui seul décide quand et comme il Lui convient de nous rappeler à Son jugement. Avicenne écrivit une œuvre médicale impressionnante dont malheureusement il reste assez peu aujourd'hui, tout au moins dans les traductions faites de l'arabe en latin. Je veux citer seulement son immense *Kanôn*, avec ses cinq livres sur le corps humain, l'utilisation des simples, les pathologies des organes, les fièvres et leur traitement, enfin ce que nous appelons la pharmacologie.

— La pharmacologie ? Qu'est-ce donc ?

— C'est introduire des préparations chimiques dans les remèdes de pharmacie, comme remplacer le miel par le sucre dans la fabrication des sirops, ou la fermentation de l'alcool par la distillation de matières féculentes ou sucrées. De telles méthodes sont riches de promesse car elles peuvent accroître les effets des simples tout en évitant, s'il est possible, la rareté de

1. En particulier le port d'un signe distinctif et le paiement d'un impôt spécial.

certains composés. Notre Avicenne savait tout des plantes médicinales, tant sur leurs effets purgatifs avec la rhubarbe, le séné ou les myrobolans, que les stimulants comme le camphre, la galanga et la muscade, sans parler de ceux qui agissent sur notre système nerveux tels l'aconit, le chanvre ou l'ambre utilisé pour les tics facials. J'en oublie moult. Tiens, oui ! Cela me revient, la coloquinte comme diurétique ou les concrétions de bambou contre la dysenterie. Ils se sont ajoutés, béni soit Avicenne, à nos propres recherches ici, en Occident. Son étude des corps était également fabuleuse. Sais-tu qu'en analysant la tête d'un cadavre encore garnie de ses globes oculaires, il déduisit, contrairement aux Anciens, que l'organe de la vision était non dans le cristallin mais dans la rétine et les centres optiques. Il était parvenu à préciser exactement les mouvements de constriction et de relâchement de l'iris. Mais je me laisse entraîner. Avicenne fut un don de Dieu pour tous les médecins du monde.

— Dieu, oui, ce Dieu unique qui laisse faire tant de choses, immondes et belles. J'ai un peu lu autrefois à Burgos le Livre saint des Perses et des Arabes. Il me revient un verset, le verset 136 de la troisième sourate : « Dites : Nous croyons en Dieu, à ce qui nous a été révélé, à ce qui a été révélé à Abraham, à Ismaël, à Isaac, à Jacob et aux tribus ; à ce qui a été donné à Moïse et à Jésus ; à ce qui a été donné aux prophètes de la part de leur Seigneur. Nous n'avons de préférence pour aucun d'entre eux ; nous sommes soumis à Dieu. » Pourtant nous nous combattons entre chrétiens, l'Islam est divisé, nous pourchassons les juifs et la religion du croissant poursuit le rêve insensé de la conquête du monde !

— C'est maintenant toi, Jehan, qui nous emmène trop loin. Sais-tu qu'Avicenne fut aussi un grand philosophe, s'il est possible d'employer ce mot sans blasphème ? Mais je ne me sens compétent en cette discipline. Je la laisse à plus ratiocineur.

*

J'appréciais maître Balma, qui mettait pouvoir de la raison au-dessus des passions, incompréhensions et colères. Messire Jehan Del Pin, l'un des six consuls majeurs de la ville, étaient de ceux qui cherchaient voies et moyens de redonner à la cité de Montpellier la prospérité qu'elle avait autrefois, avant le passage de la grande peste. Elle était alors l'une des plus peuplées du royaume avec près de quarante mille habitants, riche de sa draperie écarlate vendue partout en Europe, jusqu'en Orient, et grandement connue pour ses produits locaux (sauge, réglisse, herbes aromatiques, miel, abricots, melons et grenades), avec en particulier son vin très apprécié, même chez les Godons.

Avec le début du siècle précédent vinrent des calamités que seul le Dieu méchant de l'Ancien Testament a pu vouloir provoquer pour d'inconnaissables raisons : désordres climatiques après trois siècles de douceur sereine, et bateaux infestés venant d'Orient. La pluie, les inondations, le froid cassant de l'hiver, l'écrasante chaleur estivale amenèrent de mauvaises récoltes souvent répétées. Puis vint la peste noire, grande faucheuse de près de vingt mille habitants. Sans compter les désordres de la guerre avec l'Angleterre ! Certes, Montpellier ne fut jamais le théâtre de grandes batailles, mais chevauchaient, comme ailleurs dans le royaume, les soldats perdus, pillant, violant et écorchant la pauvre population. Lorsque notre roi Philippe VI rattacha la ville au royaume de France en acquérant la belle province du Dauphiné, celle-ci perdit ses pouvoirs autonomes au profit des officiers royaux. Les contributions de guerre devinrent écrasantes. La cité se révolta. Elle fut écrasée par les troupes du duc d'Anjou. Depuis lors, à pas lentement comptés, Montpellier cherchait à retrouver sa richesse perdue et, ce qui allait peut-être de pair, les pouvoirs d'autonomie dont elle jouissait cent cinquante ans auparavant. Jehan Del Pin combattait pour mettre en place une Cour des aides en la ville. C'étaient des cours souveraines remarquables chargées de juger en appel les décisions des juridictions d'exception spécialisées dans les affaires fiscales (juges des traites, greniers à sel, bureaux des finances ainsi que les privilèges fiscaux de la noblesse). Elles avaient aussi compétence sur les crimes et délits en violation des lois fiscales et financières qu'elles avaient également à vérifier et donc critiquer par droit de remontrance. Elles participaient enfin à la répartition de la taille. En séparant ainsi les fonctions juridictionnelles de celles d'administration des ressources prélevées pour la guerre, la présence d'une pareille instance introduisait une séparation des rôles que la justice du roi avait tendance à confondre. Plutôt que de dépendre de celle de Paris, qui n'était d'ailleurs plus « en France », messire Del Pin et ses collègues défendaient la déconcentration à Montpellier de ladite juridiction. Il me savait, outre mon statut de maître ès décrets, assez proche de notre bon roi Charles le septième du nom dont j'étais toujours l'un des officiers. Il comptait sur mon concours pour en rédiger et défendre les statuts, sachant d'ailleurs que notre sire s'apprêtait à créer telle juridiction en la ville de Poitiers. Je ne pouvais refuser pareille demande.

Je commençai l'année scolaire avec une bonne charge de travail d'autant que maître de Concas savait me faire porter bonne part de la sienne. Je n'étais point le seul doctorant de la faculté de droit, mais différent par mon âge, ma stature passablement guerrière d'ancien chevalier et mes origines, jalousées, moquées, mais prisées, de l'Université de Paris. Aussi en profitait-il ! Et les journées de cours commençaient de bonne heure, après messe, qui devaient être préparées. Où était le temps calme des premières années dans le Quartier latin de Paris ?

Je m'installais ainsi dans une nouvelle existence avec ses cadences, son fil organisé, bien peu de ruptures. Je disposais d'une grande chambre chez messire Jehan Del Pin, au-dessus de l'écurie, avec entrée séparée qui me laissait indépendant du reste de la maisonnée. L'université était mon principal lieu de vie. J'y travaillais mes *leçons* et profitais de sa belle bibliothèque, mais avais peu de temps pour commencer ma thèse. Il fallait aussi attendre le soir pour aller voir la mer, si fascinante, au port de Lattes ou la fin de semaine pour profiter des beautés et avantages de la cité. Sans regretter jamais mon existence d'antan, ses chevauchées, combats et sang répandu, je savais m'ennuyer déjà. Une année passa.

*

Avant d'aborder nos Pères de l'Église, dont saint Augustin qui fut l'un des premiers à examiner le sujet de la « guerre juste », je décidai de parcourir, quelque peu, et en désordre, le temps de la pensée. La première étape fut, par hasard, la lecture de saint Bernard de Clairvaux. Oh ! Chez lui, point de scrupule à guerroyer pour protéger les Lieux saints par les armes, et pas d'avantage d'intérêt à rechercher l'apport de l'humaine raison à la connaissance du Seigneur tout-puissant ! Celle-ci n'était que nuisance, celle-là nécessité pour que triomphât par tous moyens la mémoire révélée et conservée du tombeau du Christ. Dans l'un de ses sermons sur les chevaliers du Temple, il déclarait sans hésitation : « Ils ne craignent ni de pécher en tuant des ennemis, ni de se trouver en danger d'être tués eux-mêmes. C'est pour le Christ en effet qu'ils donnent la mort ou qu'ils la reçoivent ; ils ne commettent ainsi aucun crime et méritent une gloire surabondante. S'ils tuent, c'est pour le Christ ; s'ils meurent, le Christ est en eux… S'ils tuent un malfaisant, ils ne commettent pas un homicide mais un malicide ; ils sont les vengeurs du Christ. » Ainsi soit-il, pareillement au jihad de l'islam ! Il est vrai que saint Bernard ne développait aucun compromis. Il écrivait quelque part, sur l'éternelle question des liens entre foi et raison : « Que m'importe la philosophie ? J'ai pour maître les Apôtres, et ils ne m'ont pas appris à lire Platon ni à démêler les subtilités d'Aristote… Ils m'ont appris à vivre, et ce n'est pas là, croyez-moi, petite science ! » La vérité est que saint Bernard, sans récuser l'apport du savoir humain, ne le juge important que s'il est ordonné à la vie religieuse. Laissons là ce moine sublime mais intransigeant !

Notre époque, bien troublée par la guerre, est aussi en esprit bien désorientée. La sainte Église n'a pas rechigné à faire guerroyer ses fidèles en levant et finançant moult croisades. C'était, au commencement, non pour conquérir mais pour mener pèlerinage en Terre sainte afin de protéger nos pèlerins venus prier sur le Saint-Sépulcre. Ces expéditions en armes ont ensuite été détournées au profit du commerce. Elles ont ouvert à l'Occident chrétien routes et réseaux d'échanges jusque-là monopolisés par les Orientaux ! La chevalerie y a joué grand rôle et commit également nombre de massacres et d'exactions qui lui ont été bien rendues. Qu'y avait-il de juste dans ces expéditions coûteuses ? Saint Bernard avait-il raison d'y exhorter ? Était-ce une guerre juste que de les faire ? Notre très saint roi Louis le neuvième s'y est lui-même perdu ; nos chevaliers d'Occident n'ont pas été exemplaires ; les marchands se sont enrichis ; Venise est devenue le premier port de Méditerranée. Comme souvent dans nos humaines affaires, l'argent a conditionné puis perverti l'intention !

Puis, un soir, j'ai découvert sur ce sujet saint Thomas. Plus près de nous que saint Bernard et, pour moi, combien plus profond ! Il s'essaya à faire synthèse sur un domaine paraissant porter en lui sa propre contradiction. En évoquant d'abord la paix, il s'interroge : qu'est-elle ? Saint Thomas en fait un acte de vertu, la plus grande d'entre elles, celle de charité. Celle-ci n'est pas seulement absence de lutte extérieure, ni simplement entente entre deux volontés étrangères, mais plus encore sorte d'accord absolu de tous les mouvements affectifs qui peuvent exister entre les divers êtres, ou dans un seul et même. D'une part, au sein de chaque conscience, la paix, pour être parfaite, demande que, dans les émeuvements qui sont en nous, aucun ne soit contraire à l'autre. D'autre part, l'acquisition de cette paix intérieure ne suffit pas à la paix véritable.

Il faut aussi que celle présente en chacun soit assurée avec celles du dehors et que le même ordre règne entre ceux qui traiteront avec lui. La paix véritable implique donc le double mouvement de soi et des autres, mais aussi la triple ascension qui va de ces sentiments à l'amour de Dieu. C'est ainsi que nos mouvements affectifs d'ordre sensible doivent être subordonnés à ceux d'ordre rationnel, et que, dans celui-ci, les mouvements de notre nature soient subordonnés aux chemins de la grâce. D'un mot, à l'amour de Dieu qui nous guide !

Je conçois, mon frère Philippe, que cela soit difficile à comprendre. Mon projet n'est pas d'argumenter avec saint Thomas mais de suivre simplement le chemin que nos pères ont construit pour approcher l'étrange acception de la juste guerre ! Je m'apensais au début de ma recherche que seule notre sainte Église s'était penchée si avant sur pareil sujet, y chercher justification, et que saint Augustin, dont je parlais auparavant, fut le premier à fonder l'apparente contradiction. Tu verras qu'il en a été autrement et que le drame le plus grave de notre humaine condition vient de beaucoup plus loin. La guerre est dans notre nature profonde et nous ne faisons qu'essayer de la contenir par la morale, la religion et la raison. Mais laisse-moi revenir à saint Thomas !

Cette paix complète est-elle possible en notre royaume terrestre ? Non ! Ce qu'il appelle la paix essentielle, assurant la suprématie habituelle de l'amour surnaturel de Dieu par rapport à tout autre amour, reste possible. Mais, dans le détail de nos désordres affectifs, la subordination absolue à l'amour de Dieu est hors d'atteinte. Il nous faudra toujours subir, comme restes insolubles, révoltes ou insubordinations, même légers, de nos sentiments intérieurs. Chez l'homme ordinaire, l'ordre de la grâce est sacrifié à celui de la nature, et la raison elle-même succombe sous l'effort des passions. La paix parfaite est donc chimérique. Une paix précaire peut exister, mais peu longtemps. Il est cependant un remède qui est de recourir à l'autorité chargée de résoudre les conflits. Tu le vois, Philippe, c'est là l'ouverture que donne la théologie au droit canon. Saint Thomas lui-même permet la transition entre le niveau du divin et l'ordre des hommes dans la manière dont ils s'organisent pour vivre en commun ! Cette autorité est chargée de contenir les conflits internes. Mais elle peut elle-même défaillir à maintenir la paix à l'intérieur du royaume. C'est vrai plus encore entre les royaumes où toute construction d'une paix consentie et stable ne peut résulter que d'une autorité unique en charge d'arbitrer les conflits entre les princes. Saint Thomas affirme ici que cette *auctoritas* n'existera pas chez les hommes avec la rigueur morale évoquée auparavant. Alors que faire ? Car la guerre est chose inéluctable tant qu'il y aura différences entre hommes et populations. Elle peut même être nécessaire sous peine d'abandon ou de déchéance morale plus grands encore que destruction matérielle et humaine. C'est dans ce grand tumulte que notre saint patron introduit l'idée de guerre juste.

La guerre est le pire du mal en ce qu'elle peut entraîner la destruction, non seulement d'une seule vie, mais d'innombrables, y compris pour le vainqueur, jusqu'à la possible disparition de l'organisation collective qui permettait aux hommes de vivre ensemble. Pour saint Thomas, cet être collectif, qui rassemble la communauté des individus, vaut davantage que la simple somme des personnes qui le composent. Ainsi, la survie de ce qu'il appelle l'État, ou sa permanence dans l'être et la vie de ceux qu'il abrite, empêche le meurtre d'un grand nombre et des maux innombrables, soit spirituels, soit temporels. Mais la guerre, qui, nécessairement, entraîne avec elle de telles choses mauvaises, et qui, parfois, amène jusqu'à la disparition de l'État, peut-elle jamais être chose bonne ou qui puisse être directement voulue ?

*

L'aube allait poindre. Je n'avais guère dormi mais savais ce qui constituerait le départ de ma thèse. Messire Del Pin m'attendait après messe pour commenter le projet de statut de la Cour des aides que j'avais rédigé pour lui. Le jour y passa en présence des autres membres du collège consulaire. Ils me demandèrent quelles étaient leurs chances d'aboutir, et moi de leur répondre qu'il paraissait raisonnable d'attendre que notre bon roi Charles le septième se consolidât dans son royaume avant d'espérer telle constitution. Le chantier n'était pas pour autant fini. Je dus également aider à mettre à jour la grande charte des libertés communales qui avait été accordée à la ville en l'an 1204 par le roi d'Aragon depuis peu seigneur de la cité. Le temps n'était venu pour une telle affaire, mais les édiles souhaitaient être prêts à saisir l'opportunité lorsqu'elle se présenterait. Avant d'aller souper à l'auberge du Cochon noir, j'éprouvai un grand besoin de détente et propreté. Les grandes étuves sises contre la tour de la Babote offraient le nécessaire. Je choisis un bain en salle particulière donné par deux accortes garcelettes qui rasèrent, lavèrent et aspirèrent de ma peau tout ce que pouvait et à souhait !

Je ne t'ai pas encore parlé, Philippe, de mes congénères à l'université, doctorants comme moi ou élèves candidats à licence et maîtrise. Ils ressemblaient à ceux de Paris, divisés pareillement entre fils de bourgeoisie étudiant pour faire plaisir à leurs pères, d'autres, moins fortunés, là par nécessité de trouver emploi bien rémunéré auprès de la noblesse ou quelconque prélat, enfin quelques clercs, moins nombreux, désireux de carrière dans la sainte Église. Beaucoup de chahut, surtout la nuit, et peu d'étude. Le vin coulait largement dans nos gosiers bavards, et Joachim Beaufils, le trésorier de notre université, s'affairait efficacement à les remplir par large utilisation de nos cotisations. Cette commune gaieté venait de notre irresponsabilité. Pas encore d'enjeu, ni de vraie rivalité ! Le temps comptait encore bien peu, et notre existence s'écoulait ignorée dans la lumière et douceur de ces jours qui ne laissaient en nos cœurs aucune limite ni échéance. Tout au moins pour d'autres que ton frère, Philippe ! J'avais déjà par trop fait la guerre pour ne point connaître la finitude de chacun, surtout douloureuse et brutale. D'ailleurs je ne me suis jamais mêlé aux quelques rixes se produisant dans notre confrérie ou à l'auberge, chacun refusant d'ailleurs de se battre avec un chevalier qui en avait vu d'autres.

Je reprenais quand le pouvais ma recherche et n'en avais pas fini avec saint Thomas. Où en étais-je ? Notre Père de l'Église considère que la guerre peut être moins injuste lorsqu'elle a pour objet la survie d'un État dont l'essence est d'assurer la protection du plus grand nombre de biens et personnes. Il en résulte que tout conflit privé est par nature injuste et que, entre États, l'acte de guerre n'est concevable qu'après avoir épuisé toutes formes de discussions et négociations, cela de bonne foi et sans intensions secrètes. Il y faut donc l'existence d'une cause juste. Comment peut-on la définir ? Ceux contre qui l'on engage la lutte le méritent en raison d'une certaine faute. De quelle faute s'agit-il ? Si un pays ou une cité ont négligé de venger ce qui a été fait d'inique par quelques-uns des leurs ou de rendre ce qui a été enlevé injustement, ou s'ils élevaient sur quelque point essentiel des prétentions injustes, alors existe une faute contre la justice, imputable à l'État dont il s'agit, et qu'il refuse soit de reconnaître, soit de réparer. Il suit de cela que toute guerre de conquête, d'expansion ou de prosélytisme est répréhensible, sauf si elle est engagée en raison d'une faute contre le droit qui la cause.

À ce point de raisonnement, le saint docteur pousse sa logique jusqu'à justifier le conflit, et même le rendre nécessaire, dès lors qu'une juste cause est démontrée : atteinte à l'honneur de l'État, mise en danger de ses biens ou ses personnes. Si dans pareils cas l'État concerné ne faisait pas la guerre, il commettrait à son tour une lourde faute, car destruction ou asservissement qui en résulteraient pour lui seraient plus grands encore que les maux qu'il aurait causés en engageant la juste guerre de sa défense. Cette part de la lecture doctrinale me paraissait solide et clairement identifiée : toute guerre défensive est juste car à même d'écarter des maux plus grands encore. Elle me rappelle, Philippe, la lecture de Thucydide que je viens de découvrir ici à Rome traduite en latin. Il y a dans sa *Guerre du Péloponnèse* une phrase disant des

Grecs que, « pour éviter la guerre, ils se ruèrent à la servitude et ils eurent et la servitude et la guerre ». C'était bien le fond de ma thèse : la notion de guerre juste visitée par les penseurs chrétiens venait en réalité de plus loin. Mais je reviendrai là-dessus !

Je découvrais cependant, reprenant lecture dudit saint Thomas, qu'icelui renversait la proposition car toute guerre entamée contre un État par un autre n'est point nécessairement injuste par elle-même et peut être justifiée. Mais si la guerre est juste du côté de l'État qui attaque, il ne se pourra pas qu'elle soit, en même temps, juste du côté de celui qui est attaqué. Les contraires, en effet, depuis Aristote, ne sauraient coexister simultanément dans un même sujet. Cette intervention ne peut pas en même temps être juste et injuste. Elle le serait si celui qui combat avec justice parce qu'il attaque était combattu en exacte équivalence de justice pour le même motif. Mais dans l'ordre humain qui est dégradation, si une intervention à main armée est juste, l'intervention à main armée qui lui répond ne le sera pas. Peut-on dire dans ce cas qu'il puisse exister en le monde deux droits distincts et qui ne s'opposent pas l'un à l'autre ? Celui qui attaque, en effet, venge l'injure qui lui a été faite et qu'on n'a pas voulu réparer, tandis que celui qui se défend cherche à conserver son être même car il a devoir de se défendre. Saint Thomas nous confirme que deux mêmes logiques contraires ne peuvent être égales et que la seule raison d'être ennemis ne cause pas forcément la juste guerre.

Il n'est pas vrai que tout être physique ou moral garde toujours le droit de se défendre quand il est menacé ou agressé dans son être et dans sa vie. En effet, si le sujet a mérité, par sa faute, un châtiment, il est tenu en justice de subir ce châtiment quand il lui est infligé selon les règles du droit. Y résister constitue de sa part un acte injuste. Saint Thomas est formel sur ce point. Même s'il s'agit d'une condamnation à mort, quand la condamnation est juste, il n'est point permis au condamné de se défendre. Le juge a le droit de le frapper, d'où il suit que, de son côté, quand il résiste, il commet le péché de commencer une guerre injuste.

Il en va des États comme des individus et il n'est qu'une hypothèse où sa guerre pourrait redevenir une guerre juste. Ce serait si son ennemi voulait, dans sa juste répression, dépasser les limites de la faute commise, et profiter de celle-ci pour l'affaiblir ou l'accabler injustement. Mais, dans ce cas, la guerre offensive, qui était juste dans son premier motif, est rendue injuste par le motif nouveau qui s'y ajoute, en sorte qu'à partir de là les rôles sont intervertis : c'est la guerre offensive qui devient injuste et la guerre défensive qui devient juste.

C'est donc toujours et uniquement la raison d'injustice ou de faute commise qui peut rendre juste, à l'endroit d'un autre État, l'intervention à main armée. Si cette raison de faute n'existe pas, rien ne peut légitimer une guerre, non pas même le motif de se défendre. Saint Thomas va ensuite plus loin et ouvre ce qui était et reste pour moi cause de vertige. Car il remarque qu'il peut exister des fautes commises par un État qui soient si grandes qu'aucune répression à main armée, aussi radicale soit-elle dans son but et sa conséquence, jusqu'à la transformation de l'État coupable, ne pourra jamais être considérée comme injuste ou comme disproportionnée avec la faute commise ! Démêler l'enchaînement des causes, mesurer le bon degré des fautes perpétrées par des adversaires de bonne foi, préparer l'intervention armée avec des moyens raisonnables pour faire une guerre sage constituait un immense défi, impossible sans référence commune à un droit moral supérieur reconnu par chacun. Sans oublier la possibilité de conduire une juste guerre pour défendre d'autres États ! Car un État, dans la mesure où vivent chez lui les sentiments ou les traditions de générosité et de noblesse, doit également être prêt à accepter les maux de la guerre pour soutenir et défendre le droit d'autres nations, surtout s'il s'agit de nations plus faibles, injustement traitées par des États sans scrupule qui abuseraient contre elles de leur puissance.

Je m'apensais, à cette lecture, combien difficile et étroite était la voie de la théologie. Elle n'était heureusement pas mon projet. Je mesurais aussi la sublime sagesse de notre Père de l'Église dans sa manière de réduire le combat à un acte de violence contenue destiné à ramener l'adversaire à raison et justice, et ne se donner soi-même aucun tort aux yeux de la saine raison. En cette morale supérieure, qui nous guide et à laquelle nous conduit bonne présence du clergé parmi les hommes, il ne faut point oublier considération de l'honnêteté dans les procédés de guerre ! Car il est permis d'user de bonnes embûches pour tromper l'ennemi, mais à condition que pareilles feintes ne soient que dissimulation de nos desseins de bataille et non pas mensonges disant l'inverse de ce qu'il est convenu qu'ils doivent signifier.

Seules les exigences morales permettent le bon droit, même l'obligation, d'en appeler au Seigneur tout-puissant pour soutenir et secourir les justes combattants comme accueillir les trépassés ! Autant bien distinguer dans le noir du monde entre le gris et le gris ! Saint Thomas, par son universalité morale, me paraissait loin des hommes. Bien heureusement, notre saint docteur introduit un réducteur dans nos incertitudes ! La guerre, même juste, et sage, et honnête, et sainte, ne saurait être une fin en elle-même. Elle n'est jamais qu'un moyen, moyen parfois nécessaire, bien que toujours déplorable en raison des terribles maux qu'il entraîne, mais destiné à une fin autre que lui-même, une fin pour laquelle seule il a droit d'être pris. Cette fin, c'est la paix ! Saint Thomas, dans sa compréhension de la paix, dit une admirable parole déclarant que même ceux qui font la guerre ne la font qu'en vue de la paix et pour la paix. Si, en effet, ils rompent la paix qu'ils avaient jusque-là et font la guerre, c'est parce qu'ils estiment que leur première paix n'était point bonne. Ils la tenaient pour trop peu fructueuse, ou trop peu sûre, ou parfois aussi trop onéreuse. Peu rassuré sur la somme hors d'atteinte des moyens constituant une guerre juste, la finalité de l'acte semblait plus assurée. Mais, à y regarder de plus près, il apparaissait rapidement que les deux situations, trop souvent répétées, ne se comprenaient qu'en miroir l'une de l'autre et se renvoyaient les mêmes difficultés.

Alors que je m'en entretenais avec mon maître Pierre de Concas, celui-ci me fit réfléchir sur ce qui était, non la toute-puissance, mais l'importance de l'humaine raison dans la guerre juste. J'étais ainsi conforté, partant de notre saint Père de l'Église, à remonter la chaîne du temps vers nos philosophes de l'Antiquité. Ne connaissant pas encore la révélation divine, et craignant leurs dieux épars qui se riaient des humains, ils n'ont eu pour seul moyen de connaître l'univers que le secours fragile mais puissant de la raison.

*

J'avais aussi une autre tâche. Le droit romain, autrefois d'application large dans l'empire, n'étant plus enseigné, j'ai dû plonger dans les droits coutumiers qui avaient fleuri dans notre royaume. Outre mariage et famille qui étaient régis par le droit canon, restait le champ immense des règles entre particuliers, leurs rapports, évolutions et litiges. Si j'ai rapidement absorbé le foisonnement local, multiple et changeant de la discipline, quel sujet devrais-je aborder pour soutenir thèse acceptable ? Mon digne maître Pierre m'orienta vers un domaine touchant la chose publique. Il savait que j'aidais les consuls sur la possible création d'une Cour des aides en la cité. Mais les édiles de Montpellier pensaient aussi, sans beaucoup d'illusion, à mettre en place, si notre roi l'autorisait, un parlement voisin de celui qui survivait à Toulouse. Charles le septième avait créé telle institution en 1420 dans la « ville rose ». Tu sais, Philippe, qu'il sera supprimé quelques années plus tard avant d'être définitivement réinstallé il y a peu[1]. Cette cour de justice, jugeant en appel au nom du roi des affaires civiles, criminelles et ecclésiastiques, avait un grand avantage pour les juristes : faire refonte ou synthèse de l'ensemble des décisions sur les affaires jugées dans tel ou tel domaine à partir des us, coutumes et règles de droit, en la forme d'une décision solennelle appelée « arrêt de règlement ». Mon maître me suggéra d'aller quelques mois étudier à l'université

1. Supprimé en 1428 et réinstallé en 1443.

de Toulouse pour en retirer bonne et claire réflexion sur un sujet dont le renouveau du commerce, après la grande récession du siècle précédent, montrait l'importance : la nature et les effets d'un texte écrit engageant les partenaires d'une affaire commerciale qu'il appelait le droit du contrat. Je ne te conterai le détail austère de la démarche. Sache simplement que mon travail allait suivre deux directions : rechercher avec précision l'élément devant causer avec sécurité l'existence même de pareil contrat, comme la façon de le rendre opposable et public tant il est vrai que lettre de l'écrit vaut mieux que témoignage oral.

Je repris ainsi pour un temps la route de Saint-Jacques avec les pèlerins venant de Provence. Comme eux, je parcourais à pied le chemin de quelque soixante-dix lieues et logeais dans auberges et moustiers qui se présentaient. Certains venaient du Puy-en-Velay, d'Arles, de Marseille ou de royaumes italiens. Nous formions un petit groupe tant le nombre était préférable à la solitude pour éloigner l'herpaille. Avec nos grands bâtons cloutés et moi mon épée de guerre, nous pouvions prier Dieu tout-puissant de nous protéger avec moins de crainte qu'Il ne nous exauçât point. Il y avait là Jean de Tournai, prospère marchand de Bruges, Amaury d'Orthez, commerçant gascon, Bartolomeo Ubaldi, chevalier venu du royaume de Sardaigne allant à Saint-Jacques après pèlerinage en la Ville sainte, Pierre Raillard, ancien jongleur, comédien et troubadour parcourant ce chemin-là comme il aurait pu en suivre un autre, Pierre Thézard, écuyer cherchant l'aventure autant que la foi, et plusieurs autres, tous différents mais avides de suivre une route dont le terme n'était que dans leur chef. Environ quinze jours de voyage jusqu'à la « ville rose » ! Après était un autre jour ! J'étais le seul à ne pas porter le grand manteau noir, tout bruissant de coquilles, que revêtait le pèlerin aspirant à pénitence. J'avais conservé ma robe de clerc sous laquelle, par habitude, me protégeait une fine et serrée cotte de mailles. Amaury d'Orthez descendait d'une famille cathare exterminée par la croisade lancée contre eux plus de deux siècles auparavant. Elle vivait à Béziers. Lui-même y avait encore quelques cousins dont les aïeuls avaient échappé au massacre car toutes habitations n'avaient pas été brûlées. Il en parlait avec émotion. S'il vouait aux gémonies l'Église et son pape Innocent III qui prétendaient satisfaire grande vengeance divine envers une hérésie proclamée, tout comme le roi Philippe IV ayant autorisé croisade, et ces barons du Nord regrettant moins carnage des innocents que maigre butin retiré du pillage, il se morigénait de ses propres sentiments violents et s'en allait chercher un illusoire apaisement auprès des saintes reliques. Il est vrai que notre route passait par Narbonne, jusqu'à Toulouse, villes elles-mêmes martyrisées par ces soudards aidés de moult ribauds alléchés et soutenus par l'Église. Les habitants de celle-là purent certes quitter la ville, mais nus et abandonnant tous leurs biens. En écoutant messire Amaury, je me sentais presque coupable d'appartenir à ces barbares sales et avides venus du septentrion combattre de pauvres incroyants qui, tout comme nous, adoraient Dieu sans faire de mal à quiconque.

*

J'eus le temps, sur le chemin, de réfléchir encore à cette « juste guerre » dont notre sainte Église s'était approprié la paternité. En creusant l'exercice, cette étrange idée justifiant la violence collective et délibérée venait à coup sûr de plus loin. Sans m'arrêter aux seuls Pères de l'Église, j'ai voulu remonter plus avant la chaîne du temps grâce à nos bibliothèques maintenant mieux dotées de textes anciens retrouvés et traduits.

Première découverte me fut la lecture d'Origène[1], chrétien d'Alexandrie dont le père fut décapité sous ses yeux. Platonicien d'éducation philosophique, il s'était opposé par les livres à un ennemi de notre sainte religion, appelé Celse, et deviendra le chef de l'école théologique d'Alexandrie. Premier exégète des textes de nos Évangiles, Origène défend la doctrine contre des païens qui accusaient les serviteurs de notre foi de bénéficier de la *pax romana* sans porter le fardeau du service des armes. En faisant des chrétiens les véritables combattants spirituels au service de l'empire, il a ainsi défendu l'exemption de service militaire à cause de la grande souillure attachée au sang versé. Mais en offrant à Dieu des sacrifices spirituels par moult prières, les chrétiens ouvrent, selon lui, la voie à une première justification de la guerre, avant notre grand saint Augustin, quand nos soldats guidés par juste foi combattent contre ce qui est opposé et hostile à ceux qui agissent justement. Ils font alors juste guerre ! Je t'avoue, mon frère, que logique du raisonnement ne me paraissait là aucunement bien fondée, pareille au jihad des musulmans, morceau d'interprétation qui n'appartient pas aux cinq piliers de l'islam. Il est vrai que, chez Origène, cette démonstration n'était point essentielle au milieu d'une immense exégèse des textes saints. Bref, le

1. Origène (environ 185-253 après J.-C).

connaître un peu, mais point s'y arrêter, et remonter plus loin pour construire lien de pensée cohérent sur l'inexplicable conciliation pouvant se faire entre meurtre organisé et l'Amour de l'autre enseigné par notre sainte doctrine !

Splendide était la « ville rose », largement faite de ces briques colorées qui donnaient aux façades baignées de lumière l'enivrante douceur du Sud en notre royaume ! Nous venions de Montgiscard, petite cité brûlée au siècle précédent par la soldatesque du Prince Noir, ce Godon qui, déjà avant Henry le cinquième, n'avait aucunement respecté à Crécy les lois de chevalerie. Faut-il décidément attendre quelque chose d'élevé chez ce petit peuple ? Il y avait bonne auberge, à proximité, sise à côté de la chapelle Notre-Dame-de-Roqueville où pria il y a quelque deux cents ans notre saint Dominique, fondateur de l'ordre des Frères prêcheurs. Lorsque nous partîmes après messe à la pique du jour, l'enthousiasme de mes compains fléchissait, prou, mais il restait peu à parcourir avant Toulouse ! Nous passâmes à vêpres la porte de l'Isle ouvrant sur le faubourg Saint-Cyprien et trouvâmes bon accueil dans le couvent des Feuillants et Feuillantines près l'église Saint-Nicolas.

Nous eûmes bon gîte, au-delà du fleuve Garonne franchi par le seul pont permettant le passage entre ville et faubourg, celui, couvert, de la Daurade. Les moulins dits du Bazacle bordent le fleuve, qui amènent l'eau dans les jardins de la ville. Au loin dominant, la grande basilique romane Saint-Sernin veille sur nos pauvres destins et couvre nos péchés. L'endroit était accueillant, plutôt clair même à tombée du jour, presque propre avec ses tapis de joncs posés sur le sol pierreux et ne sentant point trop friture et vinasse.

Ce fut pour moi souper de séparation, car les autres descendaient ensuite vers Tarbes sauf messire Pierre, notre jongleur, qui voulait rester quelque peu céans. Bruyamment attablés en coin de salle, j'offris bonne repue à mes compagnons. Poissons de rivière, lapins rôtis, pâtés parfumés, volailles dorées et craquantes, encore ruisselantes de cuisson, et surtout vin des coteaux voisins, clairs mais traîtres, laissant amollis les convives dont certains laissaient filer leurs grasses mains sous la cotte des serveuses. Comme le droit du contrat me paraissait étrange tout autant que notion de juste guerre au milieu d'un souper qui fleurait peut-être l'essentiel : chaleur des autres, gaieté partagée, absence de lendemain !

Sans nous revoir au petit matin, je partis à prime me rafraîchir et faire raser chez un proche barbier, puis rechercher un logement pour les semaines qui seraient nécessaires. Ce fut fait chez le chancelier de Scorbiac, qui, après que je me fus présenté à lui, m'accueillit avec chaleur. Il avait petite chambre à l'étage que je pus lui louer à convenance. N'étant pas astreint à charge d'enseignement, la préparation de ma thèse en droit civil me fut tâche exclusive.

L'université possédait un bon manuscrit de Pierre de Fontaines[1], conseiller de notre roi Saint Louis. L'ouvrage, appelé *Conseil que Pierre de Fontaine donna à un ami*, traitait, parmi d'autres, de mon sujet tel qu'il faisait foi en ce temps-là. Notre époque, tu le sais, est au confluent de plusieurs sources juridiques qu'il nous appartient peut-être d'unifier pour faciliter échanges et transactions. Le droit coutumier

1. Mort vers 1267.

est peu formalisé mais très divers et ancré profondément dans nos territoires. En ce qui concerne l'accord entre deux personnes, les règles, selon mes recherches, semblent venir du droit franc, en particulier la loi salique, qui fait du serment donné devant témoins, accompagné de la gestuelle appropriée, la preuve de l'engagement réciproque. La multiplicité des expériences en usage est vite venue soulever la question de la conservation dudit accord passé pour qu'il demeurât dans le temps au-delà de la seule mémoire des participants. C'est ainsi que ce qui est conclu par-devant les consuls des villes, ou devant notaire, est venu concourir à bonne stabilisation des actes. Certains droits municipaux ont également posé l'existence d'une indemnité de réparation due par la partie qui n'a pu exécuter un contrat respecté par l'autre partie. Cette bonne notion d'obligation s'est ensuite développée pour être dûment adaptée à la nature de chaque contrat, pendant une durée déterminée. La diversité de nos règles s'est vue aussi confrontée à la survivance du droit romain là où il s'applique encore, par mise en œuvre d'un pacte verbal, dénué de forme, et ne créant pas d'obligation protégée par un acte. Et puisque rien n'est simple, le droit canon s'est penché sur la manière de sommer les obligations contractuelles contenues dans les divers arrangements en une notion unique, celle de cause, qui en fait leur validité. Celle-ci est établie dès que l'obligation d'une partie au contrat a nécessairement pour cause objective l'obligation réciproque de l'autre contractant. Je t'égare, mon cher frère, avec ces obscures considérations ! Je ne vais pas m'y attarder plus avant. Ce qui m'intéresse dans le présent propos est que notre sainte Église, qui intervient en chacune des matières humaines, a tenté de fonder la cause du contrat, certes par réciproque obligation, mais elle-même enfantée par notre droit naturel chrétien qu'elle appelle *aequitas naturalis*[1], principe universel voulu par Dieu pour les hommes. Notre pape Grégoire le neuvième[2] du nom voulait dans ses *Décrétales* faire de cette règle la cause générale des contrats où le poids du péché venait frapper celui ne respectant pas la parole donnée, avec plusieurs degrés de sanction pour le récalcitrant, allant de la confession à l'excommunication. Trop abstraite sur un sujet profane, notre sainte Église échoua dans pareille tentative procédurale mais conserva une grande influence sur moult autres aspects des relations de commerce. Le sujet de ma thèse serait d'éclairer les chemins et règles actuelles permettant de définir, par catégories, et par causes identifiées, les contrats commerciaux qui se peuvent réaliser et enregistrer comme étant des actes authentiques, donc opposables.

L'an de grâce 1427 passait ainsi dans sérieuse étude et quiétude des jours mais dénués de passions. Si la touffeur de l'été s'estompait peu à la venue du soir, un peu d'air venant du fleuve Garonne traversant la cité nous laissait apaisés. Sais-tu, Philippe, qu'il reste quelque vestige de conquête romaine dans la ville ? *Tolosa* fut au Ier siècle un important centre administratif et militaire dans la province narbonnaise de Rome. Là comme ailleurs, ces immenses bâtisseurs édifièrent murailles, aqueduc, théâtres, thermes et temples, même un réseau souterrain pour

1. « Égalité naturelle ».
2. Pape de 1227 à 1241.

évacuer les eaux usées. Voyant leurs villes mêmement bâties sur chacun des segments du monde, certains s'étonnaient, aux temps anciens, de leur uniformité, sans voir son essentiel, car celle-ci, loin de dissimuler jamais beauté différente de Narbonne, d'Arles ou de Toulouse, contentait le voyageur. Il avait partout dans l'empire l'assurance, issue d'un moule identique, de trouver le même relais de poste, de repos ou d'abris, sans se perdre jamais, en lui laissant ainsi grand loisir de contempler l'original ou le caractère. Y avait-il d'ailleurs beaucoup de façons différentes de concevoir ces constructions humaines combien utiles permettant les contacts, les bains, les prières ou les échanges ? Mais dans le même mouvement des bâtisseurs, chaque mur tendu ou rue dallée, chaque temple dédié, chaque habitation, boutique de barbier ou échoppe de pâtissier marquait la subtilité particulière de lieux différents. Rome, qui couvrait presque l'univers connu, était ainsi partout sans l'être, nous ayant tant appris par son étrange dialogue d'architectes. Car les trois qualités de Vitruve[1], *firmitas, utilitas, venustas*, que devait présenter toute structure bâtie par l'homme, si elles laissaient ouvert l'infini des combinaisons possibles, se retrouvaient autour de principes limités par les lois admises de la construction : disposition harmonieuse des fronts, symétrie et proportion de l'édifice, bonne convenance et qualité de la distribution.

Par un matin froid de janvier, en l'an de grâce 1428, je pris congé de mes hôtes et compains, plein de

1. Marcus Vitruvius Pollio, dit Vitruve (environ 81-15 av. J.-C.), auteur du traité *De architectura*.

cette légèreté coupable qui séduit sans honte celui qui va et laisse. Même route au retour vers Montpellier. Mêmes pèlerins qui s'en revenaient pleins d'usage ou déception. Tu n'imagines pas, monsieur mon frère, combien sont nombreux les voyageurs au sud de notre royaume, bien davantage que dans les pays du Viennois ou notre pauvre Normandie ! Je ne saurais non plus expliquer l'attrait qu'exerçait sur moi, après Narbonne, la mer Méditerranée, mystérieuse mais tranchée, quelquefois ténébreuse, toujours recommencée. Oh ! Combien différente de celle au nord si souvent confuse et mêlée de serpents brumeux et pluies changeantes.

J'ai dédié mes derniers mois à Montpellier au travail de mes thèses. Du mieux qu'il était possible. Je savais par mes maîtres le résultat acquis mais les formes devaient être respectées. Peut-être parlerai-je davantage, un jour, de mon travail, spécialement celui sur la nature des guerres, ces très fortes tribulations qui nous viennent de si loin. Pareil sujet, toujours vivant sur notre terre de misère, mérite sans cesse meilleur approfondissement, et des règlements plutôt que des causes. Les journées de soutenance, en latin, eurent lieu à intervalle. Un mois entre deux. Celle en droit civil sur nature et cause du contrat fut assez peu discutée. Mais lorsque, ouvrant mon second propos par la belle allégorie d'Honoré Bovet[1] sur l'arbre de deuil, trempé de sang, sur les branches duquel sont mêlés et déchirés tous les protagonistes engagés dans une guerre mortelle, la salle devint frémissante. Dieu ne fut pas de trop pour chercher en Lui bonne explication de cet

1. Honoré Bovet, *L'Arbre des batailles*, écrit entre 1386 et 1390.

inexplicable et permanent péché. J'eus grande difficulté à demeurer chez les hommes et plutôt remonter le temps de l'exégèse, qui dépassait de loin nos Pères de l'Église.

La « sans pareille »

Je n'ai plus porté cotte de mailles, guisarme, cuirasse, ni touché épée, arbalète, masse depuis 1425 quand, à la tête de ma petite compagnie, je harcelais Godons et Bourguignons en territoire de Normandie. Les fers aigus, plus exigeants encore, qui se nomment curiosité et inquiétude, m'avaient définitivement repris et mis sur la route des études. J'étais déjà clerc mais suis maintenant doublement bonneté comme il sied aux docteurs de l'université, cela sans engagement ecclésiastique. Où me tourner désormais, ayant encore peu contemplé la circonférence du monde ? Mes maîtres, tant à Montpellier qu'à Toulouse, me faisaient proposition d'enseigner. Je reçus même belle offre d'aller à Bologne. Apprendre le parler italien ne me serait point difficile après maîtrise de mes langues maternelles, français et flamand, celle de Castille, et maintenant des pays d'oc. Et puis tout en nos royaumes chrétiens se pouvait transmettre en latin !

Nos destins sont impénétrables. Avant de choisir, non un chemin, mais une ville où m'installer, peut-être fonder un foyer, c'est-à-dire faire œuvre plus grande que moi, je reçus une lettre pressante de monseigneur Gélu. J'avais été, tu te le ramentevois peut-être, son secrétaire lorsqu'il partit en Espagne solliciter secours et armes auprès du roi de Castille. Il me savait instruit, sceptique et guerrier, ce qui lui assurait, par cet assemblage peu fréquent, une indépendance d'esprit capable de l'éclairer, sans travers ni détours.

Je ne l'avais plus vu depuis mon départir à Montpellier et le savais en charge, aujourd'hui, de l'archevêché d'Embrun, là-bas, au contrefort des froides montagnes alpines. C'était sa demande. Ce vieux prélat devenu mon ami préférait aujourd'hui une tâche moins lourde que gérer les âmes de la grande ville de Tours. Il avait appris qu'une jeune paysanne de Lorraine, prénommée Jeanne, voulait rencontrer notre roi à Chinon et se disait de Dieu. Et notre roi ne savait que faire. Et notre roi le mandait auprès de lui pour lui donner conseil. Monseigneur Gélu m'appelait à son côté, à Chinon ou à Poitiers, aussi vite qu'il m'était possible. Il était déjà en chemin lorsque je reçus sa missive, mais c'était longue route pour son lourd équipage. Achetant rapidement un bon palefroi, prenant congé de ceux qui étaient devenus mes amis, n'emportant que petit paquetage et mon épée, je savais pouvoir le rejoindre à point. Parti le lendemain à la pique du jour, après messe, je suis arrivé à Chinon le lundi suivant le quatrième dimanche de carême. Après m'être fait laver et raser, j'ai retrouvé mon archevêque en l'hôtel où il logeait dans le quartier canonial.

Notre roi Charles, qui passait de château en château, Mehun-sur-Yèvre près de Bourges, Tours, Chinon, Ambroise, toujours incertain de sa maison et se cachant davantage des hommes à mesure que croissait l'infortune des armes, allait entendre bientôt, ici en sa forteresse, cette jeune paysanne venant des marches de Lorraine. Le souverain, parmi autres avis qui seraient demandés, avait requis monseigneur Gélu pour rédiger un mémoire disant, ou non, après attentifs examens de tous ordres, sous le regard de Notre Seigneur tout-puissant, si la voix de cette jeune paysanne disait le vrai ou cachait le Malin.

Il est vrai qu'allaient mal les affaires du vrai royaume de France. Après l'ignoble traité de Troyes, puis le désastre de Verneuil en août 1424, bataille à laquelle je n'ai participé car déjà en route pour Montpellier, le conflit avec ces insufférables Godons alliés aux traîtres bourguignons s'était enlisé. Chacun connaissait des difficultés obligeant à laisser quelque peu les armes : Bedford était retourné en Angleterre arbitrer entre son frère Gloucester et son oncle Beaufort. Bourgogne colérait contre ses alliés anglais qui faisaient campagne contre lui en Hainaut. Notre roi, pliant mais ne rompant jamais, restait cependant souvent indécis et influençable. S'il s'entourait des bons conseils de sa belle-mère Yolande d'Aragon, l'une des têtes les plus brillantes du royaume, il faisait aussi venir près de sa royale majesté personnages inconciliables et peu soucieux des intérêts communs. Ainsi Georges de La Trémoille et Regnault de Chartres, tous deux dénués de scrupules, s'employaient à entretenir une utile pagaille pour maintenir leurs trafics et détournements, tandis que l'arrivée de Richemont, nouveau connétable de France, venait déranger le clan des profiteurs tout en se faisant détester par notre roi qui venait pourtant de le nommer. Chacun faisait son rôt de cette petite guerre sans jamais risquer d'opérations décisives pouvant donner victoire à l'une des factions. Lorsque les rivalités devenaient trop lourdes, le roi se réfugiait en ses châteaux avec quelques maîtresses qu'il consommait à souhait.

Dès 1426, les Anglais ont repris l'offensive, s'emparant du Mans comme de moult villes et châteaux du Maine. Warwick poussait même jusqu'aux portes de Rennes et prenait Pontorson. Notre duc de Bretagne, qui s'était rapproché du royaume des Lys par le mariage de sa fille Isabelle avec Louis III d'Anjou, fils de Yolande d'Aragon, s'est ému de la progression anglaise au point de tourner encore alliance et revenir adhérer au traité de Troyes. Ce ne sera pas, Philippe, la dernière fois que l'on verra cette belle province changer d'allié ! Pendant ce temps, le Sud-Est lui-même pillé par le comte de Foix, Jean de Grailly, qui détourne les impôts, laisse les routiers rançonner la contrée, frappe mauvaise monnaie et chasse l'évêque de Béziers. Sans oublier Champeaux, conseiller des finances en Languedoc, qui lève des taxes pour ses propres besoins ! Qu'elle était douce et tranquille, ma vie protégée d'étudiant, alors que mercenaires et brigands sillonnaient nos provinces, laissant nos champs en friche et démunis nos paysans quand ils n'étaient point massacrés ! Et jusqu'à cet hiver de l'an 1428, si rigoureux jusqu'en mai de l'an suivant, sans bonnes récoltes aucune. Jamais la situation de notre royaume ne fut aussi mauvaise entre Normandie bien occupée, traîtresse Bourgogne et duchés du Sud livrés aux prédateurs.

Les malheurs arrivent en cortège. Bedford, revenu d'Angleterre avec de grands renforts, débarqua à Calais puis, contre toute règle de chevalerie interdisant d'occuper le bien d'un prisonnier de guerre, voulut assiéger la belle cité d'Orléans dont le duc était captif à Londres depuis Azincourt. Quelle noblesse de la part de ce peuple ! Ils installèrent leur siège dès octobre 1428 et s'emparèrent aussitôt du fort des

Tourelles à l'entrée du grand pont. Tu te rappelles, Philippe, que ce fut notre père Jehan qui en débuta les travaux lorsqu'il fut également capitaine de la ville il y a vingt ans. La défense française s'est organisée rapidement en attendant les renforts de notre bon roi et, bientôt, l'arrivée de Jeanne.

*

Monseigneur Gélu avait vieilli. Le prélat paraissait douter de beaucoup, comme s'il ne gardait en son âge avancé que cette sécheresse d'esprit qui décapait apparences, sophismes et faux-semblants. Seule transparaissait, presque en halo, son étrange lucidité aussi coupante que la clarté de son regard pâle. L'air passant les fenêtres glissait partout l'humidité encore froide mais déjà lourde, un peu grasse, de ces soirs devenant printaniers tombés encore tôt qui disent l'orage environnant mais encore lointain. Nous nous donnâmes forte brassée tant était grande la joie de se revoir.

— Messire Jehan, te voilà maintenant docteur ès lois et décrets, mieux gradué que moi en ces disciplines. Avant de parler d'avenir et de ce que tu vas désormais accomplir, j'ai mission urgente pour toi. Une jeune pucelle venant de l'est veut voir notre roi et se dit mandée par Notre Seigneur. Faut-il la croire ou l'éloigner de la Cour ? Je suis trop fatigué pour assurer interrogatoires et questions qui cerneraient le personnage et diraient en forme canonique ce que nos pauvres esprits, même éclairés par les enseignements de la foi, tentent de percevoir, un peu, d'une vérité plus lointaine. Elle est en ces instants sommairement interrogée par des clercs mais sans résultat puisqu'elle ne veut parler qu'au roi. Vois-la à ma place ! Prends le temps qui convient ! Tu seras mon mandataire et auras premier rang pour procéder comme il te semblera !

— Que pensez-vous de pareille affaire, monseigneur ? Ce n'est pas la première fois que devins et devineresses parcourent le royaume et prétendent conseiller les puissants !

— Certes ! Mais tu connais notre roi, aussi prompt à l'enthousiasme qu'à la déception, et facile à influencer. Que veut et vaut cette paysanne ? Les dépêches rapportées sur elle ont instruit notre souverain sur les faits et dires de la jeune fille. Elle est, semble-t-il, d'une piété singulière. Il se souvient de l'exemple de son grand-père Charles le cinquième du nom, si sage prince, ayant fait appeler à Paris dame Guillemette de La Rochelle, de si grande vertu que dans ses ravissements elle se soulevait de terre, afin qu'elle priât pour lui. Son père lui-même, faible de chef, s'était fait présenter dame Marie de Maillé, vierge bien dévote, qui lui dit des secrets dont il fut content, sans oublier cette Marie Robine qui l'avait fait rester dans l'obéissance du pape Benoît XIII. Même s'il est usage chez les saints de parler aux rois et à ceux-ci d'entendre ceux-là, faut-il le favoriser ? Cette Jeanne est-elle sincère ? N'est-elle pas de ce sexe fragile et prompt à s'abuser ? Il faut agir avec grande prudence et distinguer soigneusement les vraies prophétesses afin de ne point prendre pour messagères du ciel celles qui ne sont que fourrières du Diable. Les Français sont déjà connus pour leur naturelle facilité à se laisser duper. Je vais recommander au roi de ne point trop la rencontrer jusqu'à ce qu'on soit bien acertainé de sa vie et ses mœurs, qu'elle soit bien examinée mais qu'elle ne soit pas cependant rebutée.

— Je sais notre bon roi – puisse Dieu le garder ! – bien pieux qui entend à genoux trois messes par jour, récite ses heures canoniales, se confesse quotidiennement et communie aux jours de fêtes. Il semble qu'il croie aussi à la divination par les astres avec l'aide d'un vieil astrologue normand toujours près de lui. Bardé de tels conseils, rien ne devrait l'égarer !

— Ne persifle pas ! L'affaire est sérieuse. Trop d'ennemis l'entourent qui pourraient profiter de la moindre erreur. Le roi a accepté de la recevoir demain mais l'envoie aussitôt à Poitiers pour un examen plus approfondi. Tu vas partir dès que possible et participer, là-bas, à la commission qui entendra la Pucelle. Je compte sur ta sagacité et indépendance pour faire ton jugement qui sera le mien. J'attends ton mémoire en réponse que j'adresserai au roi.

Je comprenais bien monseigneur Gélu. Connaissant les paroles déjà répétées de l'envoyée, il n'accordait que faible croyance aux dires d'une paysanne qu'il jugeait petite et ignorante, loin des subtilités bien difficiles à entrevoir même après de longues années passées à étudier la Sainte Écriture. Un roi n'est pas simple ouaille dont la conscience se pouvait diriger aisément par jeune pucelle se disant éclairée par ses voix dans la lumière des champs. Il s'agissait aussi du sort de notre royaume, fils préféré de notre sainte Église, combattu et pour partie foulé par ces Godons brutaux venus d'outre-Manche. De quel côté Notre Seigneur penchait-Il, et comment le discerner, car justice était de reconnaître que l'Anglais était aussi chrétien que nous ? La sagesse et son alliée la circonspection devaient guider notre jugement, qui lui-même conseillerait notre souverain. Il était donc prudent d'entendre la Pucelle.

Je m'ensauvais pourtant chargé d'une mission qui ne m'enchantait guère. Mais fidélité à mon maître et ami comme à mon roi ne se pesait pas. Dûment muni des sauf-conduits et viatiques nécessaires, je pris la route sans barguigner. Poitiers était depuis onze années capitale du vrai royaume de France. Charles le septième du nom y avait transféré son parlement qui réunissait les membres échappés de celui de Paris. Quant aux docteurs et maîtres ayant suivi la fortune de cet incertain destin, ils n'avaient point encore d'université[1] pour y enseigner et donc tirer profit de leur éloquence et savoir. C'est parmi eux que furent choisis la plupart des docteurs et clercs chargés d'examiner la pucelle, sous la haute autorité de monseigneur Hugues de Combarel, évêque de la ville. Il y avait beaucoup de monde pour l'interrogatoire. Mais l'assemblée des maîtres était bien disposée envers Jeanne. Ils étaient pour la plupart d'Église, mais avant tout Armagnacs. Il ne s'agissait point de guérir le mal hérétique, mais de chasser l'Anglais. Personne ne doutait que Dieu pût intervenir directement dans la conduite du royaume. Même le frère Pierre Turlure, de l'ordre de saint Dominique, inquisiteur de Toulouse, voyait avec bienveillance et humilité que le seigneur tout-puissant pût transmettre son message d'espérance par la voix d'une pucelle. L'essentiel n'était-il pas de montrer que la grâce du ciel était bien de côté-ci de la mer et non dans les terres humides et brumeuses du septentrion ? Et qu'une fille eût charge de guerre, cela s'accordait avec ce qui est

1. Elle sera créée en 1431.

dit dans la Bible sur ces femmes fortes suscitées par le Seigneur pour le salut d'Israël qu'étaient Déborah, Jahel, Judith de Béthulie.

*

Je pris pension en l'hôtel de la Rose, vaste demeure où serait aussi logée Jeanne, et qui allait servir à l'interrogatoire où, par groupes successifs, elle serait visitée en espaçant les séances. Je la vis dès le lendemain, après messe dans l'église Notre-Dame, collégiale romane à la magnifique façade. Grande, droite, bien campée, le tétin haut, en habit d'homme et coiffure en rond, elle attendait l'examen. Ses cheveux bruns encadraient un visage ouvert. Son regard vif et profond traversait les apparences. Nulle affectation, rien de contourné, aucun jeu de posture ne paraissait chez elle tant elle était simplement là, sans détour, entière et dévouée à son message. Nous sentions quelque peu son inquiétude. Jeanne, qui ne savait ni lire ni écrire, ne nous aimait pas, nous les ratiocineurs, trop érudits pour ne pas l'égarer et faire perdre du temps à la cause. Mais Dieu l'inspirait ! Et elle était de cette humeur excellente qui suscite attention et bienveillance.

Frère Jean Lombard lui demanda :

— Jeanne, pourquoi êtes-vous venue ? Le roi veut savoir ce qui vous a pousse à l'aller trouver.

— Comme je gardais les animaux, une Voix m'apparut. Elle me dit : « Dieu a grande pitié du peuple de France. Jeanne, il faut que tu ailles en France. » Ayant ouï ces paroles, je me mis à pleurer. Alors la Voix me dit : « Va à Vaucouleurs. Tu trouveras là un capitaine qui te conduira sûrement près du roi. Sois sans crainte. » J'ai fait ce qui m'était dit et suis arrivée au roi sans nul empêchement.

— Mais que lui dire et pourquoi en armes ?

— Je viens de la part du Roi des cieux pour faire lever le siège d'Orléans et conduire le roi à Reims pour son couronnement et son sacre. En mon Dieu, les gens d'armes batailleront et Dieu donnera victoire.

J'étais stupéfait, Philippe, par clarté de ses phrases et pureté des intentions. Une simple mission, simplement énoncée comme une réalité sans détour. Deux objectifs qui marquaient brièveté de son destin inspiré, sans attente de futur sur notre terre, ni de retour d'humanité. Une volonté pénétrée de conviction qui tendait un discours où, comme il appert quelquefois, ne se dissimulait aucune nuance, aucune incertitude, aucune réserve entre les mots et les choses ! L'ennemi est l'ennemi. La victoire ne s'obtient que par combat. Le verbe de la mission fait corps avec le messager qui s'engage, jusqu'au bout de ses forces et dévouement. Cette voix, cette Jeanne nous disaient ce qui manquait à la France : confiance, volonté, fermeté.

Il y eut bien d'autres questions. Les docteurs firent objection sur son vêtement de jouvenceau car il est écrit : « Une femme ne prendra pas un habit d'homme, et un homme ne prendra point un habit de femme ; car celui qui le fait est abominable devant Dieu[1]. » Je m'apensais aussitôt, sans être moi-même docteur dans la reine des sciences, que ce qui était abominable au Seigneur n'était point le dehors mais le dedans, et que le condamnable résidait dans le mauvais dessein de le porter. Plusieurs saintes, inspirées par un mouvement

1. Deutéronome, 22, 5.

extraordinaire du Saint-Esprit, avaient d'ailleurs caché leur sexe sous des vêtements civils, telle cette Euphrosine d'Alexandrie qui avait vécu trente-huit ans sous l'habit opposé dans le couvent de l'abbé Théodose. Jeanne prit sans doute cette vêture non pour offenser la pudeur d'autrui mais pour garder la sienne. Pourquoi donc condamner un acte que la pureté des intentions justifie !

Frère Seguin, un peu aigre de ton, demanda à Jeanne la manifestation d'un geste divin :

— Dieu ne veut pas qu'on vous croie s'il ne paraît quelque signe montrant qu'il vous faut croire.

Elle répondit tout de go et calmement :

— Je ne suis pas venue à Poitiers pour faire des signes. Menez-moi à Orléans et je vous montrerai signes pour quoi je suis envoyée. Le signe sera Orléans secourue et le siège levé.

Les sages docteurs de notre assemblée étaient tous convaincus, après six semaines, de la ferveur et pureté émanant de cette pucelle ne voyant que le bien du vrai royaume de France. Pour qu'elle fût envoyée de Dieu, il fallait encore vérifier son intégrité physique. Car l'affaire était de conséquence.

Une croyance commune aux doctes et aux ignorants attachait des vertus singulières à l'état de virginité. Ces idées remontaient jusqu'à une Antiquité vaste et profonde venant d'un passé bien antérieur à la chrétienté. Le don de prophétie est réservé aux vierges. Les sibylles passaient pour avoir prophétisé la venue de Jésus-Christ, et on les tenait, dans notre Église, pour les gardiennes de la Révélation première. Les Pères les plus anciens, Justin, Origène, Clément d'Alexandrie, faisaient grand usage de leurs oracles. On voit aujourd'hui leurs images en foule, sculptées au portail des églises, taillées dans les stalles du chœur, peintes sur les murs des chapelles ou sur les verrières lumineuses.

Notre sainte Marie, mère de Jésus, vierge par excellence, est dans notre Occident chrétien, depuis le XIIe siècle, l'objet d'un culte ardent. Saint Grégoire de Nysse nous dit que c'est bien la virginité qui fait que Dieu ne refuse pas de vivre avec les hommes. C'est elle qui nous donne des ailes pour prendre notre vol vers le ciel. L'équilibre magique de notre Église et l'ordre de ses mystères nous font entrevoir l'humanité perdue par une femme mais sauvée par une vierge, conduisant au triomphe de la virginité et à l'exaltation d'un état qui est dans la chair sans être charnel. Nos bons docteurs de Poitiers, tous prêts à croire que Jeanne fut envoyée par Dieu, devaient s'assurer de cet essentiel. L'on y procéda. Notre pucelle fut ainsi vue, secrètement regardée, amplement examinée par sages-femmes, vierges expertes, veuves et épouses, au premier rang desquelles se trouvait la reine de Sicile et de Jérusalem, duchesse d'Anjou et belle-mère du roi, la noble dame Yolande d'Aragon. Jeanne de Domrémy fut trouvée vraie et entière, sans apparence de corruption ni trace de violence.

Alors qu'elle était examinée ici, j'appris que plusieurs moines mendiants avaient été envoyés en son pays natal pour quérir bonne information sur son passé. Ils rapportèrent de Domrémy et de Vaucouleurs des témoignages certains qui attestaient l'humilité, la dévotion, l'honnêteté et la simplicité de Jeanne. Le roi, comme à l'habitude, avait ordonné que tout fût mis en œuvre pour éviter le ridicule ou la persinée.

La conclusion des docteurs fut que rien de divin ne paraissait encore dans les promesses de la Pucelle, mais qu'elle avait été examinée et trouvée humble, vierge, dévote, honnête, simple et bonne, et que, puisqu'elle avait promis de montrer un signe de Dieu devant Orléans, il fallait l'y conduire, de peur de repousser, sans elle, les grâces de l'Esprit saint. Ces conclusions furent copiées à un grand nombre d'exemplaires et envoyées aux villes du royaume ainsi qu'aux princes de la chrétienté. En peu de jours, cette grande communication forgea la légende. Jeanne était celle que le vrai royaume de France attendait. Avant même de paraître en armes et chevauchant, le petit peuple de France se prosternait en la voyant et alimentait les songes. Dieu avait choisi son camp. Dans notre univers chrétien, les serviteurs de Dieu accomplissent des travaux merveilleux. Saint Dominique, pris d'une fureur sacrée, extermine l'hérésie par le fer et le feu ; saint François d'Assise institue, pour un jour, la pauvreté sur le monde ; saint Antoine de Padoue défend les artisans et les marchands contre l'avarice et la cruauté des seigneurs et des évêques ; sainte Catherine ramène le pape à Rome. Était-il donc impossible à une sainte fille, avec l'aide du Seigneur, de rétablir dans notre malheureux royaume de France le pouvoir royal institué par Notre Seigneur Lui-même et de le faire sacrer comme il le faut en la cathédrale de Reims, bien oint par l'huile sainte ?

Moi-même partageais les conclusions de l'enquête et écrivis dans ce sens à monseigneur Gélu. Mais je sentais davantage. Je ne la vis qu'une seule fois de bec à bec et fus saisi par sa présence. Elle me dit simplement :

— Beau sire, menez-moi vite à Rouen. Il faut vous hâter car je ne durerai pas !

Qui peut pressentir à tel point son court destin terrestre sans incarner quelque chose de la grâce divine ? Et cela sans détour ni retour en notre monde ? Et cela simplement dit, clairement, par elle lumineuse et sans influence tierce hors celle de ses Voix.

*

Alors que Jeanne s'en allait à Tours pour y être équipée, je partais vers Bourges retrouver monseigneur Gélu en cette ville que j'avais quittée il y avait déjà près de cinq années. Sans prêter forte attention aux soixante lieues du voyage, l'évidence m'était apparue avec cette jeune fille de Lorraine. Le vent mauvais s'éloignait de la France. Par-delà sa divine mission, Jeanne soulevait une ferveur inconnue jusqu'ici, qui rassemblait peuple, bourgeois et nobles, pour que vive notre vrai royaume sous le regard de Dieu. L'Anglais paraissait à tous ce qu'il était : un ennemi petit et brutal, illégitime dans notre pays, étroit en ses intérêts ! Il n'était que de le renvoyer dans sa mer brumeuse. Quant à son collaborateur bourguignon, le sort de nos armes lui tournerait bien un jour le chef qu'il avait faible ! Tout un peuple maintenant rassemblé semblait regarder l'évidence, avec cette clarté venant d'un instinct profond : celui de la justice.

C'est plein d'émotion que je retrouvai ma maison, dame Pernelle, mon ami Gilles et maintenant le petit Guillaume, âgé de quatre ans, avec sa toute petite sœur Marie. Nous nous donnâmes fortes brassées tant le temps avait passé. Dame Pernelle, dans sa plénitude de mère, m'accola tout particulièrement, se ramentevant, peut-être, l'étuvée qui nous avait réunis la veille de mon départ. Gilles ne changeait point. Et que leurs deux petits étaient beaux et vigoureux ! Se faire appeler oncle Jehan me ravissait. La vie, la vie ici, calme et tranquille ! En fondant foyer, mon compain Gilles s'était installé car son épouse ne souhaitait qu'il poursuivît la vilaine carrière de soldat menée depuis trop longtemps. Sa boutique, bien achalandée, n'était pourtant point éloignée de son premier métier puisqu'il fabriquait et vendait des armes. Au cours de notre périple en Castille il y avait dix ans, le temps ne lui était pas compté quand, assistant monseigneur Gélu, nous passions, le prélat et moi, beaucoup de jours à négocier. Il avait fait profit de son désœuvrement en apprenant rudiments et techniques pour bien forger l'acier auprès d'un fabricant venu de Tolède. Ce n'était pourtant pas l'épée sa spécialité mais plutôt la dague, finement ouvragée, ornée à demande de précieuses pierres, destinée à bonne clientèle dans une cité que la présence du roi et sa Cour faisait prospérer. Son autre savoir-faire était aussi l'ouvrage de belles arbalètes dont il avait amélioré le mécanisme de détente pour en amoindrir le choc. Restait le plus intéressant avec le commerce des hacquebutes. Outre celle que je lui avais laissée, il avait beaucoup d'autres spécimens venant d'Allemagne et des royaumes italiens. L'arme avait du mal à prendre place dans l'arsenal du combattant. Lourde, peu maniable, incertaine et lente dans son tir qui nécessitait, à côté du tireur, une flamme toujours disponible pour allumer la mèche ou chauffer le ringard[1] qui déclenchait l'explosion. Chacun cher-

1. Tige de fer courbée dont l'extrémité est chauffée au rouge.

chait moyen d'amoindrir les inconvénients d'un instrument pourtant très meurtrier à bonne distance. Gilles et ses correspondants avaient apporté deux notables améliorations : envelopper la balle de plomb dans une fine couche de tissu graissé afin de caler le projectile ; enfermer la dose de poudre noire dans un parchemin préparé à l'avance pour accélérer le chargement. Il me montra bel exemplaire, raccourci et donc mieux porté que celles que je connaissais, avec un canon monté sur une hampe en bois que l'on pouvait appuyer au creux de l'épaule. Son affaire était devenue prospère. Ayant atelier et ouvriers en dehors des remparts, il fournissait les officiers royaux, la noblesse, les gardes municipales bien au-delà de la ville royale.

J'ai repris ma vaste chambre ne sachant encore si ce serait pour longtemps et me fis, avant souper, monter le bain et raser. Dame Pernelle avait engagé Christine, jeune et accorte servante, qui s'occupa à laver, frotter, mignonner ce qu'il fallait. Je ne devais rencontrer monseigneur Gélu au palais archiépiscopal que le surlendemain et pouvais donc, à souhait, profiter d'un calme que je n'avais depuis longtemps ressenti. Nous fîmes grande chère ayant belle occasion de se retrouver, tous ensemble, valets et servante compris, comme j'aimais à le faire. Entre mets et vins, dont ceux si profonds de la Bourgogne ennemie, nos fragments de vie colorèrent une conversation qui n'avait d'autre profondeur que le bonheur d'être là. Dame Pernelle était heureuse ; Gilles prospérait ; Guillaume allait rejoindre à l'automne l'école de l'église voisine. La petite Marie était toute jolie. Ma vie d'étudiant, qui avait été austère, oh ! je ne l'ai pas vraiment racontée pendant la repue. Mais Jeanne la Pucelle, oui ! Comme elle était étrange si pleinement et sans détours soumise à ses Voix ! Comme elle réveillait le peuple qui venait à son passage ! Comme l'espoir revenait nous conduire et discipliner comme si, grâce à elle, nous venions enfin à nous rassembler en belle et forte nation !

J'ai rapporté à monseigneur Gélu ce que j'avais constaté de la Pucelle et lui remis rapport écrit la concernant. Il paraissait préoccupé, ou plutôt partagé entre croyance et méfiance. Je sus plus tard qu'il envoya aussitôt à notre roi un mémoire plein de prudence scolastique dont la conclusion était qu'on ne perdait rien à tenter l'aventure. Il conseillait à notre souverain de l'écouter sans l'accueillir et que son envoi à Orléans n'encourrait pas grand risque. Après, le résultat marquerait le signe. Sur la sincérité et pureté de Jeanne, il était convaincu. Je ne pus l'amener au-delà. Cette jeune paysanne de dix-sept ans ne sachant ni le lire ni l'écriture, connaissant de sa mère trois seules prières, ne pratiquant aucun métier sinon un peu de couture, me semblait pourtant venir d'une autre essence. À l'entendre répondre si clairement aux clercs savants, à voir son maintien assuré autant qu'humble, à sentir l'autorité qui venait d'une exceptionnelle présence, il m'apparaissait à moi, le sceptique, que passait à travers cette fille autre chose que le limon commun qui fait les êtres. Elle était davantage, mue par une force plus qu'humaine. La seule réponse de l'archevêque fut : « Peut-être, peut-être ! »

Je ne pris ensuite nulle part ni gloire à la délivrance d'Orléans puis aux victoires de Patay, Jargeau, Beaugency, suivies par libération de fortes villes où Jeanne, venant de Dieu, conduisait notre armée. Du sacre de notre bon roi Charles VII à Reims, dûment oint par la sainte huile de Clovis, je ne vis de loin que rassemblement d'une assemblée bruyante entrant en cathédrale.

Convié à la cérémonie par monseigneur Gélu, comme conseiller de notre souverain, pour qui j'accomplissais quelques missions, je n'étais pas de noblesse suffisante, ni prélat de l'Église, pour être invité en nef. Pas davantage n'étais-je proche compagnon d'armes de Jeanne qui eût pu causer ma présence près d'elle. Aussi, occupé par d'autres tâches, n'ai-je pu savoir que par récits de tiers les hésitations du roi et de l'armée qui amenèrent notre Pucelle au pied des remparts de Compiègne où elle fut capturée. La suite fut étrange.

*

Mon vieux maître, seigneur archevêque d'Embrun, dès qu'il sut Jeanne prisonnière, adressa une longue lettre au roi Charles sur la conduite à tenir en ces conjonctures malheureuses. Il me chargea de la lui porter. S'adressant au prince dont il avait guidé jadis l'enfance, il recommandait de n'épargner ni moyens, ni argent, ni quelque prix que ce soit pour le recouvrement de celle qui pour lui était désormais fille de Dieu, sous peine d'encourir « le blâme d'une très reprochable ingratitude ». En sa présence, agenouillé devant lui, je sus que le roi souhaitait me voir assister Jeanne maintenant prisonnière des Bourguignons, autant qu'il serait possible de mon conseil et dans circonstances et tracas qui allaient advenir. Tous les sauf-conduits nécessaires, tant accordés par les Bourguignons que les Godons, m'ont été donnés, étant de par le roi de

France considéré comme son légat. La possibilité même d'une rançon pour le retour de la Pucelle était ouverte, à condition de mesurer le combien et à qui. Pourquoi moi, ton frère ? Peut-être parce que, connaissant notre Jeanne et étant docteur ès lois et décrets, on me crut capable, entre l'enfer des pièges et celui des procédures, d'une aide efficace dans ce qui allait avoir l'apparence d'un procès contourné voulu par le régent Bedford.

Lorsque je quittai Bourges au début de l'automne, flanqué d'un écuyer et de deux hommes d'armes, garni du viatique convenable pour une mission peut-être longue, j'ignorais où se trouvait Jeanne. Capturée le 24 mai par les soldats de Jean de Luxembourg, vassal du Bourguignon qui le paye, et traînée depuis en son château de Beaulieu, y était-elle encore en ces jours ? Tenter, pour commencer, de voir le duc de Bourgogne paraissait judicieux, et je décidai de l'aller rencontrer sachant pouvoir le trouver en la ville de Compiègne. Tu te ramentevois, messire mon frère, combien put me coûter d'envisager pareille rencontre avec un personnage, sans doute premier duc d'Europe, mais que j'avais voulu occire à Paris lors des obsèques de notre bon roi Charles le sixième, pour punir en son chef les trahisons, félonies, manquements au royaume de France perpétrés par sa famille. Cependant, le service du roi ne souffre aucune carence. Puis le temps a passé. Les torts bien partagés avec l'assassinat de Montereau qui renvoyait lui-même au meurtre du duc d'Orléans à Paris[1], l'alliance entre Godons et Bourguignons désormais bien fragilisée par la félonie des premiers

1. Louis Ier d'Orléans, frère du roi Charles VI, le 23 novembre 1407, par son cousin Jean Ier de Bourgogne.

notamment en Flandre et Hainaut, notre bon roi Charles VII, maintenant dûment sacré et plus vif en son pouvoir que jamais, montrant à son peuple entier de France qu'il n'y a présentement d'autre intrus en notre royaume que l'Anglais, faisaient que tout pouvait basculer. Il ne me reçut pas.

J'appris cependant de son chancelier, monseigneur Nicolas Rolin, que Jeanne avait voyagé d'une forteresse à l'autre et qu'un prélat, se réclamant de l'Université de Paris mais en réalité soudoyé par les Anglais, monseigneur Cauchon, évêque de Beauvais, avait proposé de la racheter puis la juger. L'accord semblait se faire sur un prix de dix mille écus d'or à la Couronne. Sans doute était-elle déjà aujourd'hui emprisonnée à Rouen ou, sinon, y allait-elle. Il me conseilla de m'y rendre au plus vite et me donna, ce que j'avais déjà, les sauf-conduits nécessaires au nom de son duc. J'ai appris plus tard que, par peur d'en être dépossédé et donc privé de la rançon attendue, le bel et très noble Jean de Luxembourg avait traîné notre Jeanne vers le nord, de châteaux en forteresses : Beaulieu, Arras, Crotoy par Drugy, puis enfin Rouen. Il est vrai qu'il pouvait craindre un coup de main heureux des Français. Le capitaine La Hire battait la Normandie, le chevalier Barbazan la Champagne, le maréchal de Boussac faisait des courses entre Seine, Marne et Somme. J'imaginais notre Jeanne, dans cette baie picarde, morne et grise, au ciel bas traversé du long vol des oiseaux de mer. Avait-elle bon secours de ses Voix ?

Elle avait été prise dans l'évêché de Beauvais. L'évêque comte en était alors ce monseigneur Pierre Cauchon. Ce n'était point un homme modéré. Petit, mal de corps, la trogne pâle couleur traître, il estimait sa carrière, quoique respectable, en deçà de son ambition. Résidant à Rouen car la ville de Beauvais s'était déclarée française, le prélat en était privé des revenus, ce qui était déjà, pour cet homme d'Église, une forte raison d'en vouloir à la Pucelle. De Compiègne à Rouen, ce n'est pas un long voyage ! Mon petit équipage mit deux jours, sans encombre, pour y parvenir.

Ayant trouvé bonne auberge, je troquai ma vêture de voyageur contre la robe doctorale, avec chapeau et barrette, non sans garder l'épée au côté pour marquer aussi mon statut de chevalier, et allai voir monseigneur l'archevêque de la ville. Jean de La Rochetaillée, en fonction depuis 1423, avait entre-temps reçu le chapeau de cardinal. Il m'entretint courtoisement, sans s'engager jamais sur l'affaire de Jeanne la Pucelle dont il était désormais assuré qu'elle serait jugée icelui. Partisan de l'alliance anglo-bourguignonne dans une cité largement acquise à même cause, je compris d'autant plus son désintérêt qu'il s'apprêtait à quitter très prochainement ses fonctions. Qui allait le remplacer ? Il l'ignorait et m'expliqua que, en matière d'Église, ce qui comptait désormais dans la ville était surtout le chapitre de Notre-Dame de Rouen. Leurs moines, jaloux de leur indépendance vis-à-vis du pouvoir civil, avaient trouvé grand soutien chez le duc de Bedford, soucieux de cet appui en une ville qu'il écrasait d'impôts pour financer sa guerre. La voie était donc largement libre à l'évêque Cauchon, venu d'ailleurs mais le plus gradé dans la hiérarchie ecclésiastique.

Peu avant Noël, je sus le départ du cardinal archevêque et l'arrivée de Jeanne. On l'enferma dans le vieux château, au penchant de la colline de Bouvreuil. Jeanne avait cellule dans une tour qui donnait sur les champs. On la mit en la chambre du milieu qui occupait tout l'étage. Un escalier de pierre y grimpait obliquement. Bonne partie des ouvertures ayant été bouchée, l'on n'y voyait plus très clair. Les Godons ne laissaient à personne le soin de la garder et lui passaient autour de la taille une chaîne cadenassée à une poutre de cinq à six pieds.

Cinq hommes d'armes anglais gardaient la prisonnière. Oh, tu le devines, Philippe, ce n'était point fleur de la chevalerie, qui plus est aggravée par bassesse de leur race ! La nuit, deux d'entre eux se tenaient derrière la porte. Il en restait toujours trois près d'elle, qui la troublaient en lui disant tantôt qu'elle allait mourir, tantôt qu'elle serait délivrée. Personne ne pouvait lui parler sans leur agrément. C'est ce qu'elle me confia lorsque je vins la voir car on entrait facilement dans la prison. Nombre de visiteurs se pressaient pour voir la Pucelle, autant par moquerie que curiosité, tels maître Laurent Guesdon, lieutenant du bailli de Rouen, ou maître Pierre Manuel, avocat du roi d'Angleterre, qui y fut en compagnie de maître Pierre Daron, procureur de la ville. Elle me reconnut, ce qui me toucha.

Je dis à Jeanne que le vrai roi de France m'avait mandé pour tenter de l'aider, peut-être même la défendre si possibilité m'était concédée, dans une affaire que je sentais biaisée. J'espérais peu, mais croyais encore l'Église soucieuse de conduire bonne et équitable procédure. Sa réponse, si calme, sans plainte ni regret aucun, ni même rancœur, me toucha comme son clair regard jusqu'au tréfonds de l'âme.

— Gentil clerc, je sais bien où je suis et que l'Anglais ne me veut que du mal ! Mon Seigneur là-haut me délivrera bien ! J'ai accompli la mission qu'Il m'a confiée. Et les Godons, quand ils seraient cent mille de plus qu'ils ne sont de présent, n'auront pas notre royaume !

Je ne devais jamais plus lui parler seul à seule et l'ignorais encore, et la quittai pourtant bouleversé comme si son destin, qui ne pouvait venir que de notre Dieu tout-puissant, achevait un parcours où l'Anglais n'était que vilaine apparence. Je comprenais que Jeanne nous dépassait de loin et, tout en ayant choisi son camp qui était celui voulu par Notre Seigneur, pardonnait déjà à tous, vils Godons, traîtres Bourguignons, pauvres Français à qui elle avait apporté ce qu'est le mieux : l'âme naissante d'une nation. Sainte ! Oh oui, elle l'était ! Même pour moi qui cheminais souvent sur le bas-côté des doutes et incertitudes.

*

Je demandai dès le lendemain à rencontrer monseigneur Cauchon. Notre première rencontre ne fut pas cordiale :

— Monseigneur évêque, je suis mandé par Sa Majesté Charles le septième, vrai roi de France, pour ici aider, si le moyen est possible, Jeanne la Pucelle, accusée, paraît-il, de sorcellerie ou d'hérésie, et demande à Votre Grandeur de bien vouloir m'accueillir dans l'assemblée des clercs et docteurs de l'université qui, avec la grâce de Dieu, à charge comme à décharge, tentera d'éclairer la sainte Église sur icelle culpabilité. Je sais être du parti contraire au vôtre mais, en matière de droit et de théologie, n'est-il pas vrai que seules nous guident notre foi et la connaissance des Saintes Écritures pour chercher vérité sous le regard de Notre Seigneur tout-puissant ?

— Messire clerc, de par la volonté de notre roi Henry VI, souverain d'Angleterre et de France qui a racheté Jeanne l'hérétique et me l'a remise pour être dûment jugée, nous souhaitons juste et bon procès. Tous témoins et avis sont bienvenus pour éclairer notre conscience. Je crois savoir que vous étiez de l'Université de Paris, mais n'êtes pas gradué en théologie. Que nous apportera donc votre présence dans une affaire touchant à la foi ?

— Vous n'êtes pas vous-même docteur en théologie et savez bien par ailleurs, monseigneur, que pareille procédure suit des règles relevant du droit canon où j'ai compétence. Bonne justice veut au minimum, entre bien des choses, que la défense de Jeanne soit assurée autrement que par elle-même. Je veux être son défenseur selon les règles.

— J'ai déjà désigné Jean de la Fontaine, maître ès arts, licencié en droit canon, comme conseiller commissaire au procès ainsi que Guillaume Manchon, prêtre, pour faire office de premier greffier, sans oublier Jean Massieu, prêtre, doyen de la chrétienté de Rouen, institué comme huissier exécuteur. Jeanne l'hérétique n'aura pas de défenseur attitré. Mais je vais m'entourer du plus grand concours possible de docteurs et pontifes. Vous pouvez en être à condition de ne point intervenir.

— Bonne justice ne sera donc point rendue sans défenseur désigné !

— Notre foi et bonne foi suffiront d'autant mieux que nous serons nombreux à nous pencher sur le cas de cette hérétique ! Selon le droit, l'hérésie n'a nul besoin d'être défendue mais simplement jugée !

— Et déjà condamnée comme vous commencez de le faire en privant Jeanne de ses droits !

— Il suffit, messire clerc ! Je suis seul juge du bon usage des règles, étant dûment désigné par le roi Henry.

— Mais avez-vous légitime compétence, monseigneur évêque et vidame de Beauvais et non de Rouen ? Je viens d'apprendre que le chapitre de cette bonne ville venait seulement de vous faire concession temporaire de territoire, ce qui est bien récent et à dessein pour vous permettre d'exercer en légitimité ! Tout cela fleure bien davantage la circonstance que la règle !

Ce premier entretien prit fin sur paroles peu amènes. Je n'obtins que le droit d'assister aux séances publiques du procès, mais sans pouvoir intervenir, bien convaincu que notre Jeanne était déjà jugée malgré l'affluence de clercs et hommes d'Église convoqués pour masquer la forfaiture. Pour cacher le fond, Cauchon rassemblait le nombre ! Un vrai petit synode pour défendre non la foi mais l'Anglais ! L'avis de ces docteurs et maîtres, tous favorables au traité de Troyes, exigeait qu'il y eût des informations sur les faits et dits publiquement imputés à cette femme. Le seigneur évêque leur apprit que quelques-unes avaient déjà été faites par son ordre et qu'il était décidé à en ordonner d'autres, desquelles il serait ultérieurement rendu compte en présence du conseil. J'appris plus tard que tous les éléments en faveur de l'accusée n'avaient pas été volontairement versés à procédure, en particulier jamais ce que Jeanne elle-même appelait le « livre de Poitiers » où avaient été consignées enquêtes, questions et réponses menées deux ans auparavant à demande du vrai roi de France. Parmi ces requêtes, il y eut encore vérification que Jeanne fût bonne et vraie pucelle. Cauchon l'ordonna pour s'assurer qu'elle ne fût point au Diable en espérant tout l'inverse. La duchesse de Bedford y procéda dans la prison, assistée d'Anne Bavon et autres matrones. Pendant l'examen, le duc son mari, caché dans une pièce voisine, l'espinchait à souhait par un trou du plancher. Bassesse de régent hypocrite et dévot d'un petit royaume, déjà presque vaincu par une fille !

Lorsque je revis Jeanne, au milieu d'autres, je tentai de la convaincre, lorsque seraient ouvertes les auditions, de se tourner vers moi en cas de questions piégeuses, et de n'y répondre autrement que par demande de délai lorsque je le lui signifierais d'un mouvement du visage. Je lui recommandai aussi, en attendant, de bien largement se méfier de ses visiteurs dont nombre lui étaient envoyés pour l'espionner. À la première suggestion je n'eus de sa voix claire, un rien moqueuse, que réponse simple et franche : ses Voix l'inspireraient au moment nécessaire ! Jeanne était entière dans sa foi, sans détour aucun, confiante en elles, même plus tard au terme de son calvaire dans l'épuisement et le doute.

Elle fut citée à comparaître le 21 février de l'an 1431 à basse tierce, après plus de six semaines de recherche préparatoire.

*

Cauchon nous réunit dans la chapelle du château, en forte assistance, sans doute pour effrayer Jeanne qui parut en habit d'homme, les fers aux pieds. Elle ne le fut point et demanda derechef qu'il lui fût permis d'entendre messe et que des hommes d'Église du parti de la vraie France fussent adjoints en nombre égal à l'assemblée. On le lui refusa. Scandaleusement pour sa première requête, l'Église ne pouvant refuser sa grâce à chacun de ses enfants ; politiquement pour la seconde, tant elle était contraire à l'intention vraie du procès. Tout était déjà dit à qui voulait l'entendre. La haine des clercs vendus au traité de Troyes suait sur leurs visages. Pour nombre d'entre eux, c'était première fois qu'ils voyaient les cheveux dégagés d'une femme en habit d'homme encadrant ses formes fières. Certains en remuaient d'effroi ou de désir tandis que le Cauchon, seul juge autoproclamé, la face pâle et le regard mauvais, fixait sa proie sans aménité. L'Anglais l'avait payé en deniers de bonne trahison. Jeanne n'avait pour eux que répulsion. Elle savait qu'ils la voulaient faire mourir mais ne les craignait pas. Elle attendait avec confiance que les anges et les saintes, accomplissant leur promesse, vinssent la délivrer.

Le prétendu juge lui demanda de jurer sur les Évangiles, ce qu'elle fit, sans admettre de révéler ce que ses Voix lui disaient. On exigeât qu'elle récite le « Notre Père », ce qu'elle refusa, ne le voulant dire qu'en confession. Elle se plaignit aussitôt d'être aux fers. On lui répondit qu'elle l'était pour avoir tenté de s'évader, ce qu'elle admit, mais en soulevant habilement une véritable question juridique. Si elle était accusée d'hérésie, que faisait-elle dans une prison anglaise gardée par des Godons, comme un soldat captif, et d'où il était naturel qu'elle cherchât à partir ? À l'inverse, dûment enchartrée dans geôle ecclésiastique comme il serait logique au vu de son crime supposé, sa soumission serait pleine tant elle savait que s'échapper d'une prison d'Église était péché contre l'Église. Cauchon, qui avait quelques restes de culture en droit, fut ennuyé de la chose et bâtit aussitôt un expédient. L'évêque, agissant comme juge ecclésiastique, désigna lui-même à cette garde les trois hommes d'armes d'Angleterre, John Gris, écuyer, John Bervox et William Talbot, commis par le roi à la garde de Jeanne, et leur fit jurer sur les saints Évangiles de lier et enfermer cette fille. Chacun avait compris qui aurait dernier mot sur la sentence finale.

La deuxième audience fut fixée au lendemain 22 février dans la petite salle de parement située au bout de la grande salle du château. Oh ! Je ne vais pas toutes te les raconter, mon cher frère ! Simplement te dire les faux et chausse-trappes pour tenter de tromper Jeanne et la faire se dédire ou contredire dès les premiers moments. Le premier fut Jean Baupère, docteur en théologie de l'Université de Paris, qui, dès ce jour-là, sautait d'un sujet à l'autre tentant de la surprendre. Lorsqu'à sa question Jeanne parla de ce que lui disait sa Voix : « Elle m'apprit à me bien conduire, à fréquenter l'église, et elle m'a dit qu'il me fallait aller en France », ledit Baupère ne retint qu'une chose : « D'où venait ta Voix ? » Elle répondit : « J'ai entendu la Voix à droite, vers l'église. Rarement je ne l'entends sans une lumière. Cette lumière est du côté que la Voix est ouïe. » De cet énoncé simple rappelant les Écritures saintes puisqu'on lit dans Ézéchiel que les anges se tenaient à droite de la demeure, ou au dernier chapitre de saint Marc que les femmes virent l'Ange assis à droite, ou encore dans saint Luc que l'Ange apparut à Zacharie à droite de l'autel encensé, un docteur impartial eût pu être mieux disposé. Point ne fut, car ledit Baupère ne songea qu'à stupide contradiction dans les réponses en demandant comment elle voyait la lumière, puisqu'elle était de côté.

La troisième séance publique fut fixée au surlendemain, samedi 24 février. Y siégèrent soixante-deux assesseurs dont vingt nouveaux ! L'évêque Cauchon ne put obtenir que la Pucelle jurât sans restriction. Si elle le fit de dire la vérité sur tout ce qu'elle saurait touchant le procès, elle se réservait de taire ce qui, selon elle, ne s'y rapporterait pas. Et puis, pourquoi encore jurer puisque, par deux fois, elle l'avait déjà fait ! Quand maître Baupère souhaita qu'elle parlât de ses Voix, je lui fis signe non de tête. Elle demanda alors un délai pour répondre et qu'on lui mît par écrit les questions correspondantes. Ce sur quoi le clerc du parti anglais lui posa une question bien captieuse qui mettait Jeanne entre l'aveu de son péché et la plus condamnable témérité : « Savez-vous si vous êtes en la grâce de Dieu ? » Un des assesseurs, maître Jean Lefèvre, de l'ordre des Frères ermites, fit observer qu'elle n'était pas tenue de répondre. Il y eut des murmures dans la salle. Mais Jeanne fit montre d'une divine inspiration : « Si je n'y suis, Dieu m'y mette, et si j'y suis, Dieu m'y garde. Je serais la plus dolente du monde si je savais ne pas être en la grâce de Dieu. » L'assemblée trouva trop subtile la réplique et de cette subtilité qui est le propre des femmes. Oncques assemblée ne fut tant délibérément bornée ! Je songeais à sa pleine réplique : « Et si j'étais en péché, je crois que la Voix ne viendrait pas à moi. Et je voudrais que chacun l'entendît aussi bien comme moi », avait-elle ajouté. Profonde raison de Jeanne ! Habileté, en même temps qu'humilité, noblesse véritablement inspirée, et mieux encore car le ton de sa voix s'était changé en cours de phrase : elle s'interrogeait, et sous sa douce plainte maintenant chuchotée venait une mélodie humaine, avec ses reprises et ses rejets, dont l'espoir murmuré dessinait la musique.

La quatrième séance se tint le mardi 27. Puis il y en eut d'autres qui étaient fort longues, chaque fois devant des assemblées différentes. Beaucoup de questions assenées en désordre pour affaiblir la Pucelle. Âgée de dix-neuf ans, ne sachant ni le lire ni l'écrire, qui allait parfois garder les moutons de son père dans un petit village en bordure de Lorraine, cette jeune fille, si pareille à d'autres en apparence, tenait tête aux malveillants docteurs venus sans autre but que la charger.

« Cela était-il bien de faire assaut un jour de fête ? », lui demandèrent les juges, singeant ici les questions des pharisiens demandant à Jésus s'il était bon d'agir le jour du sabbat. « Passez outre ! », répondit Jeanne comme si l'esprit ne prévalait pas sur la lettre et que le réalisme du Créateur ne l'emportait pas sur prescriptions formelles. Ma petite thèse *De natura bellorum* me revenait en mémoire. Saint Thomas lui-même donnait franche réponse à pareille question : « L'observation des fêtes, déclare-t-il, n'empêche point ce qui est ordonné au salut des hommes, même dans l'ordre corporel. Le salut de la république des fidèles, ordonné à empêcher le meurtre d'un grand nombre et des maux innombrables, soit temporels, soit spirituels, mérite d'être sauvegardé beaucoup plus que le salut corporel d'un homme particulier. Il suit de là que pour la protection de celle-ci, il est permis de faire les guerres justes durant les jours de fête, pourvu toutefois que la nécessité le demande : si, en effet, quand la nécessité presse, on voulait s'abstenir de faire la guerre, ce serait tenter Dieu. Mais, quand la nécessité cesse, il n'est point permis de faire la guerre pendant les jours de fête. » Nos vénérés docteurs connaissaient la réponse. Jeanne aussi, de par Dieu, sans qu'il fût nécessaire de s'arrêter sur question inutile.

La sixième et dernière réunion publique de questionnement fut la plus ennuyeuse et la plus touffue tant on cherchait à perdre Jeanne dans le futile. L'interrogatoire devait ensuite se poursuivre dans sa prison, hors autrui. Je n'ai pu y assister. Elle était fatiguée, un peu désarmée, se demandant comment ses Voix allaient la secourir, mais continuait hardiment de répondre, selon ce que je sus. Elle subit ainsi encore quinze séances en vingt-cinq jours.

Jeanne souffrait beaucoup d'être privée des sacrements. Un jour, comme on la conduisait devant ses juges, elle demanda s'il n'y avait pas sur le chemin quelque église ou chapelle, dans laquelle serait le corps de Notre Seigneur Jésus-Christ. Messire Jean Massieu, huissier ecclésiastique, lui montra la chapelle castrale. Jeanne s'y agenouilla pour y prier. L'huissier en fut sévèrement réprimandé.

J'ai commencé de rédiger mémoire à l'évêque comte messire Cauchon pour dire et faire savoir toutes les irrégularités de pareille procédure. Je n'étais d'ailleurs pas seul à penser pareillement. Maître Jean Lohier, notable clerc normand, estimait aussi que l'affaire ne valait rien, de même que maître Nicolas de Houppeville. Ils quittèrent Rouen aussitôt. C'était en vain, car rien ne changera la mauvaise procédure.

*

Après enquêtes et interrogatoires, la procédure préparatoire fut déclarée close. Le procès dit ordinaire s'ouvrit le mardi après les Rameaux, 27 mars, dans une chambre voisine de la grande salle du château. Contre toute attente mais bien tardivement, monseigneur Cauchon offrit à Jeanne, avant lecture de l'acte d'accusation, le concours d'un avocat qu'elle choisirait. J'avais déjà fait remarquer au prélat que pareil procès contre une personne non assistée de moins de vingt-cinq ans était nul de plein droit. Il avait alors jugé cette demande inutile en matière d'hérésie, escomptant les aveux de l'accusée, ce qu'il n'a obtenu. Jeanne, à qui je renouvelai mon concours, n'en voulut point :

— Quant au conseil que vous m'offrez, aussi je vous remercie, mais je n'ai point intention de me départir du conseil de Notre Seigneur.

Aussitôt, maître Thomas de Courcelles commença de lire, en langue française, le libellé de l'accusation, rédigé en soixante-dix articles. Ce texte reproduisait, dans un ordre méthodique, les faits déjà reprochés à Jeanne et qu'on tenait gratuitement comme avoués par elle et dûment prouvés. Elle répondit point par point en rappelant ses réponses précédentes, avec vivacité et aplomb qui forçaient l'admiration de beaucoup de ses juges, et demanda un délai de réponse sur quelques questions. Sous couvert de foi et d'hérésie, ces savants théologiens, ces prêtres bornés, tous ivres de pouvoir, ne pardonnaient point ce qui les mettait en cause. À la question une fois encore posée de savoir si elle acceptait de se soumettre à l'Église militante, sa réponse ne varia pas. Elle était résolue à s'en rapporter à Notre Seigneur plutôt qu'à homme du monde, ce qui était, pour ces doctes, ruiner l'autorité du pape et du concile. Ils avaient oublié leur refus à Jeanne, qui l'avait pourtant demandé, d'apporter sa cause à Sa Sainteté le pape !

Ils résumèrent leur manifeste en douze articles. Notre Jeanne, épuisée, tomba malade. Dès qu'elle parut mieux, on la conduisit en chambre de torture où elle fut menacée de la question si elle n'avouait pas. Sa réponse qui me fut rapportée ne changea rien : « Si vous me deviez faire arracher les membres et faire partir l'âme hors du corps, je ne vous dirais autre chose et, si je vous disais quelque chose, après dirais-je toujours que vous me l'avez fait dire par force. » Pareils courage et constance dépassaient l'humaine nature chez cette Pucelle ayant d'autant moins à avouer que, dans son entièreté, elle n'avait rien caché. Nos bons clercs voulurent ensuite se couvrir et faire adopter leurs douze articles par l'Université de Paris qui les fit siens. Les inquisiteurs répétèrent une dernière exhortation qui ne modifia rien, notre sainte continuant son propos : « La manière que j'ai toujours dite et tenue au procès, je la veux maintenir. »

Il y eut enfin une ultime mascarade à laquelle j'assistai. Le jeudi 24 mai à la prime du jour, maître Jean Beaupère l'avertit qu'elle serait tantôt conduite à l'échafaud pour être prêchée. On la mena en charrette, sous escorte, dans le quartier de Bourg-l'Abbé, au pied du château, et l'on s'arrêta dans le cimetière Saint-Ouen où, chaque année, à la fête du patron de l'abbaye, se tenait une foire très fréquentée.

Deux échafauds avaient été dressés contre le beau vaisseau de l'église. Le grand était occupé par moult notables, prélats et clercs dont les deux juges, assistés par le révérendissime et infâme cardinal de Winchester. Sur le petit, on avait hissé Jeanne, en habit d'homme, accompagné de maître Guillaume Érard, docteur en théologie, chanoine des églises de Langres et de Beauvais, présent icelui pour la conseiller. Elle paraissait épuisée, hagarde, mais calme tandis que le gros chanoine débutait son sermon. L'accusant d'orgueil entre moult autres péchés, ce prétendu prêtre bavard déprisa aussi le vrai roi de France, hérétique et schismatique, rappelant à tous qui était céans le vrai juge : l'envahisseur ! Il déversa sur elle son fatras de condamnations sans finesse ni vergogne. Quand Jeanne répondit : « Je veux être menée au pape et qu'il m'interroge ! », maître Érard ne sut autrement répondre que : « On ne peut aller quérir notre Saint-Père si loin. Les ordinaires sont jugés chacun en son diocèse. » Tout fut dit sur le vrai pouvoir, au-delà de bonne religion et de toute sainteté. La bassesse de l'Église s'exprimait bien là où elle était, au service des Godons, dans la fange de ses prébendes.

Admonestée jusqu'à la troisième monition, Jeanne refusa encore d'abjurer. Lente était la lecture d'une sentence qui l'abandonnait au pouvoir séculier. De la foule les voix montaient : « Abjure, Jeanne, abjure ! » Le serpent Érard, bon menteur, lui faisait espérer sortir de prison en cette occurrence. Et notre Jeanne, bien seule et fatiguée, s'écria soudain, les mains jointes, qu'elle voulait bien obéir à l'Église. Silence dans la foule, puis murmures, puis grondements des Anglais comprenant que la sorcière, la fille, pouvait échapper.

Leur véritable nature, insultant les clercs et prélats de France, ressortait à plein. Elle les menaçait. Dans le tumulte, Érard lut à Jeanne une courte cédule d'abjuration qu'elle ne comprit pas. On l'entendit qui demandait conseil à saint Michel. Il ne répondit pas ! Et Jeanne, la « sans pareille », se sentit abandonnée. Elle confessa préférer signer que d'être arsée et répéta les mots à mesure que l'huissier les lisait, mais paraissant se moquer, même sourire à ses juges. Il y avait grande confusion dans la foule. Les Godons étaient furieux. L'infâme Warwick se plaignit que son roi fût mal servi. Jeanne fit une croix au bas du document. Condamnée à la prison perpétuelle, avec pain de douleur et eau d'angoisse, elle demanda à être retirée de la geôle anglaise. On le lui promit. On lui mentit. Cauchon déclara par-derrière : « Menez-la où vous l'avez prise ! » Elle repartit en charrette vers la tour. Les soldats anglais l'insultaient au passage.

Je ne pus revoir Jeanne que deux jours plus tard. Elle avait repris ses habits d'homme et je lui demandai pourquoi cela après son abjuration. Sa réponse fut simple. Elle avait demandé conseil à ses Voix et celles-ci lui avaient fait reproche qu'abjuration était trahison, et qu'elle se damnait pour sauver sa vie. Ainsi elle remit son habit d'homme pour revenir à obéissance. Il est vrai qu'entre-temps ses geôliers n'avaient point respecté l'accord, à savoir qu'elle irait à la messe, recevrait son Sauveur, et qu'on la mettrait hors de fers. Ultime provocation, ils lui avaient laissé en cellule le sac contenant sa vêture coupable. Je la quittai, défait, connaissant la suite et ce qu'elle acceptait. Dans l'après-midi de ce mardi 29 mai, Cauchon réunit ses assesseurs. La cause était entendue : tout hérétique qui rétractait sa confession était tenu pour parjure, non seulement impénitent, mais relaps. Et les relaps étaient abandonnés au bras séculier.

Jamais plus je ne revis Jeanne, elle, et ce qui la transcende, autrement que de loin, un matin blême, quelques jours plus tard.

La mort de Jeanne

En ce mercredi 30 mai de l'an 1431, l'heure n'est point encore à tierce[1]. Le vent s'est levé, venant de la mer, traînant avec lui quelques nuages gris que le soleil bleuit dans la transparence du jour. Le pavé gras et luisant rappelle la pluie du soir dernier. Au-delà de l'église Saint-Sauveur qui centre la place, la Seine aux tons frémissants d'ardoise s'écoule, indifférente au destin des humains faits, paraît-il, à l'image de Dieu. En ce jour, que le Seigneur veuille me pardonner, fort je doute de cette parole. Peut-il y avoir un ordre légitime et partagé entre notre Jésus-Christ Sauveur et le prélat Cauchon, accusateur mandé par ses maîtres anglais pour juger et condamner d'avance notre Jeanne la Pucelle ? Qu'a donc à faire avec le ciel, en ces instants de mort, sur l'estrade dressée à dos de basilique, cette assemblée de hauts seigneurs d'Église, de la ville, et dignitaires d'Angleterre dont la trogne couleur charogne contredit si fort le riche parement des étoffes ? Se peut-il exister correspondance entre crasse, odeur et grondements sales des soldats godons entourant le bûcher, hurlant qu'on se dépêchât pour finir en flammes une fille hérétique qui les avait battus en guerre, et le pardon du Très-Haut en son infinie miséricorde ? Je décrois tout

1. 9 heures du matin.

honteux, ici et maintenant, les voies du Seigneur dites impénétrables, tant m'apparaît court et sottard l'étalement trop répété de mots prononcés en chaire pour tant cacher l'ignorance et empêcher l'effort de penser. Parce qu'ils vont brûler tantôt Jeanne, la Pucelle, la « sans pareille », la sainte, je décrois en l'amour du Christ venu parmi nous racheter nos fautes. Ce sont billevesées ! Quel fonds peut-on assurer de quatre récits confus, oraux, contradictoires de quatre Hébreux n'ayant rien vu, ne sachant rien et croyant tout ? Et qu'apporte l'Église à la compréhension de ce qui nous advient, sinon le bûcher qui n'est que l'obscurantisme noir et jaloux du Dieu cruel et vengeur de l'Ancien Testament ? Ce jour, en mon prédicament plein de colère, je décrois pareillement paroles des prophètes dans cette Bible rapportée, comme ce premier chapitre du livre de Job où se proclame ce que je ne peux plus avant concevoir : irruption soudaine des ennemis, feu tombé du ciel, souffle destructeur qui tantôt les uns, tantôt les autres, abattent sa maison, massacrent ses serviteurs et son bétail, tuent ses enfants, et Job bêlant de conclure, se prosternant après avoir déchiré son manteau : « Le Seigneur a donné et le Seigneur a repris. Que Son nom soit béni ! »

Le bûcher regarde l'église. Là est dressé haut un socle de plâtre pour que chacun pût voir la suppliciée. Moult fagots secs y ont été déposés il y a peu car le temps est changeant. La fumée noire d'une l'humidité soudaine retarderait la combustion, empêchant qu'on assistât pleinement à la réalité du supplice. Pire, ce bûcher est trop haut pour que Jeanne ne souffrît rapide mort par étranglement avant combustion du corps, comme c'est coutume, le bourreau ne trouvant place aisée et suffisante pour officier ainsi avant d'attacher la condamnée au poteau de bois. À l'estache qui le surmonte, un écriteau cloué porte ces mots que la foule ne peut lire : « Jehanne qui s'est fait nommer la Pucelle, menteresse, pernicieuse, abuseresse du peuple, devineresse, superstitieuse, blasphemeresse de Dieu, presumptueuse, malcréant de la foy de Jhésuscrist, vanteresse, ydolatre, cruelle, dissolue, invocateresse de diables, apostate, scismatique et hérétique[1]. » Les moult habitants de la grande ville de Rouen, ici là rassemblés derrière de nombreux soldats, sont en grand émeuvement, mélangeant curiosité malsaine avec l'horreur du drame qui va advenir par volonté d'Église et forcement d'occupant. Ils ne savent rien de cette parladure religieuse, ni eux, ni ceux pressés aux fenêtres ou juchés sur les toits. Aujourd'hui, sur cette grand-place du marché serrée entre une grande halle de bois, celle de la boucherie, le cimetière de Saint-Sauveur et la basilique elle-même, Ponce Pilate a face d'Anglais et le sanhédrin habits de clercs et prélats. Où est Jeanne la sainte ? La foule commence à grogner. Le passage de lourds nuages cadence ombre et lumière sur parvis, bûcher, estrades et juges. Quelques soudards godons sales et rassottés s'agitent. Ils veulent en finir pour aller rapidement prendre repue. Même l'évêque Cauchon est tabusté pour qu'on allât plus vite. Qu'attend-on donc pour brûler sans attendre ce suppôt d'enfer qui a humilié soldatesque et seigneurs brutaux autant qu'arrogants de ce pays étroit d'outre-mer !

Après un fort coup de vent balayant la place au point de secouer les deux estrades, l'une, large et pleine des

1. *Procès*, t. IV, p. 459 *in* Anatole France, *Vie de Jeanne d'Arc* – Tome II.

juges et prélats, l'autre plus modeste où devait se tenir la condamnée pour y être exposée et prêchée avant exécution, l'on entendit soudain le pas de plusieurs chevaux puis les roues d'un pauvre chariot de bois sur le pavé inégal à l'entrée de la place, protégée par un double cordon de soldats. Jeanne apparut. Pieds nus, portant robe longue et claire. Sa tête était couverte d'un chaperon couvrant nudité de son crâne que l'on avait rasé. Elle priait, les mains jointes liées, je ne l'ai su, par force ou recueillement. Deux moines dominicains lui parlaient à l'oreille tant il fallait à notre bonne religion que, jusqu'au terme, prêtres et confesseurs arrachassent pardon et contrition au pécheur. Sur l'estrade adossée au pignon de la halle, elle fut hissée. Maître Nicolas Midi, docteur en théologie, mien compagnon de l'Université de Paris, débuta son prêche. Il avait pris pour texte la parole de l'Apôtre dans la première épître aux Corinthiens : « Si un membre souffre, tous les membres souffrent. » Notre Jeanne ouït patiemment le sermon. Puis monseigneur de Beauvais, Cauchon le bien nommé, prononça, au nom de l'Église tout entière, cette sentence la décrétant hérétique et relapse avec expressions qui ne se peuvent ni souffrir ni oublier : « Jeanne, membre pourri dont nous voulons empêcher que l'infection ne se communique aux autres… » Elle avait délivré Rouen et mené le dauphin au sacre ! Le vent me dispersa la suite qui revint au moment final tout plein d'hypocrisie et de lâcheté : « Nous t'abandonnons priant que la puissance séculière modère envers toi sa sentence… » Ce juge d'Église, qu'il soit maudit et brûle en enfer, s'ôtait ainsi d'avance toute responsabilité dans une mort violente exécutée, comme il sied en pareille procédure, par l'autorité séculière, sachant sans détour ce que valait telle prière !

Je n'étais pas sur l'estrade des clercs et prélats, mais dans la foule, derrière soldats, et devant Jeanne lorsqu'elle montera au supplice. Après ce prononcé, elle se mit à genoux, recommanda son âme à Dieu, à Notre-Dame, à chacun des saints du paradis, ce qui fut assez long. Puis elle demanda pardon à ses juges, aux Anglais, même au roi Henry, ainsi qu'aux prêtres rassemblés leur demandant de dire messe pour le salut de son âme. Elle exprima aussi dans grands pleurs et gémissements ses sentiments d'humilité et de contrition, songeant même à défendre son roi Charles bien peu présent dans son martyre. Puis le silence se fit. Moult pleuraient. Quelques Godons ricanaient et s'impatientaient, ne comprenant rien, pour chrétiens que, paraît-il, ils étaient autant que nous, à cette cérémonie de la justice d'Église. Ils ne voulaient que tuer la fille. Remise désormais aux mains du pouvoir séculier, sur un simple signe du bailli messire Le Bouteiller, Jeanne fut descendue de son estrade puis, un peu plus loin, hissée sur l'échafaud par deux sergents du roi d'Angleterre. Coiffée d'une mitre en papier qui marquait sa condition d'hérétique, notre Jeanne me semblait submergée par l'infinie horreur de mourir bientôt et pareillement. Dans le même instant, tous les juges d'Église s'en allèrent prestement, car assister à l'exécution sous, désormais, l'autorité civile, aurait encouru irrégularité de la procédure. Grand souci du droit cachant pauvreté de leur justice misérable ! J'ai vu certains pleurer, pensant peut-être au prochain jugement de Dieu sur les âmes, celle de Jeanne près de Lui tantôt, la leur surtout et plus tard, si toutefois la miséricorde infinie de Notre Seigneur tout-puissant daignât sur eux se pencher.

Elle demanda une croix. Un soldat godon lui en fit une avec deux morceaux de bois liés. Jeanne la baisa puis mit l'humble crucifix sur son sein entre chair et vêtement. Puis elle supplia qu'on allât chercher à l'église voisine grande croix de Jésus crucifié pour que, continuellement dressée devant elle, elle fût offerte à sa vue jusqu'au dernier moment de conscience. Ce fut fait. Elle l'embrassa, la pressant contre elle de ses mains tant qu'elles furent libres, puis pria les saints qui l'avaient depuis l'enfance commandée au nom du Seigneur : saint Michel et sainte Catherine. Le bourreau la lia au poteau puis descendit de l'estrade. Le feu prit, attisé par le vent, grossi par la poix versée sur fagots et bûchettes. J'entendis alors ma Jeanne, notre Jeanne, crier « Jésus ! » d'une voix forte, six fois, et demander de l'eau bénite. Puis une fois encore : « Jésus » avant d'incliner la tête et rendre son âme à Dieu, invoquant au dernier instant encore et encore, le Crucifié, le Miséricordieux, le Sauveur qui apporta à ses pauvres créatures le message inouï de l'amour infini, vraie transfiguration des hommes, allant au-delà et grandement des autres religions du Livre.

Lorsqu'elle fut morte, le bailli ordonna ce que le très chrétien cardinal de Winchester, homme qui n'entrait, paraît-il, jamais dans les églises sinon pour condamner, avait exigé au moment du verdict : que Jeanne fût trois fois suppliciée. Le premier venait d'advenir. Le second fut odieux quand le bourreau écarta un instant les flammes afin qu'on pût voir le corps déjà noirci de Jeanne, qu'elle était bien fille, et que la prophétesse ne s'était point échappée avec l'aide du Diable. La foule pleurait. J'étais pleinement au milieu d'elle et, dans mon émeuvement immense mais lucide, perdis ce jour-là, je le cuide, voyant faces immondes des Godons et leurs vassaux bourguignons, toute foi en l'homme qui se pouvait encore subsister. Quant à Notre Seigneur, qui peut en de tels instants comprendre et pardonner sa violente indifférence à souffrance des humains ?

En quittant la place pour entrer dans l'église de Saint-Sauveur, le seul mien pensement n'était pas de prier. Il était pour toi, ma Jeanne, me ramentevant ta voix douce et claire, la fermeté profonde de ton regard qui ne cillait, habité qu'il était par mission divine, la prestance assurée de ta silhouette habillée en garçon d'armes. En chacun des instants où je pus te connaître, Notre Seigneur t'illuminait, donnant direction claire, jugement passant les apparences et les hommes, dévouement infini à cause de notre royaume sans rien jamais demander en retour. Tiens ! Couleur de tes yeux, quelle était-elle ? Bonne est ma souvenance de ton visage, tes cheveux bruns en bol, tes épaules droites bien plantées sur le corps vif et preste. Mais point du clair de ton regard tant il traversait chacun, moi et les autres, sauf notre roi Charles, peut-être. Agenouillé sur un prie-Dieu mais sans oraison aucune, deux heures passèrent, pleines de souvenirs, tumultes, peines et regrets.

L'heure était à none[1] et la place du Vieux-Marché presque déserte. Quatre soldats godons, leur cotte de mailles couverte par cette croix rouge de saint Georges trop souvent aperçue, surveillaient le bûcher finissant sur le socle. Oh, non pour garder mais plutôt accomplir, Jeanne, ton troisième martyre. Dissimulé sous le porche de l'église, je pleurais sur ce qui restait

1. 15 heures.

de ton pauvre corps terrestre, encore accroché à la chaîne. Il lui manquait une jambe. Demeurait aussi ton crâne aveugle pleurant les larmes blanches de ton cerveau consumé. Ton cœur rouge n'avait pas brûlé, geste de Notre Seigneur enfin compatissant ou simple résultat d'une trop brève combustion ? Impossible réponse à un miracle qui, sûrement, eût enflammé ceux qui te regardaient encore, et croyaient, comme moi désormais, en ta sainteté bafouée par les hommes d'Église et docteurs de l'université. Sur l'instant, l'un de ces soudards d'Anglais secoua de sa lance la cage thoracique enfermant la relique. Tout s'écroula. Il rajouta sur cœur, cendres et os tombés, le bois qui manquait, alourdi de poix fumante, et mit le feu. Flammes et fumées détruisirent ce qui demeurait encore. Deux heures plus tard, l'infâme cardinal d'Angleterre fut obéi : avant de s'en aller boire à l'auberge proche la lourde bière brune qu'on servait à l'envahisseur, le dernier soldat présent remplit deux seaux entiers avec les cendres et esquilles de l'hérétique qu'ils avaient brûlée. Quelques pas lui suffirent avant de les jeter en Seine et disperser au vent, ce vent lourd et humide qui ce soir-là, biaisé, par le travers, venait du septentrion.

Ils n'ont rien laissé de ton corps terrestre, Jeanne, pas même sépulture en terre chrétienne ! Comment ont-ils osé ? Que la noirceur de l'enfer les étouffe ! Comment croire encore non à la sagesse des hommes, ce serait déjà folie, mais à celle de l'Église ?

Toute humanité m'avait quitté. Pour la première fois ! Oh ! Jeanne, qui des hommes est venu te secourir ? Pourquoi les saintes Voix t'ont-elles abandonnée ? Où étaient saint Michel et sainte Marguerite souvent venus te visiter pour, à tes actes, donner courage et direction ? Moi qui croyais désormais moins, je souffris alors d'un délire étrange. Ta vie, Jeanne, si brève et lumineuse, me parut ressembler en ses miraculeuses étapes, à l'humaine passion de notre Christ Jésus. Les saints sont, semble-t-il, les êtres qui ont le plus merveilleusement pastiché la ressemblance du Seigneur. Avant ton supplice et tes défaillances, avant ton calvaire, avant même d'être condamnée par les prêtres, d'être trahie par certains, d'être vendue contre deniers, avant que Pilate, qui s'appelait Le Bouteiller, se fût lavé les mains de l'exécution et n'eût même pas pris peine de notifier sa sentence, j'ose te dire, Jeanne, là où tu reposes désormais, que tu as d'abord imité Jésus dans Sa parole et dans Son cœur.

Mon voyage de Rouen à Bourges se fit sans encombre. J'ai demandé à Sa Majesté le roi de France de bien vouloir me recevoir et lui rendre compte. Je le fis calmement, sans détour mais avec déférence. Il m'écouta sans rien dire et me libéra.

De retour en ma maison, j'ai raconté à Gilles et aux siens ce qui s'était passé. Ils le savaient déjà tant couraient les rumeurs. Après quelques jours au milieu d'eux, entouré d'amitié et d'affection, j'ai pu écrire à monseigneur Gélu, lui dire le fond de mon cœur sans rien taire. Ma fidélité à la cause des Lys fut dans l'instant bien abîmée par ce que j'ai vu, sinon comme une trahison, du moins l'impardonnable abandon d'une sainte fille des marches de Lorraine venue donner au roi couronne au prix de sa vie. Sans doute percevais-je mieux que d'autres, pour y avoir assisté, l'organisation implacable du piège à dessein de tuer Jeanne sous couvert d'arguties d'Église. J'avais évidemment compris que, emprisonnée en forteresse anglaise fortement défendue et loin du royaume de Bourges, notre sire le roi n'en pouvait mais à la sauver. Mais en dehors de ma pauvre ambassade, qu'a-t-il entrepris sérieusement ? J'appris plus tard que Poton de Xaintrailles avait de son propre chef tenté quelque chose pour la délivrer, deux jours avant qu'elle fût ardée. Étant sur place, connaissant les lieux et compain d'armes de ces valeureux, j'aurais pu aider à la tentative. Circonstances contraires, défauts d'informations, insuffisances d'efforts non coordonnés se sont ajoutés à ce qu'on appelle en pareils cas la volonté du Seigneur.

Il y aurait eu cependant moult à faire ! Par les formes, on pouvait bousculer le socle du piège, au moyen d'une vigoureuse procédure, contrarier, même arrêter la leur, et prévenir la sentence funeste. Si l'archevêque de Reims, métropolitain de l'évêque de Beauvais, était intervenu dans le procès, s'il avait suspendu son suffragant pour abus ou pour toute autre cause, Pierre Cauchon aurait été fort embarrassé ; si, comme il se décida à le faire plus tard, notre bon roi Charles VII avait fait intervenir la mère et les frères de la Pucelle ; si Jacques d'Arc et la Rommée avaient protesté dans les formes contre une action judiciaire d'une partialité manifeste ; si le travail d'enquête et d'information appelé le « Registre de Poitiers » auquel j'ai participé avait été apporté au dossier ; si les plus hauts prélats en l'obéissance de Charles VII avaient demandé un sauf-conduit pour venir témoigner à Rouen en faveur de Jeanne ; si enfin le roi, son Conseil et toute l'Église de France avaient réclamé l'appel au pape et au concile, qui était de droit, le procès pouvait prendre une autre issue.

De cela rien ne fut tenté. Par Dieu ! Qui me donnera la lumière pour comprendre cette fin, accepter son infamante disparition, sublimer son acceptation du supplice maintenant que ma foi en l'Église de Rome s'en est allée ? Non ! Décidément Notre Seigneur tout-puissant n'est pas dans cette Église-là qui a préféré localement, sans même en référer au pape, intérêts mêlés des Bourguignons et Godons à la vie terrestre, unique au regard de Notre Seigneur, de l'une de Ses créatures qu'Il aura su appeler si distinctement. Que vaut une organisation prétendument divine qui privilégie certains au prix de la vie d'un seul ? Et cette Université de Paris, donnant de loin et sur tout moult leçons à l'univers, qui n'a pas hésité à condamner sans voir, ni même savoir ! Tiens, j'ai remembrance, pendant mes études à Montpellier, de la visite d'un saint moine à l'université. Frère Gaudin était de l'ordre des Dominicains. Rond de stature mais carré dans sa foi, il venait dire aux pauvres clercs étudiants que nous étions, dont certains feraient carrière ecclésiastique, ce que la sagesse de la sainte Inquisition pouvait apporter aux âmes égarées. Il avait grandi dans l'enseignement et traces, déjà lointaines, il y a plus de cent ans, de Bernard Gui, dont l'exercice de la procédure d'Inquisition en la cité de Toulouse avait duré pendant seize longues années. La conclusion de son discours était peu subtile : mieux vaut dure confession des fautes obtenue par tous moyens d'expiation jusqu'à anéantissement de l'existence humaine en cas d'échec dans la repentance, que perdition de l'âme éternelle ! Ce pauvre moine était inconscient des méfaits et crimes de cette Église-là que même les papes, qui en étaient pourtant à l'origine, parvenaient difficilement à contenir. Mais, une fois encore, je m'égare !

*

Je pris alors, mon frère, la sage décision de partir, et sortir un instant du terrible monde des êtres humains pour me poser davantage sur les mots et les choses ! Ceux-ci me serviront à creuser plus avant d'autres sujets que mon statut de docteur *in utrique* me permettait d'aborder. Vois-tu, comme toi peut-être, j'ai trop fait la guerre et surtout côtoyé certains qui l'ordonnaient. Ce que j'y ai vu force à s'interroger sur son absurde, et cela ne tient pas au seul niveau du commandement car chacun peut réfléchir, y compris dans la fange et solitude de la piétaille. Il y a, selon saint Thomas d'Aquin, des guerres justes. Je t'en ai déjà parlé. C'était l'objet de ma thèse. Comment ce père de l'Église, qui ne l'a jamais faite, peut-il justifier dans la guerre l'inconnaissable de sa violence ? Cela mérite au moins réflexion personnelle ! Quant aux choses, elles allaient conduire ton frère à pratiquer le commerce, argent et marchandises, sous la direction éclairée et nouvelle de Jacques Cœur que je retournai voir dans la demeure de sa famille, sise en haut de la rue du Tambourin-d'argent. Cette haute maison à pans de bois valait de l'observer tant belle était son apparence, bordée en outre d'une merveilleuse boulangerie qui faisait délices des habitants du quartier.

Je l'avais brièvement croisé quelques années auparavant lorsque je vins déposer le fruit de mes rapines contre ces infâmes Anglais ! Il prospérait depuis en affermant la monnaie de Bourges avec succès et quelques déboires que lui a pardonnés le roi par récentes lettres de rémission. Cet homme voyait par-delà les routines et chemins établis. Son regard aigu traversait aisément toute complexité dissimulant l'essentiel. Il savait vouloir et rejetait dans l'heure toute affaire qui n'avait pas sa convenance. En outre, ayant auparavant hasardé ses chances en minorant à profit l'or contenu dans l'émission de monnaies royales, il savait ne plus partir désormais que sur des bases solides. Et quel enthousiasme de la personne ! Le commerce des monnaies ne lui suffisait plus. Songeant maintenant à développer le négoce international qui manquait au royaume, son talent prenait sa mesure en déployant hommes et structures pour y parvenir.

— Alors, messire Jehan, que Dieu vous ait en Sa sainte protection ! Que motive ainsi le plaisir de vous revoir ?

— Messire Jacques, que Dieu vous bénisse également, vous-même et les vôtres ! Nous nous rencontrâmes brièvement céans il y a déjà six années lorsque je suis venu quérir de votre beau-père, messire Lambert de Léodepart, conseils pour placer mes butins de guerre. Ceux-ci furent excellents. Comment se porte-t-il ?

— L'âge avance mais l'œil reste vif ! Et vous-même, messire Jehan, d'où venez-vous donc ? Vous paraissez fatigué et je vois lassitude et désillusion dans votre regard, peut-être un peu de désespoir !

— Je viens de Rouen où j'ai tenté d'aider Jeanne la sainte dans son procès truqué. Tout n'y était que fourberie, mensonge et détournement. Son sort était scellé depuis l'aube de sa capture et notre roi n'a rien fait.

— Qu'aurait-il pu faire ? Jeanne était enfermée à Rouen, ville pour l'heure imprenable. Les Anglais voulaient sa mort à n'importe quel prix tant elle leur avait fait honte sur le champ de bataille !

— Le plus cruel fut le rôle de l'Église, aidée en félonnerie par Bourguignons et clercs de Paris. J'ai croisé en ces jours, messire Jacques, lie de l'humanité en même temps que sainteté d'une jeune fille venue sauver notre royaume. Charles VII, pour grands que soient les rois, ne fut pas digne d'elle ! Je ne veux plus le servir !

— Seule la très haute noblesse de France, celle de sang royal, peut se permettre sans male conséquence de choisir et changer sa suzeraineté au gré de ses intérêts car le roi le souffre. Nous autres ne sommes que ses humbles serviteurs. Qu'allez-vous faire maintenant, car je crois savoir qu'il vous a donné son congé ?

— Je l'ignore. Certainement ne plus porter l'épée et l'enseignement ne me tente pas car, vous le savez peut-être, je suis docteur en droit mais ne veux plus rien savoir de l'Église des hommes, ni chercher ses chapitres ou prébendes.

— Effectivement je le sais. Il est de bon usage de connaître ses clients. J'ai également découvert que, en dehors de savoir vous battre, vous parlez la langue d'oc et celle de Castille. Votre mère, que Dieu la garde auprès de Lui, vous a appris également le flamand, sans oublier ce latin d'église qui nous lie tous, ici, en Europe. Pourquoi ne pas développer vos dons et connaissances à parcourir les routes du commerce ? Au-delà de l'enrichissement, bien utile pour demeurer libre mais qui ne vous tente, pareil chemin vous amènerait à jouer d'un puissant levier sur les hommes : susciter et satisfaire leur désir au prix le plus élevé. Ils en deviennent vite esclaves. Et puis pratiquer l'échange en terre lointaine, quérir une marchandise inconnue et donc rêvée là où cela se peut pour la rapporter et revendre, organiser les réseaux capables de faire connaître et donc correspondre des fabrications différentes venant de contrées peu ou mal connues qui s'ignoreraient en tout s'il n'y avait pas le poumon du commerce, savoir user au mieux pour sceller le marché des habitudes et des monnaies servant à la transaction, utiliser les ressources du droit civil pour finaliser et sécuriser les contrats touche un tréfonds de l'âme humaine : susciter le désir, peut-être l'exaucer.

Je connaissais peu Jacques Cœur. Mais j'étais frappé par l'enthousiasme de son regard comme le calme sourd de sa voix, la clarté de l'éloquence. Jacques voyait au-delà de son existence du jour, la sienne et celle des autres. Le vide présent de mon cœur et de ma vie était facile à remplir, surtout par une double tentation, celle de l'inconnu, celle du vraisemblable. Alors qu'une autre nuit d'été avançait ses ombres, nous poursuivîmes la conversation à l'auberge.

— Avez-vous, messire Jacques, rencontré Jeanne d'Arc ?

— Plusieurs fois lorsqu'elle vint trouver notre roi Charles le septième, puis souvent quand elle était enchartrée en cellule anglaise, sans oublier le moment du supplice, mais loin au milieu des autres. Elle n'était que conviction et douceur, ferme en ses intentions, ivre de liberté pour le royaume de France. Quel étonnant retournement me fut envoyé par Dieu lorsque, au moment de toucher Sa grâce, je me suis éloigné de Lui. Car oui ! Jeanne était Sa grâce. Mais laissons pour l'instant la sainteté de Jeanne à Dieu qui l'a assurément accueillie près de Lui.

— Je voudrais vous dire, messire Jehan, ce que j'entrevois. Si faire commerce des monnaies est assurément belle entreprise, il faut imaginer davantage ! Au cours de mes dix dernières années d'apprentissage, après avoir écouté banquiers, changeurs, négociants, d'ailleurs presque tous italiens, fréquentant le palais ducal où vit souvent notre souverain, j'ai acquis profonde conviction que la prospérité tenait à l'échange entre les pays et principalement le commerce avec l'Orient. Les lourdes cargaisons des vaisseaux ventrus, transportant à longueur d'année des trésors, équivalent aux palais, armées, routes et ports, bijoux, œuvres d'art, charges honorifiques et consciences humaines achetables, en résumé tout ce qui fait le cercle du pouvoir. À l'évidence, lorsque la naissance ne vous donne point accès au plus haut de la reconnaissance, il est possible de traverser les hiérarchies en vendant à haute noblesse la réalisation de ses désirs, avec chaque fois une marge d'autant plus forte sur la transaction qu'elle aura été permise par achat à bon prix de ses avoirs et surtout par reprise dûment valorisée de ses dettes. En devenant son incontournable créancier, l'on peut, messire Jehan, se porter à même niveau ! L'envie est la force du monde. Au surplus, amener plus de prospérité dans notre royaume profitera aussi à nos villes, nos places de commerce, notre production et même nos campagnes qui ont moult souffert de la guerre.

— Mais, messire Jacques, le pouvoir m'intéresse peu et je n'ai pas de goût pour la représentation.

— Je le conçois ! Et c'est là votre force ! Elle vous laissera l'œil clairvoyant ! Songez plutôt à la qualité de l'entreprise. Même dévasté par la guerre, notre royaume est le plus riche d'Europe. Il peut l'être davantage à condition d'en organiser l'essor. Si nos routes commerciales avec le Nord demeurent plus ou moins, car, après tout, Anglais, Hollandais et Bourguignons n'ont que des intérêts, le royaume ne possède plus, en Méditerranée, ni bateaux adaptés et en nombre, ni ports aménagés avec routes de dégagement, ni équipages suffisants. Nos quarante lieues de littoral vivent chichement et, hors la pêche, nos habitants ne trouvent embauche que dans les ports étrangers. Il faut tout reconstruire !

Notre auberge était calme et assez propre. De la paille fraîche avait été étalée sur le sol. Les chandelles crachaient peu et le feu grondait dans une large cheminée où cuisaient volailles et lapins. Assis assez loin de l'âtre pour ne point souffrir d'une trop grande chaleur, je voyais Jacques à contre-jour. Le dessin de sa silhouette noire bougeait en rythme avec son discours mais par un étrange mécanisme je pouvais distinguer son regard clair. Il savait être persuasif sur une aventure dont lui seul voyait les contours encore pour moi bien chargés d'ombre. Le riche vin de Beaune versé dans nos hanaps n'altérait aucunement la précision de sa vision, ni, qui était plus extraordinaire encore, la richesse des détails qu'il savait devoir régler pour entreprendre. Jacques n'était pas un rêveur mais un voyant solidement campé sur la terre des réalités.

— Que prévoyez-vous dans l'immédiat, messire Jacques, pour commencer d'agir ? L'entreprise est vaste et me paraît surtout dépendre d'une organisation solide.

— Exactement ! Le fond de l'affaire est d'identifier avec précision les marchandises que chaque contrée peut offrir, les monnaies et conditions utilisables pour les acheter et vendre, les routes géographiques pour y accéder. Une fois cela posé, j'ouvrirai un comptoir sur un port de la Méditerranée pour y déposer les produits ainsi qu'un chantier pouvant construire les galées nécessaires. Je partirai moi-même dès que possible vers le Midi, puis m'embarquerai vers Alexandrie voir ce qu'il est possible et, si Dieu me protège, faire une première tentative de commerce. Accepteriez-vous de m'aider car j'ai grand besoin de facteurs pour éclairer l'aventure ?

Le pécule que j'avais acquis me permettait de vivre librement et l'existence qui était désormais mienne me laissait disponible. Alors pourquoi ne pas explorer un autre chemin qui, cette fois, n'était pas philosophique ?

— Je l'accepte volontiers.

— Pendant que j'explorerai les opportunités allant du Midi vers l'Orient, pourriez-vous faire de même en étudiant la meilleure route qui va de Flandre à Venise ? Quels sont les meilleurs produits que nous pouvons échanger en provenance des villes du septentrion avec les richesses importées d'Italie ? Les Vénitiens sont nos maîtres et n'ont nul besoin de concurrents, mais il serait de bon usage de connaître leurs pratiques et observer leurs réseaux. Voici les contacts que je possède dans grandes villes et foires dans un environ de cent lieues, mais au-delà ? Quels liens de commerce pouvons-nous tisser en Flandre et quels produits et monnaies s'y échangent ? Nous communiquerons par lettres grâce aux lignes postales de monsieur mon beau-père qui a grande réputation. La clé de pareille aventure, avant même l'acheminement, la distribution, le paiement des marchandises, réside dans bonne constitution d'un réseau d'information.

C'est ainsi qu'une relation qui allait devenir une amitié débuta pour longtemps. Muni de quelque viatique que Jacques m'avait fourni pour mon périple, je partis vers le nord-est, seul, solidement armé sur un cheval robuste mais sans faire croire à richesse déplacée. Bourges ne me retenait plus !

Pour la seconde fois je quittais ma maison, Gilles et sa famille. Ils m'étaient chers. Je n'avais personne en dehors d'eux et monseigneur Gélu retiré maintenant à Embrun. Aurais-je changé de projet si, en ces moments, j'avais su ne jamais les revoir ? Pourquoi avoir choisi telle existence, Philippe, tandis que je pouvais m'établir, enseigner, construire un foyer ? Vivre simplement en douceur calme d'une existence qui passe ?

La famille de notre mère m'était presque inconnue. Peut-être te souviens-tu de les avoir rencontrés autrefois en notre petite seigneurie de Braye, oncle Geoffroy, tante Louise et nos deux cousins Guido et Patrick lorsqu'ils sont venus au printemps rendre visite à leur sœur notre mère ? Ils étaient alors installés en la bonne ville de Bruxelles et commerçaient le drap. Sans doute pourraient-ils, par-delà le plaisir de le retrouver après si longtemps, renseigner ce neveu et cousin voyageur, ancien homme de guerre et aujourd'hui marchand !

Après avoir entendu la messe à prime et prié le Seigneur, par habitude, de me garder sous Sa protection, je partis pour l'inconnu. Passant devant la cathédrale Saint-Étienne, je remarquai pour la première fois sa forme particulière : l'absence de transept lui donne une étrange perspective toute de longueur, sans rupture, comme si le parcours du pénitent, du grand portail à la nef, devait s'accomplir d'un seul mouvement passant, allant du Jugement dernier à la Résurrection.

Sortant des murailles par la porte en est, après quelques minutes de calme chevauchée, j'osai me retourner sur la ville. Le lointain me permettait, une dernière fois, d'en contempler l'ensemble où se distinguaient les tours de la cathédrale comme le magnifique palais ducal. J'ignorais alors que jamais plus je ne les verrais. Le secret de l'imagination faisait courir et se chevaucher les images avec, dans le grand salon royal, figure déjà floue de notre roi Charles le septième, mais aussi la silhouette claire, distincte et si vivante de Jeanne, notre Jeanne la sainte, lâchement ardée et rappelée au ciel par vilenie des Anglais et couardise de l'Église. Au bout d'à peine un quart de lieue, si le soleil déjà chaud frappait le visage avec grande vigueur, l'ombre noire du regret me cachait toute perspective. C'est qu'à trente-six ans, un morceau du monde avait pour moi disparu.

Vers la Flandre

Auxerre n'est pas loin de Bourges, environ trente-cinq lieues. Mais il faut auparavant traverser, par le nord, un assez rude massif de moyennes montagnes appelé le Morvan, isolé et peu sûr, en territoire de Bourgogne. Je pouvais passer plus au sud vers la grande cité de Dijon, mais plus longue est la route. N'ayant que peu à perdre, sinon ma vie, peu importait au fond l'incertitude du chemin.

Au cours de ces quelque trente dernières années, mon existence ne fut que provisoire. Provisoires la vie d'étudiant à Paris ou à Montpellier, mon service auprès de monseigneur le cardinal Gélu, les guerres et combats pour le roi ; provisoire et probablement inutile le peu d'aide que j'ai cru pouvoir apporter à Jeanne ; provisoire encore, comme il est toujours, mon enfance heureuse ! J'ai croisé pourtant l'éternité dans une salle du château de Chinon, les geôles de Rouen, la grand-place du marché de la ville où se dressait le bûcher. Cette fille de France, qui a traversé l'univers comme filent quelquefois les étoiles dans un ciel profond, a illuminé ceux qui voulaient l'entendre.

Auxerre m'était inconnue. Prenant mon temps, il me fallut deux petites journées pour y parvenir. J'accompagnai jusqu'à la première nuit une troupe de comédiens qui s'y rendait. Nous pûmes dormir dans les ruines d'une petite ferme fortifiée dont toutes les maisons alentour avaient brûlé il y a peu. L'endroit ne me parlait pas mais je ne pouvais m'empêcher d'imaginer avoir été de ceux qui, autrefois, avaient conduit ce genre de pillage. Après tout, nous étions à la frontière mouvante entre territoire au roi légitime et terres bourguignonnes, dans ces zones peu surveillées et sacrifiées à la soldatesque ou, pire, abandonnées aux rouliers. Même si l'Auxerrois appartenait au royaume de France, la ville s'était donnée au duc de Bourgogne, laissant ouvert en ces sombres moments le théâtre de tous les excès. Mes compagnons de route, s'ils se souciaient peu des querelles de princes, étaient cependant rassurés par ma présence armée. Ils espéraient surtout, durant la prochaine foire de la ville, pouvoir représenter à leur manière, sous le contrôle de monseigneur l'évêque, les mystères de la Passion du Christ.

La double enceinte de la cité nous est apparue au soir du lendemain, juste avant fermeture des enceintes. Il fut aisé de franchir la porte sud, la garde nous regardant à peine. Après avoir quitté la petite troupe d'acteurs, ses charrettes et ses ânes, me dirigeant vers l'auberge de la Corne d'or, une curieuse église appelée Saint-Eusèbe, dans la rue du même nom, me donna un spectacle étrange. Pour, je crois, la première fois de mon existence, je pus observer sur son clocher roman cet étrange instrument qu'on appelle une horloge. J'en ai vu d'autres depuis, surtout ici en nos royaumes italiens. Mais, tu le sais, messire mon frère, le temps qui passe était encore souvent mesuré à l'aune de la nuit et du jour, chaque fois variable selon les endroits, et scandé irrégulièrement. Les heures canoniales étaient sonnées par l'église du village cinq fois le jour et une seule la nuit, pour appeler à la prière. Et comme le soleil ne se couche ni se lève pareillement dans les différents lieux du royaume, surtout lorsqu'une grande distance les éloigne, un habitant ayant grande capacité pour entendre au-delà de l'horizon percevrait à moments légèrement décalés le son des cloches battant la même heure. Si tu considères aussi la paresse du moine sonneur ou sa perception différente plus ou moins bien mesurée des intervalles de temps, le paysan faisant moisson au milieu de deux villages a toute chance d'entendre les clochers marquer deux fois chaque identique moment ! Nul doute que le Seigneur tout-puissant, qui ne connaît ni le début ni la fin car Il est éternel, n'a besoin de distinguer ce qu'Il nous a infligé et qui sépare l'instant de naître et de mourir jusqu'à diviser les parties du jour. Il doit bien rire, du haut du ciel, en entendant les bruits différents, épars et multiples de ses pauvres créatures indiquant la même heure !

J'éprouvais grande estime, durant mes études, pour cette capacité qu'avait Rome, venant probablement des anciens Grecs, de mesurer rationnellement l'univers, y compris la partition du jour incluant la nuit en vingt-quatre heures égales. La grande pendule de Saint-Eusèbe apportait à la ville une belle novation, puisque son aiguille traversait les vingt-quatre points de son cadran, calés sur le mitan de la nuit, avec régularité. Si le sonneur ne changeait rien au rythme des heures canoniales, chacun pouvait regarder l'instrument et savoir quel moment il était, comme un point fixe dans l'éternel mouvement du temps qui passe. Je suis allé demander au prêtre depuis quand était posé cet instrument. Il ne sut le dire mais expliqua son principal objet : assurer une meilleure régularité dans le service de défense. Les bourgeois de la ville avaient sagement décidé de garnir les fortifications selon un rythme ordonné et régulier. Pareille disposition, répartie largement à travers notre royaume, serait grand progrès pour que se croisent les hommes, à heure dite, sans erreurs ni retards. Le commerce y gagnerait.

Jeanne a-t-elle observé ce clocher ? A-t-elle prié dans cette paroisse ? Je sais son passage dans la bonne ville d'Auxerre avant de rencontrer notre dauphin à Chinon en février de l'an 1429. Durant les interrogatoires de son procès, elle nous a dit y être venue, une nuit, à l'hôtel du Carroi doré, pour repartir le lendemain après avoir entendu messe et communié selon ses mots « dans la grande église », sans doute la cathédrale Saint-Étienne. Elle y est retournée en allant au sacre de notre bon roi Charles VII, mais cette fois sans entrer en ville. Je n'ai pas cherché ses traces. Jeanne occupe trop mon cœur pour en sentir besoin. D'ailleurs, cette cité n'était guère qu'une étape. Je partis le lendemain. Il était neuf heures au clocher de Saint-Eusèbe.

*

Me dirigeant vers Chablis, Fleys, Tonnerre, Villiers, autres villes de passage de la Pucelle lors de sa venue de Vaucouleurs en pays de France, j'ai rattrapé un voyageur marchant sur la route. De taille moyenne, bien campé sur ses jambes, aidé d'un grand bâton de chêne, la démarche du gaillard rappelait un souvenir. Impossible de le bien distinguer, tout enveloppé qu'il était d'une large houppelande et coiffé d'un grand chapeau dont la pointe retombait sur l'épaule. Arrivé à son côté, le profil du personnage m'était peu visible mais sa mine paraissait sombre.

— Holà, l'ami ! Que Dieu vous ait en Sa sainte garde ! Pouvons-nous cheminer ensemble ? J'ai moi-même longue route à parcourir pour rejoindre la Flandre et serais heureux de votre compagnie.

— Holà ! Puisse Dieu vous accueillir également près de Lui au moment qu'Il choisira !

— Pardieu, j'espère ne pas passer tout de suite ! J'ai déjà trop vu la faucheuse !

Alors qu'il esquissait un sourire et tournait la tête, apercevant son large front sur un regard bleu, nez fort et bouche lippeuse, je reconnus, plus de quinze années après, le plein visage à peine vieilli de Mathieu Laugel, compain de jeunesse à l'Université de Paris. Tandis que j'étudiais le droit, il se disait attiré par choses plus élevées et apprenait la théologie, reine de toutes disciplines. À mon départir de la faculté, ma maîtrise ès décrets obtenue, il était licencié en cette discipline et voulait poursuivre.

— Ah ! Mathieu, que faisons-nous céans, ensemble, en terres de Bourgogne ?

— C'est que, Jehan, j'ai quitté pour toujours notre bonne ville de Paris, ses degrés universitaires et l'inutile jargon de saint Thomas.

— Toi, Mathieu, sur le chemin de l'hérésie ? Je te voyais suivre les traces sinueuses mais bien rémunérées de l'Église militante, avec peut-être, après riche paroisse et splendide évêché, la pourpre cardinalice dont la couleur rappelle si bien le sang versé par notre Christ !

Mon ironie ne l'atteignit pas. Toujours, au cours de nos études, son sérieux concentré, un peu pesant, contrastait avec nos soirées de farces, beuveries, coucheries, et, par-dessus tout, notre indicible légèreté envers Dieu et l'existence. Mathieu cherchait une réponse dans l'incertitude du monde, même coiffée par l'enseignement de l'Église. Il le faisait avec bienveillance et douceur certaine. C'était un bon compagnon. Je le voyais déterminé, consacré, donc promis à belle carrière ecclésiastique, sans avoir perçu sous rondeur des apparences la flamme brûlante qui le consumait.

— Vois-tu, Jehan, je suis saisi d'une grande fatigue venant, tu vas rire, d'une question théologique que la querelle des « universaux », sempiternellement retournée et reprise par les docteurs en théologie dans notre faculté, n'a pas éclairée ! Sur elle est venue aussi s'ajouter une pratique de la religion qui ne me convient guère.

— Par ma foi, voilà deux problèmes bien différents dont la solution, si elle existe, semble dessiner un chemin dangereux pour ton âme ! Mais éclaire-moi sur tes questions et démarches !

— Bien que tu ne sois que docteur en droit canon, tu vas comprendre aisément. L'abîme qui va de la raison, donnée par le Seigneur tout-puissant, à la preuve de Sa divine existence n'est pas comblé et ne peut l'être. Notre démarche, pauvres humains que nous sommes, hésite sans cesse, se contredit puis se retourne, même appuyée sur l'antique philosophie et nos Pères de l'Église. Regarde, un moment, le paysage : Platon considère que les idées générales que sont le beau, le vrai, le juste ne sauraient venir en nous par notre seule animale nature, incapable d'abstraction. Elles nous arrivent donc d'un paradis, d'un monde ailleurs où elles paraissent exister en abondance pour descendre dans notre univers sensible mais en se dégradant. Nous n'en voyons que les ombres, et l'expérience que nous en avons ne sert de rien pour connaître Dieu qui n'est que lumière. Il nous a cependant dotés d'une intelligence abstraite, préalable à toute expérience sensible, mais pour quoi faire ? À l'autre côté, voulant intégrer et dépasser Aristote, le Napolitain Thomas d'Aquin, qui chatouilla tous les aspects de l'existence humaine avant que la sainteté l'atteignît, préfère une doctrine plus terre à terre : ce qui est inné et qui distingue l'homme de la bête, ce ne sont pas idées générales ou concepts, mais plutôt notre don divin pour l'abstraction que seule l'expérience va pouvoir développer au point de nous guider vers une notion abstraite et peut-être juste de Dieu.

— Je ne vois rien à redire au sens de cette recherche, sinon qu'il aura fallu près de dix-sept siècles à notre moine dominicain pour franchir une intellectuelle distance qui ne semble pas immense ! J'imagine aussi volontiers l'Église se satisfaire de cet instable équilibre que viendra inévitablement éclairer la lumière de la Révélation.

— C'est ton ironie qui sent le soufre, plus que mes incertitudes ! La querelle s'est ensuite poursuivie avec l'apparition dans notre pensée religieuse de deux franciscains britanniques, Duns Scot et Guillaume d'Occam, venus ratiociner sur l'affaire. Selon ces maîtres, nos concepts ne sont que des mots, des paroles, des « noms » incapables de nous faire accéder au divin, car nous ne restons que sur l'apparence des choses au point que notre expérience demeure éternellement vaine. L'unique chemin vers la connaissance ultime réside dans la foi, donnée par l'enseignement de nos parents, de nos maîtres, avec à l'origine l'expérience, incertaine et soudaine, de l'illumination. Par un étrange détour, alors que nos « idées » ne sont que vains édifices, l'intuition de Dieu demeurerait avec la même permanence que l'étoile du Nord. Mais que déduire de ce brutal retour en arrière assené à l'humaine raison ? Et que faire de cette chose incontrôlable qu'ils appellent « illumination », imprévisible, souvent suspecte, qui suscite le scepticisme ou même l'athéisme lorsqu'elle est en panne ! Tout le monde ne sait pas tomber de son cheval à point nommé sous le regard de Dieu ! Je crois qu'en perdant, à cause de ces « nominalistes » et leur enseignement, confiance en la raison, l'on finit par perdre la foi.

— Je comprends le dilemme. Je suis moi-même convaincu que c'est l'expérience bien conduite qui nous fait raisonner juste, celle-ci ayant grande conséquence, car si elle est juste, elle est peut-être partagée, donc enseignée. J'ai pourtant rencontré, raison de ma présence à tes côtés sur ce chemin, une sainte fille de Lorraine prénommée Jeanne. Elle ne savait ni lire ni écrire, et connaissait peu de religion hors ce que lui en avait appris sa mère ou le curé du village. Je puis cependant t'assurer, Mathieu, que Dieu était véritablement en elle, par-delà toute querelle de théologie.

— J'ai entendu parler de cette Jeanne d'Arc, et l'Université de Paris, qui ne l'a jamais vue, n'a eu de cesse de la combattre pour d'obscures raisons ! Je la crois cependant fruit du nominalisme populaire de ces Franciscains vagabonds. Une Jeanne instruite par saint Thomas serait demeurée prudemment chez elle.

— Oh non ! Mathieu, si tu l'avais rencontrée, le doute qui te ronge aurait disparu. Sa vie, ses actes, sa foi, son sacrifice nous disaient bien autre chose qu'une quelconque *disputatio* philosophique. J'ai entendu, presque touché de mes mains, l'abolition de ce que je croyais impensable : celle de toute distance écartant les mots des choses. L'Église et l'Université l'ont condamnée sur ordre de ces infâmes Anglais sans avoir rien perçu du divin qui l'animait.

— Peut-être as-tu raison. Mais aujourd'hui céans, sur cette route, je fuis cet interminable débat et vais chercher d'autre secours. C'est justement l'égarement des docteurs et de l'Église militante que je récuse, ces fous qui tour à tour bâtissent et détruisent avec fièvre les châteaux de cartes de leurs idées branlantes. Je me sens comme une mouche prisonnière derrière vitrage de cathédrale voyant au-delà le monde à travers couleurs peut-être vives mais déformantes.

*

Mathieu ne savait pas qu'il suivait à rebours, depuis Auxerre, la route de Jeanne la conduisant vers le dauphin à Chinon. Puisse un peu de son esprit lui apaiser l'inquiétude ! Le soleil et les mots nous donnaient soif. Il nous fallait trouver bonne auberge et reposer le corps. La cité de Chablis apparut au détour du chemin, bordé par des vignes déjà lourdes, avec, au loin, l'éternel clocher servant d'amer au voyageur qui s'égare. Bien bordée par une large enceinte allant plus loin que la seule cité puisqu'elle inclut l'église Saint-Pierre et le prieuré Saint-Cosme, et gardée par vingt-neuf tours de défense, la ville paraissait solidement protégée. Nous passâmes par la porte Saint-Pierre et cherchâmes, dans la grand-rue du même nom conduisant à l'église, un endroit idoine pour demeurer. En ces riches terres bourguignonnes, le choix était large. C'est la faconde d'une accorte tenancière, dont le tétin ferme et mobile se laissait entrevoir, qui nous décida d'entrer à l'auberge du Sanglier roux. La salle n'était pas trop sombre, plutôt propre, déjà bien garnie par une clientèle composée. Notre hôtesse nous amena à une table un peu reculée, à côté d'une autre fort encombrée par de bruyants moines, buvant à souhait, et lutinant une servante qui se laissait faire en gloussant. Après nous avoir requis nos souhaits, vin clair et frais du pays pour Mathieu, rouge plus lourd mais subtil de Beaune pour moi, dame Mélusine partit faire chercher le tout dans l'arrière-salle et promit de revenir pour les viandes, non sans avoir frôlé, mais sans détour, mon haut-de-chausse qui s'est montré sensible à son geste furtif.

Notre arrivée dérangeait les moines qui avaient aperçu nos tonsures de clercs. S'ils se faisaient moins braillards, ils restaient actifs, disposant goulûment des chairs et clairets à disposition, l'un buvant au-delà de ce qu'il pouvait, l'autre se goinfrant de grasse volaille, tandis que le bras du troisième s'agitait vivement sous cotte de la fille de salle. Le dernier représentant ici-bas la sainte Église, qui ne perdait rien de ce à quoi s'occupait son voisin, s'affairait à calmer ses propres émotions jusqu'à en grogner de plaisir.

— D'où viennent ces moines, sont-ce des dominicains ou des franciscains ? ironisa Mathieu.

— Leur froc les déterminent ! Leurs manières signent la qualité de la contemplation ! Mais ni la collégiale Saint-Martin, ni le prieuré Saint-Cosme alentour ne sont de ces ordres. Difficile de reconnaître dans leur attitude une quelconque disposition à la prière !

Ayant demandé à dame Mélusine de nous apporter beau chapon et quelques pâtés, ce qu'elle fit avec les pleins sourires de sa bouche et son corsage largement délacé, nous pûmes nous sustenter plus au calme après le départ de ces gras et sournois représentants de l'Église militante. Je n'avais pas vu depuis longtemps Mathieu, aujourd'hui prestigieux docteur en théologie de l'Université de Paris, mais en rupture de ban, cherchant autre chose. Il avait finalement peu changé, comme si lectures répétées des mêmes textes et discussions acharnées sur sujets mineurs n'avaient pas altéré ses traits. Ayant décidé de rester à l'auberge pour la nuit, notre temps n'était pas compté. Pas davantage celui du sempiternel débat entre raison et religion chez nos Pères de l'Église.

— Pourquoi, Jehan, t'es-tu déterminé à rester en droit canon plutôt qu'embrasser la plus prestigieuse des disciplines qu'est la théologie ?

— Je ne puis être convaincu par ce qui est devenu à Paris un dogme, non pas religieux, mais d'ordre hiérarchique mettant au-dessus des autres savoirs celui que tu évoques, comme un enfermement, même pour la plus haute des raisons. Je suis rongé par un autre mal, celui d'écouter, de contredire, de discuter pour espérer, au bout du dialogue, non vérité éternelle qui clôt trop vite le débat, mais simple acquisition de quelque chose de différent, même provisoire et partiel. Il est peut-être ici-bas une autre théologie, une construction de l'esprit créant d'autres liaisons entre l'âme, le monde et Notre Seigneur tout-puissant. Nos maîtres à l'université marquaient trop de menaces au-delà des limites dessinées autrefois dans ces absurdes *condamnations* prononcées par l'évêque de Paris, Étienne Tempier, en l'an 1270 puis 1277. C'était pourtant belle époque où arrivaient enfin en Occident chrétien les nombreuses traductions d'Aristote, Platon et d'autres, commentées par les philosophes juifs et arabes dont Avicenne ou Averroès. Sur instruction du pape Jean XXI, ce prélat crut nécessaire de réagir contre ce qu'il pensait être une menace envers notre chrétienne foi. S'il ne s'était agi que d'une riposte décousue et bornée, le temps aurait balayé rapidement l'ensemble. Mais la censure religieuse ainsi formée dessinait un système certes polémique mais complet, articulé et cohérent. Par un étrange paradoxe, en voulant écarter trop de discussions jugées dangereuses, et menacer d'excommunication toute transgression des dogmes et réaffirmer les lois classiques de notre foi, Étienne Tempier fut étrangement rationnel dans ses deux cent dix-neuf condamnations, instillant lui-même dans sa démarche le poison subtil de la raison qu'il voulait écarter. De ce débat, ses successeurs n'ont retenu que le cantonnement de la théologie, discipline fermée à ceux qui n'étaient pas du sérail, comme si foi et raison ne se croisaient jamais.

— Je me souviens clairement de ce refus sur un débat qui nous agite encore : le monde serait éternel, non pas créé par Dieu comme le disent nos Évangiles, et la raison ne peut démontrer le contraire ! Tempier a refermé la porte sur le nez de moult commentateurs : Averroès bien sûr, mais aussi Boèce de Dacie, Siger de Brabant, Maïmonide, Duns Scot, Guillaume d'Occam, Raymond Lulle, Albert le Grand et même, en partie, notre saint Thomas d'Aquin ! J'ai comme toi nostalgie de leurs ouvertures, d'autant plus fortes que je connais mieux ces « philosophes ». Il y a encore tant à s'interroger sans méconnaître jamais notre foi dans le Christ, venu sur terre pour d'autres raisons que théologiques.

— Sans choisir entre eux, qui nous apportent chacun un morceau du monde, j'avoue, en dehors d'Aristote, avoir une petite préférence pour Guillaume d'Occam. Même à l'intérieur de ce qui a été révélé par l'Écriture et les Pères, et sans s'exiler hors des frontières mentales et affectives du christianisme, je me réjouis de découvrir que, à l'intérieur de ce qui est permis, il y a place pour une redistribution des questions et des réponses. Je vois dans les idées de nos Pères un peu d'excessif fatras. Et j'aime la démarche de Guillaume qui part du réel, ou de ce que nous voyons tel : d'un côté, il y a les choses ; de l'autre, il y a les termes qui les désignent. Rien d'autre ! On n'éclaire pas en compliquant. On n'a pas à poser une pluralité si l'on n'y est pas tenu par une nécessité, rationnelle, expérimentale ou de foi définie. Il ne faut pas multiplier les êtres sans nécessité.

— Peut-être ! Mais ton Guillaume d'Occam tombe aussitôt dans une difficulté. Si la connaissance intuitive est la seule qui, portant sur des individus existants, permette de parvenir jusqu'aux faits, une question se pose : qu'est-ce que le théologien va bien pouvoir dire sur Dieu ? L'existence est un fait réel, pas la conclusion d'un raisonnement ! Dans ces conditions, quelle connaissance pouvons-nous avoir de Dieu, et fondée sur quoi ? La réponse de Guillaume d'Occam est peu originale : « Je crois en un seul Dieu, le Père tout-puissant. » Voilà l'axiome fondamental de sa théologie et des millions d'humains se le répètent depuis la Révélation !

— Tu vas trop vite ! La toute-puissance de Dieu recouvre toute la surface du possible, Sa connaissance étant aussi étendue que Son pouvoir de faire. Il a créé l'homme dans une absolue singularité mais sans lui donner accès à Le comprendre. Même révélé, l'Absolu ne se laisse pas expliquer et nous oppose une telle simplicité que notre analyse ne trouve plus où se poser pour développer sa démarche. Notre intelligence suffit à peine à saisir les vérités indispensables au salut. Il ne faut donc pas se soucier d'autre chose que de ce qui nous entoure !

— C'est toi qui te satisfais trop rapidement, Jehan ! Je partage ce que disait notre philosophe catalan Raymond Lulle : l'homme n'est jamais achevé ici-bas ; il n'existe qu'en se re-créant. Est-ce bien ce que Dieu a voulu ?

Alors que la nuit s'avançait, passait aussi la bonne clarté de nos raisonnements. Demain allait être un autre jour et la lumière du monde n'aurait pas changé, ni les autres lendemains, alors même que le Turc menaçait l'Occident.

*

Nous étions partis de bonne heure, sur la route menant à Fleys, puis Tonnerre, puis Tanlay. J'étais heureux de ne pas voyager seul. Mathieu, pour raisons différentes, connaissait aussi désenchantement et désillusion. Nous nous arrêtâmes devant la chapelle d'un petit village, non pour prier, mais reposer un moment. Comme nous eûmes curiosité de passer le seuil de l'édifice, vide de curé et fidèles à cette heure, une icône, probablement de facture byzantine, nous présenta son « Jugement dernier », accroché entre deux ouvertures pâles. Avec le Christ en croix derrière l'autel, c'était le seul ornement du lieu, étrangement oriental dans la lumière austère.

— Sais-tu, Jehan, que le Jugement particulier qui touchera chacune de nos âmes à l'instant de notre mort n'inspire aucun artiste, au contraire de l'ultime décision collective, avec ses trompettes, ses bruits, sa fureur, ses mouvements de chairs ressuscitées, encore fraîches ou puantes ?

— Mais pourquoi un peintre s'intéresserait-il au jugement d'une seule âme, aussi noire et sale fût-elle, qui, en plus, ne semble pas compter dans la divine décision !

— Tu sens le soufre, Jehan ! Chaque chrétien croit en la parole du Christ et admet du fond du cœur certitude et plénitude du double verdict. En réunissant l'un et la multitude, nos Saintes Écritures interdisent l'isolement, donc l'égarement, d'une seule brebis qui ne saurait exister en dehors de la communauté, en même temps qu'elles réconcilient, et de sublime façon, les deux moments de l'éternité, celle de l'Homme, celle des hommes !

— Crois-tu, Mathieu, à ce tour de passe-passe ?

— Ce n'est pas simple ! D'ailleurs, il y a peu, nous avons eu un pape, Jean XXII, sans doute trop prisonnier de la scolastique, pour prêcher que nos âmes n'étaient effectivement pesées qu'à l'instant du Jugement dernier et la résurrection des corps. Tu imagines le scandale dans la chrétienté, en particulier dans notre Université de Paris ! Que font nos âmes entre deux ? Après grands débats qui le firent presque se démettre, certains l'appelaient alors Jacques de Cahors en raison de sa ville natale, Jean XXII, près de sa mort, a su se rétracter. Il revint, fort contrit, dans le lit commun à l'enseignement orthodoxe de la sainte Église. L'on nous demande d'accepter sans comprendre, ou plutôt de croire, quelle que soit la logique de la proposition.

— Ce pape, le premier à s'installer véritablement en Avignon, eut d'autres idées à mes yeux condamnables : assimilation de l'alchimie à l'hérésie, accroissement des pouvoirs donnés aux inquisiteurs, remise en cause du principe de la pauvreté du Christ et de ses Apôtres, condamnation de toute évolution dans la musique du chant liturgique, récusation des propositions de maître

Eckhart[1], l'un des Pères de notre Église. Il en fut certes un grand administrateur, mais a beaucoup durci les préceptes au point de la rendre encore plus immobile. Il est vrai qu'il dut régler la croisade des Pastoureaux[2] qui a ensanglanté notre pays.

Nous allions cheminer de concert jusqu'à Châtillon. Mathieu allait ensuite vers l'est et la ville de Bâle, et moi vers Chaumont. Construite sur la hauteur, non loin des sources du fleuve Seine, Châtillon était une curieuse cité divisée en deux : au nord, derrière son enceinte dédiée, le quartier dit de Chaumont appartient aux Bourguignons, tandis que le bourg, au sud, également protégé, tient de l'évêque de Langres. Si l'on y ajoute la profusion des monastères de toute origine, cisterciens, bénédictins, chartreux, chanoines réguliers, et même templiers puis hospitaliers, au système de gouvernement de la ville qui est « ville de loi » où marchands et industriels administrent librement leurs activités, l'ensemble frappe par sa diversité. Comme elle était marchande et industrieuse ! La riche Bourgogne savait mêler autorité du duc avec liberté laissée aux bourgeois de s'organiser efficacement pour le bien commun. La laine des moutons fournit les draperies, la sidérurgie se développe et les monastères suscitent les pèlerinages. Nous partageâmes notre dernier souper à l'auberge dite du Drap vert, non loin de l'église Saint-Nicolas.

— Je vais rejoindre le grand concile œcuménique de l'Église à Bâle qui va s'ouvrir bientôt[3]. Tu le sais,

1. Mystique rhénan, environ 1260-1328.
2. Printemps-été 1320.
3. Le 23 juillet 1431.

Jehan, depuis la fin du Grand Schisme il y a peu, et le décret *Frequens* pris en 1417, le concile est autorité permanente de l'Église. Il se doit aussi de contrôler la papauté car son autorité lui est, pour moi, supérieure.

— Lourde tâche ! Je ne vois pas clairement, je te l'avoue, qu'une assemblée, aussi prestigieuse soit-elle, puisse en capacité l'emporter sur le représentant suprême de l'Église justement élu par elle. Qu'elle le conseille ou qu'elle le dépose, mais certes pas un partage d'autorité ne conduisant qu'à la confusion !

— Et toi, Jehan, où vas-tu aller maintenant, plein de scepticisme et décroyance ?

— Troquer mon habit de clerc contre celui de marchand ! Cette guerre inutile finira par être gagnée par le roi Charles. Notre royaume devra rapidement restaurer l'abondance dans nos contrées ravagées ou appauvries. Sans oublier que le commerce a son juge de paix moral : une affaire se fait ou ne se fait pas ! Le seul pas de mesure en pareil domaine est de créer les conditions de sa possibilité.

— Mais l'Église est contre le commerce de l'argent !

— Elle le pratique cependant en vendant ses indulgences ! Et puis cet argent est transfiguré lorsqu'il sert à bâtir des affaires qui elles-mêmes distribuent activité et prospérité. Un peu moins de pauvreté siérait bien au royaume !

Après calme nuit, je partis me faire raser et baigner aux étuves. Et ce fut encore un au revoir, cette fois à Mathieu, vieux compain d'université, retrouvé par hasard et maintenant quitté, peut-être à jamais. Les dieux firent que je le revis plus tard. Il y avait déjà foule dans les rues sous un soleil levant promettant d'être ardent.

*

Je fis route vers Langres, vieille cité gauloise de la tribu des Lingons si bien acclimatée à la domination romaine. Les soixante-dix lieues de route en territoire bourguignon ne m'impressionnaient guère. Nous étions groupés, marchands, moines et paysans libres cherchant emploi. Mes voisins de route souffraient la dureté des temps. Certains parlaient de Jeanne, jeune fille venue des marches de Lorraine pour sauver le royaume. Ce n'était point la première fois depuis mon départ de Bourges. La fulgurance de la Pucelle, offrant sa vie pour le roi sans rien demander, avait suscité chez beaucoup un sentiment nouveau allant au-delà du signe divin : l'Anglais était l'ennemi qui devait rentrer chez lui et n'avait aucune place en notre royaume. Notre Seigneur avait choisi son camp. Ce qui ne leur apparaissait jusque-là comme n'étant le plus souvent que querelles de puissants au détriment des pauvres prenait désormais une tournure différente. La terre de France était nôtre, en partage peut-être inégalement réparti, mais indivise, et chacun souffrait de la voir ainsi piétinée par ce petit peuple illégitime. Celui-là ou un autre !

Nous franchîmes la rivière Aube dans la cité d'Arc. Il fallut payer, puis payer encore pour rentrer dans la ville perchée et fortifiée de Langres. Je n'ai point compté les droits et octrois de passage qui m'ont été partout réclamés durant ces années de voyage : franchissement de rivières, de ponts, entrée par portes des villes ! Monseigneur Charles de Poitiers, évêque de Langres, duc et pair de par sa fonction, était du parti bourguignon. Je n'avais pas affaire à lui. L'état qui avait été mien il y a peu, même si la fidélité ne se divise pas dans notre famille, restait désormais derrière moi. J'avais peu à faire en cette ville, mais devais voir le correspondant de messire Jacques Cœur. L'auberge à l'enseigne du Sang bleu qui nous accueillit avait tenue convenable, viandes à souhait, vin sec et pierreux de la région, serveuses accortes et accessibles. Vêpres venait de sonner mais il faisait encore très chaud sur cette terre de plateau, torride en été, glaciale à pierre fendre l'hiver. Maître Pierre Clavel, notaire de son état, connaissait son affaire. Langres restait encore un grand carrefour routier ouvrant sur les quatre points cardinaux du royaume. La guerre avait quelque peu tari le flux des marchandises venant du nord, mais l'axe sud, acheminant par le fleuve Rhône celles provenant de Méditerranée, fournissait encore largement l'ouest du vrai royaume de France. Le riche duché de Bourgogne, immédiatement adjacent, ne pouvait rester à l'écart des opportunités ainsi offertes. Maître Clavel partageait avec moi l'intérêt qu'il y avait maintenant à sécuriser l'échange, immédiat ou à terme, par un accord écrit et conservé plutôt qu'oralement devant témoins. Il rédigeait aussi moult chroniques sur les mouvements, rumeurs et événements du sien pays. L'information vivante, concrète et circonstanciée ainsi rassemblée, ici comme ailleurs par d'autres correspondants, puis centralisée à Bourges, formait un tableau précieux, souvent remis à jour, sur l'état réel de nos régions.

Grande était cependant la difficulté d'organiser la double circulation de l'information et de la monnaie servant aux transactions. Nous n'avions pas de service régulier[1] pour acheminer parchemins et cor-

---

1. Le premier service postal français est créé par Louis XI, édit de Doullens, 19 juin 1464.

respondances, tels celui de Cyrus le Grand en Perse, d'Auguste à Rome (*cursus publicus*), des Omeyyades à Bagdad ou des Mongols qui s'étaient inspirés de la grande Chine. Chacun organisait le courrier comme il le pouvait : Université de Paris, Église, rois et ducs, monastères, riches familles. Maître de Léodepart, beau-père de Jacques, avait son service. Il fallait l'améliorer en multipliant les relais où ils étaient nécessaires à nos affaires, sans oublier la sécurité de certaines transactions dont le contenu devait rester déconnu pendant son envoi. Restait l'argent dont il n'était aucunement sérieux d'envisager le transport en quantités suffisantes. Tu sais bien, monsieur mon frère, l'état dans lequel était à ce moment notre royaume. Il était dévasté par la guerre, je l'ai trop dit ! En traversant, partout sur nos pauvres routes, villes et bourgs, combien de champs en friche, de labours délaissés, et de forêts regagnant force et vigueur sur les terres avant exploitées par l'homme ! Les surfaces réellement cultivées se cantonnaient au pourtour des cités fortifiées, à vue des tours de guet pour prévenir paysans et familles en cas d'attaque. Curieusement, cela n'avait pas grande conséquence sur la valeur des rares denrées produites car la population ne s'était nullement remise de la grande peste d'autrefois. Nous autres Français du vrai royaume étions moins nombreux aujourd'hui que du temps de nos arrière-grands-parents. Ce qui était produit par nos laboureurs et nos ateliers, même en déclin, suffisait largement à satisfaire une faible demande. Les prix baissaient. Ceux qui le pouvaient tentaient d'augmenter leur fabrication pour compenser leur pauvreté, ce qui ajoutait encore à la dépression. Sans compter les dépréciations répétées de nos monnaies d'échange décidées par le roi pour financer la guerre, d'autant qu'il lui était difficile de trouver métal précieux indispensable et suffisant pour battre monnaie supplémentaire ! Je ne te parlerai même pas de l'usure des pièces en circulation qui affaiblissait encore davantage leur quantité d'or ou d'argent. Imagine, Philippe, au milieu de ce grand désarroi, qu'il fallait aussi compter avec de nombreuses monnaies différentes et comparer leurs respectives valeurs ! Le roi Charles faisait ce qu'il pouvait pour demeurer seul à battre monnaie en son royaume. Mais il y avait aussi ce que produisaient le duc de Bourgogne et le roitelet d'Angleterre en Normandie, sans oublier les pièces étrangères librement négociées sur le territoire. C'était un défi pour marchands et maisons de change, car il fallait assurer tant le troc lui-même à valeur donnée et partagée que l'apport en compensation dans une autre monnaie si celle souhaitée n'était pas en quantité suffisante.

Sais-tu ce qu'est un échiquier, non le jeu bien sûr, mais la table d'échange ? Il y en a un dans chaque maison dont l'argent est le métier ainsi que, évidemment, à la cour du roi qui le suit en ses déplacements. Jacques Cœur m'a montré il y a peu celui qu'il utilise en sa maison de Bourges. Il a forme d'un tapis de table à hauts rebords. Pour le royaume de France, on y trouve six colonnes qui, de droite à gauche, sont réservées aux deniers, gros, livres, vingtaines, centaines et milliers. Elles sont coupées par des lignes horizontales délimitant de larges cases servant à recevoir les unités, qui, entrant à droite par la colonne deniers, passent à colonne suivante après leur juste conversion pour être ensuite additionnées à gauche puis totalisées dans les cases du bas. Il faut silence et dextérité pour mettre les bons jetons dans la colonne d'entrée, puis les convertir dans les suivantes, enfin tout additionner où il convient. Tu imagines la complexité finale de l'exercice, en songeant que les totaux sont ensuite convertis au cours de la monnaie au moment de l'échange et à l'endroit où il s'effectue, et non à sa valeur de référence fixée par le roi. Cela exige des gens spécialisés quand il s'agit des fortes sommes nécessaires au paiement de l'impôt ou à la finalisation de transactions importantes. Et comme le transport physique des monnaies était dangereux et exclu, en quantité comme en distance, les maisons de change devaient elles-mêmes posséder leurs correspondants pour certifier sur document les valeurs déposées par un créancier dans un endroit pouvant servir au commerce dans d'autres. La maison de banque ajoutait sa subtilité à l'exercice lorsqu'elle aidait le commerçant à fixer, un jour dit, les termes d'une transaction pour une date de dénouement futur, dans une unité de monnaie dont la valeur d'échange pouvait entre-temps changer, et qu'elle pouvait compléter par prêt en cas de financement insuffisant !

J'étais ici à Langres pour m'assurer que toutes les étapes de ce dispositif étaient bien ordonnées. Je repris ma route dès le lendemain à la sixième heure du jour. Cheminant vers Chaumont sous une bonne chaleur, je réfléchissais sur ma pauvre existence. J'allais sur mes trente-six ans, déjà plus de la moitié de ma vie terrestre, ayant fermé un monde avec le meurtre de Jeanne, et ouvrant un autre par les chemins aléatoires mais vivants du commerce. Le premier, hors la sainteté de la Pucelle d'Orléans honteusement arsée, n'avait été que combat, *disputatio* et incertitude ; le suivant avait un incontournable juge de paix qui renforçait encore le vieux principe d'Aristote : une chose et son contraire ne peuvent être simultanément, et une affaire est profitable ou ne l'est pas. Y trouverais-je mon content avec, peut-être, cette paix de l'âme qui manque sans cesse au voyageur ?

Je pensais pourtant peu aux mouvements de ma vie passée, déjà dissous comme les songes, sauf à Jeanne, la « sans pareille ». Après avoir été capitaine et guerrier, étudié les froides considérations du droit prétendant réguler les rapports entre les hommes, servi le roi par les armes, ou monseigneur Gélu en actes de négociation ou diplomatie, appris langues et usages d'ailleurs, une pensée autrement fluide s'insinuait en moi. Elle touchait au vertige et à l'inconnaissable. Tentant de considérer dans son ensemble l'entendement humain, j'apercevais sous moi une masse soumise à des courbes calculables, traversée de courants dont on eût pu dresser la carte, creusée de plis profonds taillés par hommes et circonstances. Regardant bouger et fuir ce flot désordonné qui emportait sans cesse le peu de vérités sensibles dont nous estimons être sûrs, je m'apensais qu'il manquait peu pour en figer le contour et comprendre, sinon un regard clair, posé de haut sur les formes basses, dont l'homme n'avait qu'une idée détournée. Et de sourire aussitôt en songeant que mon court délire sentait ce Platon dont il était bien difficile de se déprendre. D'ailleurs, même celui-ci ne pouvait garantir que cette inaccessible « Idée » fût la dernière couche. Peut-être en existait-il une autre, posée plus loin, ou allant trop vite pour notre entendement ? Il nous restait à redescendre vers le réel sensible, mais différemment, amendant le grand défaut de notre compréhension qui n'appréhende les objets que pour s'en servir, sans entrer plus avant dans la substance dont ils sont faits, et ainsi traverser les apparences.

*

Arrivé à Chaumont, je logeai en bonne auberge près de la basilique Saint-Jean. En remontant de Bourges vers le nord du royaume, j'avais dû délaisser les belles cités de Chalon et Dijon, autrefois renommées comme centres d'échanges. Avec la guerre, le monde du commerce s'était lentement déplacé. À l'époque de notre roi Charles le cinquième, la Bourgogne était un passage obligé. L'itinéraire venant des royaumes d'Italie du Nord passait par les cols alpins et la crête du Jura pour atteindre la Champagne des foires puis les régions textiles du septentrion, tandis que la route méridionale, qui venait de Genève, débouchait sur la plaine de Saône. Les deux grands fleuves Saône et Rhône s'unissaient et formaient une grande voie fluviale de direction méridienne, débouchant sur la Méditerranée, et alimentant, à remontée comme à descente, les cités adjacentes, en particulier tout ce qui allait et venait de la Cité des Papes. Le port de la ville de Chalon tenait sa prospérité en ce qu'il était un lieu de rupture de charge et de transbordement. Cité de grand péage, les foires qui s'y tenaient une fois l'été, une autre fois l'hiver, échangeaient tout ce qui se pouvait : étoffes et mercerie, laines et peaux, draps de France, céréales, vins, grains et poissons, même le sel extrait des salines de Bourgogne. Un grand réseau s'était ainsi établi avec d'autres villes sises aux points cardinaux du duché où dates de marchés étaient alternées pour favoriser bonne et continue circulation des marchandises. Tant d'activité a créé une importante utilisation de l'or avec, tu l'imagines, Philippe, les acteurs qui y correspondent : pourvoyeurs de métal, vendeurs, courtiers, transporteurs et bailleurs de fonds. Le duc de Bourgogne lui-même avait transféré hors de notre pauvre royaume sa monnaie ducale à Auxonne en y débutant aussitôt la frappe d'un florin d'or bourguignon, plus stable, pouvant s'échanger aisément avec celui de Florence. Peu à peu, les méfaits de notre guerre interne ont ralenti puis presque tari la tenue des foires en Bourgogne. Elles ont subsisté comme marchés locaux. Genève, Lyon et, plus loin, Bruges et Francfort avaient pris l'avantage dans le commerce international vers la mer, les Pays-Bas et les royaumes rhénans. Le correspondant de Jacques Cœur que je rencontrai pensait ce reflux provisoire. Le rapprochement, un jour inévitable, entre le royaume et le duché de Bourgogne devrait favoriser le renouveau des échanges. Peut-être était-ce là tendance fondamentale ! Il me revenait, en attendant ce renouveau, de vérifier et compléter notre organisation entre Lyon et la Flandre. Après avoir écrit à messire Jacques sur état et progrès de notre organisation, je repartis vers Bar-sur-Aube, prenant route la mieux directe mais passant par l'abbaye de Clairvaux.

Oh ! Ce n'est pas, Philippe, tu l'as deviné, que je sois grand fervent de saint Bernard ! Ce fut le grand bâtisseur d'un ordre respectable. Mais je l'ai trouvé court et rigide dans sa doctrine. L'évidence qu'il avait de Dieu et la clarté de sa foi ne me satisfaisaient pas. Il eut d'ailleurs un émule plus près de nous, saint Bonaventure ! Nos Pères de l'Église oublient trop que l'accès à Notre Seigneur doit être séduisant pour l'esprit et point seulement conviction entrée de force. Rejets, condamnations, anathèmes, procès en sorcellerie présumée par une Église militante souvent dévoyée ne sont pas acceptés par cette partie de l'homme qui s'appelle raison et fut créée à l'image de Notre Seigneur. En réfléchissant, balancé au pas régulier de mon palefroi, à l'apport immense que fut la pensée grecque, c'était l'indistincte figure de Pythagore qui surgissait. Il avait posé, peut-être l'un des premiers, une primordiale évidence sur la puissance de l'esprit. Les nombres naissent de la multiplication, qui est de deux types : celle du même par le même, et celle du même par l'autre. Selon ce dernier mode, l'unité engendre à l'infini la série des nombres entiers, traduisant ainsi en langage mathématique quelque chose qui n'est pas seulement l'infinie puissance du Créateur, puisque « créer les nombres, c'est créer les choses ». Or c'est l'homme qui a créé les nombres ! Sans percevoir bien clairement l'enchaînement vertigineux où pouvait mener cette pensée, je sentais confusément qu'elle occuperait longtemps nos penseurs et philosophes.

J'avais aussi une grande inclination pour Pierre Abélard, ennemi de saint Bernard. Il produisit un ouvrage qui fut décrié, mais à mal, par les esprits étroits et communs peuplant souvent notre sainte Église ! Son recueil, *Sic et non*, avait établi une longue suite de citations extraites des Pères de l'Église, et de telle façon qu'à propos de cent cinquante-huit questions, elles avaient l'air de se contredire. Ce n'était pas péché contre la religion ! Il voulait au contraire garantir les textes des interprétations hâtives, les mêmes termes, d'un auteur à l'autre, signifiant parfois des choses différentes, et si même il y avait contradiction, avoir la précaution de découvrir dans chaque cas les intentions sous-jacentes, sans compter les erreurs des traducteurs et les bourdes des copistes. Son *Sic et non* était lumineux par la méthode, incitant les théologiens à un perpétuel exercice de critique et d'interprétation des textes. Abélard était un homme de foi pour lequel on ne peut croire que ce qu'on a compris, et qu'il est ridicule de prêcher aux autres ce que l'on n'entend pas soi-même mieux que ceux à qui l'on s'adresse.

*

L'immense forêt qu'il faut traverser au sortir de Chaumont va à perte de vue. Elle faisait, paraît-il, peur à César qui y craignait les embuscades. J'armai mon arbalète pour écarter s'il le fallait un roulier agressif, faisant confiance à mon épée pour tailler les autres s'ils n'étaient point trop nombreux. Nous étions de toute façon plusieurs à cheminer. Il y avait messires André Bonin, ferretier de Lyon, Léonard Caille, pelletier de Chambéry, Colin de Metz, mercier, Denisot Garnier, vendeur de serges et tapis, sans compter Jacquemin le Pelé, changeur à Troyes. Notre petite compagnie avait bonne habitude de voyager et, étant armée, savait se défendre, nul d'entre nous n'étant bas de poil ! Au sortir d'une futaie écrasante et sombre, nous aperçûmes enfin le ciel, bêtes pâturant et champs moissonnés, avec au terme, sur la colline, un petit bourg flanquant la petite église. Les restes d'un castelet dominaient les maisons du village. Heureux d'aborder le lieu, l'auberge dite de la Montagne accueillit notre troupe, chaleureusement, ayant l'habitude des négociants faisant naturellement étape sur cette belle route de commerce entre les cités de Chaumont et Bar-sur-Aube. Il y avait même possibilité de prendre bain et se faire raser dans de grandes bassines de bois, aidés par de flexibles garcelettes. L'affaire nous prit quelque moment tant l'odeur de nos chevaux avait imprégné nos membratures, sans oublier les gros fumets qui nous étaient plus personnels. Jacquemin s'attarda un peu à l'exercice, ayant sans doute sollicité occasion d'être davantage récuré, ou d'explorer cette autre contrée qui nous semble toujours nouvelle.

Il faisait encore si bon sur la belle terrasse de l'établissement, sise en hauteur, entre une immense vallée au septentrion et la grande forêt chevelue d'où nous venions ! Le tenancier, venu prendre commande, nous parla des allées et venues traversant son petit bourg. Il fit état d'un étrange équipage arrivé ici il y avait plusieurs mois. Ils étaient sept : trois beaux sires, un archer, deux valets d'armes et une étrange fille, droite, au regard clair, chevauchant comme un homme. Attablés le soir, la petite troupe allait voir le dauphin et devisait sur les difficultés du voyage. Évoquant l'étape suivante, l'un d'eux disait : « L'ennemi y sera peut-être ! » Et l'étrange fille de répondre : « Mais Dieu y sera sûrement ! » Ils partaient le lendemain, allaient franchir l'Aube devant Clairvaux, la Seine devant Pothières, et l'Armançon en amont de Tonnerre. C'était Jeanne, notre Jeanne, la « sans pareille », passant ici commencer sa divine mission. Que d'images soudaines ! Que de remembrances surgissantes !

Le vin tranquille et clair, au goût de pierre, qui nous fut abondamment servi apaisa en moi les douloureux souvenirs comme ce qui restait de fatigue. Et les viandes : lapins dodus, canards grillés, cochons noirs du coin, bien ruisselants de graisse, précédés, pour mise en bouche, par leurs petits pâtés croustillants ! Le souper fut ainsi pareil à cette contrée, peut-être sauvage, mais accueillante et profonde. Le vin a grande vertu qui nous fait échapper au carcan de notre pesante raison. La légèreté qui vous prend, avant d'être plus lourde et confuse, écarte le contour des habitudes pour mieux sentir ce qui est devant ou à côté. Je fus saisi par l'étonnant calme de l'endroit où habitants, maisons et coutumes semblaient ne plus bouger depuis l'arrivée de César, et peut-être davantage. Pourquoi ne pas demeurer ici et se fondre en ce qui semble être un arrêt du temps et donc le début de l'éternité ?

J'avais au fond de mon sac *La Divine Comédie* du grand Dante Alighieri. Je l'ai rouvert sur ma paillasse à lumière de chandelle. Toujours venir et revenir à cet immense poème et son ambition déraisonnable de faire de l'Homme ce qu'il n'est probablement pas ! Car celui-ci devient noble lorsqu'une âme noble descend en lui grâce à laquelle il transforme, d'une certaine façon, toutes choses à l'image de la réalité substantielle du monde, sorte de microcosme contenant, par la pensée, l'universalité de l'être. La perfection de l'âme raisonnable cherche à construire un monde intelligible dans lequel se dessine la forme du tout, et l'ordre intelligé dans le tout, et la bonté s'écoulant en tout. Cette bonté commence dès l'origine, s'avance jusqu'aux substances spirituelles très nobles qui sont initialement séparées, et… la nuit immense, en cette fin d'été, arrêta l'exercice et me perdit dans le noir des songes.

À flanc de colline, l'abbaye de Clairvaux éclaircissait largement le paysage. Nous n'avions traversé que bois et forêts pour y accéder. Les bâtisses étaient larges, tant l'affluence au couvent avait entraîné, au long des années, plus de constructions, fermes et granges, au point d'avoir dû détourner le cours de la rivière. Nous prîmes repas dans l'immense et sobre réfectoire, impressionnés par ce lieu où vont ensemble grande foi en Notre Seigneur et austérité déclarée de Ses serviteurs. Nous fûmes à Bar-sur-Aube à la fin du jour.

Les voix du Nord

Après un long chemin, mais plutôt paisible, depuis Bar-sur-Aube, puis Troyes, Châlons et Reims, où contacts et resserrements nécessaires ont été pris, comme à Langres, avec les correspondants d'un réseau bien constitué, je parvins à Namur quelques jours avant Noël de l'an 1431. Tiens ! Je m'aperçois, Philippe, que je persiste à conter ma vie dans l'ordre de son déroulement. Cela m'est pourtant plus difficile tant le retour sur soi m'apparaît aujourd'hui davantage comme une suite de tableaux, de scènes ou situations tendant à s'entremêler. Pardonne-moi ce qui pourrait te sembler désormais incohérent ! Ici, chez moi, à Rome, levant le nez du parchemin, contemplant au loin par fenêtre largement ouverte le lourd dessin du château Saint-Ange, toute idée de temps suivi s'amenuise. S'installe à la place le choc des images et ses analogies. J'ai ainsi omis de te narrer la défense de ma forteresse de Vire, les combats successifs et épuisants qui m'ont conduit, n'ayant pas été secouru à terme donné, à rendre une ville que les Godons n'avaient pas prise. Peut-être le ferai-je…

L'arrivée à Namur me touchait. C'était presque le pays de notre maman. Mémoire de son visage, douceur de sa voix, images multiples et désordonnées d'une présence que colore davantage la distance ne m'ont guère vraiment quitté, moins encore maintenant que passent les années. Jean III, dernier comte de la ville, venait de la vendre au duc de Bourgogne. Bien protégée par trois enceintes successives, de part et d'autre de la rivière Sambre, la cité avait grande prospérité, pareille aux autres villes du duché que j'avais traversées. C'était si différent de celles de Normandie, même de Paris, ou d'autres proches de la ligne de partage entre le vrai royaume de France et le terrain godon, au nord du fleuve Loire. Aucune boutique n'était close et les façades des maisons fraîchement peintes, posées dans des rues certes aussi sales que dans notre ancienne capitale, mais bien vivantes et bruyantes. Les étals offraient moult marchandises : pots d'étain ciselés, pièces de mercerie, gants, ceintures et colifichets précieux, sans oublier les couteliers, armuriers et fourbisseurs installés dans une voie non loin de celle des changeurs. La badaudaille, les marchands et clients qui s'interpellaient portaient belle vêture. Je n'ai guère vu de mendiants sauf près de l'église Saint-Aubin. Bien logé dans la belle auberge dite de la Licorne, la bâtisse s'ouvrait par un grand portail encadré d'étroites colonnes et surmontée d'une croix de Malte. Il donnait sur vaste cour pavée, avec grange, écurie et cellier. L'hôtellerie elle-même, formant les deux bords de l'esplanade, était composée d'un double bâtiment croisé avec belles ouvertures.

L'aubergiste, maître Cléry, proposa ses avantages : chambres lavées à grande eau tous les jours, grands lits moelleux, draps propres, pots et chaises percées, sans compter les grandes latrines de la cour vidées chaque semaine. Le grand escalier de bois qui conduisait à l'étage ouvrait sur large galerie desservant les chambres. L'accorte serveuse, qui s'occupait à nettoyer celle qui allait m'accueillir, d'un clin d'œil, me proposa les siens. Ayant grand besoin d'être lavé et rasé, je profitai, avant souper, des étuves sises à proximité de l'établissement. Comme souvent, la salle basse servant aux repas abritait une large cheminée, bien crépitante en ces jours d'hiver, avec à l'opposé plusieurs dressoirs chargés de gobelets, plats et assiettes. Les grandes tables de chêne, disposées en ligne et bordées de bancs, montraient bonne affluence. Nombre de chandelles, posées çà et là, éclairaient peu et noircissaient encore davantage le plafond de bois. Je pris place libre au fond, près d'une fenêtre à petits carreaux verts. L'aubergiste offrit potage, grandes terrines, brochet et canards bien lardés. Le vin blanc sec copieusement servi me fit rapidement oublier le bruit de l'entourage. Reims, Bourges étaient déjà loin. Je songeais à la nuit qui venait, aux affaires du lendemain, à ma famille que je ne connaissais, à Bruges où il me fallait aller pour les rencontrer, et d'autres endroits alentour dont la belle cité de Liège. Ce fut d'un pas lourd que je pus rejoindre ma chambre. Dans ce grand lit pouvant accueillir trois dormeurs, le sommeil me prit seul, aussitôt les courtines tirées.

Le clocher de la collégiale Saint-Pierre-au-Château ne me réveilla pas avant la quatrième heure du jour. Ce fut la jolie serveuse de la veille, prénommée Marguerite, qui vint s'enquérir de mes besoins. Elle devina sous le drap mes bonnes dispositions qu'elle s'employa derechef à affermir davantage, et je pus lui manifester à l'envi grand flot d'un désir retenu depuis tant de jours.

*

Avant de partir à Bruges, je voulais connaître Liège. Pourquoi ce détour ? Oh ! Ce n'en était pas un ! La famille de ma mère m'était déconnue et n'attendait probablement pas ce neveu ou cousin à la fois proche et lointain. Mais, par intense curiosité, la cité dans laquelle avait vaqué et enseigné le grand théologien condamné un temps par l'Église, Siger de Brabant[1], attirait le docteur voyageur que j'étais devenu. Celui-ci y fut chanoine de la collégiale Saint-Paul, l'une des sept qui existaient dans la ville, sans oublier les deux abbayes bénédictines. S'il n'y avait point alors d'université dans les pays d'outre-Quiévrain, Liège était cependant grand foyer de la pensée religieuse. Siger venait aussi de l'Université de Paris et, comme moi, n'avait jamais prononcé ses vœux. Quelle puissance d'esprit dans l'analyse, mais aussi quelle indépendance avec les risques qui l'accompagnent ! Il faisait partie de ces penseurs épris d'un même souci : celui d'une présence de Dieu à l'intelligence.

Tu sais, Philippe, que notre monde chrétien redécouvrait Aristote, jusque-là mal connu. Grâce aux érudits et traducteurs de Tolède, il y a deux cents années, les œuvres oubliées du Stagirite apportèrent à nos moines et docteurs une autre vision du philosophe d'autant plus nouvelle qu'elle avait été largement commentée par des philosophes arabes[2] dégagés de nos préoccupations dogmatiques. Ceux-ci reprirent la subtile distinction qu'il avait établie sur l'« abstraction », entre nos intellects humains capables de recevoir les

1. Siger de Brabant : environ 1240-1284.
2. Notamment Al-Kindi († 873) et Alfarabi († 950), puis un peu plus tard Avicenne (979-1037) et Averroès (1126-1198).

formes des objets et l'intellect agissant qui élabore en nous le passage de la puissance à l'acte sans lequel il n'y aurait point de connaissance abstraite. Tu peux imaginer facilement le trouble apporté à notre Église par cette analyse retrouvée. S'il n'y a ainsi qu'un intellect agent pour tout le monde, que devient alors la destinée particulière de chaque âme humaine, créée par Dieu et par Lui rachetée, promise à partager la céleste béatitude ? Et ce n'était pas tout ! Qu'en était-il de la création de l'univers ? Avicenne et Averroès, gardant la perspective néoplatonicienne, voyaient le monde comme une émanation descendant éternellement de Dieu. Il n'avait donc pas débuté dans le temps, ce qui déconcertait nos théologiens, car nous allions ainsi contre les enseignements de la Bible qui, dès la première ligne, assure qu'il y a eu un commencement à tout. Jusqu'à l'obstacle ultime de la réflexion ! Que faire de la vérité ? Est-elle unique ou peut-il en exister plusieurs ? Il arrivait en effet que, sur tel point précis, la philosophie enseignât une chose et la foi une autre. Des propositions opposées pouvaient-elles être simultanément vraies ? Comment résoudre le contradictoire ? Averroès n'ira pas jusqu'à douter. La vérité, qui ne saurait contredire la vérité, s'accorde avec elle, et témoigne en sa faveur.

Notre sainte Église, tu le devines, s'est rapidement alarmée de ces dérives. Dès l'an 1210, un concile provincial, réuni à Paris sous la présidence de l'archevêque de Sens, interdit, sous peine d'excommunication, qu'on enseignât, en public ou même en privé, les textes d'Aristote sur la philosophie naturelle, ainsi que leurs commentaires. Les statuts de l'Université de Paris reprendront cette prohibition. En 1231, Grégoire IX lui-même renouvelait l'interdiction, ainsi que ses successeurs Innocent IV puis Urbain IV, sans oublier les condamnations de 1277 déjà évoquées. Je comprends mieux aujourd'hui cette sévérité. L'Église, s'estimant dépositaire de la Révélation divine close à la mort du dernier Apôtre, entend veiller sur l'intégrité d'un donné qu'il est possible de commenter, mais auquel nul ne doit ni ne peut ajouter. Le propos de sa hiérarchie est d'éclairer le dogme par exercice de la dialectique philosophique, répondant ainsi au vœu de saint Augustin qui cherchait une plus profonde intelligence du donné, mais à la condition de ne point le dénaturer. Devant le flux des nouvelles réflexions, notre Église fermait certaines portes, prenant ainsi le temps de l'assimilation.

*

Lorsque j'arrivai en cette belle cité que baignait la rivière Meuse et pris pension dans une auberge sise derrière la cathédrale, il fut aisé de trouver l'église Saint-Paul. Sortant de la place Verte et descendant vers le fleuve, l'abbatiale se trouvait sur une place portant même nom. Elle était en reconstruction, comme bien d'autres en cette Europe chrétienne, et prenait déjà sa structure gothique. Ce n'était certes déjà plus celle de Siger mais, pour l'initié, il y soufflait l'esprit de son souvenir.

Pour maître Siger, il y a une vérité et une seule, la foi, mais c'est trop demander que d'exiger sa compatibilité en tout point avec la raison naturelle. Ce qu'enseigne le *Credo* est vrai, mais ce que démontre la philosophie n'est pas faux pour autant. Tandis que saint Thomas d'Aquin voit en celle-ci recherche de la vérité, en accord avec la foi, Siger maintient la séparation des deux ordres : celui de la foi, de l'ordre surnaturel, du vrai ; celui des raisons, du monde naturel, non faux, mais nécessaire. Qui des deux l'emporta ? J'ai toujours eu le sentiment que maître Siger ne tranchait pas véritablement. Les docteurs en théologie que j'avais écoutés à Paris le disaient sentir le Malin car trop proche d'Averroès, en déniant toute valeur à la théologie et faisant de la philosophie la seule source de certitude. Mais il ne fut pas condamné par Rome. Le moine érudit que j'interrogeai ne connaissait pas non plus la réponse. Il me parla aussi de maître Jean de Gand, contemporain de Siger et saint Thomas, qui, lui non plus, n'avait choisi entre les deux modes d'accès à Dieu. Jean affirmait qu'il n'était pas vrai que Dieu enseigne seulement à la manière d'un moteur universel qui donne au disciple ses facultés cognitives, et qu'Il n'a pas voulu, non plus, que toute connaissance, même naturelle, ait besoin d'une illumination divine spéciale, sans déroger à la dignité de l'âme raisonnable qui doit avoir un mouvement suffisant pour quelque opération convenant à sa nature. Je trouvais quant à moi fort inconfortable cette position du « juste milieu » ne menant nulle part. Mais peut-être faut-il accepter, après tout, un monde supportant ses contradictions et qu'il est meilleur, pour l'approcher, de raisonner davantage sur ses analogies que sur sa logique.

*

Capitale de la principauté, Liège, fort industrieuse, vivait de l'extraction du charbon et du travail de l'acier. Ses armuriers rivalisaient avec ceux des provinces italiennes ou de Tolède. La paix de Fexhe signée le 18 juin 1316 partageait le gouvernement entre le prince et le pays. C'était grande révolution pour l'administration des libertés politiques. Le sujet que j'étais du vrai royaume de France, comme le docteur ès décrets, s'émerveillait devant la sagesse des principes établis : pouvoir de faire les lois ou d'amender le droit coutumier confié à une assemblée, le cens du pays, où siégeaient le prince évêque et les représentants des états, noblesse, clergé et bourgeoisie, puis garantie accordée à la liberté individuelle et instauration d'une bonne justice par jugement des échevins et des hommes. Je m'apensais à la bonne ville de Montpellier cherchant pareillement à rétablir un pareil équilibre entre pouvoir central et liberté de chacun. J'ai vite appris, Philippe, que les pays de Flandre et de Hainaut abritaient de nombreuses cités administrées selon les mêmes principes. Avec le temps, je crois aujourd'hui que bonne association entre règle imposée et franchise accordée forme le juste socle de la prospérité. Sans te parler aujourd'hui de la République de Venise !

Rue des Tourneurs, près du pont des Archers, vivait messire Van der Walle, correspondant de Jacques Cœur. Changeur de son état, il habitait une splendide maison à parements de bois avec cour et dépendances. Je fus saisi par l'excès des statues sur ses façades compliquées, représentant échevins, marchands, soldats, alignées ou superposées, partout, jusqu'à la croisée à carreaux de plomb des fenêtres. Les constructions de ces villes bourguignonnes tranchaient largement sur les citées dévastées de ma Normandie ou la sécheresse lumineuse de celles au sud avec, chaque fois, la sublime dominance que représentent les dentelles de pierre poussées au plus haut que sont nos cathédrales. Ici, l'on voit différemment les bâtiments avec des verticales parallèles où l'or est répandu du haut en bas, et des beffrois ajourés d'où les carillons s'égrènent, faisant une châsse ciselée de lignes qui s'étirent et montent, mais à tout instant se cassent dans le scintillement mille fois brisé et réfléchi des vitres et des métaux.

Maître Pierre et son épouse dame Ludivine m'accueillirent avec chaleur. Sans être vaste, leur salon de parement, même à la pique du jour, demeurait dans une riche pénombre. Les tapis étouffaient tout bruit. Une intimité somptueuse y régnait, arrêtée par le chêne sombre, les tapisseries tendues, sourdes, souvent resplendissantes, mais atténuécs par une faible lumière faisant entrer dans la pièce une épaisseur de paix et de confort que ne traversaient pas plus le mauvais temps que l'écho du malheur des pauvres. Dans ce luxe sans écarts, le rouge profond, l'or et le bleu dominaient, qui se répétaient dans l'eau des cuivres, les miroirs, les émaux et pierreries. Tout se répondait avec une méticuleuse et pesante harmonie. Maître Pierre regardait les hommes et les choses avec sérénité et compétence ; dame Ludivine charmait le visiteur de sa calme gaieté. Il m'était étrange d'ainsi les contempler lourdement vêtus. Je ne voyais que leurs mains et visages, les corps étant couverts d'épaisses robes, les têtes de chaperons sombres ou d'amples coiffes blanches qui cachaient les cheveux, les fronts et les cous. Même le dessin subtil de la silhouette était sous les plis dissimulé. Se pouvait-il que sous tant d'étoffe, de soie et fourrure se cachassent aussi les écarts, erreurs ou égarements faisant l'humaine condition ?

J'ai vite retrouvé avec eux la langue flamande apprise de ma mère. Mon hôte dressa un complet tableau de l'économie de la cité, allant de ce qu'elle offrait par le travail du métal, favorisé par l'exploitation du charbon, à ce qu'elle demandait d'étoffes, parures et bijoux. Car ce qu'amène une prospérité assise sur la bonne utilisation d'une industrie mieux spécialisée qu'ailleurs entraînait derechef large demande de produits que la ville de Liège et sa région ne fournissaient pas. L'art du change entre monnaies circulantes avait grande importance car il fallait peser et convertir oboles, deniers, blancs, demi-blancs, gros et demi-gros produits par toutes les villes du duché possédant un atelier de monnaies : Auxerre, Nevers, Dijon, Besançon, Dôle, Chalon, sans compter les grandes abbayes de Tournus et Cluny, qui, sous protection royale, profitaient de leur autonomie administrative et fiscale. Il fallait y ajouter les guldens et gros produits ici plus au nord, ainsi que les écus frappés par les Godons à Rouen ou Saint-Lô, ceux du vrai roi de France à Bourges, les hallers et pfennigs des pays allemands, ou encore les monnaies des royaumes d'Italie ou d'Espagne. Messire Pierre maîtrisait parfaitement la virtuosité que requérait la conversion des signes. À l'exercice de correspondance des monnaies qui exigeait une bonne disponibilité pour être sur place utilisée, s'additionnait la subtile pratique de leur valorisation selon la qualité très diverse de leur aloi et leur cours de référence à l'émission.

Il en tirait grand profit, non pour lui-même, ce que condamnerait la sainte Église, mais parce que pareil exercice bien mené favorisait l'échange donc augmentait les possibilités de produire et vendre. Je m'apensais cependant qu'un trop grand multiple de monnaies différentes, s'il faisait la richesse de quelques intermédiaires obligatoires, formait au contraire, par sa complexité, obstacle à la circulation générale. Mon hôte ne partageait pas cette inquiétude, même s'il rêvait d'un univers de commerce moins compliqué. Notre conversation se poursuivit sur une constatation étrange. Les monnaies de Bourgogne, du sud au nord, s'échangeaient toujours favorablement avec celles des autres contrées. Pour autant, l'acier de sa région, mécaniquement plus cher lorsqu'il est ainsi exprimé en gros bourguignons plutôt qu'en gros français, se vendait facilement sans être jamais gêné par cet écart de valeur. Le sens commun porterait à soutenir l'inverse, l'acheteur payant plus aisément le prix d'un bien identique exprimé en basse monnaie. Pour maître Pierre, il était en réalité convenable que la qualité d'une marchandise vendue, parce qu'elle était notable, l'emportât sur l'obstacle de la parité d'échange. Allant plus avant dans sa pensée, il défendait avec conviction que bonne monnaie allait de pair avec bonne réputation des produits cédés, sans jamais gêner ladite vente, tant la première traduisait aux yeux de tous savoir-faire et prospérité de la production en faisant l'objet. Je mis quelques semaines à recenser les courants commerciaux traversant la cité, bien aidé par maître Pierre, puis à en rendre compte à Jacques Cœur, par courriers successifs. J'envoyais tout cela à Bourges, sachant que, là-bas, on trouverait le bon moyen de le joindre. Il apparaissait clair que ce travail d'identification, s'il prenait évidemment le temps qui convenait, allait entraîner rapidement, par sa multiplication en lieux et places où il s'avérait nécessaire aux projets de maître Jacques, une grande et permanente tâche de coordination.

Cela fait maintenant plusieurs années que je vis céans, à Rome, et suis habitué à l'inquiétude créative mais bruyante de ses habitants, finalement davantage préoccupés par le salut de chacun que le sort de l'ensemble. Avec le recul, les gens de Flandre s'accommodaient mieux de simplicité, aimant leur tâche, de probité robuste et d'esprit peu tourmenté. Leur paradis était prière ponctuelle, offices fidèlement suivis, prêtre écouté. Ils préféraient la vie acceptée simplement, pourvu qu'elle se déroulât dans un beau cadre d'étoffes teintes et de bois travaillé, avec écus dans le coffre, bière au cellier, grandes épaisseurs de linge dans les armoires.

*

Me sentant chez moi dans ces pays du Nord, et sachant y rester quelque temps, j'avais loué une jolie petite maison en centre-ville. Elle allait me servir de point fixe entre la belle cité de Liège où je vivais présentement et celles de Bruges et d'Anvers où il me fallait aller. Après ? Après je partirais vers Genève où passaient désormais les routes commerciales ayant quelque peu délaissé les foires de Champagne aujourd'hui moins prospères qu'au temps de nos aïeux. Si le temps manquait durant la journée car il y avait à faire en l'étude de maître Pierre, le beffroi carillonnant largement le soir marquait la fin du travail. Tous les gens de métier regagnaient leurs logis et le calme revenait lentement sur une ville sans cesse transpercée par les cris stridents des mouettes.

Je poursuivis, après de longues semaines de labeur, mon voyage dans le plat pays. C'est vers la ville de Soignies que je me suis dirigé, à l'ouest de Liège, cité fameuse pour ses drapiers. En cet été de l'an 1434, Jeanne la « sans pareille » était auprès de Dieu depuis plus de trois années. Je n'avais pas de nouvelles de Jacques Cœur mais savais que cet homme voulait tout connaître des places et marchandises, ce que m'avaient confirmé ses deux associés, messires Barthélémy et Godard. Le drap, cette toile de laine dont les fibres étaient feutrées par foulage, méthode consistant à resserrer et embrouiller les fils, et ainsi donner au tissu solidité et douceur, était fabriqué dans le royaume de France, notamment le drap noir de Bourges. Mais cela ne suffisait pas. Il nous fallait le sélectionner et l'acheter partout, en Flandre (Lille, Bruges, Gand), dans lc Brabant (Louvain, Bruxelles, Malines), et en Picardie (Amiens et Abbeville) sans méconnaître ni les autres régions ni l'importance de la laine venue du pays godon.

J'appris en chemin, par courrier, que l'ambition de Jacques notre bâtisseur n'était pas limitée à ce seul commerce. Nous devions aussi renseigner les échanges de fourrures, de cuirs tannés, d'objets de vannerie, de robes, manteaux et chapeaux, ainsi que du vert-de-gris pour les teintures, de poisson séché, de violettes et de roses pour les parfums. Il n'oubliait pas non plus son premier métier de changeur car, lors de son premier voyage en Orient, il avait remarqué que, à l'inverse des contrées d'Europe, l'argent y était mieux prisé que l'or. Tout ce que nous pouvions savoir en Flandre, et ailleurs, des ressources minérales d'argent et de cuivre, servait ainsi son ambition de commercer poids contre poids, encaissant dans la transaction les énormes différences de valeur entre le Nord et le Sud.

La petite cité de Soignies présentait un grand avantage. Sa charte de la grande draperie, instituée quelque cent ans auparavant, imposait aux gens du métier un contrôle dans la qualité des marchandises que le sceau de la ville, dûment apposé, garantissait. Celle-ci rassurait maître Cœur, très exigeant sur la chose. Lorsque j'y arrivai au début du mois de juillet, la grande foire de la Saint-Vincent était en préparation. Elle allait durer deux jours et attirer étoffes et marchands venant de toutes les contrées. La ville abritait même un Lombard, maître Vittorio, faisant office de changeur, que je suis allé rencontrer pour développer et préciser le détail d'une collaboration possible. Ayant pris logement dans une auberge à côté de la collégiale, pleinement centrale au milieu des fortifications, j'eus la chance d'aller à messe. Oh ! Ce n'est pas que, en ces longs jours après Jeanne, le bon exercice de la religion m'importait, mais j'avais entendu grand compliment des chants et musiques donnés sous la lourde charpente romane de l'édifice. Chaque chrétien pouvait entendre dans les monastères le plain-chant religieux qu'au siècle précédent maître Guillaume de Machaut avait enrichi mais sans bouleverser le déroulé de ses phrases musicales. J'avais également subi à Rouen, en la cathédrale, l'insipide Anglais John Dunstable, aussi plat qu'est étroit son pays. Mais ici, à Soignies, vivait un véritable créateur, chanoine de son état, appelé Gilles Binchois. Durant l'office, un chœur à trois voix entonna son *Magnificat*. Trois voix différentes, qui se mêlaient pour aller vers quelque chose de plus grand que nous. Je t'ai souvent fatigué, Philippe, par mes détours trop nombreux sur le divin rapport entre foi et raison comme modes d'accès à Dieu. Mais ici, sous le plein cintre des voûtes, un autre passage se montrait aux fidèles. La Parole, les mots de Dieu peuvent prendre plusieurs chemins pour éclairer notre obscurité. Car si Notre Seigneur tout-puissant nous a aplani la route pour accéder pleinement à Sa Parole offerte aux hommes dans les Saintes Écritures, celle-ci est multiple pour y parvenir et les comprendre. Elle possède ainsi plusieurs voix, dites, écrites et chantées. L'amour de la Parole veut être exploré dans toutes ces dimensions-là ! En écoutant maître Binchois, je me suis souvenu des Psaumes qui nous donnent les mots nécessaires pour nous adresser à Dieu, oui, les mots mais aussi la manière de les prononcer : dire et chanter, comme le *Gloria* qui le fut une première fois par les anges à la naissance de Jésus. Saint Benoît dit quelque part : « Je veux te chanter, Seigneur ! » À la beauté céleste des paroles divines il convient ainsi d'y mettre, pour les mieux exprimer, le sublime de la musique. Et ce n'est pas là un simple exercice de création vaniteuse par une seule personne ou par une communauté s'érigeant un monument à elle-même ! C'est simplement reconnaître, avec les oreilles du cœur, l'essentiel des formes musicales à hauteur du Seigneur en même temps que de l'Homme, disant très haut cette dignité commune.

Sais-tu, Philippe, que ce moine d'exception savait également, moins divinement mais plus profondément pour chacun, exprimer le profane, celui de nos vies mal allantes. J'eus bonne occasion d'écouter certains rondeaux mélancoliques, tel celui sur l'infinie tristesse de l'amour qui s'en est allé : « Adieu m'amour et ma maistresse », chanté à plusieurs voix, gardant le doute sur raison de la séparation, éloignement ou disparition, car deux vers, deux seulement, laissent croire au possible revenir : « J'ay grand desir de prendre adresse [petit chemin court], Pour quoy vous puisse revenir. » De quelle « adresse » peut-il s'agir ? Simple retour ou retrouvaille dans la mort ?

Ici, à Rome, presque vingt années plus tard, l'opportunité d'entendre davantage la musique de Binchois, Guillaume Dufay ou Jean Ockeghem, est offerte largement, tant Sa Sainteté le pape Nicolas, cinquième du nom, aime la musique de ces trois maîtres incontestables, venus de ces contrées de Bourgogne et de Flandre qui sont pour moi la France.

*

Puis le temps est venu de partir vers Bruges. J'ignorais où vivaient mes oncles, tantes et cousins. Mais la bonne réputation de la famille de Witte au sein de la bourgeoisie locale, fameuse pour ses activités commerciales, allait faciliter largement la rencontre. J'appris d'ailleurs, arrivant en cette magnifique cité, que leur renom était véritablement grand. Ils habitaient une maison magnifique, entre la cathédrale Notre-Dame et l'hôpital Saint-Jean. Parvenu dans la ville par la porte Sainte-Catherine au sud, j'avais pu contempler à senestre le grand port appuyé en son début sur le rempart, puis les nombreux jardins bordant l'intérieur des fortifications, puis encore tous les canaux traversant la cité. L'amer guidant au loin le voyageur, cette flèche magnifique en briques jaunes coiffant la cathédrale, était en construction. Bien avancée, elle paraissait devoir monter jusqu'aux cieux et dépasser largement la tour du beffroi.

Bruges était grande d'habitants et de prospérité. Plus de quarante mille âmes et partout halles, confréries marchandes et maisons de commerce en cette fin d'année 1434. Comme elle était bruyante, animée et pluvieuse ! Elle était aussi deux fois inquiète. La tutelle bourguignonne lui pesait. Elle le faisait savoir, non qu'elle fût opposée par principe à cette appartenance, mais parce qu'elle était liée profondément au commerce avec les Godons. La guerre interminable entre Français et Anglo-Bourguignons, qui, jusque-là, n'entravait en rien les achats de laine provenant d'outre-Nord, changeait de visage. Les discussions commencées en secret entre Charles le septième et Philippe de Bourgogne avançaient, celui-ci s'apercevant qu'il avait plus à perdre en maintenant sa coalition avec des Anglais affaiblis, celui-là se renforçant avec le temps, car l'assassinat de Jeanne par ces Godons infâmes avait grandement stimulé notre sentiment national. Comme je te l'ai souvent écrit, cher frère, le petit royaume ne pouvait pas gagner contre la France ! S'il advenait que survînt un changement d'alliance, la cité de Bruges souffrirait d'une altération des échanges car les navires d'outre-Nord seraient moins bien accueillis sinon repoussés des ports flamands.

Il y avait un autre danger dépassant la male volonté des hommes. Les assauts de la mer avaient accompli moult ravages dans un récent passé : grande marée de 1384 qui obligea à reculer de plusieurs centaines de mètres la cité d'Ostende ; raz-de-marée de 1404 qui conduisit à lier entre elles toutes les digues flamandes ; disparition de plusieurs dizaines de villages en Zélande lors de la submersion de 1421. À ces malheurs causés par la nature des choses s'ajoutait l'action des populations. Avec le grand défrichement des terres commencé il y a longtemps, les régions poldérisées avaient été transformées en terres exploitables. Et les paysans creusaient chaque fois plus profond pour extraire cette tourbe précieuse qui servait de combustible et se vendait facilement. L'écart croissant de niveau entre terre intérieure et mer remparée par un ensemble de faibles digues risquait de favoriser le retour brutal des eaux. Par la grâce de Dieu, qu'il faut bien invoquer à l'appui de l'humaine volonté, nombre de moulins de drainage étaient en cours d'édification pour évacuer l'eau dangereuse, reconduite à travers un fort habile réseau de ruisseaux et canaux, d'abord dans la région de Leyde vers l'an 1408, puis maintenant plus au sud-ouest. La tourbe elle-même était délaissée pour favoriser les pâturages fertiles servant à l'élevage donc à la production de lait et fromage. Mais cet incessant et presque divin mouvement d'adaptation ne pouvait cependant éviter ce que les marins de la bonne cité de Bruges commençaient de sentir. Le Zwin, ce bras de mer donnant accès à la mer après l'immense raz-de-marée de l'an 1134, connaissait une montée des sables. Oh ! En cet hiver 1434, l'affaire n'était pas encore d'importance mais assombrissait déjà les plus prévoyants des bourgeois et marchands de la cité.

*

Je savais que notre mère avait deux frères et une sœur. Vivaient-ils encore ? Avais-je des cousins et cousines ? Était-il possible que moi, le chevalier errant déguisé en clerc, ou l'inverse, éloigné depuis longtemps de ma proche famille, j'eusse neveux et nièces ? Je n'osais aller les voir. Par pudeur peut-être ou gêne de survenir tel un étranger au milieu des siens, n'ayant jamais pris peine de manifester qu'il existât encore.

Que savaient-ils de moi ? Que savais-je de leurs vies ? J'osais envier le Tout-Puissant qui connaît tout de chacun, sans altération due au temps qui passe, sans besoin du souvenir, sans nécessité jamais d'une présence régulière occupant le cœur et la mémoire. J'allai un soir jusqu'à leur belle demeure. Il faisait déjà nuit et voyais peu sinon deux lanternes au-dessus d'une imposante entrée. Le tremblement de cette hésitante lumière laissait, comme un théâtre d'ombres, deviner façade et grandes fenêtres aux carreaux verts losangés, certaines géminées à tête voûtée, d'autres, alternées, simplement carrées. Une lourde servante vint ouvrir et s'enquérir de ce visiteur du soir. M'étant présenté, attendant quelque moment dans cette vaste antichambre sentant cette prospérité non montrée qui comptait finalement peu parce qu'elle ne manque pas, je vis arriver tante Marguerite, sœur de maman, à elle si ressemblante.

Instant de surprise où l'esprit marque un temps pour comprendre ce que le cœur avait déjà saisi ! Puis nous nous donnâmes fortes brassées ayant grand émeuvement et yeux brouillés. Même voix, taille semblable et presque pareille odeur que notre mère ! Tu sais, Philippe, cette odeur qui ne se peut décrire car venant de notre plus profond, avant même tout souvenir ! Tandis que nous ne savions quoi dire, elle me fit avancer dans le grand salon où se tenaient les autres rassemblés attendant la repue du soir : Marc son époux, ses deux frères, mes oncles Balthus et François, leurs moitiés Louise et Léa, puis plusieurs cousins et cousines : Gérard, Guido, Henri et Hugo, sans oublier Anna et Elsie, leurs conjointes et conjoints devant Dieu, Erna, Dorinthe, Gerda, Juliana, Stephanus et Wouter, tous mes voisins d'âge. Comment compter mes neveux et nièces, leurs enfants respectifs qui n'étaient point tous présents, les époux et épouses, et déjà leurs petits ! Personne ne m'attendait ni ne me connaissait. Ils m'accueillirent avec la chaleur du cœur. Je mesurais, dans ma presque quarantaine déjà sèche et marquée, ce que j'avais manqué par ma vie errante ! J'avais sous les yeux une famille, en partie mienne, plus vraie que la guerre peut être nécessaire, ou l'acte de penser et résoudre, toujours dérisoire. Était-il trop tard ? Ayant déjà dépassé la moitié d'une vie sans me fixer à rien, que pouvait-il m'arriver encore, allant au-delà de ma faible personne, causé par le divin hasard ?

Tante Marguerite me fit asseoir à sa droite à la place d'oncle Balthus, son beau-frère. Oncle Marc, en face, rangea les autres, déclinant les préséances selon l'usage, les plus petits formant à côté une autre tablée. Alors qu'était servie l'entrée, cette soupe flamande offerte brûlante, sagement consistante en ce glacial hiver, faite de poisson et légumes bien en crème, arrosée d'un vin blanc moelleux, ce fut la marée, celle des questions venant de chacun à l'inconnu adressées. Peu importait ma courte expérience de marchand ! Ils en savaient plus que moi ! Et j'allais profiter largement de leur expérience. Non ! C'était cette histoire de la Pucelle de Lorraine qui intéressait, la vie brève de Jeanne, la « sans pareille », arsée sur une place de marché en la ville de Rouen il y avait déjà plus de trois ans. Ici, en terre bourguignonne, l'affaire soulevait quelque réserve, la contrée étant alliée des Godons, ces beaux et bons marchands préférant bonne alliance avec ceux-là qui leur vendait l'indispensable laine. Mais l'étrange est qu'ils ressentaient, même sous leur scepticisme, le feu qu'elle avait allumé dans le cœur de leurs voisins au royaume de France. Ils voyaient tourner le vent, non de la destinée mais du courant des affaires marquant leur bonne prospérité. J'affirmai une nouvelle fois, l'ayant souvent proclamé, que le petit roi d'Angleterre ne pouvait l'emporter sur le royaume des Lys et qu'il ne survivait qu'à cause de leur duc Jean. Le temps lui était venu de changer d'alliance, revenant à meilleure histoire, pour faire profit commun d'une paix retrouvée. Certains de mes cousins furent surpris par telles affirmations, mes oncles, plus circonspects, ayant en revanche bien compris ce que le commerce pouvait gagner à bonne paix entre nos deux contrées les plus riches d'Europe. Mon passé de capitaine donnait au propos une auréole surprenante comme si avoir occis, j'espère pour juste cause sous le regard du Tout-Puissant, l'emportait sur la vraie puissance qu'est la vie donnée et conservée plutôt que prise.

*

Jacques Cœur m'avait appris par lettre que le soi-disant régent de France, le Bedford, connaissait moult déboires : complots anti-Anglais à Paris, révoltes en Normandie, mutinerie à Calais qu'il réprimait brutalement. Il était assailli de soucis financiers causés par grandes dépenses d'entretien de ses garnisons ou de fortifications. Même les débours du petit sacre du petit roi Henry VI avaient été couverts par emprunt. Durant l'an 1434, nos paysans de Normandie se révoltèrent en masse. Convergeant vers Caen, sans chef, mal armés et par un épouvantable climat, ils furent massacrés par ces Anglais dont on ne peut rien espérer. Il n'y a décidément aucune générosité chez ce peuple, en aucun domaine ! Dans le même temps, notre bon roi Charles raffermissait son royaume. Il avait finalement modifié son Conseil maintenant dominé par deux personnages : Richemont et Charles d'Anjou, troisième fils de Yolande d'Aragon, intelligent, et partageant autant les plaisirs de son souverain que le bon travail sur la chose publique, sous la surveillance de sa mère. Le roi Charles entreprit aussi, au printemps dernier, une tournée dans le Sud, fort profitable puisque les états de Languedoc lui ont voté une aide extraordinaire de cent soixante-dix mille écus d'or. Il reçut également à Vienne les ambassadeurs de l'empereur, du marquis de Ferrare, et même du concile de Bâle, car la situation se dégradait de nouveau au sein de l'Église. Il semblait ainsi que, désormais, Charles VII, autrefois incertain mais lucide, était désormais reconnu, entreprenant et clairvoyant. Jeanne la sainte avait bien infléchi le cours des événements. Les belligérants sentaient inéluctable la nécessité d'une grande négociation pour régler une situation mal allante, même l'Anglais, qui pourtant voyait court au-delà de ses finances.

Mes oncles savaient que leur bon duc Jean de Bourgogne, que j'avais voulu occire autrefois mais sans l'avoir dit devant la tablée, entreprenait de nouvelles discussions, aussi bien d'un côté que de l'autre. Les plats se sont succédé bien aidés par le vin de Meuse. Mes trois oncles, solidement installés sur leur siège comme dans la vie, me promettaient de tout dire sur contacts et flux marchands de la région. Ils disaient aussi leur inquiétude car au possible règlement de la guerre s'ajoutait, ici à Bruges, une querelle sur les libertés de la ville. La tutelle de Bourgogne leur pesait. Plus d'indépendance était leur credo, peut-être profane mais bien ancré chez ces marchands soucieux d'entreprendre, comprenant de moins en moins que des querelles de ménage, fussent-elles entre grands, puissent les gouverner avec indifférence et gaspillage. Je comprenais aussi que deux de mes neveux s'agitaient dans l'ombre avec d'autres bourgeois. La sourde révolte des Brugeois, quelquefois sanglante, contre les Français puis les Bourguignons, venait de loin. Bruges était, depuis l'année 1253, l'un des trois comptoirs hanséatiques en mer du Nord avec Londres et Bergen, après avoir obtenu en 1250 le privilège du « droit de ville » par Philippe, comte de Flandre. La présence chez eux d'étrangers venus d'ailleurs les insupportait, à l'exception d'autres marchands hanséatiques venus de Lubeck ou de Hambourg. Je me suis d'ailleurs étonné devant eux qu'ils soutinssent pourtant pareille férule en France en s'accordant avec les Godons, donc en favorisant leur injuste occupation. Ma remarque ne parut pas les gêner, tant ce qu'amène le commerce paraissait submerger toute autre considération. Durant mon passage en la ville, ma famille logea ce cousin lointain dans leur grande maison, qui par eux devenait aussi mienne, tant était généreuse leur hospitalité.

*

J'ignorais, avant de le croiser, que notre famille de Witte habitait non loin du peintre Jan van Eyck. Celui-ci, qui avait déjà grande notoriété, commençait à peindre *Les Époux Arnolfini* et venait d'achever son *Adoration de l'Agneau mystique*.

C'était un homme calme, au regard clair et long visage, la bouche fine, rencontré par hasard à la taverne d'à côté. L'œil du peintre remarqua immédiatement ma tonsure qui n'avait pas encore totalement disparu. En m'interrogeant sur cet étrange caractère, nous échangeâmes rapidement sur nos vies d'avant, lui comme chambellan du duc de Bourgogne et son ambassadeur, moi, chevalier du roi Charles VII devenu docteur en droit et maintenant marchand. Il me proposa de visiter son atelier, y voir en particulier son *Agneau mystique* qui n'était pas encore installé dans l'église Saint-Jean, en complète rénovation, où son commanditaire, Joost Vijdt, riche marguiller de la ville, voulait l'y mettre. Lui promettant de venir le lendemain, nous fîmes ensemble les quelques pas nous séparant de nos maisons, sous lune naissante et ciel avare d'étoiles. Les seules lumières que l'on voyait étaient ces lanternes tremblantes aux portes des citoyens fortunés. Un peu plus loin, dans la pénombre, se dessinait la grande Halle aux draps accolée aux bâtiments abritant les corporations. De ma fenêtre, une lourde gabare dont le fanal pendait à la proue, glissait sur les eaux du canal, au nord, vers la mer.

Au matin, le temps était changeant. Messire Van Eyck me fit entrer dans sa vaste demeure dont le rez-de-chaussée comprenait un salon, un premier atelier puis au fond un second abritant ce qu'il avait terminé. Son *Agneau mystique* était un immense triptyque sur bois, dont le panneau supérieur reposait à côté, car la hauteur du plafond ne permettait pas la juste superposition des deux éléments. Deux grandes fenêtres diffusaient une lumière capricieuse sur un émerveillement. Pareille splendeur, jamais vue auparavant, est impossible à bien décrire. Je n'ai pas d'autres mots, mon cher frère, pour dire que j'avais sous les yeux une vision de l'homme total, à regarder dans son ensemble comme en ses fins détails, au présent de sa représentation comme dans les symboles de sa création, à l'immobilité des visages et paysages comme aux traits changeants des expressions marquant non une direction mais la destinée. Et la lumière ! L'huile incorporant les pigments donnait à la matière peinte la limpidité, la transparence, l'éclat profond et doux de la lumière du Nord, celle des horizons couverts, des labours luisants, des bois mouillés, que parvient mal à illuminer un trop pâle soleil. Maître Van Eyck s'avançait avec calme vers des contours inexplorés de la peinture. Il emplissait nos yeux d'une puissante vision colorée, où les étendues vertes et bleues se mêlent et se succèdent, où toutes les cultures, tous les arbres et tous les horizons noyés installent dans la mémoire d'inoubliables harmonies que posent le poids des moissons, l'épaisseur des terres labourées, la profondeur des nuages parcourant un grand ciel.

Ce n'était pas la pièce centrale qui émerveillait le croyant incrédule que je devenais. Non ! Ce n'était pas l'Agneau mystique, objet d'une dévotion convenue, chargé de symboles. Ni d'ailleurs Ève et Adam couvrant leur nudité. Ce n'étaient pas davantage les groupes dispersés d'hommes et de femmes convergeant vers l'Adoration, encore qu'il faut s'émerveiller de leur diversité et du réalisme décrivant figures, mouvements, expressions, jusqu'aux rides des visages ou pliures de peau. Ma fascination allait aux lumières et ombres peignant une nature jamais vue, ses feuilles et branches si bien rendues que celles du plan premier ressortent plus clairement que les autres, derrière, perdues dans la végétation plus sombre. Chaque fleur trouve une place précise dans un espace tendu par la perspective. Les raisins qui pendent sont encore verts ; la netteté des pampres venant en premier tranche sur le flou des plus éloignées ; les blancs des Lys éclatent devant nous ; les formes de l'horizon clair s'estompent dans l'humidité de l'air ; les hirondelles planent et plongent, ou se posent, à côté d'autres déjà perchées. Il faudrait des heures, Philippe, pour te décrire ici le monde de Van Eyck, sa polyphonie de lumière, la diversité des hommes et femmes venant du paradis perdu jusqu'à nos pauvres jours, tous réunis par une intention divine. Je suis resté silencieux devant lui, conscient d'assister au bouleversement de la représentation. La peinture, oui, après lui, ne sera plus la même. Peut-être en était-ce fini des Vierges Marie illuminées mais toutes semblables, de ces Enfants Jésus mornes et joufflus, des dieux méchants régnant dans l'immensité d'un ciel pâle et distribuant l'enfer aux égarés. C'était comme si l'Homme, ainsi peint dans sa diversité carnée, avait enfin pris sa vraie place en notre somptueuse nature, sous le regard symbolisé, donc lointain, du Seigneur tout-puissant.

Quel contraste dont je n'avais conscience ! Le plat pays venait de m'offrir deux merveilles que je n'attendais pas : un contrepoint chanté à plusieurs voix transposant l'homme qui voulait entendre, au-delà de lui-même, jusqu'aux marches divines ; une somme picturale, pétrie d'humanité, restituant dans sa vivante diversité cette pauvre mais bien vivante créature de Dieu jusqu'ici montrée plutôt pâle, collée, marchant de profil, sans perspective autre qu'enfer ou paradis. Maître Van Eyck nous mettait si bellement à notre vraie place dans la création, certes au-dessous du Créateur, mais au centre du monde. Je n'étais pas alors, mon cher frère, au bout du magnifique. Car il y aurait plus tard, sous le ciel des royaumes italiens, autres chants et messes bouleversantes, ainsi qu'artistes de peinture, plus tendus qu'en Flandre, figurant nos visages inquiets, nos corps raides, disant espoir et détresse qui forment le fond de l'humaine condition.

*

Mes oncles Marc, Balthus et François s'offrirent à m'enseigner voies et moyens du commerce traversant leurs pays. D'abord celui qui venait d'outre-Manche auquel ils tenaient tant avec la laine, le cuir, le plomb, l'étain et le charbon ; puis, provenant du royaume d'Écosse, mêmes marchandises auxquelles était ajouté le nécessaire à l'élevage des moutons. Plus au nord arrivaient du royaume de Norvège bois, cuir bouilli, poix, suif et graisses ; et, en nos hivers bien plus rigoureux que n'ont connus nos aïeux, nous achetions au royaume bulgare leurs douces hermines, mouchetées ou pas, les blanches zibelines, les vairs et les gris si prisés pour doubler nos manteaux. Sans oublier le miel, l'huile, les figues et raisins, les graines et peaux de Lusitanie, ou même sucre et cumin, cire et cuir acquis près les royaumes du Maroc, car, tu le sais bien, Philippe, les infidèles aussi s'affairaient à trouver débouchés à leur production.

Le lacis infini des fleuves et canaux intérieurs permettait efficacement l'acheminement des nouveaux produits à leurs destinataires, dans un sens comme dans l'autre. Le long des rivières Meuse et Rhin, comme sur l'Escaut en Flandre, s'étaient créés de prospères réseaux d'échanges locaux permettant au duc Jean de Bourgogne d'établir des lieux de péage profitables. Tous les endroits de convergence fluviale servaient à l'impôt. Je me rendis cependant compte que la largeur contenue des voies navigables devait limiter, par endroits, les quantités transportées en créant engorgements et blocages. Le port de Bruges lui-même n'étant pas si grand, j'osai demander si le commerce, non loin de cette belle cité, pouvait bénéficier d'une autre ouverture, plus large, sur la mer. Cette question ne fit pas sourire tant sa pertinence touchait le cœur même de leur prospérité. Oncle Marc fit part de ses inquiétudes sur le sable montant peu à peu dans le Zwin, menaçant la circulation. Il fallait aller selon lui plus au nord, après Damme, ou mieux encore à main dextre, vers la grande bouche d'Anvers, et s'y préparer dès maintenant.

C'est la production des textiles qui faisait le cœur de l'activité familiale, en particulier le drap de laine et ses déclinaisons. Mes oncles ne cherchaient que la meilleure qualité, tandis que cousin Guido préférait que l'on abaissât celle-ci pour accroître les quantités vendues à prix inférieur, ce qui se faisait déjà avec le drap anglais vers les pays rhénans. Pour grand que fût ce débat, il ne tourmentait en rien cette sérénité sage, faite d'économie et d'effort, qui avait bâti richesse et solidité de la famille.

Nous décidâmes de partir dès que possible, le temps étant exécrable, pour aller vers Anvers. Ce n'était pas un long voyage. Deux jours tranquilles à cheval, en passant par Gand, cité magnifique dominée par cette tour imposante plantée sur le transept de la grande cathédrale Saint-Nicolas. Les environs de la ville étaient bordés par de larges étendues de terre, souvent marécageuses, servant à l'élevage de moutons. Le beffroi de la cité, bien achevé, culminait à cinquante toises françaises. Abritant l'immense Halle aux draps, il résumait à lui seul concentration et développement d'un commerce se déployant vers tous les points cardinaux, bien au-delà des querelles des familles princières. J'avais, devant moi, cumul et étalage de moult affaires telles que jamais vues dans le royaume de France. Mais, là comme à Bruges, l'on sentait mal assurée la domination bourguignonne, déjà malmenée dans un récent passé. Là comme à Bruges, et sans doute ailleurs, la fronde, d'abord murmurée, se levait contre une férule que ne légitimait en rien le seul prélèvement d'impôts au profit de quelques-uns, fussent-ils ducs, toisant un essor qui, sans eux, eût pu être plus grand encore. Il y a tout aussi violent que la guerre extérieure quand se soulève vers l'émancipation une large communauté d'intérêts partagés, liés par même langue, rassemblés par même destin contre seigneurs locaux impécunieux et incapables.

Je ne te conterai pas, mon cher frère, ce qui allait advenir plus tard en ces contrées prospères. D'ailleurs, tu le sais sans doute ! Mais à ce stade de mon récit, dans la voie que j'avais pour moi tracée à ce moment, je souhaite rester sur l'unique chemin des affaires. Notre arrivée à Anvers me fut une révélation. Ce n'étaient pas seulement les fleuves et voies navigables qu'il fallait utiliser largement. Alors que la cité connaissait grand afflux de population, la configuration des eaux disponibles, celle d'une mer immense devant eux dégagée, assurait de grandes possibilités d'emports et de débarquements.

La ville ne comptait que vingt mille âmes, pas autant que Bruges. Elle n'avait pas encore établi cette merveille d'institution appelée Bourse du commerce permettant d'acheter aujourd'hui à prix convenu une marchandise vendue plus tard au cours du moment, ou l'inverse. Ses foires de la Pentecôte et de la Saint-Bavon[1] ne rivalisaient pas d'importance avec ses voisines en pays brabançon car les produits échangés y étaient moins nombreux et de qualité différente. Mais les flux d'affaires étaient en train de bouger. Enrichis par leur négoce avec l'Italie grâce aux cols des montagnes alpines, les marchands d'Augsbourg, de Nuremberg, d'Ulm s'étaient engagés dans l'extraction et le travail des minerais bien disponibles dans les massifs d'Europe centrale. Cela nécessitait, après leur transport par fleuve, de trouver grandes places d'échanges et possibilités de chargement vers des pays plus lointains. Sur les rives de l'Escaut, les produits des négociants de la Haute-Allemagne trouvaient à Anvers acheteurs pour d'autres denrées, épices venues des royaumes italiens, argent des mines des Alpes, futaines dessinées en ateliers de Souabe ou de Franconie. Les pays d'au-delà du fleuve Rhin connurent un développement allant de pair avec celui d'Anvers, comme si un lien direct devait être tissé entre richesse de chacun et échange entre tous. Même les marchands godons, plus affûtés que leurs seigneurs, comprenaient qu'aller plus à l'est pouvait compenser un trafic plus incertain passant par Calais ou la Flandre bourguignonne.

Je compris, grâce au savoir de mes oncles, que les progrès de la navigation marchande provenant de Gênes, Florence, Venise, et même du Portugal, de Castille ou d'Écosse imposaient à notre entendement une suprématie nouvelle : celle de la voie maritime passant par Gibraltar. J'ai aussitôt écrit cela à maître Jacques Cœur, lui donnant moult détails sur les correspondants que ma famille pouvait renseigner et fournir.

1. 1er octobre.

Je reçus sa réponse quelques semaines plus tard, me disant semblable conviction et m'annonçant l'établissement de ses premiers comptoirs à Aigues-Mortes, non loin de Nîmes et de Montpellier. Notre bon roi Saint Louis avait eu bonne intuition en aménageant la ville et l'entourant de fortes murailles. Il avait fait dégager d'anciens cours d'eau asséchés et percer des voies nouvelles pour placer la cité au centre d'un réseau de communication entre Provence et Languedoc. Jacques allait, partant de là, construire son commerce avec le Levant.

Je passai ainsi plusieurs mois au sein de ma famille, rassemblant tout le possible sur ce que pouvait offrir l'espace d'échanges le plus vaste existant dans nos pays d'Europe. Le temps s'écoulait à l'étude. Rien ne m'en distrayait beaucoup, si ce n'étaient les privautés d'une jeune servante ou les bains subtils et contournés de la maison aux étuves. Ma tante Marguerite s'étonnait de mon état stérile, seul et sans descendance. Le manque de temps pour ce faire, déclaré sans conviction, dissimulait sans doute autre chose mais tout à point déconnue, récalcitrant à l'analyse. Je ne savais quoi répondre ! Absence d'envie, de m'arrêter, de m'installer. Platon devait avoir raison. Quelque chose de plus parfait existe sans doute ailleurs de chacun, dont l'imagination nous confond de beauté et dont le manque ne se peut supporter. Pourquoi éterniser la carcasse humaine ? L'homme n'est qu'une bête, qui a brûlé Jeanne la sainte. Plus sage que moi trop empreint d'inutile scepticisme, tante Marguerite s'inquiétait, mais sans reproche, de mon renoncement. Elle empruntait même, pour convaincre, mes pas de clerc en s'étonnant de notre inexplicable faculté à accomplir plus demain que la veille. D'où venait donc cette velléité de notre matière à faire mieux qu'elle-même ? C'était certes un chemin plus fécond que l'horrible et progressive absence de désir. Il faisait nuit dans la grande pièce. Le rougeoiement de l'âtre teignait nos visages sombres.

Voyage sur le Rhin

Bourges,
le quatorzième jour de novembre 1435.

Maître Jehan,

Je te suis bien reconnaissant des nombreux renseignements et contacts, recueillis et établis, dans ces pays de Flandre, Zélande et Brabant. Ils nous seront utiles pour satisfaire les désirs croissants de la cour de France en marchandises fines et précieuses. Car, tu le sais sans doute, les affaires de notre bon roi Charles progressent grandement. Au mois d'août de l'an de grâce 1435, une grande négociation a commencé, réunissant en la bonne ville d'Arras Français, Bourguignons et Godons sous le regard des cardinaux Albergati et Hugues de Lusignan, envoyés par le pape et les pères du concile, comme en présence d'observateurs venus d'Aragon, de Bohême et de Castille, du Danemark, du Portugal et de Venise. En cette terre bourguignonne, le duc Philippe fit bellement les choses. Des milliers de pétales de fleurs furent lancés d'innombrables fenêtres lorsqu'il vint accueillir les représentants du vrai souverain du royaume de France et du petit Henry VI d'Angleterre.

Comme il était prévisible, les Anglais rompirent les négociations qui, ils le sentaient, aller leur être défavorables. Le Bedford, malade, ne tarda guère à rendre l'âme[1]*. Les négociateurs purent enfin réconcilier la France et la Bourgogne. Chose remarquable pour gent sensible au mystère des nombres, le duc attendit le 10 septembre pour parler des détails de la paix, soit exactement dix années après l'assassinat de son père sur le pont de Montereau. Nous qui préférons les chiffres, mon cher Jehan, ce retour à plus grande normalité des relations était plein d'opportunités. Le Bourguignon aurait préféré une paix générale entre les trois ennemis d'antan mais, relevé par les légats pontificaux et conciliaires de son serment sacré de fidélité à l'Angleterre, et, d'autre part, satisfait d'obtenir la Picardie dans la conciliation, il se résolut à un traité, signé le 21 septembre, mettant fin à l'interminable conflit avec la France. Les Godons, encore présents sur notre royaume, ne le seront plus longtemps, et se sont ruinés à finalement perdre une conquête qu'ils ne pouvaient maintenir. Notre roi Charles n'était pas présent à l'accord mais avait largement soudoyé au préalable nombre de négociateurs bourguignons dont leur chancelier Rolin. Dans la corbeille était également amenée une belle promesse de mariage entre Catherine de France et Charles de Bourgogne. Il avait atteint son but : séparer les alliés d'antan. Qui sont mécontents de cette nouvelle ordonnance ? Les marchands flamands et zélandais dans leur commerce avec une Angleterre désormais hostile. Ta famille de Witte en a-t-elle parlé ? Sans doute argent et intérêt finiront-ils, comme toujours, par primer sur bonne chose publique. Mais je crains que les provinces du nord de la Bourgogne, que*

1. Le 14 septembre 1435.

tu connais bien maintenant, ne secouent le joug de la tutelle ducale. Il faut s'y préparer. Les courants de nos affaires vont se tourner davantage vers le sud, les royaumes d'Italie, l'Orient, au-delà peut-être. Rassure famille et contacts. Le royaume de France va accroître ses besoins de marchandises. Et va à Venise voir s'il est possible de nous y établir. Je joins à ma présente une lettre de change pour payer tes impedimenta. Le roi Charles vient de me faire maître des monnaies.

Ton ami Jacques.

L'à-propos de cette lettre avec les sentiments des marchands brugeois, gantois ou d'Anvers m'étonna fort. La fine connaissance des ressorts du commerce qu'avait maître Cœur montrait clairement le lien secret entre argent et pouvoir. Qui l'emportait sur l'autre ? Question insigne ! L'entrelac millénaire entre deux, ajouté à la sublimation des corps dans l'attente de leurs fins, donnait un ensemble indivis à notre condition. Tante Marguerite organisa mon départ. Pour le grand souper qui précéda, elle réunit ce qu'elle put de notre famille, même ses chaleureux cousins d'Ypres, marchands lainiers comme eux, Marthe, Madeleine, Achille et Charles Van Renynghe de Voxvrie. La chère était bonne. Le vin blanc mosellan coulait largement, ou la bière pour les amateurs. Une sourde inquiétude traversait nos échanges. Ce qui pour moi était délivrance devenait pour eux incertitude et méditation sous le ciel lourd de janvier. Ce traité d'Arras, qui changeait les alliances, attisait la révolte chez certains de ces sages brabançons. Les navires flamands étaient maintenant considérés avec hostilité à Londres, d'autant qu'après la mort du Bedford, les Godons mirent en avant le duc de Gloucester, encore plus court et brutal que ses prédécesseurs, qui avait failli dans ses tentatives militaires contre le Hainaut et en Hollande. Pendant que mes oncles organisaient déjà leur départ vers Anvers, mon tout jeune neveu Jean songeait à secouer, avec d'autres sans doute, une tutelle bourguignonne déjà bien malmenée dans le passé.

Cela survint d'ailleurs peu après mon départ. Et ce fut encore une grande démonstration de lâcheté de ces Godons infâmes. Jean le Bon avait eu la mauvaise idée de conduire une importante armée, financée et composée de Flamands, pour assiéger Calais, grand entrepôt anglais en France, après avoir ouvert les portes de Paris[1] à notre bon roi Charles. L'aventure tourna court, faute de motivation, les Flamands ne souhaitant pas s'aliéner leur principal partenaire commercial. Gloucester, s'étant facilement dégagé, mit le cap sur la Flandre et dévasta nombre de villages jusqu'à Poperinghe qu'il brûla entièrement. Ce fol, au milieu des ruines et cendres, se proclama sans vergogne comte de la province. La mascarade ne dura point. Averti de la mobilisation d'une grande armée bourguignonne, il décampa rapidement non sans incendier, au passage, le sud d'une contrée sans défense. Ainsi va le courage anglais ! L'autorité de Bourgogne s'en trouva très atteinte. En mai 1436, il prétendit rentrer dans Bruges, fort d'une armée importante. Il y parvint avec plusieurs de ses hommes tandis qu'à l'arrière les Brugeois refermaient soudainement la porte sur le gros des troupes. La furieuse milice brugeoise fondit alors sur eux et le duc Philippe fit ce qu'il put pour ressortir en

1. Le 13 avril 1436.

forçant le passage de la Bouverie. Coincé à l'intérieur, son maréchal Villiers de l'Isle-Adam fut lynché sans détour. Peu après ce terrible mercredi de Pentecôte, les Brugeois firent carnage en décollant moult partisans du duc. La ville fut ensuite assiégée et mise à genoux. Elle dut payer une énorme amende et demanda pardon. À l'heure où je t'écris, Philippe, je ne sais si nous avons perdu quelqu'un de notre famille.

Je profitai du soir pour demander s'ils avaient de tes nouvelles ainsi que de notre frère Marc, que je savais établi en Bourgogne depuis longtemps. Ils m'apprirent qu'il était maintenant écuyer au château de Cuisery et que tu l'avais rejoint. Je suis ainsi passé près de vous, sans le savoir, sur le chemin du Nord. Ce traité d'Arras avait finalement réuni notre famille sous la même reconnaissance apaisée : la Bourgogne et la France. Nous nous quittâmes, les de Witte et moi, avec grands émeuvements et promesses de se revoir. Je partis sous la pluie qui tombait par rafales. C'était un de ces temps où l'air et l'eau révoltés semblent faire du monde un chaos triste que l'humaine raison ne sait comprendre.

*

Aller des plats pays jusqu'au Rhin, en direction de Genève, puis l'Italie, me faisait passer par la ville de Cologne. Après Gand et Louvain, le paysage changeait, moins prospère, plus paysan. Capitale du Saint Empire romain germanique, Aix-la-Chapelle, ville libre, attirait moult visiteurs venant se recueillir sur l'antique sarcophage de Charlemagne. L'église était petite, de ce style roman octogonal lourd et primitif. Un nouveau chœur accolé venait d'être terminé, marqué de hautes lancettes gothiques répétées, telles, en moins gracieux, celles de notre Sainte-Chapelle à Paris. Les routes étant peu sûres et le temps détestable, je me hâtai vers le fleuve, ce Rhin immense décrit par les chroniqueurs. En parvenant à Neuss, quelques lieues au nord de Cologne, je suis allé voir l'église, non par piété ou désir de recueillement sur la tombe de saint Quirin martyr, mais pour voir son monastère cistercien ressemblant à ceux de Mons ou de Maubeuge, avec ses moines en surplis et chaperons, sur têtes et épaules, comme les guetteurs en nos châteaux.

Arrivé à Cologne où j'allais embarquer, la cathédrale était en chantier comme partout, ou presque, en nos pays chrétiens. Le chevet, la nef principale, le portail Saint-Pierre et la tour au sud étaient seuls achevés. Autour du chœur reposaient, derrière le grand autel, les chefs nus des trois Rois mages, couronnes sur la tête. Un peu plus loin en ville, la chapelle des Onze Mille Vierges, où vivent des nonnes réformées, laissait voir son trésor de reliques. Je vis le chef de madame sainte Ursule, celui du fils du roi d'Angleterre qui devait l'épouser, le chef d'un pape qui quitta le Saint-Siège apostolique pour demeurer en compagnie de la sainte, celui de la fille du roi de Chypre encore avec ses cheveux. J'ai vu encore le chef d'une vierge tout ensanglanté comme si elle avait été décapitée deux jours avant, et plusieurs jeunes enfants encore allaités par des femmes servantes qui furent aussi martyrisées par les barbares, ces Huns qui faisaient déjà peur aux soldats de Rome. Là comme ailleurs, l'Église vend ses indulgences aux pérégrins sur fond de nombreuses reliques.

Je suis monté à bord d'une lourde barge à fond plat, bordée haut sur l'eau, dotée d'une étrave bien rectiligne. Les avirons servaient sans doute à l'approche ou l'éloignement de la berge car un étrange instrument, jamais vu jusqu'ici, centré à la poupe du navire et actionné par une longue barre de bois, permettait apparemment de choisir le cap. Une jolie voile blanche, disponible en appoint, devait faire son possible, surtout par vent favorable et à la remonte du courant. Il y avait aussi de puissants chevaux qui faisaient le travail sur le chemin de halage. Au mois de février, le niveau de ce fleuve sauvage était au plus haut. La navigation allait être difficile, et trois ou quatre lieues seulement parcourues chaque jour promettaient longue attente jusqu'au lac de Constance. En cas de difficulté ou lenteur excessive, je savais pouvoir débarquer car notre gros navire interrompait son périple chaque nuit, souvent en bord de débarquement ou à quai de petite cité. Après la ville de Bonn, trois montagnes à senestre, chacune coiffée d'une forteresse, dressaient leurs silhouettes sombres noyées de brume. Le courant n'était pas trop fort. Il y avait, çà et là, des bancs sablés où l'on mettait l'avoine pour les chevaux. Quelques pêcheurs offraient leur poisson à bon prix et plusieurs passagers passaient leurs jours à table. Un gros bateau, un grand fleuve, de lourds voyageurs sur une eau grise, de forts chevaux au labeur… L'empire d'Allemagne avançait, sans arrêter les sens ni aiguiser l'esprit !

Comme était loin le royaume de Castille et son paysage net, découpé entre lumière et ombre, sans autre nuance, selon les heures, que tous les tons bruns d'une terre échappant au feu du soleil ! Ici sur le fleuve, tout se brouillait. Seul le bruit de l'onde se laissait entendre, comme une rumeur venant des entrailles. Au contraire de la Flandre où la confusion des paysages noyés de brouillards et de feuilles faisait toujours, un moment, passer une douce lumière toute de netteté apaisante, ceux de Germanie laissaient dissimulé le jour comme une sourde inquiétude. S'y enchevêtrent des images violentes, impuissantes à s'organiser en idées, aux portes d'un mystère où les sentiments flottent et se cherchent. Il y a ici une sorte de polyphonie aveugle où la conscience sombre dans le vertige des sons, des formes et des couleurs. L'on se sent défait de toute pensée, comme roulé dans le flot fraternel et dangereux de la matière et des mouvements. L'Allemagne, sous des comportements aimables et policés, laisse entrevoir une violence, sourde et cachée, tout près de ses pas. Ce grand fleuve Rhin vous le fait sentir jusqu'aux entrailles. Au soir, le gîte a été en la ville d'Andernach où je logeai à l'hôtel du Cygne.

La nuit fut agitée de songes barbares où j'étais poursuivi sans pouvoir m'ensauver par tous les monstres créés par l'humaine imagination : géants et nains, hommes aux mains à l'envers ou antipodes aux pieds inversés, cynocéphales à petite bouche qui se nourrissent avec une paille, sciapodes à un pied leur servant de parasol dans le désert, ou encore ces créatures sans tête, qui ont le visage sur la poitrine ou les yeux sur les épaules. Il y avait même les femmes fluviales à dents de chien, des hommes à deux visages dévorant de la chair crue, et des nains et des bossus et des femelles poilues. De cette nature multipliée, excessive et violente, surgissait ici et là, au milieu des pays allemands, un irrésistible besoin de simplification dangereuse et radicale. Chose rare, le lendemain fut clair.

*

Quelques lieues plus en amont, sur l'autre rive, à main droite, était la ville de Coblence où se rejoignent la Moselle et le Rhin. À cet endroit, un grand pont en pierre de dix-sept arches enjambe la rivière pour entrer dans la ville. Dans cette petite cité d'environ mille âmes, le joli château, résidence du prince électeur, gardait la rivière. La basilique romane Saint-Castor, avec son chœur en trois parties, est curieusement coiffée de deux tours élancées à fenêtres géminées. Selon le patron du navire qui m'emmenait, c'était à cette place que fut signé le traité de Verdun[1] où les trois fils de Charlemagne se partagèrent les territoires de l'Empire carolingien. Nous sommes repartis l'après-midi et, peu après, avons aperçu, à main gauche, la ville de Lahnstein. Je te la cite, Philippe, parce que c'est le port où tous les bateaux qui arrivent doivent payer le grand péage du pays. Dès l'arrivée, tout le monde doit descendre et les inspecteurs chargés de son prélèvement se font ouvrir les cargaisons et regardent tout pour prendre leur dû. Quand passe un navire, la garde sonne trompette pour les prévenir. Le rite est immuable et la fraude impossible.

Nous continuâmes jusqu'à Mayence où j'ai demeuré quelques jours dans cette cité libre de l'empire. C'est une fort belle ville marquée par deux fléaux partagés ailleurs en nos pays : la peste il y a cent ans, et la rivalité entre l'Église et l'empereur d'Allemagne. D'ailleurs, le souverain Charles IV y promulgua autrefois sa bulle d'or fixant les conditions d'élection de ses successeurs à la tête du Saint Empire par un collège où les ecclésiastiques étaient dorénavant minoritaires. La cathédrale romane

1. Août 843.

Saint-Martin, à trois colonnes, impressionne par sa taille et sa disposition puisqu'elle compte deux chœurs de part et d'autre de la nef centrale. Il y a de nombreux monastères, une foule de prêtres et un archevêque grand électeur mal présent en la cité. Ce petit monde paraissait peu s'occuper de foi, mais plus de sinécures et prébendes. Seuls les diacres assuraient régulièrement les offices pendant que les tavernes abritaient autant de soutanes que d'habits bourgeois, tous ensemble pour boire et pisser, ou lâcher leur semence dans les nombreux bordeaux, mais bien séparés lorsqu'il faut traiter des affaires publiques. Je sentais Mayence devenir rebelle aux pratiques de cette Église-là qui dispensait son temps terrestre à jouir et vendre des indulgences. Ayant sorti mon cheval du bateau, j'ai profité de ces jours de déport et d'emport de marchandises nouvelles pour visiter alentour. Rien de notable. Beaucoup de vignes. Une belle tour dite du Bois marque l'une des entrées de la ville. J'ai fait connaissance, en latin, avec Hans Gubler, le correspondant de Jacques Cœur, qui m'apprit ce qu'il fallait connaître sur le riche commerce du vin. Maître Jacques me mandait par missive de rejoindre finalement Bâle plutôt que Genève. Un concile s'y était ouvert. Mon statut de clerc me permettait d'y assister et savoir ce qui pouvait advenir dans l'un des nombreux soubresauts de la sainte Église. Le Grand Schisme d'Occident n'était pas depuis longtemps refermé. Oh ! Ce n'était pas la doctrine qui importait maître Cœur ! Mais un pouvoir temporel solidement installé à Rome était aussi le gage d'une bonne stabilité des affaires.

Fallait-il parcourir le chemin, quelque soixante-dix lieues françaises, par les routes ou le fleuve ? Le batelier m'assura un voyage plus rapide, le courant étant désormais moins fort et la voile peut être efficace lorsque souffle le vent du nord. Ce fut le cas jusqu'à Strasbourg, mais deux autres semaines furent à peine suffisantes pour achever le périple.

*

À Bâle, tout était neuf, ou presque ! Les églises, une partie des remparts, de nombreuses demeures, même le grand pont de pierre enjambant le Rhin. Le grand tremblement de terre du siècle passé avait forcé la restauration de nombreuses installations comme les roues à aube du canal servant aux scieries, ou les moulins et forges de la cité. L'on marchait sur des rues pavées, l'hôtel des Monnaies était achevé, de même que l'édification de deux grandes résidences de prostituées. La maison de banque Médicis y avait ouvert une agence temporaire pour faciliter les affaires. Il y avait tant de gens d'Église à mon arrivée que je dus trouver auberge à l'extérieur de la cité, en payant bon prix. Les bourgeois de Bâle étaient bien satisfaits de l'affluence mais avaient une tâche délicate car ils devaient protéger, nourrir et loger cette population nouvelle. La maison d'étuve, à proximité, était bondée. J'y ai vu peu de prêtres, si ce n'est dans le bassin collectif, occupés à se faire mignonner par quelques créatures bien disposées, sans distinction de genre. J'avais identifié la gent aux puantes soutanes qui pendaient à l'entrée ! Après ce dernier long voyage, il fut fort agréable de se faire enfin récurer et raser.

Cela faisait déjà plusieurs années[1] que le pape Eugène IV avait ouvert le concile pour le dissoudre

1. 23 juillet 1431.

presque aussitôt et le transférer en la ville de Bologne. Mais, déclarée institution permanente de l'Église depuis 1417, l'assemblée conciliaire ne l'entendait pas ainsi. Par-delà les subtilités doctrinales et références théologiques, l'Église se comprend plus aisément si tu saisis, mon cher frère, que, pour elle, l'essentiel est question de pouvoir. Comme il est souvent, cette querelle prenait ici, à Bâle, le prétexte du droit canon dont l'évolution des thèses, jusqu'à leurs contraires, suivait le sinueux chemin des « efforts d'interprétations ». Le Seigneur tout-puissant n'y était pas pour grand-chose ! Imagine, Philippe, que les relations entre Sa Sainteté le pape et la communauté ecclésiale se déploient en principe selon le droit. Or les thèses de l'Église soutenaient jusque-là, depuis Innocent IV, que le droit canonique fondait le pouvoir pontifical. Ici, dans ce concile commencé et maintenu en dépit des menaces de Rome, les juristes clercs et docteurs affirmaient aujourd'hui l'inverse en soulignant l'origine conciliaire du droit canonique, donc la capacité de l'assemblée à imposer la réforme au pouvoir pontifical, jusqu'à vouloir juger le pape lui-même. Ils en appelaient à saint Matthieu : « Car là où deux ou trois sont réunis en mon nom, je suis au milieu d'eux » (18, 20), et assimilaient le concile au Corps mystique du Christ ! Il faut se méfier des assemblées, même tonsurées, d'autant plus grouillantes que tous les prélats, du cardinal au simple prêtre, étaient considérés comme pères conciliaires.

Devant la menace d'une excommunication dont le principal effet était la privation de tout bénéfice ecclésiastique, ces pères rebelles eurent les deux réactions typiques des assemblées menacées. La première fut apparence : au nom du droit, le concile voulut se doter d'institutions judiciaires avec un tribunal de la foi, puis une juridiction appelant les causes majeures des églises cathédrales et des pères de la congrégation générale, alors que le pouvoir de juger des causes épiscopales restait de niveau pontifical. La seconde révélait le vrai : interdire de citer en justice hors le concile quiconque en faisant partie, en personne ou par procuration. Ces bons Apôtres déclaraient même nulle toute citation contraire faite au nom de l'autorité du pape jusqu'à étendre le privilège de juridiction aux proches des « incorporés[1] » présents au concile. Et pour parfaire leur autorité, les nouveaux juges de l'assemblée en profitèrent pour exclure les opposants et perturbateurs. Je sais, Philippe, t'ennuyer avec pareilles considérations. Je le fais par conscience et pour rappeler ce que l'on sait depuis Aristote : toute *auctoritas* dotée d'un quelconque pouvoir se conduit elle-même à en abuser d'autant plus grandement qu'elle dissimule son projet sous l'apparence du collectif et de la règle. Le pire des abus est d'accroire que le droit, imposé *ex nihilo*, vaut mieux que la justice et surpasse les équilibres établis peu à peu dans la société des hommes. Sûrs de leur fait, les pères réunis abordèrent tous les sujets et furent appelés à trancher des litiges venant de nombreux pays chrétiens.

Pourtant, en ce printemps de l'an de grâce 1436, les sessions se poursuivaient mais s'essoufflaient. En condamnant les opposants dès le début du concile, Sa Sainteté le pape avait exclu des bénéfices et prébendes nombre des pères conciliaires. La mesure ébranla

1. Ceux qui avaient prêté serment lors de l'incorporation dans l'assemblée conciliaire d'œuvrer dans l'intérêt du concile.

plusieurs. Même si pape et concile s'étaient plus ou moins réconciliés en 1433, le combat changea de cœur, certains craignant de perdre, d'autres voulant gagner ce dont les déchus avaient été privés. Il y avait moins de monde réuni. Eugène IV, renouant habilement avec l'esprit communautaire de l'Église, eut l'habileté de vouloir transférer le concile à Ferrare au motif d'appeler à siéger les chrétiens orthodoxes. Une majorité des pères se ralliait déjà.

*

C'est en sortant de la cathédrale que je revis mon compain Mathieu Laugel, en son plein état de docteur en théologie et digne conciliaire de l'assemblée. Notre commune surprise de nous revoir, ici et maintenant, nous fit éclater de rire, lui se demandant comment pareil malcréant pût figurer en cette communauté, et moi pourquoi ce grand déçu de l'Église se retrouvait ici entouré de moines et prélats.

— Ta présence en ce lieu nécessite immédiatement une explication sinon une excuse, Jehan !

— Je sais la tienne, Mathieu le sceptique ! Tu l'avais ainsi voulu lors de notre rencontre il y a cinq ans. Mais as-tu trouvé ton content, sinon paix de l'âme ? Allons céans éclaircir ce possible malentendu en bonne auberge autour d'un vin clair du pays.

— Que nous vaut le plaisir de nous retrouver ? Tu devenais marchand après la mort de Jeanne ? Est-elle toujours en ton cœur meurtri ?

— Pas en mon cœur ! Jeanne la sainte ne suscitait pas tel sentiment. Mais j'ai vu en elle beaucoup plus grand que moi, et surtout que les infâmes prélats qui l'ont condamnée sur injonction des Godons, petits et humiliés par une fille. La comédie de l'Église militante et de l'Université, vendues aux Anglais, a été ignoble.

— Je ne sais si tu es ici depuis longtemps, mais as-tu remarqué que dame Jeanne d'Arc est totalement oubliée dans nos dignes assemblées ? La bonne conscience de l'Église est grande et repose en paix, quoi qu'il advienne, malgré une affaire réglée par procédure tronquée.

— Ce n'est pas le cas dans les campagnes, y compris en Bourgogne. Jeanne a laissé un vif et profond sentiment d'espérance, comme un trait d'union, presque un passage de l'humaine misère au salut par sacrifice et pardon. Elle est venue sans condition nous dire que tout était possible. C'est un magnifique message que ne peuvent voir le pourpre des soutanes ou les riches brocarts.

— Te revoilà devenu bien croyant !

— Je le suis toujours malgré l'Église !

Le tenancier vint s'enquérir de nos besoins. Mathieu, que j'avais connu sec et sobre, s'était arrondi autour de la taille. Il paraissait moins clerc, plus humain. Nous commandâmes poissons de rivière et un beau chapon croustillant, ruisselant de cette graisse frémissante sur les volailles pendues dans l'âtre rouge. Le vin blanc, assez fruité, des coteaux alentour, adoucissait nos gorges sèches.

— Que fais-tu céans, Mathieu ?

— En arrivant en cette belle cité de Bâle, il y a maintenant plus de quatre ans, je cherchai un emploi alors que l'assemblée conciliaire allait se réunir. Après d'infructueuses tentatives, j'eus la chance de rencontrer un homme étrange mais fort intelligent appelé

Nicolas de Cues[1], à ce moment au service du doyen du chapitre de Cologne et archidiacre de Trêves. Il était venu ici représenter son protecteur contre le pape qui avait nommé quelqu'un d'autre que lui au poste d'archevêque électeur. Sans forcément le désirer, Nicolas, comme moi docteur en théologie, s'est ainsi retrouvé aux côtés des pères conciliaires. Il me prit à son service.

— Pour l'aider sur les différents objets de débats lors des nombreuses sessions de l'assemblée ?

— Pas seulement. La querelle de pouvoir entre le pape et le concile ne l'intéresse prou. Il s'apprête certes à produire un ouvrage défendant l'autorité supérieure de l'assemblée conciliaire sur celle du pape, mais c'est de commande. Son projet véritable est plus profond. J'ai commencé à préparer pour lui recherches et commentaires sur son grand œuvre théologique que je te prédis original et différend.

— Quelque chose de neuf ? Aristote, peut-être...

— Inutile persiflage ! Maître Nicolas part d'une prémisse qui devrait te satisfaire. Il estime que le premier pas du savoir est celui de ne pas savoir, ou plutôt de savoir que l'on ne sait pas.

— Socrate nous a déjà dit quelque chose comme cela avec son « connais-toi toi-même ». Prendre la mesure de ses limites est depuis longtemps la première marche de la philosophie !

— Mais l'approche de Nicolas est au départ mathématique. Notre intelligence finie ne peut comprendre précisément la vérité des choses, indivisible et non mesurable. Elle appréhende les rapports, les grandeurs, les égalités et différences, peut saisir nombre

1. 1401-1464. Vicaire général du pape Pie II à partir de 1458.

de quantités mais non leur totalité. Notre esprit est à la vérité ce que le polygone est au cercle. Il peut l'approcher en multipliant les angles mais jamais se fondre en son identité.

— C'est une belle image, mais manier l'analogie conduit-il à mieux penser ? Il faut plus de rigueur pour ne pas se perdre !

— Nous pouvons sentir que, même impossible à saisir, la vérité est quand même pour notre intelligence une possibilité !

— Ton Nicolas sent son Platon ! Avoir une conscience dégradée du monde « idéal » ne suffit pas pour y accéder. Où est l'originalité de sa pensée ?

— Je conçois, Jehan, qu'il est difficile à suivre pour quelqu'un d'autre que théologien ! Partant de notre impossibilité à penser la vérité, mais en sachant qu'elle existe, il cherche à pousser notre réflexion jusqu'aux extrêmes de sa logique pour en approcher le contour, comme la quadrature multipliée à l'infini approche la courbe du cercle. En raisonnant par exemple sur les rapports des quantités entre elles, il démontre l'idée de correspondance entre maximum absolu et vérité infinie. Nous ne pouvons les atteindre mais en saisissons la possibilité. Et ce maximum qui ne peut être dépassé par rien, n'a de différence avec rien, étant tout ce qui peut être, équivaut par nature au minimum absolu dont la nature est identique.

— Pardon, Mathieu, mais cela sent le sophisme ! Le plus grand des nombres ne peut pas égaler le plus petit !

— Au contraire, si ! À condition d'admettre que les notions de grand et de petit sont accordées par notre intelligence mais qu'au regard de la vérité absolue ces deux quantitatifs disparaissent pour ne laisser subsister que l'absolu des grandeurs. Celles-là, ne se divisant pas, sont finalement de même nature, sans contradiction aucune entre elles. Dans l'absolu des grandeurs, le maximum et le minimum coïncident.

— Si je suis bien ton maître, il s'est engagé sur une voie opposée à celle d'Aristote en admettant que la contradiction est possible parce qu'elle n'existe pas en absolu.

— Exactement. Il en est au début de ses travaux mais il considère que les oppositions n'apparaissent que pour les objets que nous comprenons avec leurs différences, mais qui ne conviennent pas aux maximums et minimums absolus, au-dessus de toute contradiction. Ils sont intelligibles sans que l'on puisse les saisir et nommables sans pouvoir les nommer.

— Mais quel est le lien entre ce fondement prétendument logique des limites de notre raison et l'infini de la Révélation dont on ne saurait s'écarter sans péril ?

— Il y travaille en ce moment ! Il lui faut combler l'étrange passage entre l'univers des nombres auxquels on peut toujours ajouter ou retrancher, et l'infini des maximums et minimums. Les premiers par distinction permettent d'identifier la pluralité des êtres ; les seconds ne sont accessibles que par la Bonté de Dieu ! La descente continue des nombres, ou leur montée qui est de même nature, conduit nécessairement à un minimum ou un maximum tel qu'il ne puisse pas y en avoir de plus petit ou plus grand. Ces ultimes degrés s'appellent l'Unité, absolue et indivisible. Rien ne lui est opposé car elle est le Dieu Béni !

— Nous y voilà ! Mais c'est une passe dangereuse dans la montagne de nos hypothèses ! Elle paraît supposer que l'absolu de Dieu, représenté par les maximums et minimums absolus, s'est satisfait d'une création inférieure, celle des nombres. C'est comme si Notre Seigneur avait retenu Son acte créateur de toute chose comme étant par nature en deçà, ou plutôt en dessous de Sa toute-puissance. Maître Nicolas de Cues paraît être plutôt du côté d'Aristote avec son infini en acte, limité, et celui en puissance existant seulement comme idée abstraite et potentiellement illimitée, que proche de notre saint Thomas voyant en Dieu l'infini conceptuel mais aussi l'éternel Créateur de toutes choses, infini en acte, dont tous les êtres procèdent, les deux étant conjugués en perfection.

— Tu touches là un point de différence important : saint Thomas ose penser Dieu comme étant l'Un qui est Un parce qu'Il est, et Nicolas le considérant comme Unique et Éternel parce qu'Il est Un.

— Que Notre Seigneur doit-Il penser de tout cela ? Nous nous épuisons à permettre que notre pauvre et humaine raison, qui a déjà fort à faire sur cette terre imparfaite, puisse transgresser ses limites et parvenir à ce qui, par nature, ne peut que lui échapper. Que pense ton maître de notre univers ici-bas ? Jusqu'où vont nos sphères célestes ?

— Il est novateur ! Aristote faisait une distinction entre les mondes supra-lunaires et sub-lunaires. Maître Cues estime que la machine du monde, parce que c'est une machine, n'a pas de limites identifiables. C'est une sphère infinie dont le centre est partout et la circonférence nulle part, car Dieu est aussi bien sa circonférence que son centre, étant Lui-même l'absolu de l'ubiquité.

— Mais qu'elle est la limite, la frontière, entre son Infini illimité et notre compréhension des sphères célestes elles-mêmes finies ?

— Elle est subtile : l'univers est enclos. En son sein tout est mouvement. La terre n'en est pas le centre. Mais Dieu l'englobe. Nous sommes contenus. La courbe infinie qui va de nous à Lui s'étire vers Lui passant de notre concavité à Sa convexité !

Le souper durait. La salle était bruyante car, le vin faisant, conversations et dialogues montaient en niveau et baissaient en clarté. Vêpres étaient passées depuis longtemps et complies s'approchaient. Notre clergé, attendant peut-être la première messe de la nuit, profitait grassement des avantages terrestres qu'offrait l'auberge, certains proposant même de faire détour par le bordeau d'à côté, bien nommé Maison de Charité. Je proposai à Mathieu d'aller dormir et nous revoir demain à prime pour assister à la session du jour.

*

La cathédrale Notre-Dame, toute de grès rose, abritait largement les quelque quatre cents pères conciliaires venus assister aux débats. Il faisait encore froid. Le printemps se faisait attendre. Monseigneur Giulano Cesarini, cardinal de Saint-Ange et légat du pape dans l'Empire allemand, présidait une journée qui, à ma surprise, ne traitait pas des liens entre concile et papauté. Il y avait une délégation formée de dissidents de l'Église appelés « hussites », en mémoire à ce docteur théologien arsé pour hérésie durant le concile précédent.

Jean Hus, recteur de la belle université de Prague, prônait retour à la pureté évangélique pour réformer une Église corrompue et divisée. Opposant pauvreté à richesse et corruption, ce brillant prédicateur défendit l'Évangile comme règle suffisante et infaillible de la foi que tout chrétien a le droit de lire et étudier en sa langue. Excommunié en 1412, il continua de prêcher et, malheureusement pour lui, alla défendre ses croyances au concile de Constance, se croyant protégé par un sauf-conduit de Sigismond, empereur des Allemagnes. Il y fut emprisonné tout juste arrivé puis aussitôt condamné au bûcher. Ce ne fut qu'un commencement !

Il fut déclaré martyr dans toute la Bohême, et ses partisans armés fomentèrent révoltes et désordres partout où ils le pouvaient, non sans s'être eux-mêmes divisés en deux clans : les « utraquistes » limitant leur désir de réforme à la communion sous les deux espèces ; les « taborites » désirant vivre exclusivement selon les lois bibliques, à commencer par celle du partage de tous les biens terrestres. Les hussites écrasèrent l'armée croisée à la bataille de Vitkov la 30 juin 1420, puis à celle de Pankràc le 1er novembre. Une deuxième croisade s'étant formée fut battue le 6 janvier 1422, puis une troisième, qui se termina sans succès, et une quatrième, défaite en 1427 à la bataille de Tachov. Devant l'impossibilité de vaincre les hussites par la force, l'Église estima utile d'ouvrir de bonnes négociations au début du présent concile dès mars 1431, non sans, dans le même temps, lever une cinquième croisade qui dut s'enfuir en août 1431 devant l'armée rebelle.

Contrainte alors d'ouvrir franchement le débat, notre sainte Église fit cependant traîner les discussions durant lesquelles un conflit fratricide s'était ouvert au sein des révoltés. Les modérés écrasèrent les partisans extrêmes à la bataille de Lipany en mai 1434.

— La session d'aujourd'hui, Jehan, va traiter des demandes hussites, désormais réduites à la frange modérée. Ce n'est pas la première sur ce sujet. Mais tu connais notre sainte Église, debout depuis près de quinze siècles, connaissant les vertus du temps qui règle toute difficulté. Je crois sincèrement que cette fois elle se trompe.

— Pourquoi cela ? Les hussites, ou ce qu'il en reste, sont-ils un problème plus difficile à résoudre qu'éviter un autre schisme ?

— Les discussions sont en train d'aboutir. Elles portent, tu vas l'entendre, sur quatre articles appelés *compactata*. Le premier permet l'égalité des fidèles à la messe donc la communion par le pain et le vin, sous les deux espèces. Le deuxième réclame la juste punition de tous les péchés mortels. Le suivant autorise l'enseignement des textes saints en langue populaire. Enfin le dernier exclut le pouvoir temporel des prêtres.

— Est-ce dangereux ? C'est un accord. Comme tous les autres, il peut être dénoncé !

— Encore Jehan le sceptique ! Je cuide sincèrement que ce concile vient d'ouvrir dans l'Église une faille plus profonde que le schisme dernier qui n'était qu'une querelle de pouvoir ou de sa répartition. En acceptant les *compactata*, il est maintenant admis qu'il peut exister deux catégories de croyants, traditionnels et hussites. Le débat porte cette fois sur l'exercice même de la foi. Abriter et tolérer une telle différence ne peut que laisser croître la différence et non l'unité.

— Tu crois donc secondaire de savoir si le pape va l'emporter sur l'assemblée conciliaire, ou l'inverse ?

— Sa Sainteté Eugène le quatrième du nom est fort habile. Elle sait louvoyer et convainc déjà une majorité de le suivre en la ville de Ferrare sous le divin prétexte de se réunir avec les orthodoxes. Sans doute restera-t-il céans une minorité contestataire, mais elle sera sans lendemain même s'il advient qu'elle désigne un antipape. Si cela se produit, ce ne sera qu'un soubresaut. Le pouvoir est définitivement à Rome.

Il en fut ainsi de cette journée. Ma présence ici n'était plus utile et je pris le temps d'écrire mes commentaires à maître Cœur. Les grands courants du commerce ne seraient pas modifiés par les conclusions, d'ailleurs multiples, de cet interminable concile. Même contesté, le pape légitime était durablement et solidement installé en la Ville sainte. Le royaume de France, après le traité d'Arras, reprenait possession de lui-même. Ainsi les deux premières puissances du monde occidental chrétien retrouvaient le chemin de leur grandeur.

*

Je pris congé le lendemain de mon compain Mathieu. Il continuait le service de monseigneur Nicolas de Cues. Je partais de mon côté vers le ciel azuréen des royaumes italiens, en ignorant le retrouver bien plus tard, à Rome, ce que je te conterai. Venise était encore loin.

Quelle route prendre ? Sans hésiter longtemps, celle remontant le fleuve Rhin jusqu'à sa source, passant par Constance, puis vers le sud, l'est et l'ouest suivant son cours sinueux mais praticable. Première étape, la ville de Rheinfelden en langue germanique à quatre lieues de Bâle, dominant le fleuve du haut de sa colline. Plus loin, à Shaffhouse et sa tour forteresse du Munot, il fallut descendre de bateau et longer par la route les impressionnantes chutes du fleuve, assourdissantes et brutales en ces moments. Le printemps commençait et la fonte des neiges rajoutait son débit au cours naturel des eaux. L'immense lac de Constance est divisé en deux vastes étendues que pince la ville. Un vieux pont de pierre joint les deux rives. En escale pour la nuit, j'ai voulu retrouver le monastère où fut enfermé ce malheureux Jean Hus avant d'être mis au bûcher. C'était dans le quartier sud, celui des cloîtres et moniales, appelé quartier du Paradis car abritant aussi bordaux et prostituées durant le concile. Traverser le lac en ce début de printemps fut magnifique. Nous fûmes trop vite à rejoindre la ville de Brégence, notre terminus, car après, le Rhin, remontant au sud, devenait difficile à naviguer. J'avais acheté à Bâle un bon palefroi, presque un destrier. Il pouvait aller loin et porter un lourd cavalier, son épée et quelques bagages. La direction était aisée à suivre. Moult marchands ou pèlerins faisaient pareillement, voyageant entre duché de Milan et libres cités des pays du Saint Empire. La route, qui montait jusqu'au col de Saint-Gothard, était bien bordée d'auberges où se reposer. Les seuls contretemps du voyage étaient d'obtenir tous les sauf-conduits demandés, chaque seigneur local faisant payer sa protection.

Je découvris que c'était une voie commerciale importante entre royaumes italiens et pays rhénans, de Flandre et même d'Angleterre, à côté des chemins traditionnels passant par cols du Grand-Saint-Bernard ou du Mont-Cenis. Les Allemands venant du lac de Constance apportaient jusqu'à la cité de Gênes les toiles tissées en Souabe tandis que les marchands milanais venaient essentiellement chercher laine et coton. Mais les échanges couvraient une plus large gamme : objets de métal, peaux d'animaux, futaines, soie et épice allaient du sud vers le nord ; peaux de moutons, draps, chevaux et mulets faisant chemin inverse. Ce négoce toujours en mouvement mélangeait races et langues. Sans véritablement se comprendre, il était facile de s'entendre. L'argent servait d'équivalent général.

À la montée vers le col, le paysage devenait majestueux, mélangeant violence cachée d'une somptueuse nature et climat changeant d'un moment à l'autre. L'on sait depuis les Grecs que les sols où demeurent les hommes façonnent leurs caractères, en quelque manière. Ceux des pays allemands causaient au voyageur attentif trouble et curiosité. Il semblait ainsi que leurs natifs dussent partager une lourde aptitude à dominer avec une spiritualité très aiguë, comme si celle-ci venait pardonner celle-là. J'avais remembrance de mes études à Montpellier, en particulier d'une leçon de théologie sur maître Eckhart. Notre docte de l'époque, j'ai oublié son nom, s'étonnait de la difficulté qu'il éprouvait à le comprendre. « Ce prêtre dominicain est impossible à résumer tant il bouscule ses écrits de phrases abruptes, sans direction déterminée, mélangeant l'un en même temps que son contraire. Il écrit par exemple : “Dieu est aussi bien tout entier en n'importe quoi que tout entier hors de n'importe quoi.” Chaque fois deux faces, positive et négative, d'une vérité commune qui reste à définir. Eckhart ne cesse de nous perdre. » Comme ce bon maître était positif dans manière d'aborder le monde, même celui des idées, il tentait d'introduire un peu de clarté sur une œuvre complexe, essayant quelques interprétations.

La plus difficile était l'appréhender une idée : celle de « l'au-delà de Dieu ».

Qui peut ainsi penser ? C'est possible chez notre dominicain du pays allemand si l'audacieux privilégie le « connaître » par rapport à toute autre démarche. Suivons un moment celle-ci : le « connaître » a pour objectif non pas Dieu comme bon ou comme être, mais Dieu tel qu'en Soi-même, dépouillé des attributs humains, bonté ou existence, qui sont pour nous voies en même temps qu'obstacles à L'approcher. Dieu se cache derrière l'être, et quand il répond à Moïse, dans l'Exode, *Ego sum qui sum*, il veut dire non pas : « Je suis celui qui suis », mais bien : « Je suis qui je suis. »

Quelle différence ? me diras-tu. Elle est profonde lorsque l'on admet que l'« intellect » est l'endroit où la déité réside, isolée dans l'absolu de sa sainteté, tandis que l'« être », fût-il pur ou suprême, n'est qu'un attribut dont Dieu s'habille pour pouvoir être abordé. La perspective donne le vertige ! Elle possède sa logique. La déité s'engage dans un premier rapport, nécessaire, avec elle-même, qui constitue la Trinité sainte, où le Fils procède du Père et le Saint-Esprit procède du Père et du Fils. Mais elle fait un pas de plus, extérieur à elle, car elle pose les créatures, et, pour elles, elle devient Dieu. Sans la création, la déité n'aurait jamais été Dieu. Elle ne l'est qu'au regard des créatures qui reçoivent d'elle leur être. Rassure-toi, Philippe, je n'irai pas plus avant. Ces subtilités m'étourdissent et je cherche simplement à te faire sentir quelque chose. Il y a dans ce peuple allemand, peut-être plus que chez d'autres, une énorme aptitude pour l'ultime raisonnement. Mais il semble aussi abriter un fond de violence à l'image de ses fleuves et paysages, comme un rien de démesure.

Après la cité d'Andermatt, nous dûmes traverser les gorges, où coule le fleuve Reuss, sur un petit pont de bois paraissant bien fragile. Les ouvrages humains sont quelquefois bien téméraires devant l'hostile nature. Il y avait un péage. L'arrivée au col se fit sous pluie et brouillard. Nous tenions notre chemin à grand-peine. Un hospice tenu par des pères capucins permettait de soigner blessures et maux du voyage comme de nous abriter pour la nuit. La petite chapelle attenante fut à certains l'occasion de remercier le Seigneur de ses bontés. Le souper fut généreux, le vin agréable et la nuit ronflante.

Au matin, la vallée du Tessin nous ouvrit sa gorge verte sous une splendide lumière, à peine voilée. Le ciel donnait ici un éclat différent de celui en Castille, moins net mais plus pur. Les lignes de jours et d'ombres ne coupaient pas autant la perspective, laissant entrevoir nuances et couleurs mieux partagées. Rien n'y ressemble. Notre troupe, disparate, un peu grise, connaissait un entrain nouveau et prenait une démarche de printemps. L'arrivée dans la ville de Lugano, encore bien entourée de montagnes, rencontrait un temps plus clément, adouci par les eaux du lac. La belle collégiale Saint-Laurent, en travaux comme en maints endroits, nous a servi de repère tant pour la prière que trouver lieu d'hébergement, la place étant fournie en hostelleries accueillantes. Ce fut une belle étape. Après le gris et le fondu du septentrion germanique, le bleu argenté de la cité lacustre venait mener nos cœurs, un peu sombres après la traversée des montagnes, vers plus de joie et même de foi, tous ensemble. Mon compain Mathieu, s'il avait été parmi nous, aurait certes trouvé à cela une explication théologique. Je m'essayais à l'imaginer, cherchant démonstration dans la querelle non close de l'*intellect agent*, cette substance divine activant en nous capacité à penser intelligiblement les idées. Saint Thomas la concevait universelle en son être mais individuelle à chaque humain, justifiant et préservant l'immortalité de son âme unique. Averroès, avant lui, estimait au contraire cette divine substance comme universelle et générale, présente à quiconque, mais unique et séparée des hommes, déclenchant en chacun l'acte de penser au moment où chacun pense. La fièvre légère mais partagée qui nous saisissait tous, au sortir de la montagne vers le clair de la vallée, l'aurait amusé. Il en conclurait avec ironie qu'Averroès a raison. En certaines circonstances, notre capacité à réfléchir, jusqu'à son contenu, nous est donnée de l'extérieur et nous ne maîtrisons rien.

*

L'église Saint-Laurent présente sa romane façade. À l'intérieur, il n'y a pas de voûte. Le pénitent repenti, osant lever les yeux vers notre Sauveur, contemple directement, sans intermédiaire coloré, la charpente de la toiture. Sur la route commerciale allant jusqu'à Venise, moult auberges attendent les voyageurs offrant à qui le désire toutes les commodités d'ici-bas. J'en profitai comme souvent pour décrasser ma vieillissante carcasse. Elle me servait déjà moins bien qu'auparavant. Sans doute, un jour proche, faudrait-il poser le sac et s'arrêter. Pour quoi faire ? J'avais vu de trop près, tour à tour, méfaits de l'Église, rudesse des batailles et étroit sectarisme des docteurs. Ma vie de marchand contentait mieux le voyageur que je suis devenu, car l'argent, les prix, les marchés, certes mouvants et négociables, offraient une étrange neutralité, sans jugement ni affectation. Négoce des marchandises valait mieux que commerce des hommes.

Les douze lieues séparant Lugano de Côme nous jetèrent sur un autre lac, plus vaste encore, qu'il faut longer avant d'atteindre la ville. Encadrée de tours fortifiées, la plus grande étant nichée sur la colline dominant la cité, Côme dégage un attrait inimitable. La cathédrale Sainte-Marie est en cours d'édification sur une église primitive, quelques anciennes basiliques romanes attirent les pécheurs. Celle appelée Sant'Abbondio, avec sa grande nef, ses quatre allées et deux campaniles, présente de belles fresques sur notre vie religieuse, de Moïse aux Apôtres. Sous l'immense ciel d'azur, il y a ici calme et culture. Le voyageur curieux, s'il est sensible aux vestiges du savoir, pourrait presque respirer les mânes de Pline, érudit romain du Ier siècle, que l'on dit né ici. J'y restai quelques semaines.

Maître Domenico Jove, notaire de son état, était correspondant de Jacques Cœur. Je le vis chez lui pour organiser les bases d'un possible courant d'affaires. Il possédait sur les hauteurs une jolie demeure dont j'ai largement profité en ce chaud printemps. Elle avait un beau balcon de pierre ouvrant, en dessous, sur un antique jardin en terrasses envahi par ombre et lumière suivant le jour, où se pressaient tous les arbres de la terre : palmiers, cèdres, eucalyptus, hêtres rouges et châtaigniers. À la nuit tombée, se détachait des frondaisons obscures l'éclat métallique des feuilles de magnolias où surgissaient, çà et là, d'énormes fleurs enneigées. Sur la vallée et ses versants boisés, la nuit immense s'étendait, froide, indifférente, traversée par l'obscur langage des étoiles éclairant à senestre une chapelle toute blanche, magique, vétuste et solitaire. Le printemps, en pareil lieu, débordait de sève et les chaudes journées filaient comme des rêves. Il y avait des nuits de lune suivies de pluies brèves, déchirées par les cris agressifs des paons comme manifestant leur détresse surgie des profondeurs.

Il fallut ensuite partir et suivre la route de l'est vers Venise.

Les marchands de Venise

Bergame est la ville la plus proche, sise en haut d'une large colline. Auparavant sous la férule des Visconti, seigneurs de Milan, elle était aujourd'hui terre de la Sérénissime. Une haute tour carrée domine deux jolies places séparées par une porte majestueuse à trois passages. La basilique Sainte-Marie est restée inachevée tandis que, juste à côté, la chapelle de la Sainte-Croix accueille qui le veut sous sa rotonde, et ainsi, plus loin, la cathédrale Saint-Alexandre sur l'emplacement qui connut son martyre. À quinze lieues de là, dans la cité de Brescia, j'ai pu loger au monastère *Santa Giula* près de l'ancien théâtre romain. Les siècles passés, ici, nous enferment dans leurs souvenirs. Rome et l'Église encadrent le voyageur.

Vérone abrite d'immenses arènes malheureusement abîmées, leurs habitants prenant son calcaire blanc et rose pour édifier leurs habitations. On les trouve d'emblée, à main dextre, en franchissant la porte *della Bra* au sud de la cité. Un splendide château, à senestre, borde la rivière Adige et son immense pont fortifié. Plus loin vers le nord, une petite tribune de pierre centre la place *delle Erbe* qui servait aux cérémonies des édiles trônant dans le petit palais à deux étages, bordé d'un très haut donjon, situé juste derrière.

L'église *Sant'Eufemia* et son campanile gothique, austère et ocre, tient sa place à l'est, à proximité du fleuve. Un peu à l'écart, la basilique Saint-Zénon nous présente une belle façade de briques rouges et de tuf blanc encadrant une superbe rosace, au-dessus d'un portique tenant sur deux colonnes elles-mêmes portées par deux lions gisants. Parmi les quelque trente églises de la cité, son campanile est l'un des plus élevés. De part et d'autre du second pont de pierre, au nord, l'église *Sant'Anastasia* et la cathédrale Sainte-Marie ferment le centre. On entre dans l'église diocésaine en passant un double porche, en saillie, bordé par deux hautes fenêtres gothiques. Le fidèle passe sous un linteau médaillé avec ses trois vertus théologales ! Les prophètes y sont aussi, dans les embrasures, comme les Évangélistes et le doigt de Dieu représentés plus haut sur la voûte en berceau. Que de sainteté ! Il ne manque à l'Église, en ces troubles moments, que plus et meilleur exercice de la charité.

C'était une belle ville, Philippe, rassemblant du fond des temps véritables vestiges de l'antique et espérance de la Révélation. J'avais pris chambre dans un couvent, mon statut de clerc m'en ouvrant les portes, près de *Sant'Eufemia*. C'était sévère d'aspect et de coucher. Mais les auberges à proximité offrirent ce qui était nécessaire à satisfaction de mes sens, tout à plein. Peu à peu j'apprenais la langue de Dante, chantante et fluide, au fond plus ardue qu'il ne paraissait. Les contacts que j'essayais de prendre laissaient peu entrevoir de possibilités d'affaires. Vérone, c'était Venise, et Venise dominait les échanges.

À vingt lieues de là, Padoue ouvre son double cœur, pour moi celui de son université, et celui de l'église

Saint-Antoine aux nombreux pèlerins venus la visiter. Une fort belle église ! Et pleine de grands vœux à cause des beaux miracles que fait, paraît-il, journellement notre saint ! Il est ici béni pour son mérite de réconforter tous les cœurs désolés et retrouver toutes choses. En cette cité de marchands, celui qui a dûment augmenté son avoir et se le fait dérober, par juste prière avec foi adressée, obtient apaisement et recouvrement ! L'évêque, monseigneur Pietro Donato, y trouvait bien son compte.

La nef est voûtée de six coupoles couvertes de plomb dont quatre sur la croisée du transept. À l'intérieur, en une chapelle à main gauche, le corps de saint Antoine est enclos dans l'autel. On y accède par sept marches. L'on trouve ensuite, plus loin, celui de saint Mathieu confesseur de l'ordre de Saint-François. Je ne t'ai encore conté les nombreux canonisés enterrés à Padoue. L'église Sainte-Justine en rassemble beaucoup : dépouille de la sainte tout d'abord, gisant sous le grand autel, de même que celles de saint Luc Évangéliste, de saint Mathias Apôtre, lequel fut mis au lieu de Judas, de saint Regnault, abbé de cette église et évêque de la ville, les corps de trois Innocents, celui de saint Ursin qui apporta là les corps de deux Apôtres, saint Maximin et saint Prostat, enfants du premier. Et il y a même, paraît-il, un puits où l'on dit que reposeraient dix mille martyrs, lequel est enclos de fer. Dorment également plusieurs autres corps saints dont je ne sais les noms, tous enchâssés dans les autels et en plusieurs cercueils hors de la construction. En cette belle cité, on commerce marchandises des hommes comme indulgences de la sainte Église.

Si les bâtiments de l'université, trop petits, ne soulèvent pas grand intérêt, la petite chapelle des *Scrovegni* est une splendeur. Non son architecture ! La nef unique, à voûte cintrée terminée par un grand arc ouvrant sur l'abside, n'est pas remarquable. Ce bâtiment fut édifié, semble-t-il, par le fils du signore Scrovegni, grand usurier de Padoue, et consacré à la Vierge Marie. Il y aurait dans *La Divine Comédie* de Dante les armoiries du personnage – « grosse truie d'azur » – précipité en enfer à cause de son état ! L'intérieur est couvert de fresques vives et expressives peintes sur la nudité des murs presque sans fenêtres. Leur créateur, connu sous le nom de Giotto, réalisa ici un chef-d'œuvre composé de quatre rangées de scènes bibliques, séparées par de larges bandes de marbre décoré, avec une unité qui fait frissonner le regard. Ce sont les vies de la Vierge et du Christ qui sont représentées. Les grandes lignes ondulantes du peintre, marquées par la netteté des tons et des contours, semblaient refléter ses certitudes : oui, le ciel et l'enfer ! Mais atteints par bienveillance et douceur. Car l'enfer grondait bien aux portes de son cloître, et le dessin inépuisable de Giotto savait bousculer les foules dramatiques, voiler le ciel de flèches et de lances, broyer autour de la grande croix les formes suppliantes de qui venait se prosterner. Il aimait cependant davantage les visions du paradis, lyres, violons, trompettes d'or, anges ailés de plumes multicolores dans les paysages purs striés de cyprès noirs. Ce peintre illuminé de douceur me paraissait heureux d'aimer et de vivre, heureux qu'il y eût des fleurs dans les champs pour qu'il pût les répandre sous les pas des saintes. Même le sang des martyrs faisait pousser de belles marguerites blanches entre les herbes rougies. Giotto m'a laissé grande émotion, Philippe, non pareille à Van Eyck qui nous amenait plus loin que dans la joie primitive, mais douce et cohérente, peut-être limitée, ici traversée par la candeur de l'amour pur, et là dominée par l'exquis visage de la Vierge timide, sa robe toute blanche, son auréole dorée. Que dire de l'expression magnifique donnée à la trahison de Judas ! En se laissant désigner aux autorités par un baiser de salutation, le Christ regarde le mauvais sans rien manifester. Mais ce n'est pas la réunion des lèvres qui surprend, c'est le geste du traître enveloppant Jésus de son grand manteau jaune, formant par son drapé un mouvement plus chargé de signe que son visage transformé. La scène est descendue ici-bas et se joue devant nous, au milieu d'une grouillante foule. Plus loin, le traître se fait payer, un diable noir le tenant par l'épaule.

Je suis retourné plusieurs fois dans la chapelle. Les personnages sont représentés à notre taille. Nous sommes parmi eux qui nous donnent belle illusion de partager directement la passion du Christ. Comme la peinture fait autant raisonner qu'émouvoir ! Giotto est bouleversant par la belle unité d'une vision aux lignes immaculées laissant l'âme adoucie. Sa bienveillance vient tempérer notre inquiétude. S'il peignait l'éternel sujet de la Révélation pour l'installer jusqu'à la fin des temps en notre référence, il montrait aussi le chemin immuable de l'homme ouvrant ses yeux à la vie, qui veut l'interroger, et que celle-ci blesse chaque fois plus avant, le poussant à l'interroger plus encore, et ainsi panser cette blessure, et ainsi en ouvrir d'autres. Le dessin de l'artiste vient mêler devant nos yeux l'éclair d'une grande intuition où les lois immobiles de l'harmonie universelle s'accordent avec les sentiments ingénus de nos peines, de nos soucis, de nos travaux quotidiens. Ici, se comprenait à plein l'arrêt du pèlerin venu prier !

*

Une journée de cheval, sur route droite et paisible, suffit pour atteindre la belle Venise. Maître Cœur m'avait demandé de m'y installer et voir ce que la princesse du commerce pouvait apporter à nos affaires, à Bourges, à la France. Je te parle encore de Bourges car, peut-être le sais-tu, notre roi Charles y résidait toujours. Paris avait pourtant été habilement reprise. Il avait préparé l'affaire en garantissant aux habitants, dès février de cette année 1436, amnistie et protection de leurs biens. Ceux-là y consentaient d'autant plus qu'ils étaient excédés par les difficultés de vie dues à l'occupation : étroite liberté d'aller et venir, chèreté des prix, administration détestée dirigée par quatre prélats traîtres au royaume dont l'infâme Cauchon. Pontoise est reconquise en février avec Vincennes, Corbeil, Brie-Comte-Robert, puis Saint-Germain-en-Laye, Melun et Lagny. Le siège de Paris est organisé. La garnison anglaise ne comprenait que quatre cents hommes. Le 13 avril, l'assaut est donné avec l'aide des bourgeois provoquant une émeute au nord pour attirer grosse partie des soldats godons, tandis que l'assaut avait lieu au sud, porte Saint-Jacques. La prise de la capitale fut rapide.

Le passage du pouvoir s'est fait en douceur. On pendit évidemment quelques traîtres patents, mais peu, et de rares notables favorables aux Anglais furent, un moment, expulsés avant de revenir plus tard et que leur fussent pardonnés, doucement, sans reproche, et sans malmettre ni eux ni leurs biens, leurs agissements coupables. L'unité de l'État a été aussitôt rétablie avec la fusion des Parlements et Chambres des comptes, sans heurts, sans chasse aux collaborateurs, car notre sire tenait au plus haut à rassembler son royaume. Mais il n'aimait pas sa capitale. En ce printemps de l'an 1436, il n'y résidait encore point, occupé à sillonner les provinces, baillages et sénéchaussées puis présider quelques états généraux convoqués pour l'occasion.

*

Avant d'être République, Venise est une cité semblant posée sur les eaux. C'est un miracle de l'effort humain qui, depuis des siècles, a construit la ville en plantant milliers et milliers de pieux de bois dans le sol, asséchant peu à peu la lagune et gagnant sur la mer pour édifier splendides bâtiments aujourd'hui empierrés. Il y a prouesse et harmonie, car les alignements et hauteurs sont bellement respectés pour former six quartiers entourés et traversés par nombreux canaux. Les cent mille âmes de l'endroit passent de l'un à l'autre, soit franchissant d'étroits petits ponts posés partout, soit filant en silence sur de noires gondoles. De nombreuses églises sont dotées d'horloges, dont le cadran est divisé en vingt-quatre quartiers, qui sonnent uniformément et ensemble les heures du jour et de nuit. Ces constructions mécaniques étaient rares encore en notre royaume. Elles sont ici nombreuses, permettant aux marchands de fixer et tenir rendez-vous et réunions aux moments d'avance convenus, sans incertitudes ou imprécisions.

J'arrivai place Saint-Marc et demandai l'auberge du Lion blanc qu'on m'indiqua. Après bonne nuit et décrassage du matin, j'entrepris de visiter l'endroit.

Grande, uniforme, un peu austère, était la place elle-même. Somptueuse était la basilique. Tu n'as jamais vu pareille merveille, Philippe ! Rien ne l'approche dans nos tristes cathédrales. Pour la première fois je pus contempler Byzance chanter la grandeur de notre Dieu tout-puissant. Elle forme une grande croix grecque, la coupole principale ouvrant sur les quatre branches elles-mêmes coiffées de pareille manière. La façade à deux étages présente une riche décoration colorée faite de multiples colonnes antiques, toutes de marbre, porphyre, jaspe ou albâtre, avec d'innombrables sculptures. Au-dessus de la porte principale, une belle mosaïque nous donne une représentation de la descente de la Croix tandis que quatre chevaux dorés, gros et imposants, considèrent la place. Ils sont différents les uns des autres. L'un regarde d'un côté et l'autre à l'inverse, l'un lève le pied de devant, l'autre le postérieur. Ils étaient à Constantinople. Sous le portail, à main droite, est une statue de Notre-Dame, faite et taillée dans la pierre que Moïse frappa de sa verge au désert et d'où l'eau jaillit miraculeusement en quatre endroits, dont les enfants d'Israël furent rassasiés. Les trois arcs du portail central représentent mille choses de notre humaine chrétienté : la terre, l'océan et ses animaux, mois de l'année, signes du zodiaque, Vertus et Béatitudes. Satan et la luxure, Samson luttant contre un lion, oiseaux aux cous entrelacés figurant le bien combattant le mal. L'arc extérieur illustre les métiers vénitiens comme appartenant à une Jérusalem céleste, rêvée et bienheureuse. Tout en haut, sur fond d'azur, le lion d'or de saint Marc domine la place.

Pareille richesse vue de l'extérieur n'approche pas ce qui se peut voir à l'intérieur, couvert de mosaïques séparées par d'innombrables colonnes antiques ! Bible et Nouveau Testament sont ici, pour peu que se lève le regard des sols magnifiques et bas de murs marbrés. Tout impressionne sur fond d'or, dômes, nef, narthex et abside, couverts par centaines de représentations ! Le grand retable, derrière le maître-autel, orné d'émaux et pierres précieuses, montre Jésus bénissant, l'archange saint Michel, et symboles des principales fêtes de l'Église. Rien ne manque. J'ai même vu, au sud du porche, le baptistère montrant l'histoire de Jean-Baptiste avec Salomé tenant à bout de bras la tête du saint supplicié. L'immense richesse des représentations peut choquer le pénitent. Mais pourquoi l'humble et le malheureux seraient-ils attirés par pauvreté identique ? L'Église militante veut élever les âmes et les corps. Selon elle, béatitude et bien-être vont par le même chemin !

Le jeudi 15, jour de l'Ascension de Jésus-Christ, monseigneur Francesco Foscari vint fêter les épousailles du doge et de la mer. Il monta à bord de sa belle galée décorée avec à l'avant une fort belle dame taillée en bois, assise sur deux lions, bien peinte d'or et d'azur, ayant yeux bandés et tenant entre ses mains épée nue et balance. Beauté ricanante du symbole : un juge ne doit regarder ni parents, ni amis, ni pauvres, ni riches pour quelque don ou promesse que ce soit ! L'embarcation était couverte d'étoffe vermeille écarlate et de drap d'or la place du doge. Accompagné de cinq chanoines de Saint-Marc, des gentilshommes de la ville, et des membres de son conseil, il était vêtu d'une robe de velours cramoisi fourrée d'hermine à collet, ouverte par-derrière jusqu'à près de la ceinture. La robe était faite à la manière de Venise, une barrette en tissu d'or sur la tête. Ils firent au loin quelques milles pour épouser la mer et montrer aux Ottomans que la Sérénissime en était le seigneur. Le duc jeta un anneau d'or et revint au port en début d'après-midi. Il fit ensuite banquet en grand état. La foule lui marqua déférence et contentement.

La fête fut somptueuse, jusqu'à la nuit, et c'était grand plaisir de voir moult marchandises exposées dans les maisons des marchands et les multiples boutiques. L'on trouvait en un seul lieu draps de toutes sortes, tapisseries, soies, toilettes, quantité d'épices, sculptures de sucre, scorpions nageant dans une fiole, et même des hommes morts rapportés des déserts dont on a fait des momies. J'y ai vu aussi de très beaux ouvrages en verre colorés, créés pour décorer ou même formés pour être des reliquaires sacrés.

Le palais du doge faisait belle impression. Dressé au midi de la grand-place, il borde d'un côté l'entrée du grand canal et de l'autre la basilique. Les architectes ont défié la perspective, car, composé de deux étages de piliers posés l'un sur l'autre, surmontés par une lourde façade unie coupée par de grandes fenêtres, l'effet donné au visiteur paraît inverser la logique. Le dur devrait être en bas et les piliers aériens au-dessus. C'était l'opposé. Le résultat est saisissant. Si tu regardes bien le bâtiment du côté de l'église, tu pourras remarquer, mon cher frère, deux colonnes de marbre rouge entourant une loggia. C'est l'endroit où sont annoncées les sentences de mort, ensuite exécutées sur la place en deux endroits. Le premier se tient entre deux piliers de pierre, attenants au portail de Saint-Marc et au palais, auxquels on pend le doge quand il a mal servi la ville. Le second, je n'en ai jamais vu de pareil ! Cela semble être un pilori avec un trou au milieu duquel le malfaiteur passe la tête. C'est comme une hache. Le bourreau frappe dessus et ainsi, avec une grande doloire, lui tranche le chef sans détour. On fait, paraît-il, de même en Lombardie, en Romanie, à Naples et dans les Pouilles. Ce bourreau est lui-même une étrange figure. En nos villes, celui-ci est permanent, désigné et appointé. À Venise, le titulaire est rarement le même d'une exécution à l'autre. Figure-toi la coutume ! Quand un homme a mérité la mort, il est gardé en geôle et on en fait le bourreau. Quand vient ensuite un condamné qui a moins mal fait que l'autre mais cependant mérite la mort, le plus fautif est exécuté le premier. Le prisonnier bourreau, lorsqu'il sort de prison pour faire justice, est entravé par des cordes aux jambes. Deux sergents le tiennent de chaque côté. Il fait son office puis on le ramène en prison. La Sérénissime pousse loin l'économie de l'argent public.

*

Je ne connaissais personne. Maître Cœur avait envoyé une lettre de recommandation auprès de messire Gabriele Correri, riche commerçant dont la famille participait au pouvoir dans la cité. Il habitait un joli palais au bord du grand canal, près du seul pont de Venise le traversant et reliant deux quartiers essentiels : le centre et le Rialto, le pouvoir et l'argent. Il me reçut très aimablement, parlant cette belle langue d'Italie que je maîtrisais davantage. Chez lui, tout était richesse, marbre et tapisseries dans des salles hautes et claires. S'enquérant de ma visite, il prit soin d'expliquer l'organisation du pouvoir dans la cité et la complexité du réseau commercial construit par la Sérénissime.

— Messire Jehan, bienvenue dans notre ville. Elle doit vous paraître bien différente des vôtres dans le Nord, et pas uniquement dans l'apparence.

— Il est vrai. Bruges, où vit ma famille maternelle, possède aussi ses canaux. Mais il y en a moins et la mer est grise !

— Nous n'avons pas de roi. La Sérénissime est une république qui se veut inspirée par Platon. Notre doge est élu, en principe à vie, ce qui nous permet de désigner le plus capable. Mais la procédure est complexe ! Il existe chez nous un Grand Conseil composé des hommes de plus de vingt-cinq ans, membres des familles patriciennes inscrites sur le livre d'or répertoriant l'ensemble de la noblesse héréditaire de Venise. Lors de l'élection, ce Conseil, réduit de ses membres de moins de trente ans, se réunit en plénière. Commencent alors les tirages au sort successifs. Le premier désigne trente membres qu'un deuxième tirage réduit à neuf, ce collège choisissant ensuite quarante d'entre eux à la condition que chaque élu ait obtenu au moins sept voix sur neuf. Un troisième tirage au sort réduit ces quarante à douze, le nouveau collège choisissant alors vingt-cinq élus à la majorité d'au moins neuf sur douze. Ce n'est pas fini car le quatrième tirage ramène le collège à neuf membres qui en élisent quarante-cinq à la majorité d'au moins sept sur neuf. Puis un cinquième tirage ramène les quarante-cinq à onze, ceux-ci élisant ensuite quarante et un grands électeurs à la majorité de plus de sept voix sur onze.

— Avec le respect que je dois à mes hôtes, voilà une procédure préalable plus compliquée que pour élire un pape ! La royauté qui, sans doute, a ses défauts permet d'aller plus vite en besogne, le plus souvent sans trop de contestation, sous le regard de Dieu !

— Attendez la suite ! Les grands électeurs ainsi désignés vont entendre la messe et s'enferment en conclave, protégés par la garde. Chacun d'eux écrit le nom de son candidat et le dépose dans une urne. Il en sort une liste de noms, sans indication du nombre de voix sur eux portées, déposée dans une urne différente. L'assemblée des grands électeurs choisit alors l'un d'eux et en discute les mérites, hors la présence de l'intéressé s'il est partie aux grands électeurs. Le doge est élu à la majorité de vingt-cinq voix mais ne prend ses fonctions qu'après avoir juré de respecter une liste de règlements.

Alors que je m'étonnais de tant de précautions pour élire un doge, certes à vie, mais surveillé de près et pouvant être démis ou même exécuté en cas de grand manquement de sa part, mon hôte insista sur la répartition du pouvoir au sein de leurs instances de gouvernement.

— Tout procède du Grand Conseil dont l'accès fut récemment restreint aux seuls candidats dont les ancêtres en avaient déjà été membres. C'est lui qui prend les décisions politiques et nomme les grands magistrats de la République. Il désigne les membres du Sénat, assez nombreux, mais uniquement compétent sur les sujets de diplomatie. De même, le Conseil des dix qui s'occupe des affaires judiciaires pouvant mettre en danger la République. De même aussi, le Conseil des quarante qui juge les conflits et fait office de tribunal. Le doge est un exécutant que nous encadrons par un Collège suprême où siègent six conseillers formant le Collège restreint, plusieurs sages représentant les affaires de terre et de mer en nos territoires ainsi que trois inquisiteurs de l'État provenant du Conseil des dix formant ensemble l'organe juridique suprême sur toutes affaires de la République.

— C'est effectivement un montage fort complexe ! Me permettez-vous deux réflexions, messire Correri ? J'ai forte impression que tout est fait pour contrôler le doge…

— Vous avez grandement raison ! Nous nous méfions du pouvoir absolu. Le doge ne peut rien faire par son unique personne. Il assiste à tous les conseils et les préside ; il y donne son avis et peut demander un vote mais ne saurait rien imposer ; il ne peut sortir seul en public et ne doit point rencontrer les princes ou ambassadeurs étrangers sans être entouré ; il ne peut non plus ouvrir seul les courriers officiels. Il assume en réalité le rôle d'un grand sage mais ne gouverne pas.

— Mais comment arrivez-vous à ce que les décisions soient prises à point nommé, sans détour, avec une telle somme d'organisations qui dépendent les unes des autres ?

— Très simplement ! Le Collège suprême nomme une commission pour présenter bonne solution au problème posé. Il distribue ensuite le dossier aux organes compétents. Tout dépend de lui.

— Pourquoi appelez-vous « république » cette construction compliquée ?

— Parce qu'un système élisant son doge, le premier personnage, est une république, il est vrai soigneusement limitée aux seuls membres de l'aristocratie vénitienne. Elle n'a rien d'une institution citoyenne. Mais la répartition subtile des pouvoirs qui se contrôlent et participent les uns des autres garantissent la stabilité de l'ensemble, celle-ci prévalant depuis longtemps comme elle nous prémunit de la dictature.

Je m'apensais en moi-même que le sage Aristote, qui avait écrit de nombreuses organisations de la cité au cours de son existence, avait, une fois encore, vu juste. À chaque tempérament, chaque peuple, chaque disposition des territoires en leur géographie, correspond une construction politique, à l'intérieur de ses frontières, qui lui est spécifique. Pourquoi chercher l'universel modèle, et surtout pourquoi vouloir l'imposer à l'autre, au voisin, à l'ennemi provisoirement conquis ? Je percevais plus clairement qu'au sein même de notre royaume de France, les chartes des libertés existant dans certaines villes, comme celle de Montpellier sur laquelle j'avais travaillé, ne se ressemblaient point forcément et que notre territoire s'accommodait fort bien de régions avec ou sans pouvoir délégué. De même en Flandre, Zélande et Brabant, ainsi qu'en les cités libres de l'empire d'Allemagne où l'on trouvait moult différences de structure, dosage, organisation. Ainsi va la diversité du monde, et il n'est point raisonnable, alors même que nous cherchons par l'humaine raison à approcher l'impensable complexité du Dieu tout-puissant, de réduire l'homme, ses relations et son comportement, à des formes de réflexion simples et échangeables. Venise frappait par son excessif raffinement, peut-être aussi par sa mesure ! Je l'indiquai ainsi à messire Correri qui me fit réponse surprenante.

— Ne croyez pas, messire Jehan, que Venise soit paisible ! Nous célébrons l'harmonie, l'*unione*, la *costanza*, qui servent notre réputation. Mais la violence est autour de nous. Surviennent régulièrement une rixe au Rialto, un crime dans une étroite ruelle, un groupe armé résistant à patrouille de nos seigneurs de la nuit, ou des libellés injurieux et déshonorant pour les nobles de l'État placardés sur la place Saint-Marc. Malgré le raffinement des sanctions et des peines infligées, toujours mieux pesées aux situations, le crime, après des siècles, est toujours là, identique, immuable, comme le noir miroir d'une stabilité politique que nous nous efforçons de montrer. Méfiez-vous le soir venu, messire Jehan ! Ne vous attardez pas seul ! Ce sont moments d'éternelle conspiration, de vols et assassinats, d'attaques de maisons bourgeoises. Nous augmentons régulièrement les salaires des gardes et renforçons les patrouilles, mais... Imaginez ces ombres de la nuit que viennent aider les masques, le brouillard, les eaux frémissantes de lune qui empêchent de bien voir !

Il me questionna sur les raisons de ma venue. J'ai tenté de lui expliquer les intentions de notre entreprise. La situation du royaume de France se redressait, la guerre contre les Godons étant déjà gagnée depuis la paix d'Arras. Le routes et foires commerciales, bien malmenées par la situation, allaient retrouver essor et stabilité. Ma mission était d'explorer ce qu'il était possible d'acheter et de vendre, connaître prix et circuits, parité des monnaies, interlocuteurs de confiance, surtout moyens d'aller quérir et rapporter, bref connaître les opportunités, s'il est possible avant les autres. Messire Correri ne put retenir de sourire. Il doutait fortement de notre capacité et le fit savoir.

— Êtes-vous bien sûr, messire Jehan, que le petit roi de Bourges détient aujourd'hui la clé de son ambition ?

La guerre court toujours et votre population est saignée par taxes et redevances de toutes sortes, prévues ou inopinées, presque au-delà du possible. Ce qu'il faut de stabilité pour entreprendre et de sagesse fiscale pour investir n'est pas aujourd'hui présent en votre royaume. Votre souverain n'est pas encore maître de la situation et taxe ses sujets à tort et à travers, quand ce ne sont pas ses vassaux qui le font à leur compte.

— Je comprends vos doutes, messire. Mais l'avenir se lit sous nos pas. Le royaume d'Angleterre est petit, étroit et pauvre. La perte de l'alliance bourguignonne le condamne à retourner dans sa terre mouillée. Trop brutal et orgueilleux, il a courte vue mais le comprendra rapidement avec ce que lui permet sa pauvre sagacité : saisir son intérêt et retourner chez lui. Bedford est mort ; son successeur peu capable. Calais[1] tombera un jour comme un fruit pourri. Quant à la Guyenne, rognée régulièrement par nos armes, elle succombera aussi[2]. Le Godon sera réduit à sa terre, sa bière et sa laine ! Notre royaume, il est vrai divisé et mal organisé, présente population et richesse autrement plus grandes…

— Il est vrai ! Nous avions estimé, ici à Venise, que, après le désastre d'Azincourt, le roi de France disposait de revenus quatre fois plus grands que ceux d'Angleterre et de trois fois ceux du duc de Bourgogne. L'alliance nouvelle de celle-ci avec votre souverain, si elle tient, rebat les cartes du commerce. Nous autres Vénitiens restons pourtant dubitatifs. Les Français nous ont habitués, par inconstance et désorganisation, à gâcher leur situation. Nous n'oublions pas non plus

1. Calais ne sera reprise que le 6 janvier 1558.
2. Le 19 octobre 1453, avec la prise de Bordeaux.

votre division, qui peut-être s'estompera, entre le territoire de Bourges et le nord de la Loire occupé par les Anglais et leurs complices, avant Bourguignons, mais aujourd'hui bourgeois des régions, petits seigneurs locaux, Université de Paris, une partie de l'Église et même la sympathie du pape. Votre peuple paraît facilement s'accommoder avec l'ennemi. Mais le royaume le plus riche de la chrétienté paraît, il est vrai, revenir sur scène, avec ses produits et besoins. Je le souhaite et suis heureux d'accueillir dans ma maison un ami de Jacques Cœur que nous connaissons. Je sais aussi que vous étiez officier du roi de France ! Nous trouverons ensemble matière à collaborer.

— J'ai eu l'honneur de le servir en occasions diverses, et suis bien reconnaissant de votre amabilité.

— Je souhaiterais vous montrer deux institutions qui forgent la puissance de notre Sérénissime : la bourse du Rialto et notre arsenal. Installez-vous durablement en notre cité. Louez un logement avec serviteurs et obtenez votre content d'informations sur nos possibilités. Venise est l'exemple montrant que commerce et prospérité vont de pair !

Ainsi fut fait. J'ai déniché jolie maison à parement de bois sur socle en briques rouges. Elle bordait au sud un très grand canal appelé *la Giudecca*, nom d'un quartier séparé réservé aux juifs de la cité. Un vieux couple du pays accepta de me servir. Et c'était presque la mer que je pouvais regarder de ma chambre. Et la vie continuait sous un autre climat, changeant et froid l'hiver, mais l'été enchanté par un ciel immense confondant au loin les bleus du paysage.

*

Venise vivait au rythme de ses convois. Bien qu'enfermée au nord de la mer Adriatique, la ville était spécialisée dans le commerce lointain, à l'orée des routes continentales. Les galères couraient vers la Morée, Thessalonique, Alexandrie, Beyrouth, Constantinople, jusqu'à La Tana au fond de la mer Noire. Depuis déjà cent ans, une ligne avait été ouverte reliant Bruges, Londres et les villes marchandes du Nord par Lisbonne. Une autre route desservait Naples, Gênes, Aigues-Mortes, Barcelone, Valence et Carthagène. J'ai également averti maître Cœur que la Sérénissime voulait dès à présent couvrir et assurer un trafic commercial par Malte avec Tripoli, Tunis, Alger, le royaume musulman de Grenade, et même au-delà vers Alexandrie en passant par Tobrouk. Venise avait tissé sa toile avec grande efficacité et sens de la compensation tant en marchandises qu'espèces ou lettres de crédit. Sa rivale, la République de Gênes, avait perdu du terrain en Méditerranée tandis que les flottes arabes ou ottomanes ne pouvaient rivaliser.

Il y avait la flotte de l'État et celle des particuliers. Les galères marchandes de la République ne déplaçaient pas un tonnage utile élevé. Elles étaient en revanche fort rapides et réservées aux cargaisons précieuses (épices, armes, colorants, soieries...). Construites pour allier capacité d'emport et armement de défense, elles associaient, sur une coque élancée de plus de dix toises alourdies d'un petit château en poupe, un ou deux mâts avec longue vergue dont les voiles latines pouvaient bien serrer la brise. Deux bancs de rameurs, disposés de part et d'autre, suppléaient au vent ou aidaient à la manœuvre. Leur bonne défense était assurée par des arbalétriers mobiles et de petites bouches à feu. S'ils naviguaient souvent à l'estime, leurs capitaines pouvaient cependant suivre leurs caps en fonction de cet étrange instrument venu de Chine indiquant partout la direction du septentrion, quelle que soit la direction du navire. Les pays du Nord avaient aussi introduit une belle nouveauté pour faciliter les changements de route. Alors que certaines galées se dirigeaient encore à l'aide de deux grandes rames latérales servant à infléchir la direction, les arsenaux vénitiens dotaient aujourd'hui leurs bateaux d'une pièce articulée située au centre, sous la poupe, actionnée par une barre en surface, appelée gouvernail d'étambot. Plus précise, rapide et moins encombrante, l'invention apportait sécurité et précision aux changements de cap. J'avais déjà observé l'instrument en prenant un bateau sur le Rhin. Si je n'avais point crainte de te lasser, Philippe, je parlerais aussi des conquêtes réalisées par le royaume du Portugal. Celui-ci avait déjà atteint un groupe d'îles, appelées Açores, loin au sud-ouest du pays, grâce notamment à cet instrument inventé par les Grecs, transmis et perfectionné par les infidèles, appelé « astrolabe ». Au moment où je t'écris ce journal, il est même parvenu jusqu'à une île au large des pays d'Afrique qu'il a nommée « Cap Vert ». L'astrolabe permet désormais aux marins, au milieu des flots, sans repères visibles, de situer approximativement leur position en visant la hauteur de quelques étoiles.

La flotte privée de Venise est importante. Ah ! Messire mon frère, as-tu déjà vu les galées que nous armons pour traverser la mer ? Non pas les embarcations utilisées en rivière de Seine qui sont plus petites, étroites, à fond plat, mais les ronds navires, certains hauts sur l'eau, certes ardents à la voile mais lourds et lents. Ces coques pansues portaient charges de moindre valeur : coton, bois, cire, sel, bestiaux et céréales, huiles et vins. Elles recherchaient la protection des navires d'État, eux-mêmes encadrés, dans zones risquées, par la flotte de guerre. Les pirates avaient contre eux peu de chances. Et la Sérénissime faisait le nécessaire pour éviter tout conflit inutile avec d'autres royaumes chrétiens ou avec les infidèles. C'était chose plutôt aisée avec les royaumes d'Arabie et de l'Ifriqiya, mais irréaliste avec les Ottomans, moins avisés que ceux-là, car uniquement préoccupés par la conquête brutale. Rien n'allait mieux que d'assurer la bonne sécurité des routes. Celle-ci était d'importance pour l'espérance des gains tirés du commerce. Venise avait développé une double organisation de grande efficacité, inconnue dans notre royaume. Outre la banque et le crédit, les financiers siennois et florentins dans le quartier du Rialto ont créé un marché où peuvent s'acheter et vendre des morceaux de navire afin d'attirer clients plus nombreux et insuffisamment dotés pour payer une galée complète. Comme les règles officielles imposaient un plafond sur les niveaux de l'emprunt, l'investissement en vaisseaux de transport rapportant gros rendement lorsqu'ils arrivaient à point, l'écart entre le coût payé à l'emport et le prix versé sur les marchandises vendues était fort élevé. Pour garantir et répartir davantage le risque, plusieurs catégories de contrats, dûment enregistrés devant notaires, ouvraient possibilité soit de fournir le capital à un *socius* chargé d'investir et de transporter avec partage des bénéfices au retour, soit d'utiliser une « société de mer » où mises de départ et profits sont partagés par moitié, soit encore, ce qui me paraissait plus audacieux, de créer un contrat particulier où l'investissement augmenté d'un intérêt défini n'était rendu que si le bateau et sa cargaison arrivaient à destination. Le résultat valait la subtilité des techniques. Le ducat d'or de Venise était de bon aloi et grande stabilité, la dette publique régulièrement payée, et les impôts modérés qui sont gage de prospérité durable. Les gains sur les sommes engagées dans l'activité du commerce maritime, aussi bien pour l'État que les particuliers, approchaient, après déduction de tous frais et taxes, un chiffre supérieur au tiers du capital investi.

Les galères marchandes d'État, selon les registres de messire Correri, étaient au nombre de quarante-cinq et servies par onze mille marins. La flotte privée comportait trois mille unités de faible tonnage ainsi que trois cents gros navires armés respectivement de dix-sept mille et onze mille hommes d'équipage. C'était considérable. Un peu à l'écart de la ville, le quartier de l'Arsenal ne cessait de croître. On y forge ducats et monnaies. Là, il y avait bien cinq cents ouvriers travaillant aux fortifications de la ville ou faisant des galées, gripes et bateaux à « hunes », ainsi que moult ouvriers d'arbalètes, de canons, de « serpentines », d'ancres et de cordes. Des femmes travaillaient aux voiles, sans oublier les clouteurs et nombre d'autres métiers. Nos ports méditerranéens, même Marseille ou La Rochelle, ou ceux encore occupés par les Godons, ne pouvaient rivaliser. L'organisation maritime de notre royaume péchait par insuffisance de moyens concentrés, encore accentuée par la dispersion des implantations dans les grands estuaires ou à côté des zones produisant sel et vin. Il y avait là un grand mystère. Pourquoi notre pays ayant frontière avec trois mers, pouvant offrir avitaillement, vivres, réparations, emports et déchargements au long de routes maritimes toujours plus utilisées, restait-il à l'écart comme s'il n'aimait la mer que vue du rivage ? La divine géographie nous a donné tant d'atouts en comparaison avec Venise, Bruges, Gênes ou Anvers plus enclavées. De tout cela j'ai fidèlement rendu compte à Jacques Cœur, lui assurant que le passage maritime valait davantage que le transport par routes.

*

Semaines, mois et plus à Venise me furent doux et enchantés. Tout était contraste. Si la sainte Église et l'État présentaient nette séparation, la religion y restait bien présente. Sur la place du Rialto, là où les marchands se tiennent, la petite église *San Giacometto*, paraît-il la plus ancienne de la ville, égrène les heures de sa belle horloge, échanges et transactions devant se faire aux moments convenus. Dans la chapelle absidiale, la croix du Christ domine une inscription rappelant à chacun que toutes actions de commerce doivent s'accomplir avec honnêteté, sous le regard de Dieu. Je suis un jour allé entendre vêpres à l'église des Cordeliers, en laquelle il y avait bien cent moines qui chantèrent somptueusement. En celle des Croisés, les religieux sont vêtus de bleu et, sur l'autel d'une chapelle à cinq marches, repose le corps de sainte Barbe. À main droite, dans un autre autel, repose la cuisse de saint Christophe. En une autre église, monastère de dames, est le corps de sainte Luce. À Saint-Zacharie repose celui du saint, père de saint Jean-Baptiste. Il y a aussi une abbaye de dames qui chantent les Épîtres à grand-messe d'une manière si mélodieuse qu'on en perdrait le poids de sa condition. J'ai vu les moines blancs en la chapelle Sainte-Hélène et les religieux noirs à Saint-Georges où l'on peut se recueillir devant le chef, le bras et la main droite dudit saint ainsi que le crâne de saint Jacques le Mineur. À Murano, dans l'église Sainte-Marie, en une petite chapelle à droite, se trouve un autel plein de saints Innocents. Franchir le seuil de ces lieux bénis apporte nombre d'années de péchés remis.

Le sacré ici veille sur le profane, et les quelques milliers de Vénitiens qui franchissaient journellement, dans un sens et l'autre, le pont du Rialto, trouvaient leur content autant par secours de la religion que galanterie accrocheuse des prostituées. Jésus ayant pardonné à Marie Madeleine, la République s'est préoccupée d'organiser aussi le commerce des corps. Après tout, saint Augustin, grand consommateur de la chose avant d'être atteint par la grâce, en avait, par principe, pardonné les chrétiens. « Retirez les prostituées des affaires humaines et vous allez tout déstabiliser à cause des convoitises[1] », nous a-t-il laissé dans ses écrits. Saint Thomas étant allé du même côté, les édiles de la cité ont cherché une disposition pour éviter que, du Rialto vers les rives du Grand Canal, puis plus loin jusqu'aux recoins des églises, soupentes des tavernes ou chaudes étuves, ne se répandît un flot de praticiennes chaque jour plus important. Ils imaginèrent de mettre à disposition une maison publique de la ville, propre, réservée et surveillée. Elle était parfaitement située près la paroisse Saint-Matthieu, dans une construction appartenant à deux riches familles qui en tirèrent revenus plus élevés qu'avec simple

1. Lettre à Trygetius – 386.

location. Cette œuvre de service public satisfaisait pleinement leurs intérêts privés. Tout était géré par les officiers de la cité, jusqu'à la tarification, fonction des qualités demandées, et juste paiement des prestations. La belle affaire prospérait, mais c'était compter sans l'humaine propension à franchir tous les cadres. Venise eut très vite et le bordel officiel et les officines privées. La réglementation tenta de s'adapter, allant de répression en autorisation limitée, tour à tour, puis à rebours. Au moment où je t'écris ce journal, Philippe, c'est une multitude des pratiques et des couleurs, la maison publique côtoyant deux institutions privées et nombreuses commerçantes itinérantes, celles-ci portant manteaux courts et foulards jaunes. Et tout de jaune également vêtus leurs maquereaux ! Le paysage officiel cachait aussi le sombre : officiers abusant gratuitement des « pensionnaires », maris prostituant leurs femmes ou leurs filles, maîtres jetant au stupre leurs esclaves, ce qu'interdisait la sainte Église. Ici, à Venise, sous un ciel souvent épuré, saint Augustin lui-même, entre deux sermons sur la grâce, éprouverait sans doute quelque malaise. Mais Dieu, s'Il est Dieu, ne peut que pardonner aussi, comme Il le fait partout, aux habitants d'ici après la dernière grande peste de l'an 1424.

*

Imagine le flot des images lors des grandes processions où, après messe chantée, le patriarche donne quarante jours de pardons à chaque fidèle accompagnant le *Corpus Domini* exposé devant l'autel. Tandis qu'il reste assis en l'église, habillé sur chasuble d'une lourde étole tombant jusqu'à terre, non loin du doge couvert d'un drap d'or, entrent en premier les confréries par la grande porte du chœur, celle de Saint-Marc, en robe blanche et chaperon à capuche, précédée d'une vingtaine de torches et d'un joueur de guiterne. Suivent alors les Frères de la charité Notre-Dame. Ils vont en ordre après les autres, portant cierges rouges, croix rouge d'un côté et enseigne rouge et vert de l'autre, et aussi plusieurs enfants accoutrés comme des anges, allant en file, soutenant un plat d'argent rempli de pétales de rose qu'ils jettent aux gens en passant. Viennent ensuite les confrères de Saint-Jean Évangéliste tout en blanc, tenant torches vives, puis ceux de Saint-Roch, une corde brune ceignant leurs robes immaculées, puis de Notre-Dame-de-la-Miséricorde, croix bleue au flanc droit, puis encore les Frères gris, les religieux de Saint-Sébastien, chaperons blancs sur leurs têtes, plusieurs revêtus de chasubles comme pour chanter la messe, d'autres tels les diacres pour dire l'Évangile ou l'Épître. Certains encore ont des chapes, les uns tiennent des calices, les autres des reliquaires. Et ce n'était point fini. J'ai assisté dans la foule, au soir tombant, pressé par moult habitants de Venise, au défilé de l'un de ces cortèges.

Leur passage calme, chanté, avec instruments, créait un rythme étourdissant car lent et profond, auquel les lumières frémissantes des cierges donnaient couleur, noir et ombre. J'avais devant moi une accorte marchande de plaisir profitant de la foule pour presser ses rondeurs contre mes chausses. Puis venaient encore les Frères de Sainte-Marie-de-Grâce, les religieux des Croisés vêtus de bleu, les Frères ermites. Après, trois sortes de Cordeliers appartenant aux trois couvents, les Frères mineurs, les Frères de l'Observance et les Frères gris de Saint-François. Tous chantaient fort bien, la plupart portant des reliques, les autres des cierges. La belle, passant main dextre derrière elle, agaçait le mien alors que, faisant pareillement, je caressais son tétin puis la douce tiédeur de son sacrement. Arrivaient ensuite les couvents des Frères prêcheurs, religieux de Saint-Salvation, et les Frères du grand saint Georges de l'ordre Saint-Augustin possessant. Au moment du passage représentant les paroisses de la ville, la belle frémissante augmenta quelque peu sa cadence. Je rendis aussitôt un vibrant hommage bien peu religieux dans sa main secourante. Vinrent ensuite les vicaires de l'Église, ménestrels et bourgeois précédant le doge, puis le patriarche. Ils sortirent de l'église tandis que les premiers pèlerins, ayant fait le tour de place, y retournaient déjà. Ayant dûment remercié mon officiante, je rentrai au logis plein d'une piété reconnaissante, mais envers qui ? Dieu évidemment ! Mais aussi, pour la première fois depuis longtemps, envers l'Église dont l'opportun spectacle m'avait procuré sans le vouloir une certaine satisfaction.

*

Maître Cœur m'envoya de nouvelles instructions. La place de Venise méritait de s'y intéresser à la condition d'y investir. Son crédit grandissait à la Cour. Bien que les affaires du royaume continuassent d'être difficiles, l'ensemble des contrées retrouvait courage et envie d'entreprendre. Restaient à régler l'expulsion définitive des Godons et le fléau des écorcheurs. Ceux-là s'accrochaient aveuglément. Ceux-ci, faits de mercenaires aujourd'hui inutiles à la guerre, en nombre indéterminé et sans solde, erraient dans les provinces.

L'horreur des crimes et des cruautés qu'ils commettaient, sans la moindre pitié au préjudice des populations, faisait grande pitié d'autant que leurs chefs étaient souvent les anciens capitaines du roi. Venaient aussi, en ce début de l'an 1440, un début de révolte fomenté par ce qu'on nomme indument « les grands du royaume ». Permets-moi, mon cher frère, un très bref instant, de m'arrêter sur ces deux problèmes liés l'un à l'autre.

Notre roi Charles le septième du nom agissait désormais sagement, avec sagacité. S'il s'adonnait à grande chasse de tout poil, des animaux et des femmes, et voulait attirer chez lui bijoux, richesse, larges fêtes sonnant aux oreilles de tous le vrai retour du pays de France, il réglait aussi le bien public. Se débarrasser des écorcheurs passait par une réforme profonde dans l'organisation de notre armée. C'est à l'occasion des états généraux réunis à Orléans en octobre de 1439 que, par ordonnance du 2 novembre, le souverain décida désormais de lever seul les compagnies de gens d'armes, dont il nommera les capitaines, et qui seront placées en garnison dans les places frontières, avec l'émission d'un impôt permanent pour en assurer l'entretien. En interdisant à la noblesse de le faire, il mettait fin à l'organisation féodale où le vassal et ses contingents locaux formaient le cadre naturel des forces royales. Les grands se révoltèrent. Ils furent pris et sèchement soumis en juillet de l'année 1440, le roi ayant rapidement réuni une armée et marché sur Niort, ville où les conjurés s'étaient enfermés. Si l'ordonnance de 1439 est restée provisoirement lettre morte, à l'heure où je t'écris, elle est définitive depuis le 26 mai 1445.

Jacques Cœur avait convaincu le roi de développer le commerce du royaume et le prendre à son compte. Comme son correspondant à Venise depuis maintenant quatre années, j'avais construit bonnes relations et fructueux contrats dans les deux directions demandées : d'abord l'approvisionnement en or et argent auprès des mines situées en Serbie à l'est de la mer Adriatique. Deux cités se partageaient l'essentiel des gisements : Sebrenica et Novo Brdo. La production de métaux précieux y était abondante. Mes contacts faisaient état de plusieurs mines bien exploitées aidées par bon savoir-faire et libre exercice de l'entreprise. Quel intérêt y avait-il à développer ces importations dans le royaume de France ? La raison en est assez complexe et seule l'intime connaissance de Jacques Cœur permettait d'en saisir les subtilités. La disproportion entre le volume du commerce lié à l'économie urbaine, alors en plein développement en nos pays chrétiens, et le manque de métaux précieux pour le paiement des marchandises favorisait la création de moyens de banques, lettres de change ou opérations de crédit, ou même d'échanges en nature, venant se substituer au déficit de pièces d'or et d'argent. Or l'insuffisance de monnaie détruit de la valeur en provoquant une baisse des prix, donc des monnaies émises par le roi tant sur leurs cours de référence que ceux d'usage. L'habileté était de maintenir localement une juste tension entre la demande de métal précieux et le volume des échanges, de façon à entretenir durablement l'appréciation des pièces que Jacques Cœur, maître des monnaies du roi, s'employait à fabriquer pour le bien du royaume.

Une partie de ce métal était transportée à Venise par voie terrestre, mais en moindre quantité que par bateau, depuis Raguse. Je dus ainsi monter les contrats eux-mêmes et le transport des charges vers Aigues-Mortes et Montpellier où Jacques aménageait ses entrepôts. La solidité de nos transactions était assurée par maître Nicolo Turiano, notaire ici en la ville, dont la bonne réputation se mesurait à la taille de son étude. Ce qui débutait en notre royaume quant à la sécurité juridique des relations de commerce dûment garanties par documents écrits et tiers de confiance fonctionnait déjà largement sous les cieux d'Italie. J'avais, tu t'en souviens peut-être, écrit ma thèse en droit civil sur ce sujet. Maître Nicolo trouvait en moi quelqu'un d'averti et de retors.

L'autre pilier de ma mission reposait sur l'achat de biens rares et précieux. La cour de France voulait bijoux, parfums, damas et brocarts, soies d'Orient, épices rares, chaudes et belles fourrures, tapisseries éclatantes. Venaient d'Égypte et de Syrie les damasseries, mousselines et gazes ; d'Arabie et d'Inde les poivres, cannelles, gingembres, les cumins, safrans et cardamomes ; des provinces de l'Orient lointain les plus belles des pierres précieuses ; des contrées rugueuses de l'Est splendides zibelines, martres et castors. Définir et consolider quelques contrats particuliers, au milieu du grand marché d'importation qu'était Venise, n'était point difficile à condition de payer en bons ducats d'or de la République. Je sentais bien la contrainte qu'il y avait à dépendre de circuits commerciaux et de transports organisés par d'autres. Je pressais Jacques Cœur de monter sa propre flotte à partir de Montpellier et d'Aigues-Mortes avec un objectif bien plus général : développer des échanges rentables en assurant évidemment l'achat des marchandises désirées mais avec pour contrepartie la vente des produits demandés par les pays d'Arabie, en faisant profit à chaque étape de la transaction. Je ne souhaite en rien, Philippe, te parler des croisades et leurs bonnes ou mauvaises raisons. Mais celles-ci, assurément, ont ouvert un vaste horizon de commerce qui n'existait pas à cette échelle auparavant. Les pays chrétiens, connaissant un essor plus grand que ceux du Sud ou du Levant, et dominant sur la mer les flottes arabes, ont créé sans le vouloir une dépendance de ces pays-là vis-à-vis des produits d'Occident.

*

L'an 1439 fut pour nos affaires une année charnière. Les deux associés historiques de maître Cœur venaient d'être rappelés à Dieu. Lui-même recevait la noble charge de Grand Argentier du royaume de France. L'Orient étant l'objet de sa commerciale conquête, il me demanda d'aller le représenter là-bas et d'y nouer les contacts utiles en attendant qu'il y installe officiellement, partout où il sera nécessaire, des consuls réguliers représentant le royaume. Il avait ainsi le dessein d'ajouter à ses circuits privés les poids, influences et accès privilégiés que lui conférait sa nouvelle situation auprès du roi de France.

Le voyage en Orient

Je venais d'avoir quarante-cinq ans, toute une vie sans me fixer jamais ni créer œuvre ou famille, toute une vie de sécheresse et de solitude. Est-ce bien ce que Dieu a voulu pour moi ? En vérité, je ne croyais qu'Il y fût pour quelque chose, car est grande la liberté qu'Il prit risque à nous donner. Depuis toujours, je voulais voir ailleurs, autrement. Il me fallait aujourd'hui partir sans en avoir fini ni avec Venise ni avec les autres pays d'Italie que mon imagination se contentait d'esquisser.

Bien doté pour débuter l'entreprise, je trouvai une galée de pèlerins allant à Jérusalem qui accepta de m'emmener. Le trajet devait longer les côtes de Dalmatie en passant les ports et villes de Porec, Héraklion, Dubrovnik, Rhodes, Chypre jusqu'à Jaffa. Après quoi, j'ai cherché un autre navire jusqu'à Alexandrie. Nous partîmes du château Saint-Nicolas au début du mois de janvier en l'an de grâce 1440. Il faisait encore nuit, et plusieurs petits bateaux aidèrent notre grosse galée à rejoindre la grande mer. Une fois déployée la grand-voile, le clerc de notre galée, qui était en proue, nous recommanda à Dieu, à la glorieuse Vierge Marie, à madame sainte Catherine et à saint Marc.

Je partageais une petite cabine sur le château arrière avec un pèlerin voyageur venant du mien pays de Flandre. Veuf, enrichi, un peu las d'une vie remplie mais morne, il imaginait que voir le tombeau du Christ rachèterait non point le passé, mais lui assurerait un paisible passage d'ici au lointain d'où l'on ne revient pas. Il était bon compagnon, craignant Notre Seigneur. La manière du navire lui allait bien. Chaque matin, le maître d'équipage disait quelque prière, montrait la « paix » en trois lieux, et rendait grâce à Dieu. Il L'implorait aussi de garder du mal et de mauvaise fortune le patron, messieurs les pèlerins, la galée et toute la compagnie. Et ainsi tous les jours tant en allant qu'en retournant. Et les dimanches et fêtes, prêtres et religieux qui voulaient dire la messe le faisaient en proue.

La petite cité de Porec, située en Esclavonie[1], appartient à la République de Venise. La basilique, plus ancienne que celle de Saint-Marc, impressionne. Dédiée à la Vierge Marie, elle entoure d'autres constructions tels un ancien baptistère, un atrium tout de colonnades et le palais épiscopal. Notre escale permit de refaire nos vivres et procéder à bon décrassage dans les étuves tant l'odeur des pèlerins était chaude, puante et forte. Ce fut ensuite Zadar dans le pays d'Istrie, belle ville bien remparée, tout entourée par la mer et dont les fossés sont maçonnés. J'ai laissé les pèlerins du bord aller à messe et voir le corps de saint Siméon-le-Juste qui, paraît-il, reçut Notre Seigneur au Temple à Jérusalem. Un vent bien favorable nous amena jusqu'à Dubrovnic, étonnamment belle entre mer et montagne. C'est une

1. Croatie.

cité de guerre très fortifiée contre les Turcs. J'ai été accueilli au couvent des Frères mineurs, en haut de la citadelle, près d'une église sise au milieu d'un jardin magnifique. Les fidèles préfèrent s'y promener plutôt qu'entrer en chapelle, car s'y trouvent les arbres les plus fameux dont cet illustre pommier aux larges feuilles odorantes qui existait, selon la divine légende, au paradis terrestre. Une magnifique fontaine centre l'ensemble. Y accéder se mérite. Un immense escalier de pierre, haut de plus de trois cents marches, est le seul chemin pour y parvenir. De là se contemplent les constructions des hommes, la cathédrale Saint-Blaise, le port ouvrant sur la mer immense. Nous avons ensuite longé, à main gauche, la côte turque puis, entre le pays d'Istrie et celui de Grèce, laissé à senestre, celui de l'Épire conquis depuis peu par les infidèles. La petite localité de Méthone est dominée par sa puissante forteresse. Le corps de saint Lyon confesseur, avec aux pieds des souliers de bois, est tout entier en la cathédrale Saint-Jean. Héraklion, prospère et accueillante, nous ravit par ses vins de malvoisie, ses petits coffres de cyprès bien ouvragés et son joli marché coloré. Notre sainte religion n'est jamais loin, car, sur une petite montagne très en haut de la ville, un simple ermitage aurait abrité saint Paul qui, de là, aurait évangélisé la Crête. Pas complètement, semble-t-il, car les Grecs ne croient pas au Saint-Esprit. Puis nous sommes passés devant le château Saint-Pierre[1] en Turquie appartenant aux chevaliers de Rhodes, fort bien gardé notamment par des chiens, attachés le jour, mis en liberté la nuit, capables de fêter les chrétiens et dévorer les infidèles.

1. Bodrum.

La ville de Rhodes, où nous fîmes longue escale, mériterait large description. Mais les mots peinent à y parvenir. Située à flanc de colline, l'on voit à son approche les premiers moulins à vent près de la tour Saint-Nicolas, pleine d'artillerie et de poudre. La cité se préparait à la guerre contre le Turc. Elle est si fortifiée qu'elle semble imprenable ayant beaucoup de châteaux forts alentour. Passé la porte du palais magnifique où loge monseigneur le grand maître, l'église Notre-Dame est à droite, siège de l'évêque, et l'hôpital à senestre. Les auberges sont plus loin, dénommées par pays. Je descendis à celle de France. Nous y restâmes plusieurs jours le temps de refaire les vivres et prendre quelque repos. Puis fut décidé le départ pour Limassol, au royaume de Chypre, à trois cents milles d'eau.

*

Je n'étais pas souvent avec mes compagnons pèlerins dont je ne partageais la ferveur. Seul le maître d'équipage, un Grec appelé Démétrios parlant bien la langue d'Italie, apaisait une solitude dont pourtant, avec le temps, je m'étais fait une alliée. Féru de sciences mathématiques, passionné par le grand Aristote, l'observation des astres et de l'humaine comédie attirait ce sceptique égaré sur la mer. Il en tirait l'apaisement qu'une constante contemplation des étoiles apportait à nos maux, celui de l'insignifiance des choses. C'était durant les traversées nous éloignant des côtes que ce marin retrouvait une vivacité que la navigation à l'estime, de jour, distrayait peu. Il sortait alors son astrolabe, instrument inventé par son peuple, et mesurait les hauteurs sur l'horizon de ces étoiles nocturnes qu'il avait appris à distinguer. Il en déduisait une approximation partielle du navire et le moment de l'observation, par rapport au nord du monde. Il n'aimait guère procéder de jour, car viser le soleil, trop gros et brillant, rendait plus incertain le calcul. Lorsqu'il tenta de m'apprendre, à moi, terrien normand un peu grossier bien que docteur de l'université, les subtilités du ciel, ce que l'on en sait, ce qu'il laisse percevoir, et les gouffres que l'imagination et l'observation constante ouvrent à l'esprit acceptant de s'égarer, je fus transporté au-delà de l'univers accepté par l'Église. Étendu sur le pont du navire, en pleine mer, tout en écoutant mon professeur, j'ai regardé la lente oscillation du mât se déplacer parmi les étoiles, aller de l'œil rouge du Taureau aux lueurs des Gémeaux, du pleur des Pléiades vers Pégase, ou du Cygne à cette étoile Polaire qui sera encore là bien après nous. Par-delà les calculs complexes voulant faire de nos vies le contrepoint simple d'une universelle et immuable projection, ce n'était pourtant pas vers les calmes contrepoids de l'astrologie que Démétrios voulait m'entraîner. Ce monde de flammes et de cristal en perpétuel mouvement, s'il était vraiment réfraction de l'humain sur la voûte stellaire, laissait croire que nos existences participaient aussi de cette marche. Et s'il en était ainsi, pourquoi ne pas renverser la perspective ? Tout ici-bas n'est que désordre, faute et tumulte. En dehors du Seigneur tout-puissant, rien pour nous n'a de sens véritable. Nos vies vont par le travers. Nos destins ne sont que résultats du hasard. Nos réalisations souvent imprévues. Dans notre monde qui n'est que tourbillon, chocs d'atomes, confondant haut et bas, le centre et l'au-delà, serait-il si osé de voir notre globe se mouvant aussi dans un univers reflétant la même disposition désordonnée ? Nous ne comprenons pas le plan d'ensemble. Mais il me paraissait autrement complexe que cette terre, selon la doctrine, simplement centrée et fixe autour de quoi tout s'ordonnait. Non, le désordre ne s'intègre pas à l'ordre ! Comme nous, les astres contemplés roulent vers leur fin, marquée quelque part dans le livre de Dieu. Ce n'est qu'illusion de ne voir cette chute que par cumul de moments d'arrêt, immobiles et solides. Nous glissons, nous nous éteignons, et si les repères que nous fournissent l'observation nous apparaissent immobiles, ce n'est que par le hasard d'en être le centre.

À Limassol, il n'y a plus guère de grandes constructions, la ville ayant été, autrefois, détruite par les Anglais lors d'une croisade. Ces gens-là ne commettent jamais que méfaits même pour de saintes raisons. Chose curieuse jamais vue jusqu'ici, les habitants cultivaient une plante étrange appelée canne à sucre. Nous n'y sommes pas demeurés longtemps. Après quelques nuits passées dans l'église de l'évêché, un vent favorable nous poussa au large de Jaffa dont les deux tours furent visibles de loin par bon ciel. Les pèlerins du bord louèrent le Seigneur d'être bientôt à bon port, Jaffa étant proche de Jérusalem, tombeau du Christ Roi, et chantèrent à bord un *Te Deum*. Si elle sert encore de port d'accès à la Palestine pour les chrétiens, la cité fut plusieurs fois détruite par les infidèles craignant qu'elle ne serve de base à croisade nouvelle. Le débarquement des hommes et marchandises se fit sans encombre.

*

Démétrios qui me savait clerc, sans avoir jamais prononcé mes vœux, me demanda pourquoi je ne saisissais pareille occasion d'aller me recueillir en cette très sainte Palestine, en particulier sur le tombeau de Jésus. Il avait finement percé remords et regrets de son compagnon de voyage sans que jamais je lui parlasse ni de Jeanne la Pucelle, ni de l'Église qui la condamna. Après tout, connaître directement la terre du Christ et sa passion, sans intermédiaire ni interprétation, ne pouvait laisser un chrétien indifférent, quels que fussent l'état de sa croyance et son éloignement de Dieu. La mission terrestre de Jacques Cœur pouvait attendre quelques semaines. Je décidai ainsi d'accompagner les frères pèlerins, sachant dangers et difficultés de fouler un sol appartenant en ces temps-là aux infidèles. D'ailleurs, aussitôt descendu en la ville, il apparut que les hommes devaient se vêtir selon leur foi en les différentes lois de Jérusalem : les Maures, seigneurs du lieu, tout en blanc avec sur leurs têtes de la fine toile de Hollande ou du coton bien fin tout enroulé autour d'une grosse toque ; le mamelouk était vêtu de rouge, chapeau rouge à long poil ; les Arabes portaient barbiche et avaient tête coiffée d'une large courroie ; le Juif était habillé en jaune de haut en bas ; les chrétiens étaient parés de linge bleu et blanc tissé en petits carreaux comme ceux d'un tamis, avec même tissu sur la tête. Le patron de notre galée nous donna moult conseils utiles en particulier de nous tenir ensemble sans dispersion et d'avoir suffisamment d'argent pour aller et revenir de Jérusalem sans jamais le montrer. Il nous fallait aussi porter une croix rouge de drap sur la poitrine et laisser notre barbe pousser. Les Sarrasins fournirent des ânes pour la route, non par confort mais pour retirer davantage d'argent, car ils nous disaient incapables de marcher sur leur sol. Première nuit à l'hôpital de Ramla. Les enfants nous jetaient pierres et mottes de terre à notre passage. Nous fûmes comptés à l'entrée. Il y avait un puits tout à côté, mais les Arabes ne voulaient point fournir la corde du seau sans la faire payer. Au matin, le frère gardien nous dit la messe et, plusieurs fois répéta : « Soyez les bienvenus. La sainte Passion de Jésus-Christ vous soit en aide ! »

Les Maures qui nous gardaient sont entrés pendant qu'on chantait la messe. Nous voyant faire la prière, chacun servant Dieu avec dévotion, ils ne faisaient que rire et se moquer. Après Ramla, c'est un fort beau pays bien que très mal entretenu et cultivé. Alors que nous passions la nuit dans une clairière, au milieu des ruines d'un château ancien, nous fûmes attaqués avec intention de nous dépouiller. Le regroupement de nos compagnies suffit à l'empêcher, mais bien pauvre fut notre sommeil. Après quelques lieues parcourues au matin, en descendant une montagne, apparut la sainte cité de Jérusalem. On dit qu'en y entrant bien repentant et confessé, on acquiert pardons de peine et de coulpe. C'était à mon sens mérité tant étaient grandes les difficultés du voyage et le mépris des habitants.

Les frères du mont Sion qui nous accompagnaient conduisirent la troupe jusqu'à l'église du Saint-Sépulcre, puis vers l'hôpital par une étroite ruelle. C'était le lieu de résidence des pèlerins. On nous apporta pain, vin et nattes pour dormir. Après bonne journée de repos puis nuit calme, le moment vint d'aller entendre la messe au mont Sion, endroit, selon notre tradition, du dernier repas du Christ, ainsi que de la descente de l'Esprit saint sur Marie, les frères de Jésus et les Apôtres, lors de la première Pentecôte.

Sortant par la porte où passa saint Étienne lorsqu'il fut lapidé, nous vîmes un peu plus loin celle de la Miséricorde qui servit à Jésus lorsqu'il entra dans Jérusalem le jour des Rameaux. Elle était fermée aux chrétiens depuis plus de deux siècles. On alla jusqu'au val de Josaphat, puis, peu après un pont de pierre et descente de plusieurs marches, à l'église où fut enterrée la Vierge Marie. Blanche, simple et belle. Et de là, elle fut emportée en corps et en âme au paradis. Non loin de son sépulcre de marbre, en montant car c'est sur la montagne, se tient un lieu appelé « Petite Galilée ». Il y a, au plus haut, une belle église ronde où Jésus, devant Marie et les Apôtres, s'envola vers le ciel lorsqu'une nuée vint Le prendre. La pierre sur laquelle Il était monté porte encore trace de Son pied. De cet endroit on voit la mer Morte, le fleuve Jourdain, une partie du monde. Je m'étais imaginé ici l'endroit de Sa crucifixion. Les frères du mont Sion me détrompèrent sans être tous d'accord. Le plus grand nombre me dit que les lieux de Sa mort et de Son tombeau étaient au même emplacement en la basilique de Son Saint-Sépulcre. Un autre m'affirma que c'était plus loin à l'extérieur des murs de la ville.

Assez près de la montagne, à main gauche, nous fut montré le champ où Judas se pendit. Au-dessus est le lieu où Salomon adora les idoles. En descendant au long de la vallée, on trouvait une sorte de caverne dont la source nous désaltéra. Ce fut grand recueillement, car c'est là que la Vierge Marie lavait les langes de Notre Seigneur Jésus quand Il était enfant. Nous vîmes d'autres endroits saints, église de Siloé et sa miraculeuse piscine, champ potier qu'acheta Judas avec ses trente deniers, ruines de l'église Saint-Jacques-le-Mineur, lieu bénit où Jésus révéla aux Apôtres le jour ultime de la Résurrection. Il y avait aussi l'église Saint-Marc qui vit ces mêmes Apôtres composer le grand et le petit *Credo,* celle où Jésus dicta le *Pater Noster*, la pierre sur laquelle la Vierge Marie se reposait quand elle venait voir les Lieux saints. Chaque oraison, inclinaison, prière, nous valait sept cents ans de pardons. Nous repartîmes le soir au mont Sion, pleins d'illumination.

La visite du Saint-Sépulcre sur le Golgotha était une véritable procession en plusieurs pièces différentes. Les Arabes nous comptèrent à l'entrée puis, nous ayant vendu chandelles, cierges et ceintures, nous enfermèrent à l'intérieur. Notre visite s'accomplit dans la lumière des ombres. Elle débuta par la chapelle Notre-Dame, car c'est là qu'apparut Notre Seigneur le jour de Pâques après Sa sainte Résurrection. À droite est une petite niche contenant un morceau de la sainte colonne où le Christ fut battu en la maison de Pilate. Devant est un grillage et un bâton enveloppé de soie qu'on prend pour toucher ses yeux et son visage. Et puis on s'en vient jusqu'au lieu où Notre Seigneur apparut en forme de jardinier à la glorieuse Madeleine. Il y a deux pierres rondes de marbre blanc, Jésus étant sur l'une et Madeleine sur l'autre. Plus loin est l'autel sous lequel le Christ fut enfermé pendant que l'on préparait Sa croix. À la sortie de ladite chapelle, plusieurs marches de pierre plus bas, l'on passa devant celle de sainte Hélène puis celle de la sainte Croix, puis encore un autel sous lequel furent retrouvés la lance, les clous et la couronne.

Enfin, au mont Calvaire, accueillis par les chrétiens arméniens qui y officient, nous montâmes plusieurs marches de pierre et de bois jusqu'au rocher faîtier où se découvre un trou profond recouvert de laiton. La croix de Jésus y fut plantée. Non loin à droite, la roche est fendue, largement, ce qui arriva au moment de la Passion de Notre-Sauveur, avec, de part et d'autre, l'autel où furent crucifiés les deux larrons. Alors que les autres pèlerins rendaient grâce et chantaient, je restai pétri d'émotion silencieuse. Là, parce qu'elle était divine, commença la plus puissante des aventures humaines : par l'éternelle présence en nous de Son sacrifice créateur, Jésus nous fit hommes à Son image, par amour simplement, sans violence ni conquête, à charge pour chacun, mais librement, de bien le vouloir. Rien n'est pareil à cela ! Descendre le Golgotha ne fut que regret. Un peu plus bas, nous entrâmes dans chapelle où Notre Seigneur fut mis lorsqu'on Le descendit de la Croix. Il y fut oint de précieux onguents par sa glorieuse mère, par les Marie qui L'ont enseveli, par Joseph d'Arimathie et Nicodème. Dedans se trouve le Saint-Sépulcre. On y entre par une première porte que l'on ferme bien, puis une seconde qui ne se ferme pas, étroite et basse. Treize lampes, qui nous donnent la lumière du monde, éclairent jour et nuit la pierre de marbre blanc, déposée là par les Frères mineurs pour couvrir l'endroit où Jésus fut enseveli puis ressuscita. Une simple dalle dans une sombre pièce ! Modestie du tombeau. Immensité de l'espoir !

Après notre recueillement, chacun alla à ses dévotions, avec chants et prières. Aucune cloche n'est au sommet de l'église, car les Sarrasins, trop étroits pour accepter la différence, ne veulent rien souffrir de l'ancien temps. Nous dormîmes dehors sous une nuit scintillante. Au matin, après plusieurs messes, les infidèles vinrent finalement nous rechercher. Je me suis séparé des autres qui voulaient encore visiter, pour regarder et penser, et n'ai rejoint la troupe que pour aller au mont Sion, dehors de la vieille ville. La basilique est belle. Jésus y fit la Cène, consacra les Apôtres, lava les pieds de Ses fidèles. À la sortie, Philippe, si tu te tournes vers l'orient, il y a des marches qu'il faut monter pour trouver l'endroit où descendit le Saint-Esprit au jour de la Pentecôte. Puis il y a encore d'autres chapelles rappelant les lieux foulés par le Christ dont tu peux franchir le seuil, et recevoir, chaque fois, sept cents ans et sept quarantaines de pardons en contrepartie de tes offrandes. À côté de la petite maison où vécut quatorze années notre Vierge Marie après la Passion de son Fils, se tient une place, assez large, d'où partirent les Apôtres prêcher partout le monde universel et saint de Notre Seigneur. C'était beaucoup d'endroits bénis sur une petite et simple surface de terre et de collines ; tous endroits blancs, ocre et noirs suivant la course du soleil ; chaque chemin était constructions de pierre dure, de marches sèches, de sols inégaux et rugueux. J'eus grande difficulté à faire rapport entre les mille couleurs des scènes peintes par Giotto dans la chapelle de Padoue et l'enveloppante poussière des Lieux saints. L'imagination des humains transfigure l'univers ici-bas sous nos yeux. Jan Van Eyck, que j'avais rencontré à Bruges, m'avait fait une réflexion semblable. Venu ici en ambassade pour son duc, il y avait quinze ans de cela, les paysages l'avaient surpris. De retour en Flandre, il ne cessa de rendre, au contraire, couleurs et nuances subtiles, fines lignes des dessins, expressions contrastées des visages, plutôt que demeurer écrasé et soumis par la lumière coupante de Palestine. Dieu est partout en chacun !

*

Je n'ai suivi ceux allant à la rivière Jourdain. Il y avait, paraît-il, peu à voir, et le voyage ne valait pas payer sans cesse les infidèles, ni subir leurs vols et humiliations. Sortant par la porte de David, je repartis à Jaffa chercher une bonne galée vers Alexandrie. J'avais une mission à remplir et la Palestine ne m'avait point trop retardé. Mais je sus, en arrivant à destination, que maître Cœur venait de constituer une compagnie de négoce avec trois associés de Montpellier pour affréter des navires, vendre en terre musulmane les produits d'Europe et écouler en France les marchandises rapportées. Contacts pérennes et préparation des relations consulaires ne devaient donc plus attendre. Les quelque trois cents milles d'eau, comptés avec les caprices du vent, furent assez vite parcourus.

L'arrivée au port me fut décevante. Je cherchais, sans l'admettre, la présence du grand phare dont il restait bien peu. On en distinguait mal le vestige à l'approche. C'était à la base un édifice carré qui devait grandement s'élever dans les airs, d'environ quinze toises de côté, planté sur une colline à l'extérieur de la ville. Il n'était plus possible d'accéder à son entrée, la tour permettant de parvenir à sa porte s'étant écroulée. Voir davantage ce qu'était devenue cette merveille ne se pouvait, car la construction d'une forteresse sur le site était en cours, dissimulant les ruines. Midi était juste passé. Nous aperçûmes devant nous la ville blanche, suspendue entre un ciel de flamme et son reflet créé par le mirage des eaux. La grande chaleur de l'Arabie, étincelant soudain comme une épée qu'on tire, me laissa sans parole, et mes yeux ne voyaient plus que lumières et ombres : maisons blanches, trou noir des rues, vapeur pâle montée de l'onde, puis au loin, très loin à l'est, le scintillement confus du sable. D'emblée, cette terre blessée de lumière me parut sans nuances. Les mois suivants allaient me détromper. Il était facile de se perdre dans la subtilité de ses habitants, jouée comme un art de penser, où le vrai, l'erreur, la dissimulation se mélangeaient sans fin.

À la fin du siècle passé, la domination de la République de Gênes empêchait les ports du Midi français d'affréter des cargaisons vers l'Égypte et commercer avec l'Arabie. Nous dûmes attendre la terrible guerre avec les Vénitiens de 1381, qui, scellant la défaite des Ligures, permit meilleure liberté d'action des bourgeois de Provence. Les foires du Midi étaient alors actives car déclarées foires générales par le roi. Elles égalaient celles de Champagne ou du Lendit à Saint-Denis. Leur renouveau à la Saint-Jean et la Saint-Martin, où elles duraient une dizaine de jours, attiraient les marchands venus de partout et favorisaient grandement le commerce régional dans plusieurs cités de cette province. La situation restait pourtant difficile, car la guerre permanente entre ports rivaux de la Méditerranée, Gênes s'opposant à Barcelone, l'Aragon défiant la maison d'Anjou, empêchait la stabilité des routes et du cours des échanges. Les produits offerts étaient de rapport divers : tissus de qualité moyenne largement produits et peu chers comme les draps bon marché de Carcassonne et Narbonne, ou les grosses toiles de bure imperméables de Béziers. Mais s'échangeaient aussi les étoffes « escarlates » teintes au kermès puis à la garance fabriquées à Montpellier, les cuirs fins et bien tannés concurrençant facilement ceux d'Afrique du Nord, sans oublier blé, miel et vin que l'on retrouvait fréquemment dans les cales des navires en partance pour les pays musulmans. Malheureusement, l'interminable conflit avec les envahisseurs godons affaiblissaient le royaume. Après l'infâme traité de Troyes, la France n'avait suffisantes ressources financières pour reprendre un commerce productif avec l'Orient. Les navires étaient rares et les courants commerciaux se déplaçaient sur un axe reliant directement, hors nos côtes, Barcelone à Naples.

Les sultans d'Égypte étaient favorables au négoce avec les chrétiens. Ils en avaient grand besoin, ne trouvant pas en Orient le volume d'échange suffisant à leur prospérité. Le sultan Dajmak, alors à la tête de cet immémorial pays, accepta de mettre à jour les anciens privilèges accordés au commerce d'avec notre royaume. De même la réouverture des consulats. Maître Cœur, maintenant Grand Argentier de l'État et se conduisant comme tel, investit également beaucoup de moyens personnels dans l'aventure. Il agissait désormais avec la flotte de France dont les galères encadraient, pareillement aux Vénitiens et aux Génois, les navires privés, dont les siens, faisant route vers Naples, la Sicile et l'Orient. Il me chargea de préparer auprès du sultan l'arrivée de son neveu Jean de Village comme consul du royaume, à l'égal des autres nations.

Alexandrie est grandement différente de nos villes d'Occident. Elle est toute de rues se coupant à angle droit comme l'avait désiré son créateur il y a quinze siècles. Charrues et chevaux pouvaient y circuler à l'aise. Sa géographie est remarquable, baignée par deux mers, au nord par celle d'Égypte, au sud par un lac appelé Maréotis, lui-même alimenté par moult canaux dérivés du grand fleuve Nil. Je pus constater l'écart d'activité entre les deux ports, celui sur le lac recevant plus de marchandises venant de toutes les contrées alentour que le port maritime n'importait des pays chrétiens. À l'entrée de celui-ci, l'on trouve à main droite ce qui reste du phare sur l'île, à main gauche un groupe de rochers avec sur la pointe un palais qui les couronne. Puis en avançant se déroule une ligne de constructions, diverses et aisées, entrecoupées de beaux jardins. Viennent ensuite les entrepôts, les docks et les chantiers bordant une longue jetée joignant ville et île du phare. Au-delà se situe le port de guerre. J'avais trouvé une auberge de marchands sur la voie canopique, non loin de l'ancien site où se dressait la Grande Bibliothèque. Ne parlant pas la langue des Maures, je demandai au tenancier, en italien, s'il connaissait un sieur appelé Paul Dandréa que je devais rencontrer. Messire Paul avait été du premier voyage en Orient de Jacques Cœur et devait retourner à Montpellier suivre d'autres affaires. Il habitait sur la colline au sud-ouest de la cité en dessous de l'ancien temple dédié à Sérapis, dont il ne reste que la colonne en granit rouge élevée, selon les croisés, à l'endroit où Jules César aurait enterré son rival Pompée. C'était une belle demeure, louée le temps de son séjour. Sur le modèle des maisons romaines d'autrefois, on y pénétrait par une large cour bordée de colonnes dont le sol, restauré, montrait une jolie mosaïque de galets. La grande salle de réception s'y ouvrait, partagée en trois, pour accueillir invités, amis, et se restaurer. Un escalier desservait l'étage avec ses chambres et son bain, comme le sous-sol pour accéder à la cuisine, l'entrepôt et les logements des serviteurs. Sur le toit existait une terrasse en partie couverte donnant vue sur le port. Si je te la décris, Philippe, c'est que j'y allais passer un peu de temps.

*

Nous fîmes connaissance un soir, dans sa demeure, pour souper. Messire Paul devait prestement retourner en la ville de Montpellier. Il lui fallait achever, avec Jacques Cœur et deux autres riches marchands de la ville, messires Teinturier et Bucelli, le montage de leur société de négoce. Messire Cœur lui avait déjà largement parlé de moi, ce qui nous dispensa des approches inutiles. Après qu'il m'eut remis la lettre royale de créance demandant au sultan l'installation d'un consul de France à Alexandrie, je compris que Jacques Cœur souhaitait me voir clore la démarche, fort des missions déjà accomplies pour le roi aidées par mon statut de lettré polyglotte. Le viatique que j'ai reçu, faisant suite aux précédents depuis Bruges, Bâle et Venise, était fort généreux, de même que la proposition d'entrer en tant qu'associé dans leur nouvelle société de négoce. Messire Paul partait dans deux jours, me laissant maison et serviteurs encore loués pour un an.

En ce printemps d'Afrique, le soleil écrasait déjà les perspectives. Lorsque Paul me conduisit le lendemain au palais, nous vîmes un conseiller du sultan, natif d'Athènes et converti à l'islam nommé Héphaïstos[1], chargé de faire le lien entre notre demande et la décision du seigneur. Nous étions en Orient. Leur rapport avec le temps qui passe diffère du nôtre. La supplique royale était bien accueillie et enregistrée. Réponse y

1. Nom du dieu du feu dans l'Antiquité grecque jeté en bas de l'Olympe par sa mère, Héra, qui le trouvait laid.

serait évidemment faite et satisfaction accordée, mais nul ne savait précisément quand. Le sultan Dajmak était au Caire. Devais-je y aller ? On me conseilla plutôt de patienter ici. Alors que les églises d'Europe ou portiques des villes se couvraient peu à peu d'horloges donnant à chacun référence commune pour se rencontrer, rien de tel ici. L'événement attendu surviendrait au moment où le Dieu de l'islam en aurait décidé. Nul ne connaissait son échelle !

*

Que faire de ce temps laissé libre et incertain ? J'eus d'abord plusieurs rencontres avec Héphaïstos. Sa famille avait autrefois été capturée à Hermione, lors d'une expédition ottomane dans la province grecque d'Argolide[1]. Ses nouveaux maîtres avaient repéré chez ce petit garçon, non des futures qualités de guerrier car il était de mauvaise tournure, mais une grande vivacité intellectuelle. Il fut élevé comme un mamelouk, apprit la langue turque et celle des Maures. Il se convertit à l'islam et devient vite secrétaire de l'émir. Les hasards de l'existence allant de pair avec l'emprise croissante des mamelouks dans l'organisation du pouvoir ont fait qu'il obtint vite la faveur du sultan d'Égypte et de Syrie, et devint l'un de ses secrétaires les plus écoutés. C'était un homme fin, très lettré, qui m'enseigna beaucoup sur culture et mœurs de son univers. Il occupait un bureau ouvrant sur la mer comme le voulaient ses ancêtres en alignant sans cesse, devant elle, théâtres et agoras. Alors que je lui demandais pourquoi les membres de sa race, certes aujourd'hui

1. Région d'Argos dans le Péloponnèse.

convertis à la religion du Prophète, mais infidèles à l'origine et souvent non maures, étaient maintenant les maîtres du pays, il répondit qu'ici, en Égypte, cette organisation était récente.

— En l'an 1249, la mort du sultan ayyoubide d'Égypte et l'assassinat de son unique héritier par ses officiers ont laissé le pays sans souverain légitime. Sa veuve, une ancienne esclave, est, dans un premier temps, élevée au sultanat puis écartée au profit de l'un des mamelouks du sultan défunt, qui épousa la souveraine déchue. Cette étrange situation, sans précédent en Égypte, voyait ainsi les affranchis, femmes puis hommes, assumer la continuité de la maison royale.

— Cela dit beaucoup sur la situation des esclaves dans ce pays ! Les royaumes au nord de la Méditerranée ne connaissent pareille ouverture à la condition !

— Oui, mais les mamelouks ne sont plus esclaves lorsqu'ils sont arrivés à l'âge adulte. Achetés sur les marchés des contrées conquises, nés païens convertis à la religion musulmane, venant souvent des lointaines contrées de l'oïkoumène, l'esclavage a été pour eux, comme pour moi, une sélection sévère, sans être source ni de honte ni de fierté, mais la condition requise d'une formation martiale initiée dès le plus jeune âge. Il est marque des privilèges que le succès dans la carrière des armes offrait aux plus doués, aux plus beaux ou aux plus chanceux d'entre nous : prestige, fortune, pouvoir. Je n'étais pas fait, tu le vois, pour combattre. Je me suis distingué par le savoir comme les clercs de ton pays.

— Alors l'actuel sultan Dajmak est un ancien esclave !

— Depuis l'avènement de Barquq, en 1382, mamelouk lui-même né dans le Caucase, d'ethnie tcherkesse, les sultans qui se succèdent au Caire sont tous ses anciens affranchis. Nous constituons une sorte de caste où la lutte est féroce pour conquérir et conserver les places. Même le champ du connaître n'est pas étranger aux mamelouks. Songe un instant à 'Umarī, au siècle passé, qui a repris, à des siècles d'écart, l'antique tradition des scribes du califat abbasside de Bagdad. Il nous a donné une grande encyclopédie de plus de vingt volumes, intitulée *Voies des regards sur les royaumes des grandes villes*, couvrant le savoir de son temps sur ce que vous appelez « les arts » dans vos universités. De même Nuwayrī, à même époque, qui écrivit aussi un ouvrage de nature identique. Et le plus récent d'entre eux, rappelé il y a peu par le Très-Haut, Qalqashandī, qui nous proposa un modèle de savoir et d'expression.

*

Il m'est malaisé, Philippe, de te conter les années suivantes. La négociation, qui devait enfin amener le neveu de maître Cœur, Jean de Village, à devenir ambassadeur auprès du sultan avec réouverture du consulat français et remise à jour des anciens privilèges, avait progressé au rythme indéfinissable de l'Orient. J'arrangeais en attendant l'issue les difficultés du jour. L'arrivée des navires commerçants occidentaux était strictement encadrée. Dès l'amarrage, le capitaine devait faire démonter vergues et gouvernails que les gardes allaient enfermer dans un bâtiment spécial avec restitution au moment du départ, une fois réglé le montant des formalités commerciales et fiscales. Après paiement d'une taxe de dix pour cent, les marchandises étaient débarquées puis remises à leurs destinataires, soit directement, soit confiées aux mandataires du gouvernement pour les produits dont il se gardait le monopole, soit vendues par mise aux enchères. Durant l'escale, les chrétiens étrangers vivaient parqués dans des enclaves de la ville répartis selon leur terre d'origine, toutes étant groupées en une seule zone de la cité facile à surveiller. Rien de tel à Marseille ou Gênes. Ces ensembles de regroupement, portant le nom de *fondouk*, bénéficiaient d'un consulat et du privilège d'appartenance à un pays étranger. On y trouvait des notaires pour la rédaction des contrats, petite église installée dans une salle avec un prêtre, moult tavernes pour se divertir, largement approvisionnées en vins et chairs de toutes provenances. Naissaient ainsi les habituelles rivalités, débauches et bagarres impliquant ressortissants de notre royaume. J'assurais aussi, pour notre roi, l'indispensable suivi de nos représentants en Palestine, au Liban, en Syrie, occupés, tout le long des jours que Dieu fait, à traiter les marchands autochtones ou les négociants de toute race. Des caravanes interminables surgissaient comme par miracle d'horizons lointains, venant d'Asie ou d'Afrique, ou encore, ayant franchi les monts du Caucase, des contrées d'Europe sises au septentrion. À l'ombre des tentures sablées sous la lumière dure de midi, toutes les marchandises de l'univers s'offraient à l'acheteur : amphores de l'Attique, tapis de laine ou de soie, fourrures et feutres du Turkestan, tissus de Damiette brochés d'or, brocarts et cachemire des Indes, aiguières de Syrie, poteries, vases ciselés, acier damasquiné. L'on pouvait voir aussi, pêle-mêle, sel et dattes, jolies Slaves au visage luisant de chaleur arrivées des steppes du Nord, blé et miel, ambre et perles. Sans quitter jamais amabilité et bienveillance au cours de la négociation, nos agents présents devaient strictement respecter une indispensable distance déférente sur les mœurs et religions de leurs interlocuteurs. Maître Cœur avait une vision claire de la relation : nul prosélytisme, bien au contraire, car nous devions en tout rechercher ce qui pouvait rapprocher des hommes croyant finalement en un seul Dieu. En contrepartie de cette neutre et ouverte attitude, les musulmans accordaient crédit aux affirmations et promesses des Français.

*

En l'an de grâce 1442, surgit un incident dont la gravité venait, comme souvent, d'une addition de moult petits conflits mal réglés. Les marchands vénitiens, puissants en Méditerranée, avaient accumulé maladresses et malentendus avec ceux ressortissant du Soudan. Leur sultan, également mamelouk, apparenté à celui d'Égypte, décida l'interdiction de leurs ports aux navires et individus de la Sérénissime République. Jacques Cœur me demanda alors d'être intermédiaire entre les autorités du pays et les mandataires de Venise. Il avait imaginé une habile stratégie, car leurs commerçants venus d'Adriatique étaient les plus orgueilleux, impitoyables et efficaces commerçants sur zone, balayant même des marchés, chaque fois que possible, tout rival chrétien. S'entremettre ainsi pour sauver les intérêts du pire de nos concurrents était audacieux. Mais les réconcilier avec le sultanat du Soudan ne pouvait être que profitable à long terme. La paix, sans prétendre jamais vouloir effacer les différences, est un apport immense dans la coexistence et coopération des peuples. L'avenir montra que de grands bénéfices réciproques vinrent couronner cette entente nouvelle. Avant d'espérer un accord possible entre ces deux partenaires devenus hostiles, je devais préparer les préliminaires entre leurs représentants respectifs. Héphaïstos m'y aida grandement. Il devint mon ami.

*

Au rythme des audiences retardées, annulées ou déplacées, j'eus plein loisir de mieux connaître l'Arabie, au moins dans l'esprit et les mœurs. Héphaïstos possédait une très belle demeure sur la colline, dominant la mer, à l'est du palais royal. Habitant moi-même à l'autre côté de la cité, le plaisir d'aller le souvent visiter me faisait traverser l'ensemble par ce point d'équidistance qui parlait à tous deux comme étant l'endroit probable où reposerait le corps du grand Alexandre[1]. J'y passais régulièrement de belles soirées et longues journées. Sa bibliothèque faisait envie. Et nous parlâmes, souvent…

Sur sa terrasse qui surplombait la mer, la nuit immense nous enveloppait comme elle le fera de tous les hommes. Et la nuit parle à la mémoire. Nous sommes venus comme l'eau. Nous partirons comme le vent. Bientôt, l'aube lancera dans la voûte des ténèbres la même pierre jaune qui dissipera les étoiles. Les mets qui nous étaient servis dans des assiettes de vermeil, comblant nos corps attentifs, enchantaient l'esprit sans lui peser. Sur grands plateaux de cuivre s'offraient poisson au safran, pigeons au miel, céréales parsemées de coriandre, riz à profusion, lait caillé de brebis, avec artichauts, fèves et semoule doucement roulée sur la

1. Transportée à Alexandrie par Ptolémée II vers 280 av. J.-C., la dépouille d'Alexandre le Grand et le sarcophage qui l'enveloppait n'ont jamais été retrouvés.

cuisse tendre de son esclave circassienne. Puis les desserts apportaient leur pyramide de douceurs enrobées, les délicieux melons rapportés du marché tout enveloppés de glace, les raisins grenats et le vin de palme, et l'hypocras que ne s'interdisait jamais le Grec converti qu'était Héphaïstos.

Entre l'incertitude qu'est l'attente et la préparation de notre supplique, mon hôte entreprit de m'apprendre la langue arabe. Je progressais rapidement à le parler. L'écrire était différent, difficile pour un clerc d'Occident. Inverser la direction des caractères, par ailleurs bien différents, imposait une souplesse de pensée que j'avais moins à près de cinquante années. Redevenu escholier, la lecture du grand Averroès fut la base de mon initiation. Héphaïstos m'était bien précieux tant sa double culture permit aisément meilleure appréhension des transpositions et des passages. Nous parlâmes beaucoup de ce philosophe né à Cordoue, choisi à dessein car je l'avais en partie étudié. Non tant sur le fond de sa pensée que sur sa vie, finalement errante et bafouée par l'islam lui-même. Avant lui, au tout début du XIIe siècle chrétien, sa ville était un labyrinthe de langues, de sons, de peaux brunes et blanches comme la somme mélangée d'autres villes. Les bibliothèques étaient partout jusque chez les simples citoyens. C'était une terre métisse où chrétiens et juifs écrivaient en arabe sans oublier leur langue. Il y avait un véritable art de la *convivencia*, cependant limité, car, si juifs et chrétiens avaient statut de citoyens protégés à condition de payer un impôt spécifique, ceux-ci pesaient moins que les musulmans. Le témoignage des premiers n'était pas recevable contre les seconds et les châtiments qui leur étaient infligés, à faute équivalente, doublaient d'importance. Quant à la cité, d'ailleurs en constante reconstruction, elle restait inégalable de beauté avec éclairage de ses rues, jardins creusés de bassins prolongeant les édifices, innombrables colonnes de sa mosquée. Ainsi était Cordoue jusqu'à la guerre venue du Maghreb qui mit sur le trône les Almohades. La cité fut largement détruite durant les combats qui suivirent, où l'unitarisme étroit et rigide l'emporta sur tolérance et diversité. Lorsqu'il naquit en avril 1126, la péninsule Ibérique, au sud des royaumes chrétiens, n'était plus que morcelée en petits États, dirigés par de petits maîtres.

Ce grand esprit passa son existence à composer avec les nouveaux princes, pour éviter le sabre ou l'exil. J'ai appris l'écriture cursive à partir de son ouvrage appelé en Occident *Incohérence de l'incohérence*. Connaissant déjà le fond, l'accès à la forme et la manière me fut plus facile. Héphaïstos souriait de mes efforts. Nous partagions la même admiration pour ce penseur sachant particulièrement bien Aristote et se nourrissant de lui. La démarche était lumineuse, ô combien partagée depuis, à partir des Grecs, nos maîtres à tous, par les philosophes véritables ayant toute origine. Le constat commun était simple : notre foi en la raison n'exclut et n'épuise jamais les raisons de la foi. Les nouveaux maîtres du pays n'en voulaient rien savoir. La mort de la pensée accompagne toujours le refus du doute et de la nuance, de la distinction et la déclinaison. Ni les arbres, ni les fleurs, ni rien dans la nature n'est double. Il n'existe pas de jumeaux parmi les astres, ni parmi les fleuves, ni nos réflexions. La diversité du monde vaut par sa différence. Reconnue, étudiée et recherchée, elle est seule source d'avancée.

Mon présent professeur ne séparait l'art de bien tracer les lettres et l'apprentissage de la lecture. L'élégance du geste accompagnait l'appréhension du fond. Allant d'Averroès au poète Al-Mutanabbî, je fus plongé un moment dans la beauté des phrases majestueuses, mais forcées dans la louange des princes comme cela est souvent chez les écrivains arabes. Ils sont également excessifs dans la satire du monde, surtout lorsqu'il s'agit des infidèles. Mais c'était un beau voyage. De même avec Abū Firās, poète à la cour d'Alep, il y a cinq siècles, dont l'ancestrale tradition de bravoure n'écartait cependant point les thèmes d'amour et d'amitié dans ses poèmes de captivité. Par souci du débat, mon hôte ne résista pas, après lecture d'Averroès, à me présenter son ennemi de pensée, Al-Ghazali. Théologien mais également conseiller du calife de Bagdad, celui-ci avait choisi le chemin de la certitude. Il savait tout ce que l'on savait des Grecs mais les trouvait dangereux en accordant trop d'importance à l'humaine logique. Celle-ci ne vaut qu'en se conformant aux principes de l'islam. Leurs désaccords étaient innombrables. Averroès n'acceptait pas le refus d'interpréter les dogmes, car ne peut exister de désaccord entre la religion et la philosophie, la vérité ne sachant contredire la vérité, l'une et l'autre témoignant en leurs faveurs respectives.

Il y avait une autre querelle bien connue du Grec et du chrétien que nous étions. Dans son ouvrage *L'Incohérence des philosophes*, Al-Ghazali prétendait qu'une volonté éternelle avait décrété l'existence du monde à un moment déterminé. Celle-ci n'avait pas été voulue avant, mais au moment où elle commença d'exister. Cela te rappelle, Philippe, la Genèse : « Au commencement, Dieu créa le ciel et la terre… » Averroès trouvait l'énoncé absurde. Comment le Créateur, qui aurait de toute éternité décidé d'agir, pourrait-Il retarder l'apparition de Sa création ? Dire que l'univers fut créé à un moment donné dans le temps contraint de poser une cause extérieure ayant alors animé la décision du Créateur. Un dieu sous influence ? Dieu aurait-il changé d'idée ? Dans ce cas, peut-on encore dire que Dieu est parfait ? Et s'il n'y a pas de cause extérieure, comment et pourquoi Dieu serait-Il devenu actif après ne pas l'avoir été ? Cela nous ramenait à nos discussions de l'université. Mais Averroès aboutissait à une conclusion plus profonde : on ne peut appliquer à Dieu une terminologie humaine. Les notions « d'après » ou « d'avant » sont des données d'un temps qui, ainsi, serait avant d'être produit. Non ! Ni le temps ni le monde ne furent créés, ils coexistent naturellement de toute éternité. Sans commencement ni fin, ils sont Dieu. Et Dieu ne connaît pas le particulier. Al-Ghazali finit sa vie dans le renoncement et la solitude. Averroès fut chassé d'Andalousie après avoir été exposé et humilié en la mosquée de Cordoue.

Héphaïstos possédait ses propres bains. Plongés souvent dans l'eau tiède parfumée, il quittait un instant son rôle de professeur alors même que deux de ses esclaves, l'une noire de Nubie, l'autre blanche de Morée, s'occupaient à apaiser nos sens d'abord endormis puis ivres de délivrance. Il faisait venir de son pays, par amphores non comptées, un vin de Smyrne rose pâle aux arômes de fraise et de pastèque dont la vive acidité stimulait le palais et apaisait notre soif. La vie nous était douce sous le ciel d'Égypte.

J'y ai vécu de longs moments dans une culture arabe qui ne m'était qu'entrevue. Et de longs périples également avec deux grands aventuriers morts il y a peu, l'un de Venise, l'autre de Tanger. Marco Polo[1] et Ibn Battûta[2] ont parcouru le monde connu jusqu'à la Chine lointaine. Ont-ils vu ce qu'ils ont vu ? Ont-ils été jusqu'au raconté ? Impossible de le connaître. Mais que de différences dans la manière ! Ibn Battûta, lorsqu'il débute le voyage, ne parle que des édiles et puissants qu'il rencontre, de cité en cité, tous biens doués d'innombrables vertus religieuses. Lors de son passage au Caire, il évoque les pyramides comme de ronds édifices ! Peu ou pas de descriptions, ni des paysages ni des autres populations. Ses phrases s'installent dans les extrêmes venant d'une pensée étroite mais pleine de superlatifs, impavide dans ses croyances. Jamais je ne fus à l'aise, à tort peut-être, dans ce que je trouvais exagéré : le noir ou le blanc, la lumière ou l'ombre, la certitude sans jamais le doute. Cinquante années avant lui, notre Vénitien fit même voyage mais sans pèlerinage à La Mecque ni descente sur les côtes à l'est de l'Afrique. Il s'est, lui, intéressé aux coutumes et aux hommes, avec grand souci de la description. Il a, certes, raconté parfois ce dont il avait entendu dire sans y être allé lui-même. Mais le récit décrit les choses et les êtres avec les mots pour le dire, non simplement les puissants ennuyeux, rigides, baignés de qualités supposées innombrables et indifférentes. Celui-ci regardait le monde ; celui-là ne reconnaissait que les siens au seul prisme de sa croyance. J'ai aussi voyagé dans ce qu'Héphaïstos appelait l'histoire. Sur un plan de sa bibliothèque s'étalait un bel ouvrage dont le titre, traduit en notre langage, était : *Prolégomènes*, ce qui laissait déjà beaucoup à penser. Son auteur, Ibn

1. Né en 1254 à Venise, mort en 1324 à Venise.
2. Né en 1304 à Tanger, mort en 1368 à Marrakech.

Khaldûn, mort il y a peu[1] au Caire, était né à Tunis dans un Maghreb déchiré par les rivalités dynastiques au milieu d'un Orient arabe subissant l'invasion de Tamerlan en attendant celle des Ottomans. Averroès avait disparu depuis longtemps et l'empire d'islam vacillant niait dans l'impuissance le rêve de son unité. La pensée même s'y figeait. Le conservatisme, que nous avions connu à Paris au temps de l'évêque Tempier, tarissait la réflexion théologique, arrêtait toute controverse juridique, et réduisait à rien les sciences comme les lettres et les arts.

Il y avait pourtant du neuf chez Ibn Khaldûn. Les chroniqueurs que nous connaissions en France témoignaient sur ce qu'ils voyaient, le plus souvent au service excessif d'un prince. La narration peut en être savante et inspirée, qui ne s'éloigne jamais beaucoup des événements et circonstances. Même dame Christine de Pisan que je mets au-dessus de beaucoup ! Son *Livre des faits et bonnes mœurs du roi Charles V le sage* dit belle chronique sur la vie du souverain qu'elle fréquentait souvent puisque son père était astrologue et médecin de la Cour. Mais l'énoncé des incidents, hasards, fortunes et rencontres qui font l'existence de chacun, aussi inspiré fût-il, ne dressait pas de perspective, ni ne laissait à penser sur raisons de leur survenance. Ibn Khaldûn apportait quelque chose d'autre au propos. Le réel étant la source unique de l'intelligible, il entendait saisir les rapports de causalité qui déterminent l'existence à la lumière d'un autre regard : celui d'une science s'intéressant aux comportements des gens vivant en collectivité et leur donnant un sens

1. Ibn Khaldûn, 1332-1406.

qui les restitue. Ce n'est pas l'individu qui l'intéresse, ni même la qualité de sa foi donnée par le Livre, mais le groupe ! Selon lui, nos attitudes viendraient d'une cohésion de sang, et d'une identité d'intérêts qui fondent une collectivité. Soumis à la dynamique d'une évolution qui cristallise sa puissance, ce groupe cherche ensuite à imposer sa souveraineté. Chacune de ses mutations dépendant elle-même des conditions géographiques et économiques qui l'encadrent, j'ai cru comprendre chez ce philosophe qu'à un certain moment le comportement religieux vient s'ajouter à l'évolution commune et jouer un rôle politique dont le sens commun serait d'affirmer le caractère « idéal » d'une consécration de l'ensemble. Je ne suis, Philippe, toujours pas sûr aujourd'hui d'avoir bien compris la démarche tant elle est neuve, et reste troublé par une dimension collective de la religion que je n'avais pas perçue. Je la croyais et pensais comme s'arrêtant sur chacun, hétérodoxe, venue de Dieu telle qu'à Zachée descendant de son arbre au passage de Jésus. La Révélation, qui n'est évidemment pas dépourvue de conséquences dans l'organisation de la cité, m'apparaissait comme étant simplement posée sur nos cœurs et nos consciences individuelles, mais non agissante sur le devenir de l'ensemble que nous formons avec les autres, au point d'être, en partie, sa force collective et son miroir. Ibn Khaldûn en déduisait, si je l'ai compris, une étrange conséquence : lorsque le groupe se disperse, le sentiment religieux s'estompe. Je continue aujourd'hui d'être bien confondu par cette lecture. Ma religion est l'affaire de ma propre conscience et je ne cesse, par les prières que je fais encore, directement, de m'interroger pour savoir si Dieu, selon Son vouloir, demeure un peu en moi. Le philosophe de Tunis m'entraînait ailleurs. Il voyait les hommes par un autre côté, en un bloc perpétuellement en Dieu, dont la Présence sur notre terre n'était pas sécable d'avec l'organisation du groupe, de la tribu, de l'État.

Avec le temps qui passait sous la Lumière d'Orient, je parlais mieux la langue arabe et la lisais davantage. Il arrivait que je parvinsse à bien l'écrire.

Vint un matin où le sultan d'Égypte arriva à Alexandrie. Sa Grandeur inspectait ses ports. Jean de Village venait en même temps d'accoster à la tête d'une gosse galée bien chargée, gage, pour ses armateurs réunis en compagnie, de larges profits. Nous eûmes ainsi double occasion de finaliser notre accord entre États et présenter au sultan celui qui, si telle faveur lui était accordée, serait ici consul du royaume de France. Ma mission se terminait. Maître Jacques me faisait retourner en Italie et m'envoyait en autre contrée libre : la République de Florence.

Florence la magnifique

Florence la belle possédait plus de deux cent cinquante ateliers travaillant laine et tissus pour Rome, la Sicile, les Marches, Naples et plus loin encore. Florence la magnifique disposait d'environ quatre-vingts splendides ateliers fabriquant étoffes de soie, brocarts d'or et d'argent, damasquins, velours, satins et taffetas vers les destinations les plus lointaines. Florence la généreuse abritait près de trente grosses banques ayant comptoir et tapis à l'extérieur, qui effectuaient des opérations monétaires et commerciales à destination du Levant, de l'Occident et du Midi, de la Curie romaine, de Bruges et Londres, et ainsi de toutes les places du monde où ont cours le change et l'argent.

La concurrence était solidement installée, mais Jacques Cœur ne voyait pas de suffisante raison pour laisser la compagnie des Médicis ouvrir partout ses maisons, notamment en notre royaume, sans essayer la contrepartie. Florence était devenue grand carrefour de commerce, surtout depuis la vente à son profit de la seigneurie de Pise par les Visconti, famille ducale de Milan, au début du présent siècle. Son nouvel accès à la mer venait ainsi ajouter moult possibilités aux ventes de ses industries.

Je n'avais guère envie d'y aller. Le charme du commerce s'amenuisait et j'avais déjà gagné beaucoup d'un argent d'ailleurs réinvesti dans les compagnies maritimes. Il ne m'était pas vraiment nécessaire. Le tas, bien rémunéré au denier douze chez la Maison Cœur à Bourges, s'ajoutait au bon pécule gagné à ce jour au cours de mes lointaines expéditions militaires. Jamais je n'avais pensé être aussi bien muni, d'autant que la rétribution régulièrement servie pour fruit de mon activité ajoutait à ma prospérité. À maintenant cinquante ans, je touchais presque le terme d'une existence qui a passé comme dans un rêve. Jamais le fil de mon parcours ne m'était apparu aussi sec et solitaire. Le temps, cette excuse mauvaise, a manqué pour que je consentisse à m'arrêter et fonder une famille. Le regret en revenait souvent, surtout au très petit matin après une trop courte nuit, non que je m'aimasse suffisamment pour croire utile de me prolonger, mais plus simplement pour voir et aimer, sans contrepartie, la chair de sa chair en espérant pour elle meilleure vie que pour soi. N'ayant pas fondé ma propre famille et tissé avec elle, dans l'obscurité des soins domestiques, le fil quotidien qui ressemble au bonheur, j'ai également, tu ne le sais que trop, Philippe, quitté les miens parents et frères. Sans doute faut-il qu'il en fût ainsi, comme dans toutes les mesnies. Mais mon départ est resté sans contact. Ce que je cherche à retisser en t'écrivant ne saurait rien racheter. J'ai fait bien peu d'efforts vers vous et suis même passé à côté de nous revoir lorsque, traversant la Bourgogne où vous êtes désormais, je suis allé vers Bruges rencontrer la famille de notre maman. Marc et toi m'en voulez sans doute de cet égoïsme stérile. J'avais laissé à tante Marguerite l'adresse de mon notaire à Bourges au cas où, peut-être, votre désir eût été d'écrire à l'éternel itinérant qu'est votre frère Jehan. Ce que je n'ai pas fait non plus, si ce n'est maintenant, au soir de la vie, par ce trop long texte. Enfin ! Sur le pont du navire génois me ramenant en Europe, quittant la nuit démesurée de l'Orient étranger, je ressentais comme jamais l'inutile de mon existence, avec fatalité, sans savoir y remédier ou, pire, sans le regretter vraiment. Les Castillans ont bonne expression pour exprimer ce vain désarroi : « *Pues y nada !* »

*

Mer et vent furent cléments et Pise atteinte en peu de jours. Superbe campanile en marbre qui penche un peu et surplombe la cathédrale Notre-Dame à quelque distance de son transept gauche. Elle est si majestueuse, alternant pierre sombre et claire, avec plus loin, en prolongement, le grand baptistère. Sa manière romane, un rien byzantine, en fait l'une des plus belles que j'aie contemplées en Italie. Ayant trouvé auberge non loin, je ne passai qu'une nuit et, dès le lendemain à prime, pris au port fluvial une nave pour Florence.

Le fleuve Arno, pas bien considérable à côté du Rhin, nous faisait progresser doucement, bien aidé par les chevaux de halage lorsque le vent ne suffisait à la remontée. La voie fluviale était encombrée. Elle ne me paraissait suffisante pour acheminer importantes et lourdes marchandises. Le port lui-même, attenant au rempart, n'était pas bien vaste. À l'arrivée en cette très belle cité, outre fabriques d'industrie déjà citées, on trouvait moult ateliers d'orfèvres, de peintres et de sculpteurs considérés à l'égal des premières. L'art y avait clairement même place que la banque ou la médecine. Sur mandat de maître Cœur, je devais rencontrer un fameux personnage de la ville nommé

Côme de Médicis. Revenu d'exil il y avait près de dix années, il avait repris l'empire financier de son père en le développant largement et venait de créer une filiale à Bruges, puis projetait celles de Londres et Avignon. Mon rôle était de demander notre participation à cette dernière, peut-être d'autres. Le seigneur de Médicis n'habitait pas encore le palais qu'il faisait construire au croisement de la *via* Larga et celle de Gori. Comme gonfalonier de la cité, il avait demeure au palais fortifié *della Signoria*. C'est là que je l'ai rencontré. L'homme avait sérieuse apparence, sec, le regard vif et le nez allongé. Très assuré de sa fortune et donc de lui-même, il savait aussi la valeur de l'intelligence et protégeait les arts, sans compter la fondation de plusieurs bibliothèques.

*

Permets-moi, Philippe, de t'expliquer la manière de fonctionner d'une grande compagnie florentine. Elle était de genre nouveau. Le principe général en est la création d'une société faîtière au capital distribué entre quelques associés mais dont la famille Médicis garde le contrôle. Celle-ci, en fonction des occasions d'investir, engendre d'autres filiales qui, à leur tour, vont reproduire un mode de construction identique mais en élargissant le nombre d'associés. Ainsi fait, Côme de Médicis n'avait besoin d'assurer le financement du tout puisqu'il avait des partenaires à chaque étage de la pyramide tout en répartissant les risques en ne devant point les remonter intégralement au sommet en cas de difficulté. Maître Cœur s'inspirait d'ailleurs de cette méthode. Mais il voulait savoir, à l'intérieur même de la pyramide, comment, chez les Florentins, l'organisation de l'ensemble permettait d'assurer une bonne rentabilité. La réponse paraissait naturelle, car elle était de bon sens. D'abord, ne pas payer un salaire fixe aux directeurs de filiales, auxquels il est d'ailleurs demandé un apport de capital modeste, mais les intéresser directement aux affaires qu'ils animent en leur versant un pourcentage des bénéfices supérieur à celui que devrait normalement rapporter la part de capital qu'ils ont investie. Ensuite, diversifier les activités de la compagnie sans demeurer dans les seules opérations bancaires et commerciales. Enfin, tout ce qui concerne les filiales et les personnes qu'elles emploient doit être régulièrement examiné avec lucidité et souplesse, mais sans tendresse. Le seigneur de Médicis m'indiquait que cette méthode suivait un chemin progressif : d'abord envoyer un chargé de mission pendant trois ans, avant de lui confier, en pleine connaissance des possibilités locales et de ses facultés, l'implantation et la direction d'une filiale dans la ville choisie.

Ce maître dans la finance me dressa aussi le parcours que suivait le commerce, principalement dans les deux grandes Républiques d'Italie depuis cent ans. Au début, prime l'échange de produits où le marchand ne fait qu'acheter au loin et transporter en Italie des matières premières qu'il vend aux artisans locaux, acquérant ensuite les produits finis dont il assure transport et revente. L'activité de banque naquit ainsi des exigences techniques de cette activité pour faciliter transferts de fonds et résoudre problèmes de changes entre monnaies. Puis, progressivement, certains banquiers ont fait apparaître des organisations intégrées lorsque, ne se contentant plus de favoriser de simples opérations commerciales, ils ont voulu un meilleur contrôle allant jusqu'à la prise en charge financière de tout ou partie de la production qu'ils écoulent. Se sont également développées des sociétés autonomes détachées du commerce de marchandise et liées exclusivement à celui de l'argent, prêtant notamment aux puissants et aux princes. Sa Seigneurie me fit observer que c'était le cas de la banque Médicis, et d'autres grandes familles de la ville telles les Bardi ou les Peruzzi, profitant d'un pape ayant, hors velléités de croisade, plus de liquidités que de besoins en contrepartie des ducs et des rois toujours débiteurs pour financer leurs conflits. À ma question de savoir ce qu'il faisait de ses excédents, Côme de Médicis m'indiqua réutiliser ce qu'il ne réinvestissait pas à l'achat de maisons et propriétés foncières.

Lorsque je fis rapport de cela à maître Cœur, il me répondit que cela confortait ses propres intuitions et observations. J'avais acceptation de négocier pour investir une part minoritaire dans la filiale d'Avignon, et nous sommes convenus d'examiner les opportunités que l'on pourrait développer en commun sans se concurrencer.

*

Le poète Boccace, dans l'un de ses écrits, raconte l'histoire aventureuse d'un marchand d'Amalfi. Désireux de doubler fortune déjà conséquente, celui-ci dépensa son avoir en acquérant bateau et marchandises afin de vendre celles-ci à Chypre au prix fort. Malheureusement, d'autres eurent la même idée et l'ont précédé dans l'île. Contraint de vendre à bas prix, il ressort presque ruiné de l'opération. Trop fier pour rentrer pauvre, il décida sans vergogne de récupérer sa fortune ou mourir. Il vendit alors son navire et acheta une felouque de corsaire, étroite et rapide, avec laquelle il s'adonne à la piraterie. La chance le favorise. En un an, il a plus que doublé, au détriment des vaisseaux ottomans, sa fortune initiale, et décide de prendre la route du retour. Une tempête l'oblige alors à s'abriter dans une baie où se réfugient en même temps deux navires génois. Or, ceux-ci, naturellement avides et rapaces, lui dérobent vaisseau et biens. Mais les navires génois qui l'emmènent sont pris dès le lendemain soir dans une nouvelle tempête. Il sombre et s'agrippe à une planche providentielle qui, lorsque des vents favorables l'amènent à s'échouer sur un rivage, se révèle abriter un coffre rempli de pierres précieuses. Il reviendra finalement dans son pays deux fois plus riche qu'il n'en était parti réalisant son rêve d'antan. Je concevais à la lecture de l'ouvrage[1] qu'ici-bas, sous le ciel de Méditerranée, était née une race d'aventuriers bien différente de nos chevaliers du Nord. Le juge de paix faisant partage entre les hommes était devenu l'argent, non plus l'honneur ou vertus d'allégeance et loyauté. C'était ainsi ! Je ne savais si c'était progrès ou retour à autre forme de violence, certes différente de la guerre mais, hors la mort, tout aussi impitoyable.

J'ai cherché logement sur l'autre rive de l'Arno moins encombrée, traversant le *ponte Vecchio* puis remontant à main droite le long du fleuve. Le quartier était en chantier, largement détruit lors de l'immense inondation d'il y avait un siècle[2]. Ne sachant combien de temps j'allais demeurer ici, et plutôt qu'à l'auberge, je résolus comme à Venise de louer une petite maison avec ses commodités. Le temps ne m'étant compté, j'ai

---

1. Boccace, *Le Décaméron*, II, 4.
2. Novembre 1333.

pu m'égarer au hasard des églises et ruelles. Si mon corps ne me servait plus comme auparavant, il restait doux de flâner et regarder la multitude. Manufactures, artisans, boutiques de commerce m'attiraient moins, au contraire de l'art, mouvant sur les toiles et les murs, ou contraint mais jaillissant dans ses élans de pierre. La belle basilique *Santa Maria del Carmine*, non loin du quartier où je vivais, logeait un trésor. Pour le découvrir, il en fallait franchir le seuil, marcher jusqu'à l'autel, s'incliner devant lui puis tourner à senestre vers l'extrémité de son transept. Une petite chapelle, nommée Brancacci, du nom de son riche propriétaire qui l'avait fait décorer, laissait voir un miracle de nouveauté.

L'*Agneau mystique* du peintre Van Eyck, vu à Bruges, m'avait submergé d'émotion dans un tissu multiple de couleurs, détails et nuances mouillées. Ici, c'est Masaccio qui le fait avec autre manière. Il avait peint sur un mur l'Homme et la Femme chassés par l'archange Michel, chef de la milice céleste. Oh ! Ce n'était pas original ! Mais c'était autre chose qu'une simple scène représentant la Genèse. L'artiste nous donnait bien d'avantage ! Le double mouvement, irrémédiable, du désespoir comme de son contraire se montrait à qui voulait voir. Adam et Ève fuient le jardin des délices, de gauche à droite, elle, bouche ouverte et yeux épouvantés, lui tête basse, se cachant le visage. Les autres peintres auraient figé la scène. Masaccio, presque impudent, l'inscrit dans un mouvement non de résurrection mais de rémission. Quittant la porte sombre du paradis, ils se dirigent vers la lumière qui sublime leurs corps magnifiques. Ils vont vers un paysage de rochers durs mais ouvrant sur le monde. L'archange montre le chemin de l'exil, mais donne l'illusion de leur prendre les mains et les guider, à travers le malheur, vers les paradis accessibles. L'intention double crée le passage entre avant et après. Le peintre nous montre une peinture différente avec un modelé de couleurs poursuivant l'ombre qui tourne autour des formes, et les enveloppe de silence, et les unit à celles qui sont auprès d'elles. Se dressent ainsi les rythmes, et de la vie perdue, et celle qui nous attend. Masaccio semblait avoir découvert le fond de ce que nous révèle la nature en montrant la pleine continuité de ses aspects.

Souvent je suis retourné en cette chapelle, non pour prier mais regarder. Il y avait une autre fresque, pleine de douleur avouée, *Le Baptême des néophytes*. Elle ne montre pas une multitude aussi chatoyante que dans une autre, gigantesque, appelée *Le Paiement du tribut*. Mais elle est bouleversante comme la brume et le terne enveloppant nos pauvres vies. Lorsque l'on regarde sortir, peu à peu, ces grandes formes nues de la foule, avec ses figures dramatiques surgissant de l'ombre rousse vers le lieu de la cérémonie, l'impression est celle d'une désespérance comme au petit matin, lorsque la nuit, trop vite interrompue, laisse tomber la tristesse des soirs précédents auxquels le pressentiment du jour attendu mêle une espérance angoissée. Il ne lui était pas nécessaire d'exprimer l'impérissable tragédie de l'homme jeté hors du bonheur pour avoir voulu être homme, calmant dans l'eau lustrale la brûlure de son remords. Non ! Cette irréparable douleur habite en nous. Masaccio nous force à penser qu'il ne demeure aucun asile où se consoler avant d'avoir réappris notre nature et son analyse, c'est-à-dire rien de plus que la douleur.

Si Venise m'avait donné connaissance du commerce et de l'argent, Florence avait changé ma vision du monde. La chapelle de Brancacci reflétait l'univers, finissant et nouveau. Succédant au grand murmure confus qu'est désormais le temps passé où sculpture et peinture, musique et chant des cloches se confondaient dans un gouffre obscur que ne sauvaient pas les dentelles sublimes de nos cathédrales, ici, en Italie, se révélait l'indestructible de la race et du sol, peut-être même de l'individu. La peinture des Florentins, ajoutée à celle des autres contrées, montrait un chemin nouveau : celui de l'unité spirituelle de chacun destinée à ne se formuler jamais autrement que dans l'infinie variété des formes. Préférer l'expression individuelle valait dorénavant mieux qu'une uniformité splendide mais monotone dont, sous le regard du Tout-Puissant, la sublime répétition ne pourrait amener qu'à l'inquiétude.

*

Le seigneur Côme de Médicis ne voyait pas la Maison Cœur comme concurrent, mais plutôt comme apporteur d'affaires ou investisseur occasionnel. Je le revis plusieurs fois en son palais fortifié *della Signoria.* L'imposant aspect de la belle façade carrée, crénelée et dominée par le grand beffroi faisait impression. L'intérieur tout autant. Nous devions franchir deux cours avant de prendre les escaliers menant au premier étage. L'immense salle qui nous accueillait d'abord, assez sombre, me paraissait vide. Elle ne servait pas aux visiteurs. Les bureaux et cabinets de travail alentour étaient les véritables lieux du pouvoir. Côme de Médicis recevait dans l'un d'eux, réservant pour plus tard une grande pièce adjacente qui servirait pour ses réceptions. Son plafond à caissons, les fresques murales et le riche mobilier n'étaient pas ostentatoires. Tout respirait l'opulence calme, sûre d'elle, illuminée par une généreuse lumière venant de larges fenêtres. Quel contraste avec les pièces humides et sombres de nos châteaux ! Sa Seigneurie, qui me savait ancien officier du roi de France, m'a souvent questionné sur la stabilité de notre royaume. Ses correspondants et espions en savaient tout autant que moi, les courriers que nous échangions régulièrement dans nos réseaux servant aussi à partager analyses et informations. C'était sur la personne de notre roi Charles le septième qu'il s'interrogeait, se ramentevant les faiblesses de son père et demandant si le successeur saurait conduire le redressement du pays. Je connaissais un peu Sa Majesté. Je t'ai raconté, Philippe, faits et circonstances de nos rencontres. Les grandes difficultés que notre roi a rencontrées pour s'établir à vraie place lui avaient forgé un caractère d'une grande opiniâtreté. Étant très savant pour un roi et voyant plus loin que ses conseillers, il disposait, en outre, de cette capacité d'indifférence aux autres lui permettant, toujours, de privilégier ses objectifs pour le bien du royaume sans être entravé jamais par le remords ou la reconnaissance.

J'assurai Sa Seigneurie que notre souverain était un grand roi. La trêve signée le 28 mai 1444 à Tours avec les Godons l'a été sans contrepartie territoriale à leur profit, laissant en plus temps et capacité à Charles le septième de poursuivre la réorganisation administrative, militaire et financière de l'État. Au cours de mes nombreuses visites, je fis une rencontre qui allait compter. Côme était grand mécène. Son projet de bibliothèque au couvent *San Marco* progressait rapidement. Je fus un jour présenté à monseigneur Tommaso Parentucelli, évêque de Bologne[1], ami du prince, connaissant bien Florence et ses grandes familles. Passionné par les livres, s'étant procuré moult exemplaires au cours de missions accomplies en Europe à la demande des pontifes, il manifestait grand intérêt à mettre de l'ordre dans l'inventaire constitué par son ami Côme, et lui fit don d'un catalogue standard raisonné pouvant servir de guide à l'acquisition et au classement des ouvrages. Ce petit homme frêle avait l'œil scrutateur et le nez plongeant. Il n'était pas majestueux, mais, doué d'une intelligence très vive frottée aux penseurs qu'il avait croisés ici et là, l'étendue de sa culture me frappa davantage que la profondeur de sa foi. Nous fîmes plus ample connaissance dans un lieu profane, non loin du palais, consacré aux bains mixtes pour clientèle choisie. Sans concertation aucune, les retrouvailles se firent dès l'entrée dans cette discrète et vaste maison. Laissant dehors ses clercs qui ne demandaient qu'à participer, Son Éminence, habituée des lieux, me proposa derechef de partager son bain privé. Il avait réservé deux jeunes Nubiennes dont il affectionnait la couleur d'ébène, le sein haut et l'étroit fessier. Nous engageâmes discussion sur les livres et ce que nous en faisons tandis que les belles s'affairaient à nous raffermir. La question posée était de savoir lequel des deux termes l'emportait dans la controverse : possédons-nous les livres ou sont-ce eux qui nous possèdent ? La suite passablement saccadée de notre dialogue croisa recherche du sens dans la question posée et désordre

1. Tommaso Parentucelli fut nommé évêque de Bologne en 1444, puis cardinal prêtre de *Santa Susanna* en décembre 1446, avant d'être élu pape le 6 mars 1447.

des sens qui nous fit posséder, en un sens puis dans l'autre, nos belles et momentanées compagnes. D'où aussitôt une autre question. N'y avait-il que divorce entre ceux-ci et celui-là, et même une infinie distance entre l'ordre de la chair et celui de l'esprit ? Pourtant, et l'évêque insista sur la constatation, le premier disposait de preuves convaincantes qu'il fallait rechercher dans les peaux, les plis et moiteurs, livrant accès à quelque chose d'indicible, impossible à formuler, mais qui dans l'instant nous occupait tout entier, tant le dévoilement des corps et le sang blanc de l'amour transperçaient l'esprit par son intensité et l'immense oubli de son irrémédiable passage. J'aimai aussitôt ce prélat à l'intelligence bien déliée pour qui religion et présence du Christ-Roi, pour être crues et célébrées, ne devaient jamais se tenir loin de nos pauvres vies.

Il repartit à Rome dès le lendemain. De mon côté, je passai les jours suivants à rechercher un correspondant pour notre réseau commercial. Le quartier derrière le palais de Côme de Médicis est d'une grande richesse. Le campanile de Giotto, placé près de la partie absidiale, domine la cathédrale *Santa Maria del Fiore* qui venait d'être consacrée. Un dôme gigantesque coiffe un chevet de trois chapelles rayonnantes, elles-mêmes terminant une belle nef à trois grands vaisseaux. Même notre vieille cathédrale Saint-Pierre à Rome n'est point aussi imposante. Le baptistère de Saint-Jean-Baptiste lui fait face avec ses portes de bronze dont l'une, la plus somptueuse, est en voie d'achèvement. Il y avait du miracle dans le dessin des scènes bibliques décorant les panneaux. Le sommet de l'art s'y retrouvait dans un dégradé de reliefs donnant perspective aux scènes, fuites à l'architecture représentée, et même impressions de paysage. C'était une grande prouesse, avec si peu de place, de donner telle illusion d'immensité. L'art est mystère, aussi profondément que la foi. Par quelle grâce quelques hommes, ayant vie médiocre comme la nôtre, parviennent-ils à toucher le divin et nous montrer si bellement la Bible où nous apprenons, avec surprise, que nous sommes chacun faits à l'image de Dieu ?

*

Messire Bartolomeo Timotei, notaire de son état, était lointain parent du seigneur de Florence. Son étude servait aussi à suivre quelques-unes des affaires du prince. Pourquoi d'ailleurs nommer ainsi le personnage puisque l'État de Florence est en principe une République ? Pour voir derrière les apparences ! J'hésite, monsieur mon frère, à soulever les subtilités du système comme je l'avais fait pour la République de Venise. Les pays italiens sont une mosaïque, celle-ci allant du nord jalousement gardé par une aristocratie choisie, vers Gênes conduite par les groupes de la finance et des marchands, jusqu'à la monarchie féodale de Naples, les principats de Ferrare et Mantoue, puis la principauté ecclésiastique de Rome.

La complexité du système florentin ressemble à celle établie dans la Sérénissime. Au sommet de la hiérarchie, trois organisations détiennent l'essentiel du pouvoir exécutif. D'abord la seigneurie, magistrature suprême, est composée de neuf prieurs : deux représentants de chacun des quatre quartiers que compte la ville, plus un neuvième fourni alternativement par l'un d'eux, ayant le titre de gonfalonier de Justice. Il préside le Conseil des prieurs et est aussi le chef suprême des armées. Cette seigneurie est flanquée de deux conseils restreints qui l'assistent dans la direction collégiale de la cité : le collège des seize gonfaloniers, réunissant les porte-étendards des seize compagnies armées dont se compose la milice citadine, et celui dit « des douze sages » auquel chaque quartier envoie trois représentants. Toute décision de la seigneurie n'est valable que si elle est adoptée à la majorité des deux tiers.

Florence poursuit le raffinement jusqu'à prévoir une rapide rotation des hommes en place : les neuf membres de la seigneurie ne restent en charge que deux mois, les seize gonfaloniers quatre mois et les douze sages trois mois, soit un total d'environ cent cinquante personnes appelées chaque année à assurer le fonctionnement de l'exécutif. Tout cela est sans compter un certain nombre d'autres conseils ou de postes isolés dont les membres, sous la direction des trois magistratures suprêmes, assurent l'administration quotidienne de la ville et territoire florentin. Comment gouverner avec une telle sarabande d'organisations et changements des désignés ?

Le pouvoir législatif relève de deux assemblées élues tous les quatre mois, le Conseil du peuple et le Conseil de la commune, qui doivent approuver les projets de loi à la majorité des deux tiers. Pour plus de souplesse, il existe aussi des assemblées extraordinaires consultatives pour aider l'élaboration de certaines décisions ou de projets déterminés. En période de guerre ou de tensions graves, les conseils ordinaires peuvent convoquer une assemblée populaire exceptionnelle appelée « Parlement », qui nomme, à son tour, une assemblée extraordinaire plus restreinte, investie d'un pouvoir absolu mais provisoire, devant prendre fin dès disparition des événements étant à l'origine de sa création.

Les Florentins prétendaient sauvegarder, par le croisement des dépendances, la complexité des contrepoids, la brièveté des fonctions et le tirage au sort des candidats aux charges publiques, les libertés de chacun. Je ne t'ai pas encore parlé de leur système de votation. Sans aborder le raffinement du détail, je dirai simplement qu'il y deux étages : celui de la qualification des candidats et celui de leur désignation. Ceux-ci sont d'abord désignés à la majorité des deux tiers par les électeurs représentant eux-mêmes, non la population entière, mais sa partie réduite inscrite au registre des corporations. Les élus sont ensuite mis dans un sac qui servira au tirage au sort. Chaque fois qu'une charge se trouve vacante, sont extraits de la besace, un par un, les noms en écartant au fur et à mesure ceux qui ont occupé une charge récemment, non rééligibles avant un délai de deux à trois ans. L'opération prend fin lorsqu'on atteint le nombre d'élus requis. Platon pensait que l'organisation des relations à l'intérieur de la cité, appelée République, ne convenait que pour des ensembles restreints et faiblement peuplés. L'univers humain n'étant pour lui que la dégradation du monde des idées, irait-on, Philippe, jusqu'à dire que les organisations vénitiennes ou florentines, d'une complexité extrême, ne sont que versions déchues des claires monarchies absolues où le roi est le roi par la grâce de Dieu ? Je n'ai jamais vraiment cru à cet excès d'assimilation, même si le symbole a son poids. Gardons César pour ce qu'il est et laissons Dieu à Sa place ! Les deux ne s'entremêlent pas. Notre système monarchique, qui est celui qui nous convient depuis la naissance du royaume, s'il n'est pas sans défaut, possède au moins le mérite de pouvoir fonctionner en des temps difficiles. Et ceux-là, tu le sais, ne cessent finalement jamais. L'organisation florentine est-elle plus adaptée ? Constitue-t-elle un progrès ? Le docteur en droit canon que je suis l'ignore. Je la vois difficile à appliquer sur notre large territoire, en guerre et naturellement divisé. Est-elle gage de meilleure stabilité ? Venise et Florence paraissent le démontrer ainsi, qui font se succéder depuis longtemps au pouvoir grandes familles et groupes aristocratiques, non sans exils ni violences. Mais à quel prix de luttes intestines et trompeuses apparences pour se maintenir ! À Venise, le doge est de plus en plus encadré, dépossédé de son rôle et contrôlé par l'oligarchie ; Côme de Médicis montre, ici, une grande habileté à écarter ses ennemis sans jamais apparaître au premier plan du pouvoir. Celui-ci, il le tient mais se garde de le représenter. Que d'efforts dans l'affaire ! Est-ce meilleur que la stabilité, même contestée, conférée à nos rois par la monarchie de droit divin ? D'ailleurs, à observer de près le dispositif, la République de Florence sait aussi faire face à l'exceptionnel en pouvant nommer une assemblée restreinte dotée du pouvoir absolu, comme s'il y fallait toujours prévoir un moment où la violence légitime de quelques-uns devrait l'emporter sur le droit de chacun.

*

Cheminant souvent dans la ville, il apparaissait, sous la richesse des palais et profusion des arts, que stagnait une diffuse et profonde misère, comme dans nos royaumes du Nord. Certains Florentins racontaient les dires de leurs grands-pères, lorsque, quelque soixante-dix années auparavant, il y avait eu une grande révolte à Florence. Au sortir d'un conflit entre la ville et la papauté qui avait appauvri la cité, éclata le soulèvement des cardeurs de laine suivis par d'autres ouvriers et artisans[1]. Ceux-ci ne réclamaient que la reconnaissance de quelque droit à être représentés dans les organes du gouvernement. Leur revendication se limitait simplement à demander le rattachement de trois nouvelles corporations aux vingt et une déjà existantes. C'était peu. La révolte se divisa lorsque deux d'entre elles furent acceptées. Les perdants humiliés se réfugièrent à la campagne. D'autres tentatives, plus tard, ont été réprimées, montrant qu'en la République de Florence, riches, aristocrates et puissants bourgeois ne partageaient pas le pouvoir. Et puis il y eut la peste et ses rémanences, comme partout en Europe, jusqu'à récemment durant l'an 1425. L'Église, qui étalait ses richesses, faisait pourtant ce qu'elle pouvait pour les indigents avec ses institutions charitables et ses hôpitaux. Dans le livre finalement bien inutile des comparaisons, j'avais un doute, Philippe, sur ce qui l'emportait par le bien-être. À l'intérieur de ses grands remparts et leurs multiples tours, les deux parties de la ville, reliées par quatre beaux ponts empierrés, son dôme somptueux, la qualité de ses arts et leur représentation éminente, affichaient une grande prospérité mais bien peu répartie. La République ne paraissait guère avoir diminué la détresse. Par la grâce de Dieu tout-puissant qui sait toujours surprendre, même le croyant, Sa Sainteté le pape Eugène le quatrième venait de nommer son évêque en la cité. Antonino Pierozzi[2] était père dominicain réformateur, dans l'ordre des Flagellants. Ami des peintres, amoureux des arts, épris de

1. Révolte dite des *Ciompi*, en 1378.
2. Connu sous le nom de saint Antonin.

charité, il venait apporter au diocèse toute son énergie à dispenser la miséricorde du Seigneur. Ce saint homme n'était que bienveillance et, dans sa maison, dame Pauvreté y tenait seule lieu de train et d'équipage. Que de différence soudain apportée à la magnificence des vêtures, des murs et des palais ! Notre Église montrait parfois son vrai visage.

*

Tandis que messire Bartolomeo Timotei m'enseignait la magie de la comptabilité en partie double appelée « écriture à la vénitienne » où toute opération commerciale entraîne deux écritures comptables égales mais de signe contraire, l'une représentant le doit, l'autre l'avoir, je reçus une lettre surprenante de monseigneur Parentucelli.

Messire Jehan,

Vous êtes avancé dans la vie que Dieu nous prête et je vous sais fatigué des monnaies et des chiffres, des marchés et contrats. Comme moi, vous aimez les livres. Comme moi, vous cherchez à comprendre, sinon le pourquoi, du moins le comment de ce qui nous entoure. Comme moi, vous aspirez à la paix, la bienveillance des âmes et peut-être un peu de sérénité. Vous vous dites éloigné de Dieu, ce qui est non-sens. Je connais votre histoire. Mais la sainte Église, qui se trompe car trop humaine, n'est pas votre ennemie. Sachez lui pardonner et venez la rejoindre à Rome. Sa Sainteté Eugène le quatrième du nom, qui n'est pas au mieux, vient de me faire cardinal. Le monde bouge et Notre Seigneur nous laisse sans cesse, mais obscurément, des opportunités de mieux faire pour les autres. Abandonnez-vous à ce mystère, pour une fois sans analyse ni débat ! Quittez votre armure de docteur sceptique sur tout et chacun ! Laissez-vous aller au sublime de notre enseignement, celui de l'amour, sans distinction, ni espoir de retour ici-bas ! Venez à mon côté, messire Jehan. Je vous montrerai.

Nous nous étions peu connus, et la dernière fois en une intimité qui donnait peu à la prière. Se pouvait-il qu'il ait perçu en moi cette atroce sécheresse de l'âme qui accompagne, l'âge venant, l'absence de tout désir et d'espérance ? La vérité est, Philippe, que je n'ai point hésité longtemps. L'expérience était nouvelle, et quoi de mieux que ne point rester sur place ou, pire, retourner dans ses pas ? J'écrivis derechef à mon ami Jacques Cœur pour lui demander mon congé, tout ici étant désormais en place pour que ses affaires prissent le chemin désiré. Il le comprit clairement. Je devais d'ailleurs le revoir à Rome et notre amitié restait intacte. Quant à mon rôle dans la Maison Cœur, il demeurait quelque peu à travers investissements et participations que je renouvelais et qui me rapportaient gros. Ayant salué et remercié le maître de la cité, Côme de Médicis, je pris congé de mon bailleur, achetai bon cheval et partis pour la Ville éternelle. N'emportant que vêtures et mes deux épées, je laissai mes livres et quelques meubles qui me suivraient plus tard.

*

En ces premiers matins de janvier 1447, le soleil fondait les brumes. Parcourir soixante-dix lieues françaises sous le ciel d'Italie ne fut que bonheur, comme si reprendre les routes me faisait plus jeune. D'abord la ville de Sienne autrefois fondée par l'empereur Auguste, remplie de belles églises paraissant d'albâtre car de marbre blanc. L'une d'elles était même peinte d'azur parsemé de petites étoiles d'or. En face de l'escalier du Dôme se dresse l'hôpital *Santa Maria della Scala*, de fort grande taille, aussi vaste que celui vu à Saint-Jacques-de-Compostelle mais de composition différente. Il y a une très grande salle de malades, magnifiquement décorée de fresques édifiantes. J'ai soupé sur la place près du marché. L'on y accède en descendant de grandes marches de pierre et l'endroit fait promenade. Les femmes de Sienne se pavanent perchées sur de hauts talons, si hauts qu'elles sont tenues et guidées par deux chambrières. Portant de splendides chemises qu'elles montrent en lâchant les lacets de leurs courtes robes, elles offrent ainsi aux regards de grands décolletés souvent frémissants. L'hostellerie de la Couronne qui m'accueillait offrit tout le nécessaire, tant de bouche que de corps. Ce fut ensuite la ville de Viterbe, ancienne cité papale qui connut l'élection de plusieurs d'entre eux. Y vécurent aussi notre saint Thomas d'Aquin ainsi que saint Bonaventure. Son palais des papes est bien original, dont la loggia, qui ouvre sur la salle du conclave, est formée d'une unique rangée de sept arches délicatement soutenues par plusieurs colonnes jumelées. Non loin dans un couvent consacré repose le corps de la glorieuse franciscaine sainte Rose. Les dames réformées qui peuplent le bâtiment fabriquent des ceintures ayant touché le corps sacré. Elles sont vendues aux femmes enceintes pour aider à meilleur accouchement. Après la ville, c'est la montagne, puis des vallées en approchant Rome.

Ah ! Rome ! Je t'en ai parlé au début de ce récit. J'y reviendrai encore. Monseigneur Parentucelli vivait près de sa paroisse, l'église *Santa Susanna*, sur la colline du Quirinal. Ce n'était pas un palais grandiose, et chacun connaissait le prélat pour sa vie dénuée d'ostentation. Mais il tenait son rang et me reçut, tant heureux que surpris d'une aussi prompte décision. Il me logea dans une petite maison adjacente, avec au service une accorte nonne dont les troublants yeux noirs invitaient plus à l'enfer qu'à la prière. Le cardinal ne pouvait guère s'occuper de moi dans l'immédiat. Sa Sainteté Eugène le quatrième, dont il était très proche, allait de mal en pis. Sans fonction officielle auprès de lui, le cardinal tenait cependant le rôle de confident des derniers instants, sans que la Curie manifestât jalousie ou rancune, tant la jeunesse, l'humilité et la diplomatie de monseigneur Parentucelli savait aplanir les craintes. Il disposait déjà d'une vaste bibliothèque, largement constituée au cours de ses missions diplomatiques, et avait fait récupérer, dans un lointain moutier, un ouvrage bien abîmé écrit par un soldat de Rome, au IVe siècle de notre ère chrétienne, qu'il me chargea de déchiffrer.

Ammianus Marcellinus avait été officier le gros de son existence, jusqu'à la mort de l'empereur Julien[1]. Il avait entrepris une œuvre immense racontant l'histoire de Rome depuis le Ier siècle. Ne subsistaient de sa *Res gestae*[2] que les derniers livres sur la période. Ce que j'en ai retranscrit était admirable. Le soldat, fort instruit, savait écrire et juger. Au milieu des combats, le réel ne se contourne pas. La géographie fixe les

1. En 363 de notre ère.
2. « Les choses accomplies ».

circonstances. L'or donne les moyens. Réflexion, préparation, entraînement remplacent la rhétorique. À la fin du siècle quatrième, Marcellinus sait que la fin est proche, et les défaites militaires n'en montrent que les symptômes. Pour lui, le profond du naufrage attendu venait d'un empire ployant sous le poids des impôts, d'une pauvreté grandissante chez une large part de la population, d'une démoralisation croissante des forces engagées dans la guerre et la sécurité. Il déplorait aussi que les Romains aient abandonné pratique sérieuse de la lecture et, alors que l'empire se délitait, constatait la perte d'un ancrage culturel qui avait fait la civilisation romaine, au profit seul d'une fuite éperdue vers la vulgarité fébrile. Dans la Rome de la République, chaque demeure de patricien disposait de sa bibliothèque.

Vingt années après la mort de Marcellinus, Alaric, roi des Wisigoths, s'empara de Rome[1], pilla la ville et réduisit quarante mille Romains en esclavage. La force l'emporte toujours sur l'indécision, même celle d'un peuple qui a dominé le monde connu. L'expérience de scribe m'était nouvelle. Le latin élégant, sans mots de trop, ressemblait à celui de Cicéron. Comme toujours, la forme embellit et précise l'expression. Je venais de finir le travail, lorsque Son Éminence vint me quérir. Le pape Eugène le quatrième était au plus mal et proche son rappel dans la demeure du Seigneur.

Eugène IV avait consacré tout ce qu'il avait de forces à restaurer la puissance des papes sans vraiment y parvenir. Les restes du concile de Bâle, qui mit fin au Grand Schisme, n'étaient pas encore dispersés, un

1. En 410 ap. J.-C.

antipape résidant encore en Suisse. La situation politique et militaire des États pontificaux demeurait mal assurée, et le pontife avait confié au cardinal Scarampo le commandement des points fortifiés situés sur le territoire de Rome. La sédition était aux portes comme dans les murs. Le roi d'Aragon avait rassemblé une forte armée à Tivoli[1] en vue d'une expédition commune contre la République de Florence. Même si le souverain Alphonse disait garantir la paix du futur conclave, sa présence militaire, si proche des murs, ne rassurait pas. Dans la cité même, les républicains s'agitaient de nouveau et déclamaient contre la domination des prêtres. Les diplomates présents en la Ville sainte priaient pour le futur défunt comme l'élection prochaine d'un bon pasteur pour la sainte Église. Monseigneur Parentucelli était près de lui lorsque, le 23 février, notre pape Eugène fut rappelé auprès de Notre Seigneur. Il me demanda d'être son intermédiaire pour la préparation et le déroulement du conclave.

*

Depuis Jeanne la sainte injustement condamnée, je me méfiais des prêtres. L'ayant confessé à mon nouveau maître, celui-ci n'hésita pas à me sermonner. Pour lui, ce qui allait s'ouvrir relevait de la politique dans l'Église et non de religion. Le spectacle auquel j'assisterais dans les antichambres, sans présence aucune, évidemment, en salle d'élection, serait pour moi une leçon rarement donnée. Je lui servirais de messager et soutien entre les séances, pendant les repas, ou la nuit s'il était nécessaire d'organiser des

1. Située à quarante kilomètres à l'est-nord-est de Rome.

conciliabules. Mes dispositions de docteur en droit canon allaient aussi servir pour aider à l'organisation d'un conclave qui fût irréprochable sur la régularité des procédures. L'événement, comme pour l'élection précédente, allait se tenir au monastère dominicain de *Santa Maria sopra Minerva*. Celui-ci disposait d'une salle idoine facile à boucler du côté de la chapelle tandis que les chambres des nonnes servaient aux cardinaux et leur entourage.

Le Sacré Collège se composait de vingt-quatre cardinaux, d'où une majorité requise de douze voix pour être élu. Six d'entre eux étaient absents de Rome. Parmi les présents, il en était de remarquables, notamment ceux venant d'Espagne. Juan de Carvajal, promu au cardinalat au mois de décembre 1446 en même temps que Thomas Parentucelli, imposait le respect tant orgueil et ambition lui étaient étrangers. Ennemi du luxe et du faste, les notions strictes de devoir et d'obéissance fondaient la dignité de ses mœurs. Il consacrait sa vie à l'Église, particulièrement à la grandeur du vicaire du Christ. L'autre, Juan de Torquemada, incontestablement le plus savant du Sacré Collège, défendait la science qui était pour lui un trésor impérissable, et la sagesse acquise par l'étude comme seule pouvant consoler l'homme de la brièveté de sa vie. Il sut traiter dans ses œuvres tous les sujets qui agitent l'Église. Avec eux, les cardinaux Parentucelli et Bressarione se distinguaient aussi par leur érudition et leur esprit profondément religieux. Chez d'autres prélats, qui n'avaient pas telles dispositions pour la vie d'Église, l'esprit du temps l'emportait, tel monseigneur d'Estouteville. Celui-ci, apparenté à la famille royale de France, menait un train de prince et vivait comme un roi, tant il était bien doté de bénéfices religieux. Comme il en est souvent, des qualités éminentes ne font pas le bon candidat. Dès l'ouverture du conclave, les deux partis romains, celui des Colonna et celui des Orsini, se disputèrent les voix. Celui-là obtint dix voix dès le premier tour mais sans dépasser ce chiffre au second, alors même que certains votes s'éparpillaient sur des personnages extérieurs au conclave.

Mon maître Parentucelli, qui avait obtenu quelque suffrage, me retrouva le soir, bien navré du début du scrutin, aux prises avec les factions, sans lumière aucune apportée par la divine sagesse. Oh ! Il ne pensait pas à lui, se sachant trop récemment nommé au cardinalat et l'un des plus jeunes de l'assemblée. Nous passâmes partie de la nuit à préparer le discours qu'il ferait le lendemain exhortant ses pairs à ne penser qu'au bien de l'Église. Il consacra à la prière le reste de son temps, puis entendit messe avant de commencer la seconde session. Comme chez tous les grands orateurs, je savais que le texte préparé servirait de trame à un discours que monseigneur Parentucelli adapterait finement à ses interlocuteurs et leurs émeuvements en début de pareille journée. Il y ajouterait flatterie mais exhortation, rehaussant ses mots par une éloquence soigneusement acquise. L'assemblée demanda ensuite, semble-t-il, une pause pour discussions et conciliabules. À la reprise, ce fut l'archevêque de Tarente qui, contre tout pronostic, recommanda au choix de ses collègues mon présent maître, comme l'homme désigné, par son amour de la paix, sa science, son impartialité et la pureté de ses mœurs, pour revêtir la majesté souveraine de la chrétienté. Il obtint les douze voix nécessaires qui furent d'ailleurs recomptées.

Ma surprise fut considérable de le voir ressortir tout de blanc vêtu après la pourpre cardinalice. Sa Sainteté venait de prendre le nom de Nicolas le cinquième. Il vint vers moi, et, alors que je m'agenouillais devant lui, posa sa main sur mon front et dit :

— Alors, Jehan ! Vois-tu ce qu'ils ont fait de ma pauvre personne, moi, fils d'un médecin obscur, peu favorisé des dons de la fortune, établi à Sarzana, petit hameau situé sur la côte de la Ligurie ? J'ai perdu bien tôt mon père et n'avais pas moyens de poursuivre mes études. Ma mère s'étant remariée, je l'ai peu vue ensuite et dus me débrouiller seul. Par la grâce du Seigneur, j'ai rencontré monseigneur Albergati. Il me prit à son service et, lorsqu'il devint cardinal archevêque de Bologne, je l'ai suivi de Rome à Florence. J'y ai pu rencontrer les bons esprits du temps et travaillai avec fougue à la cause de notre sainte Église, notamment auprès de celle curieusement appelée orthodoxe, ainsi que de l'empereur d'Allemagne. Après la mort de mon maître[1], Sa Sainteté le pape Eugène me fit évêque de Bologne, puis cardinal. Pourquoi, Jehan ? Pourquoi, en trois années seulement, suis-je passé d'une bien modeste situation à la dignité suprême de l'Église ? Pourquoi moi ?

Je ne sus que lui répondre, sinon qu'il advient parfois que se mêle l'inspiration divine dans le choix des hommes. Je vis son regard changer, s'éloigner au-dedans de lui, soudain deux fois pénétré et par l'écrasante tâche qui lui incombait dorénavant et par tout ce

1. Le 9 mai 1443.

qu'il pourrait désormais accomplir. Alors qu'il partait saluer la foule, je vis ce petit homme sec devenir grand. Son élection fut accueillie avec une énorme joie dans toute l'Italie. Méritant, en dehors des partis, entouré par l'estime de ses pairs et doué d'une volonté de fer doucement exprimée, il fut accueilli comme un sauveur du Temple, car, modeste, attentif aux autres, menant une vie frugale, il sut bien représenter le définitif retour de l'Église de Rome sur le tombeau de saint Pierre.

La suite de mes jours fut un tourbillon. Où loger le pape ? Avant Avignon, ses prédécesseurs vivaient en l'église Saint-Jean-de-Latran. Depuis, ils se partageaient entre Saint-Pierre-de-Rome, assez délabrée, et Sainte-Marie-Majeure dont les deux bâtiments rectangulaires, à gauche de l'église, permettaient le séjour de Sa Sainteté et son entourage. Il en serait donc ainsi en cette dernière demeure. Nicolas le cinquième projetait déjà de reconstruire le palais du Vatican, lancer le chantier de la basilique Saint-Pierre et fortifier la cité par plusieurs tours sur la muraille léonine, comme l'ajout de trois gros bastions circulaires adossés au château Saint-Ange. Il songeait aussi à d'autres édifices dans le quartier du Capitole et, par-dessus tout, à créer la plus grande bibliothèque du monde chrétien.

Et puis il y avait la Curie, décriée et divisée depuis le Grand Schisme, dont il fallait redéfinir rôle et missions. Le consistoire, qui rassemblait les cardinaux chaque semaine sous l'autorité du Saint-Père, se bornait jusque-là à sanctionner les actes majeurs, telles la nomination d'un cardinal ou la déclaration de guerre. Le nouveau pape sentait la nécessité d'organiser autrement les choses, notamment en créant des congrégations cardinalices spéciales constituées à l'effet d'examiner une question particulière, puis d'en référer au consistoire. Il voulait cependant s'engager prudemment sur ce chemin, car il craignait aussi les barrières et les intermédiaires dissimulant, à dessein ou non, la réalité des causes et situations.

J'ai peu vu Sa Sainteté dans les mois qui suivirent. Cet homme profondément bon était un impatient. Vif de chef, parlant bien, écrivant avec élégance, il voulait être compris d'un geste. Ne supportant la lenteur, ni de ne rien faire, il prit du temps pour aller visiter ses fidèles dans les États pontificaux, sans ménager, mais avec grande douceur de ton, les lents et les tièdes.

Quel fut mon rôle ? Je n'étais que récent compagnon du pontife, même si je l'avais assisté pendant le conclave qui le fit pape. Il me nomma secrétaire apostolique. Dans cet entourage restreint et privilégié de six conseillers forts enviés, l'un était *secretarius domesticus*, c'est-à-dire secrétaire particulier. Ce n'était heureusement pas mon cas, la tâche se révélant fort exigeante. Un de mes compères, Poggio Bracciolini, qui était déjà secrétaire du pape sous Eugène le quatrième, partageait avec moi la particularité de ne pas être prêtre. Passionné par les livres, il s'était refusé au prononcé des vœux choisissant la liberté plus que la servitude de l'état ecclésiastique, pourtant chemin certain vers de grasses prébendes.

*

Mon travail consistait à consigner par écrit les paroles du Saint-Père, enregistrer ses décisions souveraines et formuler, dans un latin élégant, son abondante correspondance internationale. J'avais la charge des affaires de France. Nous n'étions pas largement rémunérés, environ trois cents florins d'or à l'année, mais être dans la proximité du chef de l'Église donnait grande influence. Il nous était également fait droit de percevoir de bons honoraires pour la rédaction de documents, l'obtention de « concessions de grâce », de faveurs juridiques dans des affaires nécessitant des rectifications techniques ou dispenses accordées oralement par Sa Sainteté. Je n'avais besoin de cet argent mais ainsi était la règle. Je ne cache pas, Philippe, que j'y ai eu recours. La fonction était en vue, qui attirait quémandeurs de tout poil. Je n'étais point romain, comme le gros des fonctionnaires de la papauté. Aussi, les étrangers de la ville, commerçants et diplomates, trouvaient dans ce Français, haut de taille, parlant d'autres langues, un interlocuteur qu'ils pensaient plus abordable car moins enfermé dans les querelles locales.

La situation des États du Vatican me surprit par sa complexité, et bien autrement que sur les seules questions religieuses. Le pape se voulait être maître absolu d'une partie du centre de l'Italie, entre Romagne au nord, jusqu'aux territoires contrôlés par la République de Venise. Moult villes qu'il gouvernait étaient en agitation permanente ; les États voisins menaient une politique agressive et ombrageuse ; les puissances étrangères étaient toujours enclines à lancer quelque incursion armée dans la péninsule. Pour maintenir son autorité, Sa Sainteté Nicolas devait déployer beaucoup d'habileté diplomatique dissimulant à peine une implacable politique. Bien que rouée aux missions extérieures qu'elle avait exercées pour son prédécesseur, elle découvrit, comme chef de l'État du Vatican, la dureté du pouvoir. Et celui-ci s'exerçait aussi sur un royaume plus vaste, spirituel, souvent dogmatique, qui s'étendait à toute l'espèce humaine. Car la majorité des chrétiens d'Occident, même ceux des régions lointaines, ignorant le latin des affaires ou confrontés aux défaillances morales entachant la vertu de l'Église, s'en remettaient à l'autorité du pape. Ils en appelaient à lui, non pour délibérer, mais décider sur des points de doctrine essentiels à la paix de l'âme.

Beaucoup de questions de tous ordres devaient connaître traitement adéquat : dispenses papales, exceptions aux règles du droit canon, dissolutions d'unions maritales et mille autres difficultés à résoudre près cette autorité de dernier recours qu'était Rome. Il y fallait compétence et diligence pour régler quantité de sujets, car plusieurs centaines de dossiers arrivaient chaque semaine à la Cour papale. La chancellerie comprenait ainsi des théologiens, juristes, notaires, clercs et secrétaires. Il nous fallait rédiger et remplir pétitions en forme requise, dresser des procès-verbaux, enregistrer les décisions, et transcrire les ordres telles les bulles papales, lettres patentes et chartes devant être copiées et cachetées. L'évêque de Rome disposait d'une Cour nombreuse, à hauteur de son rang princier, avec un vaste entourage de serviteurs et courtisans travaillant sa position politique, ainsi qu'une lourde administration à disposition de son pouvoir juridique et autorité spirituelle.

Très vite, dans ce tourbillon, je n'ai plus compté mes journées. À mon âge avancé, le temps passait rapidement, plus vite qu'il ne le faisait normalement. Je te parlerai ultérieurement du quotidien, ici, à la Curie, ainsi que de mes collègues au secrétariat du pape, en particulier de l'autre laïque Poggio Bracciolini, surnommé Le Pogge. Tiens ! À ce stade de mon récit, je m'aperçois que j'ai rejoint le moment où je te l'ai commencé. Morceaux d'existence brièvement relatés et vie quotidienne sont désormais mêlés. Je ne sais finalement si avoir raconté longuement ces épisodes retrouvés apaise, ou rattrape, les saisons perdues qu'a finalement été ma vie.

Rome – les feux du crépuscule

En ce mois de mars de l'an 1451, le printemps explose. J'ai acquis récemment une propriété non loin de Rome, où vécut l'illustre Cicéron. La petite ville de Frascati se situe à environ deux heures de cheval mené à petit trot. Les collines, sous l'ombre des forêts, s'avancent en ondulations douces vers la campagne, et la simple musique des sources anime cette paisible retraite d'où, dans le lointain, l'on devine la grande capitale, bruyante et sale. Je n'ai pas retrouvé les restes de cette villa célèbre où ce grand Romain, à la prose si élégante, avait construit sa bibliothèque rassemblant tout ce qui fait sagesse : œuvres des Grecs, chroniques romaines, recueils des lois. Les paysans du coin, s'ils connaissent les restes de *Tusculanum*, ignorent où se posait sa maison. L'on sait simplement qu'elle dominait l'alentour. J'ai amené avec moi copie de son magnifique traité sur la consolation. Après les tumultes de sa vie publique, il s'était provisoirement retiré des hommes, profitant d'une compagnie qui jamais ne déçoit, celle des livres. Sa fille bien-aimée, Trullia, accompagnait ses repas, et l'éducation de son fils faisait source d'une inspiration toujours renouvelée. Tandis que quelques amis venaient, de temps en temps, le visiter, cet homme de soixante ans complétait sa retraite par la plus douce des folies. Il avait épousé une femme plus jeune que sa fille, trouvant dans ce désordre, autrement que par le marbre ou les vers, l'accomplissement assumé de son âge avancé. Lorsque sa fille mourut, il écrivit ces « consolations » dont, devant la mort, l'intelligence et la résignation représentent la plus pure dignité du philosophe.

Marcus Tullius Cicero vécut juste avant la révélation du Christ. Qu'est devenue son âme, la sienne, comme celle de tous nos frères d'avant la consolation du ciel ? Pourquoi donc avoir laissé tant de temps et désespoir avant l'envoi sur terre du Fils de Dieu ? Sa Sainteté le pape Nicolas balaye la question. Les intentions du Seigneur nous dépassent et Sa Miséricorde couvrirait tous les humains à toutes les époques. Certes ! Mais pourquoi l'espoir du salut est-il ainsi partagé ? L'angoisse de vivre et la peur de mourir étaient-elles moins accusées chez les Anciens, ou différentes ?

*

J'ai dû, il y a quelque temps, visiter Palerme pour traiter une affaire d'Église. Dans la cour intérieure du palais Sclafani, aujourd'hui hôpital, s'expose à nos yeux craintifs une fresque anonyme et diabolique. Qui l'avait peinte ? D'où venait-elle, sinon de l'enfer que forment eux-mêmes les créatures humaines ? L'Apocalypse nous dit le thème : « Parut un cheval d'une couleur pâle. Celui qui le montait se nommait la Mort. Pouvoir lui fut donné sur le quart de la terre pour faire périr les hommes… » Tous les hommes, les bienheureux comme les misérables ! Le divin enseignement de l'Église nous a plongés dans l'angoisse, celle du passage avant même celle du salut éternel. Lors de mon enfance à Paris, au cimetière des Innocents, l'on peignait aussi scènes du genre qui sont devenues obsessions. Rythme des morts, paralysie des vifs en un ricanant contraste, comme si Dieu se moquait de nous ! Et la peste, ce fléau de Dieu qui a emporté nos parents, notre toute petite sœur et tant d'autres, pour quel péché commis ? Et qui n'a rien changé en nos royaumes, jusque chez les Maures qui nous l'ont apportée, dans la marche et l'organisation des peuples ! Punition inutile ! Dans notre royaume, notre sire reste couronné roi par la grâce de Dieu… ! La sainte Église s'est approprié la mort de ses fidèles et garde autour d'elle, en ses cimetières, nos pauvres cendres fatiguées. Ne pas y reposer est damnation. Même y être distingué par une grande tombe ressemble au péché, tant elle préfère les ramassis d'ossements mélangés et exposés. Notre pauvre existence ne nous appartient déjà pas. Pas davantage le lieu et l'ornement de notre éternel repos !

*

Je m'égare, Philippe. Il est vrai que la sagesse de Rome est venue occuper mes songes. Mon compain Le Pogge vient de me prêter le manuscrit, maintenant recopié, qu'il a découvert dans un vieux moutier de Fulda, en pays d'Allemagne. Écrit par un certain Titus Lucretius Carus, il s'intitule *De natura rerum*. Nous ne savons rien de l'auteur, sinon qu'il vécut au temps de Virgile et Cicéron, lorsque la république, déchirée entre d'ambitieux rivaux, n'existait déjà plus. Cherchant refuge par-delà les passions destructrices des hommes, Lucrèce revint à la physique, libératrice de nos terreurs à l'égard des dieux, de la mort, des phénomènes inexpliqués. Son texte fait prouesse : celle d'exposer toute la sécheresse qui sied dans l'explication des choses en vers admirables, quelquefois tragiques. Sa référence est Épicure[1]. Tentant de fuir nos angoisses indéchiffrables, il chercha dans la nature physique du monde toutes les raisons d'y trouver la paix. Or, depuis Démocrite[2], le monde est fait d'atomes, petits morceaux insécables formant chaque élément des choses. Ils chutent dans le vide et se regroupent par hasard en combinaisons éphémères. Les corps, les âmes elles-mêmes, la lumière, les odeurs et les sons relèvent tous de même substance. Simplement, les atomes sont plus ou moins subtils selon qu'ils constituent des corps simples ou celui même des dieux. Ainsi les humains n'ont raison aucune de redouter la mort puisque corps et âmes sont faits d'éléments se séparant à jamais au moment du passage. Avant, la mort n'est pas ; après, nous ne sommes plus.

Toute angoisse se dissout donc dans la philosophie qui est acquisition de connaissance sur la nature par la raison. La présence immédiate des choses cause en nous les sensations qui sont toujours absolument vraies, car les objets que nous rencontrons diffusent des particules à leur image et ressemblance, incessamment captées par nos sens. Nos possibles erreurs viennent de l'insertion entre l'objet et notre conscience d'une opinion erronée. Les données sensorielles s'organisent selon les dispositions de notre mémoire. Enfin, les affections, sentiments de plaisir ou de douleur, nous font immédiatement savoir ce qui est à prendre et à laisser, selon l'équilibre éprouvé de l'intérieur par l'être vivant que nous sommes. Tout paraît simple. Il n'est que garder contact

1. Épicure de Samos, 341-270 av. J.-C.
2. Démocrite, environ 460-370 av. J.-C.

permanent avec le réel sans dépasser les limites de notre expérience. Épicure déduit une éthique de l'existence : fuir les maux, rechercher l'absence de douleur ou de malaise, ne pas ajouter soi-même à ses misères naturelles et ne rien désirer trop fort. Quelle attitude avoir devant les désirs que présente l'existence ? Se poser une simple question : quel avantage résultera-t-il pour moi si je le satisfais et qu'arrivera-t-il si je ne l'assouvis ?

Je m'apensais à telle lecture que pareille sagesse venant d'Épicure non seulement n'était que bon sens, mais encore n'excluait rien, ni les dieux antiques, ni même celui de la Révélation. Modération des désirs, amitiés solides et peu nombreuses, éloignement de la foule comme des poisons créés par l'exercice du pouvoir, au fond, modestie de l'existence, certes un peu égoïste, mais sans volonté de puissance ni méchanceté des rapports. Les hommes ne sont pas tant sociaux qu'ils le croient. Je comprenais aussi, sans pouvoir clairement faire partage, que Lucrèce dépassait sa source.

Celui-ci, semble-t-il, reprenait et approfondissait celui-là en usant du langage des Muses. Il revient d'abord sur le *clinamen*, cette « déviation » gauchissant la tombée parallèle des atomes, afin que, parfois, certains se rencontrent et puissent créer ce qui est. Il fait aussi différence entre *anima*, cette âme partout répandue dans le corps des humains, et *animus* qui donne pouvoir de décision réfléchie. Rappelle-toi notre débat chrétien sur l'intellect agent. Il est allé chercher partout les preuves que l'âme n'est point immortelle. Il reste aussi sa manière d'écrire ! À côté d'un Virgile, son contemporain, si pur et clair en son expression, notre Lucrèce est emporté, avec variations des phrases, accords dramatiques, mélodies plus calmes et clameurs funèbres lors de la peste d'Athènes.

Troublante lecture dont je me sens si proche ! J'en conserve l'ouvrage et relis, à la nuit presque passée, de longs passages, et Maroussia dort à mon côté. Tout est calme, après les angoisses d'une trop courte nuit, quand Lucrèce vient tout apaiser. Il sut, avec audace, connaître les causes des choses, puis mettre sous ses pieds les craintes inutiles, accepter enfin notre inexorable destin comme le bruit antique de l'avare Achéron[1]. Rome la forte, la bâtisseuse, la mère de tant de héros, nous donna un empire qui dure encore ! Ma vie aura été plus modeste, sèche, probablement inutile.

*

De ma maison à la basilique Sainte-Marie-Majeure où résidait le plus souvent Sa Sainteté, le chemin était plutôt long, trop pour le faire à pied dans une ville sale et le soir dangereuse. Les cardinaux présents à Rome se déplaçaient en grande pompe ; les gradés de la Curie, en mule, accompagnés d'un ou plusieurs serviteurs. Ancien officier du roi, j'allais à cheval, certes sans harnachement de combattant mais portant, sous ma robe doctorale ou chape de pluie à capuchon lorsqu'il le fallait, une brigantine à lames de fer rivetées. Je n'oubliais pas non plus mon épée protégée par un large fourreau qui ceinturait l'habit, ni Federico, mon clerc, dans identique équipage. J'aime remonter jusqu'au pont Saint-Ange, traverser la rivière, puis descendre l'autre rive à l'intérieur du mur ancien d'Aurélien,

1. Branche de la rivière souterraine mythologique du Styx où les âmes des défunts allaient vers les Enfers.

appelé aujourd'hui quartier de *Regola*, jusque vers le mont Palatin. C'est un détour ! Aller directement plus à l'est conduit droit à la basilique Sainte-Marie-Majeure. Mais ce qui reste de la vieille Rome me fascine, en particulier, après le théâtre de Marcellus devenu palais d'une riche famille romaine, le cirque Maxime[1], champ de jeux et de morts, plus grand que nulle part dans le monde antique. Puis, remontant vers le Colisée, devenu carrière à travertin, il faut continuer à travers maisons ruinées, chemins boueux, constructions nouvelles et champs délaissés jusqu'à l'église abritant provisoirement le vicaire du Christ.

La Curie n'a rien d'agréable. Il existe une salle à la Cour papale où les secrétaires se réunissent pour échanger des histoires et des plaisanteries. Elle est lieu de grandes médisances. Les conversations y sont superficielles, mensongères et calomnieuses, souvent obscènes, oubliées sitôt prononcées. Mon compain Le Pogge rassemble dans un ouvrage qu'il appellera *Liber facetiarum* les meilleurs ou pires échanges qu'il aura entendus, ici, au sein de l'Église. Il m'en raconte quelques-uns que j'écoute peu, car la centaine de clercs venus de partout et formant l'entourage bruit de toutes les malveillances.

Me réfugiant dans les affaires de France dont je suis chargé, j'informe Sa Sainteté sur situation et tribulations du royaume. Charles le septième ne cesse de s'affirmer. Après la mise en place d'une armée permanente dite de « grande ordonnance » composée par des professionnels, qu'il complète en 1449 par d'autres compagnies de « petite paye », à pied et

1. Il pouvait recevoir près de 400 000 spectateurs venus assister aux courses de char.

assurant garnisons de places, il va même, mais avec moindre succès, constituer des compagnies de francs archers, soldats de réserve exemptés d'impôt mais censés disposer de leur équipement et s'entraîner à l'arc chaque dimanche. Le roi dispose désormais d'un corps toujours disponible de douze mille cavaliers, trois à quatre mille fantassins, complétés à l'occasion par des mercenaires et levées féodales. Il a aussi la meilleure artillerie d'Europe. Comme il faut financer l'ensemble, notre sire fait de la taille de guerre un impôt direct levé tous les ans, se passant de la traditionnelle autorisation des assemblées des états généraux ou provinciaux. Assez curieusement, au même moment, l'impôt indirect que sont les aides, décidées, elles, par les provinces, théoriquement provisoires, est maintenant systématiquement voté et reconduit. L'administration des finances progresse également sous l'influence du Grand Argentier du roi, mon ami Jacques Cœur. Il fait percevoir l'impôt royal avec efficacité. Seul l'État a droit de le lever, et d'y procéder partout dans le royaume. Tout seigneur qui y ajoutera verra ses biens confisqués. Et puisqu'il faut contrôler pareille organisation, une ordonnance royale de 1443 a fixé le fonctionnement et le mode de comptabilisation des recettes et dépenses royales : tenue obligatoire des registres, fourniture d'états détaillés sur rentrées et débours, obligation de rendre compte dans l'emploi des sommes allouées aux officiers du roi. Les cours des comptes et des aides sont déclarées souveraines, échappant ainsi à l'influence du Parlement.

Pardon, Philippe, de poursuivre sur cet austère sujet, mais la réforme est aussi complétée par une remise en ordre des détournements, dilapidations, usurpations des propriétés et biens du domaine royal. Beaucoup s'étaient servis, et pas seulement les Godons ! Aujourd'hui, les officiers du roi recherchent les pièces justifiant la bonne propriété des biens domaniaux récemment acquis. Ont été créées les « charges » et « généralités » dont, respectivement, les receveurs désignés encaissent les revenus du domaine royal et les impôts extraordinaires sous la bonne supervision du Trésorier de France et des généraux des finances. Fort d'un État constitué, apaisé et puissant, Sa Majesté le roi est désormais, et de beaucoup, le plus riche d'Europe.

Chez les Anglais, le petit Henry VI, faible et malingre, s'agite sans effet entre le nouveau favori, le comte de Suffolk, et le duc de Gloucester, oncle du roi, qui mourut en février 1447 dans de sombres circonstances. Celui-là s'attribue titres et pouvoirs jusqu'à se faire nommer duc. Puis survient un rival, Richard d'York, cousin du souverain, bientôt éloigné en Irlande. Suffolk est lui-même banni en 1450 tandis que le comté de Kent se révolte. Les rebelles marchent sur Londres, décapitent largement les nobles rencontrés mais sont bientôt écrasés. Le duc Richard revient mais s'oppose au duc de Somerset nommé connétable. La guerre interne dans ce petit royaume exsangue est décidément bien installée, tandis que l'Écosse reste menaçante, renforcée par quelques mariages princiers avec les ennemis de l'Angleterre.

Charles VII profite de la pagaille en Angleterre dont les troupes en Normandie pillent et rançonnent la campagne. Il fond sur la province, libère moult cités qui ne se défendent même pas et assiège Rouen. La ville est libérée à l'automne de l'an 1449, avec bien d'autres à la suite, telles Harfleur puis Honfleur. Après le drame personnel qui afflige Sa Majesté notre roi, car il vient de perdre Agnès Sorel, Charles le septième, décidément grand souverain, reprend aussitôt la guerre. En mars de l'an 1450, malgré des renforts débarqués à Cherbourg, les Godons sont massacrés le 15 avril à la bataille de Formigny. À la fin du même mois, et c'est pour moi une douloureuse mais ardente remembrance, la ville de Vire, dont j'étais capitaine, est enfin reprise par la France. À l'évoquer, les souvenirs remontent. Je n'ai jamais raconté le siège supporté, mais à quoi bon ! J'ai tué et fait tuer moult insolents Godons ! Tiens, que devient Gilles, mon écuyer ? Est-il toujours à Bourges ? Sa famille prospère-t-elle comme elle le mérite ? Je vais lui écrire… Au mois de juin, Charles le septième vient assiéger le duc de Somerset réfugié à Caen avec trois mille hommes. Il entoure la ville avec son artillerie et débute le pilonnage. Après trois semaines de sape et bombardement, l'Anglais capitule. Dans son inutile bonté, le roi l'autorise à quitter la ville avec ce qui lui reste de troupes. Certains Godons, se souvenant qu'ils avaient femmes légitimes en Angleterre, s'empressent d'y retourner, abandonnant leurs secondes épouses françaises. Faut-il encore s'étonner des comportements et vilenies de ce petit peuple ?

Sans doute, Philippe, connais-tu tout cela. Mais le capitaine malheureux que j'ai été s'émerveille devant rapidité et efficacité de la campagne de Normandie, remportée à vive allure en perdant bien peu d'hommes. Avec ensuite la reprise de Falaise, Domfront, Cherbourg, le roi est invincible. Il démontre la puissance de son artillerie avec bombardes, veuglaires, serpentines, crapauds d'eau, couleuvrines et ribaudequins, sans compter la poudre, les manteaux et charriots pour la bien mener.

Aucune ville ne peut plus résister longtemps. Sur le champ de bataille, l'armée, désormais permanente, fonctionne parfaitement contre des Godons dont la tactique reste la même depuis Crécy. Ces gens-là savent peut-être bien défendre, mais manœuvrent mal et ne maîtrisent pas les mouvements de l'attaque. En cette fin d'année 1450, les Anglais paniquent et craignent un débarquement des Français et Bretons sur leurs côtes. Notre roi avait une autre ambition : délivrer la Guyenne.

Vois-tu, monsieur mon frère, tout docteur feutré que je suis devenu, la passion de ce qui fut mon métier, même malgré moi, n'est pas complètement éteinte. J'en parle comme si j'étais encore capitaine. Ici, à Rome, ce n'est pas sans frisson que je rends compte au pape du renouveau de la France.

*

J'ai eu hier un entretien difficile avec Sa Sainteté. Maintenant victorieux, le roi Charles veut effacer la tache imprimée à son honneur royal par la sentence de mort prononcée contre Jeanne d'Arc en mai 1431. Soucieux de prouver au monde entier qu'il n'a pas été mené à son sacre par une sorcière, il s'efforce d'obtenir que le procès intenté à la Pucelle soit cassé. Ce n'est certes pas du remords, la reconnaissance n'étant pas le fait des rois, mais simple souci de posture politique. Ce fut une procédure d'Église ne pouvant être revue que par elle sur décision du pape Nicolas. Sa Majesté, croyant l'obtenir, a fait établir une large information préalable sur le sujet et vient de l'envoyer au Vatican. Recevant moi-même ce dossier, j'ai demandé audience pour savoir quel sens donner à éventuelle réponse de Sa Sainteté.

Avant d'en aborder le sujet avec notre pape, lecture du mémoire me fit douter davantage encore de la sincérité royale sur ce martyre. Songe, monsieur mon frère, que les accusateurs de Jeanne ont tous connu bonne et brillante carrière après leur honteuse félonie. J'en ai côtoyé de nombreux lors du procès. Pour ne citer que les plus malfaisants, commençons par Cauchon le bien nommé, organisateur du mal, vendu aux Anglais et au Bourguignon, se souciant d'autant moins de vérité qu'il touchait clicailles de l'envahisseur pour accomplir sa basse mission terrestre. Après son forfait, ledit évêque de Beauvais accompagne le cardinal de Winchester à Paris pour sacrer le roi godon Henry VI. Comme pair ecclésiastique, il a même l'honneur de poser la couronne sur le chef de l'usurpateur et lui remettre le manteau royal. Devenu évêque de Lisieux, il fait partie des négociateurs au moment de la paix d'Arras, puis, en 1436, est l'un des quatre à gouverner la capitale au nom du roi d'Angleterre. Il finit par se réfugier au-delà de la Manche, puis joue les intermédiaires pour le compte du roi anglais, avant, enfin, de disparaître brusquement chez son barbier. Puisse Notre Seigneur ne pas lui avoir pardonné !

Jean Le Maître, vicaire de l'inquisiteur de France, adjoint du Cauchon mais il est vrai réticent sur le procès fait à Jeanne, ne sera pas inquiété et continue de prêcher en la cathédrale de Rouen. Nicolas Loyseleur, ami du Cauchon, chanoine de Rouen, venu tromper Jeanne dans sa cellule en prêchant le faux, représentera le chapitre de sa cathédrale au concile de Bâle. Jean Baupère, protégé du duc de Bedford, juge des plus ardents à piéger la Pucelle lors de ses interrogatoires, n'aura eu que le courage de disparaître avant le jour du supplice. Il sera lui aussi au concile de Bâle !

Je n'oublie pas Jean d'Estivet, chanoine de l'église de Beauvais, complice du Cauchon et procureur général, allant jusqu'à injurier notre Jeanne dans sa cellule. C'est lui qui rédigea et présenta les soixante-dix ignominieux articles du réquisitoire à la servante de Dieu qui ne savait ni lire ni écrire, et lui demanda d'y répondre. C'est lui qui sans cesse déforma les paroles de l'accusée, refusa d'introduire à l'audience un nombre égal de clercs venant du parti français, dissimula au tribunal l'enquête favorable faite sur Jeanne à Domrémy. C'est lui qui refusa la demande de Jeanne de porter la cause auprès du pape comme elle en avait le droit. J'ai assisté moi-même, je te l'ai conté, à la totalité des audiences publiques sans droit d'y intervenir. Le personnage y fut immonde. Il est devenu chanoine de Bayeux, bien doté en prébendes !

Et que dire de Thomas de Courcelles, professeur de théologie sacrée ! Il demanda la mise à la question de Jeanne, prononça contre elle l'infâme acte d'accusation final dont il fit plus tard une traduction en latin en oubliant ses propres actes et responsabilités. Il reste considéré comme une figure de l'Église, ici même auprès de Sa Sainteté, qui l'a nommé archidiacre papal. Je l'ai croisé l'autre jour et n'ai pu m'empêcher de lui cracher au visage.

Sa Sainteté trouva gênante la requête. Il était grognon à me la voir présenter.

— Laisse-moi donc tranquille, Jehan, avec ta supposée martyre. Elle a été dûment condamnée par tribunal d'Église qui ne saurait être déjugé.

— Condamnée, mais irrégulièrement après mauvaise procédure...

— Mais condamnée ! Je sais que cette Pucelle t'a subjugué, mais tu ratiocines avec la procédure et sa régularité ! Tant d'unanimité dans la sentence l'emporte sur le détail.

— Unanimité provoquée par la peur des Anglais et les menaces du prétendu évêque payé par les premiers et soutenu par Bourgogne !

— Pourquoi « prétendu évêque » ? Il l'était bel et bien !

— Oui, mais de Beauvais, pas de Rouen ! Il n'avait pas autorité en cette affaire !

— Il suffit, Jehan ! Cette révision est inopportune pour l'Église. Elle m'obligerait à arbitrer entre les royaumes de France et d'Angleterre, et je ne le veux pas. J'ai besoin de l'un et l'autre pour financer grande croisade contre l'Ottoman menaçant nos frères chrétiens de Constantinople.

— Mais Votre Sainteté sait que l'Anglais est sans pécunes. Obliger le roi de France vous serait bien plus profitable.

— Sans doute, mais l'unité des chrétiens doit causer l'exercice, chacun avec sa contribution. Je ne vois pas votre roi Charles juger plus importante l'affaire de cette révision que son devoir vis-à-vis de Dieu.

— Les deux ne sont peut-être ni sécables ni exclusifs !

— Restons-en là ! Je ne ferai qu'une seule concession dans ton sens. Le cardinal d'Estouteville est en ce moment mon légat à Paris. Il préside en mon nom aux négociations entre royaumes de France et d'Angleterre, comme il doit aussi obtenir l'abrogation de la « pragmatique sanction[1] » prise par votre roi en 1438. Je vais lui demander de rouvrir, mais avec objectivité et sans précipitation, le dossier du procès de Jeanne.

La procédure de révision est officiellement ouverte depuis le 2 mai de l'an 1452. Le prélat d'Estouteville, qui n'a assisté qu'aux deux premières séances, a chargé aussitôt les sieurs Jean Bréhal et Guillaume Bouillé d'instruire le dossier. Au moment où je te l'écris, Philippe, je n'ai aucune information supplémentaire sur l'affaire. Notre Jeanne ne reste présente que dans le cœur du peuple.

*

Je vois de temps à autre mon compain Mathieu Laugel. Il avait quitté le service de Son Éminence Nicolas de Cues reparti dans les brumes germaniques. Comme moi, il vieillit, et, comme moi, travaille à la bibliothèque vaticane mais sans la charge de secrétaire apostolique. Nous n'habitons pas loin l'un de l'autre dans ce quartier du Borgo en pleine rénovation. N'ayant, lui non plus, jamais prononcé ses vœux, finalement moins assuré dans sa foi qu'il le prétendait autrefois, et supportant mal la solitude, il venait d'épouser une accorte Romaine, veuve de son état, bien dotée d'avantages. Mathieu pouvait, avec elle, achever sa vie sur une monture plus jeune et douce, lui épargnant solitude, bure

1. L'ordonnance royale du 7 juillet 1438 définit les relations entre l'Église et le royaume de France et, entre autres, limite les prérogatives de l'Église dans le royaume, notamment sur les pouvoirs de nomination des évêques et la possibilité pour le pontife d'y lever des impôts (annates).

grossière du moine, ou même la soie brillante mais sèche de l'évêque en son diocèse.

Il me paraissait apaisé, heureux, et rassemblait les ouvrages connus d'Avicenne arrivés à Rome, assez dispersés et pas encore traduits en latin. Aidé par un traducteur, il déchiffrait un passage de ce que l'illustre Perse écrivit sur l'univers des étoiles, faisant référence à un grand astronome et mathématicien indien appelé Brahmagupta[1]. Ce qu'il m'en a cité paraissait troublant et remarquable. Je t'en donne, mon frère, la substance : dans l'espace, notre terre se déplace et les cieux sont fixes. Si dans le mouvement de notre astre, les choses et les êtres ne tombent pas dans le vide lorsqu'elles sont de l'autre côté, c'est parce que toute chose pesante est attirée par le centre de la terre. Il ignore la nature de cette force mais la pressent, pour notre monde comme pour les autres. Voilà qui nous éloigne de notre classique vision. Nous ne sommes pas le cœur de l'univers.

*

Tiens ! T'ai-je déjà parlé de l'année sainte qui s'est déroulée ici en fin de l'an de grâce 1450 ? Cela faisait déjà vingt-cinq ans que s'était tenue la dernière. Mais la foi en le Christ Notre Seigneur doit sans cesse, tu le sais, Philippe, être ravivée chez nos frères chrétiens par accordance de l'indulgence plénière aux pèlerins. Sa Sainteté en avait ainsi décidé dans sa bulle d'indiction fixant les règles du jubilé. Je t'ai déjà conté à plein quelques subtilités des règles et l'arithmétique des indulgences... À partir de l'automne 1450, et de moult pays, ont convergé en notre ville sacrée de nombreux

1. Né en 598, mort en 670.

voyageurs, source de bonnes pécunes pour la sainte Église.

Même s'il se produisait par vagues successives, un tel débarquement de quelque cent milliers de personnes a suscité difficultés et tensions dans une cité, peut-être sainte, mais à moitié délaissée et ruinée. L'effet en était d'autant plus grand que l'événement attirait également curieux et marchands, charlatans et bijoutiers, tailleurs, savetiers, apothicaires, épiciers et barbiers. De cet ensemble, il ne fallait pas non plus oublier les prostituées venues d'ailleurs s'ajoutant aux résidentes déjà nombreuses, sans parler des courtisanes privées impossibles à compter. Comment loger et nourrir tout le monde ?

Alors que je sortais de chez moi, à cheval comme à l'habitude, j'ai dû un matin traverser le Tibre par le pont Néron car très encombré était celui d'Aetius[1]. Bien m'en a pris. Au moment de le passer, entendant une grande rumeur à senestre venant de l'autre passage qui, tu le sais, n'est pas loin, j'ai assisté à grande bousculade. La foule bloquait la sortie du côté du château tandis qu'elle pressait à l'arrière en direction de Saint-Pierre. C'était cohue indescriptible car toute mêlée, non conduite et dénuée de raison. Moult personnes ont été jetées hors le tablier, par-dessus le parapet, pour tomber dans la rivière. Ce furent les bombardes de la forteresse, par l'énorme bruit de leurs feux, qui calmèrent la tempête. Nombreuses victimes ! Des messes furent dites pour le salut des âmes, mais à qui faire porter la responsabilité du drame ? Le Borgo est terre du pape ; l'au-delà du pont appartient à la ville. Mais entre

1. Pont Saint-Ange.

deux ? Question pour clerc docteur en droit canon ! Le pèlerinage à Rome oublia vite l'incident et la foule continua son ménage, partout, dans rues, auberges, tavernes, bains publics et bordeaux au point de gêner le Romain ici établi. J'ai dû changer mes habitudes, l'accueillante maison où j'avais mes usages ne pouvant plus satisfaire, aux moments choisis, mes demandes de réconfort. Mon ami Le Pogge m'en indiqua d'autres, plus privées, où la pourpre cardinalice et le violet des soutanes, vite retirées, dominaient dans une clientèle plus raffinée.

La recette fut considérable pour le Saint-Siège, qui n'en manquait déjà pas. J'en reste plus que jamais étonné. L'humaine crédulité est si grande ! Dieu n'y est pour rien. Il reste loin et indifférent à l'histoire des hommes. Mais le simple veut tellement croire qu'il Lui consent des facultés jusqu'à l'invraisemblable. Connais-tu cette légende sur Notre-Dame-de-Lorette ? Cette église fut jadis la chambre de la sainte maison de la Vierge Marie, quand elle fut chassée de Jérusalem et de Judée vers une cité de Galilée nommée Nazareth. C'est dans cette pièce qu'est née et fut élevée la mère de Jésus. C'est là que l'ange Gabriel l'a saluée, là qu'elle a nourri son fils Jésus jusqu'à ce qu'il eût l'âge de douze ans. Après l'Ascension de Notre Seigneur, elle y demeura avec les Apôtres et ce sont eux qui, voyant que plusieurs hauts mystères avaient eu lieu dans cette chambre, décidèrent d'en faire une église en mémoire de la mère de Jésus. Il en fut fait ainsi et ils consacrèrent la pièce en y célébrant les divins mystères. Monseigneur saint Luc Évangéliste y fit de ses propres mains une image de la Sainte Vierge qui y est encore aujourd'hui. Cette église fut honorée en grande dévotion et révérence par le peuple chrétien de ces contrées, jusqu'à ce que l'on imposât la loi de Mahomet. À ce moment, le crois-tu, Philippe, les anges de Dieu enlevèrent l'église et la mirent en un château, où elle fut très peu honorée. De là, les mêmes anges, ou d'autres, la retirèrent et la portèrent sur mer vers la marche d'Ancône, territoire du pape. Ils la posèrent en une forêt appartenant à une noble dame du pays qui s'appelait Lorette, et l'église prit le nom de celle-ci. Pendant tout le temps où elle y fut, il y eut grande affluence et, en même temps, plusieurs larcins et maux innombrables s'y commettaient. Alors les anges la prirent de nouveau et la portèrent plus loin sur un mont appelé « des deux frères ». Mais à cause des grands profits qu'ils en tirèrent, les deux frères possédant le lieu se disputèrent, et les anges enlevèrent encore l'église pour la mettre où elle est aujourd'hui. De grandes et admirables grâces et miracles s'y produisirent depuis, et tout le peuple d'Ancône vint la voir. Nul ne savait comment de Palestine elle était venue là, sinon par les anges divins et sauts successifs !

*

J'ai rapporté d'Alexandrie la fièvre quarte[1] qui, de temps à autre, revient me saisir. Jusque-là, elle n'a pas été fatale, mais je ne suis plus pendant la survenance des crises. Ici, à Rome, le médecin, qui y voit punition du Seigneur, est impuissant. Mais j'avais en l'université de Montpellier retenu une sage leçon enseignée aux étudiants par maître Balma : une bonne

1. Paludisme.

décoction d'écorce de saule blanc aide à dissiper la fièvre. Maroussia, maîtresse de ma maisonnée, et même davantage, s'occupe à rechercher et préparer les breuvages. Pendant les crises, m'entourant de ses jolis bras d'albâtre, elle me fait avaler la potion en appuyant mon chef sur sa douce poitrine. Délicieux et tendre moment qui adoucit la peine et fait presque espérer l'autre crise qui surviendra ! Je me suis décidément trompé. L'homme n'est pas fait pour vivre seul !

Les jours critiques qui succèdent aux premiers retours de la fièvre suivent un rythme complexe échappant à l'humaine analyse. Notre grand Hippocrate avait défini une séquence tirée des nombres : « Le quatrième jour est indicateur du septième ; le huitième est commencement d'une seconde semaine ; derechef il faut considérer le dix-septième car c'est, d'une part le quatrième à partir du quatorzième, d'autre part le septième à partir du onzième[1]. » Galien en avait repris le fondement et tenté d'y apporter justification. Puis Avicenne dans son *Canon* perfectionna la série et donna une qualification aux jours en fonction de leur générale nature. Après eux, reprenant notre médicale tradition, Martin de Saint-Gille[2], qui avait étudié à Paris avec maître Pierre Chauchat, prit la peine non seulement de préciser encore l'enchaînement, mais aussi de définir le mot « crise », suprême moment soit de mort, soit de délivrance selon la décision du juge. Toujours dans l'immense angoisse des hommes faut-il rechercher des correspondances entre les maux, les nombres et les astres ! Mais nous ne décidons pas.

1. Hippocrate, *Aphorismes*, II, 24, dans la traduction d'Émile Littré reproduite *in* Hippocrate de Cos, *De l'art médical*, Paris, 1994, p. 443.
2. *Livre des aphorismes* (1362-1363).

Les plus dures sont les nuits enfiévrées, privées de sommeil, traversées de ces cauchemars dont origine et signification nous échappent. Heureusement, les matins, chacun pourtant sans retour, reviennent et nous apaisent.

*

Pour nos frères chrétiens d'Orient, la situation n'est pas bonne. Sa Sainteté est partagée entre devoir de chrétien et antipathie envers cette grecque Église qu'il trouve arrogante. Lors de l'interminable concile commencé à Bâle en 1431, auquel j'ai un peu assisté comme je l'ai écrit, et terminé à Rome en 1441, l'assemblée s'était tenue un moment en la ville de Ferrare au bord de la mer Adriatique. Le pape Eugène IV souhaitait détourner les esprits tourmentés par les restes du schisme en tentant une œuvre œcuménique différente : rapprocher les Églises catholiques et orthodoxes. Monseigneur le cardinal Parentucelli et son collègue Nicolas de Cues étaient, entre autres choses, chargés des contacts et rapprochements, car il fallait convaincre l'autre partie d'accepter la rencontre, cela non loin de Constantinople afin que les Grecs pussent y retourner rapidement en cas d'attaque turque.

Quoique difficiles, les discussions avancèrent. Mon maître, excellent négociateur, fit son travail. Il se souvint aussi des réticences venant en partie d'un sentiment supérieur niché dans le cœur des orthodoxes vis-à-vis d'un Occident décadent et son Église corrompue. Je passe les détails de l'aventure, mais le pape Eugène le quatrième réussit grand accomplissement par la bulle

Laetentur coeli[1] acceptée et signée entre Byzantins et Latins dont, pour les premiers, l'empereur Jean VIII Paléologue et Georges Scholarios, futur patriarche de Constantinople. Le monarque russe Vassili le deuxième n'accepta pas le rapprochement et l'Église russe reprit son indépendance. Chez les autres signataires, l'acceptation locale prit du temps. En cette fin d'année 1451, la proclamation publique de l'union à Constantinople n'est pas encore faite[2]. L'œuvre de réconciliation, qui s'étend jusqu'à l'Église arménienne, ainsi qu'à celle des chaldéens et des maronites, est en cours. Il en est également ainsi avec les coptes d'Alexandrie. Seuls les religieux éthiopiens de Jérusalem ne souhaitent pas ratifier le texte, se contentant seulement de témoigner leur sympathie envers Rome.

En ces jours délicats pour Constantinople, la belle œuvre de réconciliation des Églises sert peu l'intérêt de ce qui reste de l'Empire romain. Alors que notre pape avait promis ses indulgences plénières à ceux qui accepteraient de financer la guerre sainte contre les Ottomans, les rois chrétiens du Nord ne se sont pas mobilisés. Pareille croisade, d'après la caisse spécialisée constituée à cet effet, représente environ une année de ressources des États pontificaux[3]. Et si notre Saint-Père dispose d'autres revenus que ceux tirés des indulgences – recettes commerciales, taxes sur bénéfices ecclésiastiques –, la reconstruction du pouvoir pontifical comme celle de Rome coûtent cher. Il a d'autres besoins et ne peut seul financer la croisade désirée.

1. « Que les cieux se réjouissent », signée le 6 juillet 1439.
2. Elle le sera en décembre de l'an 1452.
3. Environ quatre cent mille florins.

Le nouveau sultan Mehmed II vient de commencer le blocus de Constantinople. L'édification d'une forteresse à l'endroit le plus étroit du Bosphore, juste en face de celle existant sur la rive asiatique, empêche tout renfort venant de la mer Noire. Les forces sont trop dissemblables pour inverser la fatalité. Combien de temps les chrétiens vont-ils tenir ?

*

Elle est également mauvaise pour mon ami Jacques Cœur. Le roi lui en veut de ne sais quelle maleménie. Il avait fait engager contre lui, discrètement, une procédure d'enquête confiée à des hommes intrigants et jaloux, sans doute à dessein, car notre grand roi ne pardonnait rien de ce qui pouvait le gêner, en particulier richesse et aura de ses sujets. Il l'a même fait arrêter juste avant la première reprise de Bordeaux en juillet 1451. Jacques pressentait cela. Je l'avais perçu lors de notre dernière rencontre ici à Rome et j'avais reçu missive juste avant sa mise en forteresse :

Mon cher Jehan,

La roue a tourné. Pour reprendre Cherbourg, notre roi voulut négocier plutôt que forcer. Il lui manquait quarante mille écus pour payer le vénal capitaine anglais Thomas Gower dont je détenais le fils. J'ai avancé la somme qu'il me demanda. Il y en aura d'autres. Bienfait n'est jamais pardonné. Je savais les calomnies qui visaient ma personne et mes agissements. Mais ce que j'ai fait pour le roi et la France me mettait, du moins le croyais-je, au-dessus des bassesses et mensonges. L'on m'accuse même d'avoir fomenté la mort de la favorite de notre souverain, Agnès Sorel mon amie, dont je suis l'exécuteur testamentaire. Une procédure d'enquête a été lancée contre moi, sans que je le sache. Mes contacts à la Cour me préviennent d'une prochaine arrestation et je ne sais si tu recevras ma lettre. En cette occurrence, joins mon neveu Jean de Village que tu connais. Vois ce que tu peux faire. Convaincs Sa Sainteté le pape de m'accorder asile. Aide-moi ! Les amis me sont aujourd'hui si peu.

Ton ami Jacques.

Depuis cette lettre, Jacques Cœur est enfermé au château de Taillebourg. L'instruction de son procès se fait, dont l'énoncé de tous ses biens dans lequel le roi Charles et ses conseillers puiseront à l'envi. Avec Jean de Village et d'autres compains, nous faisons tout le possible pour écarter de l'inventaire officiel et rapacité des commissaires en charge moult actifs et les mettre à l'abri d'une rapine d'État. Je lui fais lettre pour l'informer sur le soutien que Sa Sainteté peut lui accorder. Puisse-t-il la recevoir par bons soins de son neveu Jean !

*

Nicolas le cinquième du nom prépare la création de la bibliothèque vaticane. L'ambition est grande. Celle-ci existe depuis longtemps, mais Sa Sainteté la voudrait ouverte à chacun et capable d'attirer érudits venant de partout. Dans la rénovation envisagée de la basilique Saint-Pierre, il a prévu un bâtiment spécialement dédié. Avec Le Pogge et d'autres, nous y travaillons et possédons déjà beaucoup d'ouvrages à classer et recopier tandis que nos moines et contacts cherchent à travers l'Europe des manuscrits perdus.

J'ai découvert un étonnant personnage nommé Proclus[1] qui écrivit une vaste et étonnante synthèse philosophique de la fin de l'Antiquité grecque. Sa pensée est complexe, d'autant qu'il s'est attaché à repenser ce qui avait été dit avant lui. Je t'en parle brièvement, Philippe, parce qu'il inverse l'ordre des explications ! Dans ses écrits théologiques, c'est en effet non de la raison qu'il faut partir mais de l'âme, car elle contient dans son unité la totalité des ordres et de leurs éléments, milieu et centre de tous les êtres, comme il l'explique lui-même. La hiérarchie entière du monde est là, en nous, allant depuis Dieu, l'Un au-delà de l'Être jusqu'à sa pure multiplicité, à cet en deçà de l'Être qu'est la matière. Notre pensée, qui est de philosophie, a pour but de nous donner accès à cette éternelle présence, et participer de sa fécondité par plusieurs degrés. De l'Être-Dieu, l'âme est d'abord la trace cachée. En elle vit la surabondance du premier. Puis vient l'intelligible intuition qui est nôtre, issue de l'univers platonicien des idées, et éclate en multiples éléments englobant toute chose, vie, pensée, être… La complexité de l'univers nous y est offerte, jusqu'au plus petit de ses éléments, et la partie est égale au tout, et l'ensemble nous est accessible, car l'âme nous fait y participer. Le troisième degré descendant est celui de notre raison dialectique, qui déroule dans le temps du discours ce qui vient de l'intelligible pur, l'âme faisant lien de tous les ordres et manifestant son éternité

1. Né en 412 et mort en 485 à Athènes.

dans le devenir, la succession, le temps. Reste l'ordre quatrième qui est imagination, génératrice de la vie sensible, enveloppe que se donne l'âme s'engageant auprès des choses matérielles, comme au mythe lui-même pour faire lien de retour avec l'ineffable déité. Quelle complexité ! Chaque âme, parce qu'elle émane de Dieu, le sait, et le manifeste en s'engendrant elle-même comme en créant le monde !

Le Pogge m'apprend que Proclus n'aura pas vraiment de disciples, la plupart païens, sans avenir dans un univers devenu chrétien. Seul Damascios le Diadoque[1], dernier descendant de l'école néoplatonicienne d'Athènes, cherchera à renchérir sur l'inexprimable. Il avouera n'y être pas parvenu dans ses *Apories* et le dit admirablement en sentant chavirer son discours, car mots et idées appartiennent aux prémices de notre raison, qui, aussi audacieuse à rechercher indiscrètement l'Un suprême, se trouve arrêtée sur le seuil du sanctuaire, sans rien vraiment annoncer de ce qui Lui est propre. L'Absolu n'est décidément que nuit et silence.

Décidément infatigable lecteur de tout, Le Pogge m'invita aussi à parcourir les écrits retrouvés d'un général romain, Lucius Flavius Arrianus[2]. Fascinant destin pour le petit capitaine du roi que je fus, faiblement écrivain et secrétaire d'un pape ! Né en Asie Mineure à Nicomédie, Arrianus fit ses études auprès du stoïcien Épictète[3] à Nicopolis en Épire où, paraît-il, il rencontra Hadrien, futur empereur de Rome. Engagé

1. Né à Damas en 458, mort en 533.
2. Né vers 85, mort vers 146.
3. Né en 50, mort en 135.

dans la cavalerie romaine, il devint proconsul en Espagne puis gouverneur de Cappadoce aux frontières de l'empire. Ce grand soldat voyageur sécurisa les rives du Pont-Euxin à la tête de ses deux légions. Lorsque l'empereur Hadrien disparaît, il se retire à Athènes, prend le surnom de Xénophon en hommage à l'illustre écrivain guerrier de la Grèce antique et écrit une admirable *Anabase*. Levant les yeux du manuscrit grec, je regarde les monts et plaines de mon bureau, vers le nord de Rome, et songe. L'expédition d'Alexandre contre les Perses fut surhumaine. Le texte d'Arrianus reste près des faits et réalités, sans flagornerie ni fioritures. Il raconte et exclut les éloges. Alexandre ne fut pas un dieu. Le chapitre trois du livre IV raconte le meurtre de son compagnon Clitus pendant un banquet en pays scythe fêtant Bacchus. Après moult coupes d'un vin lourd et épicé, ce qui était coutume après le sacrifice au dieu et habitude chez Alexandre, les esprits se perdent et les querelles de rien surviennent. Clitus, fatigué des flatteurs entourant le roi, ose le critiquer au point de l'outrager. De colère non contenue, Alexandre tue Clitus et se repend aussitôt. Les sophistes s'efforcèrent de consoler le meurtrier, assimilant la volonté des rois à celle, toujours juste, des dieux. L'orgueil du grand général reçut cette consolation. Et Arrianus de conclure : les actions des rois doivent moins régler la justice que la prendre pour règle. Et notre souverain Charles le septième ? Pour grands que soient les monarques, sont-ils mieux que nous-mêmes ?

*

Encore une nuit sans sommeil. J'ai visité hier, une nouvelle fois, la belle chapelle peinte par le doux Fra

Angelico dans la basilique Saint-Pierre. J'y ai rencontré par hasard Sa Sainteté venant s'y recueillir. Nous avons prié en plein silence… Quel fatras que ma vie ! Contrairement aux porteurs d'eau, je ne l'ai pas vécue au centre, ni de ma famille, ni du royaume en équilibre installé, pour marcher droit sans équivoque. Je l'ai vécue au pourtour… Son paysage ressemble aux régions de montagne, changeantes, sèches et brutales, encombrées de matériaux divers entassés pêle-mêle. Une quelconque unité d'ensemble est illusoire car trop composée d'instinct et de savoir avec, çà et là, les rocs du *fatum* ou les venues du hasard. Alors, y chercher un sens ? Chaque essai s'écroule sur les mensonges du souvenir. Même le temps visité grossit ou s'effondre. Ma guerre contre les Anglais n'est déjà plus que petite remembrance, finalement à leur mesure. Mais le dernier dîner avec mon vieil écuyer Gilles et sa famille, avant le départir pour Toulouse, est là tout présent en chacun de ses instants. Ah ! La chaleur entre les êtres, l'amitié qui ne s'éteint pas, l'amour à peine entrevu, voilà seul ce qui survit jusqu'au dernier moment ! L'espace non plus ne garde aucune rectitude. L'instant de cette nuit commence peut-être ici à Rome, chez moi, pour sauter aussitôt sur les chemins de Saint-Jacques avec monseigneur Gélu, ou devant l'endroit du possible tombeau d'Alexandre en Égypte, ou encore ailleurs, scènes de Paris, visage clair de Jacques Cœur, douleur et honte encore ressenties devant le bûcher de Jeanne la « sans pareille »… Livré à lui-même, entre murmures du sommeil et fureurs des scènes jamais oubliées, l'esprit perd toute direction. D'ailleurs, y en a-t-il une autrement que par le langage qui exprime toute chose et donne sens ? Une large partie de la vie passe à chercher les causes, les sources, les chemins, car, pas davantage qu'un autre, je n'accepte de n'être qu'un résidu : celui du hasard. Mais j'ai perdu. J'avoue mon impuissance à découvrir les raisons de cette vie aride et stérile, où n'a présidé aucun Dieu.

*

Sa Sainteté aime peu mon excès de franchise, mais apprécie mes savoirs acquis sur les affaires de notre royaume et subtilités du droit canon qui l'aident à régler ce qui l'assomme d'ennui. Elle s'est l'autre jour emportée. Son légat en France, le cardinal d'Estouteville, paraît avoir outrepassé sa mission en acceptant lui-même, sans autorisation du Saint-Siège, de rappeler officiellement la cause de Jeanne la Pucelle. Pour atténuer le courroux papal, j'ai suggéré de faire porter l'affaire par la famille de Jeanne, sa mère et ses frères, sans y mêler plus la personne de Sa Majesté Charles le septième. Il apprécia le détour qui déclassait le dossier en affaire ordinaire.

*

Les figures des rêves, réelles et invraisemblables, sont bien contrastées. Vous sautez d'un lieu à autre situation, comme au vent malin, sans lien ni sens. Maroussia m'avait préparé l'autre nuit une légère décoction de pavot pour m'aider à dormir. Ajoutée à douceur de sa peau, ce fut efficace jusqu'à l'inconscience. Réveil et somnolence dans le silence des premières heures, rumeurs montantes de la cité, poussières immobiles du jour venant. Puis, retour un instant à l'étrange moment du sommeil dont on se souvient ! Sur la place d'une ville bourguignonne autrefois traversée, ou peut-être en Flandre, j'assistais à une représentation théâtrale. Oh ! Non pas les saynètes habituelles sur parvis d'église, placettes ou devant les fontaines. J'en avais tant vu dont les piliers religieux étaient sans cesse identiques : chute et rachat de l'homme. Notre sainte religion gouvernait aussi le théâtre de rue mêlant acteurs et foules. À la question posée : comment l'homme est-il victime de sa déchéance, la moralité religieuse répondait toujours pareillement. La tentation s'empare du pécheur, qui, grâce à Dieu, peut toujours se dégager du piège et ainsi traverser tous les chemins de la rédemption : contrition, confession, pénitence, rémission et réparation. À la fin, l'homme s'amende et satisfait la divine Providence. Mais pour intéresser la foule, il faut au parcours les rebondissements tenant le fidèle en haleine. À quel moment manifester la grâce divine ? Les comédiens rivalisent de surprise pour mimer la tentation et détours du salut, sans jamais transgresser le message. Le public est finalement soulagé voyant ses craintes disparaître et rejoindre la consolation du pécheur, mais seulement à l'ultime moment de la pièce.

Non ! Là, c'était autre chose ! Les personnages étaient-ils rêvés ou joués ? Multiples et complexes, chacun prenant figure d'un caractère humain prononcé derrière le visage apparent d'une réelle créature. Le roi était Puissance, le pape Autorité, Connaissance avait face multiple d'Alain Chartier, Nicolas de Cues et du Grec Héphaïstos autrefois rencontrés. Le Pogge jouait Malice, monseigneur Gélu Bien Public et la prostituée dont j'avais profité à Florence se grimait en Outrage. Et moi, j'ignorais qui j'étais, me cherchant au centre perdu des figures et situations. Si ! Mon nom était Aucun, presque le « Personne » d'Ulysse répondant au cyclope Polyphème avant de l'éborgner. Le cardinal Bessarion venait de nous rapporter le texte oublié d'Homère qui était une merveille d'écriture. Encore les Grecs... Mais dans ce rêve presque éveillé chaque allégorie tenait son rôle. Puissance était sacrée et non contestée, Autorité courtisée et indiscutée, Connaissance me demandait : « Sais-tu bien ce qu'est un homme ? », Malice convainquait pape et roi d'user de mauvaiseté, avec l'aide d'Outrage, pour asseoir leurs pouvoirs. Bien Public restait immobile, alité et malade, tandis que Prudence venait lui prendre le pouls. Perdu sur la scène, je voyais le public gronder et non rire. Contre moi totalement incertain de ma place ou contre le drame ainsi joué ? Avec le calme du réveil, les masques sont tombés et le souvenir de la pièce autrefois regardée est clairement revenu. Les allégories étaient bien là. La troupe de comédiens aussi dans le décor choisi pour représenter. Mais représenter quoi ? Dieu était absent de la farce. Le salut de l'homme ne comptait plus autant. L'horizon s'était déplacé, du ciel vers notre pauvre terre, où se jouait désormais avec tours, mensonges et malices la comédie du pouvoir. Figurants, amateurs et colombines, jouant les édifiantes morales religieuses sur places et carrefours, disparaissaient de nos bourgs.

*

Le monde aura bien changé durant nos courtes vies. La vieille chevalerie de notre enfance, avec ses valeurs aujourd'hui dépréciées, a presque disparu. Questionnement, discussion, interrogation brisent les dogmes. Les comédiens de rue, devenus professionnels de la chose, bousculent aujourd'hui les références admises, jusqu'à l'impertinence dès lors qu'elles restent simples hypothèses. Les routes commerciales sont largement ouvertes, y compris avec les Godons ou les Ottomans, ceux-ci nous combattant bien davantage que les pays des Maures. Nous prenons conscience du nécessaire à nos échanges de marchandises avec les débuts des comptes, l'indispensable régulation des monnaies, l'essor des moyens pour payer à terme, ailleurs, sans porter du métal. L'esprit humain, que le Seigneur nous a, paraît-il, accordé, invente moyens et machines pour élargir le savoir ou voyager plus loin encore. Notre occidentale musique, qui atteint le sommet de la polyphonie vocale, se penche maintenant davantage sur le profane, l'humain de nos conditions, mêlant voix et instruments en deçà du religieux. Je viens même d'apprendre qu'en la cité de Mayence un certain Gutenberg a inventé une presse capable d'imprimer une feuille de papier avec des lettres en plomb et de l'antimoine, réutilisables à l'envi, permettant grande et facile reproduction des ouvrages jusqu'ici recopiés à la main. Tous les ferments de moult changements sont là sous nos yeux, s'ils veulent voir.

Avec le jour montant plus tôt chaque matin du monde, le printemps si lumineux descend sur la ville de Rome. Lorsque le soir vient, une brise venant d'Orient fait trembler la lumière. Mais peut-être est-ce l'esprit qui se brouille plus que le regard ? Puisse maître Boucheron te trouver, Philippe, ou toi, Marc, je ne sais qui de vous aura tout cela. Il cherchera ce qui me reste d'une famille que j'ai ignorée sans cesser d'y penser, moi, égoïste, seul et sans descendance… Tiens ! En ces moments ultimes, oh ! je le sais bien, je commets encore le plus grand des péchés. Tout au long de ces pages qui peut-être ne seront pas lues, je n'aurais parlé que de moi. Puissiez-vous pardonner à ce lointain frère qui vous a laissés !

*

En cet été de l'an de grâce 1453, Rome étouffait. Sa Sainteté s'était échappée à *Castrum Gandulphi*, vieux château fort dominant un lac qui servait de résidence papale non loin de la ville. Elle est satisfaite d'avoir fait pendre le gouverneur de Campanie[1] qui voulait délivrer Rome du joug papal, mais également profondément affectée par la prise de Constantinople[2]. Avant de réunir le conseil des cardinaux, elle vient d'interroger les secrétaires apostoliques pour tester une idée qu'elle ne lâche pas : prêcher croisade contre le Turc. Nous ne sommes plus que cinq. Le Pogge vient de démissionner pour prendre l'honorifique fonction de chancelier de la République florentine. Seul laïc du groupe, de surcroît ancien soldat ayant combattu, j'ose suggérer de ne plus s'engager en pareille aventure. Les tentatives récentes du Vatican n'avaient rien donné. Bien peu de soldats romains et étrangers ont défendu les remparts de Constantinople contre les milliers et milliers de soldats ottomans. Les Turcs sont chez eux au-delà de la grande mer Méditerranée. Acheminer vers les Lieux saints grandes forces combattantes, puis les entretenir et renforcer, est hors de portée dans la durée. Si quelques victoires sont possibles, la guerre reste d'avance perdue. Combattre loin de sa terre conduit à l'échec et mieux vaut contenir l'infidèle hors

1. Étienne Porcari.
2. Le 29 mai 1453.

de nos terres chrétiennes. Au nord, les Anglais, pourtant lents à comprendre, l'apprennent clairement dans notre royaume. Notre Charles le septième vient de les écraser à Castillon, près de Bordeaux[1]. Sa Sainteté est réaliste. Chef de l'Église, faisant son devoir, elle lance cependant son appel. Sans y croire vraiment. Consciente aussi que, pour longtemps, le pire ennemi de l'islam est celui venant des Turcs ou de l'autre, différent, issu d'Ali, gendre et cousin de leur prophète. La chrétienne religion n'est ni violente, ni agressive, ni prosélyte, apportant à l'homme l'incroyable Révélation qu'est l'amour dû à chacun uniquement parce qu'il est un homme, par-delà les différences. Là est sa grandeur. Là est sa supériorité. Le reste n'est que pauvrement humain avec ses conflits d'intérêt et soifs de domination.

*

Notre pontife reporte son énergie sur la rénovation de la Ville éternelle, qui est aussi mienne désormais. L'argent levé va aux grands travaux, commençant par la basilique Saint-Pierre qui en a grand besoin. Je te l'ai déjà dit, Philippe, Rome est un grand chantier, de ruines et reconstructions, les pierres de celles-là servant aux premières. Quatre colonnes prises dans les thermes d'Agrippa vont être apportées au Vatican ; le magnifique temple de Vénus vient d'être abattu et ne restent plus que deux absides adossées ; l'arc de Théodose va également disparaître. Est-ce le sort commun de chaque chose ? Disparaître en se transformant, ainsi indéfiniment ? Le quartier du Borgo où je

1. Le 17 juillet 1453.

vis, si proche du tombeau de Pierre, se voit transformé en voie dégagée et triomphale comme allant vers la gloire de notre Christ-Roi.

*

J'ai déposé mon testament chez mon notaire à Bourges, messire Jérôme Boucheron. Son confrère de Rome, qui gère ici mes affaires, lui transmettra le moment venu, qui n'est plus très loin, la date de mon passage et l'état de mes biens. Je vous en lègue, à toi, Philippe, et à Marc, ou à vos enfants, la totalité, qu'ils soient sis en France ou ici dans les États pontificaux, non sans avoir retiré de quoi bien doter ceux qui me servent encore, notamment ma douce Maroussia. Je n'oublie pas non plus Gilles qui fut mon écuyer et mon ami. Cela fait si peu de ceux que le droit civil nomme « bénéficiaires » ! Quel désert que ma vie ! Mais les regrets ne servent à rien. Pas de tombe, ni de stèle ! Qui viendrait se souvenir de moi ? Simplement de la poussière dispersée au vent, sur ces plaines et vallons près de Rome que j'ai tant aimés.

*

J'ai été chanceux, ayant pu servir deux grands maîtres au cours de ma trop courte vie : Sa Majesté le roi Charles VII et Sa Sainteté Nicolas le cinquième du nom. Ce fut un privilège tant sont souvent médiocres les puissants. Le plus grand royaume chrétien d'Occident et la plus vieille institution religieuse constituée furent, de mon temps, dirigées par deux personnages pensant au-delà et pour plus grand qu'eux-mêmes.

Comment expliquer l'occurrence ? Est-ce le lointain contrepoids des astres, comme le soutenaient les Anciens ? Il y eut aussi mon ami Jacques Cœur, l'entreprenant, le visionnaire. Son procès est terminé depuis plusieurs mois[1]. Après avoir subi le supplice des brodequins, il a été reconnu coupable des crimes de lèse-majesté, concussion et d'exactions diverses. Il doit acquitter une énorme amende avant d'être banni du royaume, lui qui aura tant fait pour son roi. L'injustice des princes dépasse l'entendement, surtout lorsqu'elle se déploie au profit de courtisans, souvent incapables, toujours avides. Sa Sainteté est disposée à lui assurer sa protection. Mais il reste emprisonné tant qu'il n'aura réglé l'amende de justice. Le roi Charles a nommé le sieur Jean Dauvet, procureur général au Parlement de Paris et membre du Grand Conseil, pour le représenter et faire procéder à l'exécution de la peine. L'adjudication des biens, au moins ceux qui étaient connus, a commencé dans des conditions lamentables où fausseté, envie et incompétence sont les guides des bénéficiaires. Parmi les pires, ceux qui devaient tout à Jacques, ou des infâmes comme ce Chabannes, vaguement vu au côté de Jeanne d'Arc, mais surtout grand écorcheur de Français et expert ès rapines. Jacques avait tout perdu, son épouse et son frère, puis l'honneur, la liberté, la fortune.

Assurant de mon côté sa situation à Rome s'il parvenait à venir, j'ai pris contact avec Jean de Village, et deux anciens patrons de galées que j'avais autrefois croisés, pour essayer d'aider le prisonnier et, surtout, le lui faire savoir.

1. 29 mai 1453.

*

L'an 1454 passe si vite ! Déjà la fin du printemps. Je suis plus lent que jamais. Monter jusqu'à la basilique Sainte-Marie-Majeure m'est chaque jour difficile, mais je me dois d'éviter un trajet à dos de mulet ! La mort me prendra tel que je suis, vieux, têtu, mais droit, regardant l'horizon plutôt que le pavé. Le 28 mai, Français et Godons ont signé la trêve de Tours, pour deux ans. Elle est sans conséquence. L'envahisseur n'a plus que Calais qu'il suffirait d'assiéger avec la meilleure artillerie d'Europe. Au fond, quelle importance ! Tout ici finit. Et la mort gagne. J'ai trop hésité, n'étant, au cours de mon existence, jamais parvenu à choisir entre guerre et savoir, entre fidélité au roi de France et refus de complète vassalité, entre attachement à la terre des Lys et soif d'espace, de différent, d'autres perspectives, entre esprit de chevalerie dépassé et puissante montée d'une autre morale mieux tournée vers l'homme, le réel, la création de l'État, entre religion reçue et sa contestation par la raison, entre vision d'une sainteté vécue, désordres continus des mœurs et violences de combats incessants, entre soumission à la religion d'Occident et reconnaissance d'autres savoirs venus d'Orient et du passé.

Plus qu'autrefois, je suis illuminé par les Grecs. Tout vient d'eux et nous ne sommes que leurs commentateurs. Mais il y a plus encore. Ce qui me reste de foi en Dieu en est profondément troublé. La période assez longue où vécurent le grand Périclès, tous ses contemporains, et jusqu'à la Rome classique finissante, s'est tenue entre deux époques : celle des anciens dieux qu'ils honoraient encore mais sans plus les croire véritables, et la

Révélation du Christ qui mit trois siècles pour installer à Rome un empereur chrétien. Des dieux multiples mais lointains à notre Dieu unique et triomphant, ils vécurent seuls, sans véritable transcendance, comme simplement des hommes, mais tenant debout et regardant l'univers avec la toute-puissance de leur raison. Leur parcours, à la fois démarche et résultat, fut admirable, tout aussi digne d'humanité et de miséricorde que celui des Pères de l'Église. Regardant la vilenie des hommes, leurs égarements, la débauche de notre Église, j'ai trouvé de la lumière en me retournant. La lecture de vieux manuscrits grattés apporte une paix insoupçonnée ! Ma vie n'a été au fond que grande errance.

*

Je reçois une missive de Jean de Village : notre ami Jacques Cœur vient de s'évader du château de Poitiers[1]. Joie mêlée de tristesse. Le reverrai-je ? Le capitaine Robert de Baudricourt, premier compagnon de Jeanne, vient de passer. J'ai froid. Je me sens encore, mais ne m'entends plus beaucoup. Moi aussi, je vais partir…

1. Fin octobre 1454.

Bourges, fin novembre 1454

Étude de maître Boucheron, notaire de Jehan

Une fois encore, l'hiver sera rude. Mon père racontait que nos ancêtres, à l'époque de notre bon roi Philippe II[1], connaissaient températures clémentes en janvier et saisons sèches l'été. Depuis maintenant près de deux cents années, froidure et mouillure se sont abattues sur le monde. Mon étude fait presque face au palais de Jacques Cœur, jamais habité et confisqué sur ordre du roi. Terminé depuis peu, il ne l'aura pas vu achevé. Notaire de mon état, connu et estimé dans notre bonne ville de Bourges, j'ai eu à m'occuper de l'achat du fief dit de « la Chaussée » qui comprenait large terrain et plusieurs arrière-fiefs avec maisons, granges et moulins, sans compter un grand lot de pierres de taille qui devaient servir à sa construction. C'était il y plus de dix ans. Dix courtes années que Dieu a faites meilleures pour le royaume. Infortuné Jacques Cœur, non par le patrimoine, bien ou mal acquis, je ne sais, mais par délaissement et prison infligés par Charles le septième du nom, enfin souverain en son plein pays ! La richesse que maître Cœur aura apportée à son souverain comme à la France ne lui aura pas été pardonnée.

---

1. Philippe II dit « Auguste », 1165-1223.

Hier, à la tombée du jour, j'ai reçu une lettre de mon confrère italien maître de' Bistucci m'informant du décès de messire Jehan de Gaule, au soir du 9 novembre. Ancien officier du roi, secrétaire apostolique de Sa Sainteté le pape et mien client depuis longtemps, il vivait en sa maison romaine, dans le quartier du Borgo, non loin du château Saint-Ange.

Sources

Parmi les ouvrages et références utilisées pour écrire le *Chevalier solitaire*, l'auteur tient à citer notamment : *Charles VII et son mystère* de Philippe Erlanger ; *Charles VII* de Philippe Contamine ; *La Fin du Moyen Âge* de Joël Blanchard ; *Histoire de la pensée d'Homère à Jeanne d'Arc* de Lucien Jerphagnon ; *Penser au Moyen Âge* d'Alain de Libera ; *La Guerre de Cent Ans* de Georges Minois ; *Le Temps de la guerre de Cent Ans* par Boris Bove ; *La Philosophie du Moyen Âge* d'Emile Bréhier ; *La Vie quotidienne au Moyen Âge* de Jean Verdon ; *Pierre Cauchon* de Jean Favier et, sur Jeanne d'Arc, les deux tomes sur la *Vie de Jeanne* par Anatole France ainsi que *Le Bon Cœur* de Michel Bernard.

Table

MIXTE
Papier issu de sources responsables
FSC® C003309
www.fsc.org

L'éditeur de cet ouvrage s'engage dans une démarche de certification FSC® qui contribue à la préservation des forêts pour les générations futures.

Pour en savoir plus :
www.editis.com/engagement-rse/

Achevé d'imprimer en juillet 2022
par Normandie Roto Impression s.a.s.
61250 Lonrai
N° d'impression : 2203844

Imprimé en France